O IMPÉRIO DE OURO

S. A. CHAKRABORTY

O IMPÉRIO DE OURO

TERCEIRO VOLUME DA TRILOGIA DE DAEVABAD

Tradução
Mariana Kohnert

Copyright © 2020 por Shannon Chakraborty
Publicado em comum acordo com Harper Voyager, um selo de
Harper Collins Publishers.

Título original em inglês: THE EMPIRE OF GOLD

Direção editorial: VICTOR GOMES
Acompanhamento editorial: ALINE GRAÇA
Tradução: MARIANA KOHNERT
Preparação: ISADORA PROSPERO
Revisão: BONIE SANTOS
Design de capa: ALAN DINGMAN
Mapas: VIRGINIA NOREY
Imagens internas: © SHUTTERSTOCK
Adaptação da capa original: EDUARDO KENJI IHA E VANESSA S. MARINE
Diagramação: EDUARDO KENJI IHA

ESTA É UMA OBRA DE FICÇÃO. NOMES, PERSONAGENS, LUGARES, ORGANIZAÇÕES E SITUAÇÕES SÃO
PRODUTOS DA IMAGINAÇÃO DO AUTOR OU USADOS COMO FICÇÃO. QUALQUER SEMELHANÇA COM FATOS
REAIS É MERA COINCIDÊNCIA.

TODOS OS DIREITOS RESERVADOS. PROIBIDA A REPRODUÇÃO, NO TODO OU EM PARTES, ATRAVÉS DE
QUAISQUER MEIOS. OS DIREITOS MORAIS DO AUTOR FORAM CONTEMPLADOS.

DADOS INTERNACIONAIS DE CATALOGAÇÃO NA PUBLICAÇÃO (CIP)

C435i Chakraborty, Shannon A.
O império de ouro/ S. A. Chakraborty; Tradução: Mariana Kohnert. —
São Paulo: Editora Morro Branco, 2022.
p. 848; 14x21cm.

ISBN: 978-65-86015-39-3

1. Literatura americana — Romance. 2. Ficção Young Adult.
I. Kohnert, Mariana. II. Título.
CDD 813

TODOS OS DIREITOS DESTA EDIÇÃO RESERVADOS À:
EDITORA MORRO BRANCO
Alameda Santos, 1357, 8º andar
01419-908 – São Paulo, SP – Brasil
Telefone (11) 3373-8168
www.editoramorrobranco.com.br
Impresso no Brasil
2022

*Para meus pais, que trabalharam tanto
para garantir que os filhos pudessem sonhar, e
que sempre estiveram presentes, por mais longos
e distantes que tenham sido meus devaneios*

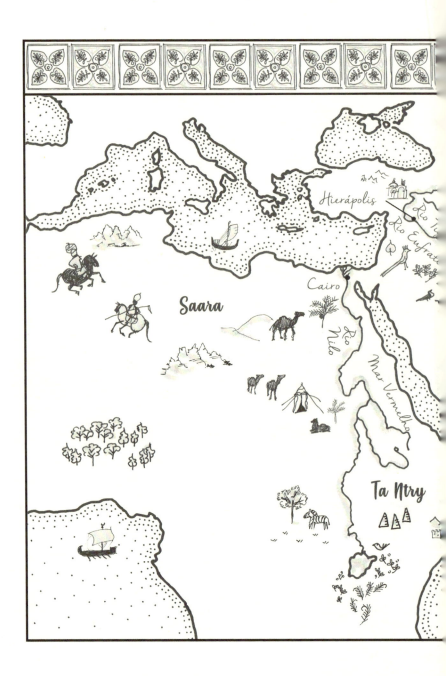

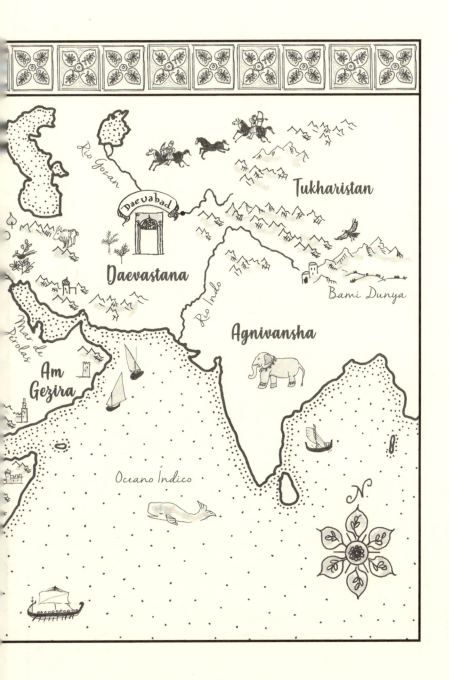

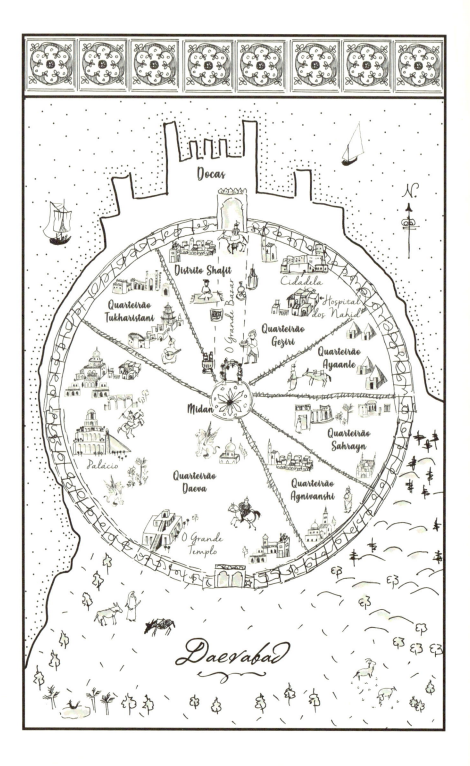

PERSONAGENS

A Família Real

Daevabad atualmente é governada pela família Qahtani, descendentes de Zaydi al Qahtani, o guerreiro geziri que, há muitos séculos, liderou a rebelião que derrubou o Conselho Nahid e conquistou a igualdade política para os shafits.

GHASSAN AL QAHTANI, o rei dos djinns, defensor da fé

MUNTADHIR, o filho mais velho de Ghassan com sua primeira esposa geziri, já falecida, emir e sucessor do trono

HATSET, a segunda esposa de Ghassan, uma Ayaanle de uma poderosa família de Ta Ntry

ZAYNAB, a filha de Ghassan e Hatset, princesa de Daevabad

ALIZAYD, o filho mais novo do rei, banido para Am Gezira por traição

Sua Corte e a Guarda Real

WAJED, o qaid e líder do exército djinn

ABU NUWAS, um oficial geziri

KAVEH E-PRAMUKH, o grão-vizir daeva

ABUL DAWANIK, um emissário de negócios de Ta Ntry

JAMSHID, seu filho e mais próximo confidente do emir Muntadhir

ABU SAYF, um antigo soldado e batedor da Guarda Real

AQISA e LUBAYD, guerreiros e rastreadores de Bir Nabat, um vilarejo em Am Gezira

Os Mais Altos e Abençoados Nahid

Soberanos originais de Daevabad e descendentes de Anahid, os Nahid foram uma família com extraordinários poderes de cura pertencentes à tribo daeva.

ANAHID, o escolhido de Suleiman e o fundador de Daevabad

RUSTAM, um dos últimos curandeiros Nahid e um talentoso botânico, assassinado pelos ifrits

MANIZHEH, irmã de Rustam e uma das curandeiras Nahid mais poderosas em séculos, assassinada pelos ifrits

NAHRI, filha de Manizheh e de pai desconhecido, abandonada na primeira infância na terra humana do Egito

Seus apoiadores

DARAYAVAHOUSH, o último descendente dos Afshin, uma família daeva de casta militar que servia ao Conselho Nahid como mão direita, conhecido como o Flagelo de Qui-zi por sua violência durante a guerra e depois na resistência contra Zaydi al Qahtani

KARTIR, um alto-sacerdote daeva

NISREEN, a antiga assistente de Manizheh e de Rustam, atual mentora de Nahri

IRTEMIZ, MARDONIYE e BAHRAM, soldados

Os Shafits

Pessoas de ascendência mestiça entre djinns e humanos forçadas a viver em Daevabad, com seus direitos duramente limitados.

SHEIK ANAS, o antigo líder dos Tanzeem e mentor de Ali, executado pelo rei por traição

IRMÃ FATUMAI, a líder tanzeem que cuidava do orfanato do grupo, bem como de outros serviços de caridade

SUBHASHINI e PARIMAL SEN, médicos shafits

Os Ifrits

Daevas que se recusaram a submeter-se a Suleiman há milhares de anos e foram amaldiçoados por isso; são inimigos mortais dos Nahid.

AESHMA, o líder ifrit

VIZARESH, o ifrit que perseguiu Nahri no Cairo

QANDISHA, o ifrit que escravizou e assassinou Dara

Os escravos libertos dos Ifrits

Hostilizados e perseguidos depois da revolta de Dara, morto pelas mãos do príncipe Alizayd, restam apenas três antigos escravizados em Daevabad, libertos e ressuscitados por curandeiros Nahid anos antes.

RAZU, um apostador de Tukharistan

ELASHIA, um artista de Qart Sahar

ISSA, um acadêmico e historiador de Ta Ntry

Prólogo

MANIZHEH

Detrás das ameias do palácio que sempre fora dela, Banu Manizheh e-Nahid olhava para a cidade de sua família. Banhada em luz estelar, Daevabad era linda – as linhas irregulares das torres e dos minaretes, dos domos e das pirâmides –, deslumbrante daquela altura, como um amontoado de brinquedos cravejados de joias. Além do filete de praia branca, o lago manchado brilhava com movimento contra o abraço sombreado das montanhas.

Ela espalmou as mãos sobre o parapeito de pedra. Aquela não era uma vista permitida quando ela fora uma prisioneira dos Qahtani. Mesmo quando criança, a rebeldia dela os deixava inquietos; a acolhida pública que a magia do palácio demonstrava pela jovem prodígio Nahid e seu óbvio talento restringiram sua vida antes que ela tivesse idade suficiente para perceber que os guardas que a cercavam dia e noite não eram para sua proteção. A única outra vez que ela havia estado lá em cima fora como convidada de Ghassan – um passeio que ele organizou logo depois de virar rei. Manizheh ainda se lembrava de como ele pegara sua mão conforme eles olhavam para a cidade pela qual as famílias deles tinham se matado e dissera palavras sonhadoras sobre unir os povos deles e deixar o passado para trás. Sobre como ele a amara desde que eram crianças, e sobre como *ele* tinha se sentido triste e impotente todas aquelas vezes que o pai dele espancara e aterrorizara Manizheh e o irmão dela. Certamente ela devia entender que Ghassan não tivera escolha a não ser permanecer calado.

Em sua mente, Manizheh ainda conseguia ver o rosto dele naquela noite, com a lua brilhando em sua expressão esperançosa. Eles eram mais jovens; ele era bonito. Charmoso. *Que par*, as pessoas teriam dito. Quem não iria querer ser a amada rainha de um poderoso rei djinn? E de fato, ela entrelaçara os dedos com os dele e sorrira – pois ela ainda estampava essa expressão naqueles dias – e seus olhos se fixaram na marca da insígnia de Suleiman, recente no rosto dele.

Então ela fechara a garganta dele.

Não durou muito. Ghassan foi mais rápido com a insígnia do que ela havia antecipado, e, conforme os poderes dela se foram, a pressão na garganta dele também. Ele ficou furioso, seu rosto vermelho devido à traição e à falta de ar, e Manizheh se lembrava de pensar que ele bateria nela. Que faria pior. Que não importaria se ela gritasse – pois ele era o rei agora, e ninguém iria contrariá-lo.

Mas Ghassan não fez isso. Não precisou fazer. Manizheh atacara o coração dele, então Ghassan fez o mesmo com uma efetividade cruel: mandou Rustam ser espancado até que ficasse com a vida por um fio e a forçou a observar enquanto quebrava os ossos do irmão dela, deixando que se curassem e então repetindo o processo, torturando-o até que Rustam uivasse de dor e Manizheh caísse de joelhos, implorando a Ghassan por misericórdia.

Quando finalmente a concedeu, o rei estava ainda mais colérico com ela do que tinha ficado com a rejeição inicial. *Eu queria que as coisas fossem diferentes entre nós*, ele dissera, em tom acusatório. *Não deveria ter me humilhado.*

Ela inspirou fundo diante da memória. *Ele está morto*, se lembrou. Manizheh tinha olhado fixamente para o cadáver ensanguentado de Ghassan, registrando a visão na memória, tentando se assegurar de que seu torturador estava realmente morto. Mas ela não deixaria que ele fosse queimado, ainda não. Pretendia examinar melhor o corpo, esperando obter pistas de como ele havia possuído a insígnia de Suleiman. Ela não deixou de notar que o coração tinha sido removido – arrancado do peito com precisão cirúrgica, deixando claro quem havia feito o serviço. Parte dela se sentiu grata. Apesar do que tinha dito a Nahri, não sabia quase nada sobre como o anel da insígnia era passado para outra pessoa.

E agora, por causa de Nahri, Manizheh sabia que o primeiro passo depois de os encontrar seria arrancar o coração do príncipe djinn de Nahri.

Ela voltou o olhar para a cidade. Estava espantosamente silenciosa, acrescentando uma camada sinistra à experiência toda. Daevabad poderia ter sido um reino de paz na calada da noite, seguro e quieto sob o comando de seus guardiões por direito.

Uma mentira que um choro distante traiu. Mas os gritos estavam diminuindo conforme a violência da noite dava lugar ao choque e ao terror. Pessoas assustadas – pessoas caçadas – não gritavam. Elas se escondiam, abaixadas com seus entes queridos em qualquer abrigo que pudessem encontrar, rezando para que a escuridão passasse direto por elas. Todos em Daevabad sabiam o que acontecia quando cidades caíam. Eles eram criados com histórias sobre vingança e a voracidade do inimigo; dependendo de suas raízes, ouviam histórias aterrorizantes sobre a conquista violenta de Daevabad por Zaydi al Qahtani, a flagelação de Qui-zi por Darayavahoush e-Afshin ou os inúmeros saques a cidades humanas. Não, não haveria gritos. O povo de Daevabad estaria se escondendo, chorando baixinho enquanto abraçava com força os filhos, a perda súbita da magia sendo apenas mais uma tragédia deles naquela noite.

Eles vão achar que outro Suleiman chegou. Era a conclusão a que qualquer pessoa racional chegaria. O grande julgamento de Suleiman não tinha começado com a destituição da magia dos ancestrais deles? Provavelmente esperavam ver suas vidas estilhaçadas e suas famílias desfeitas conforme eram forçados a trabalhar para outro mestre humano, impotentes para revidar.

Impotentes. Manizheh pressionou a palma das mãos com mais força na pedra fria, ansiando sentir a magia do palácio – conjurar chamas dançando ou o ondular da fumaça. Parecia impossível que as próprias habilidades tivessem sumido, e ela só podia imaginar os feridos se amontoando na enfermaria, com ferimentos que ela agora não podia curar. Para uma mulher que tinha suportado a perda de tudo que amava – o tímido nobre do campo com quem poderia ter se casado, a criança de olhos pretos cujo peso em seus braços desejava sentir novamente, o irmão que ela havia traído, a própria dignidade conforme se curvava diante dos Qahtani ano após ano –, a perda de suas habilidades era a pior. Sua magia era sua vida, sua alma: o poder sob a força que lhe permitira sobreviver a todo o resto.

Talvez um preço adequado a se pagar por usar magia de cura para matar, sussurrou-lhe uma voz. Manizheh afastou a voz. Essa dúvida não ajudaria nem ela nem seu povo agora. Em vez disso, ela se apoiaria na raiva, na fúria que pulsara por seu corpo quando vira anos de planejamento serem destruídos por uma menina shafit de mãos leves.

Nahri. A rebeldia nos olhos escuros dela. O dar de ombros sutil e quase arrependido que deu ao tesouro mais estimado de sua família no dedo de uma mosca da areia indigna.

Eu teria dado tudo a você, criança. Tudo que pudesse querer. Tudo que jamais tive.

— Aproveitando sua vitória?

A voz debochada de Aeshma lhe causou aflição nos dentes, mas Manizheh nem mesmo se encolheu. Ela lidava com os ifrits havia bastante tempo e sabia como tratá-lo – como tratar qualquer um, na verdade. Simplesmente não podia oferecer um alvo – nenhuma fraqueza, nenhuma dúvida. Nenhum aliado ou ente querido. Ela manteve o olhar fixo à frente quando ele se juntou a ela no muro.

— Muito tempo eu esperei para contemplar a cidade de Anahid. — Havia um triunfo cruel na voz dele. — Mas não é exatamente o paraíso das canções. Onde estão os shedus que se dizia patrulharem os céus, os jardins de árvores cravejadas de joias e os rios de vinho? Os criados marid bajuladores conjurando arco-íris de cachoeiras e uma biblioteca cheia dos segredos da criação?

O estômago de Manizheh se revirou. *Foram-se há séculos.* Ela mergulhara nas grandiosas histórias de seus ancestrais, e elas pintavam uma Daevabad completamente diferente do que via agora.

— Vamos trazê-los de volta.

Um olhar revelou um prazer frio ondulando no semblante incandescente de Aeshma.

— Ela amava este lugar — prosseguiu ele. — Um santuário para as pessoas que ela forçou a se unirem, seu paraíso cuidadosamente conservado que não permitia pecadores.

— Você parece sentir ciúmes.

— Ciúmes? Por três mil anos vivi na terra dos dois rios com Anahid, observando as marés retrocederem e os humanos se elevarem. Nós guerreamos com os marids e viajamos pelos ventos do deserto juntos. Tudo isso foi esquecido por causa do ultimato de uma humana.

— Vocês escolheram caminhos diferentes para lidar com Suleiman.

— Ela *escolheu* trair seu povo e seus amigos mais próximos.

Ela salvou seu povo. Eu pretendo fazer o mesmo.

— E aqui estava eu achando que finalmente deixaríamos isso para trás e faríamos as pazes.

Aeshma riu com escárnio.

— Como você propõe fazer isso, Banu Nahida? Acha que não sei o que aconteceu com suas habilidades? Duvido que ainda consiga conjurar sequer uma faísca, muito menos cumprir o acordo comigo. — Ele levantou a palma da mão e um filete de fogo espiralou entre os dedos. — Uma pena que seu povo não tenha tido três milênios para aprender outras formas de magia.

Manizheh precisou de todo o seu controle para não olhar para a chama. A fome corroía sua alma.

— Então é uma sorte que eu tenha você para me ensinar. O ifrit gargalhou.

— Por que eu deveria? Estou ajudando você há anos e ainda não ganhei nada com isso.

— Você ganhou um lampejo da cidade de Anahid. Aeshma riu.

— Tem isso, suponho. — O sorriso dele se alargou e os dentes afiados como lâminas brilharam. — Eu poderia ganhar ainda mais agora. Poderia jogar você do alto deste muro e matar a descendente mais promissora dela.

Manizheh nem mesmo estremeceu; estava bem acostumada com homens a ameaçando.

— Você jamais escaparia de Darayavahoush. Ele encontraria cada ifrit restante, torturaria e mataria todos diante de seus olhos, então passaria séculos matando-o da forma mais dolorosa que pudesse imaginar. Você morreria nas mãos da magia que mais deseja.

Isso pareceu funcionar; uma careta substituiu o sorriso debochado de Aeshma. Sempre funcionava: Manizheh conhecia as fraquezas do ifrit tão bem quanto ele conhecia os segredos dela.

— Seu Afshin não merece essas habilidades — disparou ele. — O primeiro daeva libertado da maldição de Suleiman em milhares de anos, e ele é um tolo esquentado e armado até os dentes. Seria melhor ter dado essas habilidades a um cão raivoso.

Essa não era uma analogia de que Manizheh gostava – já havia bastante rebeldia fervilhando sob a lealdade absoluta que ela costumava receber de Dara.

Mas ela insistiu.

— Se deseja as habilidades de Dara, deveria parar de soltar ameaças inúteis e me ajudar a recuperar a insígnia de Suleiman. Não posso libertar você da maldição sem ela.

— Que conveniente.

— Como é?

Ele abaixou o rosto para encará-la.

— Eu disse que é *conveniente* — repetiu ele. — Durante décadas estive ao seu lado, esperando por *sua* ajuda, e agora você fica inventando desculpas. É tudo muito inquietante, Banu Nahida. Estou começando a me perguntar se você sequer é capaz de nos libertar da maldição de Suleiman.

Manizheh manteve o rosto cuidadosamente inexpressivo.

— Foi você que veio até mim — lembrou ela. — Sempre deixei claro que precisaria do anel. E acho que você já viu o suficiente para saber do que sou capaz.

— De fato, vi. Tanto que não estou muito ansioso para vê-la dominar meu tipo de magia também. Principalmente pela mera promessa de alguma liberdade futura. Se quer que eu lhe ensine magia de sangue, vou precisar de alguma coisa mais tangível em troca.

Mais tangível. O estômago de Manizheh se revirou. Ela já havia perdido tanto. O pouco que lhe restava era precioso.

— O que você quer?

O sorriso frio do ifrit se curvou de novo quando o olhar dele percorreu Daevabad, a avidez em seu rosto lançando centenas de avisos pela mente dela.

— Penso naquela manhã todo dia, sabe. Naquele poder puro queimando o ar, gritando em meus pensamentos. Eu não sentia algo como aquilo desde que Anahid tirou esta ilha do lago. — Ele passou os dedos pelo parapeito como uma carícia.

— Não tem nada parecido com magia Nahid, tem? As mãos Nahid ergueram esta cidade e trouxeram de volta incontáveis massas da beira da morte. Uma simples gota do sangue deles basta para matar um ifrit. Uma vida Nahid... bem, imagine todas as coisas que *isso* poderia fazer. — Aeshma apertou ainda mais a ferida. — As coisas que já fez.

Dessa vez, Manizheh realmente se encolheu. Tudo voltou rapidamente: o cheiro de carne queimada e o sangue pegajoso cobrindo a pele dela. A cidade brilhante pareceu desaparecer, substituída por uma planície queimada e um céu enfumaçado – a cor opaca refletida nos olhos vazios e cegos do irmão. Rustam tinha morrido com uma sutil expressão de choque no rosto, e aquilo tinha partido o que restara do coração de Manizheh, lembrando-lhe do menininho que ele fora um dia. Os irmãos Nahid tinham perdido a inocência cedo demais e permanecido juntos ao longo de tudo apenas para serem destruídos no final.

— Fale abertamente.

— Quero sua filha. — Aeshma foi brusco; qualquer timidez se fora. — E como ela provou ser uma traidora, você precisa que ela se vá.

Uma traidora. Como era simples para o ifrit declarar tal coisa. Ele não vira uma jovem trêmula em um vestido ensanguentado e rasgado. Não tinha encarado os olhos dela. Espantados, dolorosamente familiares.

Ela traiu você. De fato, Nahri tinha feito pior, enganando-a com uma artimanha mais adequada a uma ladra shafit de classe inferior do que uma curandeira Nahid. Mas Manizheh poderia ter perdoado isso, *teria* perdoado, caso Nahri tivesse tomado o anel para si mesma. Só o Criador sabia que ela não podia julgar as ambições de outra mulher.

Mas Nahri não tinha feito isso. Não, ela o dera para – entre todas as pessoas – um Qahtani. Para o filho do rei que a atormentara, o rei que tinha roubado qualquer chance que

Manizheh tinha de uma vida feliz e aberto um abismo intransponível entre ela e o irmão.

Manizheh não podia perdoar aquilo.

Aeshma falou de novo, talvez ao ver a dúvida no longo silêncio dela.

— Você precisa fazer algumas escolhas, Manizheh — avisou ele, com a voz perigosa e baixa. — Seu Flagelo está obcecado por aquela menina. Se ela foi esperta o bastante para enganar você, como imagina que aquele tolo apaixonado vai se sair se ela tentar conquistar o coração dele? Mas as coisas que eu poderia ensinar a você, que Vizaresh poderia ensinar a você... — Aeshma se aproximou. — Você jamais precisaria se preocupar de novo com a lealdade de Darayavahoush. Nem com a lealdade de *ninguém*.

— Mas apenas por um preço.

Um lampejo se refletiu no olho de Manizheh – um caco incandescente de sol emergia por trás das montanhas a leste. O brilho a espantou. O nascer do sol não era tão claro assim em Daevabad, pois a magia protetora encobria a cidade do verdadeiro céu. Entretanto, não era apenas a luminosidade do sol que parecia errada.

Era o silêncio que acompanhava aquela luminosidade. Não havia som de tambores vindo do Grande Templo ou da adhan dos djinns, e o fracasso silencioso em receber a chegada do sol pesou mais no coração dela do que todo o sangue que tinha pingado do dedo não cicatrizado. Nada parava os tambores e o chamado para a oração; eram parte da própria malha do tempo em Daevabad.

Até que a conquista de Manizheh esfrangalhou aquela malha. Daevabad era seu lar, seu dever, e ela havia dilacerado o coração da cidade. Isso significava que era sua responsabilidade consertá-lo.

Não importava o custo.

Manizheh fechou os olhos. Não rezava desde que vira dois batedores djinns sangrarem do veneno que ela havia criado. Ela havia defendido seu plano para Dara e prosseguido ao levar uma onda ainda pior de morte até Daevabad, mas não rezara durante nada daquilo. Parecia um elo que ela havia quebrado. E ela sabia que o Criador não a ajudaria agora. Não via alternativa, apenas o caminho que forjara e que precisava continuar seguindo – mesmo que não restasse mais nada de si quando acabasse.

Manizheh se certificou de que sua voz estivesse firme; não mostraria ao ifrit a ferida que ele havia atingido.

— Posso oferecer-lhe o nome dela. O verdadeiro nome. O nome que o pai deu a ela.

PARTE I

NAHRI

QUANDO NAHRI ERA UMA MENINA BEM PEQUENA, NO ÚLTIMO lar para órfãos que a aceitou, ela conheceu um contador de histórias. Era Eid, um dia quente e caótico, mas um dos poucos dias agradáveis para crianças como ela, pois os abastados do Cairo ficavam muito mais inclinados a cuidar dos órfãos cujo bem-estar a fé deles pregava. Depois que ela se banqueteou com doces e enfiou biscoitos amanteigados na roupa nova – um lindo vestido bordado com lírios azuis –, o contador de histórias apareceu em meio à baixa dos níveis de açúcar no calor da tarde, e não demorou até que as crianças reunidas em torno dele apagassem, embaladas em sonhos de terras distantes e aventuras deslumbrantes pela sua voz suave.

Mas Nahri não tinha sido embalada; ela ficara hipnotizada, pois contos de reinos mágicos e herdeiros ao trono perdidos eram exatamente as esperanças frágeis que uma garotinha sem nome e sem família poderia acalentar no canto mais escondido do coração. Mas a forma como o contador de histórias formulava a questão era confusa. *Kan wa ma kan*, ele ficava repetindo ao descrever cidades fantásticas, djinns misteriosos e heroínas inteligentes. *Era e não era.* Os contos pareciam existir entre esse mundo e outro, entre a verdade e mentiras, e isso tinha deixado Nahri louca de anseio. Ela precisava saber que eram reais. Que poderia haver um lugar melhor para ela, um mundo em que as coisas silenciosas que fazia com as mãos fossem normais.

Então, insistiu em questioná-lo. *Mas foi real?*, indagara. *Isso tudo aconteceu de verdade?*

O contador de histórias dera de ombros. Nahri conseguia se lembrar do movimento e do brilho nos olhos no homem, sem dúvida divertindo-se com a ousadia da menina. *Talvez tenha acontecido, talvez não.*

Nahri tinha insistido, buscando o exemplo mais próximo que conseguira achar. *É como a coisa no seu peito, então? A coisa que parece um caranguejo em volta dos seus pulmões, que faz você tossir sangue?*

A boca do homem tinha se escancarado. *Que Deus me preserve,* sussurrou ele, horrorizado, enquanto arquejos se elevavam das pessoas que ouviam ao redor. Lágrimas encheram os olhos dele. *Você não pode saber isso.*

Ela não fora capaz de responder. Os outros adultos rapidamente intervieram, puxando-a pelos braços tão violentamente que rasgaram a manga de seu vestido novo. Foi a última gota para a menininha que dizia coisas tão inquietantes, a menina que chorava durante o sono em uma língua que ninguém jamais ouvira e que não ficava com hematomas ou arranhões depois de ser espancada pelas outras crianças. Nahri tinha sido arrastada para fora do prédio em ruínas ainda implorando para saber o que tinha feito de errado; caíra na terra usando as roupas de feriado e se levantara sozinha na rua conforme as pessoas comemoravam com as famílias dentro do tipo de lar acolhedor que ela jamais conhecera.

Quando o lar para órfãos bateu a porta atrás dela, Nahri parou de acreditar em magia. Até anos depois, pelo menos, quando um guerreiro daeva caiu aos seus pés em um labirinto de túmulos. Mas conforme Nahri olhava agora em confusão absoluta para o familiar horizonte do Cairo, as palavras em árabe retornaram à sua memória.

Kan wa ma kan.

Era e não era.

O mundo dos livros de histórias que era Daevabad tinha sumido, substituído pelas mesquitas e fortalezas e pelos velhos prédios de tijolos do Cairo enevoados à distância, com o calor ondulando do deserto e dos campos encharcados ao redor. Ela piscou e esfregou os olhos. A cidade ainda estava ali, assim como as pirâmides, erguendo-se orgulhosas contra o céu pálido ao longo do amplo Nilo azul.

Egito. Estou no Egito. Nahri viu que pressionava as articulações dos dedos contra a têmpora, com tanta força que doía. Aquilo era um sonho?

Ou talvez Daevabad tivesse sido o sonho. O pesadelo. Pois certamente era mais provável que ela fosse uma humana de volta ao Cairo, uma pobre ladra, uma golpista levada pelas próprias maquinações em vez de alguém que tinha vivido os últimos seis anos como a futura rainha de um reino oculto de djinns.

E isso teria sido uma possibilidade, não fosse pelo príncipe de respiração chiada, suado e ainda levemente brilhando que se colocou entre Nahri e a vista do campo. Não era um sonho, então – a não ser que ela tivesse trazido um pedaço do sonho de volta.

— *Nahri* — sussurrou Ali. Os olhos dele estavam injetados e desesperados; água escorria pelo seu rosto. — Nahri, por favor, me diga que estou vendo coisas. Por favor, me diga que isso não é o que parece.

Ainda zonza, Nahri olhou para além do ombro dele. Ela não conseguia tirar os olhos da paisagem campestre do Egito depois de tê-la desejado por tanto tempo. Uma brisa morna brincou com seus cabelos, e uma dupla de pássaros-do-sol chilreou ao subir por um trecho de vegetação espessa que tinha engolido uma construção de tijolo de argila em ruínas. Era temporada de enchentes, um fato que as margens inundadas e a água batendo nas raízes das palmeiras deixavam claro para qualquer egípcio em um instante.

— Parece que estou em casa. — A garganta dela estava terrivelmente seca, e sua magia de cura ainda bloqueada pela insígnia de Suleiman brilhando na bochecha de Ali. — Parece o Egito.

— Não podemos estar no Egito! — Ali recuou um passo, caindo pesadamente contra a parede interna esmigalhada do minarete. Havia um rubor febril no rosto dele, e um calor nebuloso emanava de sua pele. — N-nós estávamos agora mesmo em Daevabad. Você me puxou do muro... teve a intenção de...?

— Não! Eu só queria fugir de Manizheh. Você disse que a maldição tinha saído do lago. Achei que a gente fosse nadar até a margem, não se materializar novamente do outro lado do mundo!

— O outro lado do mundo. — A voz de Ali soou vazia. — Ah, meu Deus. *Ah, meu Deus.* Precisamos voltar. Precisamos... — As palavras dele se tornaram um chiado de dor, e uma das mãos disparou para o peito.

— Ali? — Ela o agarrou pelo ombro. Mais perto agora, Nahri conseguia ver que ele parecia não só chateado, mas *doente*: trêmulo e suando mais do que um humano morrendo de tuberculose.

O treinamento dela assumiu o controle.

— Sente-se — ordenou Nahri, ajudando-o a chegar até o chão. Ali fechou os olhos com força, encostando a parte de trás da cabeça na parede. Parecia necessitar de toda a sua força para não gritar.

— Acho que é o anel — arquejou ele, pressionando o punho contra o peito, ou, mais precisamente, contra o coração, onde a insígnia de Suleiman deveria estar agora, cortesia do truque de Nahri em Daevabad. — Está queimando.

— Deixe-me ver. — Nahri pegou a mão dele, que estava tão quente que era como mergulhar a própria mão em uma chaleira fervente, e a afastou do peito de Ali. A pele por baixo parecia completamente normal. E, sem magia, ela não tinha como examinar melhor: a marca de oito pontas de Suleiman ainda brilhava na bochecha de Ali, bloqueando os poderes dela.

Nahri engoliu o medo.

— Vai ficar tudo bem — insistiu ela. — Suspenda a insígnia. Vou tirar a dor e conseguir examinar você melhor.

Ali abriu os olhos, estupor espiralando em sua expressão de dor.

— Suspender a insígnia?

— Sim, a insígnia — repetiu Nahri, combatendo o pânico. — A insígnia de Suleiman. Não posso fazer magia com ela brilhando no seu rosto assim!

Ele respirou fundo, parecendo pior a cada minuto.

— Eu... tudo bem. — Ele olhou de novo para ela, parecendo ter dificuldade em se concentrar no rosto dela. — Como faço isso?

Nahri o encarou.

— Como assim, *como*? Sua família possui o selo há séculos. Você não sabe?

— Não. Apenas o emir tem permissão... — O luto recente cruzou a expressão de Ali. Ah, Deus, *Dhiru*...

— Ali, por favor.

Mas, confuso como ele já estava, a lembrança da morte do irmão pareceu ser demais. Ali desabou contra a parede, choramingando em geziriyya. Lágrimas escorreram pelas bochechas, abrindo caminhos entre a terra e o sangue seco em sua pele.

O som do canto de pássaros surgiu, e uma brisa chacoalhou as palmeiras pontiagudas que se erguiam acima da mesquita quebrada. O coração dela queria explodir, o doce alívio de estar em casa em guerra contra os eventos assustadores que tinham terminado com os dois aparecendo ali.

Ela se sentou sobre os calcanhares. *Pense, Nahri, pense.* Devia ter um plano.

Mas não conseguia pensar. Não quando ainda conseguia sentir o cheiro do veneno no sangue de Muntadhir e ouvir Manizheh quebrando os ossos de Ali.

Não quando conseguia ver os olhos verdes de Dara, suplicando do outro lado do corredor em ruínas do palácio.

Nahri respirou fundo. *Magia. Apenas consiga sua magia de volta, e tudo vai ficar melhor.* Sentia-se terrivelmente vulnerável sem suas habilidades, fraca de um jeito que jamais fora. O corpo inteiro doía, e o cheiro metálico de sangue estava espesso em seu nariz.

— Ali. — Ela segurou o rosto dele entre as mãos, tentando não se preocupar com o calor assustadoramente sobrenatural, até mesmo para um djinn, na pele suada dele. Limpou as lágrimas das bochechas de Ali, forçando seus olhos injetados a encontrarem os dela. — Apenas respire. Vamos chorar por ele, vamos chorar por todos eles, prometo. Mas neste momento precisamos nos concentrar. — O vento tinha ficado mais forte, açoitando o cabelo dela contra o rosto. — Muntadhir me disse que podia levar alguns dias para se recuperar da posse do anel — lembrou ela. — Talvez isso seja normal.

Ali tremia tanto que parecia ter convulsões. A pele assumira um tom acinzentado e os lábios estavam rachados.

— Não acho que isso seja normal. — Vapor subia do corpo dele em uma nuvem úmida. — Ela *quer você* — sussurrou ele. — Consigo sentir.

— E-eu não poderia — gaguejou ela. — Não poderia tomá-la. Você ouviu o que Manizheh disse sobre eu ser shafit. Se o anel tivesse me matado, ela teria assassinado você e tomado a insígnia para si mesma. Eu não podia arriscar!

Como se desse uma resposta irritada, a insígnia brilhou na bochecha dele. Enquanto a marca de Ghassan parecia uma tatuagem, mais escura do que a noite contra sua pele, a de Ali parecia ter sido pintada com mercúrio, a cor prateada refletindo a luz do sol.

Ele gritou quando ela brilhou mais forte.

— Ah, Deus — arquejou ele, buscando as lâminas na cintura. Milagrosamente, a khanjar e a zulfiqar tinham vindo com ele, presas no cinto. — Preciso tirar isso de mim.

Nahri arrancou-lhe as armas:

— Está maluco? Não pode abrir seu coração!

Ali não respondeu. Subitamente, não parecia capaz de responder. Havia um brilho vazio e perdido em seus olhos que a apavorou. Era um olhar que Nahri associava com a enfermaria, com pacientes levados até ela quando já era tarde demais.

— *Ali.* — Nahri estava sofrendo por não poder simplesmente colocar as mãos nele e arrancar-lhe a dor. — Por favor — implorou. — Apenas tente suspender a insígnia. Não posso ajudar você assim!

O olhar dele se fixou brevemente no dela, e o coração de Nahri pesou – os olhos de Ali estavam agora tão dilatados que as pupilas quase tinham encoberto o cinza das íris. Ele piscou, mas não havia nada em seu rosto que sequer indicasse que entendia a súplica dela. Deus, por que ela não havia perguntado mais a Muntadhir sobre a insígnia? Tudo o que ele dissera fora que precisava ser arrancada do coração de Ghassan e queimada, que o novo dono do anel poderia levar alguns dias para se recuperar, e que...

E que não podia deixar Daevabad.

Um medo frio tomou conta dela mesmo quando uma brisa quente percorria sua pele. *Não, por favor, não.* Não podia ser esse o motivo de aquilo estar acontecendo. Não podia ser. Nahri nem mesmo pedira a permissão de Ali: ele tinha tentado se afastar, mas ela enfiara o anel no dedo dele mesmo assim. Desesperada para salvá-lo, ela não se importara com o que ele queria.

E agora você pode tê-lo matado.

Um vento escaldante soprou o cabelo dela para trás, areia bateu em seu rosto. Uma das árvores que oscilavam do outro lado da mesquita em ruínas subitamente caiu no chão, e Nahri deu um salto, percebendo somente então que o ar tinha ficado mais quente, o vento acelerando até uivar em torno dela.

Ela olhou para cima.

No deserto além do Nilo, nuvens laranja e verdes estavam avançando sobre o céu pálido. Conforme Nahri observava, a claridade reluzente do rio sumiu, tornando-se de um cinza fosco conforme as nuvens sobrepujavam o alvorecer tranquilo. Areia rodopiava sobre o solo rochoso, galhos e folhas girando no ar. Parecia com a tempestade que tinha trazido Dara. No passado, isso poderia ter dado conforto a Nahri. Agora ela estava apavorada, erguendo-se trêmula com a zulfiqar de Ali na mão.

Com um uivo, o vento arenoso avançou para a frente. Nahri gritou, levantando o braço para proteger o rosto. Mas não precisava ter feito isso. Longe de ser açoitada e despedaçada, piscou e viu que ela e Ali se encontravam dentro de um funil revolto de areia, um olho de proteção dentro da tempestade.

Eles não estavam sozinhos.

Uma sombra mais escura espreitava, sumindo e reaparecendo com o movimento do vento antes de aterrissar na beira do minarete quebrado, como um predador que tinha prendido um rato em um buraco. A criatura surgiu para ela em pedaços inacreditáveis. Um corpo castanho e ágil, com músculos delineados sob a pelagem âmbar. Patas terminadas em garras do tamanho da cabeça dela que cortavam o ar como uma foice. Olhos prateados dispostos em um rosto leonino.

E *asas*. Asas deslumbrantes e iridescentes que pareciam ter todas as cores do mundo. Nahri quase soltou a zulfiqar enquanto um arquejo de espanto deixava sua boca. Ela vira representações daquela fera vezes demais para negar o que estava diante de seus olhos.

Era um shedu. Um leão alado quase mítico que seus ancestrais supostamente montavam em batalha contra os ifrits, e que permaneceu o símbolo deles muito depois que as próprias criaturas misteriosas sumiram.

Pelo menos foi o que todos pensaram. Porque olhos felinos estavam fixos nela agora, parecendo analisar seu rosto e avaliá-la. Nahri podia jurar ter visto um lampejo do que poderia ser confusão. Mas também inteligência – uma inteligência profunda e inegável.

— Me ajude — implorou ela, sentindo-se quase louca. — Por favor.

Os olhos do shedu se semicerraram. Eles eram prateados, tão pálidos que beiravam o transparente – a cor de gelo reluzente –, e percorreram a pele de Nahri, observando a zulfiqar nas mãos dela, o príncipe ferido aos seus pés e por fim a marca na têmpora de Ali.

A criatura bateu as asas como um pássaro insatisfeito, emitindo um grunhido grave pela garganta.

Nahri imediatamente segurou a zulfiqar com mais força – não que isso fosse fazer muito para protegê-los de uma fera tão magnífica.

— Por favor — tentou de novo. — Sou uma Nahid. Minha magia não está funcionando, e precisamos voltar para...

O shedu mergulhou.

Nahri se abaixou no chão, mas a criatura simplesmente planou acima dela, as asas deslumbrantes lançando o minarete nas sombras.

— Espere! — gritou quando a criatura sumiu na onda dourada de areia. A tempestade estava se afastando, se contraindo. — *Espere!*

Mas a criatura já se fora, dissipando-se como poeira ao vento. Em um momento, foi como se não tivesse havido tempestade alguma: os pássaros cantavam e o céu estava claro e azul.

Ali soltou o fôlego – uma exalação como seu último suspiro – e desabou no chão.

— Ali! — Nahri se abaixou de novo ao lado dele e sacudiu seu ombro. — Ali, acorde! Por favor, acorde! — Ela verificou a pulsação dele, alívio e desespero guerreando dentro dela. Ele ainda estava respirando, mas as batidas do coração estavam completamente irregulares.

Isso é culpa sua. Você colocou aquele anel na mão dele. Você o puxou para dentro do lago. Nahri engoliu o choro.

— Você não pode morrer. Entendeu? Eu não salvei sua vida uma dezena de vezes para você me abandonar aqui!

Suas palavras raivosas foram recebidas com silêncio. Nahri podia gritar o quanto quisesse, mas ainda não tinha magia nem ideia do que fazer a seguir. Ela nem mesmo sabia como eles tinham chegado *ali*. Levantando-se, olhou para o Cairo. Não era especialista, mas adivinharia que estavam a algumas horas de distância de barco. Aglomerados mais perto da cidade havia vilarejos, cercados por campos alagados e pequenos barcos deslizando pelo rio.

Nahri olhou de novo para a mesquita quebrada e o que parecia ser uma gaiola de pombos incinerada. Pedras de alicerce rachadas delineavam o que um dia poderiam ter sido casas ao longo de um caminho sinuoso e coberto de vegetação que dava no rio. Conforme os olhos dela acompanharam a aldeia em ruínas, uma estranha sensação de familiaridade dançou em sua nuca.

O olhar de Nahri se assentou sobre o Nilo cheio, com o Cairo reluzindo ao longe, do outro lado das imponentes pirâmides. Não havia vestígio do shedu, nenhum indício de magia. Nem no ar, nem no sangue dela.

Essa ausência a deixou com raiva e, quando encarou as pirâmides – os poderosos monumentos humanos que já eram antigos antes de Daevabad ser sequer um sonho –, seu ódio apenas queimou mais forte. Ela não ficaria esperando que o mundo mágico a salvasse.

Nahri tinha outro mundo.

Ali estava estranhamente leve nos braços dela, sua pele escaldante ao toque, como se metade da presença dele já tivesse queimado.

Isso facilitava arrastar o príncipe excessivamente alto para baixo do minarete, mas qualquer alívio que Nahri pudesse ter sentido foi ofuscado pela terrível suspeita de que aquilo não era um bom sinal.

Ela o colocou lentamente no chão depois que saíram, parando um instante para recuperar o fôlego. Suor umedecia sua testa, e ela se esticou, estalando a coluna.

Mais uma vez veio a sensação angustiante de que já estivera ali. Nahri olhou para o caminho, tentando permitir que qualquer vestígio familiar que passasse por sua mente se assentasse, mas eles se recusavam. A aldeia parecia ter sido devastada e abandonada havia décadas; o verde que a cercava estava quase engolindo as construções de vez.

Tenho certeza de que é apenas uma coincidência que, entre todos os lugares no Egito para os quais dois djinns de sangue de fogo poderiam ter sido magicamente levados, uma aldeia queimada medonha tenha sido escolhida.

Profundamente abalada, ela pegou Ali de novo, acompanhando o caminho até o rio como se o tivesse tomado centenas de vezes. Depois de chegar, deitou-o nas sombras.

A água ondulou para a frente, submergindo a linha de grama seca por baixo do corpo inconsciente de Ali. Antes que ela pudesse reagir, pequenos filetes de água subiram pelos braços e pernas dele, disparando sobre a pele quente como dedos aquosos. Nahri se moveu para afastá-lo, mas então Ali suspirou no sono, parte da dor deixando sua expressão.

Os marids não fizeram nada com você, mesmo? Nahri se lembrava da zulfiqar de Ali disparando até ele em uma onda, e da forma como ele controlara a cachoeira na biblioteca para derrubar o zahhak. Que segredos ele ainda guardava sobre a possessão marid?

E será que esses segredos agora eram perigosos? Um leão alado que todos acreditavam ter sumido havia muito tempo acabara de olhar para eles. Será que alguns espíritos do rio seriam os próximos?

Você não tem tempo para decifrar isso. Ali estava doente, ela estava impotente e, se Manizheh de alguma forma encontrasse um modo de segui-los, Nahri não pretendia ser um alvo facilmente encontrado em uma cidade abandonada.

Ela avaliou as circunstâncias deles de forma implacável, afastando pensamentos de Daevabad e assumindo o pragmatismo frio que sempre governara sua vida. Quase foi bom fazer isso. Não havia cidade conquistada, nem mãe calculista que deveria estar morta, nem guerreiro de olhos verdes suplicantes. Tratava-se apenas de sobrevivência.

Os pertences deles eram patéticos. Exceto pelas armas de Ali, eles não tinham nada a não ser as roupas em frangalhos e ensanguentadas nas costas. Nahri costumava passar os dias em Daevabad usando joias que poderiam ter comprado um reino, mas não estava usando nada em respeito às tradições da procissão do Navasatem, que ditavam uma vestimenta simples. Ela fora levada do Cairo descalça e usando trapos e voltara igual – uma ironia que a teria feito gargalhar, se não a tivesse deixado à beira das lágrimas.

Pior, ela sabia que os dois pareciam alvos fáceis. As roupas deles podiam estar destruídas, mas eram vestes de djinn, fortes e luxuosas aos olhos de qualquer um. Os dois estavam visivelmente bem nutridos e arrumados, e a zulfiqar reluzente de Ali parecia ser exatamente o que era: uma arma impressionantemente forjada, mais adequada a um guerreiro de um épico antigo do que qualquer coisa que um viajante humano fosse carregar. Ambos pareciam os nobres ricos que eram: podiam ter sido arrastados na lama, mas obviamente não eram camponeses locais.

Considerando as opções, Nahri estudou o rio. Nenhum barco tinha passado e o vilarejo mais próximo era um borrão de construções à distância. Ela provavelmente conseguiria fazer a caminhada em meio dia, mas não tinha como carregar Ali até tão longe.

A não ser que não fosse andando. Ela olhou para a palmeira caída, uma ideia se formando em sua mente, e então pegou a khanjar de Ali, pensando que seria uma lâmina mais fácil de manusear do que a zulfiqar.

A mão dela parou no cabo encrustado de joias. Aquela não era a khanjar de *Ali* – era do irmão dele. E como tudo de que Muntadhir gostava, era linda e ridiculamente cara. O cabo era de jade branca, emoldurado por ouro trabalhado e incrustado com uma estampa floral de minúsculas safiras, rubis e esmeraldas que se alternavam. Ela perdeu o fôlego quando calculou mentalmente o valor da khanjar, já separando as gemas valiosas na cabeça. Não tinha dúvidas de que Muntadhir dera aquilo ao irmão caçula como lembrança. Talvez fosse cruel negociar os pedaços sem a permissão de Ali.

Mas isso não a impediria. Nahri era uma sobrevivente, e estava na hora de trabalhar.

Ela levou a manhã inteira, as horas se derretendo em uma névoa de luto e determinação, suas lágrimas fluindo tão prontamente quanto seu sangue conforme ela cortava os dedos e os pulsos tentando montar um esquife improvisado com galhos amarrados. Era o bastante para manter a cabeça e os ombros de Ali acima da água na altura da cintura, e então ela entrou, lama sugando os pés descalços, o rio puxando seu vestido rasgado.

Ao meio-dia seus dedos estavam dormentes, incapazes de segurar o bote. Ela usou o cinto de Ali para amarrar a embarcação à cintura, o que lhe garantiu novos hematomas e arranhões. Desacostumados com uma dor física tão constante e com machucados que não se curavam, os músculos queimavam, o corpo inteiro gritando para que Nahri parasse.

Ela não parou. Certificou-se de que cada passo fosse firme. Pois, se ela parasse, se escorregasse e fosse submersa, não tinha certeza de que teria força para lutar por mais um fôlego.

O sol estava se pondo quando Nahri chegou à primeira aldeia, transformando o Nilo em uma fita carmesim reluzente e o verde espesso das margens num aglomerado ameaçador de sombras pontiagudas. Nahri só conseguia imaginar como deveria ter uma aparência alarmante, e não se surpreendeu nem um pouco quando dois rapazes que estavam puxando redes de pesca se sobressaltaram com gritos de surpresa.

Mas ela não estava atrás da ajuda de homens. Quatro mulheres usando vestidos pretos estavam recolhendo água logo depois do barco, e Nahri arrastou os pés direto até elas.

— Que a paz esteja com vocês, irmãs — ela ofegou. Os lábios estavam rachados; o gosto de sangue era forte na língua. Ela estendeu a mão, revelando três das minúsculas esmeraldas que arrancara da khanjar de Muntadhir. — Preciso de transporte até o Cairo.

Nahri lutou para permanecer acordada conforme a carroça levada por um burro avançava aos trancos para a cidade. A noite caía rapidamente e encobria a periferia do Cairo em escuridão. Aquilo tornou a jornada mais fácil. Não apenas porque as ruas estreitas estavam relativamente vazias – os habitantes locais estavam ocupados em fazer refeições noturnas e orações e colocar as crianças para dormir –, mas também porque Nahri não tinha certeza de que seu coração podia suportar uma vista desimpedida de seu antigo lar, com os marcos familiares iluminados pelo sol egípcio. A experiência toda já era surreal, o cheiro adocicado da cana-de-açúcar que sujava o piso da carroça e trechos de conversa de transeuntes em árabe egípcio contrastando com o príncipe djinn inconsciente ardendo em seus braços.

Cada lombada enviava uma nova descarga de dor por seu corpo machucado, e Nahri mal conseguiu erguer a voz acima de um murmúrio quando o condutor da carroça – o marido de uma das mulheres no rio – perguntou para onde iriam a seguir. Por pouco ela não desabou. Dizer que aquele era um plano frágil era um eufemismo. E, se falhasse, Nahri não tinha ideia do que faria depois.

Combatendo o desespero e a exaustão em igual medida, ela abriu a palma da mão.

— Naar — sussurrou para si mesma, com improvável esperança ao dizer a palavra em voz alta, como Ali um dia lhe ensinara. — *Naar.*

Não houve sequer um indício de calor, muito menos da chama conjurada que ela ansiava por segurar. Lágrimas brotaram-lhe nos olhos, mas Nahri se recusou a deixar que caíssem.

Enfim chegaram, e ela se moveu na carroça, braços e pernas protestando.

— Pode me ajudar a carregá-lo? — pediu.

O condutor olhou para trás, parecendo confuso.

— Quem?

Nahri apontou incrédula para Ali, a menos de um braço de distância do rosto do condutor.

— *Ele.*

O homem deu um salto.

— Eu... Você não estava sozinha? Eu podia jurar que você estava sozinha.

Apreensão disparou pela coluna dela. Nahri tinha a vaga compreensão de que humanos não podiam ver a maioria dos djinns, principalmente os de sangue puro, como Ali. Mas aquele homem tinha ajudado a carregar o corpo de Ali para dentro da carroça quando partiram. Como já podia ter se esquecido?

Ela buscou uma resposta, sem deixar de notar o medo brotando nos olhos dele.

— Não — respondeu ela, rapidamente. — Ele esteve aqui o tempo todo.

O homem soltou um palavrão baixinho, descendo das costas do burro.

— Eu disse a minha mulher que não queria me meter com estranhos vindo daquele lugar amaldiçoado, mas ela ouviu?

— O Nilo é um lugar amaldiçoado agora?

Ele lançou-lhe um olhar sombrio.

— Você não veio apenas do Nilo, você veio da direção de... daquela ruína.

Nahri ficou curiosa demais para não perguntar.

— Está falando do vilarejo ao sul de vocês? O que aconteceu lá?

Ele estremeceu, tirando Ali da carroça.

— É melhor não discutir tais coisas. — Ele sibilou quando os dedos tocaram o pulso de Ali. — Este homem está queimando. Se você trouxe a febre para nosso vilarejo...

— Quer saber? Acho que consigo carregá-lo o resto do caminho sozinha — disse Nahri, com uma animação falsa.

— Obrigada!

Resmungando, o condutor soltou Ali nos braços dela e lhe deu as costas. Lutando para se ajustar ao peso do corpo dele, Nahri conseguiu passar um dos braços de Ali sobre seu pescoço, então seguiu seu árduo caminho na direção da pequena loja no fim de um beco escuro, a pequena loja na qual depositava todas as suas esperanças.

Os sinos ainda tocavam quando se abria a porta, e o som familiar, assim como o aroma de ervas e tônicos, quase a fez se curvar de emoção.

— Estamos fechados — disse uma voz rabugenta dos fundos. O velho não se deu ao trabalho de tirar os olhos do frasco de vidro que estava enchendo. — Volte amanhã.

Ao ouvir a voz dele, Nahri prontamente perdeu a batalha contra as lágrimas.

— Sinto muito — choramingou ela. — Eu não sabia para onde mais ir.

O velho farmacêutico soltou o frasco de vidro. O objeto se estilhaçou no chão, mas o homem não pareceu notar.

Yaqub a encarou de volta, os olhos castanhos arregalados de espanto.

— *Nahri?*

2

DARA

Era chocante, de fato, como era fácil matar pessoas. Dara encarou o acampamento geziri arrasado diante dele. Estendendo-se pela área bem cuidada do jardim público do palácio, tinha sido um lugar lindo, adequado aos convidados de honra de um rei. Tamareiras imponentes da terra natal deles tinham sido colocadas em imensos potes de cerâmica entre as árvores de frutas menores, e lanternas reluzentes idênticas estavam penduradas ao longo dos caminhos de pedras cor de âmbar. Embora a magia tivesse sido arrancada do acampamento como em todo o restante de Daevabad, as tendas de seda reluziam à luz do sol, e o gorgolejar suave das fontes de água era levado pelo silêncio. O aroma de flores e incenso fazia um contraste profundo com o cheiro acre de café queimado e carne azeda, refeições que tinham sido arruinadas quando as pessoas que as comiam foram abruptamente assassinadas. Havia o cheiro mais pesado de sangue, é claro, impregnado nas nuvens de vapor de cobre ainda presentes no ar.

Mas Dara se acostumara tanto com o cheiro de sangue que tinha deixado de notar.

— Quantos? — perguntou ele, baixinho.

O camareiro ao seu lado tremia tanto que era um milagre que ainda estivesse de pé.

— Pelo menos mil, m-meu senhor. Eram viajantes do sul de Am Gezira, estavam aqui para o Navasatem.

Viajantes. O olhar de Dara desceu das tendas e das árvores – uma montagem onírica para um banquete de contos de fadas – até os tapetes tão encharcados de sangue que o líquido escorria em pequenos córregos para o jardim ao redor. Os viajantes geziri – muitos dos quais ele presumiu que jamais tinham estado em Daevabad e deviam ter muito recentemente olhado para os famosos mercados e palácios da cidade com assombro – tinham morrido rápido, mas não instantaneamente. Houve tempo suficiente para que muitos fugissem, apenas para morrerem agarrando a cabeça nos caminhos de pedra. Mais deles tinham morrido abraçados uns aos outros, e dezenas no que devia ter sido uma corrida em pânico para escapar de uma pequena praça com barracas de artesanato. O vapor que Manizheh tinha conjurado não havia discriminado entre jovens e velhos, ou mulheres e homens, matando todos com igual violência: moças com bordados, velhos tocando alaúde, crianças segurando doces pegajosos.

— Queime-os — ordenou Dara, com a voz baixa. Ele não tinha conseguido erguer a voz naquele dia, como se, caso desse alguma abertura para a parte de si que desejava gritar, que desejava se atirar no lago, ele fosse desabar. — Junto com qualquer outro corpo geziri encontrado no palácio.

O camareiro hesitou. Ele era um homem daeva, temente ao Criador, se a marca de cinza em sua testa servia de alguma indicação.

— Não deveríamos... Não deveríamos fazer algum esforço para descobrir as identidades deles? Não parece certo...

— Não. — Diante da resposta brusca de Dara, o camareiro se encolheu. Dara tentou explicar. — É melhor que a verdadeira quantidade não seja conhecida, caso precisemos ajustar o número.

O homem empalideceu.

— Tem crianças.

Dara pigarreou, engolindo o nó que fechava sua garganta. Olhou diretamente para o camareiro de um modo que não permitia mais discussão.

— Encontre um dos clérigos deles e peça que reze pelos mortos. Então *queime-os.*

O camareiro oscilou de pé.

— Às suas ordens. — Curvou-se e saiu às pressas.

Dara deixou o olhar recair sobre os mortos de novo. O jardim florido estava em silêncio, o ar abafado parecia um túmulo. Os muros do palácio pairavam bem alto, a altura triplicada pela magia dele. Dara fizera o mesmo com todo o Quarteirão Daeva, tirando vantagem do pandemônio para selar sua tribo completamente do resto da cidade. Havia usado mais magia do que nunca, sem nem se importar de ter que manter sua forma incandescente para conservar a força.

E, ao olhar para os geziri assassinados, ficou satisfeito. Pois, se seus semelhantes do outro lado da cidade tivessem de alguma forma sobrevivido ao vapor, Dara suspeitava que nem mesmo a perda de magia evitaria que viessem atrás de vingança.

Demônio, sussurrou uma voz em sua mente quando ele voltou para o palácio. Soava como Nahri. *Assassino.*

Flagelo.

Ele afastou a voz. Dara era a arma dos Nahid, e armas não tinham sentimentos.

Os corredores estavam desolados, e os passos dele ecoavam sobre as pedras antigas – muitas das quais tinham rachado durante o terremoto que abalara a cidade quando a magia foi levada. Os djinns que não tinham conseguido fugir do complexo real, junto com qualquer daeva surpreendido protegendo-os, tinham sido reunidos e arrebanhados até a biblioteca em ruínas. Muitos eram inofensivos – estudiosos ensanguentados e servidores civis, mulheres do harém aos prantos e criados shafit apavorados –, mas, entre o grupo, Kaveh tinha destacado algumas dezenas de nobres: homens e mulheres que dariam reféns úteis, caso os companheiros de tribo deles quisessem se amotinar. Também havia um punhado de Geziri sobreviventes, os poucos além de Muntadhir que tinham conseguido tirar a relíquia a tempo.

Dara continuou andando. *Estes são os corredores que você disse que estariam cheios de comemorações, não são? Música e alegria: a vitória que prometeu aos jovens guerreiros que agora jazem massacrados na praia, cujos corpos foram deixados para apodrecer. Os guerreiros que confiaram em você.*

Dara fechou os olhos com força, mas não conseguiu impedir o calor que estalava por seus braços e pernas. Ele exalou, brasas fumegantes escapulindo da boca, abriu os olhos e viu fogo espiralando em suas palmas. O emir Qahtani não o acusara de pertencer ao inferno? Talvez sua aparência atual fosse adequada.

Ele conseguia ouvir os gritos dos feridos na enfermaria muito antes de passar pelas espessas portas de madeira. Do lado de dentro havia um caos organizado. Manizheh podia não ter sua magia de cura, mas chefiava com uma presença vigorosa e reunira uma equipe para ajudá-la, incluindo os seguidores que ela trouxera do acampamento deles ao norte de Daevastana, criados que tinham trabalhado com Nahri na enfermaria, algumas costureiras que estavam usando seus talentos em pele e uma parteira que ela havia tirado do harém.

Dara a viu do outro lado da sala, desapontado ao constatar que ela havia substituído a armadura acolchoada que ele insistira que ela usasse durante o ataque por roupas mais leves que ela devia ter saqueado: a túnica de um homem e um avental encharcado de sangue cheio de ferramentas. Seu cabelo preto com fios prateados estava preso em um coque feito às pressas, e mechas caíam no rosto conforme ela se debruçava sobre uma menina daeva aos prantos.

Dara se juntou a ela, prostrando-se e apoiando a testa no chão. A demonstração de obediência foi intencional. Diante da conquista incompleta e de uma cidade assustada e destituída de magia, o desgaste do relacionamento deles era uma preocupação fútil. Ele não ousaria minar a autoridade dela em público – as pessoas precisavam acreditar que a liderança de Manizheh era absoluta.

— Banu Nahida — entoou ele.

— Afshin. — Havia alívio na voz dela. — Levante-se. Acho que podemos deixar de lado a reverência por enquanto.

Ele fez como ordenado, mas manteve o tom de voz formal.

— Fiz o possível para selar o Quarteirão Daeva e o palácio do restante da cidade. Não posso imaginar que os djinns tenham recursos para escalar muros tão altos tão cedo e, se tentarem, tenho arqueiros e Vizaresh à espera.

— Que bom. — A atenção dela passou para um homem do outro lado da sala. — Você encontrou a serra?

O criado daeva correu até ela.

— Sim, Banu Nahida.

— Serra? — perguntou Dara.

Manizheh inclinou a cabeça na direção da paciente. A menina era nova e tinha os olhos fechados com força para conter a dor do ferimento: uma mordida feia no braço. A pele ao redor estava carmesim e muito inchada.

— Ela é uma treinadora de simurghs no viveiro real — explicou Manizheh, baixinho. — Quando os pássaros de fogo entram em pânico, liberam um veneno na saliva. Aparentemente, o karkadann escapou quando o portão mágico caiu e, no caos, um dos pássaros a mordeu.

O coração de Dara pesou.

— O que você vai fazer?

— Se tivesse minhas habilidades, poderia tirar o veneno antes de chegar ao coração dela. Sem magia, só tem uma coisa que posso fazer.

O significado da serra se tornou terrivelmente claro e, o que quer que houvesse entre eles, Manizheh parecia ter algum resquício de piedade por ele.

— Ela é a última paciente que preciso estabilizar, depois gostaria de conversar com você e Kaveh. — Ela apontou com a cabeça para uma porta dupla. — Ele está esperando na outra sala.

Dara fez uma reverência curta.

— Sim, Banu Nahida.

Ele ziguezagueou pela enfermaria lotada. Estava cheia de feridos, e Dara não deixou de notar que eram todos daeva. Duvidava que isso significasse que as mortes estavam confinadas a sua tribo – pelo contrário, suspeitava que, no cálculo frio do mundo deles, significasse que apenas depois que os Daeva recebessem ajuda Manizheh voltaria sua atenção para o restante dos djinns.

Nós nunca teremos paz, desesperou-se ele ao abrir as portas que ela havia indicado. *Não depois disso*. Consumido pelos próprios pensamentos, Dara só percebeu para onde Manizheh o havia enviado depois que a porta se fechou atrás de si.

Dara estava no quarto de Nahri.

Em comparação com o restante do palácio conquistado, o quarto estava silencioso e intocado. Dara estava sozinho, Kaveh não estava à vista. O apartamento era bonito e bem mobiliado, e à primeira vista podia ter pertencido a qualquer mulher nobre daeva. Um altar de fogo prateado queimava em um nicho de oração, perfumando o ar com cedro, e um par de delicados brincos dourados e um anel de rubi tinham sido deixados em uma pequena mesa pintada.

Olhando com mais atenção, no entanto, Dara viu sinais da mulher que conhecera, da mulher que amara e traíra. Livros estavam empilhados em uma torre precária ao lado da cama, e o que pareciam ser pequenos itens quase toscos – palha torcida para se parecer com um barco, uma guirlanda seca de flores de jasmim, uma pulseira de madeira entalhada – dispostos com reverência no parapeito da janela. Um pente de marfim e um xale de algodão abandonado estavam na mesa ao lado dele, e Dara fez de tudo para não pegar nem tocar nas coisas que Nahri tocara tão recentemente, para ver se o cheiro dela permanecia.

Ela não pode estar morta. Simplesmente não pode estar. Perdendo a batalha para o coração ferido, Dara se aventurou mais para dentro do quarto, sentindo-se como um intruso ao passar os dedos pelos mastros luxuosamente entalhados da cama de mogno. Ele ainda conseguia se lembrar de ter feito aquilo seis anos antes. Como tinha se sentido orgulhoso de si mesmo naquela noite, indignado com um bom motivo depois de descobrir que os Qahtani pretendiam forçar Nahri a se casar com Muntadhir. Dara não duvidou por nenhum momento quando entrou sorrateiramente no quarto dela de que estava fazendo a coisa certa, de que Nahri o cumprimentaria com um sorriso aliviado, pegaria sua mão e fugiria de Daevabad ao seu lado. De que estava salvando-a de um destino terrível que ela não poderia querer.

Ele estivera completa e inteiramente errado.

Em retrospecto, estava óbvio que a havia perdido ali, naquela noite, e Dara não tinha ninguém além de si mesmo para culpar. Havia tirado de Nahri a escolha dela – *dela*, a única pessoa que tinha visto alguma coisa nele além do lendário Afshin, o abominável Flagelo, e talvez o tivesse amado por isso.

— Afshin?

Dara se esticou ao ouvir a voz fraca de Kaveh. O grão-vizir estava nos degraus que davam para o jardim, parecendo pálido como pergaminho e tão estável quanto a cortina translúcida que dançava na brisa.

— Kaveh. — Dara atravessou o quarto, estendendo a mão para equilibrar o outro homem. — Você está bem?

O grão-vizir se permitiu ser levado até uma almofada próxima do altar de fogo. Apesar do dia quente, ele estava trêmulo.

— Não. Eu... Manizheh disse que eu deveria esperar aqui, mas não consigo. — O olhar injetado dele desviou para o de Dara. — Você esteve por todo o palácio... É verdade sobre os Geziri?

Dara assentiu sombriamente.

— Alguns sobreviventes retiraram as relíquias a tempo, como o emir, mas o resto está morto.

Kaveh recuou bruscamente, uma das mãos indo até a boca com horror.

— Criador, não — sussurrou ele. — O veneno, o vapor... não deveria se espalhar além do ponto no qual foi liberado.

Dara ficou gelado.

— Manizheh lhe disse isso?

Kaveh assentiu, se balançando para trás e para a frente.

— Q-quantos...

Era inútil fingir. Kaveh descobriria a verdade de qualquer modo.

— Pelo menos mil. Havia... viajantes hospedados no jardim que não previmos.

O grão-vizir soltou um ruído sufocado.

— Ah, meu Deus, o acampamento. — Ele estava pressionando os dedos com tanta força no crânio que devia doer. — Havia crianças lá — choramingou. — Eu as vi brincando. Não deveria acontecer assim. Eu só pretendia matar Ghassan e os homens dele!

Dara não sabia o que dizer. Manizheh sabia muito bem que o vapor se espalharia – ela e Dara tinham brigado amargamente a respeito daquilo. Por que ela escondera aquilo de Kaveh? Temeria que o homem a quem amava iria protestar? Ou será que tinha sido para poupá-lo da culpa compartilhada, pois ela já havia tomado a decisão de seguir em frente?

Ela não o poupou de nada. Manizheh tinha transformado Kaveh em um instrumento de assassinato em massa, e em resposta a isso Dara não tinha palavras de consolo reconfortantes. Ele conhecia muito bem a sensação.

Tentou mudar de assunto.

— Alguma notícia de Jamshid?

Kaveh secou os olhos.

— Ghassan só disse que o estava mantendo com pessoas de sua confiança. — Ele começou a tremer mais ainda. — Afshin, se ele estava na Cidadela... se ele morreu quando nós a atacamos...

— Você não tem motivo para crer que ele estava lá. — Dara se ajoelhou diante do outro homem e apertou seu braço.

— Kaveh, você precisa se recompor.

— Você não é um pai. Você não entende.

— Entendo que há milhares de Daeva que serão massacrados por nossas ações se perdermos o controle desta cidade. Manizheh está lá fora amputando membros porque não tem magia. Os ifrits a estão rondando, procurando uma fraqueza. Ela precisa de você. *Daevabad* precisa de você. Nós vamos encontrar Jamshid e Nahri. Rezo tanto quanto você para que o Criador os tenha poupado. Mas não estaremos ajudando nenhum deles se não garantirmos o controle sobre a cidade.

A porta se abriu e Manizheh entrou. Ela olhou uma vez para os dois e o cansaço enrugou sua expressão.

— Ora, como vocês dois parecem esperançosos.

Dara enrijeceu.

— Eu estava atualizando Kaveh sobre o número de Geziri que morreram. — Ele a encarou. — Parece que o vapor se espalhou mais longe do que antecipado. Quase todos os Geziri do palácio estão mortos.

Ele precisava dar crédito a ela – Manizheh nem mesmo tremeu.

— Que pena. Mas suponho que a guerra seja normalmente mais violenta do que o esperado. Se o povo deles tivesse governado com justiça, nós não teríamos precisado recorrer a meios tão desesperados. Mas, sinceramente, algumas centenas de djinns mortos...

— Não são algumas centenas — interrompeu ele. — São pelo menos mil, se não mais.

Manizheh o encarou de volta e, embora não o tenha repreendido diretamente por interrompê-la, Dara não deixou de ver o aviso nos olhos dela.

— Mil, então. Eles ainda não são nosso assunto mais urgente. Não quando comparados com nossa perda de magia.

Houve um momento de silêncio antes de Kaveh falar.

— Acha que é uma punição?

Dara franziu a testa.

— Uma *punição*?

— Do Criador — sussurrou Kaveh. — Por causa do que fizemos.

— Não — disse Manizheh, inexpressivamente. — Não acho que o Divino tenha tido algo a ver com isso. Para ser sincera, não vejo o Divino em lugar nenhum desta cidade terrível, e me recuso a acreditar que Zaydi al Qahtani pudesse ter saqueado o lugar e não sofrido uma retribuição celestial semelhante se fosse esse o caso. — Ela se sentou, parecendo arrependida. — Mas não imagino que você seja a única pessoa a chegar a essa conclusão.

Dara andava de um lado para outro, agitado demais para ficar parado. Milhares de responsabilidades o pressionavam.

— Como governaremos uma cidade sem magia? Como *viveremos* sem magia?

— Não podemos — respondeu Kaveh, cada vez mais sério. — Nossa sociedade, nossa economia, nosso *mundo* depende de magia. Metade das mercadorias vendidas na cidade é conjurada. As pessoas dependem de encantamentos para acordá-las, para levá-las para o trabalho, para cozinhar a comida. Duvido que um entre vinte de nós consiga acender uma fogueira sem usar magia.

— Então precisamos trazê-la de volta — disse Manizheh.

— O mais rápido possível.

Dara parou de andar.

— Como? Nem sabemos por que sumiu.

— Podemos dar alguns palpites. Vocês dois estão preocupados, mas não estamos completamente no escuro. Você ainda tem sua magia, Afshin, assim como os ifrits.

Ele fez uma careta ao ouvir a comparação.

— O que significa...?

— O que significa que a magia que sumiu é aquela que Suleiman concedeu a nossos ancestrais *depois* da punição deles — explicou ela. — Você tem a sua porque é intocado pela maldição de Suleiman. Os ifrits têm os truques deles porque é um tipo diferente de magia, coisas que aprenderam para *contornar* a maldição. Não pode ser coincidência que nossos poderes só tenham desaparecido quando Nahri e Alizayd pegaram o anel de Suleiman e pularam no lago.

Dara parou, acompanhando o raciocínio dela.

— Tem certeza?

— Muita — respondeu Manizheh, com um indício de amargura na voz. — Nahri o colocou no dedo, eles sumiram no lago, e momentos depois o véu caiu e minhas habilidades tinham sumido. — Ela pareceu séria. — Eu observei a água. Eles não voltaram para a superfície.

— Também verifiquei os penhascos. — Fazer aquilo quase o tinha matado; a possibilidade de descobrir Nahri estatelada nas rochas era terrível demais para contemplar. — Não encontrei nada. Mas a queda não é longa. Talvez tenham nadado de volta e eu não tenha visto. Eles podem estar escondidos em outro lugar da ilha, com Alizayd usando a insígnia para conter a magia.

Manizheh sacudiu a cabeça.

— Foi súbito demais. Ghassan ficou recluso por dias assim que pegou a insígnia, e quando voltou parecia ter estado no lado receptor de uma praga. Não acho que isso tenha sido causado por Alizayd.

Kaveh pigarreou.

— Vou dizer o que nenhum de vocês quer falar: é bem provável que estejam mortos. Aquela *é* uma queda que poderia matar um homem. Até onde sabemos, eles se afogaram e os corpos afundaram na água.

O coração de Dara se revirou, mas Manizheh já estava respondendo.

— A morte do portador do anel não deveria ter afetado a magia assim. Afinal, quantas horas Ghassan ficou morto com ele?

Dara beliscou o osso do nariz.

— Nahri não está morta — insistiu ele, teimoso. — Não é possível. E não acredito nem por um momento que os marids tenham deixado o peão deles *se afogar*.

Kaveh pareceu confuso.

— Por que os marids se importariam? Pelo que Manizheh me contou, tive a impressão de que Alizayd não significava nada para eles, sendo apenas o primeiro corpo conveniente a pular naquela noite em que atacaram você.

— Para alguém que foi apenas conveniente, ele certamente foi bem recompensado. Aquela mosca da areia matou meus homens com magia da água. Vizaresh disse que encontrou Alizayd controlando o lago como se ele mesmo fosse marid.

— Você poderia ter mencionado isso um pouco mais cedo — disparou Kaveh. — Eles pularam em um lago amaldiçoado pelos marids, Afshin! Se Alizayd está sob a proteção daquelas criaturas...

— Os marids me disseram que não interfeririam conosco de novo — argumentou Dara. — Eu deixei as consequências claras.

— Basta. — Manizheh levantou a mão. — Não consigo pensar com vocês dois gritando assim. — Ela contraiu os lábios, parecendo inquieta. — E se ele não precisasse estar sob a proteção deles?

— Como assim? — perguntou Dara.

— Quero dizer que pode não ter sido Alizayd — sugeriu Manizheh. — Fomos *nós* que insistimos para que os marids restaurassem o encantamento original do lago, aquele que permitia que os Nahid viajassem pelas águas, foi assim que voltamos para Daevabad. E se Nahri o usou de alguma forma para tirar os dois daqui?

Kaveh abriu a boca, parecendo ainda mais pálido. Dara estava genuinamente surpreso por ele ainda não ter desmaiado.

— Isso... isso pode fazer sentido. Lá no acampamento, vocês dois disseram que não havia evidência de que a insígnia de Suleiman tinha deixado Daevabad. Talvez seja *esse* o motivo — prosseguiu Kaveh, gesticulando como um professor empolgado. — Porque, se a insígnia for retirada de Daevabad, tudo desaba. Ou não parece estranho que os Qahtani jamais tenham levado a insígnia de volta para Am Gezira? Que não tenham tentado construir um império mais perto da casa e dos aliados deles?

— É uma teoria — disse Manizheh, depois de um silêncio cauteloso. — Talvez você tenha razão. Mesmo assim, se Nahri teve acesso a esse tipo de magia, eles podem estar em qualquer lugar. Ela só precisaria pensar em um lugar e eles sumiriam.

— Então vou encontrá-los — disse Dara com urgência, sem se importar com o quanto soava emotivo. — Egito. Am Gezira. Nahri e Alizayd não são tolos. Eles irão a um lugar familiar e seguro.

— De jeito nenhum. — A voz de Kaveh soou como um martelo. — Você não pode deixar Daevabad, Afshin. Nem por um minuto. Além dos ifrits, você é o único portador de magia na cidade. Se os djinns e os shafits acharem que você não está aqui para nos proteger... — Ele começou a tremer de novo. — Não viu o que fizeram com a procissão do Navasatem? O que fizeram com Nisreen. Os sangues-sujos não precisam de magia. Eles têm armas humanas desprezíveis capazes de explodir as pessoas em pedaços. Eles têm fogo Rumi e rifles e...

A mão de Manizheh recaiu sobre o pulso de Kaveh.

— Acho que ele entende. — Ela olhou para Dara com resignação. — Estou desesperada para reaver minha magia, Afshin, estou mesmo. Mas nós tomamos esta cidade com sangue, e agora Daevabad vem primeiro. Precisaremos pensar em outra forma de recuperar a insígnia.

Se Dara tinha sentido o peso de seus deveres antes, agora estavam muito mais pesados, apertando seus ombros e sua garganta como um cachecol espinhoso. Manizheh não o estava manipulando dessa vez. Dara sabia muito bem o preço que seu povo pagaria pela violência que a invasão deles tinha trazido. Ele não permitiria que aquilo acontecesse.

— Então o que *fazemos*? — perguntou ele.

— Vamos terminar o que começamos: colocamos Daevabad, a cidade toda, sob nosso controle. E embora precisemos descobrir se a magia se foi além de nossas fronteiras, por enquanto vamos esconder a notícia sobre o que aconteceu. Não quero os shafits fugindo para levar magia para o mundo humano ou os djinns escapando para as terras natais deles. Mande os ifrits queimarem qualquer barco que tente atravessar o lago.

Kaveh ficou visivelmente espantado.

— Mas haverá viajantes tentando vir para o Navasatem.

— Então vamos lidar com eles. E em uma observação mais pessoal — Manizheh respirou fundo —, alguma notícia de Jamshid?

O rosto do grão-vizir se fechou.

— Não, minha senhora. Sinto muito. Tudo o que sei é que Ghassan disse que ele estava em algum lugar seguro. Ele podia estar na Cidadela quando caiu.

— Pare de dizer isso — exigiu Dara, ao ver Manizheh empalidecer pela primeira vez. — Kaveh, foi você quem me contou sobre a rebeldia de Alizayd. A Cidadela era dele quando caiu, por que Ghassan teria mandado Jamshid para lá?

Manizheh se aproximou da mesa espelhada, pegando o pente de Nahri.

— Tem mais alguém que pode saber onde Ghassan teria mantido Jamshid — disse ela, passando os dedos pelos dentes de marfim. — Alguém que também poderia nos contar sobre a insígnia de Suleiman, e para onde o irmão e a esposa dele fugiriam se ainda estivessem vivos. — Ela enfiou o pente em um dos bolsos. — Está na hora de visitarmos nosso antigo emir.

NAHRI

Yaqub entrou de novo no quarto e colocou um xale nos ombros dela.

— Você parece estar com frio.

Nahri puxou o xale mais para perto.

— Obrigada. — Não estava exatamente frio na sala do estoque nos fundos do boticário, principalmente não ao lado de um djinn febril e inconsciente, mas ela não tinha conseguido parar de tremer.

Mergulhou a compressa em uma tigela de água com cheiro de menta, espremeu e então a colocou aberta na testa de Ali. Ele se agitou, mas não abriu os olhos, o pano fumegando onde tocou sua pele quente.

Ainda de pé, Yaqub falou de novo.

— Há quanto tempo ele está com febre?

Nahri pressionou os dedos no pescoço de Ali. A pulsação ainda estava rápida demais, embora ela pudesse jurar que tinha se acalmado um pouco desde que haviam saído da margem do rio. Ela rezou a Deus para que fosse o caso, de toda forma, lembrando-se do aviso de Muntadhir de que o novo portador da insígnia levaria alguns dias para se ajustar à presença do anel e rezando para que aquilo tudo fosse normal, não uma consequência de terem tirado o anel de Daevabad.

— Um dia — respondeu ela.

— E a cabeça dele... — A voz de Yaqub parecia insegura.

— Você a enfaixou. Ele foi golpeado? Se houver um ferimento e estiver infeccionado...

— Não está. — Nahri não tinha certeza do que um humano veria se olhasse para a marca brilhante da insígnia de Suleiman na têmpora de Ali, mas tinha decidido não descobrir, arrancando uma faixa da barra do vestido e amarrando-a firme na testa dele.

Agarrado a uma nova bengala – fazia mesmo bastante tempo –, Yaqub se abaixou no chão ao lado dela, cuidadosamente equilibrando outra tigela.

— Eu trouxe um pouco de sopa do açougueiro. Ele me devia um favor.

Uma pontada de culpa a perfurou.

— Você não precisava cobrar um favor por mim.

— Besteira. Me ajude a levantar um pouco seu companheiro misterioso. Ele está se mexendo o suficiente para você tentar colocar algum líquido dentro dele.

Nahri levantou os ombros de Ali, com os braços ainda doendo após puxá-lo pelo rio. Ele murmurou alguma coisa no sono, tremendo como ela, e a cabeça de Nahri latejou. *Por favor, não morra*, suplicou ela em silêncio conforme Yaqub colocava mais uma almofada atrás dele.

Yaqub silenciosamente tomou o controle, empurrando algumas colheradas de caldo na boca de Ali até descerem pela garganta.

— Não muito — instruiu ele. — Você não quer que ele engasgue. — Sua voz era gentil, como um homem tentando não assustar um animal nervoso, e comoveu Nahri tanto quanto a envergonhou. Se ela havia temido que ele lhe desse as costas à porta, tal preocupação tinha sido completamente infundada: o velho farmacêutico tinha olhado uma vez para ela com o homem doente nos braços e a convidado para entrar sem fazer perguntas.

Ele se sentou.

— Minha mente ou meus olhos devem estar falhando.

Sempre que olho para ele, ele parece sumir.

— Estranho — respondeu Nahri, com a voz tensa. — Para mim ele parece normal.

Yaqub apoiou a tigela.

— Sempre tive a impressão de que você e normal não se encaixavam muito bem. Agora, eu perguntaria se você gostaria que um médico decente o examinasse, não apenas um farmacêutico velho e gagá, mas suspeito de que já sei a resposta.

Nahri sacudiu a cabeça. Nenhum médico humano conseguiria ajudar Ali, e ela não queria que atraíssem atenção indesejada.

— Nada de médicos.

— É claro que não. Por que fazer algo que faria sentido?

Ah, ali estava o antigo parceiro de negócios de quem ela se lembrava.

— Não quero criar problemas com ninguém — respondeu ela. — Não quero que *você* se meta em problemas. É melhor a gente não atrair atenção por enquanto. E sinto muito, eu não deveria ter me intrometido em sua vida assim. Vou dar o resto da sopa para ele e então...

— E então vai fazer o quê? Arrastar um corpo inconsciente pelo Cairo? — perguntou Yaqub, sarcasticamente.

— Não, vocês dois vão ficar bem... — Ele se sobressaltou, olhando espantado para Ali. — Ele fez de novo — disse o farmacêutico. — Poderia jurar que ele acabou de sumir.

— São seus olhos. Eles começam a falhar na sua idade. — Quando Yaqub lançou-lhe um olhar incrédulo, Nahri forçou um sorriso sofrido. — Mas obrigada pela oferta de hospitalidade.

Yaqub suspirou.

— É claro que você voltaria em tais circunstâncias. — Ele se ergueu com dificuldade, indicando para que ela o seguisse.

— Venha. Deixe quem quer que seja esse descansar. Você precisa comer, e *eu* tenho algumas perguntas.

Apreensiva, Nahri puxou um cobertor leve sobre Ali e ficou de pé. Alongou-se, girando as costas para aliviar o corpo dolorido. Sentia-se terrivelmente frágil. *É apenas temporário.* Ali acordaria e suspenderia a insígnia, eles recuperariam a magia e então resolveriam tudo. Precisavam resolver.

O estômago de Nahri roncou quando ela passou pela porta. Yaqub estava certo sobre a fome. Ela não comia havia muito tempo; a última refeição tinha sido feita no hospital com Subha enquanto elas se esforçavam para cuidar das vítimas do ataque do Navasatem. *Pelo Altíssimo, isso foi há apenas dois dias?* Uma onda de desespero renovado se acumulou no peito dela. O que aconteceria com Subha, com sua família e o resto dos shafits em uma cidade controlada por Manizheh e Dara, principalmente quando seus novos governantes daeva descobrissem sobre o ataque do Navasatem? Será que a médica receberia misericórdia por ter salvado vidas daeva? Seria executada por sua ousadia?

— Você vem? — perguntou Yaqub.

— Sim. — Nahri tentou esquecer seus medos, mas estar na loja de Yaqub apenas abalou-lhe ainda mais as emoções. O boticário parecia ter sido tirado de suas memórias, tão confuso e acolhedor como sempre. Havia a antiga bancada de trabalho de madeira e ferramentas de farmácia espalhadas, muitas das quais pareciam tão velhas quanto Daevabad. O ar estava espesso com o cheiro de temperos e ervas, e barris de flores de camomila secas e gengibre retorcido cobriam o piso empoeirado, com latas e frascos de vidro contendo os ingredientes mais preciosos apoiados nas prateleiras.

Ela passou a mão pela mesa desgastada, os dedos roçando as várias caixas e bugigangas. Nahri passara incontáveis horas naquela sala entulhada, ajudando Yaqub com o inventário e tentando fingir que não estava memorizando cada palavra preciosa que ele compartilhava sobre medicina. Em Daevabad, ela teria feito quase tudo para voltar, para passar só mais um dia no Egito, mais uma tarde picando ervas e moendo sementes à luz do sol que entrava pela janela alta enquanto Yaqub tagarelava sobre tratar de cólicas estomacais e mordidas de insetos.

Em nenhum desses sonhos Nahri havia chegado após fugir da conquista violenta de Daevabad nas mãos de pessoas que ela achava que estivessem mortas, pessoas que em outra vida ela poderia ter amado – assim como não imaginava viajar com um homem que para todos os efeitos deveria ser seu inimigo.

Yaqub estalou os dedos diante do rosto dela e então apontou para um pacote de papel sujo de óleo.

— Sambousek. Coma. — Ele resmungou, acomodando-se em um banquinho. — Se eu fosse inteligente, só lhe daria um para cada pergunta respondida.

Nahri abriu o pacote, a barriga roncando diante da pilha de sambousek e o cheiro da massa frita deixando-a zonza.

— Mas isso faria de você um terrível anfitrião. Afinal de contas, você me chamou de hóspede. — Ela quase cheirou a primeira massa, fechando os olhos de prazer com o gosto do queijo salgado.

Yaqub sorriu.

— Você ainda é aquela menininha de rua. Eu me lembro da primeira vez que a alimentei: jamais tinha visto uma criança comer tão rápido. Tinha certeza de que engasgaria.

— Eu praticamente não era mais criança — reclamou ela.

— Acho que estava com quinze anos quando você e eu começamos a trabalhar juntos.

— Você era uma criança — corrigiu Yaqub baixinho, com remorso na voz. — E claramente tão sozinha. — Ele hesitou.

— Eu... depois que você desapareceu, me arrependi por não ter feito mais para me aproximar de você. Eu deveria ter levado você para casa, ter encontrado um marido decente...

— Eu teria recusado — disse Nahri, melancolicamente.

— Eu teria achado que era um truque.

Yaqub parecia surpreso.

— Você não confiava em mim nem no final?

Nahri engoliu a última mordida e, calada, pegou o copo d'água que ele ofereceu.

— Não era você, eu não confiava em ninguém — respondeu ela, percebendo que era verdade conforme falava. — Eu tinha medo. Sempre me pareceu estar a um erro de perder tudo.

— Você parece tão mais velha.

Ela forçou um encolher de ombros, abaixando os olhos antes que ele conseguisse ver as emoções no rosto dela. Ela havia começado a confiar nas pessoas em Daevabad – pelo menos tanto quanto era capaz de confiar em alguém. Tivera amigos e mentores – raízes. Nisreen e Subha, Elashia e Razu, Jamshid e Ali – até mesmo Muntadhir e Zaynab, do jeito deles.

Isto é, ela tivera raízes até que a primeira pessoa em quem confiou – a primeira pessoa que deixou entrar em seu coração – as arrancou, ateando fogo espetacularmente a tudo que ela havia construído.

— Foram alguns anos longos. — Nahri mudou de assunto; perdera o apetite. — Como *você* anda? Parece muito bem. Eu não tinha certeza se ainda estaria…

— O quê? Vivo? — Yaqub bufou. — Não sou *tão* velho assim. O joelho me causa problemas, e meus olhos não estão tão aguçados quanto já foram, como você tão gentilmente colocou, mas ainda estou melhor do que a metade de meus concorrentes, lá fora misturando cal e xarope de açúcar nos produtos caros demais deles.

— Já considerou aceitar um aprendiz? — Ela gesticulou para a loja bagunçada. — É muito trabalho.

Ele fez uma careta.

— Tentei alguns genros e netos. Aqueles que não eram inúteis eram preguiçosos.

— E suas filhas e netas?

— Estão mais seguras em casa — disse ele, com firmeza. — Houve muita guerra, há muitos desses soldados estrangeiros espreitando. Franceses, britânicos, turcos... é difícil acompanhar.

Nahri recuou, confusa.

— Britânicos e turcos? Mas achei... não somos controlados pelos franceses?

Yaqub olhou para ela como se Nahri tivesse perdido a cabeça.

— Os franceses se foram há anos. — O rosto dele ficou ainda mais incrédulo. — Nahri, por onde andou que não sabia da guerra? Estavam batalhando dos dois lados do Nilo, pelas ruas do Cairo... — A voz dele ficou amarga. — Estrangeiros, todos eles. Ensanguentaram nossa terra; tomaram nossa comida, nossos palácios, pilhas de tesouros que supostamente desenterraram, e então alegaram que foi tudo porque cada um deles seria melhor governante para nós.

O coração dela pesou.

— E agora?

— Os otomanos de novo. Um novo. Diz que as coisas serão diferentes, que ele quer liderar um Egito moderno e independente. — Yaqub soltou um resmungo rabugento. — Muita gente gosta dele, gosta das ideias dele.

— Mas você não?

— Não. Dizem que ele já está se virando contra alguns dos nobres e clérigos egípcios que o apoiaram. — Ele sacudiu a cabeça. — Não acredito em homens ambiciosos que dizem que o único caminho para a paz e a prosperidade está em lhes dar mais poder, principalmente quando fazem isso com terras e gente que não são deles. E aqueles europeus vão voltar. As pessoas não atravessam um mar para lutar sem esperar algum retorno do seu investimento.

Com isso, Nahri se obrigou a comer mais um doce. Parecia que, para onde quer que fosse, seu povo estava sendo oprimido por governantes estrangeiros e morto em guerras nas quais não tinham direito a uma opinião. Em Daevabad, pelo menos, ela tivera algum poder e fizera o possível para mudar o curso das coisas – seu casamento com Muntadhir, para começar, e o hospital. E mesmo isso não tinha dado em nada: seus esforços pela paz haviam sido destruídos pela violência vez após vez.

Yaqub se apoiou na bancada de trabalho.

— Então, agora que você efetivamente desviou a conversa duas vezes, vamos voltar para aquelas perguntas que tenho para você: o que aconteceu? E por onde andou durante todos esses anos?

Nahri o encarou. Ela não tinha certeza de que conseguia responder sozinha, muito menos para um humano que não deveria ter noção do mundo mágico.

Um humano. Essa palavra tinha surgido espontaneamente na mente dela com rapidez. A percepção a abalou, tornando sua dificuldade para encontrar uma resposta ainda mais acentuada.

— É meio que uma longa história...

— Ah, você precisa ir a algum lugar? Um compromisso? — Yaqub apontou-lhe um dedo trêmulo. — Criança, você deveria ficar feliz com todas as guerras. Elas distraíram as pessoas dos boatos que se espalharam depois que você desapareceu.

— Boatos?

A expressão dele ficou mais sombria.

— Uma menina foi encontrada assassinada em El Arafa, cercada por corpos em decomposição, túmulos saqueados e lápides quebradas, como se os próprios mortos tivessem acordado, Deus nos livre. As pessoas disseram que ela foi atingida por uma flecha que parecia vir da época do Profeta. Houve histórias insanas, inclusive fofocas de que ela participara de um zar mais cedo naquela noite. E que o zar foi guiado por...

— Mim — concluiu Nahri. — O nome dela era Baseema. A menina, quero dizer.

Ela não deixou de notar a forma como ele recuou levemente.

— Você não esteve realmente envolvida na morte dela, esteve?

Pelo Criador, Nahri estava tão cansada de mentir para as pessoas de quem gostava.

— É claro que não — respondeu, com a voz rouca.

— Então por que sumiu? — Yaqub parecia magoado. — Fiquei muito preocupado, Nahri. Sei que não sou sua família, mas você podia ter mandado notícias.

Mais culpa, mas pelo menos àquela pergunta Nahri podia responder com certa honestidade.

— Eu teria mandado se pudesse, meu amigo. Acredite em mim. — Ela pensou rápido. — Eu fui... levada, resgatada. Mas o lugar em que acabei, as pessoas... elas tinham tendências controladoras — explicou Nahri, no que devia ser o maior eufemismo para Ghassan al Qahtani jamais proferido. — Na verdade, é por isso que estou aqui. Nós somos meio que... exilados políticos.

As sobrancelhas cinza felpudas de Yaqub estavam se elevando com cada vez mais incredulidade conforme ela falava, mas agora ele só parecia confuso.

— *Nós?* — repetiu ele.

— Eu e ele — respondeu Nahri, apontando para Ali, cuja forma dormente era visível pela porta aberta.

Yaqub olhou para trás e se sobressaltou.

— Ah, minha nossa, eu tinha me esquecido completamente dele!

— Sim, ele parece ter esse efeito. — Não que Nahri estivesse reclamando. Se Ali acordasse no Cairo, talvez fosse melhor para todos que os humanos tivessem dificuldades para vê-lo e, talvez mais importante, para ouvi-lo, pois o príncipe djinn tinha o hábito de dizer exatamente a coisa errada.

Se ele acordar. O mero pensamento fez com que ela quisesse correr de volta para dentro e ver como ele estava.

Yaqub ainda olhava para os pés de Ali, semicerrando os olhos como se aquilo fosse impedir que ele sumisse de novo.

— E quem exatamente é "ele"?

— Um amigo.

— Um amigo? — Yaqub emitiu um estalo com a língua em reprovação. — O que é um "amigo"? Vocês não são casados? A culpa de Nahri a abandonou de uma vez.

— Eu desapareço em um cemitério cheio de esqueletos exumados para aparecer na sua loja seis anos depois e sua principal preocupação com o homem que você mal consegue ver é se ele é ou não é meu *marido*?

Yaqub corou, mas permaneceu teimoso.

— Então você e seu não-marido são exilados políticos, é isso? De onde?

Uma corte mágica de djinns.

— Uma ilha — respondeu ela. — É um minúsculo reino insular. Duvido que você já tenha ouvido falar.

— Uma ilha onde?

Nahri engoliu em seco.

— No Afeganistão? — tentou ela. — Quero dizer, você sabe, naquela região geral.

Yaqub cruzou os braços.

— Uma ilha. No *Afeganistão*? Onde? Perto da infinita estepe do deserto ou nas montanhas rochosas que ficam a semanas do mar?

A resposta sarcástica dele só deixou Nahri com mais saudade. Como eles tinham voltado rapidamente para suas disputas verbais, as observações cáusticas que ela sempre apreciara mais do que se Yaqub a tivesse tratado com pena.

E subitamente ela quis contar a ele. Ali podia estar morrendo, a magia que tinha sido parte da identidade dela desde que fora criança tinha sumido, e seu mundo tinha sido destruído. Ela queria alguém que lhe dissesse que tudo ficaria bem, que a abraçasse enquanto ela chorava as lágrimas que raramente deixava cair.

Nahri olhou para Yaqub, para o carinho nos seus olhos humanos castanhos e acolhedores e para as rugas cansadas em seu rosto. Que horrores ele teria visto nas guerras que Nahri perdera? Como havia sobrevivido, cuidando da loja e alimentando a família em uma cidade cheia de estrangeiros hostis, uma cidade em que sua fé o marcava como diferente e possivelmente suspeito, uma situação nauseante com a qual Nahri se identificava bastante?

Nahri não abalaria ainda mais o mundo dele.

— Avô, você sempre deixou claro que não queria saber certas coisas sobre mim. Confie que essa é uma história que não quer ouvir.

Os olhos de Yaqub esmaeceram; uma tristeza silenciosa percorreu seu rosto.

— Entendo. — Houve um silêncio tenso por um momento, mas quando ele falou de novo a voz era compreensiva. — Você está em apuros?

Nahri precisou conter uma risada histérica. Ela havia enganado Manizheh – uma mulher que controlava os membros das pessoas com a mente e conjurava Afshin mortos de volta das cinzas – e roubado o anel da insígnia que sua mãe buscava havia décadas. Sim, Nahri diria que estava em apuros.

Ela mentiu de novo.

— Acho que estou segura por enquanto. Por um tempo, ao menos — acrescentou, rezando para que essa parte fosse verdade. Não diria que rastrear Ali e ela estava aquém das habilidades de Manizheh, mas Daevabad estava a um mundo de distância, e presumivelmente consumida por completo caos. Ela esperava que sua mãe estivesse ocupada demais com seu novo trono para vir caçá-los tão cedo.

Mas uma hora ela viria. Nahri não tinha deixado de ver a fome no rosto de Manizheh quando ela falou da insígnia de Suleiman.

Ou talvez ela mande Dara. Que Deus a perdoasse, Nahri quase queria vê-lo. Queria confrontá-lo, entender como o homem que a acompanhara até Daevabad, o guerreiro carismático que a provocara e conjurara o ensopado da mãe dele, tinha conscientemente tomado parte em um ataque destinado a concluir-se com o assassinato de cada homem, mulher e criança geziri.

E depois? Você vai matá-lo? Será que ela conseguiria? Ou será que Dara simplesmente jogaria as opiniões e as súplicas de Nahri de lado de novo, arrancaria o coração de Ali do peito e então a arrastaria de volta para enfrentar Manizheh?

— Nahri? — Yaqub a encarava.

Ela olhou para baixo, percebendo que tinha esmagado o último doce na mão.

— Desculpe. Me perdi em pensamentos.

— Você parece exausta. — Yaqub indicou o depósito. — Tenho outro cobertor lá dentro. Por que não dorme um pouco? Vou para casa ver se consigo encontrar algumas roupas limpas para vocês dois.

Vergonha brotou nela mais uma vez.

— Não quero tirar vantagem de sua hospitalidade.

— Ah, pare com isso. — Yaqub já estava se levantando. — Você não precisa sempre fazer tudo sozinha. — Ele gesticulou para dispensá-la. — Vá descansar.

Nahri encontrou o segundo cobertor sobre um colchão fino enrolado e abriu os dois no chão, resmungando aliviada quando desabou. Era divino se deitar reta, uma pequena misericórdia para seu corpo arrasado. Ela estendeu a mão, encontrando o pulso de Ali ao seu lado e medindo a pulsação dele mais uma vez.

Mais lenta. Apenas por uns dois pulsos, e a pele úmida ainda estava quente, mas não queimava mais. Ele se agitou no sono, murmurando baixinho.

Ela entrelaçou os dedos nos dele.

— Uma mulher está dormindo ao seu lado *e* segurando sua mão — avisou ela, a voz falhando. — Sem dúvida você precisa acordar e imediatamente cessar esse comportamento proibido.

Não houve resposta. Nahri não esperava uma, mas mesmo assim se viu combatendo uma pontada de luto.

— Não morra sem pagar a dívida comigo, al Qahtani. Vou atrás de você no Paraíso, eu juro, e então vão expulsar você por se associar a uma ladra tão desrespeitosa. — Ela apertou a mão dele. — Por favor.

DARA

O túnel sinuoso que dava para o calabouço do palácio era escuro no final, um corredor estreito que se enterrava profundamente no leito da cidade, iluminado apenas por uma ocasional tocha e com cheiro de orvalho e sangue velho. Escritos em divasti antigo remetiam à sua origem na época do Conselho Nahid, mas Dara jamais estivera ali embaixo.

Ele ouvira histórias, é claro. Todos tinham ouvido – era esse o objetivo. Rumores de corpos deixados para apodrecer em um tapete horrível de ossos e vísceras em decomposição, cruéis boas-vindas aos novos prisioneiros que poderiam subitamente achar que confessar seus crimes era uma alternativa melhor. Dizia-se que a tortura era pior – ilusionistas que podiam fazer a pessoa alucinar as mortes de seus entes queridos e venenos que derretiam a pele. Não havia luz nem muito ar, apenas celas apertadas de morte onde lentamente se enlouqueceria.

Se Zaydi al Qahtani tivesse conseguido capturá-lo, Dara não tinha dúvida de que esse teria sido seu destino. Que propaganda seria melhor do que o último Afshin, o Flagelo rebelde, levado à loucura sob o trono de shedu roubado? Tal punição ainda estava na mente de Dara quando ele acompanhou Nahri até Daevabad, e fora preciso cada gota de coragem e bravata para encarar Ghassan al Qahtani nos olhos enquanto se via sendo arrastado para passar a eternidade em uma jaula escura de pedra.

Dara jamais tinha imaginado, no entanto, que o arrogante emir ao lado de Ghassan, o herdeiro envolto em riquezas e privilégios, seria aquele que teria acabado ali no lugar dele. Dara se aproximou de Manizheh quando eles viraram numa esquina.

— Você conheceu Muntadhir quando viveu em Daevabad?

Manizheh sacudiu a cabeça.

— Ele mal tinha saído da infância quando parti, e as crianças djinns do harém acreditavam que eu era uma bruxa que podia quebrar os ossos delas com apenas um olhar.

— Mas você *pode* fazer isso.

— O que responde à sua pergunta, não é? Mas não, eu não conhecia bem Muntadhir. Ele era precioso para sua mãe, e ela teve o cuidado de mantê-lo longe de mim. Ele era jovem quando ela morreu, mas Ghassan o removeu do harém e o levou para os aposentos do emir. E pelo que ouvi, ele lidou com sua abrupta transição para a vida adulta entornando tudo que podia goela abaixo e dormindo com a nobreza.

Não havia como deixar de ouvir o desdém na resposta dela, mas Dara não estava tão pronto para subestimar o filho que Ghassan tinha criado para governar uma cidade dividida.

— Ele não é um tolo, Banu Nahida — avisou o Afshin.

— É inconsequente e descontrolado quando bebe, mas não é tolo, principalmente quando se trata de política.

— Acredito em você. Na verdade, estou me fiando no fato de que ele não é um tolo, porque seria muita tolice decidir não falar conosco.

Dara tinha poucas dúvidas quanto ao sentido de suas palavras.

— Não funciona tão bem quanto você pensa — disse ele.

Quando Manizheh lhe lançou um olhar inquisidor, Dara foi

mais direto. — Tortura. Se ferir um homem o suficiente, ele vai dizer qualquer coisa para que pare, independentemente de ser ou não verdade.

— Eu confio que você tem a experiência para fazer esse julgamento. — A expressão de Manizheh estava contemplativa. — Então talvez haja outra forma de chegar até ele.

— Como?

— A verdade. Espero que seja um desvio tão inesperado da forma como nossas famílias tipicamente lidam uma com a outra que possa espantá-lo a ponto de lhe arrancar algumas verdades.

Gushtap, um dos soldados sobreviventes de Dara, estava ao lado de uma pesada porta de ferro, uma tocha na parede iluminando o rosto enrugado. Quando os viu, assumiu posição de sentido e ofereceu um aceno trêmulo.

— Banu Nahida.

— Que os fogos queimem forte para você — cumprimentou Manizheh. — Como está nosso prisioneiro?

— Quieto por enquanto, mas tivemos que acorrentá-lo à parede, pois estava batendo a cabeça na porta.

Manizheh empalideceu, e Dara explicou.

— Muntadhir acha que voltei do inferno para me vingar da família dele. Cometer suicídio antes que eu consiga matá-lo mais dolorosamente parece um plano sólido.

Manizheh suspirou.

— Promissor. — Ela colocou a mão no ombro de Gushtap. — Vá tomar um chá e chame outro guarda para substituir você. Ninguém deveria precisar servir nesta cripta por muito tempo.

Alívio iluminou o rosto do homem.

— Obrigado, Banu Nahida.

A porta rangeu quando Dara a empurrou, a madeira pesada raspando no chão. E embora ele confiasse em seus homens com as correntes, se viu levando a mão à faca antes de entrar na cela escura. A memória dos Geziri massacrados era recente em sua cabeça, e Dara sabia como reagiria se estivesse subitamente cara a cara com os indivíduos que tinham feito aquilo com seu povo.

O fedor o atingiu primeiro, sangue, podridão e dejetos, tão carregado que ele cobriu o nariz para controlar a ânsia de vômito. Com um estalar de dedos, Dara conjurou um trio de esferas incandescentes flutuantes e encheu a cela com luz dourada. Ela revelou o que ele temera todos aqueles anos, embora os vestígios do infame "tapete" parecessem quase desgastados, reduzidos a ossos pretos e retalhos de tecido.

Muntadhir estava acorrentado à parede oposta, com braceletes de ferro prendendo pulsos e tornozelos. O emir de Daevabad, que já fora tão deslumbrante, ainda estava usando as roupas arruinadas da noite anterior: a calça manchada de sangue e um dishdasha tão rasgado que pendia em torno do pescoço como um lenço. Um corte raso se estendia na sua barriga, um ferimento terrível, com certeza, mas nada parecido com o que fora antes de a magia sumir: a pele inchada com o agourento preto-esverdeado do veneno da zulfiqar, os tendões da inexorável morte que tinham se espalhado gradualmente.

Muntadhir recuou contra a luz súbita, piscando. Quando encontrou os olhos de Dara, ódio atravessou seu rosto.

Então ele notou Manizheh.

A boca de Muntadhir se escancarou, um som sufocado deixando sua garganta. Mas então ele riu, uma risada histérica e amarga.

— É claro que foi você — disse ele. — Quem mais seria capaz de tal coisa?

O tom de Manizheh era quase educado.

— Olá, emir.

Muntadhir estremeceu.

— Vi você queimar na pira funerária. — Ele olhou com raiva para Dara. — Vi *você* se tornar cinzas. Que acordo com o diabo vocês dois fizeram para voltar e causar tal massacre a meu povo?

Dara ficou tenso, mas Manizheh era implacável.

— Nada tão dramático assim, garanto a você. — Ela apontou para o ferimento dele. — Posso ver isso? Deve ser limpo e talvez exija pontos.

— Eu preferiria que a ferida me matasse. Onde está meu irmão? — A voz de Muntadhir falhou de preocupação. — Onde está Nahri? O que você fez com eles?

— Não sei — respondeu Manizheh. — Da última vez que os vi, Alizayd tinha tomado o anel da insígnia de Suleiman, agarrado minha filha e pulado no lago. Ninguém teve notícias deles desde então.

E aqui estava eu achando que tentaríamos a verdade. Mas Dara estaria mentindo se dissesse que não era uma história na qual ele queria poder acreditar também. Seria mais fácil ter um novo motivo para odiar Alizayd do que confrontar a verdade perturbadora de que Nahri tinha escolhido outro lado.

— Não acredito em você — replicou Muntadhir. — O lago mata qualquer um que entre nele. Ali jamais...

— Não? — indagou Manizheh. — Seu irmão já se aliou com os marids antes. Talvez tenha achado que o ajudariam.

A expressão de Muntadhir permaneceu impassível.

— Não faço ideia do que está falando.

Dara interveio.

— Ah, por favor, al Qahtani. Você já o viu usar magia da água. Ele fez isso bem na nossa frente. E você estava naquele barco na noite em que ele caiu no lago e eles o possuíram.

O emir nem mesmo estremeceu.

— Ali não caiu no lago — afirmou ele, friamente, recitando as palavras com a facilidade de uma mentira contada muitas vezes. — Ele ficou preso nas redes do navio e se recuperou a tempo de matar você. Que Deus seja louvado por um herói desses.

— Estranho — disse Dara, respondendo com a mesma a frieza. — Porque me lembro de você chorando o nome dele conforme ele sumia sob a superfície. — Ele se aproximou.

— Já conheci os marids, emir. Você pode achar que sou um monstro, mas não faz ideia do que essas criaturas são. Elas usam os corpos em putrefação dos acólitos assassinados para se comunicar. Elas odeiam nosso tipo. E sabe do que chamaram seu irmão? De erro. Um erro com o qual ficaram *muito* irritados, e um erro que os deixou em dívida comigo. Agora seu irmão sumiu no domínio deles com sua esposa e um dos objetos mágicos mais poderosos do nosso mundo.

Muntadhir encontrou o olhar dele.

— Se eles escaparam de você, não me importa quem os ajude.

Manizheh interrompeu.

— Para onde eles iriam, Muntadhir?

— Por quê? Quer envenenar aquele lugar também? — Muntadhir gargalhou. — Ah, certo; você não pode mais, não é? Acha que não reparei? Com exceção do seu Flagelo, a magia sumiu. — Ele riu com deboche. — Parabéns, Manizheh, você realizou o que nenhum invasor conseguiu antes: quebrou a própria Daevabad.

— Não fomos nós que tiramos a insígnia da cidade — disparou Dara de volta. — É por isso que a magia sumiu, não é?

Os olhos de Muntadhir se arregalaram com inocência fingida.

— Certamente parece uma estranha coincidência.

— Então como a recuperamos? — perguntou Manizheh.

— Como recuperamos nossa magia?

— Não sei. — Muntadhir deu de ombros. — Talvez você devesse fazer amizade com um profeta humano. Boa sorte, sinceramente. Acho que você tem uma semana antes que Daevabad caia na anarquia.

O sarcasmo arrogante do emir estava provocando o que restava dos nervos de Dara, mas Manizheh ainda não parecia abalada.

— Você não me parece ser um homem que gostaria de ver seu lar cair na anarquia. Isso não se parece com o menino gentil de que me lembro, o jovem príncipe educado que sempre se juntava à mãe para tomar café da manhã no harém. Pobre Saffiyeh, levada tão cedo...

Muntadhir avançou contra as correntes.

— Não diga o nome dela — rosnou ele. — Você assassinou minha mãe. Sei que ficou longe de propósito quando ela estava doente. Você tinha inveja dela, inveja de todos nós. Devia estar tramando mesmo naquela época para massacrar os djinns que tentavam ser bons com você!

— *Tentavam ser bons comigo* — repetiu ela baixinho, parecendo desapontada. — Achei que você fosse mais inteligente do que isso. Uma pena que, apesar de toda a afeição que dizem que você tem pelos Daeva, você nunca tenha visto além das mentiras do próprio pai.

Desespero contorceu o rosto manchado de sangue de Muntadhir.

— Nada do que ele fez justifica o tipo de morte que você infligiu a meu povo.

— Se você governa pela violência, deve esperar ser deposto pela violência. — Manizheh foi mais grossa agora. — Mas não preciso continuar. Ajude-nos e vou garantir piedade aos Geziri que sobreviverem.

— Vai se foder.

Dara sibilou, ainda profundamente condicionado a defender os Nahid, mas Manizheh gesticulou para que ele ignorasse a provocação e aproximou-se de Muntadhir. Dara olhou para as correntes do emir, sem gostar de nada daquilo.

— Não é só sua mãe que eu me lembro de você visitar — prosseguiu Manizheh. — Se me recordo corretamente, você sempre foi muito educado com sua madrasta, chegando até mesmo a enchê-la de ouro quando o primeiro filho dela nasceu. Que gracinha, disseram as mulheres, o cavalo de brinquedo que o emir trouxe para a irmãzinha. A música boba que ele inventou sobre ensiná-la a cavalgar um dia...

Muntadhir puxou as correntes.

— Não fale de minha irmã.

— Por que não? Alguém precisa. Todas essas perguntas sobre seu irmão e sua esposa, e nenhuma sobre Zaynab? Não está preocupado com o destino dela?

Um lampejo de alarme – o primeiro – atravessou o rosto de Muntadhir.

— Eu a enviei a Ta Ntry quando meu irmão se rebelou.

Manizheh sorriu.

— Estranho. Os criados dela dizem que ela fugiu com uma guerreira geziri quando o ataque começou.

— Estão mentindo.

— Ou você está. Ainda está ansioso para ver Daevabad cair na anarquia se sua irmã estiver em algum lugar lá fora, indefesa e sozinha? Você sabe o que acontece com mulheres em cidades engolidas pela violência? — Ela olhou para trás, falando com Dara pela primeira vez desde que tinham entrado na cela. — Por que não conta a ele, Afshin? O que acontece com moças que pertencem a famílias com tantos inimigos?

O fôlego escapou completamente dele.

— O quê? — sussurrou Dara.

— O que aconteceu com sua irmã? — insistiu Manizheh, não parecendo notar a angústia pura que ele sentiu tomar suas feições. — O que aconteceu com Tamima quando ela estava na mesma posição que Zaynab?

Dara cambaleou. *Tamima*. O sorriso alegre e inocente da irmã e o destino violento dela.

— Você... você sabe o que aconteceu — gaguejou ele. Manizheh não podia realmente querer que ele contasse, que dissesse em voz alta a forma brutal como sua irmãzinha tinha sido torturada até a morte.

— Mas o emir sabe?

— *Sim.* — A voz de Dara soava selvagem agora. Ele não podia acreditar que Manizheh estivesse fazendo aquilo, tentando transformar a pior tragédia da vida dele em uma provocação para incitar al Qahtani a falar. Mas Muntadhir já sabia: ele tinha atirado a morte de Tamima na cara de Dara naquela noite no barco. Manizheh prosseguiu.

— E se você pudesse fazer tudo de novo, não teria feito qualquer coisa para salvá-la? Até mesmo ajudado seu inimigo?

O temperamento de Dara se descontrolou espetacularmente.

— Eu teria entregado cada membro do Conselho Nahid a Zaydi al Qahtani pessoalmente se isso significasse salvar Tamima.

Essa claramente *não* era a resposta que Manizheh queria. Seus olhos faiscaram quando ela disse, com uma nova frieza na voz:

— Entendo. — Mas virou-se de novo para Muntadhir. — Isso muda sua resposta, emir? Está disposto a arriscar que o que aconteceu com a irmã do Afshin aconteça com a sua?

— Não vai — disparou Muntadhir. A provocação nem mesmo havia funcionado. — Zaynab não está cercada por inimigos, e meu povo jamais a machucaria.

— Seu povo pode pensar diferente se eu oferecer o peso de Zaynab em ouro para quem me trouxer a cabeça dela. — O tom inexpressivo de Manizheh não hesitou diante da ameaça violenta, e Dara fechou os olhos, desejando estar em qualquer outro lugar. — Mas se você não está pronto para discutir a segurança de sua irmã, então por que não começamos com outra pessoa?

— Se acha que vou lhe contar qualquer coisa sobre Nahri…

— Nahri não. Jamshid e-Pramukh.

Dara ficou atento de novo.

O rosto do emir estava pálido, o ódio substituído por uma máscara de frieza.

— Nunca ouvi falar.

Manizheh sorriu e fitou Dara.

— Afshin, sua aljava está próxima?

Ele mal conseguia olhá-la, muito menos responder, então apenas levantou a mão. Em um momento, uma aljava conjurada estava ali, se contorcendo a partir de um redemoinho de fogo até revelar uma variedade reluzente de flechas de prata.

— Excelente. — Manizheh tirou uma das flechas. — Seriam doze, certo? — perguntou ela a Muntadhir. — Se eu quisesse que você levasse duas para cada uma que perfurou Jamshid quando ele salvou sua vida?

Muntadhir a encarou, arrogância envolvendo sua voz de novo.

— Você mesma vai puxar o arco? Porque seu Afshin está parecendo que vai se amotinar.

— Não preciso de um arco.

Manizheh mergulhou a flecha na coxa de Muntadhir. Dara imediatamente se esqueceu da discussão.

— Banu Nahida!

Ela o ignorou, torcendo a flecha enquanto Muntadhir gritava de dor.

— Você se lembra dele agora, emir? — indagou ela, elevando a voz acima dos gemidos dele.

Muntadhir arquejava para tomar fôlego.

— Sua assassina louca... Espere! — gritou ele quando Manizheh tentou pegar outra flecha. — Meu Deus, o que você quer com o filho de Kaveh? Mais alguém para ameaçar até obedecê-la?

Manizheh soltou a flecha, e Muntadhir desabou.

— Quero garantir a ele seu direito de nascença — declarou ela, olhando para o emir com o mesmo desprezo que ele havia lhe mostrado. — Eu elevaria Jamshid até o posto que ele merece e um dia o veria no trono de seus ancestrais.

Dara não poderia ter descrito a expressão que tomou o rosto de Muntadhir nem com todas as palavras do mundo.

Ele piscou repetidas vezes, a boca se abrindo e se fechando como a de um peixe.

— Q-que posto? — perguntou Muntadhir. — O que quer dizer com o *trono* dos ancestrais dele?

— Tire a cabeça da areia, al Qahtani, e tente se lembrar de que o mundo não gira em torno da sua família. Acha mesmo que fiquei em Zariaspa quando você era criança, arriscando a ira do seu pai quando ele me implorou para salvar sua rainha à beira da morte, apenas para contrariá-lo? Fiquei porque estava grávida, e sabia que Ghassan queimaria meu mundo se descobrisse.

Muntadhir estava tremendo.

— Isso não é possível. Ele não tem habilidades de cura. Kaveh não teria trazido o filho para Daevabad. E Jamshid... Jamshid teria me contado!

— Ah, então passamos de não saber o nome dele para vocês dois serem tão próximos que ele teria compartilhado seu segredo mais perigoso? — Ódio finalmente penetrou a fachada gélida de Manizheh. — Jamshid não faz ideia de quem é. Precisei atar as habilidades dele e negar a ele sua herança para evitar que fosse escravizado na enfermaria como eu fui. Só estou contando a *você* porque deixou muito claro quanto a família significa para você, e deveria saber que não há nada que eu não faria para manter meu filho em segurança.

Dor contorceu o rosto de Muntadhir.

— Não sei onde Jamshid está. Wajed o tirou da cidade. Ele iria ser um tipo de refém...

— Um tipo de refém? — interrompeu Manizheh. — Você deixou o homem que salvou sua vida ser usado como *refém*?

Dara mal conseguia olhar para Muntadhir – a culpa entranhada até os ossos que irradiava do emir era familiar demais.

— Sim — sussurrou Muntadhir, com arrependimento pesando na voz rouca. — Fui até meu pai, mas era tarde demais. O veneno já o havia matado.

— E se o veneno não tivesse levado Ghassan, então o quê? — insistiu Manizheh. — O que você estava preparado para fazer?

Muntadhir fechou os olhos com força, parecendo respirar para conter a dor, as mãos pressionando a ponta da flecha ainda enterrada em sua perna.

— Não sei. Ali tinha tomado a Cidadela. Achei que poderia tentar argumentar com meu pai, insistir para que ele soltasse Jamshid e Nahri...

— E se ele não soltasse?

Lágrimas brilharam nos cílios do outro homem. Quando ele falou de novo, as palavras eram quase inaudíveis.

— Eu ia me juntar a Alizayd.

— Não acredito em você — desafiou Manizheh. — Você, um bom filho de Am Gezira, ia trair seu próprio pai para salvar a vida de um homem daeva?

Muntadhir abriu os olhos injetados; estavam cheios de dor.

— Sim.

Manizheh encarou o emir.

— Você o ama. Jamshid.

Dara sentiu o sangue ser drenado de seu rosto. Muntadhir parecia arrasado. A respiração dele acelerava e os ombros tremiam com o subir e descer.

— Sim — afirmou ele, engasgando de novo.

Manizheh se sentou nos calcanhares. Dara não se moveu, chocado com o rumo da conversa. Como, em nome do Criador, Manizheh tinha descoberto sobre Muntadhir e Jamshid? Nem mesmo Kaveh quisera que ela soubesse!

Ela continuou falando.

— Nós dois sabemos o quanto Wajed era devotado a seu pai. Ouvi falar que ele praticamente criou Alizayd como filho. — Ela parou. — Então o que você imagina que Wajed e os homens dele, seus bons soldados geziri, farão com Jamshid quando descobrirem que o rei deles, seu príncipe favorito e todos os homens do rei foram supostamente mortos pelas mãos de Kaveh?

Apesar de toda a animosidade entre Dara e os Qahtani, o pânico lento e terrível que percorreu o rosto de Muntadhir deixou Dara enjoado. Ele conhecia muito bem aquela sensação.

— Eu... vou mandar notícias para Wajed. — O emir tinha cedido e nem mesmo se dera conta. — Uma carta! Uma carta com minha marca ordenando que ele não faça mal a Jamshid.

— E como mandaríamos notícias? — perguntou Manizheh. — Não temos magia. Nenhum transmorfo que consiga voar, nenhum encantamento sussurrado a nossos pássaros. E nem saberíamos para onde mandar essa notícia.

— Am Gezira — disparou Muntadhir. — Temos uma fortaleza no sul. Ou Ta Ntry! Se Wajed descobrir sobre meu pai, pode ir até a rainha.

Manizheh tocou o joelho dele.

— Agradeço a você por essa informação. — Ela ficou de pé. — Só rezo para que não seja tarde demais.

Foi Muntadhir que a perseguiu agora.

— Espere! — gritou ele, atrapalhando-se para ficar de pé e sibilando ao tirar o peso da perna machucada.

Manizheh já estava gesticulando para que Dara abrisse a porta.

— Não se preocupe, só vou buscar alguns suprimentos para cuidar de seus ferimentos e voltarei. — Ela olhou para trás. — Agora que está se sentindo mais tagarela, talvez eu traga os ifrits. Tenho muitas perguntas que gostaria de fazer-lhe sobre a insígnia de Suleiman.

Ela passou pela porta, deixando Dara para trás.

Muntadhir o encarou desesperadamente do outro lado da cela.

— Afshin...

Ele é seu inimigo. O homem que pressionou Nahri para que fosse para a cama dele. Mas Dara não conseguiu reunir raiva, nenhum ódio, nem mesmo um lampejo de triunfo por finalmente ter derrotado a família que havia arrasado a dele.

— Vou avisar a você se soubermos de Jamshid — disse ele, baixinho. Então, deixando Muntadhir com as esferas de luz flutuantes como uma pequena misericórdia, Dara se foi, fechando a porta ao sair.

Manizheh já seguia pelo corredor.

— Zaynab al Qahtani está no Quarteirão Geziri.

Dara franziu a testa.

— Como você sabe?

— Porque aquele homem não é tão inteligente quanto acha. Precisamos tirá-la de lá.

— O Quarteirão Geziri é fortificado contra nós. Alizayd unificou os Geziri e os shafits sob seu comando e estava se preparando para um cerco muito antes de chegarmos. Se a princesa estiver atrás das linhas deles, vai ser difícil removê-la.

— Não temos escolha. Preciso de Zaynab sob nossa custódia, preferivelmente antes de a mãe dela saber o que aconteceu aqui. — Manizheh contraiu a boca em uma linha triste. — Eu contava com que Hatset estivesse em Daevabad. Poderíamos tê-la mantido refém para manter os Ayaanle na linha. Em vez disso, tenho uma viúva irritada com um mar para protegê-la e uma montanha de ouro para apoiar sua vingança. — Ela se virou, indicando para que ele seguisse. — Venha.

Dara não se moveu.

— Não terminamos aqui.

Ela olhou para trás, parecendo incrédula.

— Como é?

Ele estava tremendo de novo.

— Você não tinha direito. Não tinha direito de usar a memória da minha irmã daquele jeito.

— Eu não disse a verdade? Zaynab al Qahtani está absolutamente em perigo correndo por Daevabad sem proteção. Esqueça os supostos nobres guerreiros geziri que Muntadhir parece pensar que vão protegê-la. O pai dela brutalizou as pessoas nesta cidade durante décadas, e há muitos que ficariam contentes em tirar vantagem da atual situação para conseguir alguma vingança.

— Isso não é... — Dara tinha dificuldade para achar palavras, odiando a facilidade com que ela parecia distorcê-las contra ele. — *Você sabe do que estou falando.* Deveria ter me contado com antecedência que planejava falar dela.

— Ah, eu deveria? — Manizheh se virou para ele. — Por quê? Para você poder inventar um modo melhor de dizer que teria entregado meus ancestrais para os Qahtani?

— Eu estava em choque! — Dara lutou para combater seu temperamento, mas chamas faiscaram em suas mãos. — Nós deveríamos trabalhar juntos.

— E onde estava esse sentimento quando você e Kaveh sussurravam pelas minhas costas sobre Jamshid e Muntadhir? — Os olhos dela brilharam. — Não achou que *deveria ter me contado com antecedência* que meu filho tem um caso de uma década com o filho de Ghassan?

— Está me espionando agora? — gaguejou ele.

— Preciso? Porque eu preferiria não desperdiçar nossos recursos extremamente limitados, e esperava que a segurança de nosso povo bastasse para manter você na linha.

O corredor inteiro tremeu com a frustração dele, o ar faiscando.

— Não me dê sermões sobre a segurança de nosso povo — disse Dara, com os dentes travados. — *Nosso* povo estaria mais seguro se nós não tivéssemos apressado essa invasão e tentado aniquilar os Geziri, como eu aconselhei!

Se ele achava que Manizheh ficaria assustada com a exibição de magia, Dara a havia subestimado. Ela nem mesmo estremeceu, e a escuridão em seus olhos pretos ficou subitamente mais profunda.

— Você se esquece do seu lugar, Afshin — avisou ela, e se ele fosse outro homem poderia ter caído de joelhos ao ouvir o tom letal naquela voz. — E você dificilmente é inocente do nosso fracasso. Não acha que Vizaresh me contou sobre seus atrasos com Alizayd al Qahtani? Se tivesse executado aquela maldita mosca da areia assim que colocou as mãos nele, Nahri não teria fugido com ele. Ela não teria dado a ele a insígnia de Suleiman e deixado a cidade, arrancando nossa magia. Nossa invasão poderia ter sido um sucesso!

Dara fervilhou de ódio, mas esse não era um argumento que pudesse refutar. Talvez estrangulasse o ifrit por não ter fechado a boca, mas não matar Alizayd tinha sido um erro fatal.

Manizheh pareceu reconhecer um indício de derrota.

— Jamais esconda nada de mim de novo, entendeu? Tenho uma cidade inteira para governar. Não posso fazer isso enquanto também me preocupo com os segredos que o meu chefe de segurança está guardando. Preciso de meu povo *leal*.

Dara fechou a cara, cruzando os braços e resistindo ao ímpeto de queimar alguma coisa.

— O que você quer que eu faça? Ainda não fazemos ideia de onde está qualquer um dos seus filhos, e você deixou claro que não tenho permissão para arriscar a segurança de nossa tribo ao sair para procurar por eles.

— Não precisamos ir atrás deles — disse Manizheh.

— Não pessoalmente. Não se enviarmos o tipo certo de mensagem.

— O tipo certo de *mensagem*?

— Sim. — Ela o chamou de novo. — Venha, Afshin. Está na hora de eu me dirigir a meus novos súditos.

ALI

Desde que Alizayd al Qahtani era muito pequeno, ele tinha sido abençoado com a peculiar habilidade de acordar imediatamente. Era uma habilidade que costumava inquietar os outros — as amas do harém que passavam nas pontas dos pés quando o principezinho que estivera roncando abruptamente falava, cumprimentando-as com alegria; ou a irmã dele, Zaynab, que saía gritando para a mãe deles quando ele abria os olhos de repente, urrando como o karkadann do palácio. O fato de que Ali tinha um sono tão leve tinha agradado imensamente Wajed, que declarara com orgulho que seu protegido descansava como um guerreiro deveria, sempre alerta. E, de fato, Ali tinha visto em primeira mão como aquilo era uma benção, salvando sua vida nas vezes em que assassinos foram à sua procura à noite durante o exílio em Am Gezira.

Não era uma benção agora. Porque, quando Ali finalmente abriu os olhos, não teve a misericórdia de um único momento de esquecimento da morte do irmão.

Ele estava deitado de costas, com um teto baixo e pouco familiar acima de si. Devia haver uma janela, pois alguns raios de sol perfuravam o ar morno, fazendo partículas de poeira dançarem e brilharem antes de se extinguirem. O aroma gramado de ervas recém-cortadas, um latejar constante e rítmico, o estalar de cascos e o murmúrio de conversas distantes eram todos sinais que indicavam que Ali não estava mais na margem desabitada do Nilo. Ele estava com frio, tremendo sob um cobertor fino com o tipo de calafrio suado que associava com febre, e seu corpo doía, fraco de uma forma que deveria tê-lo preocupado.

Não preocupou. Muito mais preocupante era o fato de que Ali tinha acordado.

Foi rápido, akhi? Ou levou tanto tempo quanto todos dizem? Queimou? O Afshin encontrou você e o machucou ainda mais? Ali sabia que essas não eram perguntas que ele deveria fazer. Sabia, de acordo com a religião que tinha pregado a vida toda, que seu irmão já estava em paz, um mártir no Paraíso.

Mas as palavras santimoniais que ele teria dito a outro em seu lugar pareciam cinzas em sua boca. Muntadhir não deveria estar no Paraíso. Ele deveria estar sorrindo e vivo e fazendo alguma coisa vagamente escandalosa. Não caindo sobre o peito de Ali, arquejando enquanto recebia o golpe de zulfiqar destinado a seu irmão caçula. Não tocando o rosto de Ali com as mãos ensanguentadas, fracassando em disfarçar o próprio medo e a dor enquanto ordenava a Ali que fugisse.

Estamos bem, Zaydi. Estamos bem. Ali jamais recuperaria todos aqueles meses da briga idiota deles. Não podiam ter se sentado e discutido política e seus ressentimentos? Será que Ali já tinha deixado claro para Muntadhir o quanto amava e admirava – quanto desesperadamente desejava ter acabado com as desavenças entre eles?

E agora ele jamais conseguiria. Jamais conversaria com seus irmãos de novo. Não com Muntadhir, que se não tivesse sido levado primeiro pelo veneno da zulfiqar, teria quase certamente sido torturado pelo Afshin em seus momentos finais.

Não os homens com quem Ali tinha crescido na Guarda Real, que agora flutuavam mortos no lago de Daevabad. Nem com Lubayd, seu primeiro amigo em Am Gezira, um homem que tinha salvado sua vida e deixado seu lar pacífico apenas para ser assassinado pelos ifrits. Será que Ali tinha alguma vez lhe agradecido decentemente? Sentado e interrompido as brincadeiras constantes de Lubayd para lhe dizer o quanto aquela amizade significava para ele?

Ali tomou um fôlego profundo e trêmulo, mas seus olhos permaneceram secos. Ele não tinha certeza se podia chorar. Não queria.

Queria gritar.

Gritar e gritar até que o peso terrível em seu peito sumisse. Ele entendia como o luto levava as pessoas a arrancar os cabelos, a arranhar a pele e enterrar os dedos na terra. Mais do que gritar, no entanto, Ali queria sumir. Era egoísta, era contrário à sua fé, mas, se ele tivesse uma lâmina na mão, não tinha certeza se conseguiria se impedir de arrancar a dor no coração.

Recomponha-se. Você é um Geziri, crente no Altíssimo.

Levante-se.

Ainda trêmulo e febril, Ali se obrigou a se sentar, contendo um resmungo de dor quando cada músculo do corpo protestou. Ele agarrou os joelhos, manchas pretas brotando na visão, e então tocou o próprio corpo, chocado ao ver como parecia frágil. Seu dishdasha arruinado sumira e fora substituído por um xale de algodão macio que envolvia os ombros e um tecido para a cintura amarrado aparentemente às pressas em torno dos quadris. Ele esfregou os olhos, tentando enxergar direito.

A primeira pessoa que viu, deitada inconsciente no chão, foi Nahri.

Tomado de preocupação, avançou para ela. Ele fez isso rápido demais, quase apagando de novo ao cair de joelhos ao lado da cabeça dela. Mais próximo agora, podia ver claramente o subir e descer da respiração no peito de Nahri. Ela murmurou no sono, enroscando mais o corpo como uma bola.

Dormindo. Ela só está dormindo. Ali se obrigou a relaxar. Ele não estava ajudando nenhum dos dois agindo daquela forma. Forçou-se a sentar de novo, respirando fundo e fechando os olhos até a cabeça ter quase parado de girar.

Melhor. Então, primeiro, onde eles estavam? A última coisa de que se lembrava era se sentir como se estivesse prestes a morrer em uma mesquita em ruínas com vista para o Nilo. Agora, pareciam estar em algum tipo de sala de estoque – uma sala extremamente desorganizada, cheia de cestos quebrados e ervas secando.

Nahri deve ter nos trazido até aqui. Ele olhou de novo para a Banu Nahida. As roupas reais dela tinham sido trocadas por um vestido preto desgastado que parecia ser vários tamanhos grande demais, e o lenço amarado na cabeça fazia pouco para segurar o cabelo: os cachos se derramavam para fora como um halo ébano. Alguns raios de luz empoeirada lançavam listras sobre o corpo dela, acentuando a curva do quadril e a extensão delicada da parte de dentro do pulso.

O coração dele saltou, e Ali estava atento o suficiente para reconhecer que não era apenas luto que percorria seu corpo. A inteligente e teimosa Nahri tinha, de alguma forma, o mantido vivo e os levado do rio até onde quer que estivessem. Ela havia salvado sua vida de novo, mais uma dívida para a contagem que ele sabia que ela jamais esquecia. Ela estava linda, o sono suavizando as feições em uma expressão tranquila que Ali jamais vira antes.

As palavras de Muntadhir na arena invadiram sua mente: *Abba vai fazer de você emir, vai lhe dar Nahri. Todas as coisas que você finge não querer.*

E agora Ali as tinha, tecnicamente. Isso tinha custado apenas todas as outras coisas que ele amava.

Ele cambaleou. *Não faça isso. Não agora.* Já tinha precisado se recompor uma vez.

Mas, antes de desviar os olhos, reparou em outra coisa. Arranhões marcavam a pele de Nahri. Nada sério, apenas os pequenos cortes que se podia esperar quando alguém é jogado em um rio e sobe pela vegetação.

Entretanto, Nahri não deveria ter ficado com arranhões – deveria ter se curado.

A insígnia de Suleiman. Nossa magia. As memórias o atropelaram de novo, e Ali imediatamente levou a mão ao peito. A dor incandescente e afiada que o deixara de joelhos assim que chegaram no Egito tinha sumido. Agora ele sentia simplesmente... nada.

Não pode ser. Tentou se concentrar, fechando os olhos e buscando alguma coisa que parecesse nova. Mas se havia alguma conexão que ele deveria puxar para suspender a insígnia de Suleiman, era um poder que não conseguia sentir. Ali estalou os dedos, tentando conjurar uma chama. Era a magia mais simples que conhecia, uma coisa que fazia desde criança.

Nada.

Ele gelou.

— Queime — sussurrou em geziriyya, estalando os dedos de novo. — *Queime* — tentou em ntaran e então djinnistani, levantando a outra mão.

Nada funcionou. Não havia o menor indício de calor, nem o ondular de fumaça.

Minha zulfiqar, minhas armas. Ali olhou em volta da sala, vendo o cabo da espada despontando de uma pilha de roupas imundas. Ele ficou de pé, avançou aos tropeços pela sala e pegou a zulfiqar como uma amiga havia muito perdida. Os dedos se fecharam no cabo, e ele desesperadamente desejou que chamas surgissem da lâmina que havia passado a vida dominando – a lâmina que estava tão intimamente atada à sua identidade.

Ela permaneceu fria em sua mão, a superfície de cobre opaca à luz fraca. Não era apenas a magia de Nahri que tinha sumido. Era a de Ali.

Isso não é possível. Ali tinha visto o pai usar magia enquanto empregava a insígnia para tirá-la de outros. Era parte da lenda do anel – ele tornaria seu portador a pessoa mais poderosa no recinto.

Pânico percorreu seu corpo. Será que aquilo era uma parte normal de tomar a insígnia ou será que tinham feito algo errado? Será que havia algum encanto, algum gesto, *alguma coisa* que Ali deveria saber?

Muntadhir saberia. Muntadhir saberia o que fazer com a insígnia se você não tivesse feito com que ele fosse assassinado com esta arma.

Ali soltou a zulfiqar. Deu um passo para trás, tropeçando em seu cobertor jogado, a frágil fachada de controle que ele tinha construído vacilando.

Você deveria protegê-lo. Deveria ter sido você a conter o Afshin, você *a morrer pelas mãos dele.* Que tipo de irmão era Ali, que tipo de *homem*, para se esconder em uma sala de estoque a meio mundo de distância do palácio no qual seu pai e seu irmão tinham sido assassinados e seus companheiros de tribo e amigos tinham sido mortos? Onde a irmã dele – a *irmã* dele – estava presa em uma cidade conquistada e cercada por inimigos?

Nahri resmungou no sono de novo, e Ali se sobressaltou. *Você fracassou com ela. Fracassou com todos eles.* Nahri poderia estar de volta em Daevabad agora mesmo, com o mundo e um trono ao seu alcance.

Preciso sair daqui. Ali sentiu uma necessidade forte e súbita de sair daquela salinha claustrofóbica, de respirar ar fresco e colocar espaço entre ele, Nahri e suas lembranças sangrentas e terríveis. Atravessou a sala, esticando a mão para a porta e tropeçando ao passar por ela. Viu um lampejo de prateleiras cheias, sentiu o cheiro de óleo de gergelim...

Então se chocou diretamente com um idoso baixinho. O homem soltou um grito de surpresa e recuou, quase derrubando uma bandeja de alumínio com pós cuidadosamente amontoados.

— Sinto muito — pediu Ali às pressas, falando em djinnistani antes de pensar. — Eu não pretendia... ah, meu Deus, *você é um humano.*

— Ah! — O homem soltou a faca, apoiando-a ao lado da alegre bandeja de ervas que estivera cortando. — Perdoe-me — disse ele, em árabe. — Acho que não entendi isso muito bem. Mas você ainda está aqui... e acordado. Nahri vai ficar tão satisfeita! — As sobrancelhas peludas dele se uniram. — Eu vivo me esquecendo de que você existe. — Ele sacudiu a cabeça, parecendo estranhamente inabalado por palavras tão alarmantes. — Mas estou me esquecendo de meus modos. Que a paz esteja com você.

Ali rapidamente fechou a porta, sem querer acordar Nahri, e então encarou o homem com choque evidente. Não podia ter dito o que o distinguia de modo tão imediato; afinal de contas, ele tinha conhecido muitos shafits com orelhas arredondadas, pele opaca da cor da terra e olhos castanhos acolhedores como o homem diante dele. Mas havia algo muito real e muito sólido, muito... *arraigado* a respeito daquele homem. Como se Ali tivesse entrado em um sonho ou uma cortina que ele nunca percebera que estava ali tivesse sido puxada.

— Eu, hã... e com você a paz — gaguejou ele em resposta.

O olhar do homem percorreu o rosto de Ali.

— É como se quanto mais eu tentasse olhar para você, mais difícil fosse. Que bizarro. — Ele franziu a testa. — Isso é uma tatuagem na sua bochecha?

A mão de Ali subiu para a marca de Suleiman. Ele não fazia ideia de como interagir com aquele homem – apesar de sua fascinação pelo mundo humano, jamais tinha imaginado de fato *falar* com um humano. De acordo com o que se dizia, o homem não deveria ter conseguido sequer vê-lo.

O que em nome de Deus aconteceu com a magia?

— Marca de nascença — Ali conseguiu responder, com a voz aguda. — Completamente natural. Desde o nascimento.

— Ah — disse o homem, maravilhado. — Bem, gostaria de um chá? Deve estar com fome. — Ele indicou para que Ali o seguisse mais para dentro da loja. — Sou Yaqub, aliás.

Yaqub. As histórias de Nahri sobre sua vida humana retornaram a ele. Então estavam mesmo no Cairo – com o senhor que ela dissera que tinha sido seu único amigo.

Ali engoliu em seco, tentando se concentrar.

— Você é o amigo de Nahri. O farmacêutico com quem ela trabalhava. — Analisou o pequeno homem, cuja cabeça mal chegava ao seu peito. — Ela sempre falou muito bem de você.

Yaqub corou.

— Isso foi muita bondade dela. Mas minha mente deve estar se esvaindo com a idade. Não consigo me lembrar de ela ter mencionado seu nome.

Ali hesitou, dividido entre a educação e a cautela – da última vez que um não djinn havia perguntado seu nome, não tinha terminado bem.

— Ali — respondeu ele, mantendo as coisas simples.

— Ali? Você é um muçulmano, então?

A palavra humana, uma palavra sagrada que seu povo raramente proferia, revirou ainda mais as emoções de Ali.

— Sim — respondeu ele, rouco.

— E seu reino? — indagou Yaqub. — Seu árabe... Jamais ouvi um sotaque como esse. De onde é sua família?

Ele buscou uma resposta, tentando reunir o que sabia sobre o mundo humano e equipará-lo à geografia djinn.

— O reino de Saba? — Quando Yaqub apenas pareceu mais perplexo, ele tentou de novo. — Iêmen? É o Iêmen?

— Iêmen. — O velho fez um biquinho. — O Iêmen e o Afeganistão — murmurou ele. — É claro, os mais naturais vizinhos.

Mas as perguntas sobre a família de Ali tinham feito a escuridão avançar novamente, e o desespero aumentava e espreitava dentro dele como gavinhas que não podiam ser combatidas. Se permanecesse ali e tentasse jogar conversa fora com aquele humano curioso, cometeria um deslize e desfaria qualquer que fosse a história que Nahri já houvesse inventado. As paredes do boticário subitamente pareceram próximas, próximas demais. Ele precisava de ar, do céu. De um momento sozinho.

— Isso dá lá para fora? — perguntou ele, levantando um dedo trêmulo para a porta do outro lado da loja.

— Sim, mas você está de cama há dias. Não tenho certeza se deveria ficar passeando por aí.

Ali já estava cruzando o recinto.

— Vou ficar bem.

— Espere! — protestou Yaqub. — O que devo dizer a Nahri se ela acordar antes de você voltar?

Ali hesitou, com a mão na porta. Mesmo ignorando o que quer que estivesse acontecendo com a insígnia de Suleiman e a magia, era difícil não sentir que a coisa mais gentil que ele poderia fazer por Nahri seria jamais voltar. Caso Ali realmente se importasse com ela – caso a amasse como Muntadhir acusara –, ele a deixaria e permitiria que ela voltasse para o mundo humano do qual ela jamais deixara de sentir saudade, sem precisar se preocupar com o príncipe djinn inútil que ela sempre precisava salvar.

Ali abriu a porta.

— Diga a ela que sinto muito.

Ali tinha passado a vida inteira sonhando com o mundo humano. Havia devorado histórias dos monumentos e mercados, imaginando a si mesmo na cidade sagrada de Meca, perambulando pelos portos de grandes navios que atravessavam oceanos e explorando mercados lotados de comidas e invenções novas que ainda não tinham chegado a Daevabad. E bibliotecas… ah, as bibliotecas.

Nenhuma dessas fantasias incluía quase ser atropelado por uma carroça.

Pulou para fora do caminho do burro de nariz curto e seu condutor e então se abaixou para evitar uma montanha de cana-de-açúcar empilhada na traseira. O movimento o fez se chocar com uma mulher de véu puxando um cesto com berinjelas de um roxo vívido.

— Perdão! — disse ele, rapidamente, mas a mulher já estava passando como se Ali fosse uma irritação invisível. Uma dupla de homens usando vestes clericais que conversavam se afastou como uma onda humana quando passou por ele, nem mesmo parando de falar, e então ele foi quase jogado no chão por um homem equilibrando uma grande tábua de pão na cabeça.

Ali saltou para fora do caminho, caminhando aos tropeços. Estava claro demais, tumultuado demais. Para todo lado que olhava havia céu, um céu mais vibrante, mais azul e ensolarado do que ele jamais vira em Daevabad. Os prédios eram baixos, não tinham mais do que alguns andares de altura, e eram muito mais espaçados do que teriam sido em sua cidade insular abarrotada. Adiante havia lampejos de deserto dourado e colinas rochosas.

Ali podia ter desejado céu aberto e ar puro, mas em seu luto zonzo, o mundo humano atribulado foi subitamente demais; muito diferente e muito semelhante ao mesmo tempo. O calor pesado e seco parecia um forno em comparação com o frio nebuloso de seu reino; o cheiro intenso de carne frita e temperos era tão espesso no ar quanto nos bazares de Daevabad, mas os detalhes não eram familiares.

— *Allahu akbar! Allahu akbar!*

Ali se sobressaltou ao ouvir o adhan. Até mesmo o chamado para oração parecia estranho, a entonação humana descendo em ritmos diferentes. Sentiu como se estivesse sonhando, como se as terríveis circunstâncias nas quais tinha acordado não fossem reais.

É real, tudo isso. Seu irmão está morto. Seu pai está morto. Seus amigos, sua família, seu lar. Você os abandonou quando eles mais precisavam.

Ali agarrou a cabeça, mas começou a andar mais rápido, seguindo o som do muezim mais próximo pelas ruas sinuosas como um homem enfeitiçado. Aquilo era algo que ele conhecia, e tudo o que Ali queria fazer no momento era rezar, gritar com Deus e implorar a Ele que consertasse tudo.

Ele entrou no fluxo de uma multidão de homens que seguia para dentro de uma enorme mesquita, uma das maiores que Ali já vira. Não tinha sapatos para tirar, pois já estava descalço, mas parou ao entrar mesmo assim, sua boca se escancarando diante do amplo pátio. O interior estava exposto para o céu, cercado por quatro corredores cobertos sustentados por centenas de arcos de pedra luxuosamente decorados. A habilidade e a devoção exibidas nas estampas complexas e nos domos altos – feitos com esforço minucioso por mãos humanas, não pelo simples estalar dos dedos de um djinn – o espantaram, tirando-o brevemente de seu luto. Então o brilho de um jato de água chamou sua atenção: uma fonte de ablução.

Água.

Um adorador lhe deu uma ombrada forte ao passar, mas Ali não se importou. Encarou a fonte como um homem morrendo de sede. Mas não era hidratação que desejava; era algo mais profundo. A força que tinha percorrido seu sangue na praia de Daevabad quando comandou as ondas do lago. A paz que o tranquilizara quando ele extraiu água dos penhascos rochosos de Bir Nabat.

A magia que a possessão dos marid – a possessão que tinha arruinado e salvado sua vida – lhe concedera.

Ali se aproximou da fonte com o coração na garganta. Estava cercado por humanos, e aquela seria uma violação de todas as interpretações da lei de Suleiman que seu povo tinha, mas ele precisava saber. Estendeu a mão logo acima da água. Ele a chamou na mente.

Uma fita de líquido pulou para sua palma.

Lágrimas arderam em seus olhos, e então Ali hesitou quando um espasmo perfurou seu peito. A dor não foi horrível, mas bastou para quebrar sua concentração. A água caiu, escorrendo pelos dedos.

Mas ele tinha conseguido. Suas habilidades com a água podiam estar fracas, mas estavam ali, diferentemente de sua magia djinn. Ali não tinha certeza do que aquilo queria dizer. Zonzo, ele fez sua ablução. Então recuou, deixando que a multidão o levasse conforme se rendia ao ritmo e ao movimento familiares da oração.

Foi como mergulhar no esquecimento, na felicidade, a memória muscular e a canção murmurada de revelação sagrada relaxando suas emoções tensas e oferecendo uma breve fuga. Ali não conseguia começar a imaginar como os dois homens entre os quais estava – um idoso usando um galabiyya impecável e um menino pálido e trêmulo – reagiriam se soubessem que seus braços estavam roçando nos de um djinn. Aquela era provavelmente outra violação da lei de Suleiman, mas Ali achou impossível se importar, ansiando apenas por falar com seu Criador, o qual ele tão obviamente compartilhava com os adoradores ao seu redor.

Lágrimas embaçavam seus olhos quando terminou. Ele permaneceu ajoelhado em um silêncio entorpecido conforme os outros adoradores lentamente partiam. Encarou as mãos, a cicatriz em forma de gancho marcando uma das palmas.

Estamos bem, Zaydi. Pensou nas linhas envenenadas avançando lentamente pela barriga do irmão e na dor que Muntadhir não conseguia esconder em seu último sorriso quando reconfortou Ali. *Estamos bem.*

Imediatamente perdeu a batalha contra as lágrimas. Ele caiu para a frente, mordendo o punho em um esforço inútil de conter o choro.

Dhiru, sinto muito! Sinto muito! Ali chorava tanto que o corpo inteiro tremia. Aos seus ouvidos, os soluços preenchiam o amplo espaço, ecoando das paredes altas, mas nenhum dos humanos parecia sequer ouvi-lo. Ele estava completamente sozinho ali, em um mundo no qual não só estava proibido de adentrar, mas que parecia negar sua própria existência. E não era isso que ele merecia por fracassar com seu povo?

O gosto salgado de sangue irrompeu em sua boca. Ali soltou a mão, combatendo o desejo enlouquecido de fazer alguma coisa inconsequente e destrutiva. Atirar-se de volta ao Nilo. Escalar aquelas paredes altas e saltar. Qualquer coisa que lhe permitisse escapar do luto que o dilacerava.

Em vez disso, enfiou o rosto nas mãos e se balançou para trás e para a frente. *Misericordioso, por favor, me ajude. Por favor, tire isso de mim. Não consigo sobreviver a isso. Não consigo.*

Horas se passaram. Ali permaneceu enraizado no lugar que tinha reivindicado, desabando em seu luto por um tempo que pareceu interminável. Sua voz foi sumindo conforme sua garganta ficava dolorida; as lágrimas secaram e a cabeça latejava com desidratação. Entorpecido, ele mal estava ciente dos humanos que se apressavam ao seu redor, mas se afastava do chão sempre que eles vinham rezar. Era uma corda, uma linha frágil que o ancorava da perda total.

Quando a noite caiu, Ali subiu os degraus que espiralavam em torno do minarete, sentindo-se como a criatura inquieta que os humanos aparentemente acreditavam que os djinns fossem – os espíritos invisíveis que assombravam ruínas e espreitavam em cemitérios. Ele se impulsionou para o pequeno telhado ornamental e então enfim dormiu, aconchegado entre as pedras frias sob as estrelas.

Acordou logo antes do alvorecer ao som do muezim arrastando os pés escada acima. Congelou, sem querer assustar o homem, e então ouviu quieto conforme o chamado para a fajr se elevava em ondas pela cidade. Daquela altura, Ali conseguia ver muito do Cairo: um labirinto de prédios marrons pálidos aninhados entre colinas a leste e o Nilo escuro e sinuoso a oeste. Era maior do que Daevabad, estendendo-se por uma terra muito diferente de sua ilha envolta em névoa, e embora fosse deslumbrante, fez Ali se sentir muito pequeno e com muita, muita saudade de casa.

Foi assim que Nahri se sentiu? Lembrava-se da amiga na noite anterior a tudo dar tão terrivelmente errado. O desejo na voz dela contrastando com os sons da comemoração quando se sentaram juntos no hospital e falaram do Egito. A noite em que ela tinha tocado o rosto dele e suplicado que encontrasse uma vida mais feliz.

A noite em que Ali percebeu tarde demais que seu coração e sua cabeça podiam estar tomando caminhos distintos quando se tratava da inteligente e bela Banu Nahida. E embora ele não fosse arrogante o suficiente para acreditar que seu mundo tinha sido punido devido ao início de uma atração proibida que ele jamais teria concretizado, aquilo não ajudava seu sentimento de culpa.

Você não deveria ter deixado a casa de Yaqub daquele jeito. Ali podia estar insensível devido ao luto, mas tinha sido cruel e egoísta sumir sem dizer uma palavra. Nahri provavelmente ficaria melhor sem ele, mas essa ainda era uma decisão que ela deveria tomar.

Então garantiria que ela pudesse tomá-la.

Ali levou a maior parte da manhã para refazer seus passos, um esforço que o mandou por várias ruas erradas e o fez temer por um momento que estivesse perdido de vez. Por fim, encontrou a alameda sinuosa de que se lembrava vagamente e a seguiu até o fim.

Nahri estava do lado de fora do boticário, sentada em um banquinho em um trecho de sol. Embora tivesse coberto o rosto com um véu, Ali a teria reconhecido em qualquer lugar. Havia um cesto em seu colo, e ela estava organizando uma pilha de galhos folhosos, separando as folhas verdes como fizera durante anos. Parecia em paz, já de volta ao ritmo da antiga vida.

Então ela ergueu o rosto. Alívio percorreu seus olhos enquanto se levantava com um pulo, derrubando a tigela.

Ali atravessou a rua com igual pressa.

— Sinto muito — disparou ele. — Acordei e precisava fugir. — Ele se ajoelhou, tentando pegar as folhas que ela tinha espalhado. — Não tive a intenção de assustar você...

Nahri segurou as mãos dele.

— Você não me assustou. Eu estava esperando por você aqui, torcendo para que voltasse!

Ali encontrou o olhar dela por cima do cesto virado.

— Ah.

Nahri rapidamente o soltou, desviando o olhar ao se ajoelhar e enfiar os galhos de volta no cesto.

— Eu... quando acordei e você tinha sumido, eu quis ir atrás de você, mas não tive certeza se queria me ver. Pensei que podia esperar um dia, mas então me preocupei que, caso eu não estivesse do lado de fora, você jamais encontraria o boticário de novo... — Ela parou de falar, gaguejando de um jeito nada característico.

Não se aproximava da raiva com que Ali esperava ser recebido.

— Por que eu não iria querer ver você?

Nahri estava tremendo.

— Eu coloquei aquele anel na sua mão. Tirei você da sua família, do seu lar. — Ele ouviu a voz dela falhar. — Quando você foi embora, achei que podia ser porque me odiava.

— Ah, Deus, Nahri... — Ali tirou o cesto das mãos dela, deixando-o de lado e se levantando ao ajudá-la a ficar de pé. — Não. *Nunca*. Eu estava no palácio com você; vi as mesmas coisas. Não a culpo por *nada* do que aconteceu naquela noite. E jamais poderia odiá-la — insistiu ele, chocado que ela pudesse pensar que sim. — Nem em mil anos. Pelo Altíssimo, na verdade, achei que você poderia ficar mais feliz caso eu permanecesse longe.

Foi a vez dela de parecer confusa.

— Por quê?

— Você está livre de nós — disse ele. — Da minha família, do mundo mágico. Eu achei... achei que, se eu fosse um bom amigo, seria melhor deixá-la voltar para sua vida. Sua vida humana.

Ela revirou os olhos.

— Eu arrastei seu corpo em chamas pelo Nilo por um maldito dia inteiro. Acredite, eu não teria feito isso se quisesse me livrar de você.

Vergonha percorreu o corpo dele.

— Você não deveria ter precisado. Não deveria precisar continuar me salvando assim.

Nahri se aproximou. Ela tocou a mão dele, e Ali sentiu todas as paredes que tinha erguido em torno de seu espírito arrasado desabarem no chão.

— Ali... achei que tivesse deixado bem claro que jamais pretendo liberar você de suas dívidas comigo.

Ali engasgou, um som que poderia ser um choro ou uma risada. Mas foram lágrimas que brotaram em seus olhos.

— Não acho que consigo fazer isso. — Ele nem conseguia dizer o que "isso" era. O modo como seu mundo tinha sido completamente partido, o perigo no qual seus entes queridos estavam, a impossibilidade de um dia consertar as coisas... Ele sabia que não havia palavras para comunicar aquilo.

— Eu sei. — E, de fato, não havia como deixar de ver o brilho úmido nos olhos dela também. Nahri abaixou a mão. — Por que não vamos caminhar? Tem um lugar que quero mostrar a você.

NAHRI

— É A PRIMEIRA COISA DE QUE ME LEMBRO — disse Nahri, baixinho, com os olhos no rio corrente. — Como se minha vida tivesse começado no dia em que fui tirada do Nilo. Os pescadores batendo em minhas costas para expulsar a água de meus pulmões, me perguntando o que tinha acontecido, quem eu era... — Ela se abraçou, tremendo apesar do ar morno. — Nada. Mas me lembro da luz do sol na água, das pirâmides contra o céu e do cheiro de lama como se fosse ontem.

Eles tinham voltado para o Nilo, caminhando pela margem do rio conforme pescadores e marinheiros traziam seus barcos e redes para a margem. Depois de um tempo, os dois tinham se acomodado na base de uma palmeira imponente, e foi aí que Nahri começou a falar, compartilhando histórias sobre sua antiga vida.

Ao lado dela, Ali traçava desenhos na areia. Ele mal tinha falado, uma sombra silenciosa ao lado dela.

— Essa é a primeira coisa de que você se lembra? — perguntou ele. — Quantos anos você tinha?

Nahri deu de ombros.

— Cinco? Seis? Não sei direito. Eu tinha problemas de fala, com todas as línguas na minha cabeça. — Nostalgia tomou conta dela. — A menininha do rio, era como me chamavam. — Bint el nahr. — Eles estavam alternando entre djinnistani e árabe, mas ele disse as palavras em árabe, levantando o olhar para ela. — Nahri.

— Nahri — repetiu ela. — Uma das poucas coisas que eu pude decidir por conta própria. Todos sempre tentavam me dar nomes adequados. Nenhum combinava. Sempre gostei de escolher meu próprio caminho.

— Isso deve ter sido difícil em Daevabad.

Meia dúzia de respostas sarcásticas pairaram nos lábios dela, mas a devastação ainda parecia próxima demais.

— Sim — afirmou ela, simplesmente.

Ali ficou calado por um longo momento antes de falar de novo.

— Posso perguntar uma coisa?

— Depende do que for.

Ele a fitou mais uma vez. Pelo Criador, era difícil não desviar. Ali sempre fora um livro aberto, e o luto dolorosamente evidente em seus olhos injetados não combinava nada com o príncipe inconsequente e sabe-tudo do qual ela acidentalmente ficara amiga.

— Você algum dia foi feliz lá? Em Daevabad, quero dizer.

Nahri segurou a respiração, sem esperar essa pergunta.

— Eu... sim — respondeu ela, percebendo que a era a verdade conforme falava. — Às vezes. Eu gostava de ser uma curandeira Nahid. Gostava do propósito que isso me dava, do respeito. E gostava de ser uma parte dos Daeva, de poder encher minha mente com livros e novas habilidades em vez de me preocupar com onde encontrar minha próxima refeição. — Ela parou, a garganta falhando. — Eu gostava muito do hospital. Ele fez com que eu me sentisse esperançosa pela primeira vez. Acho... — Ela abaixou o olhar. — Acho que eu teria sido feliz trabalhando lá.

— Até que meu pai encontrou uma forma de destruí-lo.

— Sim, admito que o medo constante de que seu pai assassinasse alguém que amo e ter sido forçada a me casar com um homem que me odiava estavam longe do ideal. — Ela encarou as mãos. — Mas tenho muita experiência em encontrar pontos de luz para comemorar quando a vida fica mais miserável do que de costume.

— Você não deveria precisar disso. — Ali suspirou.

— Meu divasti é, bem, muito ruim, mas ouvi parte do que Manizheh falou para você naquela noite. Ela queria que você se juntasse a eles, não queria?

Nahri hesitou, perguntando-se como responder. Ali era um Qahtani, ela era Nahid, e os povos deles estavam em guerra. Parecia tolice observar que ela estava com um pé em cada lado.

Mas naquele momento Ali não parecia seu inimigo, e sim um homem de luto por seus mortos, o otimista que ela sabia ter desesperadamente desejado um mundo melhor para todos – e que então vira suas esperanças destruídas.

Nahri conseguia se identificar com isso.

— Sim, Manizheh queria que eu me juntasse a eles. — Sozinha diante do rio, ela havia tirado o véu e o torcia nas mãos agora. — Dara também. — A voz dela, que estava firme, tremeu com o nome. — Ele disse que sentia muito, que eu deveria estar na enfermaria com Nisreen e... ah. *Ah.*

— O quê? — Ali imediatamente se aproximou, parecendo preocupado. — O que foi?

Mas Nahri não conseguia falar. *Eu deveria estar com Nisreen na noite do ataque.* Os comentários de Nisreen sobre um treinamento futuro, a assistência determinada dela para impedir que Nahri tivesse um filho com Muntadhir...

Apenas deixe passar o Navasatem, pedira Nisreen a ela na última noite delas juntas, enquanto bebiam soma e faziam as pazes depois de meses se estranhando. *Prometo a você... as coisas serão diferentes muito em breve.*

Nisreen sabia sobre Manizheh.

A mentora que tinha sido como uma mãe, que morrera nos braços de Nahri, sabia de tudo. Assim como Kaveh. Dara. Quem mais entre os Daeva, entre o povo em que Nahri achou que podia confiar, tinha silenciosamente tramado o massacre dos djinns entre os quais viviam? Quem mais tinha deixado Nahri sonhar, sabendo que era apenas isso: um sonho?

— Nahri? — Ali começou a levar a mão ao ombro dela, então parou. — Você está bem?

Ela sacudiu a cabeça. Sentia-se como se fosse vomitar.

— Acho que Nisreen sabia sobre Manizheh.

— *Nisreen?* — Os olhos de Ali se arregalaram. — Então, se Nisreen sabia, e Kaveh sabia, você não acha que Jamshid...

— Não. — Mas Jamshid... O nome do irmão era outra faca em seu coração, uma que Nahri não se sentia remotamente capaz de extrair agora. — Jamshid jamais teria participado de tal coisa. Acho que nenhum de nós deveria estar envolvido. Acho que eles imaginaram que, se entrassem, matassem seu pai, tomassem o trono e se livrassem das evidências sangrentas, nós simplesmente ficaríamos felizes em ser salvos. — As palavras soaram amargas em sua boca.

Ali pareceu enojado.

— Sempre que eu acho que nosso mundo não pode piorar, nós mergulhamos mais fundo.

— Alguns de nós emergem — replicou ela. — O que Muntadhir fez... aquilo foi uma das coisas mais corajosas que já vi.

— Foi corajoso, não foi? — Ali apressadamente limpou os olhos, mas não foi capaz de esconder as lágrimas. — Não consigo parar de pensar nele, Nahri. Sinto como se estivesse ficando louco. Não consigo parar de me perguntar quanto tempo levou, quanta dor ele sentiu, se ele me culpou no final...

— Não. Ali, não faça isso. De modo algum Muntadhir culpou você, e ele não iria querer que você se torturasse pensando assim.

Ali estava tremendo.

— Deveria ter sido eu. Eu ainda não entendo o que aconteceu, por que eu não consegui lutar contra Darayavahoush...

Outro assunto que Nahri não estava pronta para discutir.

— Eu não consigo... eu não consigo falar sobre ele agora. Por favor.

Ali piscou na direção dela, seus olhos úmidos e hesitantes. Ele conseguiu assentir.

— Tudo bem.

Mas o silêncio que se estendeu entre eles não durou muito. Porque não importava o quanto Nahri não quisesse falar sobre Dara: ela se lembrava do ódio da mulher que o comandava, e naquele momento ambos estavam impotentes.

— Você teve alguma sorte suspendendo a insígnia? — perguntou ela, tentando manter a esperança longe da voz.

A expressão de Ali não era inspiradora.

— Não. O anel quase parou de parecer que vai explodir no meu coração, mas não consigo detectar nada da magia dele.

— Muntadhir disse que poderia levar uns dois dias.

— Já faz uns dois dias.

Nahri brincou com o véu.

— Bem, tinha uma outra coisa.

— Que *outra coisa*?

— Muntadhir disse que o anel da insígnia não deveria sair de Daevabad.

Ali se empertigou.

— Por que não disse nada antes? — Ele apontou desesperadamente para o Nilo. — Nós com certeza não estamos em Daevabad!

— Eu não queria que você exagerasse, como está fazendo agora! — disse Nahri quando Ali gemeu e abaixou a cabeça nas mãos.

— Que Deus me perdoe — murmurou ele entre os dedos.

— Nós quebramos o anel de um profeta.

— Não quebramos o anel de um profeta! Pelo menos não intencionalmente — corrigiu ela. — E estamos nos precipitando. Só faz dois dias. Vamos continuar tentando.

Ali levantou a cabeça.

— Então, se eu não tenho magia, e você não tem magia...

— Alarme elevou a voz dele. — E se ninguém mais tiver?

— Como assim?

— Quero dizer, e se *ninguém mais* tiver, Nahri? Algum de seus poderes voltou enquanto eu estava fora? — Quando ela fez que não com a cabeça, ele explicou. — Meu pai não podia tirar a magia de muito longe. Quando usava a insígnia, era apenas naqueles que estavam na presença dele. E se nós *tivermos* quebrado o anel de um profeta?

Ah. A boca de Nahri secou. Ela não tinha exatamente considerado aquilo.

— Então vamos consertar — respondeu ela, tentando parecer mais confiante do que se sentia. — Embora eu não possa deixar de observar que, se estivéssemos todos sem poderes, isso equilibraria levemente as chances entre nós e Manizheh.

— Quanto a isso... — Um pouco de vergonha cobriu a voz de Ali. — Não estou completamente sem poderes. Ainda tenho isto. — Ele fez um gesto como se chamasse o rio.

Água saltou para sua mão. Um pequeno tendão de líquido girou ali como um ciclone em miniatura antes de Ali se contorcer, como se sentisse dor, e o jato de água desabar.

— Ah — soltou ela, em tom ácido. — Isso. Um dos muitos segredos que você jurou que não tinha.

— Pode haver alguns segredos — confessou Ali. — Sobre mim, sobre os marids, sobre a guerra. Nem sei por onde começar.

Se um membro da realeza de Daevabad estivesse disposto a proferir segredos na semana anterior, Nahri estaria ansiosa por ouvir. Mas, naquele momento, não estava pronta para ouvir sobre algum novo horror no mundo mágico.

— Que tal não começar? Não hoje, de toda forma. — Quando Ali franziu a testa, parecendo confuso, Nahri tentou outra tática. — Perguntei a Subha certa vez como ela evitava ser esmagada pela cura, pelo peso das responsabilidades e a desolação do trabalho. — Pensar em Subha doía; Nahri sentia-se doente de medo ao imaginar como seus amigos shafits deviam estar apavorados naquele momento. — Você sabe o que ela me disse?

— Isso depende do estágio do relacionamento de vocês. Se eu me lembro bem, as primeiras semanas foram bem turbulentas.

Nahri deu a ele um olhar imperativo.

— Ela me disse para me manter inteira. Que não havia vergonha nenhuma em cuidar de si para poder ajudar aqueles que precisam de você.

Ali se remexeu no lugar.

— O que está sugerindo?

— Que nós deixemos de lado discussões sobre segredos durante alguns dias. Vamos voltar para o boticário. Comer. Eu apresento você a Yaqub direito e talvez consiga algumas roupas que não sejam... isso. — Ela indicou o xale rasgado dele.

— E depois?

Ela segurou a mão dele.

— Ali, estamos exaustos. Você não conseguiu lutar com Dara, eu não consegui lutar com Manizheh. Agora estamos a meio mundo de distância em estado muito pior e sem saber como voltar. — A voz dela ficou mais suave. — Sei que você quer voltar para casa... salvar sua irmã, salvar seu povo e vingar Muntadhir. Mas não estamos prontos. Vamos tirar uns dois dias para nos recuperar e ver se alguma coisa muda com a insígnia.

Relutância percorreu o rosto de Ali, lutando com a lógica do argumento dela.

— Acho que você está certa. — Ele respirou fundo e então, rápido como um pássaro, apertou e soltou a mão dela.

Nahri se ergueu, vendo um bando de meninas dando risadinhas se aproximando do rio com roupas para lavar. À luz do sol poente, o Nilo estava incandescente, coberto pelo zumbido familiar de insetos. Mais adiante, as ruas que davam de volta ao Cairo estavam lotadas de gente indo para casa, saindo de lojas e montando mesas para tomar café e jogar damas.

Ali também ficou de pé, parecendo um pouco melhor. Parte da antiga determinação dele se assentou em suas feições, e então ele falou:

— Sei que as coisas parecem ruins, mas vou levar a gente de volta para Daevabad, prometo. Vamos encontrar um caminho para casa.

O olhar de Nahri ainda estava na rua egípcia.

— Casa — repetiu ela. — É claro.

DARA

AESHMA EMITIU UM ESTALO COM A LÍNGUA, OLHANDO PARA a criação de Dara com admiração escancarada. — Agora, isso é uma coisa digna de um verdadeiro daeva. — Ele deu a Dara um sorriso com presas reluzentes. — Está vendo o que acontece quando você aceita a sua magia em vez de ficar emburrado?

Dara lançou-lhe um olhar irritado, mas precisou forçá-lo. Pois aquilo que o ifrit o ajudara a conjurar era de fato magnífico. Era uma besta de sangue, moldada da própria fumaça e do sangue vital de Dara para se parecer com um imenso shedu. O couro era de um âmbar intenso, e as asas reluzentes eram um arco-íris de cores alegres como joias. Unido à mente dele, o shedu caminhava de um lado para outro, fazendo o solo tremer com o impacto das patas do tamanho de uma roda de carruagem.

Dara passou os dedos pela juba do animal e uma explosão de faíscas de fogo irrompeu das mechas escuras.

— Deveria ser tão *grande* assim?

— Eu já matei maiores — respondeu Aeshma, dando apoio como sempre. — Era um prazer ver os montadores

Nahid deles serem esmagados no chão. Acho que não podiam se curar daquilo.

— Vocês se parecem — acrescentou Vizaresh. — É o cabelo. Talvez, se ela sobreviver, sua Nahri possa montá-lo.

O tom do ifrit era lascivo, e Dara respirou fundo, lembrando-se de que Manizheh ainda precisava daqueles cretinos – o que significava que ele não tinha permissão de arrancar a cabeça de Vizaresh.

Em vez disso, ele o olhou com raiva.

— Que língua afiada você tem quando não está fugindo de meninos djinns com uma fração da sua idade.

Vizaresh riu com deboche.

— Não sobrevivi por tantos séculos comprando briga com criaturas que não entendo, e seu "menino djinn" de olhar oleoso usando correntes de água como um chicote é uma delas. — Ele se reclinou-se contra a base de uma árvore de damasco. — Embora eu me arrependa de não ter ficado para ver sua amante derrubar o teto na sua cabeça. Isso teria sido muito divertido.

— Covarde. Imagino que seja por isso que você foi correndo para Banu Manizheh e contou a ela que tentei escravizá-lo. Curioso que você tenha deixado de lado seu envolvimento.

— Eu não queria me meter em problemas. Além do mais... — Vizaresh deu de ombros, olhando para Aeshma.

— Eu jamais faria *nada* que colocasse em risco nossa aliança com a Banu Nahida. — Ele levou a mão cheia de garras até o coração. — Sou tão leal.

— Isso é uma piada para você? — indagou Dara. — As pessoas estão mortas e meu lar está destruído.

Ressentimento rodopiou nos olhos incandescentes de Vizaresh.

— Você não é o único que viu seu mundo ser destruído, Afshin. Nem o único que está de luto por seus mortos. Não acha que eu choro a morte de meu irmão, o daeva que sua pequena Nahid envenenadora de sangue assassinou em Gozan?

— Não — disparou Dara de volta. — Duvido que vocês, demônios, sejam capazes de qualquer afeição verdadeira. E não são daeva, são ifrits.

— Nós nos chamávamos de *daeva* milênios antes de vocês sequer nascerem. Antes de Anahid nos trair e...

— Vizaresh. — A voz de Aeshma carregava um aviso. — Já chega. — Ele indicou com a cabeça o palácio. — Vá.

O ifrit menor saiu batendo os pés, mas não antes de lançar a Dara mais uma careta cheia de ódio.

Aeshma pareceu igualmente irritado.

— Você é *impossível*, sabia disso?

Dara não estava com humor para ouvir comentários sobre seu caráter.

— Por que estão aqui?

— Do que está falando?

— Por que estão *aqui*? Por que estão ajudando Banu Manizheh se seu povo odeia os Nahid?

— Ah, você está fazendo perguntas agora? Achei que essa parte de sua mente tivesse sido removida durante o treinamento.

— *Por que estão aqui?* — rosnou Dara uma terceira vez, exibindo as presas. — Se eu precisar me repetir de novo, vou soltar *você* do céu.

Os olhos do ifrit dançaram com malícia.

— Talvez eu queira ser como você. Talvez, depois de dez mil anos, eu esteja morrendo e me contentaria com a paz e um pouco de minha antiga magia. Ou talvez eu simplesmente ache sua Manizheh divertida e diferente e goste do entretenimento.

— Isso não responde a minha...

— Eu não respondo a você. — A provocação tinha sumido da voz de Aeshma. — Minha aliança é com sua mestre, não com o cachorro dela.

Ódio ferveu pelos braços de Dara e chamas se contorceram por suas mãos.

— Eu não tenho mestre — disparou ele. — Não sou mais um escravo.

— Não? — Aeshma apontou para a esmeralda brilhando no dedo de Dara. — Então por que ainda usa esse anel? Porque é bonito? Ou porque tem medo demais de tentar tirar?

— Eu poderia matar você — disse Dara, se aproximando. — Seria tão fácil.

Aeshma gargalhou.

— Você não vai me matar. Não tem coragem de desafiar sua Banu Nahida, e ela deixou claro que não devemos ser feridos.

— Ela não vai precisar de você para sempre.

O sorriso lento e cruel que se abriu no rosto de Aeshma lançou mil avisos pela mente de Dara.

— Ah, vai. Porque posso dar a ela magia que ela mesma pode usar, em vez de um poder que só pode ver você usar em nome dela. — Aeshma deu um passo para trás, indicando o shedu. — O que acredito que seja o que você deveria estar fazendo agora, não é? — Ele emitiu um estalo com a língua. — Melhor se apressar, Afshin. Você não quer deixar seus superiores irritados.

Dara buscou sua magia, fazendo-a percorrer seu corpo. A cor de fogo sumiu de sua pele quando ele mudou para a forma mortal, a túnica e a calça simples se transformando em um reluzente uniforme carmesim e preto. Uma armadura escamosa brilhante recobriu o corpo, e então Dara esticou as mãos. Um magnífico arco prateado apareceu diante deles, refletindo o sol.

— Você ainda não consegue fazer isso — disse ele, friamente. — E jamais vai conseguir. Pode se vangloriar e se gabar o quanto quiser, Aeshma, pois quando finalmente chegar o dia em que ultrapassar o limite e ameaçar minha Banu Nahida, estarei lá para lidar com você.

— Estranho — respondeu Aeshma quando Dara se virou e foi pegar a aljava de flechas que havia preparado antes de voltar para o lado do shedu. — Pois eu disse o mesmo a ela sobre você.

Dara parou por um momento, de costas para o ifrit. Mas foi apenas por um momento – não deixaria que Aeshma brincasse mais com ele.

Em vez disso, ele contemplou o shedu adiante. Dara era um cavaleiro habilidoso, mas cavalos e leões voadores eram bestas muito diferentes – principalmente porque aquele shedu não era um animal de verdade, mas uma extensão da magia dele, criando uma sensação mais parecida com a de ter um membro a mais.

Um membro muito *novo*. Segurando a juba do animal, Dara se impulsionou para o dorso esfumaçado do shedu. Um calafrio de empolgação percorreu sua coluna. As circunstâncias dele podiam ser sombrias, mas parte de Dara sentia como um menininho risonho, a criança que tinha crescido ouvindo as lendas de arrepiar dos Afshin de antigamente e seus poderosos Nahid.

Com apenas um pensamento, a criatura disparou para o céu, e Dara arquejou, agarrando a juba dele quando suas asas bateram. O palácio encolheu abaixo dele, um pequeno brinquedo cravejado de joias, e ele não pôde deixar de gargalhar – um som incomumente nervoso – antes de conseguir algum controle. Ele podia ver tudo daquela distância: o lago da cor da meia-noite e as florestas exuberantes, os campos primorosamente arados além das muralhas, e a complexa Daevabad, uma miniatura de ruas serpenteantes e torres de pedra.

Mas foram as montanhas que o chamaram, o amplo mundo adiante. Um homem mais inteligente teria voado até elas, aproveitando a oportunidade para fugir da loucura abaixo e começar de novo, em vez de ser a causa de mais violência.

E então cada Daeva da cidade morreria. Com uma pontada de arrependimento, Dara pediu ao shedu que mergulhasse, puxando uma das flechas da aljava. Havia cinco que ele havia preparado especialmente – uma para cada tribo djinn, amarrando um pergaminho na haste com uma faixa rasgada do turbante manchado de sangue de Ghassan. No pergaminho havia uma mensagem curta exigindo rendição imediata. Fazia três dias desde que tinham tomado o trono, e não viera nem uma palavra das outras tribos.

Nenhum embaixador exigindo saber o que tinha acontecido, nenhum parente preocupado dos oficiais do governo desafortunados que estavam no palácio naquela noite – não houvera sequer o ataque vingativo e suicida que ele esperava de quaisquer sobreviventes Geziri entocados com a princesa. Em vez disso, todos pareciam ter se retirado para seus respectivos quarteirões e se barricado com qualquer que fosse o meio não mágico que houvessem conseguido reunir, esperando pela iminente explosão que deviam temer.

Uma explosão que nem Dara nem Manizheh queriam ver – uma explosão que ele esperava que os djinns tivessem a sabedoria de evitar.

Os Agnivanshi foram os primeiros. Embora Dara soubesse que ele só tinha minutos antes de ser visto – sua presença deveria aterrorizar, não ficar oculta –, rapidamente estudou as fortificações que tinham feito, tapando com tijolos seu lindo portão de arenito e mandando uma dúzia de homens com arcos, espadas e escadas para guardar as muralhas. Provavelmente eram civis, pois Dara sabia que os únicos djinns que tinham permissão de receber treinamento militar em Daevabad eram aqueles na Guarda Real – a Guarda Real cuja Cidadela suas forças já tinham aniquilado.

Logo além do portão, uma pilha de sacolas volumosas estava empilhada em uma plataforma de madeira. Havia uma multidão reunida, esperando com cestos e jarros. Dara voou mais para perto, observando conforme grãos eram distribuídos para os djinns à espera. Deixando de lado os homens armados e os rostos nervosos, tudo parecia bastante em ordem.

Mas não haveria ordem em Daevabad a não ser que viesse de Banu Manizheh.

Com um estalo dos dedos dele, as sacolas pegaram fogo. Os carregadores gritaram alarmados, mas agiram rápido para tentar bater o fogo e extingui-lo. Dara fez as chamas ficarem mais altas, fazendo os djinns saírem correndo. Por fim, uma das mulheres olhou para cima.

— O Flagelo!

O shedu conjurado mergulhou quando os djinns começaram a gritar em pânico, fugindo em todas as direções. Dara puxou o arco, sem deixar de ver que um dos guardas Agnivanshi fazia o mesmo.

Dara foi mais rápido. Ele acertou o outro arqueiro no peito e o homem desabou, a seda ensanguentada que prendia o pergaminho na flecha de Dara ondulando como uma bandeira derrubada em um campo de batalha. Dara avançou voando, deixando gritos ao seu encalço.

Deixe que gritem. Melhor submissão do que uma guerra civil, tentou convencer-se. Melhor que os Agnivanshi abrissem o portão e fizessem um acordo com Manizheh que mantivesse os grãos circulando por *toda* Daevabad do que uma tribo acumulando mais comida do que podia comer. Dara sentia muito pelos djinns, de verdade. Ele não desejava derramar mais sangue e semear mais medo.

Mas maldito fosse se eles perdessem Daevabad agora.

Dara ateou fogo à vinícola bem-cuidada no centro do mercado sahrayn, carregada de uvas, e então queimou o grande caravançará no Quarteirão Ayaanle, pretendendo infligir uma ferida muito mais custosa aos aliados mais próximos dos Geziri. Não teve coragem de queimar nada que pertencesse aos Tukharistani, mas sabia que a localização de seu pergaminho – disparado em uma coroa de flores que adornava um memorial às vítimas de Qui-zi – era mensagem o suficiente.

Ele estudou cada trecho de chão que conseguiu, reparando nas construções mágicas que tinham desabado e na evidência de incêndios que tinham assolado a cidade. Havia enormes rachaduras no chão onde a terra se partira durante o breve terremoto que acompanhara o desaparecimento da magia – um terremoto que derrubara ainda mais construções. Canos retorcidos e tijolos quebrados cobriam as ruas, bombas d'água ainda jorravam descontroladamente. Ele quase vomitou com o cheiro de esgoto ao voar sobre os escombros desenterrados de uma latrina pública.

Haverá doença, pensou Dara, ao olhar para sua cidade arrasada. *Fome, pânico e morte.*

E será porque nós escolhemos vir até aqui.

Não era um bom estado mental no qual estar conforme ele se aproximava do Quarteirão Geziri, a seção da cidade que mais o angustiava, e o número de coisas alarmantes que viu não ajudou sua inquietude. Primeiro, a julgar pelo turbilhão de atividade nas ruas, as moscas da areia não estavam nada exterminadas. Se tinha sido Zaynab al Qahtani ou não, estava claro que alguém tinha conseguido avisar o resto dos Geziri sobre o vapor que tinha matado os seus semelhantes no palácio.

Segundo, eles tinham estado *ocupados*. O muro que um dia separara os bairros Geziri e shafit fora derrubado e os tijolos redistribuídos para fortificar os limites e portões que os separavam do resto da cidade. A Cidadela estava caída em ruínas como um enorme machucado, mas os corpos deviam ter sido removidos, provavelmente com quaisquer que fossem as lâminas, os arcos e as lanças que puderam ser tirados do arsenal.

Dara xingou. Então os Geziri e os shafits tinham, de fato, se unido. A tribo que haviam tentado aniquilar e o povo de sangue humano que melhor sabia sobreviver sem magia. Se houvesse sobreviventes da Guarda Real, estariam ali. Se houvesse aquelas malditas armas de sangues-sujos que tinham causado o caos durante a procissão de Navasatem, elas também estariam ali.

E Dara não conseguia imaginar nenhum modo de tal impasse terminar em paz. Manizheh tinha incluído um bilhete para Zaynab no pergaminho destinado aos Geziri, pedindo a ela que considerasse o destino de Muntadhir, mas ele não tinha certeza se uma única princesa poderia convencer milhares de djinns revoltados e de luto. E por que se renderiam? Os Geziri sabiam que Manizheh pretendera acabar com eles, e os shafits conheciam a reputação de Dara como Flagelo. Os dois grupos seriam tolos de confiar neles.

Ansioso, Dara voou para mais perto, buscando um lugar para deixar sua mensagem. Mas assim que passou do primeiro bairro, um clangor terrível soou, como se alguém estivesse destruindo uma loja cheia de porcelana ao mesmo tempo que tocava tamborim.

O que em nome do Criador é essa algazarra terrível?

Ele viu a fonte do som. Um fio fora pendurado sobre a rua ampla, com panelas de cobre pendendo dele aos montes e se chocando umas com as outras conforme um homem puxava o fio de um lado para outro com uma longa bengala torta.

Um homem que olhava direto para Dara.

Antes que Dara pudesse reagir, uma mulher no fim da rua fez o mesmo com uma montagem semelhante de pratos de aço. O barulho foi levado pelo bairro conforme mais e mais panelas se juntavam ao alarme, um sinal de fogo feito de louça quebrada e panelas de metal. Abaixo, as pessoas saíam correndo, mas não com o pânico desorganizado das outras tribos. Civis Geziri e shafits – em grande parte homens, mas também um punhado de mulheres e crianças – sumiram para dentro de qualquer que fosse o prédio mais próximo como se fossem convidados esperados, escancarando portas.

Uma explosão cortou o ar. Dara girou quando um projétil passou zunindo por seu rosto com o cheiro rançoso de ferro, próximo o suficiente para chamuscar seu cabelo. Ele xingou, apertando os joelhos em volta do shedu conjurado enquanto dava meia-volta, buscando desesperadamente o que o havia atingido. Seguiu um lampejo de fumaça branca até uma sacada em um prédio de pedra de vários andares perto do Grande Bazar. Dois homens shafits estavam tentando manejar um longo cano de metal.

Uma arma, reconheceu ele. Como aquela que Kaveh disse que tinha sido usada para massacrar o povo deles durante os ataques do Navasatem. Talvez a mesma. Pois, quando Dara planou sobre a avenida principal, finalmente viu o que restava de uma das tradições mais estimadas de seu povo.

As enormes carruagens do desfile do Navasatem estavam onde tinham sido atacadas, muitas reduzidas a cascos queimados. Cavalos de bronze quebrados, ornamentos de espelho e vidro estilhaçados, e os resquícios torcidos de um bosque itinerante de cerejeiras cravejadas de joias, privadas da maioria das gemas e do tronco dourado, entulhavam o solo de terra. Carroças de comida adornadas com serpentinas sujas estavam abandonadas e brinquedos de criança caíam de um carrinho virado.

Ódio o queimou — o ódio que Dara carregava pelos djinns e os shafits se atiçou tão rápido que foi como se alguém tivesse jogado óleo em carvão incandescente. Os corpos dos Daeva assassinados tinham sumido, mas Dara ainda podia ver sapatos e trechos ensopados de sangue onde eles tinham sido ceifados enquanto comemoravam sua juventude, desfilando alegremente pelas ruas de sua cidade sagrada.

Ceifados pelas armas como aquela que os shafits tinham acabado de tentar usar nele.

Na verdade, Dara sabia muito pouco sobre armas. Não houvera nada parecido com elas no mundo durante sua vida mortal, e ele raramente havia encontrado humanos depois de ser ressuscitado, tendo visto apenas uma vez um caçador humano matando um tigre nas montanhas. Ficara chocado pelo estrago que a arma tinha feito, enojado ao ver aquilo acontecer no que parecera ser um tipo de competição. Talvez devesse ter ficado com medo de uma tecnologia tão espantosa. De uma arma cuja implicação ele mal conseguia entender.

Mas ele jamais se assustara facilmente e, conforme observava os shafits que tentavam matá-lo tentarem recarregar sua arma, atrapalhando-se e gritando um com o outro conforme ele voava na direção deles, não era medo que ele sentia. Que pena que as armas deles levavam tanto tempo e esforço. Não tempo o suficiente para evitar que dúzias dos Daeva dele fossem assassinados, mas mesmo assim.

Dara não precisava de tempo. Rugindo conforme a magia fervia em suas veias e estalava em seus dedos, levantou a mão e a fechou em um punho.

O prédio inteiro desabou.

Dara desabou quase tão rápido quanto, o poder o exaurindo. Aquilo não era magia que ele deveria ter feito em sua forma mortal, e foi preciso cada gota de força que tinha para impulsionar o shedu a continuar voando. Respirando pesadamente, ele olhou para trás. Poeira subiu de um novo buraco no horizonte.

Seu estômago se revirou. Provavelmente havia pessoas inocentes naquele prédio também.

Mas haveria muito mais pessoas inocentes mortas antes de aquilo acabar, e não apenas pelas mãos de Dara. Só o Criador sabia quantas armas humanas tinham sido contrabandeadas para Daevabad ao longo dos anos. Podia haver coisas piores do que armas de fogo, armas que os Daeva dele – com sua cuidadosa segregação de qualquer coisa humana – não teriam ideia de como combater. E quando a totalidade do perigo tomou forma diante dele, a percepção fria que Dara teve enquanto via o vapor de cobre de Manizheh rastejar pelo solo congelado do norte de Daevastana retornou a ele.

Nunca teremos paz com eles. E se as forças de Manizheh não teriam paz com os Geziri e os shafits, então continuariam sendo uma ameaça. E Manizheh claramente lidava com ameaças da mesma forma que os reis geziri que tinham arruinado a vida dela. Ela os eliminaria. *Mas não pode fazer isso. Não sem as habilidades.* Não haveria pragas mágicas afligindo os djinns em Daevabad enquanto a insígnia de Suleiman repousasse no coração de um portador do anel possivelmente do outro lado do mundo. Trepidação tomou conta de Dara e o shedu reduziu a velocidade em resposta. Pois a próxima parte da missão dele deveria colocá-los a caminho de recuperar aquela insígnia.

Você é a arma dos Nahid, lembrou-se Dara, por fim. *O protetor dos Daeva.*

E um bom Afshin obedecia.

Levou muito tempo para atravessar o lago sobre a água ampla e reluzente. Não era mais um painel imóvel e mortal de vidro líquido: agora correntes dançavam e giravam pela superfície, a água batendo avidamente na margem como um cachorro com sede. Dara olhou com apreensão ao voar, mantendo-se distante. Os marids podiam ter alegado que não queriam mais nada a ver com os Daeva depois de terem ajudado Manizheh em sua conquista, mas Dara suspeitava fortemente de que os Daeva ainda os encontrariam um dia.

Mas os pensamentos sobre os marid se foram quando Dara passou do lago, voando por cima das montanhas. A névoa que já as cobrira tinha sumido, as árvores acabando abruptamente em um deserto de areia, e onde antes havia o limite agora se via um trecho de floresta moribunda. Podridão subia pelas árvores, saliências bulbosas inchando sua casca fina como papel e a descamando. Dara respirou fundo, sentindo o gosto de putrefação no ar.

Ele continuou voando, planando sobre o Gozan corrente, e então os viu acampados na planície de terra acima do rio: os viajantes que Kaveh disse que estariam se dirigindo até Daevabad para o Navasatem. Os turistas e os comerciantes que por um golpe de sorte estavam do outro lado do véu quando a magia caiu. Os viajantes dos quais tanto dependia agora.

Dara teve sua resposta assim que pousou o olhar sobre o grupo.

Eles não tinham magia.

Um navio de areia sahrayn naufragado estava caído de lado, as imensas velas reutilizadas para formar uma tenda improvisada. Não havia pavilhões de seda encantada ou lanternas flutuantes. Em vez disso, os viajantes tinham feito um círculo com as suas carruagens, unindo palanquins e carroças para criar uma parede. Dezenas de animais – camelos e cavalos, mas também simurghs e um raro zahhak domesticado – estavam reunidos no rebanho mais estranho que Dara jamais vira, sobre o solo fino destituído de grama.

Devia haver cem viajantes, mas nenhum estava observando o céu. Eles pareciam miseráveis, enregelados e desarrumados, sem chamas para aquecê-los ou cozinhar sua comida. Kaveh estava certo: sem magia, poucas pessoas sabiam como fazer uma fogueira. Mesmo assim, tinham se unido. Entre os rostos abatidos, Dara viu homens, mulheres e crianças de todas as seis tribos distribuindo comida fria e conversando. Cerca de uma dúzia de crianças estava brincando no navio caído, subindo pelo casco costurado – Daeva e Geziri entre elas.

Dara se preparou, endurecendo o coração mais uma vez: pois ele estava prestes a desfazer aquela camaradagem entre tribos.

Chocou-se contra o chão, aterrissando o shedu com um estampido que fez a terra tremer. Houve gritos de alarme e pessoas se atrapalhando para ficar de pé, mas as ignorou, aproximando-se para avaliar a multidão com cada gota de arrogância que possuía. Jogou o cabelo para trás, deixando as mãos repousarem no cabo das espadas. Dara não usava capacete, nada para obscurecer a tatuagem e os olhos brilhantes como esmeraldas que ele sabia que gritavam sua identidade para o mundo, e só podia imaginar a visão espetacular que apresentava – de fato, era esse o objetivo. Ele deveria ser o Afshin das lendas, o deus da guerra deslumbrante de uma era passada.

Como esperado, foi um homem daeva que reagiu primeiro.

— Pelo Criador... — gaguejou ele. — Você é... — Os olhos dele se arregalaram ao pousarem no shedu conjurado. — *Isso* é...

— Alegrem-se! — comandou Dara. — Pois trago boas novas. — As palavras pareceram falsas em sua boca, não importava quantas vezes Manizheh, Kaveh e ele as tivessem praticado. — O usurpador Ghassan al Qahtani está morto!

Houve alguns arquejos, então uma dupla de homens geziri que limpava selas se ergueu de um salto.

— Como assim ele está morto? — indagou o mais jovem.

— Isso é algum truque? Quem você pensa que é?

— Você sabe quem eu sou — disse Dara. — E não quero desperdiçar palavras. — Ele sacou a segunda espada, a zulfiqar do próprio Ghassan, e a atirou ao chão com o resto do turbante ensanguentado do rei preso no cabo. — Seu rei mosca da areia foi para o inferno com o resto da laia dele e, se não quiserem se juntar a eles, vocês vão me ouvir.

Mais djinns estavam se colocando de pé agora, com uma mistura de incredulidade e medo no rosto.

— Mentiroso — disparou o Geziri de volta, sacando a khanjar. — Isso é alguma baboseira de adoradores do fogo.

Com uma explosão de calor, Dara comandou que a lâmina derretesse. O Geziri gritou, soltando a adaga quando o metal derretido pingou em sua pele. O djinn mais próximo, uma mulher sahrayn, começou a correr até ele.

Dara ergueu a mão.

— Não — avisou ele, e a mulher congelou. — Toque em mais uma arma e garanto que o que fiz agora vai parecer uma gentileza.

O homem daeva que tinha falado antes, um senhor mais velho com fios grisalhos na barba e uma marca de cinzas na testa, cuidadosamente avançou para a frente do grupo.

— Não vamos levantar armas — disse ele, o olhar desviando para o djinn irritado. — Mas, por favor, conte o que aconteceu. Como você ainda tem magia?

— Porque sirvo à escolhida do Criador: a justa e abençoada Banu Manizheh e-Nahid, que retomou a cidade de seus ancestrais e agora a governa como pretendido.

A boca do Daeva se escancarou.

— Manizheh? Banu Manizheh? Mas ela está morta. Vocês dois deveriam estar mortos!

— Garanto que não estamos. Daevabad pertence a nós de novo, e se quiserem salvar a vida de seus entes queridos, vão espalhar nossas palavras. — Dara olhou além do Daeva. Ele reconhecia a coragem que devia ter sido necessária para que seu companheiro de tribo se colocasse entre o Afshin e os djinns, mas aquela mensagem não era para ele. — Aqueles de vocês das tribos djinns não terão permissão de prosseguir para dentro da cidade. Devem voltar para suas terras.

Isso provocou outro rebuliço.

— Mas não podemos voltar! — declarou uma mulher. — Não temos suprimentos nem magia...

— Silêncio! Vocês retornarão para suas terras com nossa misericórdia, mas sua magia ainda não será restaurada. — Ele olhou com raiva para os djinns na multidão. — Seus ancestrais se desviaram do caminho certo, e para isso há um custo. Vocês vão voltar para suas terras, reunir quaisquer que sejam os conselhos que usam para se governar e mandar seus líderes e as famílias de volta para Daevabad com um tributo e uma promessa de imediata lealdade.

Houve um burburinho na multidão, mas Dara não tinha terminado.

— Quanto à sua magia, vocês têm um homem a quem culpar: o traidor Alizayd al Qahtani. — Ele quase sibilou as palavras, deixando o ódio transparecer. Finalmente uma coisa que ele não sentia que era atuação. — Ele é um mentiroso e uma abominação, um crocodilo que vendeu a alma para os marids e tirou vantagem do caos para roubar a insígnia de Suleiman e sequestrar a filha de Banu Manizheh.

Foi uma mulher ayaanle que se levantou agora, uma idosa com olhos incandescentes.

— É você o mentiroso, demônio. E um monstro pior do que qualquer marid das lendas.

— Então me ignorem. Talvez os Ayaanle não queiram recuperar sua magia, mas certamente nem todos vocês sentem o mesmo. Para esses, Banu Manizheh oferece um acordo. Alizayd al Qahtani fugiu, passando despercebido pelo lago como os mestres marids dele devem ter ensinado, para se esconder em suas terras. Encontrem o traidor e Banu Nahri, devolvam os dois, *com vida*, e sua tribo verá a magia restituída. Caso contrário, é melhor irem implorar aos humanos de quem tanto gostam para que lhes ensinem como viver.

Dara podia ver inquietude ondulando entre os djinns, criando tensão em quaisquer que fossem os novos e frágeis laços que tinham começado a uni-los.

A mulher ayaanle ainda o olhava com raiva.

— E nossos semelhantes dentro da cidade?

— Ninguém deixa Daevabad até que a Banu Nahida tenha a filha de volta. E ela não é a única que deve ser devolvida ilesa. — Ele se virou para os Geziri. — Vocês parecem soldados, então vejamos se não podem passar um aviso a seu Qaid. Se ele se vingar em Jamshid e-Pramukh, nós vamos soltar um veneno em sua terra que matará todos os Geziri em um dia.

O homem geziri se encolheu.

— Você não tem esse poder. A bruxa que o comanda também não. Isso é magia além de...

— Mosca da areia — interrompeu Dara —, como você acha que tomamos a cidade?

O homem imediatamente recuou, com horror nos olhos cinza.

— Não — sussurrou ele. — Não pode ser... Havia *milhares* de nós em Daeva...

— Havia. E há ainda mais de vocês em Am Gezira.

— Dara olhou de novo para a multidão. — Nosso mundo está voltando para a forma como as coisas deveriam ter sido, e rezem para que desta vez seu povo mostre o bom senso que seus ancestrais jamais tiveram. Rendam-se.

Alguns dos djinns já estavam se afastando, pais agarrando os filhos e pessoas olhando para os suprimentos como se imaginassem o que poderiam pegar.

Mas junto a ameaças e violência também haveria misericórdia, um indício dos prazeres que esperavam por eles caso obedecessem.

— Vocês não precisam temer sua viagem — declarou Dara. — Como prometido, será abastecida.

Ele abriu as mãos, concentrando-se no navio de areia. Com um rompante de magia, a embarcação se dividiu em meia dúzia de navios menores e velas de prata inflaram com o ar, cada uma marcada com um emblema tribal diferente. A cabeça de Dara latejava, mas ele insistiu, visualizando estoques cheios de comida e bebida.

Ele combateu o instinto de se transfigurar, o corpo ardendo para explodir na forma de fogo que permitia tal poder.

— Vão — grunhiu ele, apertando as mãos em punhos conforme chamas dançavam em seus dedos. Exalou, o calor queimando o ar. — *Agora*.

Dara não precisou se repetir. Os djinns fugiram, obviamente assustados demais para dar adeus a seus companheiros de outras tribos. Ou talvez já estivessem cortando aqueles laços, ansiosos para chegar em casa e se certificar de que seu povo fosse aquele que encontraria e devolveria Alizayd e Nahri.

Que fiquem divididos. Que voltem para seus lares com histórias de horror e uma magia que não puderam combater. Que todos soubessem que a paz só era possível sob Banu Manizheh.

Mas quando Dara viu os Daeva recuando com a mesma velocidade, chamou com a voz ainda entrecortada.

— Esperem — gritou ele, sinalizando para que parassem.

— Não precisam ir embora. Vocês são bem-vindos na cidade. Isso foi recebido com um silêncio hesitante enquanto os outros Daeva se entreolhavam com incerteza.

Finalmente, um dos homens respondeu:

— Isso é uma ordem?

Dara ficou chocado com a pergunta.

— É claro que não. Mas nós controlamos Daevabad de novo — assegurou ele, pasmo com a atitude deles. — É nossa. Fizemos isso por vocês.

Uma das crianças daeva, uma menininha, começou a chorar. Uma mulher rapidamente a pegou, calando-a, com medo evidente.

A pose grandiosa que ele havia mostrado com os djinns escapou de Dara com um suspiro. Da última vez que estivera entre crianças daeva, estavam celebrando-o como um herói, empurrando-se para mostrar seus pequenos músculos.

— Eu... eu não quero fazer mal a vocês — gaguejou ele. — Juro.

O homem daeva pareceu ter dificuldade em esconder suas dúvidas.

— Mesmo assim, acho que gostaríamos de partir.

Dara forçou um sorriso.

— Então vão com minhas bênçãos. Que os fogos queimem forte para vocês.

Ninguém respondeu igualmente.

Os outros navios de djinns já estavam velejando. Ele observou conforme os Daeva fizeram o mesmo, náusea preenchendo seu coração. Apenas quando o horizonte ficou nítido Dara conseguiu exalar, deixando sua forma incandescente tomar seu corpo. A dor escaldante sumiu, assim como a exaustão, mais um lembrete cruel de que esse era seu verdadeiro aspecto agora. E considerando como o próprio povo tinha acabado de fugir, talvez ele devesse manter aquela aparência. Certamente se sentia como um monstro.

Dara voltou para o shedu conjurado, seu hálito morno saindo em um sussurro vaporoso. Suas botas esmagaram o chão. Ele franziu a testa ao ouvir, então olhou para baixo.

Finos cristais corriam pela terra revirada.

Gelo. Dara subitamente percebeu que tudo tinha ficado silencioso. Frio. A quietude do ar frio era completamente sobrenatural, como se o próprio vento estivesse prendendo o fôlego.

Com pavor subindo por dentro do corpo, Dara se moveu com rapidez, cobrindo a distância entre ele e sua criação alada. Levou a mão à juba do animal.

O vento exalou.

Uma explosão de ar frígido o atingiu com tanta força que Dara cambaleou para longe do shedu, caindo na terra congelada. Ele cobriu a cabeça quando os resquícios do acampamento dos viajantes passaram em disparada, atirados através da paisagem pelo vento uivante. O shedu se desintegrou em uma lufada de fumaça que sumiu com a brisa seguinte, o ar se revirando tão violentamente que Dara sentiu como se um agressor invisível o estivesse esmurrando.

A tempestade sumiu assim que chegou, deixando para trás apenas uma brisa. A paisagem inteira tinha sido coberta de gelo e reluzia ao sol poente.

Dara estava tremendo, respirando rápido. Pelo Olho de Suleiman, o que tinha acabado de acontecer?

Mas a resposta já estava chegando a ele na brisa ardida. Não era fogo nem água nem terra.

Ar.

Os peris.

Ele tremeu de novo. Mas é claro – fora ali que Khayzur tinha sido assassinado por seu próprio povo, condenado pelo "crime" de salvar as vidas de Dara e Nahri. Porque não tinham sido apenas os marids que haviam brincado com Dara. Não, tinham sido os Qahtani e os Nahid, os marids e os peris. Ódio percorreu seu corpo. As acusações que ele não conseguira gritar para Manizheh, as últimas palavras carinhosas de Khayzur, os olhos traídos de Nahri – Dara estava tão farto de se desesperar com seu destino, da culpa que o devorava vivo. Agora estava apenas furioso. Furioso por ter sido usado, por ter se *permitido* ser usado de novo e de novo.

Aquelas criaturas não tinham o direito de fazer com que ele sentisse pior.

— Onde vocês estavam quando *meu* povo foi massacrado? — uivou ele para o vento. — Achei que os poderosos peris não interferiam, não se importavam com o que os daevas inferiores faziam uns com os outros. — Ele esticou os punhos, fogo explodindo das mãos. — Vão em frente! Quebrem suas regras, e vou voltar para destruí-los como fiz com os marids! Eu já voei para os seus reinos; voarei de novo e atearei fogo a seus céus. Não deixarei nada além de fumaça, para que sufoquem!

O frio imediatamente deixou o ar; o chão abaixo de si se aqueceu. Dara se colocou de pé, não seria intimidado por uma maldita brisa.

Mas ela ainda o puxava quando ele saiu batendo os pés, o vento fluindo pelo cabelo e agitando suas roupas. Parecia um aviso e, combinado com a visão das árvores doentes do outro lado do Gozan e as montanhas escondendo uma cidade ainda mais quebrada, criou uma onda de medo inegável que percorreu as costas de Dara. Os peris não interferiam. Era o código mais sagrado deles.

Então o que queria dizer o fato de que estavam mandando um aviso?

NAHRI

O JUNCO ARRANHAVA AS PERNAS DE NAHRI CONFORME ELAS CORriam pelo pântano alagado. Ela se debulhou em lágrimas frescas, enterrando o rosto no pescoço morno da mulher que a carregava.

— Shh, amorzinho — sussurrou a mulher. — Não tão alto.

Ambas desceram para o canal estreito que alagava os campos. Nahri olhou para cima quando passaram por uma ferramenta de irrigação cujas vigas se projetavam contra o céu noturno como imensas garras. O ar estava espesso com a fumaça e os gritos da aldeia em chamas atrás delas; a cortina de papiro não fazia nada para esconder o horror do qual escaparam por pouco. Tudo o que ela podia ver da própria aldeia agora era o topo estilhaçado do minarete da mesquita acima de um mar de cana-de-açúcar.

Ela enterrou os dedinhos nas vestes da mulher, puxando-a mais para perto. A fumaça queimava seus pulmões, nada como o cheiro limpo e agradável das minúsculas chamas que gostava criar com o canto.

— Estou com medo — choramingou ela.

— Eu sei. — A mão de alguém acariciou suas costas. — Mas só precisamos chegar ao rio. El Nil. Está vendo?

Nahri via: o Nilo fluía rápido e escuro adiante. Mas elas haviam acabado de entrar na parte rasa quando ela ouviu a voz *de novo — o estranho que tinha chegado falando a língua musical que Nahri jamais tinha permissão de usar fora do pequeno lar, as palavras que sussurravam e queimavam na própria mente quando seus joelhos arranhados se curavam e quando ela soprava vida nova no minúsculo gato esmagado pela carroça de um mercador irresponsável.*

— Duriya! — gritou o estranho.

A mulher não estava ouvindo. Transferindo Nahri para o quadril com um braço, ela mordeu a outra mão com força até sangrar e então a enfiou na água.

— EU INVOCO VOCÊS! — gritou ela. — Sobek, você prometeu!

Uma quietude pesada tomou o ar, calando os gritos finais da aldeia em chamas de Nahri e congelando as lágrimas que lhe escorriam pelas bochechas. Sua pele se arrepiou, os pelos da nuca se eriçando como se estivesse na presença de um predador.

Na margem oposta, uma forma sombreada deslizou para a água. Nahri tentou recuar, mas os braços em torno dela eram fortes e a empurravam para dentro do rio.

Houve uma discussão.

— Vou conseguir seu sangue! — Uma testa tocou a dela e um par de olhos castanhos acolhedores, salpicados de dourado, se fixou nos seus próprios olhos, os olhos que vizinhos sussurravam que eram escuros demais. Ela recebeu um beijo no nariz.

— Deus vai proteger você — sussurrou a mulher. — Você é corajosa, você é forte, e você vai sobreviver a isso, minha querida, juro. Eu amo você. Sempre amarei. — As palavras seguintes vieram como um borrão; a mulher chorava quando seu olhar se virou para a água. — Tome esta noite dela. Permita que ela recomece.

Dentes se fecharam no tornozelo de Nahri, e então, antes que conseguisse gritar, ela foi arrastada para baixo da água.

— Nahri? — A mão de alguém sacudia seu ombro.

— Nahri.

Nahri acordou sobressaltada, piscando na sala do estoque escura.

— Ali? — murmurou ela, arrancada do pesadelo. Ela se sentou, esfregando os olhos para se livrar do sono. Suas bochechas estavam molhadas, manchadas de lágrimas.

Ali estava agachado ao lado dela, parecendo preocupado.

— Sinto muito. Ouvi você chorando, e parecia tão triste...

— Está tudo bem — afirmou ela, desvencilhando-se do cobertor, que havia se retorcido em volta do corpo como se estivessem lutando. Nahri estava encharcada de suor, com o vestido grudado na pele e os cabelos colados no pescoço. — Eu estava tendo um pesadelo... sobre aquela aldeia, acho. — Os detalhes já estavam sumindo na confusão do despertar. — Tinha uma mulher...

— Uma mulher? Quem?

— Não sei. Foi só um sonho.

Ali não pareceu convencido.

— Da última vez que tive "só um sonho", eram os marids colocando visões em minha cabeça dois dias antes de o lago se erguer para destruir a Cidadela.

Justo. Ela limpou o rosto com a manga da roupa.

— O que está fazendo acordado? Deveria estar descansando.

Ele sacudiu a cabeça.

— Estou cansado de descansar. E de ter pesadelos também.

Nahri deu-lhe um olhar empático – ela ouvira Ali gritando o nome de Muntadhir no sono algumas noites antes.

— Vai ficar mais fácil.

Em outra época, ela sabia que ele teria assentido com sinceridade – ou, mais provavelmente, seria ele quem diria a Nahri que as coisas melhorariam.

Agora ele não fez nenhuma das duas coisas. Em vez disso, contraiu os lábios em uma expressão obviamente forçada de anuência e disse:

— É claro. — A mentira pareceu envelhecê-lo; o príncipe otimista que ela conhecera tinha sumido. Ele ficou de pé. — Se não vai voltar a dormir, fiz chá.

— Eu não sabia que você sabia fazer chá.

— Eu não disse que o chá estava bom.

Nahri não conseguiu evitar um sorriso.

— Prefiro um copo de chá não muito bom a voltar para os pesadelos. — Ela pegou o xale, jogando-o por cima dos ombros para enfrentar o frio, e o seguiu.

Piscou surpresa ao entrar no boticário. As latas e os frascos de vidro nas prateleiras tinham sido perfeitamente reorganizados e limpos, e o chão fora varrido. As tranças de alho, ervas e raízes que Yaqub enfiava no teto para secar tinham todas sido transferidas para alguma engenhoca que Ali parecia ter construído com os cestos quebrados que o velho farmacêutico dizia que consertaria desde antes de Nahri partir para Daevabad.

— Bem — começou ela. — Você certamente tem feito mais do que ferver chá.

Ali esfregou a nuca, parecendo tímido.

— Yaqub foi tão gentil. Eu quis ser útil.

— Yaqub jamais vai deixar você ir embora. Eu nem sabia que havia tanto espaço aqui. — Ela se sentou no banco de trabalho. — Você deve ter passado a noite acordado.

Ali serviu um copo de chá de uma chaleira de cobre que estava no fogo e o entregou a ela.

— É mais fácil me manter ocupado. Se estou fazendo coisas, consertando coisas, trabalhando, limpando, isso mantém minha mente longe de todo o resto, embora essa provavelmente seja uma coisa covarde de se admitir.

— Não querer ser destruído pelo desespero não o torna um covarde, Ali. Torna você um sobrevivente.

— Acho que sim.

No entanto, Nahri podia ver que suas palavras tinham fracassado em aliviar a expressão assombrada nos olhos cinza dele.

Ela sentiu uma dor física ao olhar para ele.

— Vamos para Khan el-Khalili amanhã — sugeriu ela. — É o maior bazar da cidade. Se revirar mercadorias humanas não mantiver sua mente ocupada, não sei o que mais vai. — Ela tomou um gole do chá e então tossiu. — Ah. Ah, isso está terrível. Não achei que era possível estragar chá. Você sabe que deve tirar as folhas e não as deixar em infusão até ficarem com gosto de metal, certo?

O insulto pareceu funcionar melhor do que gentileza, levando um lampejo de diversão para o rosto de Ali.

— Talvez você goste de chá fraco.

— Como ousa? — Mas, antes que Nahri conseguisse elaborar a ofensa, ouviu um arrastar de pés do lado de fora da porta do boticário, seguido por vozes.

— Estou dizendo a você que ela voltou. — Era uma mulher. — O farmacêutico diz que ela é uma criada, uma camponesa do sul, mas Umm Sara diz que ela tem os mesmos olhos pretos que a menina que costumava trabalhar para ele.

Nahri imediatamente levou a mão à faca de cozinha de Yaqub.

Ali lançou a ela um olhar espantado.

— O que está fazendo?

— Me protegendo. — Ela ficou tensa, segurando a faca. Era impressionante a rapidez com que tudo retornara. A constante preocupação de que uma vítima voltaria com soldados, acusando-a de roubo. O medo de que um movimento em falso levasse uma multidão a persegui-la, chamando-a de bruxa.

Houve uma batida à porta, grosseira e insistente.

— Por favor! — gritou a mulher. — Nós precisamos de ajuda!

Nahri sibilou um aviso sussurrado quando Ali se moveu para a porta.

— Não.

— Eles disseram que precisam de ajuda.

— As pessoas dizem muitas coisas!

Ali esticou o braço e abaixou a mão dela devagar.

— Ninguém vai ferir você — assegurou ele. — Não conheço bem os humanos, mas tenho quase certeza de que, se eu fizer todos os líquidos daqui explodirem, eles não vão permanecer.

Nahri fez cara de raiva.

— Não vou soltar a faca. — Mas ela não o impediu quando Ali abriu a porta.

Uma idosa com um vestido preto desgastado avançou para dentro.

— Onde ela está? A menina que trabalha com o farmacêutico? — A recém-chegada tinha um sotaque obviamente do sul, e um olhar para o seu rosto descoberto e castigado pelo sol mostrava que tinha vivido uma vida difícil.

— Sou eu — disse Nahri grosseiramente, com a faca ainda na mão. — O que você quer?

A mulher ergueu as mãos em súplica.

— Por favor, preciso de sua ajuda. Meu filho, ele caiu de um telhado na semana passada... — Ela fez um gesto para trás e dois homens entraram, carregando um menino inconsciente usando uma tipoia. — Nós pagamos um médico para visitar que disse que ele só precisava de uma tipoia, mas hoje à noite ele começou a vomitar e não acorda... — Ela insistiu, parecendo desesperada. — Há boatos sobre você. As pessoas dizem que você é a menina do Nilo. Aquela que costumava curar as pessoas.

As palavras da mulher chegaram perto demais do alvo: aquela que *costumava* curar as pessoas.

— Não sou médica — respondeu Nahri, odiando a confissão. — Onde está o médico que você viu primeiro?

— Ele não quer voltar. Diz que nós não podemos pagar por ele.

Nahri finalmente soltou a faca.

— Não há nada que eu possa fazer.

— Você pode examiná-lo — insistiu a mulher. — Por favor, apenas examine-o.

A súplica nos olhos dela incomodou Nahri.

— Eu... ah, tudo bem. Ali, limpe a mesa. Vocês — ela assentiu para os homens carregando o menino —, tragam ele até aqui.

Eles deitaram o menino em seu lençol. Não devia ter mais do que dez anos, um jovem magricela com cachos pretos curtos e um rosto largo e inocente. Ele estava inconsciente, mas os braços pareciam estranhamente estendidos ao lado do corpo, as mãos apontadas para fora.

Nahri sentiu a pulsação dele. Estava irregular e lenta demais.

— Ele não acorda?

— Não, sayyida — respondeu o homem mais velho. — Ele ficou sonolento a semana toda, reclamando que a cabeça ainda doía e falando pouco.

— E ele caiu de um telhado? — perguntou Nahri, cuidadosamente abrindo as ataduras em torno da cabeça dele com hematomas. — Foi isso que causou o machucado?

— Sim — respondeu o homem, com urgência.

Nahri continuou o exame. Ela puxou uma pálpebra.

Pesar tomou seu corpo. A pupila dele tinha se dilatado enormemente, o preto quase tomando o lugar do marrom.

E imediatamente Nahri estava de volta em Daevabad, acompanhando Subha conforme ela repassava as ferramentas que tinha levado ao hospital. *Mas como você sabia?*, insistira ela, incomodando Subha sobre os detalhes do paciente que Nahri vira no jardim da mulher.

Subha tinha rido com escárnio. *Um golpe na cabeça há alguns dias e uma pupila dilatada? Tem sangue acumulando no crânio, sem dúvida. E é mortal se não for liberado... é apenas uma questão de tempo.*

Nahri manteve a voz controlada.

— Ele precisa de um cirurgião. Imediatamente.

Um dos homens sacudiu a cabeça.

— Somos imigrantes Sa'idi. Nenhum cirurgião vai nos ajudar. A não ser que paguemos adiantado com dinheiro que não temos.

A mulher olhou para ela de novo, seu olhar fervilhando com uma esperança que deixou Nahri arrasada.

— Será que você não poderia... colocar as mãos nele e desejar que melhore? Meus vizinhos dizem que era o que você costumava fazer.

Aquilo de novo: o que ela costumava fazer. O que, no fundo do coração, ela temia jamais poder fazer de novo.

Ela encarou o menino.

— Vou precisar de água fervendo e muitos retalhos limpos. E quero que um de vocês vá até a casa do farmacêutico. Digam a ele que traga qualquer ferramenta que ele tenha do avô.

A mulher franziu a testa.

— Você precisa de tudo isso para colocar as mãos nele?

— Não, preciso de tudo isso porque vou abrir o crânio dele.

Prendendo o cabelo, Nahri estudou os instrumentos que Yaqub tinha trazido, agradecendo ao Criador quando reconheceu o pequeno trépano circular entre as antigas ferramentas do bisavô.

— É isso — disse ela, pegando o perfurador. — Que sorte que você descende de um cirurgião.

Yaqub sacudiu a cabeça ferozmente.

— Você perdeu a cabeça. Essa coisa tem cem anos. Vai matar o menino e fazer com que todos nós sejamos presos por assassinato.

— Não, vou salvar a vida dele. — Ela chamou Ali, então entregou-lhe o perfurador. — Al Qahtani, você me deve. Vá ferver isto e pegue para mim o bisturi que já está na água.

— Nahri, você...

Ela já estava virando Ali, empurrando-o na direção do caldeirão.

— Menos conversa, mais ajuda.

Yaqub se colocou na frente dela.

— Nahri, durante todo o tempo em que nos conhecemos, você nunca fez nada assim. Está falando de uma cirurgia que as pessoas treinam durante anos para dominar.

Nahri hesitou. Ela concordava com ele – tinha treinado com alguns cocos e melões sob a orientação de Subha, mas só isso. Ao contrário do pandemônio que caracterizava o resto da vida dela, Nahri costumava ser cuidadosa com a cura, e seus anos na enfermaria só a haviam deixado mais cautelosa. Era uma responsabilidade e um privilégio ter a vida de um paciente confiada a ela, não uma coisa que via como trivial.

Mas Nahri também conhecia o desdém com que pessoas como aquela família eram tratadas: camponeses e imigrantes, meninas sem nome e pais sem dinheiro para convencer um médico relutante.

— Eles não têm tempo para percorrer o Cairo implorando que um cirurgião tenha piedade, Yaqub. Esse menino pode estar morto ao alvorecer. Sei o bastante para tentar ajudar.

— E se fracassar? — Ele se aproximou, abaixando a voz.

— Nahri, você sabe como as coisas são aqui. Se alguma coisa acontecer com o menino na minha loja, os vizinhos dele virão atrás de minha família. Eles vão nos expulsar do bairro.

Aquilo a fez hesitar. Nahri *sabia* como as coisas eram – era o mesmo medo que a assombrava em Daevabad. Quando as emoções ficavam exacerbadas, os limites que dividiam as comunidades cresciam de um jeito mortal.

Ela encontrou o olhar dele.

— Yaqub, se você se recusar, vou entender e não farei isso. Mas essa criança vai morrer.

Emoção tomou conta do rosto enrugado dele. Os pais do menino tinham começado uma vigília de cada lado do filho, a mãe segurando uma das mãos do menino contra a bochecha manchada de lágrimas.

Yaqub os encarou, a indecisão evidente em seu rosto.

— Você escolheu um momento bastante inconveniente para criar consciência.

— Isso é um sim?

Ele fez uma careta.

— Não o mate.

— Vou fazer o possível. — Ainda vendo relutância nos olhos dele, Nahri acrescentou: — Você se importaria de fazer um chá para os pais dele e de mantê-los afastados? Eles não vão querer ver isso.

Ela se lavou com sabão. Ali tinha voltado e disposto as ferramentas em um tecido limpo.

— Vá lavar as mãos — ordenou Nahri.

Ali deu a ela um olhar alarmado.

— Por quê?

— Porque você vai me ajudar. O perfurador precisa de braços fortes. Vá. — Quando ele saiu murmurando baixinho, ela gritou: — E use bastante sabão!

Esforçando-se para se lembrar de tudo que Subha tinha lhe ensinado, Nahri mediu um ponto com cerca da largura de uma palma na testa do menino, então cuidadosamente raspou o cabelo dele, esfregando a pele com mais sabão antes de fazer um corte preciso no couro cabeludo. Secando o sangue que imediatamente brotou do corte, ela puxou a pequena aba de pele, revelando o osso por baixo.

De volta ao lado dela, Ali cambaleou levemente.

— Ah. É assim que é.

— Me dê outro tecido — pediu Nahri, trocando o que estava encharcado de sangue. — Agora o perfurador.

As mãos dele tremiam quando Ali o entregou a ela e, ao sentir o peso do instrumento em suas mãos, teve também a percepção avassaladora do que ela estava prestes a fazer. Será que Nahri *estava* louca? Quem era ela para pegar a vida daquele menino nas mãos e abrir um buraco na cabeça dele? Ela era uma ladra, uma golpista.

Não, você é a Banu Nahida.

Quando Nahri posicionou o perfurador contra o crânio do garoto, as mãos tinham parado de tremer.

Mais tarde, ela não saberia dizer quando a estranha corrente de tranquilidade se assentou, uma sensação parecida com a que uma oração adequada supostamente deveria invocar. Houve o rilhar constante do perfurador e o cheiro úmido, parecido com giz de poeira, de osso e sangue. Quando as mãos e os pulsos começaram a latejar, ela cuidadosamente guiou Ali para tentar algumas vezes, suor brotando em sua pele. Ela o parou assim que viu o último pedaço de osso começar a ceder. Assumiu de novo, seu coração quase parando ao puxar cuidadosamente o perfurador, retirando o osso no formato de uma moeda ensanguentada.

Ela contemplou seu trabalho, maravilhada demais para falar. Tinha acabado de *abrir um buraco em um crânio*. Animação zumbiu sob sua pele, envolta em medo e ansiedade.

Respire, lembrou-se, recordando as palavras de Subha. *Há uma membrana logo abaixo do crânio. O sangue se acumula embaixo dela. É isso que você precisa perfurar.*

Nahri pegou o bisturi. O silêncio na sala era sufocante, seu coração batendo tão rápido que parecia prestes a explodir. Ela respirou fundo, oferecendo uma oração ao Criador, a Anahid e qualquer um disposto a ajudar a equilibrar as coisas a seu favor.

Então perfurou a membrana. Sangue jorrou diretamente no rosto dela. Era espesso e escuro, roxo e com um brilho oleoso.

Isso chamou a atenção da outra mulher.

— O que você fez? — gritou a mãe do menino, avançando de onde estava sentada com Yaqub.

Ali se colocou entre elas, pegando-a antes que ela pudesse agarrar Nahri, que congelou, encarando a incisão ensanguentada. Conforme o fluido escuro escorria para fora, ela conseguiu ver o cérebro amarelo-rosado adiante começar a pulsar com as batidas do coração do menino.

Ele se agitou.

Não foi muito, apenas um suspiro e um leve tremor da mão. Mas então houve movimento sob os olhos fechados dele. O menino murmurou no sono, e Nahri soltou um fôlego engasgado, lutando para não desabar.

Ela virou-se para trás. Todos os olhos na sala estavam sobre ela, encarando com uma mistura de horror e assombro. Nahri sorriu.

— Alguém pode me passar minhas suturas?

Foi preciso o resto da noite para costurá-lo. Nahri esperou até o menino abrir os olhos, então outro parente chegou com uma tábua para movê-lo. O lar dele ficava do fim do quarteirão, e Nahri deu a seus pais instruções detalhadas sobre como cuidar dele, assegurando-os de que ela iria até lá por volta do meio-dia para examiná-lo.

O pai estava balbuciando desculpas e agradecimentos ao ir embora.

— Que Deus banhe você em bênçãos — disparou ele. — Vamos encontrar um modo de pagar, prometo.

Nahri fez que não com a cabeça, observando a mãe abraçar o filho.

— Não precisam me pagar — disse ela, segurando a porta aberta. — Fiquei feliz em ajudar.

Ela os observou partirem conforme o alvorecer suavizava o céu. Estava silencioso, exceto pela canção dos pássaros, e uma brisa trazia o cheiro do Nilo. Nahri respirou fundo, sentindo uma paz e um propósito que não sentia desde a manhã do desfile de Navasatem.

Ela ainda tinha talento. Sua magia podia ter sumido, mas havia acabado de salvar uma vida, executando um procedimento que ela suspeitava que médicos treinados teriam sorte de conseguir fazer. Ela se encostou na porta do boticário, tremendo à medida que o zumbido de ansiedade e excitação saía de seu corpo, e então limpou os olhos, envergonhada ao ver que estavam úmidos.

Eu sou quem sempre quis ser. Não importava a política de Daevabad ou a falta de quaisquer que fossem os certificados que um mundo humano jamais concederia a uma mulher como ela: Nahri *era* uma curandeira, e ninguém podia tirar isso dela.

Ela voltou para dentro. Ali e Yaqub estavam sentados frente a frente, ambos parecendo chocados em meio às ferramentas e aos retalhos ensanguentados.

Não, não apenas chocados – ela nunca vira Ali parecer tão enjoado, e precisou segurar um sorriso.

— Você é a última pessoa que eu acharia ter aflição com essas coisas.

— Não tenho aflição — respondeu, defensivo. Apontou um dedo trêmulo para o perfurador. — *Nunca* mais quero tocar naquela coisa de novo, mas não tenho aflição.

Tentando não rir, ela colocou a mão no ombro dele.

— Por que não dorme um pouco enquanto eu limpo? Estou agitada demais.

Alívio iluminou o rosto dele.

— Deus a abençoe. — Ali sumiu no momento seguinte, fugindo dali como se estivesse sendo perseguido por um karkadann.

— Deixe-me ajudá-la — ofereceu Yaqub. — Não acho que vou conseguir dormir depois de ver uma cirurgia cerebral sendo executada em meu boticário.

Eles começaram a trabalhar, Nahri empilhando os retalhos ensanguentados em uma sacola para serem lavados e Yaqub limpando os instrumentos.

Nahri enrolou o tecido usado para cobrir a mesa.

— Desculpe por não ter pedido sua permissão primeiro. Eu não deveria tê-lo colocado naquela posição.

Yaqub emitiu um estalo com a língua.

— Primeiro ela assume um risco por um estranho, agora pede desculpas. Onde está a menina malcriada que tentou me ludibriar tantos anos atrás?

Foi-se, há muito tempo.

— Eu posso roubar esses instrumentos se estiver se sentindo nostálgico.

Ele sacudiu a cabeça, obviamente sem acreditar na pose.

— Você mudou para melhor, queira ou não admitir isso.

— Ele hesitou antes de encontrar os olhos dela. — Você conseguiu de algum jeito, não foi? Treinou para ser médica.

— Pode-se dizer que sim.

Os olhos dele não deixaram os dela.

— Onde você estava, Nahri? De verdade?

Uma dezena de desculpas percorreu a cabeça dela, mas – que Deus a perdoasse – estava tão cansada de mentir.

Nahri respirou fundo.

— Você acreditaria se eu dissesse que venho de uma longa linhagem de curandeiros djinns e fui mantida prisioneira em um reino mágico escondido do outro lado do mundo?

Yaqub riu com deboche.

— Nem mesmo você conseguiria vender essa história.

Nahri forçou uma risada nervosa, sentindo o sangue deixar o rosto.

— É claro que não — disse ela, combatendo a decepção.

— Quem acreditaria em um conto tão louco?

Yaqub colocou uma chaleira no fogo de novo.

— Foi um feito impressionante, onde quer que tenha aprendido — disse ele, colocando folhas de chá com uma colher em duas xícaras de vidro. — Haverá histórias se espalhando sobre você.

— Principalmente porque eu não os fiz pagar.

— Isso dá um sabor especial à coisa.

Nahri secou os instrumentos, envolvendo-os em um pano limpo, e então Yaqub indicou para que ela se sentasse.

— Você estragou minha noite, então tome um chá comigo — ordenou ele, entregando-lhe uma xícara. — Eu gostaria de conversar com você.

Ela ficou imediatamente ansiosa.

— Se precisa que a gente se mude, posso encontrar outras acomodações...

Ele a calou.

— Não vou pedir que vá embora. Vou pedir o contrário. Quero que fique.

Nahri franziu a testa.

— Como assim?

Ele soprou o chá.

— Não é nenhum segredo que estou ficando velho... Você mesma fez vários comentários irritantes sobre isso, e ninguém em minha família está apto a assumir o boticário. Minha esposa e eu tínhamos falado em vendê-lo, mas me pergunto se você e seu amigo não estariam interessados em ficar e cuidar dele.

Ela o encarou, chocada. Aquela era, sinceramente, a *última* coisa que ela esperava que Yaqub dissesse.

— Não treinei como farmacêutica — argumentou ela.

— Não treinou como farmacêutica... pelo amor de Deus, você acabou de realizar uma cirurgia cerebral na mesa! Poderia montar o próprio consultório aqui e deixar sua reputação falar por si mesma. E se está tão preocupada, ainda não estou pronto para me aposentar. Ficaria muito feliz em aceitar vocês dois como aprendizes durante alguns anos.

A oferta era tão bondosa e perfeita que tudo que Nahri conseguiu fazer foi encontrar motivos para afastá-la.

— Sou uma mulher. Ninguém vai me levar a sério como farmacêutica, muito menos como médica.

— Então mande-os para o inferno. Você sabe muito bem que há mulheres praticando pela cidade, principalmente em pacientes mulheres.

— Mulheres ricas. Filhas e esposas de médicos que trabalham com eles.

— Então *minta*. — Parte do chá derramou pelas bordas da xícara de Yaqub enquanto ele falava entusiasmado. — Uma a cada duas palavras que saíam da sua boca costumava ser uma mentira para alcançar suas ambições. Certamente você pode criar uma história adequada para si mesma. Diga que estudou medicina em qualquer que seja o misterioso reino insular do qual seu não-marido vem.

Nahri se sentou. Antes que pudesse evitar, ela viu um futuro sendo tecido diante dela. Ela *era* uma boa curandeira. Talvez nobres ricos e estrangeiros torcessem o nariz para uma médica autointitulada sem diploma, mas pessoas como a família daquele menino? Como as pessoas entre as quais ela crescera? Alguém como Nahri seria uma benção para elas. E quem se importava se não pudessem pagar muito? Ela teria o boticário, e sempre tinha sido boa em encontrar formas de se virar. Ali era esperto com números. Eles ganhariam o bastante para ter uma vida confortável.

Exceto...

Exceto que o futuro que Yaqub oferecia era aquele que ela quisera quando pequena, no Egito. Agora tinha novas responsabilidades e pessoas em Daevabad esperando por ela. E embora tivesse sido emocionante salvar aquele menino, esse não era todo o poder à sua disposição. Ela podia salvar muitos mais com sua magia, e até encontrarem uma forma de restaurá-la jamais seria realmente quem se sentia capaz de ser.

Yaqub deve ter visto a emoção nos olhos dela. Ele apoiou o chá e pegou na mão de Nahri.

— Nahri, criança, não sei do que vocês dois estão fugindo. Não sei o que estão planejando fazer a seguir. Mas vocês poderiam ter uma vida aqui. Uma vida boa.

Tomando um fôlego trêmulo, Nahri apertou a mão dele.

— Essa é... uma oferta incrivelmente generosa. Preciso pensar.

— Leve o tempo que precisar — disse Yaqub, em tom carinhoso. — Fale com seu amigo. — Ele sorriu. — Mas acho que o Cairo precisa de alguém como você.

Nahri não discordava.

Mas se perguntou se Daevabad poderia precisar mais dela.

ALI

A**LI TERIA PESADELOS COM CRÂNIOS ABERTOS DURANTE** meses, mas o maravilhoso mercado para o qual Nahri o levou no dia seguinte mais do que compensava pela experiência. Era o bazar humano dos seus sonhos, e Ali perambulou por ele com prazer evidente, grato por os humanos parecerem inclinados a não o ver, porque nem mesmo tentava conter a curiosidade. Em vez disso, ele corria de uma loja a outra, de uma barraca a outra, tocando tudo em que conseguia colocar as mãos e examinando tapeçarias bordadas, ferramentas de carpintaria, lanternas espelhadas, óculos de vidro e sapatos com um entusiasmo descontrolado.

— Ah — disparou ele, vendo um lampejo de metal a distância. — *Espadas*.

— *Não* — disse Nahri, puxando a manga do galabiyya de caimento terrível que havia emprestado de Yaqub. — Quase perdi você para galinhas de brinquedo. Nada de olhar para espadas, senão nunca vamos sair daqui.

— Aquelas "galinhas de brinquedo" eram maravilhas da engenhosidade mecânica — defendeu-se Ali, deliciando-se com a lembrança do dispositivo hipnotizante que fazia um par de galinhas balançar a cabeça quando puxava uma alavanca, parecendo "comer" grãos de vidro pintado. Ele quisera o dispositivo desesperadamente, ansioso para desmontá-lo e ver como funcionava.

— Sim. Maravilhas da engenhosidade mecânica... para as crianças.

— Eu me recuso a acreditar que você não ficou igualmente encantada em seu primeiro encontro com um bazar de Daevabad.

Nahri deu-lhe um pequeno sorriso confessional que fez Ali se sentir acolhido.

— Talvez um pouco. *Mas...* — Tirou das mãos dele a cafeteira que ele estava examinando antes de arrastá-lo para longe — ... tenho uma coisa melhor para mostrar.

O beco seguinte era coberto – a passagem estreita serpenteava sob um teto escavado em forma de favo geométrico. Dobraram uma esquina e ali, espalhado sobre tapetes e baús, havia um mar de livros e pergaminhos.

— *Ah* — suspirou Ali de novo. — Sim. Sim, isso é melhor do que espadas. — Ele imediatamente foi até a primeira loja, os olhos se arregalando quando ele observou o interior. Além de livros, havia fileiras e fileiras de mapas e o que pareciam ser pergaminhos náuticos dispostos em veludo azul.

Ali se ajoelhou para examiná-los. Os mapas eram lindos, profusamente ilustrados com cidades em miniatura e minúsculos barcos. Ele traçou a linha azul intensa de um rio, estudando colinas desenhadas à mão e um trio de ilhas.

— Esse é o Cairo? — perguntou ele.

Nahri olhou por cima do ombro dele.

— Talvez? Não sou muito boa em geografia.

Ele encarou o mapa, puxando a barba distraidamente.

— Até que ponto ao sul o Nilo vai?

— Muito longe, acho. Tive a impressão de que as partes do sul percorriam Ta Ntry.

— Interessante — afirmou ele, baixinho.

— Por quê?

Ali não deixou passar o tom defensivo na voz dela.

— Só estava pensando — murmurou, observando os mapas para ver o que mais estava disponível.

— Bem, pode ficar aqui e ponderar infinitamente. Eu me lembro de um homem que costumava vender textos médicos mais para a frente. Me alcance quando puder.

Ele murmurou em concordância, folheando a pilha de mapas. Encontrou mais uma representação do Nilo e traçou as extensões meridionais, estudando onde o rio se ramificava e tentando entender o que podia das anotações em árabe, dado que a maioria dos nomes não era familiar.

Mas a terra além… sobre ela, ele ouvira muito. As exuberantes montanhas e os castelos ocultos construídos entre ruínas humanas, a península do deserto parecendo quase beijar Am Gezira e a costa úmida das monções sobre a qual Ali ouvira histórias nos joelhos da mãe quando menino.

Ta Ntry.

Amma.

Hatset estaria em casa àquela altura, certo? Parecia tão impossivelmente longe, mas… Ali passou o polegar sobre as terras pintadas, a mente girando com possibilidades. Ele ainda combatia o luto, mas não tinha parado de silenciosamente contemplar modos de voltar para Daevabad, revirando as circunstâncias deles na mente como um quebra-cabeça.

E ali havia uma nova peça.

Ele ficou de pé, ainda segurando os mapas. Um olhar revelou Nahri várias barracas adiante, imersa na própria leitura. Ali abriu a boca para chamá-la, então parou.

Não, deixe-a em paz, disse a si mesmo, uma descarga de carinho percorrendo-lhe o corpo ao ver a amiga. Ele não alimentaria as esperanças dela, ainda não. Na superfície, Nahri parecia se sair melhor do que ele, mas Ali não tinha certeza de que acreditava nisso. A dor de Ali ia até os ossos, mas tinha uma causa simples: seus entes queridos haviam sido assassinados e seu lar fora conquistado. Nahri tivera seu mundo inteiro virado de ponta-cabeça pela segunda vez em seis anos e fora traída por aparentemente todos próximos a ela, inclusive a mãe e o Afshin que ela acreditava estarem mortos.

Além disso, certamente Ali poderia fazer aquela parte sozinho. Aproximou-se do livreiro:

— Que a paz esteja com você... *Que a paz esteja...* com licença! — gritou ele, estalando os dedos diante do rosto do humano.

O homem piscou, confusão tomando suas feições quando ele inclinou a cabeça.

— Oi? — perguntou o vendedor, parecendo indeciso com a palavra.

— Eu gostaria de comprar estes — respondeu Ali. Ele revirou a bolsa procurando pelas moedas que Yaqub lhe dera naquela manhã. O boticário tinha chorado admirando a bancada de trabalho recém-polida. *Você é uma benção. Você... qualquer que seja seu nome*, acrescentara ele, porque toda noite parecia se esquecer novamente do nome de Ali e, de vez em quando, da existência dele.

Ali estendeu as moedas.

— Isso basta?

O livreiro abaixou o rosto para as moedas e subitamente piscou de novo.

— Sim — respondeu, tirando-as das mãos de Ali. — O valor exato, sim.

— Ah — respondeu Ali, sem deixar de ver a alegria com que o mercador guardou o dinheiro em um pequeno baú. Ele sabia que era malvisto pensar o pior dos outros, mas tinha quase certeza de que havia sido enganado.

— O que você está fazendo?

Ali se sobressaltou com a voz de Nahri.

— Nada! — respondeu ele rapidamente, se virando e esperando que ela não entendesse o quão facilmente ele tinha sido ludibriado. — Então, para onde agora?

— Almoço. Está na hora de recompensá-lo pelo feteer que levou para mim em Daevabad com uma verdadeira refeição egípcia.

NAHRI

Nahri estava deitada no telhado ao lado de Ali, cercada pelos resquícios do banquete deles.
— Admito a derrota — afirmou ele. — A comida humana é melhor.
— Eu falei — respondeu ela, terminando a última fatia de melancia e jogando a casca longe. — Temperos conjurados não chegam aos pés de massa de rua frita.
— Mas o lugar que você escolheu para aproveitar a refeição é bastante djinn da sua parte — provocou ele, indicando o prédio em ruínas no qual tinham subido. Parecia que tinha sido um khanqah, um alojamento sufi, abandonado quando o coração da cidade mudou de lugar. — Os humanos acreditam que nós assombramos ruínas, não é?
— Exatamente. Era um ótimo lugar para me esconder quando eu era mais nova, e tem uma vista excelente — disse ela, olhando para a extensão de domos marrons e minaretes dispostos contra o brilho do Nilo.
Ali se sentou.
— Tem mesmo. — Mas então tristeza tomou o rosto dele, acabando com a breve frivolidade que parecia aproveitar.

— Havia uma vista de Daevabad assim da torre da Cidadela — disse baixinho, passando os dedos pelos tijolos quebrados. — Ainda é difícil acreditar que se foi. A Cidadela foi meu lar por tanto tempo... os outros soldados eram como minha família. As palavras dele atingiram o alvo.

— Era assim que eu me sentia a respeito da enfermaria e de Nisreen. Jamshid também — acrescentou ela, dilacerada pela culpa. Jamshid *era* família, e Nahri não podia deixar de se lembrar de que uma das últimas coisas que fizera em Daevabad foi recusar as tentativas de Ghassan de usar a vida de seu irmão para chantageá-la. Se Ghassan tivesse vivido por mais algumas horas, talvez a tivesse tomado e matado Jamshid diante dos olhos de Nahri.

E ela estava pronta para deixar acontecer: tudo isso para salvar a vida do homem sentado ao seu lado agora, na esperança de que ele derrotasse o pai. Não que ela ousasse contar nada disso a Ali ainda. Nahri não achava que estavam prontos para aquela conversa.

— Kaveh pode ser uma cobra traidora, mas tenho certeza de que ele tinha um plano para manter o filho a salvo. — O rosto de Ali se fechou. — Mas quando Jamshid descobrir sobre Muntadhir... eles eram tão próximos.

Por favor, diga a ele que eu o amava. Diga que sinto muito por não o defender antes. Nahri fechou os olhos com força. Não queria falar sobre nada daquilo. Sobrevivia ao trauma suprimindo-o, empurrando para longe o luto e o ódio que, de outra forma, a engoliriam por completo.

Ela foi salva de precisar responder pela súbita batida de um grande tambor. Ali deu um salto, levando a mão à khanjar na cintura.

— Relaxe — disse ela, abaixando a mão dele devagar. Os acordes de uma cantoria já soavam. — Provavelmente é um casamento. — Ela olhou por cima do muro, esquadrinhando o labirinto de ruas abaixo. — Há uma década, eu teria corrido atrás e fingido ser uma convidada para conseguir comida.

— Acredite ou não, em Bir Nabat nós fazíamos o mesmo. Costumávamos seguir festivais humanos e trazer de volta os restos deles. As pessoas habilidosas em magia conseguiam recriar o banquete inteiro. — Desapontamento tingiu a voz de Ali. — Bem, outros iam. Eu jamais tinha permissão. Ninguém achava que eu podia ser discreto.

Nahri sorriu.

— Você? Não era discreto perto de humanos? Eu jamais imaginaria. — Ela parou, sentindo mais uma pergunta subindo pela garganta. — Mas você gostava de lá. De viver algo parecido com uma vida normal.

— Eu amava. — Ali se apoiou nos cotovelos, olhando para o Cairo. — Ficava solitário de vez em quando, e não me encaixava completamente. Mas gostava de me sentir útil, sabe? Como se eu pudesse fazer algum bem. — Ele suspirou. — Era tão mais fácil fazer isso em Bir Nabat do que em Daevabad.

— Sim — murmurou ela. — Acho que sei qual é sensação.

Ali se virou para ela.

— Como está seu paciente, aliás?

— Bem, graças a Deus. — Nahri tinha examinado o menino naquela manhã. A incisão parecia ótima e, embora ele tivesse alguma fraqueza do lado esquerdo do corpo, havia sobrevivido. — A mãe não parava de chorar e de me beijar.

— Bem que achei que os biscoitos que você trouxe estavam úmidos. — Mas havia uma seriedade nos olhos de Ali que a brincadeira não afetou. — Fico feliz por saber que ele vai ficar bem. Porque nós precisamos conversar.

— Sobre o quê?

— Sobre a insígnia de Suleiman e o fato de que sua magia não está voltando.

Nahri já sacudia a cabeça.

— Muntadhir disse que podia levar uns dois dias…

— Já faz cinco. E Nahri, nada mudou. Não sinto nada de minhas habilidades de djinn, ou da insígnia. — Ali tocou o peito. — Sinto dor no coração quando chamo minha magia da água, mas só isso. A não ser que você tenha...

— Não. — Nahri acordava todas as manhãs procurando por sua magia de cura, ansiando pelo seu retorno.

— Então acho que precisamos de um novo plano. — Ali levou a mão à bolsa que estava carregando. — Talvez Manizheh e Dara tenham perdido a magia deles, talvez todos tenham, mas nós não sabemos com certeza e não podemos simplesmente esperar aqui. Não é seguro para nós ou para nenhum dos humanos com quem nos associamos. Precisamos encontrar um lugar onde possamos nos reconectar com nosso povo e começar a formar alianças, um exército...

Alianças. Um exército. Um zumbido aumentava na mente de Nahri. Ela pigarreou, subitamente achando difícil falar.

— Onde? — Foi o que conseguiu dizer.

— Ta Ntry. — Ali puxou um monte de papéis da bolsa. Não, não eram papéis: eram mapas.

— É *por isso* que você estava olhando mapas?

— Sim. E veja... — Ele indicou um local no mapa, algum lugar nas terras douradas além do mar de Junco. — Am Gezira fica próxima, mas não acho que deveríamos arriscar que Manizheh traga a praga dela para mais Geziri, caso ainda tenha seus poderes. Mas se formos para o sul... — Ele levou o dedo indicador bem mais para baixo, traçando a costa ao longo do oceano. — Minha mãe é de Shefala... aqui. — Ali bateu em um ponto invisível. — Ela deve estar em casa. Ta Ntry também é uma potência; tem dinheiro, guerreiros e recursos para ser amplamente autossuficiente.

Ta Ntry. Nahri piscou, tentando absorver tudo. Deixando de lado o seu relacionamento turbulento com a rainha, ela não podia negar a esperteza em ir até Hatset: a matriarca astuta parecia uma adversária à altura para Manizheh.

Mas deixar o Cairo...

— Será que nós sequer seríamos bem-vindos em Ta Ntry? — perguntou Nahri. — Muntadhir sempre fez parecer que os Ayaanle estavam tramando contra nós.

— Pode haver certa verdade nisso.

Quando Nahri ergueu uma sobrancelha, Ali acrescentou rapidamente:

— Mas dizem que a biblioteca em Shefala é extraordinária. Eles têm muitos textos tirados de Daevabad durante a conquista original, e nós podemos encontrar alguma coisa sobre a insígnia de Suleiman nesses livros. Talvez haja algo que não sabemos, uma forma de consertar o que aconteceu e restaurar nossa magia.

Pelo Criador, Nahri queria a magia de volta. Mas outra corte enxerida de djinns – que aparentemente tinha ficado com os arquivos roubados da família dela – governada por um soberano em quem ela não confiava...

— Não podemos. Não temos como chegar lá.

— Temos sim. — Ali indicou o mapa de novo. — Vamos velejar.

Nahri deu a ele um olhar cético.

— Você sabe velejar?

— Um pouco. Mas, mais importante, eu consigo fazer isso. — Ali se inclinou por cima da balaustrada e fez um gesto para uma palmeira caída que flutuava na corrente lânguida do rio. Ela abruptamente parou e então reverteu seu curso, como se fosse puxada por uma corrente submersa, movendo-se na direção da mão de Ali. Ele a soltou, e a palmeira continuou girando.

Ele fez uma careta, esfregando o peito.

— Não vai ser indolor. — Ele olhou para Nahri e, pela primeira vez desde que Daevabad tinha caído, ela viu esperança em seus olhos. — Mas acho que pode funcionar.

Nahri o encarou, tentando agir como se uma jaula não estivesse se fechando em torno dela.

— É perigoso demais. Longe demais. Estamos praticamente impotentes e você quer se aventurar por desertos e selvas
porque consegue fazer um tronco subir o rio?

Ali desanimou.

— Então o que você sugere?

Nahri hesitou, mas apenas por um momento.

— Que a gente considere ficar mais um tempo aqui. —
Ela o encarou, sentindo-se mais vulnerável do que gostaria.

— Yaqub quer que eu assuma o boticário.

— *Assumir o boticário?* — repetiu Ali, parecendo perplexo. — Como assim?

— Ele se ofereceu para nos treinar como aprendizes —
explicou Nahri. — Nós herdaríamos o boticário quando ele
se aposentasse, e eu poderia atender pacientes lá também.
Eu poderia ser uma médica, ou alguma coisa parecida com
uma, e tratar pessoas que não podem pagar por mais ninguém.

Ali ficou visivelmente chocado.

— Você não está falando de ficar no Cairo *mais um tempo*,
está falando de ficar permanentemente.

— E se estiver? Seria tão ruim assim? Nós poderíamos ter
uma boa vida aqui. Poderíamos ajudar as pessoas!

— Nahri. — Ali já estava sacudindo a cabeça e ficando de pé.

— Não pode ao menos considerar? — Ela o seguiu,
odiando a súplica em sua voz. — Poderíamos ser apenas *nós*:
Nahri e Ali. Não Nahid e Qahtani, presos em uma disputa
assassina. — Sentindo-se desesperada, ela prosseguiu: — Você
gosta daqui, não gosta? Poderia devorar com os olhos todos
os brinquedos humanos que quisesse; poderia limpar a loja de
Yaqub e brincar de contador com os livros dele, tudo isso com
o benefício de não ser morto em alguma trama inconsequente.
Poderíamos ser *felizes*.

— Não podemos ficar aqui. Não *podemos* — repetiu ele
quando Nahri virou o rosto, odiando a pena em seus olhos. —
Sinto muito. Eu queria que pudéssemos, mas Manizheh vai

vir atrás da insígnia. Você sabe disso. Eu sei disso. É apenas uma questão de tempo.

— Nós não sabemos disso — replicou Nahri, ferozmente. — Até onde sabemos, ela acha que nós nos afogamos no lago. E mesmo que ela tenha magia, e daí? Ela vai procurar no mundo todo?

— Ela não precisa procurar no mundo todo. — Ali hesitou. — Você não escondeu seu amor por seu lar humano. Certamente, se ela perguntasse a Darayavahoush...

— Dara não sabe *nada* sobre mim.

Um silêncio tenso se seguiu à afirmação. Ali saiu andando, entrelaçando as mãos atrás da cabeça, mas Nahri não saiu do seu canto no telhado. Se pudesse, teria se enraizado ali.

Respirando com dificuldade, ela lutou para controlar as emoções turbulentas. Sempre se saía melhor quando era fria. Pragmática.

— Talvez não seja para sempre — disse ela, tentando encontrar um meio-termo. — Se a magia voltar, maravilha. Nós consideraremos ir para Ta Ntry nesse caso. Mas se não voltar? Aí teremos um plano B, uma vida segura aqui.

— Nós jamais estaremos seguros aqui, assim como ninguém à nossa volta. — Ali deu tapinhas na marca em sua testa. — Não com isso. Até onde sabemos, ela vai mandar os ifrits atrás de nós. Atrás de Yaqub. E não *quero* estar seguro. Não se meu povo não estiver. Não se minha irmã não estiver.

— Então o quê? Vamos para Ta Ntry e reunimos um exército para lutar em outra guerra inútil? — Ela jogou as mãos para o alto. — Ali, eles transformaram o lago em uma fera e criaram uma praga capaz de matar milhares de djinns em uma única noite. Ela se aliou aos ifrits. Não há nada que não vá fazer para vencer.

— Então vamos encontrar um modo de lutar!

— Como você lutou? — Ali girou diante do desafio na voz dela, mas Nahri insistiu. Ela precisava fazer com que ele entendesse. — Quantos Daeva matou naquela noite?

Um lampejo de ódio cruzou o rosto dele.

— Os Daeva que matei eram soldados. Soldados que invadiram minha casa, mataram meus amigos e queriam massacrar minha tribo inteira.

Nahri deu a ele um olhar controlado.

— Mude "Daeva" para "djinns" e aposto que foi isso que Dara disse a si mesmo.

Ali recuou como se ela tivesse lhe dado um tapa.

— Não sou *nada* como ele. Eu tomaria uma facada no pescoço antes de fazer as coisas que ele fez. — Ele piscou, a mágoa substituindo o ódio em seus olhos. — Ele matou meu irmão. Como pode dizer uma coisa dessas para mim?

— Porque não quero isso para você! — explodiu Nahri.

— Não quero isso para *mim*! Você parecia com ele naquela noite no telhado do palácio, e eu... — Uma sensação nauseante subiu nela. — Ajudei você. Ajudei você a matar três Daeva. E quando abri o peito de seu pai, me senti bem. Me senti *satisfeita*.

Tremendo, Ali se virou de novo, atravessando o telhado como se quisesse colocar espaço entre eles.

Ela o seguiu, ficando mais frenética.

— Mas não está vendo? Não precisamos ir para a guerra. Deixe que eles pensem que nos afogamos. Você e eu, nós tentamos, certo? Tentamos mais do que a maioria. Construímos o hospital, e olhe o que aconteceu. Os Daeva atacaram os shafits, os shafits atacaram os Daeva, e seu pai estava pronto para começar a matar pessoas antes que minha mãe o matasse. Daevabad é uma armadilha mortal. Ela corrompe e destrói todos que tentam consertá-la. E nós poderíamos nos livrar dela. *Nós dois.* Poderíamos ter uma vida aqui juntos. Uma vida boa.

Ali parou na beira do telhado, respirando pesadamente.

E então Nahri viu um lampejo de desejo no rosto dele. Ela conhecia aquele desejo. Estava acostumada a identificá-lo nas pessoas e se aproximar delas, usando o desejo que seu alvo era tolo demais para esconder. Meia dúzia de respostas pairavam nos lábios dela: modos de convencê-lo a ficar, de forçá-lo a acreditar. Mas Ali não deveria ser mais um alvo; ele deveria ser amigo dela.

Ele se virou de novo; a mágoa sumira de sua expressão. Não, não apenas sumira – Ali estava concentrado *nela* como se estivesse prestes a ler um alvo também, e Nahri não gostou nada daquilo.

— Preciso dizer uma coisa que nenhum Qahtani tem o direito de falar para você, mas precisa ser dita e não há mais ninguém — começou ele. — Mesmo que Manizheh não nos cace, mesmo que não recuperemos nossa magia, não podemos ficar aqui. Temos o dever de voltar, não importam as consequências. Nossas famílias causaram essa confusão, mas não são as únicas que vão pagar. Há dezenas de milhares de civis inocentes que vão sofrer. E você e eu não podemos virar o rosto para isso, não importa o quanto seja tentador.

Nahri poderia ter socado a cara dele.

— Você está certo, não tem o direito de dizer isso para mim. *Tentador?* Então eu sou egoísta por não querer morrer em Daevabad quando poderia ajudar as pessoas aqui?

— Eu não disse que você era *egoísta...*

— Poderia muito bem ter dito. — Fúria subiu dentro dela, tanto contra si mesma como contra Ali. Por que Nahri estava desperdiçando ar tentando convencer um príncipe djinn teimoso a ficar ao lado dela?

Porque você quer que ele fique ao seu lado. Porque Nahri não queria ser uma médica solitária e altruísta no mundo humano. Ela queria beber chá ruim e procurar livros com alguém que a conhecia. Ela queria uma vida, um amigo.

Nahri não precisava de Ali. Ela o queria.

E isso o tornava uma fraqueza. Nahri conseguia ouvir a palavra na voz de Nisreen, na voz de Ghassan e na de Manizheh. Era isso que Ali era, o que todos eles eram – Daevabad inteira. Ela deveria ter continuado a viver da forma como vivera no Egito. Sem se apegar, sem sonhar com um hospital ou com um futuro melhor. Apenas sobrevivendo.

O céu subitamente escureceu quando o sol afundou atrás das pirâmides. O murmúrio do tráfego do rio e a cidade turbulenta tocavam a alma dela. Tudo pareceu tão frágil naquele instante que ela quis segurar o Cairo contra o peito e jamais soltar.

— Esqueça — declarou ela. — Não vou desperdiçar meu fôlego tentando salvá-lo de si mesmo de novo. Quer ir morrer em Daevabad? Tudo bem. Mas vai fazer isso sozinho.

Nahri se virou, pretendendo deixá-lo no telhado, mas ele já a estava seguindo.

— Nahri, ela vai vir atrás da insígnia.

Ela olhou para trás. Foi um erro – porque o olhar suplicante de Ali tocou uma parte do coração dela que Nahri queria esmagar.

Então ela o esmagou em vez disso.

— Então fico feliz por tê-la dado a você.

Nahri tremia de ódio conforme corria para longe do khanqah. Ao inferno com Alizayd al Qahtani e seu idealismo. Ao inferno com *Daevabad*, a cidade condenada e envenenada que ela tentara ajudar. O Grande Templo já tinha altares demais para os Nahid que haviam se martirizado. Nahri não planejava se juntar a eles.

Ela não voltou para o boticário. Que Ali voltasse primeiro, recolhesse suas coisas e partisse na absurda aventura no Nilo. Talvez, quando ele estivesse morrendo de fome e perdido em algum córrego no meio do nada, percebesse que deveria ter dado ouvidos a ela.

Então, ela caminhou. Não ao longo da margem do rio, mas mais para dentro do próprio Cairo, pelas ruas lotadas que seguiam na direção das colinas e além dos bairros de novos imigrantes. Nahri não queria a paz silenciosa do Nilo alagado, uma paz que convidava à contemplação. Ela queria distração, vida humana barulhenta e atividades: crianças brincando e vizinhos fofocando. A vida normal que deveria estar vivendo durante a última meia década em vez de ter sido puxada para a política mortal de um bando de djinns vingativos e beligerantes. Caminhou sem prestar atenção até onde seus pés a levaram, parte dela esperando se perder tanto que, quando voltasse para a casa de Yaqub, Ali teria ido embora e ela estaria livre de seu último elo com o mundo mágico.

No entanto, apesar do desejo de jogar tudo fora, Nahri não ficou surpresa quando acabou no bairro onde tudo havia começado.

O terreno vazio onde ela havia encenado a zar estava bizarramente intocado, embora o bairro tivesse ficado mais movimentado, com mais andares construídos nas moradias locais e cabanas erguidas contra as paredes. Yaqub tinha dito que as pessoas tinham esperança de que as coisas estivessem mudando no Egito. A ocupação francesa fora derrotada, e o novo governante estrangeiro estava prometendo reformas. Mais pessoas se mudavam para a cidade, buscando oportunidades.

Ela queria dizer-lhes que não fizessem isso. Magoava mais ver seus sonhos destruídos do que jamais tê-los.

No entanto, parecia que ninguém tinha ousado ter esperanças para aquele terreno. A praça simples de terra estava cheia de lixo; um gato laranja limpando os bigodes era seu único ocupante.

Não pela primeira vez, ela pensou em Baseema. Será que tinham tirado a flecha de Dara do pescoço dela antes de levar o corpo da garota para sua mãe enlutada, a mãe que tinha beijado as bochechas de Nahri e a abençoado na noite anterior? Será que os dedos de Baseema tinham começado a se queimar devido à possessão dos ifrits, seus momentos finais passados com dor porque Nahri tinha, por total impulso, decidido cantar em divasti?

Você é tão responsável pela morte daquela menina quanto Dara e Vizaresh. Tinha sido incrivelmente arrogante da parte de Nahri se aventurar a mexer com tradições que não entendia, deturpando habilidades que deveriam curar a fim de enganar pessoas inocentes.

O céu estava escurecendo, a oração da maghrib já fora chamada. Nahri provavelmente deveria estar preocupada, sendo uma jovem mulher sozinha, mas estranhamente, embora sua magia tivesse sumido, ela sentia pouco medo dos humanos ao seu redor. Sua época em Daevabad a havia mudado, distinguindo-a das pessoas que um dia considerara seus semelhantes. *Serei dona de mim mesma de novo.* O futuro que sempre quisera estava finalmente em suas mãos, e Nahri não o perderia.

Mas aquela noite a puxou como uma corda, levando-a até El Arafa mais uma vez. O amplo cemitério estava exatamente como Nahri se lembrava, a confusão de túmulos e mausoléus formando uma paisagem sinistra de mortos que ela sabia que nem sempre dormiam em paz. Ela entrou, seguindo as ruas sinuosas da lembrança, e se sentou em uma pilastra de pedra em ruínas, parcialmente banhada em luar.

Então — e somente então, no lugar onde ele havia chegado como uma tempestade de areia e fogo — Nahri finalmente e completamente deixou Dara voltar a seus pensamentos. *Você não deveria ter visto isso. Deveria estar segura.* Nahri pressionou as têmporas, lembrando-se da angústia no lindo rosto dele conforme gaguejava essas palavras, seus olhos cintilantes implorando por compreensão.

Como pôde fazer isso, Dara? Como pôde ter feito tudo *isso?*

Pois Nahri não podia mais negar que Dara era culpado dos crimes sussurrados que se atrelavam ao nome dele. Ele tinha executado o massacre de shafits inocentes em Qui-zi, um crime tão brutal que ainda era uma mancha no mundo deles. E então fizera algo igualmente hediondo: conscientemente apoiara a mãe dela na tentativa de aniquilação da população geziri de Daevabad.

E ela havia se apaixonado por ele. Não, ela o havia *amado*; podia muito bem admitir para si mesma. Talvez tivesse sido a emoção da aventura e a empolgação de um romance quase vergonhosamente inevitável e obviamente condenado que acontecia entre guerreiros atraentes e moças de olhos grandes. Muntadhir não a havia acusado de viver em um conto de fadas, incapaz de ver a diferença entre o herói e o monstro? Nahri, que sempre desvendava seus alvos, que havia enfrentado um rei djinn. Como não tinha visto a escuridão espreitando em Dara? *Porque você era o alvo*, pensou ela, amargamente. *E pensa em voltar para Daevabad, e se intitular uma líder capaz de superar Manizheh em esperteza?* A mãe tinha olhado uma vez para Nahri e visto as fraquezas dela. Sua herança shafit e sua afeição idiota por um príncipe idiota. Os ressentimentos mais sombrios por ser oprimida pelos djinns. A pontada de prazer quando queimara o coração de Ghassan.

Talvez tivesse começado assim. Nahri se perguntou o que poderia ter acontecido se a invasão tivesse transcorrido de acordo com o plano de Manizheh. Se ela tivesse sido mantida a salvo e às escuras por Nisreen e então acordado em um mundo no qual Ghassan estivesse morto, os Daeva estivessem livres, e Nahri, reunida com sua família e o homem que amava. Será que teria sido mais fácil acreditar em quaisquer que fossem as mentiras que eles tecessem para justificar aquilo? Escolher silenciosamente olhar para a frente em vez de para os corpos e o sangue escorando o novo mundo deles?

Foi isso que Dara fez? Nahri tentou imaginá-lo como um jovem, como alguém fervilhando de adoração pelos Nahid e comprometido a proteger seu povo – alguém que pudesse ser convencido de que os shafits de Qui-zi eram uma ameaça existencial e escolhido seguir uma ordem que devia ter parecido chocante. Quantas daquelas escolhas tinham levado Dara a se curvar diante de Manizheh, a se colocar ao seu lado enquanto ela cometia genocídio?

Não quero pensar nisso. Nahri fizera sua escolha. Ela abraçou os joelhos com os braços trêmulos e apertou bem os olhos para segurar as lágrimas que se recusava a deixar rolarem, se refugiando na escuridão das pálpebras fechadas.

E então os viu. Subha na enfermaria que tinham reconstruído, empurrando uma xícara de chá para ela enquanto Nahri tentava manter a compostura por seus irmãos de tribo feridos. Jamshid gargalhando na enfermaria em seu corcel de almofadas. As crianças shafits na escola do campo de trabalhos. As crianças daeva sorrindo para ela no Templo. As crianças geziri que morreram com varetas de faísca nas mãos. O povo que, como Ali tinha irritantemente observado, não tinha escolha.

Nahri xingou, alto e profusamente a ponto de assustar um pombo que descansava no beiral do mausoléu mais próximo. Então se levantou e voltou para a casa de Yaqub, rezando para não ser tarde demais.

Eles estavam esperando por ela do lado de fora do boticário. Yaqub usava o xale que colocava ao caminhar para casa, visivelmente preocupado enquanto passava a bengala de uma mão para a outra. Ao lado dele, Ali estava sombrio, parecendo ainda mais isolado dos transeuntes humanos que de costume.

Yaqub emitiu um estalou com a língua quando a viu.

— Você faz muito mal aos nervos, sabia disso?

— Não tive a intenção de preocupar você — desculpou-se Nahri. — Eu só... precisava de espaço para pensar. — Ela manteve a atenção fixa em Yaqub, alheia ao peso do olhar de Ali.

O farmacêutico não pareceu convencido.

— Moças deveriam pensar em casa — resmungou ele, arrumando o xale. — É mais seguro. — Ele assentiu para a porta. — Deixei feijões e pão para você.

Nahri deixou o comentário sobre "moças" passar pelo momento.

— Obrigada, avô — agradeceu, simplesmente. — Dê minhas bênçãos à sua família.

Ali deu um passo na direção dela assim que Yaqub se foi.

— Nahri, desculpe. Você está certa, eu não tinha o direito...

— Você vai me contar tudo — interrompeu ela. — O que os marids fizeram com você, quaisquer que sejam as informações e a história que está escondendo sobre a guerra, sobre a insígnia, tudo, está entendendo? Chega de segredos.

Ele piscou.

— Quer dizer, é claro...

Nahri ergueu a mão.

— Não terminei. Se vamos fazer isso, você precisa me ouvir. Precisamos tomar *cuidado*. Nada de planos inconsequentes ou sacrifício próprio e falar coisas que nos farão ser mortos. Não vou chegar nem perto de Banu "eu controlo os membros das pessoas com a mente" até termos um plano que eu, não você, acredite ser sólido.

Ali se alegrou.

— Espere, você vai vir comigo até Ta Ntry? Não quer ficar no Cairo?

— É claro que quero ficar no Cairo! E se Daevabad não estivesse nas mãos de Nahid assassinos que fazem o número de assassinatos do seu pai parecer brincadeira de criança, eu ficaria. Mas é como você disse — explicou, relutantemente. — Temos pessoas lá que dependem de nós.

Os olhos dele brilhavam com orgulho. Por Deus, Nahri queria esfaqueá-lo.

Ali tocou o coração.

— Seria minha maior honra lutar ao seu...

Nahri soltou um sibilo exasperado para calá-lo. Melhor grosseria do que deixar à vista o quanto ela estava aliviada por ele não ter ido embora.

— Não. Nada disso. Não estou nem me comprometendo com nada, entendeu? — avisou ela, apontando um dedo para o rosto de Ali. — Não tive a melhor experiência ao aparecer inesperadamente em cortes mágicas de djinns inimigos que guerrearam contra meus ancestrais. Se as coisas forem pro inferno em Ta Ntry, eu vou embora.

O fantasma do que um dia poderia ter sido um sorriso curvou os lábios dele.

— Então não há ninguém por quem eu preferiria ser abandonado. — A expressão de Ali se suavizou. — E obrigado, Nahri. Não acho que eu poderia passar por tudo isso sem você.

Ela resmungou, combatendo as emoções que devoravam seu coração.

— Você também não é tão ruim assim.

Agora Ali sorriu de verdade – pela primeira vez desde o ataque.

— Então o que fazemos a seguir, dado que pelo visto você está no comando?

Nahri apontou para a khanjar de Muntadhir.

— Nós vamos comprar um barco.

DARA

Dara fez uma careta, observando conforme a fila de rapazes diante dele disparava flechas em árvores, na grama, em uma tenda distante – realmente, em qualquer lugar que não fosse o alvo deles.

— Eles estão *melhorando*? — perguntou ele, por fim.

Noshrad, um de seus guerreiros originais, pareceu desencorajado.

— De uma forma geral, começaram a atirar para a frente em vez de uns contra os outros.

Dara franziu a testa.

— Não entendo. Nosso povo é renomado pelo uso do arco. O Navasatem deveria estar acontecendo. Onde estão todos os arqueiros daeva que teriam competido?

— Desde sua morte, os únicos Daeva que têm permissão de ter um arco são nobres que juraram lealdade aos Qahtani. Kaveh me avisou que muitos eram companheiros fiéis do emir Muntadhir e aconselhou que nós os deixemos de fora de potenciais recrutamentos até que as coisas estejam… menos tensas.

A notícia de que havia um grupo inteiro de arqueiros daeva habilidosos – exatamente o tipo de pessoa de que

Daevabad precisava – indisponível por causa dos laços deles com Muntadhir al Qahtani encheu Dara de um novo desejo de estrangular o antigo emir.

Ele estalou as articulações dos dedos, obrigando-se a permanecer calmo.

— Deve haver mais homens daeva dispostos a proteger a cidade deles.

— Nós já posicionamos todos com alguma experiência de luta. — Noshrad hesitou. — Mas não obtivemos sucesso com o recrutamento como esperávamos. As pessoas têm medo demais. Com a magia desaparecida, todos estão apenas esperando pela próxima catástrofe.

Esperar pela próxima catástrofe parecia uma descrição perfeitamente adequada das atuais circunstâncias deles. Dara olhou para o campo que seus homens tinham transformado em pátio de treino. Com o resto da cidade murada, os Daeva tinham aberto o portão que levava do quarteirão deles até as colinas, florestas e fazendas que dominavam o resto da ilha – um portão e uma opção que nenhuma outra tribo tinha. A maior parte da terra pertencia às famílias daeva mais antigas da cidade – ou pelo menos costumava pertencer, até que Manizheh declarou que tudo estava sob o controle dela. A cidade tinha sido abastecida para o Navasatem, mas entre o imenso número de turistas e o fato de que nenhum navio ou caravana estava entrando, era apenas uma questão de tempo até que a comida se tornasse um problema, então eles pretendiam se certificar de que o que ainda seria colhido permanecesse em suas mãos.

A comida não era tecnicamente o problema de Dara; apenas segurança e assuntos militares competiam a ele. Mas não era fácil se afastar dos problemas cotidianos da administração da cidade. Fazia duas semanas desde que tinham tomado o palácio e Manizheh ainda estava tentando compor um governo – se governo significasse uma dúzia de ministros coagidos com níveis de experiência extremamente variados gerenciados por um cada vez mais exausto e exasperado Kaveh e-Pramukh. Apesar do ultimato de Manizheh e do caos que Dara tinha liberado enquanto entregara tal ultimato, nenhum dos djinns tinha se rendido. Os Agnivanshi tinham mandado uma carta cuidadosamente redigida que poderia ter sido interpretada de uma dúzia de modos diferentes; os Tukharistani, uma missiva muito mais direta sugerindo que o Flagelo de Qui-zi queimasse no inferno; e os Sahrayn, um barril de esterco *de fato* em chamas. Dos Ayaanle e dos Geziri só houve silêncio, mas Dara supunha que o silêncio era o que acontecia quando se estava ativamente conspirando para derrubar alguém.

E não havia nada que ele pudesse fazer a respeito daquilo exceto treinar mais guerreiros.

— Continuem — disse ele a Noshrad. — Vou ver se consigo reunir mais recrutas.

Dara pegou a avenida principal de volta para o palácio, preparando-se para as reações conflitantes que sua presença provocava. Assim que chegara a Daevabad, tinha sido tratado como um herói pelos Daeva, o lendário Darayavahoush e-Afshin trazido de volta à vida para escoltar a ainda mais milagrosa e misteriosa Banu Nahri e-Nahid. Aquilo dava uma história fantástica, realmente – Dara certa vez a vira ser encenada por algum tipo de marionetes enquanto passeava com Jamshid pela rua em tempos mais pacíficos. Ele também conhecia o *outro* ângulo que as pessoas tinham dado à história: Nahri era uma linda mulher, Dara, um belo guerreiro, e os Qahtani davam excelentes vilões. Ele ouvira os suspiros quando se curvava diante de Nahri no Grande Templo, sem perder os sussurros de admiração, os olhares desejosos e as crianças excessivamente animadas, ansiosas para mostrar-lhes as marcas de Afshin que tinham desenhado nas bochechas.

Ninguém mais usava marcas de Afshin.

Ah, havia muitos Daeva que tinham recebido a conquista deles com lágrimas de gratidão e corrido para ver Manizheh durante as raras aparições públicas dela. Mas, como Noshrad dissera, a maior parte do povo deles apenas parecia cautelosa – resignada, traumatizada e tão intimidada por Manizheh e Dara quanto tinham ficado por Ghassan. E Dara não podia culpá-los. Haviam sido destituídos da magia, e os ifrits tinham tomado as ruas. Ghassan podia ser um tirano, mas Dara suspeitava de que a forma brutal como os Geziri tinham sido massacrados – com a magia Nahid que seu povo adorava como sagrada sendo deturpada para desferir uma morte brutal – era simplesmente demais para aceitar. Dara manteve os olhos voltados para baixo conforme caminhava, ciente das conversas que subitamente acabavam quando ele se aproximava e dos sussurros que aumentavam depois que ele passava. Quase não havia mulheres e crianças do lado de fora, e os mercados e cafés estavam vazios; lixo e ervas daninhas começavam a tomar as ruas de paralelepípedos.

Também não era fácil entrar no terreno do palácio, pois Dara tinha de atravessar diretamente o campo de terra arrasado onde o condenado acampamento de viagem dos Geziri estivera. Ele se destacava como uma ferida contra o resto do jardim exuberante; ninguém ainda tivera estômago para fazer nada a respeito.

Nem Dara. Porque, sempre que ele olhava para o campo, era impossível negar que o que restara de sua alma gritava que aquilo estava errado.

Podia ter sido pior, ele tentava dizer a si mesmo. O palácio estava tão encharcado de sangue quanto da última vez que Daevabad fora conquistada – e daquela vez tinha sido o povo *dele* a ser massacrado. Os Daeva se acovardando dentro de casa deviam se considerar sortudos por ainda estarem acovardados. A família dele jamais tivera essa oportunidade.

Mas as justificativas estavam ficando mais difíceis de engolir. Dara prosseguiu até a imensa sala do trono. Aquele lugar também ainda cheirava a sangue. Tinham tirado os corpos da dúzia de Geziri que tinham encontrado ali, e Dara havia ordenado que a sala fosse limpa, primeiro por criados e então pela própria magia dele, mas o aroma pungente permaneceu. Sem ele, a sala do trono teria sido deslumbrante. Sabendo que aquele seria o lugar onde Manizheh receberia seus súditos, Dara não se conteve ao devolver a ele sua antiga glória.

Ele havia eliminado a erosão das imensas colunas com um estalar dos dedos, restaurando o brilho lustroso das paredes de arenito e as pinturas alegres dos ornamentos daeva originais. Um espesso tapete conjurado percorria a extensão do salão de audiências, os fios luminosos retratando dançarinos e animais e banquetes, os padrões de que ele se lembrava da juventude. Dois imensos altares de fogo tinham sido trazidos para dentro, enchendo a sala com incenso de cedro. No entanto, por baixo daquela fragrância sagrada... ainda sangue.

Esta sala sempre exigiu um custo. Dara ainda conseguia se lembrar da primeira vez que tinha colocado os pés ali. Pelo olho de Suleiman, ele era jovem. Dezoito, dezenove anos? Ainda estava em treinamento, pois tinha sido levado diretamente do pátio de treino por um camareiro impaciente usando as cores reais que dissera que Dara tinha sido convocado pelo Conselho Nahid.

Convocado pelo Conselho Nahid.

As quatro palavras que tinham mudado todo o curso da vida dele.

A princípio Dara achou que fosse um erro. Quando ficou claro que não era, ele se sentiu ao mesmo tempo animado e em pânico. Afshin menores de idade não eram *convocados pelo Conselho Nahid.* Dara sabia que era um favorito – embora viesse de uma talentosa geração de Afshin, estava muito acima de seus primos no que dizia respeito a habilidades militares. Considerado um prodígio com o arco, ele tinha sido levado para treinamento especializado dois dias antes, uma decisão que secretamente irritara seu pai. *Zaydi al Qahtani toma votos de lealdade de seus generais e manda os filhos deles reconstruírem aldeias que nós destruímos*, Dara lembrava de ouvir o pai reclamando com a mãe em uma conversa sussurrada, *enquanto nós transformamos em assassinos os guerreiros que deveríamos estar treinando para liderar.* De fato, seu pai, Artash, estava lá quando Dara chegou, ajoelhado diante do trono de shedu com o capacete ao lado do corpo. Mas tudo a respeito de suas feições parecia errado. Todos se curvavam diante dos Nahid, mas havia um desespero fervilhando sob a expressão cuidadosamente neutra de seu pai que Dara jamais vira antes. Seu próprio coração batia tão forte que ele conseguia escutar nos ouvidos, o que era mais vergonhoso ainda porque ele sabia que os curandeiros conseguiam detectar também.

Quase nervoso demais para prosseguir, Dara se prostrou antes mesmo de chegar ao trono, caindo no chão para pressionar o rosto contra o tapete.

Uma risada quebrou o silêncio tenso.

— Venha, jovem guerreiro — provocou um Baga Nahid. — Não conseguimos conversar com você aí atrás.

Com os olhos baixos e o rosto em chamas, Dara se aproximou, ocupando a almofada ao lado do pai, ansioso para perguntar a ele o que estava acontecendo. Artash era um homem rigoroso, mas carinhoso, tanto comandante como pai de Dara. Dara jamais o desobedecia, sempre buscava sua orientação em primeiro lugar, e vê-lo subitamente curvado em um silêncio agourento era uma experiência desorientadora.

— Olhe para cima, menino. Deixe-nos ver você.

Dara ergueu o rosto. O trono refletindo a luz do sol estava ofuscante, e ele piscou, os abençoados Nahid surgindo à sua frente como silhuetas indiscerníveis com seus trajes azuis e brancos majestosos, os rostos ocultos por véus. Havia cinco sentados ali, um no trono e os outros em cadeiras cravejadas de joias. Ele ouvira dizer que se revezavam para sentar no trono e possuir a insígnia de Suleiman. Ninguém além dos membros da família deles sabia quem governava e quando. Ele também ouvira dizer que o Conselho já contivera treze membros – antes disso, mais ainda. As pessoas sussurravam que os Nahid estavam se voltando uns contra os outros: parentes que silenciosamente se ressentiam eram exilados, e aqueles que criticavam abertamente eram encontrados mortos. Mas esses eram boatos, fofocas blasfemas a que bons Daeva – Daeva como Dara – não davam ouvidos.

Havia um sorriso na voz do Nahid.

— Um belo rapaz — observou ele. — Você deve sentir tanto orgulho, Artash, de ter criado um guerreiro tão diligente, elogiado pelos instrutores por suas habilidades. Por sua obediência.

A voz do pai soou contida.

— Ele é minha vida.

Preocupado, Dara lançou um olhar para o pai, surpreso ao encontrá-lo desarmado, a faca de ferro que ele costumava usar na cintura ausente. Uma pontada de medo percorreu-lhe o corpo. O que poderia ter reduzido seu imponente pai a tal estado?

— Que bom. — A voz entrecortada do Baga Nahid levou Dara de volta ao estado de atenção. — Porque estamos desesperadamente precisando de um homem para uma missão muito importante. Uma missão difícil, mas talvez a mais crucial que enfrentamos em muito tempo. — Ele olhou para Dara por cima do véu. — Nós acreditamos que você é esse homem.

Espantado com o pronunciamento, Dara quase quebrou o protocolo, a boca se escancarando para protestar. Certamente aquilo era um erro. Ele era habilidoso, mas era um menor de idade: faltavam anos para completar seu primeiro quarto de século. Os Afshin tinham padrões notoriamente rigorosos, principalmente quando se tratava de treinar a próxima geração.

Os guerreiros deles não chegavam perto de um campo de batalha até a maioridade; liderar uma missão era inédito.

Mas não havia como questionar um Nahid – um bom Afshin obedecia –, então Dara disse a única coisa que podia.

— Estou aqui para servir.

Ele se lembrava dos olhos do Baga Nahid se enrugando, com o sorriso escondido sob o véu.

— Viu como é fácil, Artash? — observou ele, antes de voltar a atenção para Dara. — Há uma cidade chamada Qui-zi...

O resto foi um borrão. Avisos terríveis de que shafits tinham se infiltrado e corrompido uma cidade mercantil tukharistani. De que o fanático Zaydi al Qahtani, desesperado por estar perdendo, havia tramado para violar tão descaradamente a lei de Suleiman que desencadearia mais um cataclismo. De que, para salvar o povo deles, tudo aquilo precisava ser impedido.

As ordens deles eram tão específicas que Dara, que jamais tinha falado sem permissão, puxou um fôlego profundo e chocado e olhou de novo para o pai, um ato que levou os Nahid a começarem a se preocupar com o que poderia acontecer caso outro Suleiman retornasse. Como seriam todos destituídos de magia, de nome, da família, da própria identidade – obrigados a servir aos humanos durante séculos incontáveis. Como a mãe e a irmãzinha dele poderiam sofrer com tal desastre.

Então Dara mais uma vez disse a única coisa que podia.

— Estou aqui para servir.

E de novo o Baga Nahid pareceu satisfeito.

— Então leve o elmo de seu pai. Ele não vai precisar. Ele tem outra incumbência.

Dara obedeceu entorpecido, sobrepujado demais pelo aviso e por suas ordens – pelo choque de estar em uma presença tão divina – para entender o desespero nos olhos do pai, para perceber que a "incumbência" do pai era ser enviado à linha de frente para morrer.

Ele não tinha como saber disso, no entanto, então obedeceu. Ou pelo menos tentou. Partiu no dia seguinte e serviu aos Nahid, atendo-se à garantia deles de que os shafits que gritavam e imploravam por misericórdia em Qui-zi não eram pessoas de verdade: eram invasores, embustes sem alma tramando a destruição do povo *dele*. De sua família. Ficou mais fácil de acreditar nisso conforme os corpos se empilhavam. Pois só podia ser verdade.

Se não fosse verdade, Dara era um monstro, um assassino. E Dara não era um monstro. Monstros eram os ifrits, o traiçoeiro Zaydi al Qahtani que tinha assassinado o comandante da guarnição dele e soltado hordas de shafits sobre civis daeva. Dara era um homem bom, um bom filho, que voltaria para pais que o amavam. Que implicaria com sua irmãzinha quando se sentassem para jantar. O tipo de jovem exemplar de quem qualquer um teria orgulho.

Ele estava apenas seguindo ordens.

Mas em uma ordem Dara havia fracassado. Fora instruído a não deixar sobreviventes. Os Nahid tinham falado no idioma dos curandeiros, e não se deixava uma infecção se espalhar. Mas ao dizer-lhe como isolar tão brutalmente aqueles que tinham sangue humano – com o flagelo ao qual ele ficaria atado pelo resto da vida –, haviam garantido que Dara soubesse exatamente quantas mulheres e crianças não eram shafits. As sobreviventes chorosas que gritavam pelos maridos, pelos filhos, pelos pais: elas não eram embustes sem alma e, quando os homens dele barricaram os portões de Qui-zi para deixar a cidade queimar, Dara não suportou deixá-las trancadas do lado de dentro. Em vez disso, levou-as de volta para Daevabad.

E elas, com razão, justificadamente, contaram ao mundo que ele era um monstro.

O Conselho Nahid ficou furioso; a história que queriam contar fora arrancada da língua de seus membros. Dara estava em casa havia apenas uma semana – sua mãe incapaz de olhá-lo nos olhos – quando decidiram bani-lo. A Flagelação de Qui-zi deveria ter acabado com a guerra, e em vez disso, tinha feito o oposto, empurrando os clãs tukharistani sobreviventes para o abraço acolhedor de Zaydi al Qahtani, que já contava com os Ayaanle e os Sahrayn como aliados. Os Agnivanshi recuaram, seus mercadores e acadêmicos silenciosamente desaparecendo um a um, e então os Daeva foram deixados isolados, sozinhos em uma cidade que lentamente passava fome, com os milhares de shafits que eles tinham forçado a viver na miséria.

E cinco anos depois que Dara queimou a cidade deles e matou seus semelhantes, os Tukharistani – sem dúvida guiados por alguns dos sobreviventes que ele havia poupado – entraram na cidade ao lado de Zaydi al Qahtani. Saquearam o Quarteirão Daeva. Reviraram as ruas até encontrarem a casa da família dele.

E obtiveram a vingança que o assombraria durante todas as suas ressurreições...

Vozes elevadas do outro lado da câmara chamaram a atenção de Dara, arrancando-o das lembranças.

— ... se os djinns quiserem seus parentes de volta, podem vir até *mim* e se render — disse Manizheh, com a voz se elevando de ódio. — O Grande Templo não tinha o direito de interferir!

— Eles têm medo de você — Dara ouviu uma voz familiar suplicar. — Banu Manizheh, eles estão apavorados. Os boatos que trouxeram até mim... eles acham que seu Afshin está bebendo sangue e comendo o coração dos inimigos dele. Acham que você está entregando qualquer um que se oponha a você aos ifrits para ser escravizado!

Dara se encolheu diante das palavras de Kartir, o grão-sacerdote daeva – ele podia ver as costas de seu chapéu pontudo azul-celeste e de sua túnica carmesim. Dara se aproximou, mas ficou fora de vista. Antes da conquista, jamais teria contemplado espionar tão descaradamente sua Banu Nahida. Mas Manizheh tinha provado que pelo menos um dos segredos que guardava – o veneno que havia matado os Geziri – era mortal, e embora Dara acreditasse que ela ainda estava trabalhando pelo bem do povo deles, parecia sábio não se permitir ser mantido completamente no escuro.

— E se eles viessem diretamente até mim, descobririam que esses boatos são ridículos. — Manizheh estava sentada no trono, usando um vestido índigo e dourado, o xador pendendo levemente da coroa trançada. Kaveh estava ao lado dela, como sempre, observando a conversa com preocupação.

— Eles não vão vir até você. Não depois do que aconteceu com os Geziri. Aquele veneno foi um ato cruel, minha senhora. As pessoas dizem que é o motivo pelo qual a magia sumiu, que a senhora deturpou suas habilidades Nahid e o Criador a puniu.

Manizheh se levantou.

— E é nisso que os grão-sacerdotes acreditam também? Vocês andam retorcendo as mãos no templo que *meus* ancestrais construíram, fazendo reuniões com djinns e minando minha autoridade com nosso povo? Talvez você devesse se lembrar de que é minha família que nossa crença eleva, somos nós que devemos governar *vocês*, não o contrário.

— Vocês deveriam ser administradores — corrigiu Kartir, e Dara não pôde deixar de respeitar a coragem do homem, mesmo quando suas palavras aumentaram a inquietude que crescia na alma de Dara. — Os Nahid foram encarregados de cuidar desta cidade e de seus habitantes, todos eles. É uma responsabilidade, Banu Nahida. Não um direito. Imploro a você, afaste-se dessa violência. Deixe que os djinns sendo mantidos reféns no palácio voltem para casa.

Kaveh interveio, talvez vendo a fúria que queimava nos olhos de Manizheh:

— Isso não é possível, Kartir, e, com todo o respeito, você não sabe do que está falando. Esta é uma questão política. Todos fazem reféns e, no momento, eles são uma das cartas mais poderosas que temos.

— Era assim que Ghassan governava — replicou Kartir. Ele havia atravessado a sala para cuidar de um dos altares de fogo, trocando o incenso que acabava por cedro fresco. Sua voz era suave, mas Dara não perdeu suas palavras seguintes, pois elas perfuraram-lhe o coração como uma lança. — Como o último Conselho Nahid governou também... até perder o apoio de seu povo.

— Blasfêmia — disparou Kaveh, com verdadeiro ódio no rosto. Não havia modo mais rápido de derrubar o seu pragmatismo político do que criticar a mulher que ele amava. Aquilo preocupava Dara cada vez mais: Manizheh precisava de conselheiros que não diziam sempre o que ela queria ouvir. — O último Conselho Nahid não perdeu o apoio de seu povo, ele foi massacrado por um bando de moscas da areia obcecadas por sangues-sujos.

Não, Dara quis dizer, seu coração doendo com a lembrança de Qui-zi. *Os Nahid tinham começado a se desviar, mas nós não soubemos até ser tarde demais.*

— Sangue-sujo — repetiu Kartir. Ele encarava o altar de fogo. — Isto não é nosso, sabia?

Manizheh ainda estava irritada.

— Do que está falando?

— Nossos altares de fogo. Não fomos nós que os inventamos. Foram os humanos. Se você viajar para Daevastana meridional, vai encontrar os resquícios deles em construções que parecem nossas, mas foram construídas muito antes desta cidade ser erguida. Os humanos os usavam nos seus ritos. Nossos templos de fogo, nossas construções, nossa comida, o simples corte de nossas roupas... — Kartir se virou, seu olhar recaindo sobre Kaveh. — Seu título, grão-vizir. Nosso governo. Acham que nossos ancestrais antes de Suleiman construíam grandes palácios de tijolos de argila e discutiam políticas financeiras enquanto viviam ao léu e tiravam o sustento de incêndios naturais? Devemos nossa sobrevivência aos humanos. Construímos nossa civilização inteira a partir da deles, e agora agimos como se a maior contaminação em nosso mundo fosse uma gota do seu sangue.

Manizheh sacudiu a cabeça.

— O que você está falando aconteceu há milhares de anos. Não é mais relevante.

— Não é? Durante grande parte da minha vida pensei o mesmo. Eu ensinei o mesmo. No entanto, me pergunto se fomos cegos às lições da vida da própria Anahid. Ela não construiu uma cidade, um palácio, um templo com arquitetura humana e os encheu com inovações humanas? O companheiro mais próximo dela não era um profeta humano? — Kartir se aproximou do trono. — Anahid aceitou tudo o que a humanidade pôde ensinar a ela; projetou uma capital não apenas para os Daeva, mas com espaço para todos. E temo que essa seja uma herança e uma dívida que nossa tribo esqueceu, selando-se do mundo que nos deu tanto.

Kaveh olhou para o outro homem com ceticismo.

— Você andou dando atenção demais a Banu Nahri.

O sacerdote corou.

— Eu não concordava com as ideias dela originalmente, mas fui ao seu hospital e vi Daeva e djinns e shafits cuidando uns dos outros.

— E isso foi antes ou depois de os shafits atacarem a procissão do Navasatem? — provocou Kaveh. — Antes de os sangue-sujos que ela estava ajudando terem retribuído a bondade tentando assassinar meu filho e ela? Você deu esse sermão às centenas de Daeva assassinados durante os últimos ritos deles? A Nisreen?

— Kaveh. — Manizheh colocou a mão no pulso dele. Ela retornou o olhar para o sacerdote, parecendo mais exasperada do que irritada agora. — Kartir, pelo que entendo, minha filha pode ser muito convincente, mas não vou deixar que ela mude sua opinião sobre os shafits. Ela ficou sob a influência dos Geziri e dos humanos por tempo demais e não sabe do que fala.

— Não acredito nisso — respondeu Kartir, parecendo ofendido. — Conheço Banu Nahri. Ela tem opiniões próprias.

— As opiniões dela a levaram a cometer traição — argumentou Manizheh. — Não acho que deveríamos deixá-las influenciarem a direção de nossa fé.

O sacerdote empalideceu.

— Traição? Mas você disse que Alizayd a sequestrou.

— Eu menti. A verdade é que Nahri deu a Alizayd a insígnia e fugiu com ele. Eu gostaria de trazê-la de volta e acredito que seja melhor esconder a traição dela por enquanto. — A voz de Manizheh assumiu um tom delicado. — É tão difícil para jovens mulheres recuperarem a reputação. Não quero que nossa tribo se volte contra ela para sempre só porque ela perdeu a cabeça para a lábia de um príncipe.

Kartir se balançou para trás.

— Certamente não está sugerindo… — Ele parou de falar, as bochechas ficando vermelhas. — Não acredito nisso.

Dara sentiu como se um tapete tivesse sido puxado de baixo dele. O que Manizheh *estava* sugerindo?

E então ele visualizou Nahri de novo, os olhos incandescentes quando estava diante dele e dos irmãos Qahtani e fez o teto desabar sobre a cabeça de Dara. Quando ela o jogou no chão enquanto Vizaresh tentava escravizar o príncipe djinn. A afeição entre o par que o próprio Dara tinha usado seis anos antes para colocar uma lâmina no pescoço de Alizayd e forçar Nahri a fazer o que ele queria.

Dara não conseguiu colocar em palavras a emoção que se revirou dentro dele. Não era exatamente ciúme, mas também não era culpa. Ele percebeu que não era amizade que Manizheh sugeria que tinha motivado as ações da filha, mas também sabia que tinha perdido o direito de vasculhar as profundezas do coração de Nahri havia muito tempo.

No entanto, isso não queria dizer que ele precisava ficar olhando enquanto Manizheh espalhava uma fofoca tão danosa.

— Que os fogos queimem forte para todos vocês — cumprimentou ele, saindo das colunas como se tivesse acabado de chegar. — Perdi alguma coisa?

— De modo algum — respondeu Manizheh tranquilamente, como se não estivesse difamando a filha como uma adúltera traidora. Ela sorriu para Kartir. — Agradeço seu conselho. Por favor, saiba que vou considerá-lo. Na verdade, talvez eu possa supervisionar as cerimônias do alvorecer amanhã e me encontrar com o resto dos sacerdotes e os dignitários daeva. Entendo que esses acontecimentos sejam chocantes e assustadores, mas acredito que podemos superar as coisas se nos unirmos.

Foi o mesmo que ter colocado Kartir para fora fisicamente. O sacerdote pareceu um pouco perdido, a determinação de antes sumira.

— É claro — gaguejou ele. — Estamos ansiosos para recebê-la. — Seus olhos se voltaram brevemente para Dara, mas ele não disse nada ao sair.

O silêncio que recaiu sobre os três estava carregado; o peso da magnífica câmara era sinistro sem uma multidão. Manizheh observou o sacerdote atravessar as portas.

— Quero que ele suma. — A voz fria dela cortou o ar morno.

— Será difícil — avisou Kaveh. — Kartir mantém essa posição há muito tempo e é bastante respeitado.

— Mais um motivo para nos livrarmos dele. Não preciso que ele ensine heresia para seus fiéis, e tenho certeza de que há muitos sacerdotes experientes que preferem manter as tradições. Encontre um e o substitua. — O olhar dela se voltou para Dara. — Espero que tenha trazido notícias melhores.

Dara levou um momento para colocar de lado tudo que tinha entreouvido – não seria nada bom revelar que estivera bisbilhotando.

— Infelizmente, não. Temos muito poucos voluntários e ainda menos com habilidades militares. Conseguimos proteger o Quarteirão Daeva, mas temo que uma ofensiva eficiente esteja fora de questão. Não temos números.

— Alguma ideia de como obtê-los?

— Poderíamos oferecer um aumento de salário — sugeriu ele. — Não gosto da ideia de subornar homens para proteger o próprio povo, mas é uma opção.

— Não é — respondeu Kaveh. — Eu queria que fosse, mas o Tesouro não pode acomodar um gasto desses agora. Quanto mais exploramos as finanças de Ghassan, mais problemas encontramos. Os Ayaanle estavam trabalhando para pagar os impostos atrasados, mas pararam quando a rainha Hatset foi banida. O Tesouro estava gastando demais com a esperança de recuperar o investimento durante as comemorações do Navasatem, mas, sem essa renda, os fundos estão muito baixos. Já estamos com problemas demais para pagar as famílias daeva nobres cujas terras e colheitas foram tomadas.

— Essas famílias deveriam ficar felizes com a oportunidade de fazer sua parte — replicou Manizheh. — Duvido que tenham se dado bem durante o governo de Ghassan.

— Elas se davam melhor do que se pode imaginar — disse Kaveh. — São as casas mais antigas e abastadas da cidade, e conquistaram seu poder aprendendo quando se mancomunar com os Qahtani.

— Imagino que os arqueiros habilidosos que não podemos usar na defesa da cidade também sejam dessas famílias? — perguntou Dara, carrancudo.

— Sim. Já tive que atirar dois deles no calabouço por perguntar muito agressivamente sobre o destino de Muntadhir.

— Não podemos continuar assim — disse Manizheh. — Já temos djinns o suficiente conspirando fora de nossas muralhas. Não vou aceitar deslealdade de nosso povo também. Coloque-os na linha.

Antes que Kaveh pudesse responder, Dara se levantou. O som de marcha vinha do jardim. Baixo e irregular, mas ficando mais alto muito rapidamente.

— Fiquem atrás de mim. — Sem mais uma palavra de explicação, Dara pegou Kaveh pelo colarinho, puxando-o para trás do trono ao se mover entre a entrada e Manizheh. Um arco conjurado estava em suas mãos no momento seguinte, uma flecha apontada para a silhueta que disparava pelo caminho.

Era um criado daeva. O homem caiu de joelhos.

— Minha senhora, tentei impedi-la, mas ela insistiu em vir direto até a senhora. Alega ter uma mensagem da filha de Ghass...

— A filha de Ghassan tem um nome — interrompeu uma voz grosseira e de sotaque forte enquanto a recém-chegada caminhava para dentro da câmara.

Dara levou um momento para reconhecer que a guerreira geziri armada era uma mulher. Ela usava uma variedade de roupas masculinas: uma túnica preta que podia ter sido tirada de um membro da Guarda Real e uma calça larga e puída. Tranças escuras desciam de um turbante carmesim, emoldurando um rosto sério. Uma espada e uma khanjar estavam presas em sua cintura, seus braços expostos esculpidos com músculos e cicatrizes.

Mulher ou não, ela parecia capaz de derrotar todos os novos recrutas dele com as próprias mãos, então Dara redirecionou o arco.

— Pare onde está.

A guerreira parou e deu-lhe um olhar de escancarada avaliação. Os olhos cinza, pouco impressionados, percorreram Dara das botas ao rosto.

— *Você* é o Flagelo? Parece que passa mais tempo penteando o cabelo do que usando um chicote. — O olhar dela se semicerrou ao pousar em Manizheh, a expressão se azedando.

— Suponho que isso faça de você a Nahid.

— Supõe corretamente — disse Manizheh com voz fria.

— E você é?

— Uma mensageira. Sua Alteza Real, a princesa Zaynab al Qahtani, devolve o seu povo. — A guerreira deu um passo para o lado e assoviou, indicando o jardim.

Dezenas de Daeva – a multidão que ele ouvira marchando – entraram em fila no salão do trono. Eles também estavam vestindo uma variedade de roupas – peças de segunda mão e tecidos manchados com sangue velho. Havia homens e mulheres, jovens e velhos, quase todos feridos, exibindo cabeças enfaixadas e membros imobilizados.

— Eles estavam no hospital depois do ataque do Navasatem e ficaram presos atrás de nossas linhas — explicou a guerreira. — Nossa médica estava cuidando deles.

— Sua *médica*? — repetiu Manizheh.

— Nossa médica. Ah, é verdade. Se sua magia sumiu, acho que não pode mais curar ninguém. Que sorte que essas pessoas estavam do nosso lado — acrescentou ela, com um risinho de preocupação debochada.

Uma expressão de pura ira percorreu o rosto de Manizheh, e Dara se pegou pensando que a outra mulher tinha muita sorte por a magia da Banu Nahida ter sumido.

— Kaveh — disse Manizheh, sua voz baixa e mortal conforme continuava em divasti —, *quem é essa mulher?*

Kaveh estava encarando a guerreira geziri como se tivesse bebido leite podre.

— Uma das… acompanhantes de Alizayd. Ele chegou com dois deles, bárbaros do norte de Am Gezira.

— E o que ela diz é verdade? Você mencionou que temia que alguns Daeva pudessem ter ficado presos do outro lado, mas mal discutiu esse suposto hospital, muito menos outra médica.

— Porque não achei que fosse grande coisa, minha senhora. O hospital era algum projeto arrogante em que Banu Nahri trabalhou com Alizayd, e essa suposta médica é shafit. Você sabe o que dizem sobre medicina humana. — Kaveh estremeceu. — É pouco mais do que o corte de membros e rituais supersticiosos.

Manizheh apertou os lábios e então falou de novo em djinnistani.

— Enviamos uma mensagem à filha de Ghassan exigindo a rendição dela. — Ela gesticulou com a mão para o grupo. — Não vejo ninguém que se pareça com ela.

— A princesa Zaynab não pretende se render para o povo que roubou seu trono, assassinou seu pai e planejou o massacre de sua tribo. Sua Alteza libertou esses Daeva não como um favor a você, mas porque eles pediram para ser libertados, e ela é sempre misericordiosa com os súditos de sua família.

— Sua princesa tem uma visão deturpada do conceito se ela acha que seu pai e seu avô jamais mostraram misericórdia com os súditos. — Manizheh passou para divasti de novo. — Kaveh, certifique-se de que essas pessoas sejam tratadas. Comida, dinheiro, tudo quer elas quiserem. Não quero que voltem para nosso quarteirão falando da *misericórdia* de uma Qahtani. — Ela elevou a voz, falando de modo mais acolhedor com os Daeva. — Graças ao Criador por devolver vocês. Meu grão-vizir vai cuidar de suas necessidades e se certificar de que sejam reunidos com seus entes queridos.

Dara segurou a língua, sem tirar os olhos da guerreira geziri conforme Kaveh levava os outros Daeva para fora. A mulher estudava abertamente a sala, parecendo querer tomá-la de volta.

Manizheh esperou até que estivessem sozinhos com a guerreira antes de falar de novo.

— Deixei claro para a filha de Ghassan o que aconteceria com o irmão dela se os Geziri não se rendessem.

A guerreira riu com escárnio.

— Você não deu prova alguma a ela de que ele ainda está vivo, e, estranhamente, os milhares de Geziri e shafits sob a proteção dela não querem se submeter a pessoas que planejaram massacrá-los. É por isso que ela oferece a *você* um modo alternativo de provar suas boas intenções. E de salvar outro Daeva também.

— Quem? — perguntou Dara, desconfiado.

— Uma guerreira ferida que nós encontramos na praia. Uma arqueira, a julgar pelos equipamentos que ela usava. Uma arqueira. *Irtemiz*. A protegida de Dara, que estava entre os guerreiros que ele havia mandado para a praia – aqueles que ele acreditava terem sido massacrados por Alizayd.

— Havia outros? — perguntou Dara, com urgência na voz. Não deixou de ver o olhar de irritação que Manizheh lançou a ele, mas insistiu. — Quão graves são os ferimentos dela?

Triunfo brilhou no olhar cinza da mulher.

— Que sorte que você está tão preocupado, Afshin, pois o acordo que Zaynab oferece envolve você. — A atenção dela se voltou para Manizheh. — Sua Alteza entende como você deve ter ficado desesperada para se aliar com os ifrits e o Flagelo de Qui-zi, pois obviamente não é o ato de uma mente racional, certamente não uma mente na qual se poderia confiar para governar.

Com ou sem magia, Dara poderia jurar que a câmara inteira estremeceu quando Manizheh semicerrou os olhos.

— Chegue ao ponto, mosca da areia.

— Livre-se de seus ifrits, adoradora do fogo. E entregue seu Afshin. Ele vai ser responsabilizado pelo massacre e executado por isso. Então devolveremos sua guerreira e abriremos as negociações.

O estômago de Dara afundou. De novo, queriam que ele levasse a culpa pela decisão de uma Nahid.

Manizheh se levantou.

— Fui *eu* quem matou seu rei — declarou ela, com veneno em cada palavra. — E fui *eu* que quis ver minha cidade livre de seu povo, um futuro que parece mais promissor a cada minuto que você permanece em minha presença. Diga isso a sua suposta princesa. Diga a ela que, no dia em que meu Afshin estiver em sua companhia, não serão lágrimas de vitória que vocês chorarão.

— Uma pena — respondeu a guerreira, olhando de novo para Dara. — Sua subordinada falou tão determinadamente em sua defesa. — Ela se virou, passando pelas portas como se não tivesse uma flecha apontada para o pescoço.

Dara abaixou o arco.

— Você não me entregou.

Manizheh olhou com irritação para ele.

— É claro que não! Embora aprecie saber exatamente o quanto você confia em mim.

— Eles estão com Irtemiz — sussurrou ele. — Achei que ela estivesse morta. Achei que todos estivessem.

— Ela provavelmente está morta — avisou Manizheh.

— Aquela mosca da areia estava provocando você, e você caiu direitinho.

Dara sacudiu a cabeça.

— Ela é uma dos meus. Eu tenho o dever de tentar recuperá-la.

— De forma alguma. — Os olhos de Manizheh estavam arregalados com incredulidade. — Pelo Criador, essa armadilha deles nem é inteligente. Estão tentando nos dividir, se *livrar* de você. — Ela devia ter visto a rebelião que se formou no rosto dele.

— Afshin, essa é não é uma questão sobre a qual vou negociar. Sinto muito pela jovem, de verdade, mas há milhares de garotas daeva como Irtemiz que estarão em risco se você for morto.

— Mas não é certo que ela sofra em meu lugar. Isso é enlouquecedor, Banu Nahida. Não posso ir atrás de Irtemiz, não posso ir atrás de Nahri...

— Só faz duas *semanas*, Dara. Você precisa ser paciente. Dê um tempo para tornarmos a cidade segura e para que os djinns entreguem Nahri e Ali como foram avisados. Não tem outra forma. Eles estão esperando que a gente tropece, que cometa um erro.

— Mas...

— Estou interrompendo alguma coisa?

Ao som da voz tímida e debochada de Aeshma, Dara subitamente perdeu a batalha que estava travando com suas emoções. Um trovão estalou pela sala do trono e o ar ficou quente.

— O que você quer? — sibilou ele.

— Aliviar a Banu Nahida de sua companhia sempre agradável. — Aeshma voltou sua atenção para Manizheh, fazendo uma leve reverência. — Está pronta?

Manizheh suspirou.

— Sim. — Ela olhou para Dara. — Vou encontrar um jeito de mandar uma prova da vida de Muntadhir — assegurou ela. — Espero que isso convença essa princesa a poupar Irtemiz, principalmente porque ela já entregou os outros reféns Daeva, um erro que não cometerei de nossa parte. Você não deve mais abordá-los, entendeu?

Dara resmungou em anuência, ainda olhando com raiva para o ifrit.

— O que Aeshma quer com você?

Os olhos de Manizheh ficaram sombrios.

— É complicado. — Ela se virou para seguir o ifrit, mas então parou, olhando para trás mais uma vez. — E... Afshin?

— Sim?

Manizheh inclinou a cabeça na direção na qual a guerreira geziri tinha sumido.

— Comece a treinar mais mulheres.

Com isso ele concordou mais do que prontamente.

— Entendido. — Dara a observou partir com Aeshma, sem deixar de ver como ela se esquivara da pergunta.

Tudo bem. Manizheh queria manter seus segredos?

Ela não era a única que os tinha. E havia um em particular que Dara estava ansioso para tentar de novo.

ALI

— Eu só não entendo por que você precisava ser tão má — reclamou Ali, apoiando um cesto com laranjas ao lado de uma sacola de feijões secos. — Certamente há formas de comércio que não envolvem insultar todos à sua volta.

Nahri entregou-lhe uma lata de tâmaras.

— Eu não falei mentiras.

— Você disse que a mãe dele devia tê-lo deixado cair de cabeça quando era criança!

— Você ouviu o preço que ele estava pedindo? E por *isto*? — Nahri indicou a nova aquisição: um pequeno falucho aos pedaços que parecia a tentativa de alguém de enfeitar uma versão maior das canoinhas com as quais Ali vira crianças brincando na margem do rio. — Ele deveria ficar feliz por estarmos adquirindo isso. — Ela empurrou uma caixa para os braços dele. — Esse é o último de nossos suprimentos.

Ali inspirou, sentindo o cheiro de açúcar e anis.

— Não me lembro de comprar isso.

— Um vendedor de doces olhou para mim por tempo demais, então o aliviei de sua mercadoria.

Ele levou um momento para captar o significado por trás das palavras, e então resmungou.

— Isso vai acabar com a gente na cadeia, não vai?

— Você queria deixar o Cairo. Não há motivação melhor do que ser perseguido.

Uma tosse chamou-lhes a atenção. Yaqub estava avançando até a margem, os braços em volta de uma enorme cesta.

— Ervas de cura — explicou ele, ofegante. — Alguns tônicos, gaze e um bom suprimento de qualquer coisa de que possam precisar, caso um de vocês adoeça ou se machuque.

— Isso não era necessário — protestou Nahri. — Você já fez o bastante.

— Pelo amor de Deus, deixe alguém ajudar você, menina — disse o boticário, empurrando a cesta para ela. Ele olhou para o barco com preocupação evidente. — A vela deveria ser assim?

— É claro. — Nahri passou a cesta para Ali. — Você não soube? Meu amigo aqui é um marinheiro experiente. Ali, diga a Yaqub por que a vela está assim.

O olhar inquisidor de Yaqub deslizou para ele. Ali lutou para parecer sábio.

— Está... descansando.

— *Descansando?*

— Sim — mentiu. — Ela descansa e então... ela vai. — Ali tentou fazer um movimento de velejar com a mão.

O farmacêutico se virou de volta para Nahri.

— Tem certeza de que não quer ficar?

Ela suspirou.

— Sinto muito, velho amigo. Eu queria poder, mas temos pessoas que dependem de nós em casa.

Poderíamos ter uma vida aqui juntos, uma vida boa. Ali se atrapalhou com o nó que tentava desatar, uma pontada de incerteza percorrendo seu corpo. Ele se perguntou se Nahri sabia exatamente o quanto ele tinha ficado tentado. Quão profundamente a visão deles juntos – Nahri cuidando de pacientes, Ali cuidando dos livros – o tinha atingido. Mas Daevabad vinha primeiro: o mantra do pai dele, o dever que os estrangulava. Até mesmo Nahri a chamava de "casa".

Deixando de lado as dúvidas, Ali saltou do barco, vadeando a água na altura do tornozelo para se juntar a eles na margem.

— Mas Deus abençoe você, tio — disse ele. — De verdade. Teríamos ficado perdidos sem sua assistência.

O velho piscou várias vezes, seu rosto tomado por um torpor levemente vazio como sempre fazia quando Ali se aproximava.

— De nada, Ahmad. — Ele sacudiu a cabeça como se para desanuviá-la, então tirou uma bolsa preta do ombro. — Eu trouxe outra coisa — acrescentou ele, entregando a bolsa a Nahri.

Assim que Nahri olhou dentro da bolsa, tentou devolvê-la.

— Não posso levar estes instrumentos, Yaqub! Eles pertencem à sua família.

Yaqub ergueu as mãos.

— Prefiro que eles estejam com alguém que possa usá-los. — Ele sorriu para ela. — Nahri, menina, não sei de onde você veio. Não sei para onde vai. Mas vi o que você fez por aquele garoto. Você é uma curandeira, não importa o nome que se dê.

Ali viu Nahri morder o lábio inferior, parecendo querer protestar. Mas então ela deu um abraço apertado em Yaqub.

— Que Deus esteja com você, meu amigo. Deixei algo para você também. Lá na loja. Na caixa em que guarda os doces.

Yaqub pareceu confuso.

— O quê?

Nahri secou os olhos.

— Uma demonstração do meu afeto. — Ela o afastou. — Agora vá. Não desperdice um dia de trabalho comigo.

— Cuide-se — gritou Yaqub para ela. Ali não deixou de notar a tristeza na voz dele. — *Por favor.*

Poderíamos ter uma vida juntos aqui, uma vida boa. Ali engoliu o nó em sua garganta quando Nahri passou por ele.

— O que você deixou para ele?

Nahri passou a khanjar de Muntadhir para ele. Eles tinham usado várias das gemas para comprar o barco, e agora apenas uma – um minúsculo rubi – restava.

— Ele nos ajudou, então eu o ajudei. Não gosto de ficar devendo.

Ali correu o polegar pelo cabo.

— Nem tudo precisa ser uma transação, Nahri.

— Deveria. É mais fácil. — Ela impulsionou o corpo a bordo, ignorando a mão dele.

Sabendo como Nahri se sentia a respeito da audácia de ter – e, pior ainda, compartilhar – emoções, Ali segurou a língua, empurrando o barco para dentro do rio conforme a lama sugava seus pés. Ele subiu a bordo, usando uma vara e então os remos para colocar melhor o barco na água.

— E agora? — perguntou Nahri. — Porque, perdoe-me, mas parecemos estar indo na direção oposta à que você queria.

— Pode me dar um minuto? — Ali fechou os olhos, tentando chamar a água que batia no barco. Ela resistiu, fugindo do limite da magia dele.

Irritado, ele colocou a mão sob a superfície, deixando a corrente passar por seus dedos. Quase conseguia sentir o gosto dela, o cheiro de sal e lama em sua língua. *Vamos lá*, pediu, visualizando o rio empurrando o barco.

— Sua expressão não está aumentando minha confiança.

Ali fez uma careta.

— Eu sei o que estou fazendo.

— É claro que sabe. Você tem uma compreensão íntima dos hábitos de *descanso* das velas. — Ele abriu os olhos e a viu confortavelmente deitada em uma almofada, com um dos doces roubados já na mão. — Realmente precisa encontrar uma forma de não parecer um pombo espantado sempre que mente.

— Não pareço um pombo *espanta...*

O barco avançou, a magia marid vorazmente latejando contra a irritação em seu peito.

Nahri lançou-lhe um sorriso lindo e triunfante.

— Alguém me disse uma vez que um pouco de emoção ajuda. Uma pontada de dor perfurou o coração de Ali. Ele arquejou, quase perdendo o controle da magia.

Nahri estava imediatamente ao seu lado.

— O que foi?

Ali apertou o peito, tentando recuperar o fôlego.

— Não acho que o anel gosta que eu faça magia marid.

— Estamos dependendo de magia marid para nos levar a Ta Ntry.

Ele a dispensou, recuando antes que ela pudesse tocar nele.

— Eu sei. E estou bem; a dor já passou. — Não tinha passado totalmente, mas ele não arriscaria nada que pudesse fazer Nahri insistir para que ficassem no Cairo por mais tempo.

— Se você diz. — Ela não pareceu convencida, mas pelo menos o barco estava indo rápido. Talvez um pouco rápido demais, a água acelerada como o coração dele. — Não, isso não parece nada suspeito.

— Usaremos a vela também, para não parecer que estamos disparando rio acima sem nada para nos impulsionar. — Isto é, *tentariam* usar a vela. Ali não tinha contado a Nahri que a totalidade de sua experiência velejando eram duas semanas com a Guarda Real e algumas horas espiando os barqueiros no Nilo.

Também não ignorava o fato de que ela o via se atrapalhar. Por fim, depois de levá-los para bancos de areia duas vezes, Ali conseguiu apontar a vela para o vento adequadamente, e começaram a se mover para o sul ainda mais rápido. Se ele estivesse sozinho, talvez tivesse chorado de gratidão. Em vez disso, sem fôlego, com o corpo doendo de muitos jeitos novos, ele se permitiu desabar, deitando de barriga para cima no convés reto.

— As coisas parecem estar indo bem — disse Nahri, sarcasticamente.

— Acho que... — disse Ali, ofegante, apertando o peito quando o coração faiscou de dor. — Eu posso ter subestimado quanto isso seria difícil.

— Fico feliz por você ter aprendido essa lição no início de nossa jornada. — Uma xícara tocou os lábios dele. — Beba.

Ainda zonzo, Ali obedeceu, levantando-se para se sentar ao lado dela. Agora que estava organizado e cheio de suprimentos, ele percebeu quão pequeno era o barco, e um novo tipo de ansiedade tomou conta dele. Não tinha pensado na logística de passar cada momento – dia *e* noite – ao lado de Nahri. Nem mesmo tinha certeza de que havia espaço o suficiente para os dois se deitarem para dormir.

— Pelo menos coma alguma coisa. Ordens médicas. — Ela abriu a lata de doces roubados e lhe entregou um. — Confie em mim, a ilicitude faz com que o gosto seja ainda mais doce.

Os dedos de Nahri roçaram os dele no exato momento em que ela disse isso e, embora Ali soubesse que de modo algum ela pretendera fazer qualquer tipo de insinuação, uma descarga de energia nervosa disparou pelo corpo dele.

— Ah — ele conseguiu dizer. — É mesmo?

Nahri deu uma piscadela e se sentou para abrir a bolsa de Yaqub. Ela suspirou com prazer evidente e então começou a dispor os instrumentos médicos como se fossem joias estimadas.

Ao ver o trépano e ainda se sentir enjoado, Ali virou o rosto para comer, olhando para o rio. Eles continuaram em silêncio por mais algum tempo, e uma paz rara se assentou sobre ele. Tirando a sensação de que tinha um torno no peito, aquele era um modo agradável de viajar. O oscilar suave do barco, a extensão da água reluzente, a brisa quente... era quase hipnótico. Ele terminou o doce – Nahri estava certa, era muito bom – e então se abaixou, passando a mão pelo rio de novo.

Uma sensação de tranquilidade tomou conta dele tão rápido que Ali exalou em voz alta, a dor no coração diminuindo como se uma compressa fria tivesse sido colocada sobre ele. A água ondulou para cima de seu pulso, traçando o caminho de suas cicatrizes, enquanto seu reflexo vinha até ele em ondulações reluzentes. Provavelmente era um truque da luz, mas seus olhos pareciam estranhos, não do habitual cinza morno, mas bastante profundos, lagos infinitos de obsidiana ainda mais escuros do que os de Nahri.

Seria tão bom nadar. A ideia de mergulhar, de fazer o mundo se aquietar e calar conforme o Nilo se fechasse sobre a cabeça dele, subitamente pareceu irresistível. Tendões de água envolveram seu braço, segurando firme, e vagamente – como se semiacordado – Ali se deu conta de que não os havia conjurado.

— Acho que foi ali que acordamos.

Ali se sobressaltou, arrancado do devaneio. A água fugiu de seus dedos.

— O quê?

Nahri apontou. Na margem distante, um minarete rachado estava entre a vegetação emaranhada, as ruínas do que poderia ter sido uma pequena aldeia se tornando mais claras conforme se aproximavam.

— Você se lembra de alguma coisa? — perguntou ela.

— Na verdade, não.

O olhar de Nahri estava fixo na aldeia.

— Podemos chegar mais perto?

Ali assentiu, movendo-se para ajustar o leme e guiá-los na direção da margem alagada.

— Acha que foi aqui?

— Sim. — Ela estremeceu. — É estranho, mas o lugar me pareceu tão familiar. O caminho até o rio, a disposição de algumas das ruínas...

— É com essa aldeia que você tem tido pesadelos?

— Acho que sim, mas não consigo me lembrar de nada quando acordo. — Ela soltou um ruído de frustração, abaixando o bisturi que estivera admirando. — É como se alguma coisa não me *deixasse* lembrar, como se o sonho fosse arrancado de mim assim que eu abro os olhos.

— Assim como você também não se lembra de nada da sua infância antes do Cairo?

Nahri pareceu hesitante.

— Um pouco, sim.

— A aldeia não fica longe da cidade, e havia marcas de queimadura dentro do minarete. Você acha...

— Que eu estava lá quando foi destruída? — Nahri tremia. — Talvez. Não sei. Acho que não quero saber.

— Pode ser importante.

— Ali, só faz duas semanas desde que vi o veneno de minha mãe arrasar o palácio. Não estou pronta para descobrir um novo horror da minha infância. Ainda não.

Ele engoliu suas perguntas.

— Tudo bem. — Ele se virou, ajustando o leme de novo.

— Mas eu vi um shedu.

Ali sacudiu o leme, quase tirando-os do curso.

— Você viu *o quê?*

— Um shedu. Logo antes de você desmaiar. Houve uma tempestade de areia, e então essa criatura... Ela me olhou, olhou... *através* de mim como se não estivesse impressionada, e aí sumiu. Tudo aconteceu tão rápido que eu não tenho certeza se estava alucinando.

Ali não tinha certeza do que dizer.

— Não achei que os shedus ainda existissem. Sinceramente, achei que podiam ter sido apenas uma lenda desde o início.

— Era o que eu costumava achar sobre os djinns.

Era o que eu costumava achar sobre os marids. Ali não sabia se estava pronto para ver mais lendas ganharem vida, pelo menos não sem estar mais bem preparado.

— Espero que a biblioteca em Shefala seja tão grandiosa quanto minha mãe sempre alegou. Suspeito que você e eu tenhamos muito que ler.

— Estou surpreso por você não saber com certeza. Achei que imploraria à sua mãe para contar histórias de uma biblioteca imensa.

Ele sentiu uma pontada de arrependimento.

— Nem sempre estive disposto a ouvir histórias sobre Ta Ntry quando criança — confessou Ali. — Depois que fui mandado para a Cidadela, descobri que me encaixava melhor com os outros Geziri se ignorasse meu lado ayaanle. Isso também tornou as coisas mais fáceis com meu pai. — Ele passou as mãos sobre os joelhos. — Não que importe. Ele morreu achando que eu era um traidor mesmo.

— Você fez a coisa certa. — A voz de Nahri soou inesperadamente destemida. — Seu pai precisava ser detido.

— Eu sei. — E ele sabia mesmo; o último ato de seu pai poderia ter sido o massacre de centenas de shafits inocentes se Ali não tivesse tomado a Cidadela. Contudo, isso não apagava a tristeza. Não haveria explicações nem desculpas, nenhuma chance de consertar as coisas. Ghassan estava morto, e ele tinha deixado Daevabad de um jeito não menos brutal do que a governara. Tudo que Ali podia fazer agora era rezar para que o Todo-Poderoso tivesse mais piedade do pai do que Ghassan tinha mostrado a seus súditos. Pelo menos com Muntadhir ele tinha o ínfimo consolo de saber que o irmão morrera como um herói, de que tivera um momento para se despedir.

Estamos bem, akhi. Estamos bem. Ali se preparou para o luto, para a fera cheia de garras que irrompia de seu peito quando pensava em Muntadhir, mas não pareceu tão cruel quanto de costume. Ali não estava mais inutilmente retorcendo as mãos no Cairo; havia dado um pequeno passo no caminho para vingar o irmão e salvar o povo deles, e até mesmo seu coração partido parecia reconhecer aquilo.

Ele se virou de novo. Nahri não estava mais olhando-o; em vez disso, estava encostada em uma almofada, concentrada em limpar e admirar as novas ferramentas médicas, com uma expressão muito mais feliz no rosto. Ela havia tirado o lenço, e o cabelo caía até a cintura em um espesso halo de cachos pretos.

A visão arrancou o fôlego dele. O luxo real que ela costumava usar como a próxima rainha de Daevabad não era nada: velejando pelo Nilo usando um vestido de segunda mão puído, com o sol egípcio brilhando no rosto e ferramentas médicas mortais nas mãos, Nahri estava radiante. O que Ali não faria para mergulhar os dedos nos cabelos dela, para puxá-la para perto...

Que vergonha. Ela se acomoda confortavelmente e você trai sua confiança devorando-a com os olhos? Ali abaixou o olhar, calor subindo por seu pescoço. Era a amiga dele – e a viúva de seu irmão, ainda por cima – e ali estava ele, fantasiando com ela.

Uma gota d'água brotou em sua testa como se para debochar de seu controle. Ali podia abaixar o olhar tanto quanto quisesse – ele tinha bastante experiência fazendo isso.

Mas não tinha experiência nenhuma em batalhar com as ideias afiadas, farpadas e selvagemente irresponsáveis em seu coração que pareciam ganhar força a cada dia que passava na companhia de Nahri. Jamais se sentira daquela forma a respeito de alguém antes – nem mesmo tinha certeza *do que* sentia. Aquele... aquele *emaranhado* de carinho e desejo, de puro terror e luz inesperada, a certeza de que poderia ter alegremente passado o resto da vida com a mão dela tocando seu pulso conforme liam livros e discutiam sobre comida em uma ruína no Cairo, a sensação de que havia sido empurrado de um penhasco sempre que ela ria... Ali não sabia como combater isso.

Nem sabia se queria.

Você está se tornando o tolo apaixonado que sempre negou ser. E Ali não tinha tempo para aquilo. Ambos tinham uma jornada muito longa em um barco *muito* pequeno para completar – e então, uma guerra para lutar.

— O doce não está caindo bem?

Ali se sobressaltou.

— O quê?

— Você parece prestes a vomitar. — Nahri franziu a testa, colocando de lado os instrumentos. — Eu sabia que não devia usar toda essa magia de água esquisita. Deixe-me examinar você. *Sim!* Parte dele comemorou, animada com a ideia das mãos dela em seu corpo.

— Não — respondeu ele com igual rapidez, amaldiçoando todo o conceito de amor. — Eu só estava pensando... você queria saber sobre os marids — disparou. — Sobre todos os segredos que eu estava guardando de você.

Prazer e surpresa iluminaram a expressão de Nahri.

— Achei que precisaria arrancá-los de você.

Ah, Deus, até mesmo para Ali aquele era um novo ponto baixo no que dizia respeito a falar o que não deveria.

— Eu concordei que não haveria mais segredos — disse ele, levemente.

— Pois bem. — Nahri se esticou, guardando os instrumentos e se virando para encará-lo com uma graciosidade felina. Como um leão poderia tranquilamente observar um antílope encurralado. — Vamos começar com "*os marids não fizeram nada comigo, Nahri*" — disse ela, fazendo uma péssima imitação da voz dele. — "Eu simplesmente conjuro cachoeiras na biblioteca e disparo barcos pelo Nilo sem motivo algum."

Direto ao ponto. Ali tentou se concentrar de novo.

— Os marids fizeram alguma coisa comigo.

— Sim, acho que isso já foi estabelecido. O que eles fizeram com você?

— Sinceramente, não tenho certeza — admitiu ele. — Mas o que sei é que, depois que me possuíram no lago, foi como se eu tivesse a mesma afinidade com água que tenho com fogo. Eu conseguia senti-la, conjurá-la, controlá-la. Em Am Gezira, foi uma benção: eu conseguia encontrar nascentes e cisternas, puxá-las pela areia e deixar Bir Nabat verde. Mas quando voltei para Daevabad... — Ali estremeceu. — A magia foi demais. Estava ficando mais forte, mais difícil de esconder e controlar. Eu estava ouvindo vozes na cabeça, vendo coisas nos sonhos. Fiquei apavorado que pudesse ser pego.

— Pego?

— Você sabe o que as pessoas dizem sobre os marids. São demônios, trapaceiros. Minha mãe diz que eles atraem os djinns em Ta Ntry para a água para afogá-los e então drenam o sangue deles. Issa estava pronto para me atirar diante do ulemá e me denunciar como herege apenas por fazer perguntas.

— As pessoas costumam ter medo do que não entendem.

— Felizmente, Nahri não parecia nem enojada nem assustada, apenas pensativa, como se estivesse desvendando um mistério. — Os marids que possuíram você *disseram* alguma coisa? Explicaram por que estavam lhe dando tanto poder?

Ali pensou naquela noite terrível. Na forma como os marids tinham tomado tudo – *todos* – que era precioso nas memórias de Ali e então o torturado, fazendo com ele assistisse às mortes mais brutais. Na forma como o agarraram com tentáculos e dentes e o sacudiram como um cachorro para arrastá-lo do abraço da morte.

A boca de Ali secou. Irônico.

— Não — sussurrou ele, percebendo aquilo pela primeira vez. — Não acho que eles pretendiam me dar esses poderes. Sinceramente, não acho que pensaram muito em mim. Acho que viram uma ferramenta que podiam usar para servir a seus propósitos e me transformaram naquilo de que precisavam. — Ele se lembrou das histórias de Hatset sobre os demônios que espreitavam as águas de Ntaran e do relato de Ghassan sobre o esforço necessário para recuperá-lo depois da possessão. — Eu não sei se deveria ter sobrevivido.

Silêncio recaiu entre eles e, quando Nahri finalmente falou de novo, a voz estava incomumente tímida.

— Sinto muito, Ali. Sei que muita coisa aconteceu entre a gente naquela noite, muito pelo que ainda sinto raiva. Mas também sei que você não teria entrado na água se não fosse por ele. — Ela não precisava dizer o nome de Darayavahoush; os dois se esquivavam de falar do Afshin como se fosse uma panela de fogo Rumi. — E por isso, sinto muito.

— Não precisa — murmurou ele. — Acho que nenhum de nós queria que as coisas acabassem como acabaram.

Ela encontrou o olhar dele de novo, e Ali sentiu alguma coisa se suavizar entre ambos, um emaranhado de ressentimentos não ditos e esperanças estilhaçadas. Os dois tinham tido a vida destruída e tirada do curso. Mas ainda estavam ali. Era uma pena, então, que Ali tivesse segredos bem piores a revelar.

— Aprendi uma coisa depois da possessão — prosseguiu ele. — Uma coisa que acho que você deveria saber e que pode nos ajudar a entender o papel dos marids nisso tudo.

— O quê?

Pelo Altíssimo, como ele poderia dizer aquilo? Ali ajustou o leme, tentando ganhar tempo. O segredo que ele havia guardado da mãe, aquele que arriscava arruinar a compreensão de seu próprio povo sobre sua história e o reinado da família dele.

Mas não havia como avançar sem falar do que tinha dado tão terrivelmente errado no passado.

— Quando acordei depois que os marids me possuíram, eu estava com meu pai. — O coração de Ali se revirou com a lembrança, pois tinha sido uma das poucas vezes na vida em que Ghassan tinha sido primeiro um pai, intensamente protetor e incomumente gentil enquanto assegurava Ali de que tudo ficaria bem. — Foi ele quem sugeriu que os marids tinham me possuído. Eu não acreditei nele. Falei que os marids tinham sumido, que não eram vistos havia milhares de anos. Ele me contou que eu estava errado. Que os marids *tinham* sido vistos... que tinham sido vistos ao lado do aliado ayaanle de Zaydi al Qahtani durante a invasão a Daevabad.

Nahri piscou.

— Zaydi al Qahtani trabalhou com os *marids*? Tem certeza? Porque jamais ouvi nada assim e, deixe-me dizer, você não faz ideia do quanto da história daeva devorei nos últimos anos.

Ali às vezes se esquecia de que, apesar de toda a esperteza de Nahri, ela ainda era relativamente nova no mundo deles.

— Não estaria em nenhum livro de história daeva, Nahri. Não importa o quanto as nossas tribos se biquem e façam guerra, nós deveríamos ser sangue-de-fogo antes de tudo. Trair isso, usar os marids uns contra os outros, seria um escândalo. Meus ancestrais não arriscariam algo assim. Zaydi al Qahtani rompeu a ordem que governou nosso mundo durante séculos. Teria que parecer o mais... limpo e nobre quanto possível.

Nahri o encarou, parte da cordialidade sumindo dos olhos dela.

— Ah.

E de repente ele sentiu a antiga divisão entre eles, entre as famílias e os povos, se erguer novamente.

— Sinto muito — disse ele. — Eu...

— Pare. — Nahri não pareceu irritada, somente cansada. — Apenas pare. Se você e eu precisarmos pedir desculpas por tudo que nossas famílias fizeram uma com a outra, jamais sairemos deste barco. E você pode ter se esquecido, mas acredite em mim quando digo que sei como o antigo Conselho Nahid se sentia a respeito dos shafits. Como muitos Daeva ainda se sentem.

Outro assunto que estavam evitando.

— É verdade o que sua mãe disse, então? — arriscou Ali.

— Sobre você ser shafit?

Os olhos dela se semicerraram.

— Sim. Mas não estamos falando sobre meus segredos hoje. Então os marids ajudaram Zaydi a destronar o Conselho Nahid. Seu pai disse mais alguma coisa?

— Não muito. Ele disse que até aquela noite achou que fosse apenas uma lenda para explicar o aviso que os reis Qahtani passavam para seus emires.

— Que aviso?

— Não irrite os Ayaanle.

— *Esse* é o aviso? Achei que suas tribos fossem aliadas!

— Nós somos... às vezes — disse Ali, lembrando-se dos vários golpes, das revoluções religiosas e dos atrasos de impostos que seus parentes em Ta Ntry tinham instigado. — Mas não era para ser uma ameaça. O aliado ayaanle de Zaydi aparentemente pagou um preço terrível por sua conexão com os marids. Jamais deveríamos ter traído o povo deles.

— Que preço?

— Não sei. Minha mãe descobriu sobre minha possessão marid assim que voltei para Daevabad e convenceu Ustadh Issa a nos ajudar a descobrir mais. Mas nenhum deles parecia saber nada sobre os marids estarem envolvidos na guerra, e eu não estava disposto a contar a eles. Em vez disso, Issa estava investigando uma antiga conexão familiar que minha mãe acreditava que tínhamos com os marids.

Nahri assentiu lentamente.

— As pessoas dizem que os Ayaanle adoravam os marids há séculos, não é?

— Isso é mentira — respondeu Ali, tentando afastar o tom defensivo da voz. — Issa me contou que os marids costumavam enganar as pessoas para fazer pactos terríveis, convencendo-as a matar inocentes em troca de riquezas e abrir mão do próprio sangue vital. Eu não chamaria isso de adoração.

— Parecem exatamente o tipo de criaturas que se deveriam tomar como aliados militares. — Nahri se recostou na almofada de novo. — Mas o que não entendo é *por quê*. Por que um bando de demônios d'água derrotados está tão determinado a vir atrás de nós? Para enganar as pessoas em Ta Ntry e destronar o Conselho Nahid? Para matar Dara?

— Se eu precisasse adivinhar, diria que não estavam ansiosos para entregar o lago sagrado deles e servir a Anahid como a lenda daeva sugere.

— E a vingança foi entregar o lago sagrado para um grupo *diferente* de sangues-de-fogo? — resmungou Nahri, apertando o osso do nariz. — Pelo Criador, sempre que eu acho que encontrei o fim disso tudo, recebo uma nova história de assassinato e vingança. — Ela suspirou, afastando as mechas cor da meia-noite que tinham caído no rosto. — Mais algum segredo de família terrível?

Ela perguntou com deboche – como se não achasse que Ali tinha mais nada igualmente horrível a relatar – e ele estava tão ocupado tentando *não* acompanhar o movimento dos dedos dela pelos cabelos que a pergunta o confundiu.

— Não. Quer dizer, sim. Tem... bem, tem uma cripta sob o palácio.

— Uma cripta?

— Sim.

Nahri o encarou.

— *Quem está na cripta,* Ali?

— Seus parentes — confessou ele, baixinho. — Todos os Nahid que morreram desde a guerra.

Choque genuíno tomou o rosto dela.

— Isso não é possível. Nós guardamos as cinzas deles nos nossos altares.

— Eu não sei de quem são as cinzas nos seus altares, mas eu mesmo vi os corpos.

— *Por quê?* Por que sua família está acumulando os corpos dos meus ancestrais em uma cripta debaixo do palácio?

— Não sei. Tive a impressão de que ninguém sabe a essa altura. A cripta parece antiga, e há todo tipo de história louca sobre os primeiros Nahid. Lendas alegando que eles podiam ressuscitar os mortos e trocar de corpo. Talvez... — Calor subiu pelo pescoço dele devido à vergonha. — Talvez isso tenha tranquilizado meus parentes.

Nahri olhou-o com raiva.

— Ah, que reconfortante para eles.

Ali baixou o olhar. Aquela conversa estava prestes a ficar muito pior.

— Nahri, não é só isso que está na cripta. Não sei como, não sei por que, mas a relíquia de Darayavahoush também está lá.

Ela se sentou tão rápido que agitou o barco.

— Como é?

— A relíquia dele — repetiu Ali, sentindo náusea. — O que nós achamos que é a relíquia dele. E, se for realmente, provavelmente é a que ele usava quando foi morto na guerra.

— Quando ele foi escravizado pelos ifrits, você quer dizer — corrigiu ela, friamente. — Isso significa que foram os Qahtani que o entregaram?

Ali olhou-a de modo suplicante.

— Não sei. Isso foi séculos antes de você e eu nascermos. Meu pai não sabia. Meu avô provavelmente não sabia. Não estou dando desculpas, não estou justificando, mas não posso oferecer explicações que não tenho.

Nahri se sentou de novo, ainda parecendo enfurecida.

— Você sabe por quanto tempo ele foi escravo? Sabe como *Manizheh* vai reagir se descobrir que o irmão e os pais dela estão apodrecendo sob o palácio?

Ali tentou oferecer alguma esperança.

— A cripta está bem escondida. Talvez eles não a encontrem?

— "Bem escondida." — Ela soltou um som de exasperação. — Ali, e se isso estiver além de nosso alcance?

— Como assim?

— Dara e Zaydi al Qahtani eram experientes comandantes militares. Manizheh é considerada a curandeira Nahid mais poderosa em séculos. Meus ancestrais, seu pai, eles governaram dezenas de milhares de pessoas e chefiaram governos. E *mesmo assim* fracassaram em consertar tudo isso. Tudo o que fizeram só causou mais violência. Se eles não puderam fazer paz, como em nome de Deus você e eu vamos conseguir?

Ali desejou ter uma resposta para ela.

— Não sei, Nahri. Não acho que vai haver um conserto simples. Pode ser uma vida de trabalho. Pode ser uma paz que não viveremos tempo o suficiente para ver.

— Esse é seu discurso inspirador? — A expressão dela ficou mais sombria quando ele não respondeu. — Então me faça um favor.

— O quê?

— Aprenda a mentir até chegarmos a Ta Ntry.

DARA

A promessa de Dara a Manizheh sobre Irtemiz não durou um dia.

Ele examinou as armas em seu baú, escolhendo facas e uma espada e as prendendo à cintura. O arco e a flecha vieram a seguir. Dara sempre podia conjurar armas, mas considerando que estava pulando direto para dentro de uma armadilha destinada a matá-lo, imaginou que podia muito bem tomar precauções a mais.

Sim, você não iria querer negar a Manizheh a chance de assassiná-lo pessoalmente quando ela descobrir que desobedeceu a uma ordem direta.

Mas ele não iria deixar Irtemiz com seus inimigos. Não Irtemiz, a espirituosa moça do campo que ele havia transformado em uma talentosa arqueira, que o lembrava da irmãzinha que ele não conseguira salvar. E Dara tinha um truque na manga que nem mesmo Manizheh, muito menos um grupo de malditas moscas da areia e sangues-sujos, conhecia.

A antiga magia do vento daeva.

Dara não a usava desde a noite anterior ao Navasatem, quando ele se tornou sem forma para voar sobre as montanhas geladas e os lagos frios de Daevastana setentrional. Primeiro, ele não tinha tido um momento desde que tomaram o palácio – uma revolução, ao que parecia, consumia tempo. Mas, mais do que isso, Dara não confiava em si mesmo com a tentação. A magia do vento tinha sido inebriante, oferecendo uma fuga deliciosa de toda aquela loucura, apertando seu coração quase tão forte quanto fazia seu dever para com seu povo.

Agora, no entanto, ele a usaria para alcançar as duas coisas. Levou alguns momentos para lembrar como se conjurava a magia, e então ele partiu, o corpo sumindo da sacada do pequeno quarto em um redemoinho de folhas mortas. No momento seguinte, a cidade estava abaixo, em volta, era parte dele.

E se ele tivesse pulmões, teria engasgado no miasma de podridão que se agarrava à ilha. Tudo estava opaco, como se ele tivesse mergulhado em um lago sujo. Não se parecia nada com a experiência anterior, na qual conseguira sentir um zumbido no ar, uma energia derretida na terra morna e vida nas águas convidativas e misteriosas.

Ele flutuou para mais longe, Daevabad escura e imóvel abaixo dele. Embora Dara achasse que as noites costumavam ser mais animadas, supôs que cidades envolvidas em um conflito civil fechavam as portas assim que as sombras ficavam mais intensas – se as pessoas sequer ousassem sair. Adiante, ele viu o deserto reluzente além do limiar, brilhante com luz estelar e vida.

Daevabad está doente, percebeu, o pesar mergulhando mais fundo em sua alma. A ilha e o lago se destacavam como uma ferida podre no mundo, como se um pedaço vital tivesse sido roubado deles. A perda da insígnia de Suleiman – só podia ser.

Pelo Criador, Nahri, por favor, esteja viva. Por favor, traga-a de volta. Dara não conseguia imaginar maneira alguma de Nahri e o atual portador da insígnia de Suleiman conseguirem voltar para Daevabad sem acabar morrendo, mas o verdadeiro fardo de tudo aquilo ficou subitamente muito claro. Eles tinham quebrado seu mundo, e agora seu lar – o lar de dezenas de milhares – estava morrendo.

Por mais terrível que fosse esse pensamento, Dara não podia fazer nada para salvar Daevabad naquela noite. Mas podia salvar a vida de alguém que tinha confiado nele.

Fixando o hospital na mente, encontrou-se ali no momento seguinte, girando para baixo e aterrissando no telhado, leve como um pássaro. Foi uma experiência desorientadora; havia o fantasma de pedra sob o que poderiam ter sido seus pés – exceto que, ao olhar para baixo, ele não *viu* seus pés. Tentando se puxar de volta para o mundo material, ele se escondeu nas sombras e avançou de fininho para a beira do telhado.

Nostalgia percorreu seu corpo. O hospital parecia diferente, mas os ossos da antiga instituição ainda estavam ali. Na juventude, Dara tinha passado muito tempo no hospital – a maioria dos guerreiros em treinamento passava – e as memórias retornaram a ele: curandeiros Nahid de máscara e avental forçando-o a beber poções nojentas e consertando ossos quebrados.

Estava silencioso agora; a brisa que farfalhava as árvores no pátio era o único som. Um corredor em arco cercava o jardim e, no canto leste, Dara notou um lampejo de fogo além dos tijolos pálidos.

Isso é uma armadilha. Aquela verdade estivera em cada frase implicante e debochada do discurso da mulher geziri. Os djinns o queriam morto. Um homem inteligente não assumiria aquele risco – não se arriscava a catástrofe por uma única vida e, até recentemente, o próprio Dara teria feito o mesmo cálculo cruel.

Mas havia outra parte da equação que valia a pena examinar: *Eles jamais me derrotaram.*

Dara tinha sido derrubado apenas duas vezes – pelos ifrits, quando fora escravizado, e então por Alizayd e seus mestres marids, inimigos que não podiam tocar nele agora. E isso tinha sido antes de acordar com as incríveis habilidades de um daeva original. Não havia ninguém abaixo além de soldados djinns comuns e criados shafits. Armadilha ou não, eles não eram páreo para ele.

Dara sumiu de novo, voltando a se tornar imaterial, mas foi difícil manter-se assim: um lembrete inconveniente de que sua magia e sua força eram finitas, não importava no que ele quisesse acreditar. Deslizou do telhado e caiu no interior sujo do hospital. Não foi completamente silencioso – podia ser invisível, mas as cortinas tremeram quando ele passou e as tochas desabrocharam, o fogo ficando selvagem em sua presença. Conforme avançava mais para o interior, se tornou claro que o lugar não estava completamente dormente. Um criado shafit bocejando, com os braços cheios de lençóis, passou pelo corredor, e havia sussurros murmurados atrás de portas. Mais longe, alguém gemeu de dor e uma criança soluçou.

Ele pairou até o próximo canto e então estancou. Dois homens geziri estavam em pose de atenção ao lado de uma porta fechada, a luz brincando sob a ombreira. Os homens não estavam de uniforme, e um deles mal parecia ter saído da infância, mas o mais velho usava uma zulfiqar e o outro uma espada reta, a postura indicando que tinham sido treinados.

Dara considerou suas opções. Com corredores serpenteando em três direções diferentes, ele sabia que um único grito alertaria o resto do hospital. Mas não tinha certeza se conseguia passar por ali daquela forma. Os djinns podiam não conhecer a extensão de suas habilidades, mas fofocas extravagantes teriam sido espalhadas sobre sua forma incandescente e o lago que se erguera como uma besta. Eles provavelmente estavam atentos ao menor indício de magia, e Dara não precisava que as tochas de parede ao lado da cabeça dos guardas aumentassem e denunciassem sua presença.

Ele estudou a porta, estendendo sua percepção até ela. As partículas de madeira eram velhas e secas; insubstanciais, na verdade. Além delas, ele conseguia sentir um vácuo de ar, uma única presença quente e um coração pulsante. Agindo por instinto, Dara desejou entrar.

Ele tropeçou, caindo de joelhos ao abruptamente se materializar de novo – ainda bem que *dentro* da sala escura. Estava sem fôlego e exausto, a magia quase exaurida, mas tinha o suficiente para puxar sua forma mortal sobre o corpo, mascarando a pele de fogo. Pelo Criador, talvez ele devesse ter interrogado os ifrits mais frequentemente sobre as habilidades antigas deles. Pelas histórias que tinham compartilhado, parecia que já tinham sido capazes de permanecer sem forma durante anos a fio – sem acabar exaustos depois que voltavam para a terra.

Um problema para outra hora.

Permanecendo o mais imóvel possível, Dara se certificou de que as armas tinham ido junto, e então se esticou.

Soltou um suspiro de alívio. Irtemiz.

A jovem arqueira dormia em um colchão de palha, a respiração subindo e descendo sob os feixes de luar que entravam de uma janela com barras perto do teto. Um cantil de água repousava ao lado dela, e embora estivesse desarrumada – o cabelo preto cheio de nós e selvagem, as roupas em frangalhos – pelo menos tinham tratado de seus ferimentos. O braço e a perna esquerdos estavam em talas, o corpo salpicado de hematomas antigos. O tornozelo direito estava preso por uma corrente de ferro amarrada em um cano que percorria a sala verticalmente.

O coração de Dara pesou. Com a corrente ele podia lidar. Como escapar silenciosamente de uma sala vigiada com uma mulher seriamente ferida era outra história.

Ele avançou de fininho, com cuidado, abaixando-se até o ouvido dela.

— Irtemiz — sussurrou ele.

Os olhos dela se arregalaram, mas ela era muito bem treinada e não gritou. Seu olhar encontrou o dele.

Não houve alívio.

— Você não deveria estar aqui, Afshin — disse ela, a voz quase inaudível. — Estão esperando você. Querem matá-lo.

— Muita gente já fracassou nisso — afirmou ele, tentando abrir um sorriso reconfortante. Então apontou para a perna dela. — Consegue andar?

O desespero aumentou no rosto dela.

— Não. Não consigo nem apoiar peso nela. Uma onda me atirou nos escombros da Cidadela. O médico deles disse que está destruída. — A voz dela falhou. — Meu braço também. Provavelmente jamais segurarei um arco de novo. Sou inútil, mas você não é. Precisa sair daqui.

— Você não é inútil — disse Dara, determinado. — E não pretendo deixar você, então pode muito bem me ajudar. — Ele indicou a sala. — Tem alguma outra saída daqui?

— Não sei. Eles me vendam sempre que sou movida e só falam em línguas humanas. Trouxeram um homem daeva, um paciente, para traduzir, mas não o vejo há dias.

Dara absorveu tudo aquilo, considerando suas opções. Ele havia planejado sair voando, mas havia dois deles agora, e sua magia ainda estava se recuperando. Será que poderia mesmo disparar por aqueles corredores, encontrar seu caminho de volta pelo labirinto de corredores e alçar voo sem fazer com que eles fossem mortos?

Ele olhou de novo para a janela. Era pequena... mas talvez não tão pequena. Silenciosamente puxando um banco de madeira, ele subiu para examiná-la. As barras eram de metal e novas; a soldagem ainda brilhava. A construção parecia frágil – talvez mantivesse Irtemiz ali dentro, mas não Dara. Além da janela, o céu da meia-noite chamava. Seria apertado, mas era melhor do que passar pela porta.

Dara desceu de novo.

— Vou precisar mudar para minha outra forma — avisou ele. — Vou ajudar você a atravessar a janela, mas pode doer.

Ela ainda parecia hesitante, mas deu um aceno trêmulo.

Ele se livrou da fachada mortal, deixando o fogo percorrer seus membros. O alívio foi súbito. Nem toda sua magia voltou imediatamente, mas Dara já conseguia respirar com mais facilidade. Com um gesto da mão, o tapete de Irtemiz flutuou do chão.

— Espere um momento. — Ele subiu de volta no banco e então segurou as barras com as mãos incandescentes. Arrancou a estrutura de metal inteira sem fazer esforço e então procurou um lugar para apoiá-la.

Tolos de sangue fraco. Se os construtores deles tivessem magia de verdade, teriam feito magos de pedra moldarem as barras da janela a partir dos próprios tijolos e mandado ferreiros as temperarem com mãos em chamas. Kaveh tinha chamado o hospital de um projeto arrogante com mão de obra shafit; não era à toa que tivessem utilizado técnicas humanas inferiores.

Um movimento chamou a atenção de Dara. Uma extensão fina de corda que devia estar presa no lugar pela estrutura sumiu rapidamente de vista. Estranho.

Ele tinha acabado de dar um passo para trás quando houve uma explosão do lado de fora da janela.

Dara tropeçou, cobrindo os olhos contra o súbito clarão. O banquinho se inclinou e caiu com o movimento, depositando-o sem graciosidade no chão. Ele sentiu o aroma acre de pólvora.

Ah. A armadilha.

Outra explosão e uma bola de metal do tamanho do seu punho disparou pela janela pela qual ele esperava sair voando, atingindo a parede oposta e fazendo descer poeira em sua cabeça. Irtemiz gritou, abaixando-se sob o braço ferido.

A porta da sala se escancarou. Os dois guardas geziri apareceram delineados pela luz incandescente das tochas do corredor.

Dara sentiu um momento de arrependimento ao olhar para aqueles rostos condenados. Ele tinha sido um soldado, e conhecia a sensação de ser jogado em uma batalha que não escolhera lutar.

Eles tinham capturado a guerreira dele, no entanto, e a transformado em uma arapuca. Então seu arrependimento teve vida curta.

Ele avançou, sacando as facas antes que os homens pudessem tomar fôlego. Estavam mortos no momento seguinte, caindo no chão enquanto agarravam as gargantas que ele havia cortado. Não importava – gritos e o som de pés já estavam se aproximando.

Um segundo disparo veio da janela, acabando com qualquer esperança de escapar por ali. Dara se virou de volta para Irtemiz, jogando uma faca para ela.

— Fuja — implorou ela. — Me deixe, por favor.

— Não vai acontecer, pequena. Segure firme. — Com uma faca numa mão e o machado na outra, ele disparou porta afora, chamando o tapete dela para flutuar logo atrás.

Uma saraivada de flechas o recebeu, mas Dara estava esperando o ataque e as congelou no ar.

Mais de uma dúzia de guerreiros os bloqueava do lado de dentro, dispersos pelos três corredores. A maioria era geziri, alguns ainda usando uniformes em frangalhos da Guarda Real.

— É um ifrit! — gritou um dos soldados, mirando o arco.

Um homem mais velho grunhiu. Um corte feio abria seu rosto, uma ferida que Dara suspeitava que jamais se curaria.

— Aquilo não é um ifrit — disse o homem. — É o maldito Flagelo. Ele assume a forma do demônio agora.

Dara os encarou, quase suplicante. Ele não queria matar mais homens. Pelo Criador, queria deixar de ser o Flagelo que destruía vidas, o inimigo amaldiçoado no coração de mais filhos de pais assassinados.

— Deixem-nos ir embora. Não quero matar vocês.

— Mas não teve problema em massacrar nossos irmãos na Cidadela.

— Vocês não podem me derrotar — afirmou Dara, simplesmente. — Vão todos morrer, e será em vão.

O homem ergueu a zulfiqar, a lâmina de cobre parecendo menor sem as chamas.

— Ninguém vai deixá-lo ir embora, e talvez você descubra que temos nossos próprios truques agora.

O coração de Dara afundou. A resolução crescia nos rostos deles conforme o choque de confrontar um monstro lendário se tornava a ânsia de se vingar do homem bastante real que tinha assassinado muitos dos amigos deles.

— Que seja — disse Dara, baixinho. Ele estalou os dedos. As flechas – ainda pendendo no ar – dispararam de volta para os soldados.

A maioria estava preparada, levantando escudos ou se abaixando, mas um punhado caiu. Dara não esperou, atirando-se contra o restante e rompendo as fileiras com facilidade. Eles simplesmente não eram rápidos o suficiente, fortes o suficiente. Eram bons, bem treinados e corajosos.

Mas não eram ele, então os massacrou.

Ele voltou para Irtemiz, passando pelos corpos fumegantes. Já conseguia ouvir mais homens chegando.

— Vamos — disse ele, pulando sobre a parte da frente do tapete flutuante como pularia em uma carroça. — Segure no meu cinto. Vou precisar das mãos livres.

O tapete disparou no ar. Eles zuniram pelo corredor, abaixando e mergulhando por cantos e acima das cabeças de mais guerreiros. Ocupado demais tentando voar e guiar, Dara não tinha força o suficiente para congelar as flechas que disparavam, então sacou o arco e atirou em qualquer um e qualquer coisa que se movesse.

Finalmente, um quadrado de árvores e a noite escura: o pátio se abriu para o céu. Dara impulsionou o tapete mais rápido, cortando o ar.

Assim que escaparam do corredor lotado, ele ouviu um grito e o raspar de metal.

Agindo por instinto, Dara se atirou sobre Irtemiz, provocando um arquejo de dor na amiga ferida. Um momento depois, uma rede pesada caiu sobre os dois, e foi a vez dele de gritar. Entremeado com espinhos de ferro – pregos quebrados, farpas afiadas e lâminas encontradas em escombros –, o metal incandescente queimou a pele dele, apagando o fogo onde tocava.

Ambos caíram no chão, e Irtemiz gemeu, gritando quando seu corpo quebrado recebeu o tranco. Dara tentou se libertar, mas o movimento apenas empurrou os espinhos de metal mais para dentro do seu corpo.

Uma flecha rasgou seu ombro, outra por pouco não acertou a cabeça de Irtemiz. Houve o disparo de um rifle e uma explosão quando o projétil se estilhaçou no azulejo próximo ao pé dele.

Preso. A verdadeira armadilha. E agora ele estava prestes a ter guerreiros atirando nele com tudo o que tinham, desesperados para matá-lo antes que ele pudesse assassinar todos.

Dara encontrou os olhos assustados de Irtemiz. Ele já havia falhado com ela e os companheiros dela, mandando-os sozinhos para a batalha durante uma invasão que ele sabia ser precipitada.

Não fracassaria de novo. Afastou-se de Irtemiz, rolando para longe, a rede se emaranhando em seus membros conforme mais farpas perfuravam sua pele. Dara buscou a magia, comandando o tapete abaixo dela a se levantar. *O palácio. Manizheh.*

— Afshin, não! — gritou Irtemiz, mas ela já se fora, o tapete subindo e disparando pelo céu.

Dara não teve descanso, nem se importava. Irtemiz estava segura.

O que era bom – porque todos ali morreriam.

Dara arrancou a rede com as próprias mãos, derretendo e partindo os elos. Ele urrou de dor – pelo Criador, aquilo doía, rasgando carne e sangue –, mas houve alívio assim que a rede se soltou. O arco disparou para sua mão, e então ele estava disparando flechas mais rápido do que um olho teria sido capaz de rastrear, o movimento entre pegar, sacar e soltar apenas um borrão de memória muscular.

Isso cuidou dos tolos disparando de um andar superior –
o homem que segurava o rifle foi o primeiro –, mas então os
colegas dele avançaram sobre ele, empunhando maças, zulfiqars e
pedaços de cano. Havia shafits entre eles, o que parecia adequado.
Os irmãos e o povo de todas as vítimas dele, vindo finalmente
tentar derrubá-lo.

Mas ninguém derrubaria Dara. Ele enfiou a espada na
garganta da mosca da areia mais próxima, puxando-a e deca-
pitando o sangue-sujo ao lado dele.

— VENHAM! — rugiu ele. Qualquer gota de piedade remanescente tinha sumido. Os Geziri e os shafits achavam que o matariam
ali – ali naquele hospital onde tantos de seus antepassados tinham
massacrado os Nahid dele e dado início ao saque violento de sua
cidade, que acabara com as mortes da mãe e da irmãzinha dele?

Dara banharia o lugar com o sangue deles.

Ele dilacerou homens, sangue carmesim e preto cobrindo
suas mãos, seus pulsos, seu rosto. Era uma arma novamente
e agia de acordo, sem ouvir os gritos, o gorgolejar, os berros
dos moribundos pela mãe. Era um alívio, quem ele deveria ser.

— Aqisa, não!

A voz feminina o pegou desprevenido, arrancando-o da
sede de sangue, e então uma guerreira também o surpreendeu – Aqisa, a mulher geziri que tinha entregado a ameaça de
Zaynab al Qahtani. Ela girou a zulfiqar contra o pescoço dele
em um movimento que teria deixado um homem mais lento
sem cabeça, mas Dara se abaixou a tempo. Ele a empurrou
contra a fonte, erguendo a espada.

— Pare! — Outra mulher correu para fora de baixo do
arco sombreado. Também estava armada, mas não foi a lâmina
que chamou a atenção de Dara.

Foram seus olhos cinza-dourados e a expressão imediatamente familiar do seu rosto.

A princesa. Entre os olhos e a semelhança espantosa
com Alizayd, só podia ser. Inimiga de Manizheh, a chave

de que sua Banu Nahida precisava para forçar os Ayaanle e os Geziri a recuar.

Dara não hesitou.

— Não se mexam! — vociferou ele para os soldados quando avançou para a princesa, agarrando o braço dela. — Soltem suas armas ou... Um golpe violento atravessou seu ombro, roubando as palavras seguintes. Houve o cheiro forte de pólvora e ferro. Então uma explosão escaldante da pior dor que ele jamais havia sentido, em todas as suas vidas, explodiu pelo corpo.

Dara gritou, abaixando a espada ao cambalear. Aqisa puxou Zaynab das mãos dele enquanto ele tentava se recuperar, mas foi como se alguém tivesse empurrado veneno para dentro de uma ferida aberta e ateado fogo à coisa toda. Manchas brotaram em seus olhos e Dara mordeu a língua com tanta força que sentiu gosto de sangue.

Pólvora. Ele conseguia sentir o cheiro, o ferro queimando sua pele. Haviam *atirado* nele. Algum sangue-sujo imundo tinha realmente *atirado* nele com uma das desprezíveis armas humanas.

E, pelo Criador, eles iriam pagar. Houve uma explosão de magia e sua espada se dividiu em uma dúzia de fios farpados, o cabo se transformando em sua mão.

Seu flagelo. Dara o sacou para trás e girou. Ele dilaceraria o homem que tinha ousado...

Ele congelou. Não era um homem. Era uma mulher, parada a menos de cinco passos, com a pistola fumegante ainda em mãos.

Ela era shafit, o marrom visível em seus olhos de tom de lata, a pele com um matiz humano na escuridão. Estava ofegante e vestia um avental manchado de sangue, com pequenas armas de metal despontando dos bolsos. Não, não eram armas – eram um bisturi, um pequeno martelo e um rolo de ataduras.

A médica shafit que Aqisa tinha mencionado.

A princesa arquejou.

— Subha, fuja!

Mas a médica não fugiu. Em vez disso, permaneceu onde estava, encarando Dara com todo o ódio que alguém como ela tinha o direito de sentir. Pelo Criador, como ele devia parecer selvagem e cruel, com seu infame flagelo na mão incandescente.

Ele deveria golpeá-la. Acabara de matar dezenas, o que era mais uma vida – principalmente quando pertencia a uma mulher que segurava uma das poucas armas que podiam matá-lo? Uma mulher shafit e o cheiro metálico de sangue humano. Em algum lugar, um bebê chorou, mas Dara não se moveu, o hospital subitamente parecendo muito distante na névoa de dor que dilacerava seu corpo. Não foi a batalha deflagrada no pátio que ele viu, mas uma praça em uma cidade mercantil tumultuada, lanternas penduradas de lindos prédios de azulejos e barracas cheias de rolos de seda de todas as cores do mundo. Eles tinham queimado tão rápido, tão violentamente, estalando e rachando com o calor, delicadas brasas flutuando no ar.

A médica levantou a pistola, apontando-a para a cabeça dele. Aquilo não seria justiça? O Flagelo de Qui-zi morto por uma civil shafit, derrubado com uma arma do mundo humano. Ele pensou em apenas fechar os olhos e desistir.

Mas Dara não os fechou.

Em vez disso, soltou o flagelo e fugiu.

Gritos de surpresa o seguiram conforme ele se atirou no labirinto de corredores que davam para fora do pátio. Dara pegou as curvas aleatoriamente, mas sentia tanta dor que estava cambaleando mais do que correndo. Manchas pretas explodiam diante de seus olhos e havia sangue em sua boca. Tudo o que o compelia para a frente era o desejo selvagem de escapar, de viver.

Ele conseguia ouvi-los caçando-o. Havia alguns gritos de triunfo, mas não muitos. Os guerreiros atrás dele agora eram profissionais, e a maré tinha virado. Aquilo daria uma boa história para os djinns e os shafits: o cruel Darayavahoush perseguido como um animal ferido. A tortura provavelmente não seria longa – eles não arriscariam perder a oportunidade de matá-lo de vez –, mas seria cruel. Provavelmente iriam despedaçá-lo e colocar sua cabeça em uma lança, um presente para Manizheh quando suas forças invadissem o Quarteirão Daeva.

Não assim. Criador, por favor... não assim.

O fogo estava gradualmente deixando a pele dele e, com isso, também se foi o abraço da magia. A dor gélida do projétil de ferro em seu ombro pulsava mais forte a cada fôlego, deixando-o fraco e ofegante. Dara tropeçou, caindo de joelhos.

Ele piscou, confuso ao se encontrar em um corredor estreito, no breu exceto pelo brilho fraco que ainda emanava da própria pele. A luz fantasmagórica dançou sobre pinturas na parede de navios de areia e aves marinhas, um pequeno bolsão de beleza e silêncio nos últimos momentos antes do seu terrível fim.

E então Dara viu seu anel, a esmeralda brilhando na escuridão. Tudo ficou muito quieto. Na última vez que havia sido separado de seu anel, ele havia morrido. Seu corpo se tornara cinzas, a alma fugira para o jardim de sombra e ciprestes onde sua irmã esperava. Talvez ele pudesse ir para lá de novo.

Você não vai voltar para Tamima. Não desta vez. Se existe justiça neste mundo, você vai sofrer por mais mil anos.

O anel pareceu se iluminar levemente, o halo de luz se ampliando. E ali, diante dele, um milagre que Dara não merecia... uma porta.

Chorando de dor e de perda, ele se obrigou a ficar de pé de novo, encostando o corpo pesadamente na parede. Ainda conseguia ouvir a multidão se aproximando, mas talvez houvesse uma janela, outra saída.

Talvez aquela ainda não fosse a noite em que ele morreria de novo. Dara abriu a porta com cuidado e entrou. O quarto era pequeno e bagunçado, coberto com extensões de lona, vasos de plantas, pincéis e retratos pela metade.

E uma única mulher sahrayn com olhos verdes brilhantes.

Ele perdeu o fôlego. A mulher tinha se enfiado em um canto e segurava algum tipo de vara de metal coberta de tinta nas mãos trêmulas. Ela o encarou chocada, com olhos esmeralda arregalados e espantados. Eram verdes como os dele – a primeira vez na vida que ele estivera frente a frente com outra vítima de escravidão ifrit.

— Aqui embaixo! — Gritos em djinnistani e geziriyya soaram além da porta fechada; seus perseguidores o alcançavam quando não havia mais para onde fugir. Dara tinha sido pego. Mas, em um piscar de olhos, a mulher disparou para o lado dele. Ela o agarrou pelo colarinho e o puxou para a frente, surpreendentemente forte para o seu tamanho. Chocado com o disparo de dor resultante, ele se permitiu ser arrastado em direção a um grande baú de ébano apoiado contra a parede.

Ela abriu a tampa e apontou.

Em qualquer outro momento, ele poderia ter hesitado. Mas, prestes a desmaiar e com passos apressados se aproximando, Dara caiu dentro do baú. Ela o fechou, atirando-o na escuridão.

Os cheiros de óleo de linhaça e giz eram tão intensos que ele lutou para não tossir. Pincéis de tinta o cutucavam e o ombro ferido latejava, mas uma pequena abertura na madeira deixava entrar uma fração de luz. Dara aproximou o olho, vendo a mulher sahrayn cobrir uma mancha de sangue no chão com um tapete velho. Ele se moveu, tentando ver melhor quando os passos pararam do lado de fora da porta.

O movimento lhe custou. Uma onda de dor renovada lancinou seu ombro, e a visão de ficou embaçada. Ele desabou contra o interior do baú.

Uma batida impaciente soou, seguida pelo som da porta se abrindo. Um homem gritou em djinnistani, as palavras se entremeando. *Flagelo. Escapou. Elashia.* A mulher sahrayn não parecia dizer nada.

E então veio a voz rouca de Aqisa.

— Ela está sacudindo a cabeça. Isso significa que não sabe de nada, então pode parar de incomodá-la.

Houve um protesto, seguido pelo estampido bastante distinto de alguma coisa – alguém – sendo empurrado em uma parede.

— ... e eu disse para deixá-la em paz — disparou Aqisa. — Vamos em frente. Ele deve estar se escondendo do outro lado.

A escuridão se fechava ao seu redor, sangue quente percorria seu braço. Havia umidade em suas bochechas, que poderia ser lágrimas ou mais sangue.

Dara fechou os olhos e deixou a escuridão tomar conta dele.

O baú se abriu abruptamente, tirando Dara da inconsciência. Dois rostos nadavam diante dele, ambos com olhos esmeralda. Um pertencia à sua salvadora sahrayn, e o outro a uma mulher tukharistani mais velha.

Semimorto, insensível de tanta dor e sentado em uma poça do próprio sangue misturado com solvente de tinta, tudo o que Dara conseguiu pensar em fazer foi rouquejar um cumprimento.

— Que os fogos queimem intensamente por vocês.

A mulher tukharistani gemeu.

— Esse não era o tipo de surpresa que eu esperava que você tivesse para mim em seu estúdio.

A mulher chamada Elashia deu a ela um olhar suplicante, apontando para cada um deles.

— Ele *não* é um de nós — disse a mulher tukharistani, com firmeza. — Ser escravizado pelos ifrits não é justificativa para o que ele e Manizheh fizeram. — Ela tocou o rosto de Elashia. — Meu amor, em que estava pensando? Sei que você tem o coração bondoso, mas essas pessoas nos deixaram ficar aqui em paz e nos protegeram, e agora você esconde o inimigo delas?

Dara tentou se sentar, sibilando uma nuvem de fumaça.

— Não quero causar problemas a vocês. Eu posso ir embora — acrescentou ele, agarrando a borda do baú com a mão boa.

A mulher tukharistani chutou o baú, lançando um ricochete de dor pelo corpo dele, que arquejou, caindo para trás.

— Você pode ficar onde está — avisou ela. — Não quero que deixe um rastro de sangue que os traga até nós.

Agulhas incandescentes de luz dançaram diante dos olhos dele.

— Sim — concordou ele, fraco.

Ela suspirou.

— Fogo ou água?

— O quê?

— Fogo ou água — repetiu ela, como se falasse com uma criança idiota. — O que revive você?

Ele fechou os olhos com força para conter o novo latejar no ombro.

— Fogo — respondeu ele, rouco. — Mas não importa. Eles me acertaram com algum tipo de projétil de ferro...

— Uma bala. Faça-me o favor. Eu tenho um milênio a mais do que você e me mantenho atualizada sobre as palavras modernas.

Dara trincou os dentes.

— A *bala* ainda está em meu ombro. Está interferindo com minha magia e me mantendo nesta forma.

A mulher olhou para ele.

— E se eu a retirar de seu ombro, você acha que consegue fugir?

Dara a encarou, chocado.

— Você me ajudaria?

— Isso depende. Você os matou?

— Você precisa ser mais específica.

A expressão dela ficou severa.

— Banu Nahri e o príncipe Alizayd.

A boca de Dara se escancarou.

— *Não*. Eu jamais faria mal a Nahri. Eu estava tentando salvá-la.

— Então o que aconteceu? — indagou a mulher. — E não me dê aquela baboseira sobre Ali a sequestrar. Isso não parece algo que ele faria.

— Eu não sei — confessou Dara. — Eles pularam no lago com a insígnia de Suleiman. Achamos que estavam tentando fugir, mas eles sumiram.

Ódio reluziu no olhar da mulher.

— Gosto muito daquela menina, Afshin. Se o que aconteceu no palácio foi o bastante para convencê-la de que pular em um lago amaldiçoado era mais seguro do que ficar com você, eu diria que você causou bastante mal.

— Eu sei. — A voz de Dara falhou. — Sei que falhei com ela, mas estava tentando consertar as coisas. Manizheh tinha um plano...

— De governar uma cidade de cadáveres? Como é que matar mais gente vai ajudar Nahri?

— Eu sirvo aos Nahid — sussurrou ele. — Os Daeva. Eu queria que eles fossem livres.

Houve um longo momento de silêncio antes de ela falar de novo.

— Baga Rustam costumava sussurrar sobre liberdade também. Mas apenas quando ele era novo. — Ela o cutucou e Dara se encolheu. — Você ainda tem sua magia, e as pessoas dizem que às vezes parece um ifrit, que pode transformar fumaça em bestas vivas. Você não é como Elashia e eu, é?

Dara sacudiu a cabeça.

— Eu era antes. Mais parecido, de toda forma.

— E Manizheh fez isso com você?

A certeza na voz dela fez gelo disparar pela coluna dele.

— Ela não libertou você também?

— Baga Rustam me libertou. — Ela o encarou com um olhar cauteloso. — Ele me contou certa vez que não confiava na irmã quanto à libertação de escravos. Ela tinha ambições que o preocupavam.

— Que tipo de ambições?

Ela ignorou a pergunta, cruzando os braços e continuando o próprio interrogatório.

— Seu laço ainda existe?

— Meu *laço*?

As duas mulheres trocaram um olhar.

— Os Nahid usam um pouco do próprio sangue para conjurar nossos novos corpos — explicou ela. — Isso cria um laço. Forte. Você deve ser capaz de sentir a presença de Manizheh, de ouvir se ela chamá-lo.

Até hoje, só ouvi uma Nahid me chamar. Fora uma canção que o arrastara pelo mundo até um cemitério humano em uma noite muito distante. Não pela primeira vez, Dara ficou chocado com quão pouco sabia sobre a própria existência.

— Eu não sei — respondeu ele, por fim. — Não sei nada sobre isso.

— Então você não é muito útil, é? — Mas ela gesticulou para que ele chegasse para a frente. — Sente-se. Deixe-me ver seu ombro.

Dara obedeceu, resmungando quando uma nova pontada de dor perfurou seu braço.

— Malditas armas humanas.

— Ah, sim, deve ser terrível se sentir brevemente impotente. — Ela rasgou a camisa encharcada de sangue na altura do corte, puxando-a do ferimento. — Eles não vão se esquecer do efeito que isso teve em você.

Com cada toque dos dedos dela, Dara lutava para não desmaiar de novo.

— Nem eu.

Ela se sentou sobre os calcanhares.

— A bala não está profunda. Consigo pegar uma ferramenta para tirá-la. Vai ser tosco e doloroso, mas você vai conseguir fugir e então pode pedir a Manizheh que cuide de você direito.

— De novo, por que me ajudaria?

— Porque *você* vai me ajudar. — Ela ficou de pé e então empurrou a cabeça dele para baixo de novo. — Fique aí. Ela fechou o baú.

Dara desmaiou, entrando e saindo da consciência conforme continuava lentamente sangrando até a morte. Esse fato – e a dor – tinham começado a incomodá-lo cada vez menos conforme perdia a sensação nos membros enfiados no baú abominavelmente pequeno. Estava vagamente ciente da passagem do tempo, de vozes discutindo.

E então a tampa foi escancarada de novo. A luz o cegou: o brilho de um candelabro incandescente e de duas tochas.

Havia mais um djinn na sala com olhos esmeralda intensos.

— Pelo olho de Suleiman — chiou Dara, brasas caindo de seus lábios. — Quantos de vocês existem?

O novo djinn – um homem ayaanle mais velho com sobrancelhas cheias desgrenhadas – recuou como se Dara fosse um rukh.

— Não — disse o homem, tremendo intensamente e tentando recuar. Ele empunhou o candelabro como uma arma, o que pareceu desnecessário, considerando o estado de morte iminente de Dara. — Não vou com ele, Razu. Não vou!

— *Issa.* — A mulher tukharistani, Razu, entrou no campo visual dele, tirando o candelabro das mãos do homem.

— Já discutimos isso. Você precisa partir, meu amigo. — A voz dela se suavizou. — Eu sei como você tem medo dos ifrits, e está acabando comigo ver como sofre. Deixe o Afshin mandá-lo para casa.

Deixe o Afshin o quê? Dara abriu a boca, tentando protestar, mas o único som que saiu de sua garganta foi um tremor.

Subitamente havia seis djinns libertos com olhos verdes à sua frente, o trio original e seus gêmeos.

Não, não eram gêmeos. Ele estava vendo em dobro. Sua cabeça oscilou para trás, a visão se embaçou.

Razu estalou os dedos diante do rosto dele.

— Preste atenção. Tenho um acordo para você. — Ela indicou Issa. — Vou salvar sua vida e ajudá-lo a voltar para Manizheh. Em troca, você vai mandar *ele* para Ta Ntry. Essa é sua especialidade, não é? Tapetes voadores e cavalos alados conjurados? Faça um para ele e o mande para casa.

Dara fechou os olhos, tentando puxar o que restava de sua força.

— Eu... não posso. Banu Manizheh não quer que as notícias se espalhem.

— E eu não quero voar em uma das geringonças dele! — protestou Issa.

Razu chiou, silenciando os dois homens.

— Elashia, ajude Issa a fazer as malas. Certifique-se de que ele leve comida, não apenas livros e explosivos.

Dara ouviu a porta se abrir e se fechar, o idoso ayaanle ainda resmungando.

Razu suspirou.

— Você ainda não está morto, está?

Ele conseguiu sacudir a cabeça de leve.

— Que bom. — Houve um momento de silêncio. — Banu Nahri planejou cada detalhe daquele pátio. Os azulejos na fonte, as árvores que davam para os caminhos. Ela queria que fosse um lugar de cura para seus pacientes, e você o transformou em um matadouro.

Dara encostou a parte de trás da cabeça na madeira.

— Eles levaram minha guerreira.

— Então por que você parou? — Ele abriu os olhos, encontrando o olhar parecido com uma joia de Razu. Ela prosseguiu. — Se estava certo sobre matá-los, por que parou quando a doutora Sen atirou em você? Dizem que você soltou o flagelo e fugiu como uma criança.

Humilhação e ódio ferveram em suas veias, dando a Dara um pouco mais de vida.

— Eu não queria matar uma mulher.

— Sou tukharistani, Afshin. Posso ter vivido e morrido antes de Qui-zi se erguer, mas conheço sua reputação. Você matou muitas mulheres.

Dara não sabia como responder àquilo.

— Eu não quero matar mais — ele conseguiu dizer por fim. — Eu estava olhando para ela e tudo voltou e eu... eu não consegui fazer de novo.

— Entendo. — Razu pareceu olhar através dele. — Elashia acha que nós deveríamos ter um laço com você, ela e Issa e eu. Não sei como me sinto a seu respeito ainda, mas me importo com Issa. A compreensão dele da realidade era instável antes da invasão, e sumiu de vez com o conhecimento de que os ifrits estão caminhando pelas ruas. Ele passa os dias falando consigo mesmo e as noites trancado em armários com armas. Ele quase se empalou certa manhã. Você vai mandá-lo para casa.

— Eu não posso...

Razu pegou o queixo de Dara em uma das mãos, forçando-o a olhar para ela.

— Você *pode*. É o que Nahri iria querer — acrescentou ela, as palavras um golpe forte no coração dele. — Você não parece um homem mau, Afshin, mas tem muito sangue nas mãos. Faça essa pequena bondade, tenha piedade de um homem que sofreu nas mãos das mesmas criaturas que você, e talvez uma ou duas gotas possam ser lavadas.

Avisos estavam ecoando na mente de Dara, mas, Criador, ele estava dividido. Aquelas pessoas – mais próximas dele de muitas formas do que sua própria tribo – já tinham sofrido tanto. Será que ele não poderia mostrar misericórdia com um idoso indefeso?

Razu estava esperando por uma resposta, um silêncio tenso e longo se estendendo no ar abafado. O pátio ensanguentado – o pátio de Nahri – retornou até ele, e Dara percebeu que provavelmente tinha matado dezenas de homens no mesmo tempo que levava para contemplar ter piedade com apenas um.

— Vou ajudar você — sussurrou ele, por fim, sentindo-se tão hesitante quanto um noivo, como se estivesse embarcando em uma jornada desconhecida e perigosa. — Vou precisar tirar a bala do ombro primeiro, mas então vou ajudar você, eu juro.

Prazer enrugou o rosto de Razu.

— Que bom. — Ela ficou de pé.

— Espere — chamou Dara, rouco. — Aonde vai?

— Trazer uma bebida forte e alguma coisa para você morder. — Ela girou o bisturi. — Isso definitivamente vai doer.

Dois dias depois de se atirar ao vento para resgatar Irtemiz, Dara voltou mancando para o Quarteirão Daeva.

Arrasado e coberto de sangue, estava longe de ser um imortal arrogante que tinha aberto uma trilha de morte pelo hospital. Sua camisa tinha sumido, cortada para Razu poder extrair a bala de ferro alojada no ombro – uma experiência que tinha feito todos os outros ferimentos, inclusive a própria morte, parecerem indolores em comparação. Dara tinha conseguido retomar sua forma incandescente – mas por pouco tempo, reunindo só a magia necessária para mandar Issa embora em um gigante caldeirão encantado que o levaria até Ta Ntry, e então desabando de novo.

Sua fragilidade tinha surpreendido Razu.

— Meus avós eram da geração que Suleiman puniu — explicou ela. — Eles passaram o resto da vida de luto por suas habilidades roubadas e falavam extensivamente sobre a magia. Poderiam ter erguido o hospital com um estalar dos dedos e voado para Ta Ntry e de volta em uma única noite. Você não tem a força deles.

Dara estava confuso demais para conter suas palavras.

— Então, em nome do Criador, o que eu sou?

— Uma confusão — avaliou ela com sinceridade, antes de colocá-lo no carrinho que ela empurrava para vender um tipo de licor feito em casa chamado soma. Aquilo não apenas os tirara do hospital, mas do distrito shafit; os Tukharistani a chamavam em sua língua conforme Dara se escondia sob caixas de garrafas de vidro tilintando. Razu tinha ficado em um beco vazio por tempo o bastante para que ele saísse de fininho, então ele esperou em uma pilha de lixo até estar escuro o suficiente para pular o muro.

Cheirando a lixo, Dara estava com um humor excessivamente ruim mesmo antes de a primeira pessoa que ele viu ser Vizaresh.

— Afshin — cumprimentou Vizaresh, quicando de animação. — Ah, você está *tão* encrencado.

Não foi para a enfermaria que Dara foi levado, mas para uma pequena sala próxima a ela. Manizheh e Kaveh estavam esperando por ele, a Banu Nahida usando um avental de linho simples e parada ao lado de uma bandeja de suprimentos de cura.

Kaveh perdeu a compostura assim que Dara passou pela porta.

— Seu desgraçado egoísta, arrogante e *burro* — acusou o grão-vizir. — Faz ideia do risco que correu? Estávamos prontos para começar a evacuar as mulheres e as crianças para as colinas!

— Cometi um erro no cálculo das probabilidades — murmurou Dara, lançando-se sobre uma jarra de vidro ao lado de uma bandeja de frutas. — Vinho, graças ao Criador.

— Você *cometeu um erro de cálculo...*

— Kaveh, por favor, saia — interrompeu Manizheh. — Eu posso cuidar disso.

Kaveh ergueu as mãos, olhando com raiva para Dara ao passar.

— Você não aprendeu *nada*. Ainda é o mesmo tolo inconsequente que correu para salvar Nahri e fez com que dezenas de Daeva fossem mortos.

Dara subitamente estilhaçou a jarra de vinho, limpando o líquido da boca com o dorso da mão.

— Não Daeva. Não desta vez. — Ele soltou uma gargalhada histérica, virando-se para encarar o ministro irritado.

— Moscas da areia e sangues-sujos, grão-vizir. Dezenas. Tantos! Isso não deveria agradar você? Não foi você quem declarou que matar pessoas era o motivo pelo qual eu fui trazido de volta à vida?

— Chega. — A voz de Manizheh soou brusca como um chicote. — Kaveh, vá. Afshin, *sente-se*.

Dara se sentou, ignorando o olhar furioso que Kaveh lançou para ele ao sair. Que ele ficasse furioso – sua fúria não chegava aos pés do ódio de Dara.

— Onde está Irtemiz? — indagou ele, rouco. Sabia que não deveria exigir nada. Se ainda lhe restasse algum bom senso e treinamento, teria cumprimentado Manizheh com o rosto na terra. Mas, com o sangue de mais vítimas espesso na pele, a memória do ódio delas e do quão perto ele tinha chegado de ser despedaçado pelas suas mãos, ele descobriu que sua compostura tinha sumido havia muito tempo.

— Descansando. — Manizheh foi para trás dele e arquejou ao ver a ferida. — Eles *atiraram* em você?

— Com uma bala de ferro. Se não, eu teria voltado antes. Houve um longo momento de silêncio.

— Entendo. — Ela pressionou uma compressa encharcada na pele dele, e Dara se encolheu ao sentir o líquido frio. — Vou limpar e suturar. Com sorte, sua magia vai permitir que você se recupere completamente.

Ele não disse nada, e ela se pôs a trabalhar. Manizheh foi precisa e profissional como sempre, o que tornou as coisas mais difíceis. Se ela estivesse obviamente com raiva, ou se o tratasse com impaciência grosseira, seria mais fácil permanecer irritado. Mas ela foi gentil e atenciosa ao cuidar do ferimento, agindo primeiro como curandeira.

— Desculpe — pediu Dara finalmente, enquanto ela dava um nó em uma sutura. — Eu precisava tirar Irtemiz de lá, mas não me dei conta da extensão das armas deles.

Manizheh perfurou a pele dele mais uma vez com a agulha e fechou o ferimento.

— Imagino. — Ela colocou uma atadura sobre os pontos. — Levante o braço para eu poder enfaixar isso no lugar.

Dara obedeceu, tentando encontrar o olhar dela enquanto ela enfaixava uma extensão de gaze em torno do ombro e do tronco dele.

— Não vai acontecer de novo — acrescentou ele.

— Não vai mesmo. — Manizheh recuou um passo. — Confine-se a seus aposentos por pelo menos três dias. Nada de fazer esforço, nada de treinamento, e absolutamente nada de arco e flecha. Descanse.

— Entendido — respondeu Dara, tentando ser mais deferente. — Vou pedir que Noshrad assuma em meu lugar durante esse tempo.

— Ele é seu melhor homem?

Dara assentiu.

— Tem meio século a mais do que seus companheiros, e eles o respeitam. Irtemiz e Gushtap são guerreiros melhores, mas Noshrad é um líder mais experiente e pode me substituir na corte.

— Então ele vai fazer isso a partir de hoje.

— Quer dizer até eu me recuperar?

Manizheh encontrou os olhos dele.

— Não, quero dizer de hoje em diante. Você é meu Afshin e vai continuar a liderar meu exército, mas não vou mais requisitar nem seus conselhos nem sua presença na corte.

Dara a encarou, chocado.

— Banu Manizheh...

Ela ergueu a mão.

— Você desobedeceu a uma ordem direta, colocou sua vida e, com isso, as vidas de todos os seus semelhantes Daeva, em risco, e mostrou a nosso inimigo a melhor forma de derrotá-lo. Eu venho permitindo seu temperamento porque gosto de você, Afshin, e sei quanto já sofreu, mas não vou permitir deslealdade. Quero confiar em você, quero mesmo — acrescentou ela, com um lampejo de emoção nos olhos. — Mas, se não puder, preciso descobrir outras formas de manter nossa cidade segura.

Ele abriu e fechou a boca, lutando para achar uma resposta.

— Eu só tentei servir a meu povo.

— Esse é o problema, Afshin. Não preciso que você sirva aos Daeva. Preciso que sirva a mim para que eu possa *liderar* os Daeva. Tenho muitos conselheiros, e não preciso de mais uma voz dissidente. Preciso de alguém que execute meus comandos.

— Você precisa de uma arma. — Dessa vez, ele não teve como manter a amargura longe da voz.

— Existe honra em ser uma arma. Sua família acreditou nisso no passado. — Ela pegou a bandeja e começou a guardar os suprimentos. — Ao menos aprendeu alguma coisa útil quando quase morreu?

A pergunta direta o pegou de surpresa, assim como a resposta imediata que lhe veio à mente. Dara tinha realmente aprendido uma coisa útil – tinha aprendido onde Zaynab al Qahtani estava escondida. E, se tivesse conseguido capturá-la, sabia que Manizheh o teria recebido com gratidão e elogios em vez de um rebaixamento.

Ele começou a responder... e então as palavras de Razu retornaram a ele.

O que aconteceria com o hospital que ele já tinha devastado se Manizheh descobrisse que a princesa estava lá? Dara subitamente a imaginou ordenando que os ifrits atacassem,

Aeshma e Vizaresh gargalhando ao massacrar mulheres e crianças e caçar Elashia e Razu. *Zaynab provavelmente já fugiu.* A princesa obviamente não era tola, e teria sido suicida permanecer em um lugar no qual seus inimigos a tinham visto.

— Não — respondeu Dara, a farsa se assentando sobre ele. Foi diferente de desrespeitar as ordens de Manizheh para resgatar Irtemiz: era uma mentira aberta, o tipo de traição pelo qual, em outra vida, ele poderia ter tido a língua arrancada.

— Eu não vi nada.

Manizheh olhou para ele por um momento muito longo.

— Que pena. — Ela se virou para a porta. — Descanse, Afshin. Não gostaríamos que mais nada acontecesse com você.

PARTE II

NAHRI

Nahri cortou a casca fina como tecido da romã usando o bisturi, revelando uma seção de aglomerados de sementes rubi. Segurando a fruta aberta entre os joelhos, ela apoiou o bisturi e pegou a agulha. Perfurou a pele, passando um trecho da linha pela casca para costurá-la no lugar. Ela tinha prendido o cabelo em um coque no alto da cabeça, e o sol batia em sua nuca, agradavelmente morno.

Era uma cena idílica. Eles haviam puxado o barco para o lado de um monte de escombros, e Nahri estava sentada sobre uma coluna caída entalhada com pictogramas que despontava da água. Ali estava longe, nadando no rio, então ela ficou sozinha com seus instrumentos e o silêncio. Uma brisa brincava em seu rosto, cheirando a flores selvagens, e acima pássaros piavam docemente conforme montavam um ninho nas ruínas do teto manchado do monumento.

Ela terminou outro ponto, admirando a fileira ordenada que havia feito até então. O tecido da romã era ainda mais delicado do que pele, mas suas suturas eram perfeitas.

Nahri obviamente não era a única que achava isso.

— Isso parece muito impressionante — comentou uma voz masculina entusiasmada logo atrás da sua orelha.

Nahri se sobressaltou, soltando um grito de surpresa quando quase se furou com a agulha.

— Ali, *pelo amor de Deus*, achei que estivesse nadando!

— Eu estava. — Ali indicou suas pegadas, que ainda brilhavam úmidas na pedra. — Acabei.

— Então pode treinar fazer um pouco de *barulho* quando se move? — Ela encarou a fruta com tristeza. Tinha rasgado a pele ao se sobressaltar. — Você matou meu paciente.

— Isso quer dizer que podemos comê-lo?

— Não, significa que pode pegar outro para mim antes que eu comece a testar meus instrumentos em *você*.

Ali revirou os olhos, mas se dirigiu de volta para o barco. Água escorria por suas pernas. Sempre decoroso, ele mantinha um xale seco ao seu alcance quando nadava no rio, mas ainda estava encharcado até os ossos, as gotículas reluzentes de água que se agarravam à pele exposta brilhando no sol.

— Não há mais romãs — gritou ele de volta, vasculhando o cesto onde guardavam as frutas. — Serve uma laranja?

Nahri não respondeu de imediato. O xale tinha escorregado das costas de Ali enquanto ele procurava, criando um efeito que a distraía bastante. O tecido que ele usava para nadar estava amarrado firme em volta do quadril. Muito firme. E também ainda estava molhado, talvez deixando menos para a imaginação do que o dono pretendia.

Ora, não é que você está parecendo completamente recuperado? Nahri se forçou a virar o rosto, envergonhada o bastante para saber que encarar as costas de Ali tinha pouca utilidade para um diagnóstico.

— O quê? — perguntou ela, distraída.

Ele se virou, segurando duas laranjas.

— Uma oferta aceitável?

— Claro.

Ali se juntou a ela de novo.

— Desculpe por ter assustado você. — Ele esticou o pescoço, girando um dos ombros. Mas é bom nadar. Eu estava tão *fraco* depois de receber a insígnia. Acho que uma criança poderia ter me derrotado.

Nahri deu-lhe um olhar incrédulo, observando seu físico excessivamente esguio quando ele se abaixou. Deixando de lado os pensamentos de um minuto antes, mesmo agora Ali poderia ter se passado por algum tipo de espírito do rio lendário, um guardião da água que escorria por seus braços.

— Você está doido. Só Deus sabe que vi o bastante de você quando estava doente, e mesmo naqueles dias aparentava estar bem.

Ali congelou, a laranja balançando na ponta de seus dedos.

— O que quer dizer com *viu o bastante de mim*?

— Quis dizer... — As bochechas dela ruborizaram. — Você ficou inconsciente por uns dois dias. Quem acha que cuidou de você? Yaqub? O homem mal conseguia ver você.

Horror percorreu o rosto dele.

— Mas eu fui banhado. Eu fui *trocado*.

Nahri tentou acalmá-lo.

— Ouça, é uma parte muito normal do meu trabalho... — Quando Ali apenas pareceu mais horrorizado, arregalando os olhos, a paciência dela sumiu. — Pelo Criador, por que você sempre torna as coisas tão desconfortáveis? Sou uma curandeira, eu vejo as pessoas... os homens...! o tempo todo. E não é como se você tivesse nada de que se envergonhar!

Ali abriu e fechou a boca.

— Por que eu não tenho nada de que me envergonhar?

Nahri não esperava *mesmo* aquela pergunta. Antes que conseguisse se segurar, sua mente retornou ao tecido que ele usava na cintura molhado, e foi a vez dela de ficar envergonhada.

— Você é um guerreiro. Obviamente passou bastante tempo treinando, e você é, você sabe... — Ela buscou uma definição apropriada, amaldiçoando o rubor de vergonha nas bochechas. — Bem formado.

Não era uma definição apropriada.

Nahri jurou ter ouvido um inseto espirrar no silêncio torturante que se estendeu entre os dois.

— Acho que isso foi um elogio — disse Ali, por fim, com o olhar fixo no chão. — Então, obrigado. Vou mudar de assunto agora, está bem?

— *Por favor.*

Quando ele levantou o rosto de novo, sua expressão estava educadamente vaga.

— Essas ruínas — começou ele. — Todos esses entalhes são interessantes, não são?

Nahri mergulhou no assunto com entusiasmo.

— São fascinantes! — E eram mesmo, sendo um tópico capaz de distrair dois djinns excessivamente curiosos com facilidade. Ela assentiu para os pictogramas maiores que dominavam a estrutura caída, a maioria deles retratando um homem musculoso com cabeça de crocodilo. Tinta esmaecida ainda se agarrava a algumas partes. — Mas considerando que metade deles está entalhada com crocodilos, talvez você devesse reconsiderar toda essa natação.

— Vou tomar cuidado. — Ali jogou uma das laranjas para ela e começou a descascar a outra. — Sabe alguma coisa sobre o povo que construiu esses lugares?

— Na verdade, não. Passei a maior parte da infância infringindo leis, não aprendendo história. — Nahri traçou a figura de uma mulher carregando uma bandeja de grãos. — Talvez isso tenha sido um templo. Eles precisariam ter oferecido o paraíso às pessoas para elas passarem tanto tempo entalhando rochas.

— Você está ciente de que há entalhes igualmente grandes de seus ancestrais nos muros que cercam Daevabad? — Bastante. Por que acha que usei minha influência religiosa para convencer as pessoas a construírem um hospital? Pelo menos é útil.

Isso trouxe um sorriso mais genuíno para o rosto de Ali, relaxando o clima.

— Não é que você soa como uma revolucionária? As pessoas me chamariam de fanático se eu dissesse isso.

— Para ser justo, as pessoas chamam você de fanático por vários motivos.

— Não é bom se ocupar com fofocas. — Ali entregou a ela metade da laranja descascada. — Você sabia que se tentar desfazer os entalhes Nahid com um cinzel pode se dissolver em uma poça de bronze?

— Pode *o quê*?

— Acha mesmo que meus ancestrais os teriam deixado em pé caso contrário?

Nahri resmungou.

— Me explique de novo por que não vamos construir uma vida pacífica no Cairo.

— É a coisa certa a se fazer?

— É a coisa encurtadora de vida a se fazer.

— Um passo de cada vez — assegurou-a Ali. — Primeiro Ta Ntry.

— Ah, sim, outra corte mágica misteriosa onde eu vou chegar impotente, com nada além da roupa do corpo e um monte de gente que quer me ver morta. — Nahri estremeceu.

— O que acha que seria pior: a magia de todo mundo sumir assim que nos aproximarmos com a insígnia, ou as habilidades deles já terem desaparecido?

— Não imagino que nenhuma das opções nos fará populares. Mas, se minha mãe voltou, devemos ficar bem. — O rosto dele se fechou. — Eu me pergunto se já receberam alguma notícia a esta altura. Ela pode achar que estou morto.

Provavelmente estaríamos mais seguros se todo mundo achasse que estávamos mortos.

— Solte a fruta — disse Nahri, tomando uma decisão e deixando de lado as próprias ferramentas. — Vamos treinar com a insígnia.

Ali suspirou.

— Não tivemos nenhuma sorte, Nahri. Acho que está claro que o anel da insígnia de Suleiman não deveria ter deixado Daevabad. Até onde sabemos, quebramos alguma promessa sagrada que Anahid fez há milhares de anos.

— Não estou pronta para desistir ainda. — Nahri vasculhou a mente, tentando pensar em alguma possibilidade que eles ainda não tivessem explorado.

Ela franziu a testa.

— Onde dói? — perguntou ela. — Quando você usa a magia da água, onde dói exatamente?

— Meu coração, acho — respondeu ele, tocando o tecido listrado do xale que atravessava o peito.

— Deixe-me ver.

Ali pareceu envergonhado de novo, mas obedeceu, puxando o xale para baixo apenas o suficiente para revelar o peito.

Você é uma médica, disse Nahri a si mesma, profundamente irritada com o efeito que acompanhar a batida do coração de Ali, assim como o peitoral bastante firme, tinha sobre ela. Que o Criador amaldiçoasse todo aquele treino de luta. Ela não deixou de reparar que Ali estremeceu ao toque, a pulsação acelerando, mas ignorou o fato. Bem formado ou não, Alizayd al Qahtani provavelmente jamais tinha se permitido um pensamento impuro.

Uma pena. Agora Nahri corou de verdade, combatendo a vontade de se estapear para voltar à razão. Depois daquilo, nunca mais iria viajar com guerreiros atraentes em jornadas perigosas. Ela obviamente tinha um problema.

— Tem alguma coisa errada?

— Sim, você está falando e me distraindo. — Nahri apertou os dedos com mais força, testando o músculo. — Sinto como se estivesse examinando você de olhos fechados — reclamou ela. — Se minha magia voltar, jamais vou subestimá-la de novo.

— Eu posso responder?

— Não. Quero que tente um pouco de magia de água. Apenas o suficiente para causar alguma dor.

Ali fez uma demonstração exagerada de obediência, então gesticulou como se chamasse o rio. Assim que uma gavinha de água voou até sua mão, ele se encolheu, e os músculos tiveram espasmos sob os dedos dela.

— Humm — murmurou ela, puxando a mão de volta.

— Eu não...

— *Espere.* — Ali segurou a mão dela, pressionando-a com força contra o peito. Ele fechou os olhos, que começaram a disparar sob as pálpebras como se ele estivesse dormindo. — Tem uma coisa... acho que se eu...

A insígnia brilhou no rosto dele e então sumiu; a luz desapareceu e a estrela ébano de oito pontas contrastou opaca contra o tom mais morno da pele negra dele. Poder irradiou por Nahri, tão rápido que a deixou sem fôlego. A batida constante do coração dela e a mais rápida do de Ali. A descarga de sangue pelas veias e de ar pelas gargantas.

A *magia* dela.

Depois de tantas semanas, mesmo um vestígio dela deu a Nahri a sensação de que tinha bebido vinho demais – uma sensação inebriante de força e invulnerabilidade. A dor nos músculos e os arranhões sumiram.

Ali arquejou, abrindo os olhos.

Nahri abaixou a mão. A magia imediatamente se foi, mas ela se sentiu encorajada.

— Funcionou!

— Uau — sussurrou ele, com os ombros curvados. Suor brotava em sua testa.

A alegria dela se dissipou um pouco.

— Você está bem?

— Acho que sim. — Ele esfregou o local sobre o coração, então ergueu a palma e estalou os dedos como se para conjurar chamas. — Não durou muito.

— É um início.

Ali buscou a mão dela, parecendo exausto, mas não menos determinado.

— Vamos tentar de novo.

— Se você insiste. — Nahri tocou o peito dele, e a insígnia foi suspensa ainda mais rápido dessa vez. Ela inspirou, recebendo o abraço de sua magia.

Ali fez uma careta.

— Ainda queima quando uso minhas habilidades.

— Apenas segure por mais um segundo — pediu ela, tentando acalmar as pontadas de dor que irradiavam pelo corpo dele. — Quero examinar seu coração.

Ela fechou os olhos, deixando suas habilidades a envolverem. Foi como se tivesse ficado muito tempo debaixo d'água, emergindo em um mundo cujas sensações a sobrepujavam. Diante dela, Ali era um labirinto de músculos e tecido, sangue pulsante e fluido agitado.

E alguma coisa muito errada.

— O anel — sussurrou Nahri, chocada. Ela conseguia sentir os contornos rígidos logo abaixo da superfície do coração dele, tão perto que parecia quase possível puxá-lo. Nahri não tinha certeza do que esperava, mas não era aquilo. Ela não tinha sentido o anel no corpo de Ghassan, e achou que talvez ele devesse se unir ao coração da pessoa em algum tipo de estado sem forma, ressurgindo apenas quando o órgão fosse queimado.

Ela abriu os olhos e encontrou Ali observando-a com uma expressão estranha.

— O quê? — perguntou ela.

— Eu... seu rosto. Acho que estou vendo como você é sem a maldição dos marids sobre sua aparência. — Ali pareceu chocado. — Então foi assim que ele soube. Você tem a insígnia de Suleiman marcada no rosto.

As palavras de Ghassan daquela noite retornaram a ela. *Todos eles têm. Cada pessoa com sangue Nahid.*

— Seu pai disse isso para mim certa vez. Ele falou que todos os Nahid a têm.

Inclusive Jamshid. Mas Nahri não mencionou o irmão. Não importava a proximidade crescente entre ambos, a identidade de Jamshid não era um segredo dela para divulgar.

Ali caiu para trás contra a coluna, claramente exaurido.

— Eu não sabia disso. — Ele esfregou o peito. — Pelo Altíssimo, parece que a magia de uma cidade inteira queimou dentro de mim.

Nahri hesitou, dividida entre querer saber mais e querer mudar de assunto.

— O que mais você viu?

— Como assim?

Tinha alguma coisa sobre a qual aquele homem não fosse obtuso?

— A *maldição*, Ali, aquela que me faz parecer humana. Como eu sou sem ela?

Ele inclinou a cabeça.

— Acho que você tinha o brilho na pele, mas eu estava mais concentrado na insígnia de Suleiman. — Ele pareceu perceber o desapontamento dela. — Não me diga que essa é uma coisa que preocupa você.

Ela ficou imediatamente irritada.

— Talvez pareça superficial para um príncipe de sangue puro, mas você pode ter reparado que o resto do seu mundo é obcecado com se alguém parece ou não shafit. Eu tinha uma frota inteira de criados cujo trabalho era me cobrir com pós mágicos. Sim, eu *me preocupo* com isso.

Ali se encolheu.

— Sinto muito. — Ele olhou em volta e então apontou para a água. — Amanhã, quando a luz estiver melhor, vamos tentar de novo em um lugar onde você possa ver seu reflexo.

— Não preciso que faça isso.

— Quem disse que você precisa de alguma coisa? Talvez eu queira estudar meu próprio reflexo. Afinal de contas, ouvi falar que sou *bem formado*.

Partes iguais de vergonha e calor tomaram conta dela.

— Você acabou de fazer uma piada? Com certeza precisaria da permissão de pelo menos três clérigos.

Ali sorriu.

— Pode deixar que vou verificar com a autoridade apropriada quando chegarmos a Ta Ntry. — Mas então ele se encolheu de novo, apertando o lugar sobre o coração. — Eu queria poder cortar isso fora de mim.

Nahri mordeu o lábio, lembrando-se da própria impressão.

— Não tenho certeza de que o anel se uniu a você da mesma maneira como fez com seu pai. Muntadhir disse que o coração precisa ser queimado, e que o anel se forma de novo nas cinzas, mas estou lhe dizendo: eu sinto aquela coisa intacta e nítida como o dia, logo abaixo do músculo do coração.

— Mas você o colocou no meu dedo antes de deixarmos Daevabad. Por que não teria se unido?

— Não sei. — Nahri se viu atraída ao ponto exato no peito dele, sentindo uma dor no próprio coração. — Parece que está *bem* ali. Como se eu pudesse simplesmente pegar.

— Quer tentar? — Ali indicou a romã destruída. — Prometo que serei um paciente melhor. — Apesar da brincadeira, havia uma súplica genuína na voz dele.

— Não — disse Nahri, chocada. — Eu precisaria cortar seu coração.

— Você cortou o crânio de uma criança.

— Aquilo foi diferente!

Mas Ali pareceu sombrio.

— Sinto como se não devesse ter isso. Lembro da forma como o coração do meu pai queimou nas suas mãos. Consigo sentir o *meu* queimando quando você me toca. Ele quer você.

— Não quer nada. É um anel. E já discutimos isso. Você sabe o que Manizheh disse sobre eu ser shafit. Se eu a tomasse, a insígnia, teria me matado.

— Ela estava *mentindo*, Nahri. Estava tentando afetar você. — A expressão dele se suavizou. — Ouça, não consigo imaginar o quanto deve ter sido difíc...

— Não, não consegue. — Nahri se levantou e foi batendo os pés até as sombras da ruína.

Houve um momento de silêncio antes de Ali falar de novo.

— Então me conte. Deus sabe que você ouviu o suficiente dos problemas da minha família. Deixe-me retribuir o favor.

— Eu não saberia o que contar a você. Ninguém se dá ao trabalho de me manter atualizada. Eles nem me contaram que minha própria mãe estava viva.

— Você tem alguma ideia de quem pode ser seu pai?

— Não — respondeu Nahri, contendo a dor na voz. — E não consigo imaginar o tipo de homem pelo qual Manizheh teria se apaixonado. Ele provavelmente assassina gatinhos para relaxar. Não que isso importe. Se ele for shafit, é só com isso que os Daeva vão se importar.

— Você não sabe — argumentou Ali. — Vi você com seu povo. Eles a amam. Se contasse quem realmente é...

— Eles se voltariam contra mim.

— Ou talvez isso pudesse unir todos... de uma forma que ninguém mais pode.

Por um momento, Nahri imaginou como seria declarar sua verdadeira identidade ao mundo e encontrar paz com suas duas comunidades, a prova triunfante de que os shafits podiam ser qualquer coisa, até mesmo uma curandeira Nahid.

E então o sonho se foi. Aquele tipo de otimismo tinha sido arrancado dela havia muito tempo.

— Eu invejo você às vezes — disse ela, baixinho. — Queria ter a sua fé na bondade das pessoas. — E então, antes que pudesse ver a pena que odiaria encontrar nos olhos dele, Nahri se virou e saiu andando.

Nahri só voltou ao pôr do sol, e depois de uma refeição tensa de pão velho e tâmaras – eles haviam descoberto no início da viagem, para a tristeza mútua, que cada um presumiu que o outro teria mais experiência com cozinha – os dois voltaram para o barco, velejando até a luz do dia sumir antes de soltarem a âncora. Ali caiu no sono rápido, a dor da magia marid cobrando seu preço.

Nahri deveria ter encontrado uma forma de se manter acordada. Sempre o soldado, Ali tinha sugerido que trocassem de turno. Mas fora um longo dia, e ela achou impossível manter os olhos abertos conforme o veludo aconchegante do céu crepuscular e o balanço gentil do barco a embalavam no sono.

Os sons de um choro distante a puxaram de volta para a consciência. Nahri piscou, momentaneamente se esquecendo de onde estava, e então escutou outro lamento. Parecia uma mulher, em algum lugar rio acima, e terminou em um choro que era levado pela água.

Um dedo de gelo roçou a coluna de Nahri, a adrenalina banindo o restante do estupor. Ela devia estar dormindo havia um tempo, porque agora estava um breu, tão escuro que ela mal conseguia ver as próprias mãos – e completa e sobrenaturalmente silencioso, sem o habitual zumbido de insetos e o coaxar de sapos.

O choro voltou. Nahri se sentou, então tropeçou quando o barco avançou na água, balançando como se a vela tivesse pegado vento – o que era impossível, porque a vela estava amarrada e a âncora estava para fora.

Acho que nunca vi uma noite assim. Ela avançou sorrateiramente. A lua era uma foice fina, a luz fraca espalhava-se sobre a água corrente, e as árvores espinheiras e o junco de cada margem estavam impossivelmente pretos, parecendo capazes de engolir alguém por inteiro.

Perdendo a noção do espaço, ela tropeçou diretamente no corpo adormecido de Ali. Ele levantou o tronco como se estivesse sobre uma mola, o brilho da khanjar já na mão. Ela abriu a boca para explicar, mas então o choro voltou, o grito suplicante quase musical.

— Isso é alguém *cantando?* — perguntou Ali.

— Não sei — sussurrou Nahri de volta. A mulher parecia estar cantando agora, mas em uma língua que Nahri jamais ouvira. O som a perfurou até os ossos, e arrepios subiram por seus braços. — Parece uma canção funerária.

O brilho da khanjar sumiu quando Ali a embainhou.

— Talvez ela precise de ajuda.

— Uma pena para ela. — Quando Ali a fitou, havia reprovação em seus olhos brilhantes. Nahri falou mais firmemente.

— Não sei que histórias você ouviu quando criança, mas *eu* não vou sair atrás de uma voz misteriosa no meio da noite.

Luz subitamente irradiou diante deles, um fogo tão forte que Nahri ergueu a mão diante dos olhos. A cena veio até ela em trechos estrelados: calombos grandes e pálidos espalhados pela água agitada, a margem do rio oscilando e arbustos espinhentos projetando-se como dentes.

A mulher se balançava na margem, jorrando fogo das mãos esticadas.

A cantora em chamas diante deles definitivamente não era uma fazendeira perdida. A pele era pálida – pálida demais, da cor de osso – e o cabelo preto estava descoberto, caindo em ondas lustrosas além dos tornozelos e se acumulando na água aos pés dela. Estava vestida de modo simples e esparso com um vestido fino que se agarrava úmido ao corpo, ocultando pouco de suas curvas.

Sem falar do *fogo*. Nahri imediatamente ficou de pé, a curandeira que havia nela repassando queimaduras e bálsamos na mente… até perceber que a mulher não estava queimando, não exatamente. Tendões de chamas acariciavam seus pulsos e dançavam por seus dedos, mas sua pele não estava escurecida e o ar não cheirava a carne queimada.

E quando ela encontrou o olhar de Nahri, não havia dor ali. Havia *prazer*. O prazer de alguém que está genuína e maravilhosamente surpreso.

— Ah, mas você é a última pessoa que eu esperava em minha rede. — A mulher sorriu, os dentes brilhando à luz do fogo. — Que presente lindo.

Nahri a observou. Havia alguma coisa a respeito do sorriso e da voz maliciosos da mulher que ela podia jurar…

Seu estômago se revirou.

— Qandisha.

A ifrit gargalhou.

— Menina esperta. — Ela estalou os dedos e o fogo correu para abraçá-la, fazendo a aparência humana sumir. — Perdoe o disfarce. A pele incandescente não é boa para caçar.

Ao ouvir a palavra "caçar", Ali se colocou diante de Nahri. Os olhos laranja reluzentes da ifrit se fixaram no príncipe, e os lábios se contorceram em um grunhido.

— A marca de Suleiman — disse Qandisha, com escárnio. — Você é aquele rei djinn, então? — Ela o olhou com uma curiosidade faminta e divertida, do modo como um gato observaria um inseto. — Ah, Aeshma… — Ela riu. — O que deu errado com seu grandioso plano?

Ali sacou a zulfiqar.

— E que plano seria esse?

— Um plano que deveria ter acabado com vocês dois mortos. — A voz de Qandisha se tornou sedutora. — Não tem muito que você possa fazer com essa lâmina aqui, pequeno mortal. Por que não chega mais perto? Estou *ardendo* por companhia.

Nahri recuou, o terror crescendo no peito.

— Ali, não me importo que magia você precise usar. Tire a gente daqui.

— Eu não faria isso — avisou Qandisha. — Ainda não terminamos nossa conversa. — Ela estalou os dedos, fazendo um gesto para chamar a água. — Meus amigos vão achá-los grosseiros. — Ela abriu as mãos, iluminando o rio.

Nahri soltou um arquejo estrangulado.

Os calombos pálidos flutuando na água não eram pedras. Eram *corpos*, pelo menos uma dúzia, em vários estágios de decomposição. Homens humanos assassinados que subitamente levantaram a cabeça da água e a encararam com olhos que não viam nada.

Qandisha abaixou as mãos, e os corpos caíram de volta na água com um ruído nauseante e unificado.

— Seus compatriotas são tão acolhedores — provocou ela.

— "Ya, sayyida, precisa de ajuda?" — debochou ela, em árabe egípcio. — E tão ansiosos para compartilhar os rumores sobre um barco que se diz voar sobre o Nilo como se encantado. — Ela soltou um *tsc*. — Eu perambulo por estas terras há milhares de anos em busca de escravos djinn. Vocês realmente deveriam ter mascarado melhor sua presença.

Nahri xingou baixinho, amaldiçoando-se pelo erro. O fato de ter sido Qandisha quem os encontrara tornava as coisas ainda piores. Nahri ainda se lembrava da facilidade com que Qandisha tinha dominado Dara no Gozan, quase o afogando antes de os marids fazerem o rio subir. Ela e Ali podiam estar seguros com a espessa faixa do Nilo que os separava da ifrit, mas Nahri não apostaria no sucesso deles caso uma multidão de ghouls cercasse o barco.

E eles não eram apenas ghouls. Eram os compatriotas dela. Humanos inocentes, egípcios que compartilhavam sua língua e sua terra, mortos para aplacar a curiosidade de uma ifrit.

Ódio pulsou dentro dela.

— Imagino que Aeshma tenha deixado você de fora dos planos dele, se está aqui fora assassinando humanos indefesos. Sua companhia era tão insuportável assim?

A ifrit deu de ombros.

— Uma concessão ao seu Afshin. Uma pena que ele não esteja interessado em recuperar as lembranças de nosso tempo juntos. Ele era glorioso. — Crueldade brilhou nos olhos dela. — Ele deve ter ficado arrasado ao perdê-la de novo. Você foi a primeira por quem ele suplicou, sabia? Assim que foi arrastado de volta à vida, ele começou a chorar: "Nahri! Onde está Nahri?".

As palavras tinham o intuito de machucar profundamente – e conseguiram, as lembranças das súplicas de Dara atropelando Nahri. Ela lutou para achar uma resposta, e uma negação irritada veio primeiro.

— Dara serve a minha mãe agora. Ele é um assassino. Os dois são.

A ifrit riu, mas havia uma nova frieza em sua voz.

— Você também, mas não importa. Uma pena, de fato, desperdiçar tal lealdade... e talento.

Qandisha umedeceu os lábios ao falar, mas Nahri se recusou a cair na provocação.

— Não sou assassina — disse ela, em vez disso.

— Não? Você matou Sakhr a sangue-frio. — Quando Nahri franziu a testa, confusa, uma raiva sincera brilhou nos olhos de Qandisha. — Nem mesmo se lembra do nome dele, não é? Um homem que você envenenou com seu sangue e deixou para que o irmão encontrasse.

Envenenou com sangue. Sakhr, o ifrit que a atacara no Gozan, é claro – anos antes.

Nahri sacudiu a cabeça, ainda desafiadora.

— Ele não era um homem, era um ifrit. Um monstro.

Qandisha rosnou.

— Quem é você para decidir quem é um monstro? Você é um filete de tempo, uma menininha mortal podre com a mácula da humanidade e descendente de uma traidora. Sakhr era adorado como um deus. Ele combateu profetas e perambulou pelos ventos setentrionais. Ele era meu *amigo* — disparou ela, todo vestígio de humor sumindo. — Um companheiro durante estes longos séculos.

— Nahri... — Ali se moveu na direção dela, com um aviso na voz.

— Interrompa de novo, djinn, e vou fazer com que seja arrastado para baixo das ondas. — O olhar de Qandisha estava focado apenas em Nahri. — Como é Nahid da sua parte alternar entre djinn e daeva, ignorando seus aliados e amigos de acordo com a direção do vento. Uma pena que seu pobre Dara tenha precisado aprender essa lição de novo.

Nahri pegou o remo que restava. Ela não esperaria até cair na armadilha daquela criatura. Até onde sabiam, Qandisha estava ganhando tempo enquanto realizava alguma magia invisível para chamar os outros ifrits.

— Tire a gente daqui, Ali — disse ela, agitando o remo como se fosse um bastão. — Eu preferiria me arriscar com ghouls do que ouvir as mentiras dela.

— Não são mentiras, Nahid. Eu esperava tomar a alma de um djinn como companhia esta noite, mas não vou chegar perto de sangue Nahid, e suspeito que a insígnia amaldiçoada de Suleiman torne qualquer avanço contra seu mais recente consorte inútil. Então, em vez disso, será vingança por Sakhr.

Assim que Qandisha falou, uma rocha se ergueu no ar, pingando lama. Ela esticou a mão e a rocha voou na direção deles.

E então, mais rápido ainda, uma onda reluzente se ergueu do Nilo como um escudo molhado. O ímpeto da água bastou para reduzir a velocidade da rocha, e ela caiu no rio antes que pudesse esmagar o barco.

Ali.

O príncipe djinn esticou as mãos. Ele estava arquejante, o rosto transparecendo dor com o esforço que a magia marid devia ter lhe custado.

— Você fala demais — grunhiu ele, e então, suando e tremendo, abaixou as mãos. A água em torno dos tornozelos da ifrit subiu, puxando-a para o rio. Ali sibilou, agarrando o peito, mas o barco já estava se movendo.

No entanto, Qandisha se recuperou mais rápido do que Nahri teria esperado, colocando-se de pé e parecendo tão irritada quanto um gato molhado.

— Em outro momento isso poderia ter me intrigado — falou a ifrit, fogo chiando em sua boca. — Mas avisei a você que não interferisse.

Qandisha estalou os dedos e a vela pegou fogo, as chamas correndo pelo mastro com uma velocidade cruel.

Os corpos no rio estremeceram e voltaram à vida. Se Nahri achava que o controle de Vizaresh sobre ghouls era poderoso, o outro ifrit não se comparava com Qandisha. Os humanos assassinados, com os olhos inteiramente cinza, se moviam de modo rápido e espasmódico, cercando o barco em segundos. Mas eles não foram atrás de Nahri.

Foram atrás de Ali, juntando-se tão densamente em torno dele que ele mal conseguiu gritar antes de sumir sob a massa de carne morta faminta.

Nahri tentou ajudá-lo, mas o mastro em chamas se partiu antes que ela conseguisse dar dois passos. O peso da vela o arrastou para baixo, esmagando o convés e partindo a embarcação.

Em um instante, a água estava na altura do peito dela e cordas se emaranhavam em torno das pernas. Nahri as arrancou, chutando desesperadamente conforme o falucho se despedaçava sob ela. Escombros se prenderam na barra de seu vestido, arrastando-a para baixo d'água.

Ela a rasgou e subiu de novo.

— Ali! — Nahri gritou o nome dele, mas não conseguia ver nada a não ser escombros e fumaça sufocante. Não houve resposta exceto pelo grunhido dos ghouls e um esmagar horrível, medonho.

Não, Criador, não. Nahri tentou se segurar nos resquícios do barco.

— *Ali!*

— Ah, Anahid ficaria orgulhosa de seu espírito! — riu Qandisha. — Mas ela escolheu a mortalidade para todos vocês e, bem, isso só pode acabar de um jeito.

Da névoa que obscurecia o rio surgiram três silhuetas escuras, inchadas e cinza.

Ghouls.

Nahri nem mesmo conseguiu puxar o ar uma última vez. Os ghouls a agarraram e a puxaram para baixo, e o rio se fechou sobre a cabeça dela de novo.

Não. Ela lutou selvagemente, chutando e arranhando a carne morta, contorcendo-se contra os braços deles. Não fez diferença. Em segundos, estavam no fundo, Nahri presa contra a lama escura e completamente apavorada. Seu peito latejava, ansiando por ar.

Foco, Nahri! Ela era a vigarista do Cairo, a ladra sorrateira. Não podia ser assim que as coisas acabariam, afogada sob o Nilo. Ela precisava ter um plano, uma cartada rápida.

Mas, dessa vez, não tinha nada.

Foi assim que Dara morreu. As lembranças de Dara, compartilhadas tanto tempo antes, surgiram de novo na mente dela. Atirado em um poço por uma Qandisha às gargalhadas. A luta desesperada dele, o pânico e a angústia quando percebeu que não podia escapar da água escura...

Ela estava perdendo a habilidade de lutar, sua força deixando o corpo em ondas. Daevabad reluziu diante de seus olhos e, com ela, todas as pessoas com quem Nahri tinha fracassado. O pátio do hospital cheio de seus amigos comemorando. Nisreen guiando as mãos dela em um novo procedimento. Ali a ensinando a ler uma frase na magnífica biblioteca do palácio. O cauteloso primeiro encontro de Jamshid e Subha.

Um guerreiro se impulsionando para o palco do anfiteatro, seus olhos verdes em chamas.

Darayavahoush! Darayavahoush e-Afshin é meu nome.

A escuridão a puxava, aproximando-se pelos cantos de sua visão. *Meu nome.* Uma sala iluminada pelo sol em uma pequena casa de tijolos de argila. Um nome de que ela não conseguia se lembrar chamado em voz alta. Olhos marrons acolhedores e um cobertor disposto sobre os ombros dela. Um beijo em seu nariz.

Um barco de pescadores, puxando-a para cima com mãos fortes. *Qual é o seu nome?*

E então a água passou pelos lábios dela e Nahri não se lembrou de mais nada.

ALI

Ali se debatia contra os ghouls, chutando e cortando e batendo a cabeça contra a pressão de carne morta e unhas afiadas. Ele sentiu ânsia com o aroma de podridão, desesperado para se libertar. Parar de se mexer significaria a morte; ficar imóvel por sequer um segundo daria aos ghouls esse mesmo segundo para dilacerá-lo. Ele agarrava a khanjar e a zulfiqar tão forte que doía. Se perdesse as lâminas, estaria acabado.

Um pulso ossudo empurrou seu pescoço, cortando seu fôlego e silenciando seus resmungos. Adiante, Nahri gritava o nome dele.

Ali engasgou, tentando chamá-la. Ele ouviu o som de madeira se quebrando, se chocando, e então sentiu que caía. A ifrit gargalhava, mas as palavras dela foram abafadas pelo sangue pulsando nas orelhas dele e pelos gemidos dos ghouls.

Unhas rasgaram sua barriga, dentes sem fio mastigaram seu ombro. Subitamente ciente de que estava a momentos de ser devorado vivo, ele recebeu o toque frio da água nos tornozelos como se fosse a mão de um salvador. Ao inferno com aquilo; se seu coração explodisse, pelo menos seria mais rápido do que ser dilacerado pelos mortos.

Ali chamou o rio com tudo o que tinha.

A água saltou para ajudá-lo e Ali uivou, a açoitada incandescente no peito quase o fazendo desmaiar. O rio guinou para cima como uma besta, línguas de água famintas e vorazes arrancando os ghouls do corpo dele. Ali gritou, sentindo o corpo convulsionar...

O controle dele sobre a magia marid se estilhaçou, e então acabou. Ele estava caído sobre pedaços de madeira flutuante, insensível por causa da dor. Suas armas pendiam das mãos, seus dedos fechados com firmeza ao redor dos cabos.

Recobrando a consciência, olhou em volta confuso. Ele conseguia sentir o cheiro do próprio sangue no ar úmido, um novo latejar vindo com cada batida do coração. Esfregou os olhos, tentando entender seus arredores. O barco estava destruído, nada além de escombros incandescentes oscilando no rio que corria.

E Nahri tinha sumido.

Pânico percorreu o corpo dele, e Ali se impulsionou para cima, sentando-se. Sangue encheu sua boca e escorreu pelos lábios quando ele chamou:

— Nahri...

Uma risada puxou sua atenção para a margem do rio: Qandisha estava de pé na névoa de fumaça oleosa. Ela inclinou a cabeça na direção da água escura.

— Tarde demais.

O significado dessas palavras levou um momento para assentar.

O rio. Nahri.

Ali mergulhou no Nilo.

O líquido frio foi como um bálsamo contra a pele. Ali embainhou as armas, conjurando o último resquício de força para nadar, mas o alívio sumiu assim que chamou seus poderes marid de novo. A magia era tão difícil de controlar – a exata coisa de que precisava para encontrar Nahri lançava pontadas de dor que perfuravam o peito.

Não importava. Ali se forçou a nadar mais profundamente, apesar dos membros protestando e do sangue escorrendo de suas feridas. Ele expandiu os poderes, procurando mais longe, mas os corpos flutuantes dos ghouls confundiram seus sentidos, e o fogo que queimava na superfície lançava uma luz irregular na qual não podia confiar e que piscava pela água escura de uma forma que o fez sentir como se estivesse preso em um hospício coberto de lama feito de vidro e espelhos. E então...

Achei!

Uma fagulha de calor que esfriava rapidamente. Ali disparou pelo leito, vendo o contorno serrilhado do barco quebrado onde os ghouls tinham prendido Nahri no rio. Os olhos dela estavam fechados; o vestido ondulava em torno do corpo imóvel.

Ali estava no local momento seguinte, tirando os ghouls de cima dela e puxando-a para seus braços. Ele disparou para a superfície, chutando forte.

— Nahri, respire — arquejou ele, quando os dois irromperam no ar. — *Respire!*

Nada. Nahri permaneceu inerte nos braços dele, silenciosa e sem reação. Desesperado, Ali afastou as mechas de cabelo molhado do rosto dela. Seus olhos estavam fechados, os lábios manchados de azul.

Não. Deus, não. POR FAVOR. Abraçando-a contra o peito, Ali cambaleou na direção da beira da água e a deitou na margem enlameada.

— Nahri, por favor — implorou, batendo nas costas dela. — *Por favor!*

Qandisha veio até ele. Músculos ondulavam sob a pele incandescente dela, a luz refletiu no metal em suas tranças e nas gemas de sua armadura peitoral afiadas como faca.

Ela assomou sobre ele.

— Você deveria ter ficado na água. — Os olhos dela foram tomados por um brilho faminto. — Eu me pergunto o que aconteceria se eu cortasse a insígnia do seu rosto, se sua alma ficaria aberta para que eu a roubasse. — Ela estendeu a mão, suas garras brilhando. — Acho que vou tentar...

Ela nem tinha roçado a bochecha de Ali quando tudo ficou muito, muito frio.

A água batendo nos pés dele gelou, e o ar fez os fôlegos irregulares de Ali se tornarem vapor e os braços expostos de Nahri se arrepiarem. Ele se virou, observando espantado conforme grandes nuvens de névoa sopravam do Nilo, extinguindo as chamas que pontuavam sua superfície agitada com um chiado irritado.

A escuridão sobrenatural que acompanhara Qandisha sumiu em seguida. Feixes de luar irromperam pela noite sem nuvens e os sons de vida voltaram – insetos e sapos e o vento entre o junco, tão alto que foi como um coro.

Alguma coisa se moveu na água preta. Ali segurou Nahri, puxando-a para longe quando uma cauda musculosa açoitou as pernas dele com um borrão de pele escamosa.

Então o maior crocodilo que ele já vira saiu do Nilo.

A criatura soltou um rugido que perfurou a noite, balançando as árvores e calando os sapos. O som atravessou Ali, mandando uma descarga de medo profundo e primordial galopando pelo corpo dele. Com um estalo úmido, o enorme crocodilo se transformou, levantando-se sobre as pernas traseiras conforme a silhueta reptiliana dava lugar à de um homem. O corpo dele era esguio e forte, com a pele de um verde-escuro sobrenatural que se espalhava em um padrão de escamas encouraçadas por braços e pernas finos. Garras reptilianas curtas coroavam longos dedos palmados, e saliências ossudas percorriam a cabeça careca.

Ali não se considerava covarde. Ele havia duelado com o maior guerreiro de seu povo, enfrentado uma multidão de ghouls e sobrevivido a um ifrit que passou as garras pelo seu pescoço. Mas encarando a criatura que saiu do Nilo enevoado, deixando a própria terra e o rio quietos e submissos, ele jamais se sentira tão pequeno.

O marid – pois Ali soube no momento em que a magia da água se aquietou em seu sangue para o que estava olhando – estudou todos com o olhar frio de um predador indiferente. Ele se movia como um réptil, ombros e pescoço balançando e girando à medida que olhos manchados de amarelo e preto se voltavam de Qandisha para Ali antes de se fixarem nos ghouls. Eles imediatamente pararam. O véu cinza de magia sumiu do rosto dos homens mortos, substituído por máscaras de paz. E então, com suspiros murmurados, eles afundaram sob a água.

O marid sibilou, se virando de novo.

— *Qatesh.*

Qandisha recuou, medo e choque atravessando seu rosto.

— Sobek — sussurrou ela.

O marid – Sobek, como ela o havia chamado – deu um passo hesitante na direção da ifrit.

— Você tomou vida em minhas águas — acusou ele, indicando o ponto onde os ghouls tinham sumido.

Qandisha ainda estava recuando. Ali não sabia que ela podia parecer tão assustada.

— Eu não sabia que você estava aqui. Eles disseram que você tinha morrido. Assassinado por...

— SAIA DA MINHA TERRA.

Ali já estaria do outro lado do continente se o marid tivesse berrado com ele, mas Qandisha se manteve firme.

— Os Daeva são nascidos do fogo — argumentou ela. — Você não tem direito a eles.

— Eu tenho todo o direito a eles. Saia.

Chamas se retorceram nas mãos dela.

— Você não pode me ferir. Sou uma aliada do daeva Darayavahoush, aquele que comanda você.

Os olhos de Sobek brilharam.

— Daeva algum me comanda, e você está sozinha. — Fome envolveu a voz dele. — Faz uma era desde a última vez que devorei um do seu tipo. Você já transgrediu; declare-se minha igual e estou em meu direito.

— Você vai se arrepender disso.

— Eu vou me arrepender de não provar seu coração com os dentes. *SAIA.*

Ela sumiu no momento seguinte com um redemoinho de areia e fumaça, um trovão partindo o ar. Ali, no entanto, não se moveu. Era inútil fugir. O rio tinha se erguido atrás dele e de Nahri, cortando a margem rochosa como uma foice.

Sobek era mais alto do que eles, bloqueando o resto do mundo. A pele escamosa brilhava à luz das estrelas. Era deslumbrante – de tirar o fôlego. O rosto dele tremeluzia, uma dúzia de formas se alternando na neblina, embora os olhos preto-amarelados permanecessem fixos.

Ali inspirou, combatendo um tremor. O marid era tão mais poderoso que ele, mais poderoso que qualquer coisa que ele conhecia. De repente, não teve dúvidas de que Sobek estava entre as criaturas pintadas e entalhadas nas ruínas pelas quais ele e Nahri tinham perambulado, um deus perdido de um mundo antigo. Involuntariamente, a declaração de fé subiu aos seus lábios, e ele não teve certeza se a disse como um lembrete ou em preparação para sua morte iminente.

Os marids. As criaturas que tinham brincado com ele, que o haviam mudado, arruinado e salvado. As criaturas que aterrorizaram seu povo em Ta Ntry e arrastaram a Cidadela para o lago. Uma delas estava tão perto que Ali conseguia sentir seu hálito salgado.

Sobek o estudou aberta e impiedosamente, seus olhos sinistros percorrendo a insígnia na bochecha de Ali e o sangue escorrendo pelos braços dele. O olhar se voltou para Nahri, e então Sobek inclinou a cabeça, olhando para Ali com expectativa na expressão fria.

E todas as palavras de Issa voltaram correndo para sua mente.

Um marid lhe dará qualquer coisa que deseje. Djinns e humanos faziam pactos com aquelas criaturas malignas por poder, por riqueza. Por amor. Pactos selados com sangue e morte depois da condenação de suas almas. Pactos que Ali jamais, nem em mil anos, contemplaria.

Até que Nahri estivesse imóvel demais nos braços dele. Ali olhou para o marid, piscando para conter as lágrimas. Precisava saber.

— Qual é o seu preço? — perguntou ele, rouco.

O marid o olhou com aqueles olhos estranhos e insensíveis.

— Você tirou o anel de Anahid, a Conquistadora, da cidade de fogo?

Ainda zonzo, Ali buscou uma resposta.

— O anel de Anahid, a Conquistadora? Está falando da insígnia de Suleiman? Eu... sim — Ali conseguiu responder. — Mas...

— Então o preço foi pago.

Antes que Ali pudesse reagir, o marid estava ajoelhado ao lado dele. Ele pegou Nahri dos braços de Ali como se ela não pesasse nada e a deitou na margem do rio entre eles.

Uma pontada de luto renovada percorreu Ali ao ver sua amiga não reagir ao movimento. A qualquer momento, Ali esperava ver os olhos escuros de Nahri se abrirem e se revirarem com sarcasmo. A ideia de ela não acordar era insuportável.

— Me dê suas mãos — exigiu Sobek.

— Minhas mãos?

— É contra minha natureza restaurar um afogado. Vou precisar usar você.

Ali estendeu as mãos, tentando acalmar o tremor nelas e fracassando no momento em que os dedos escamosos do marid deslizaram sobre os dele. Seu coração martelava conforme Sobek pressionava as mãos para baixo, uma sobre o coração e a outra sobre a boca de Nahri.

Ele estendeu as garras, e Ali arquejou quando elas perfuraram sua pele.

Mas uma violação muito pior estava por vir. Porque, com uma onda de magia gélida, a margem do rio sumiu e Sobek estava na cabeça dele.

A presença intrusiva foi tão terrivelmente familiar que Ali tentou recuar, atirado às lembranças da tortura dos marids no lago de Daevabad. Era tarde demais: Sobek já estava vasculhando a mente dele. O jardim do harém no palácio de Daevabad se materializou diante dos olhos de Ali. O carvalho sob o qual ele e Zaynab costumavam se esconder quando pequenos, o canal...

— *Olhe o que eu consigo fazer!* — *Zaynab agitou os dedos sobre uma tigela de vidro cheia de água. O líquido no interior se ergueu e dançou no ar, acompanhando o movimento conforme riam juntos...*

Ali combateu selvagemente a presença em sua cabeça.

— Saia da minha mente — disse ele, engasgando. — Você não tem o direito de ver isso.

Sobek enterrou as garras mais fundo, tanto nas mãos quanto na mente de Ali. Quando falou, não foi em voz alta.

É assim que você a salva.

Trêmulo, Ali tentou recuar.

Ele estava subitamente mais velho. Ainda criança, mas usando o tecido listrado de cinza de um cadete da Guarda Real. Estava de novo no harém, mas dessa vez com a mãe, aprendendo a nadar.

Hatset o segurava pela cintura magricela.

— *Estique as pernas, Alu. Você não consegue nadar enroscado como uma bola.*

— *Mas por que preciso aprender a nadar?* — *perguntou ele, a voz infantil aguda e reclamona.* — *Nenhum dos outros meninos sabe. Eles tiram sarro de mim, amma. Me chamam de crocodilo.*

A mãe tinha segurado o queixo dele com uma das mãos.

— *Então lhes diga que crocodilos pegam meninos como eles todos os dias e os afogam no rio. Você é sangue do meu sangue, e é isso o que fazemos.*

O jardim sumiu de novo, e então dor dilacerou seu corpo, dentes e escamas e garras. Sua possessão no lago de Daevabad.

Ali gritou o próprio nome e no instante seguinte estava disparando pela água.

— Mate o daeva, mate o daeva...

Os campos alagados de Bir Nabat, lama fértil esguichando entre os dedos de seus pés, nascentes irrompendo pela rocha para dançar entre seus dedos. Daevabad de novo – a Cidadela naquela noite terrível, o lago ameaçador pela janela...

— Por favor *—* suplicou Ali. *—* Isso não.

O corredor do lado de fora do escritório do pai dele. Darayavahoush avançou contra ele e Ali agitou a zulfiqar, mas foi como se a mão invisível de alguém a segurasse, atirando-o para trás. O Afshin arrancou a lâmina das mãos dele, as chamas irrompendo quando ele a desceu de novo. Muntadhir se moveu, colocando-se entre os dois...

Não havia como combater o marid. As mãos de Ali estavam presas ao corpo de Nahri; enquanto a magia queimava pelo sangue dele e Sobek vasculhava sua mente, era difícil permanecer consciente. Então, em vez disso, ele sentiu Muntadhir cair pesadamente contra ele de novo e ouviu o arquejo que deixou os lábios do irmão. Lágrimas escorreram pelo rosto de Ali, faíscas estourando diante de seus olhos...

Em seguida, Daevabad sumiu.

Ele descansava ao lado de suas águas, tomando sol em uma rocha. Fazia uma tarde alegremente agradável: os humanos rio abaixo ocupavam-se com seus templos e homens usando tecidos de cintura pálidos minavam pedra. A imagem dele estava por toda parte, nas pilastras brilhantes de calcário e nas estátuas entalhadas, e aquilo o agradava. Ele estava saciado com a adoração e com a cartilagem ensanguentada que ainda manchava seus dentes, os resquícios da jovem que havia atraído para a água rasa.

Ali teve ânsia de vômito, mas sob suas mãos Nahri se agitou. Água jorrou de sua boca como se ele a tivesse conjurado, e então ela estava se engasgando, tossindo, lutando para tomar ar.

— Nahri. *—* Mal ciente de que Sobek afastara as mãos, Ali puxou Nahri até uma posição sentada, ajudando-a a ficar

de joelhos quando ela vomitou. — Respire — sussurrou ele, esfregando suas costas conforme ela puxava ar. — Apenas respire. Está tudo bem; você está bem.

Ela deitou a cabeça no peito de Ali, a pele ainda gelada. O tom azulado ainda não havia deixado seus lábios, mas os olhos dela encontraram os dele, e Ali ficou tão aliviado que precisou resistir à vontade de a apertar com mais força.

— Ali? — A voz de Nahri estava rouca. Seu olhar desviou-se para além do ombro dele.

Sobek colocou a mão na testa dela e seus olhos se fecharam. Ali se virou para o marid quando Nahri desabou nos seus braços.

— O que você fez? — gritou ele.

Sobek se ergueu.

— Ela simplesmente dorme, daeva, não tema. Ela não deve me ver.

Ali ainda estava trêmulo, tentando entender tudo que tinha acabado de acontecer.

— Por que não?

— Fiz uma promessa.

Aquilo não respondia a nada. Ali segurou Nahri com firmeza, tentando se reconfortar com as batidas constantes do coração dela.

Sobek ainda o estudava, seus olhos brilhantes parecendo descascar Ali uma camada após a outra. Ele se abaixou, e Ali enrijeceu quando a mão palmada segurou seu queixo e uma garra curta alisou a insígnia marcada em seu rosto. Ele fez de tudo para não se balançar para trás com repulsa. Quem sabia quantas pessoas tinham morrido sob aquelas garras? Quantas mais tinham sido abatidas em nome de Sobek?

O marid falou de novo, a voz parecendo a água que caía sobre as rochas.

— Você é o daeva que eles tomaram, o que usaram para matar o campeão da Nahid.

Não foi uma pergunta. *O campeão da Nahid.*

— Está falando do Afshin? — perguntou Ali. — Sim.

Sobek contraiu os lábios cinza. Por um segundo, Ali viu fileiras de dentes como flechas quebradas despontando em todas as direções.

— Um momento de hesitação — murmurou o marid. — Um momento para sentir os sabores do seu sangue, e tudo isso poderia ter sido evitado. — Arrependimento preencheu a voz dele, a primeira emoção que ele demonstrava além de raiva. — Eles deviam estar tão desesperados. — Sua garra pressionou mais firme a marca da insígnia, tanto que a pele começou a se rasgar. — Não foi sua escolha aceitar o anel de Anahid e trazê-lo para minhas águas?

Ali estremeceu. Quanto exatamente Sobek tinha visto?

— Não — respondeu ele.

Os olhos de Sobek brilharam, e Ali precisou de esforço para não saltar quando as pupilas dele se tornaram fendas verticais como as de um lagarto.

— Então você não sabe quem eu sou?

Havia um peso por trás daquela pergunta, o ar úmido carregado de tensão.

— Não — Ali respondeu de novo, pois parecia impossível mentir para a criatura à sua frente. — Não sei quem você é.

Sobek recuou como um chicote.

— Então vocês devem partir. Qatesh falou a verdade sobre o campeão da Nahid. Meu povo deve a ele uma dívida de sangue; não podemos fazer mal a ele, e não poderei proteger você se ela o trouxer.

O campeão da Nahid. Por um momento, a imagem de Darayavahoush dançou diante de Ali. A zulfiqar arrancada de sua mão, o sangue de Muntadhir em seu rosto.

Que o assassino do irmão dele viesse. Ali o receberia. Que os dois pusessem um fim àquela história.

Você não vai pôr fim a nada. Não conseguiu nem mesmo levantar a lâmina contra ele. A verdade amarga o esmagou, fazendo-o se sentir pequeno e inútil. Se Qandisha retornasse com Darayavahoush, Ali morreria – o Afshin não cometeria o erro de deixá-lo escapar de novo.

E então Nahri e a insígnia de Suleiman seriam devolvidas a Manizheh.

Ali exalou, olhando para o rio. O coração dele pesou. O barco estava destruído, as partes e os suprimentos que não tinham afundado em chamas – toda a comida e os pertences deles. Ali tinha as armas, mas, tirando isso, estavam de volta à mesma situação de semanas antes: todo o trabalho fora em vão. Pior – agora não havia cidade, nenhuma aldeia ou fazenda. Nada indicando uma presença humana próxima onde pudessem negociar um novo barco ou comprar suprimentos. Não havia nada além de deserto escuro, intocado pelas fogueiras dos djinns ou pelas lâmpadas humanas.

— Nosso barco sumiu — disse ele, desesperado, mais para si mesmo do que para Sobek.

O marid encarou Ali com outro daqueles longos olhares observadores que pareciam abri-lo e reordenar suas entranhas.

— Para onde pretendiam ir?

— Ta Ntry — respondeu Ali, com a cabeça girando. — A terra natal de minha mãe. Fica ao sul, ao longo do mar...

— Sei onde fica Ta Ntry. — Sobek parecia irritadiço agora, e inquieto. Ele balançou a cabeça para trás e para a frente, parecendo mais com um crocodilo. — Ela vai ficar segura lá?

— Mais do que com Qandisha.

— Então vou levá-los pelo nosso caminho. Há um lugar onde minhas águas encontram o mar, onde seu tipo costuma visitar. — Sobek fez um gesto como se o chamasse. — Venha.

Nosso caminho? Apreensão percorreu a coluna de Ali, mas Sobek já estava se virando, caminhando na direção do rio como um general avaliando território conquistado.

Um truque, aquilo podia ser um truque.

— Por quê? — disse Ali. — Por que você nos ajudaria?

Sobek parou na beira da água, a silhueta feita de linhas intensas mais pretas do que o preto contra a areia iluminada pelo luar e a vegetação arbustiva coberta por sombras da margem oposta. Ele parecia um vazio cortado no espaço, algo que puxaria e devoraria qualquer coisa que chegasse perto demais.

— Eu não *ajudo*. — O marid pareceu completamente enojado, e o Nilo ondulou em reação ao seu humor. — Faço trocas, e uma delas foi preservar a vida dela. — Ele indicou Nahri com o queixo semelhante a um focinho.

Não foi uma resposta reconfortante. Ali examinou de novo o deserto vazio, e então fitou de esguelha a mulher em seus braços. Ela também tinha, um dia, acompanhado um ser mágico misterioso que oferecia segurança – e tivera sua vida revirada como resultado.

Mas eles não podiam ficar ali, e a ideia de ser levado para Ta Ntry, para a costa exuberante sobre a qual sua mãe tinha lhe contado histórias antes de dormir, para um lugar no qual Ali poderia encontrar uma família e segurança, era tentadora.

Quase tão tentadora quanto enfrentar o assassino de seu irmão. *Não seja inconsequente.* Ali se colocou de pé. Nahri parecia leve demais, sua pele coberta de sangue e lama, o vestido rasgado. Ele tremeu ao entender como tinha chegado perto de perdê-la.

Engoliu o nó na garganta.

— Posso pedir uma… troca? — perguntou ele, com a pulsação galopando.

O marid olhou para ele.

— Fale.

— Ela levava uma sacola preta, cheia de ferramentas médicas. Coisas de metal. Eu não a vejo flutuando…

Antes que Ali pudesse terminar o pedido, a sacola de Nahri apareceu incongruentemente nas mãos palmadas do marid. Pingava água, mas fora isso parecia bem.

— Isto?

Ali assentiu, tentando esconder o medo.

— E seu preço?

Sobek inclinou a cabeça, considerando.

— Informação. Você vai falar comigo enquanto viajamos. Farei perguntas. Você vai respondê-las sinceramente.

Respostas que você não encontrou ao vasculhar minha mente? Mas Ali não disse isso. Apenas assentiu sombriamente e pegou a sacola. Ele podia fazer aquilo pela amiga que o salvara tantas vezes.

— Entendido — respondeu ele, passando a faixa pelo cinto de armas que, por sorte, ainda estava preso a sua cintura.

— Então vamos. — Sobek se virou.

Ali respirou fundo e seguiu o marid para dentro do Nilo.

A água estava na altura do peito dele quando o mundo virou de ponta-cabeça. Ali tropeçou em luz estelar, e água preta se abaulou acima dele como se estivesse rolando colina abaixo. Seu passo seguinte foi em terra firme e úmida, o cheiro de vegetação densa – de *vida* – tão pesado no ar que o deixou zonzo. Ele olhou para cima e arquejou.

Sumira o rio escuro e lamacento. Ou, se não tinha sumido, tinha se transformado. A água formava um arco em torno dele como um túnel, com raízes pantanosas e árvores submersas se estendendo para segurar um dossel brilhante de luz celestial refratada, gotinhas reluzentes e folhas de nenúfar salpicadas de verde. Peixes e tartarugas nadavam por ali, o branco prateado de suas barrigas tremeluzindo como velas.

Ali encarou maravilhado a visão extraordinária. "Lindo" não chegava perto de capturar a magia do mundo ao seu redor. Ele podia estar em um templo dedicado ao próprio Nilo, uma mesquita iluminada de água e estrelas. Um longo e estreito caminho se estendia ao longe, terra morna e salgada pontuada com rochas pluviais reluzentes e partículas de ouro e pedra branca. E embora estivesse respirando ar, correntes suaves de

270

névoa invisível brincavam em torno de sua cintura, ondulando sob seus braços. Ali sentiu como se pudesse fechar os olhos e pegá-las, pairar em paz ao longo do lânguido Nilo conforme o rio serpenteava por aldeias desertas e montanhas exuberantes...

A mão pesada de Sobek agarrou o ombro dele.

— Cuidado. Se sua mente divagar aqui, você vai junto.

Ali assentiu, ainda encantado. Fitou o caminho do rio de novo, o brilho de ouro e branco-prateado chamando sua mente.

— O rio de sal e ouro — disse ele, lembrando-se. — Você... você é o marid do rio de sal e ouro. Você é aquele cuja memória vi em meu sonho, quando Anahid ergueu a ilha e...

Sobek soltou o ombro dele tão rápido que Ali tropeçou.

— Sim — respondeu ele, de um modo grosseiro que não deixou espaço para perguntas. — Consegue respirar e nadar à nossa maneira?

Chocado com a mudança de tópico, Ali gaguejou uma resposta.

— Sim. Quer dizer, não posso me afogar, se é o que está perguntando.

— Então seria mais fácil se nadássemos. — Os olhos do marid se voltaram para Nahri. — Eu poderia transformá-la em um peixe para ela nos acompanhar.

Ali imediatamente deu um passo para trás, abraçando Nahri com mais força.

— Não quero que a transforme em peixe.

A cabeça de Sobek girou sobre o pescoço. De novo, Ali podia jurar que tinha visto o indício de um longo focinho e dentes serrilhados.

— Você tem medo de que eu a machuque. — Não foi uma pergunta.

— Eu vi suas lembranças — respondeu Ali, tremendo. — Você jurou vingança contra Anahid.

— Ela não é só de Anahid — replicou Sobek, apontando para Nahri. As membranas entre os dedos pareciam uma luva reforçada. — Ela também nasceu do povo desta terra, *minha* terra, minhas águas, e meu laço com eles se estende até muito antes de aquela demônia daeva colocar os pés em nosso lago.

— A família humana de Nahri era do Egito? — Ali suspeitou que aquilo a reconfortaria. Quando o marid assentiu, ele insistiu. — Ela ainda tem parentes aqui?

— Estão mortos. — O marid se virou com um movimento brusco; Ali quase esperava ver a cauda de um crocodilo atingir a areia. — Vamos, se você insiste em andar. Estes caminhos são feitos para serem percorridos a nado e é difícil mantê-los dessa forma.

Ajustando Nahri nos braços, Ali acompanhou o marid. O *marid*. Depois de todo aquele tempo, parecia impossível que ele estivesse ao lado de uma das criaturas. Cem perguntas pairavam em seus lábios, mas Ali – que estivera desesperado por respostas sobre sua possessão, que normalmente jamais dava as costas a uma fonte de informação – se viu quase com medo de falar.

Sobek não sentia o mesmo.

— Quantos de vocês restam?

Ali não entendeu a pergunta.

— Somos só nós — disse ele. — Nahri e eu...

O marid emitiu um estalo com os dentes, irritado.

— Quantos do seu *tipo*? Vi sua irmã manipulando água em sua mente, e sua mãe mantém nossa tradição. Quantos outros existem?

Uma nova apreensão cresceu em Ali.

— Por que quer saber sobre minha família?

— Porque você pediu um favor e eu concedi. Agora, me responda.

Mentir no reino do poderoso marid com Nahri inconsciente em seus braços não parecia inteligente, mas Ali tentou se esquivar da pergunta.

— Não tenho certeza. Cresci em Daevabad e não conheço bem os parentes de minha mãe.

— Eles sempre viveram em Ta Ntry?

— Sim — respondeu Ali, antes de perceber que não era exatamente verdade. Havia um motivo pelo qual sua mãe era rainha, afinal de contas; a família dela era bem conectada politicamente. — Quero dizer, em grande parte. Minha mãe me contou que nossos ancestrais frequentemente viajavam entre Ta Ntry e Daevabad durante os primeiros séculos depois da conquista. Eles eram ministros de governo, conselheiros, esse tipo de coisa. Mas, desde então, muitos retornaram para viver em Ta Ntry.

— Ah — disse Sobek, baixinho. — Entendo.

— Entende o quê?

O marid o ignorou.

— Algum deles é abençoado como você?

Abençoado. Era isso que Ali era? Ele pensou no dia no quarto de Issa, com a mãe preocupada suplicando ao estudioso enojado por ajuda.

— Até onde sei, não. Seu tipo é temido como se fossem monstros em Ta Ntry. Não acho que há mais ninguém como eu.

— Seu povo tem a memória curta.

Ali se esforçava para acompanhar a passada longa de Sobek conforme Nahri ficava pesada em seus braços doloridos.

— Do que está falando? Isso significa que não são verdade, as histórias sobre os marids?

Dessa vez, Sobek de fato olhou para trás, com olhos reptilianos brilhando.

— Eu não disse isso.

Um calafrio percorreu Ali. *Há histórias assim sobre você?*, era o que ele queria perguntar, mas em um raro momento de autopreservação, segurou a pergunta nos lábios.

Tentando mudar de assunto, ele fez uma pergunta diferente.

— A ifrit chamou você de Sobek. É esse seu nome?

— Está entre os nomes que mortais me deram.

— Os mortais sabem sobre você?

— Os mortais me *adoravam*. — Fome novamente surgiu na voz de Sobek, a frieza indiferente recuando como a maré baixa. — Eles enchiam templos reluzentes com meu rosto e construíam cidades em meu nome. Sou o motivo pelo qual esta terra é majestosa.

A boca de Ali secou.

— E o que isso custou a eles?

— Noivas. — Ali lhe lançou um olhar chocado, mas Sobek não pareceu notar, perdido em um devaneio que tinha mudado sua expressão nebulosa. O rosto dele era todo crocodilo agora, com sede de sangue nos olhos amarelos e saliva reluzindo de seus dentes. — Mulheres, com aquele primeiro fluxo de fertilidade, a mortalidade... o poder naquela consumação, no sangue delas... — A voz de Sobek se tornou desejosa. — Nada se compara.

Ali cambaleou, mas não de exaustão dessa vez. O desejo e a arrogância descarados na voz de Sobek, a forma como encontrou o olhar de Ali, como se confidenciasse um desejo compartilhado, o deixaram enjoado. E embora ele estivesse tentando conter a língua na presença de uma criatura tão poderosa, seu coração não podia deixar aquilo continuar.

— Isso é maligno. — Ele encarou Sobek. — Não acha que aquelas mulheres prefeririam ter vivido e tido famílias próprias em vez de serem desonradas e afogadas?

— Eu nem sempre as afogava. — Sobek não pareceu nada incomodado pela repulsa de Ali. — Foram eles que escolheram se assentar em minhas margens. E não importava o sangue que aquilo custasse, sempre se regozijavam quando viam minhas enchentes. Jamais precisei tomar as relutantes; não poderia. Você conhece as leis entre nossas raças. Não posso matar um ser inferior sem o consentimento dele.

— E você ainda chama de consentimento quando ameaçava as famílias com a fome e fingia ser o Criador?

O olhar de Sobek se voltou para ele, parecendo finalmente reconhecer o nojo de Ali. Um pouco da fome deixou sua expressão, mas Ali não precisava ter temido a raiva: Sobek apenas pareceu bastante cansado, talvez até um pouco chateado.

— Você é daqueles que se chamam de djinn, não é? — perguntou o marid. — Presumo, então, que compartilhe uma das fés dos humanos nesta terra, as fés que me destituíram. Uma reviravolta bastante irônica do destino para nós dois.

— O que isso quer dizer?

— Quando sua mulher caiu em seus braços, suas primeiras palavras foram para perguntar o meu preço. — Sobek pegou o cotovelo de Ali, empurrando-o para a frente quando o caminho atrás deles desabou como uma cachoeira estrondosa. — De acordo com a minha experiência, homem nenhum pergunta isso a não ser que parte dele esteja disposta a pagar.

Ali se lembrou do desespero avassalador que sentira quando Nahri não acordava. Ele abriu a boca, mas não era uma acusação que pudesse negar.

— Ela não é minha mulher — respondeu, apenas.

O olhar que Sobek lhe deu foi fulminante.

— Eu estive em sua mente. — Ele se virou de novo, poupando Ali de uma resposta. — Você é de um tempo diferente, mortal. Um tempo mais bondoso. Não poderia entender o meu.

— Mas você foi punido mesmo no seu tempo — observou Ali. — Eu vi em sua memória. Suleiman mandou Anahid punir os marids por abusar dos humanos.

Fúria ondulou pelo rosto verde-acinzentado de Sobek e a névoa se agitou aos seus pés.

— Anahid foi longe demais. Ela nos humilhou, roubou nosso lago e forçou meu tipo à servidão.

— Então o que aconteceu? Você ajudou meus ancestrais a tomar Daevabad dos Nahid? Essa deveria ser sua vingança?

— Em parte. — Sobek levantou a mão, fechando-a no ar, e uma faixa de névoa dourada congelou no punho dele como se o marid tivesse puxado uma corda com firmeza. Ele a agitou acima dos três e foi como se tivessem entrado em um novo mundo. O rio era mais selvagem ali, quebrando em rochas bem acima da cabeça deles e caindo em redemoinhos de cachoeiras.

Ali ficou boquiaberto, mas, agora que Sobek estava respondendo perguntas, não iria parar.

— Mas Manizheh e o... campeão dela fizeram o lago se erguer para atacar minha Cidadela. Isso é magia marid. Por que seu povo os ajudaria agora?

Sobek sibilou.

— Nenhum marid jamais *ajudaria* um daeva por escolha própria. Se meus primos ajudaram essa Manizheh e a abominação ao lado dela, foi porque não tiveram escolha.

— Não entendo.

Sobek puxou outra corrente com a mão e um lago calmo ondulou acima deles.

— Levamos muito tempo para nos livrar dos Nahid. Meu povo é orgulhoso e sofremos as humilhações deles amargamente. Dobrar nossa vontade a um daeva e ser forçados a erguer uma monstruosidade seca sobre nosso lago sagrado... nós comemoramos quando a água finalmente provou a carne deles — disse Sobek, lançando gelo pelo sangue de Ali. — Estou longe de meu povo há muito tempo, mas até mesmo eu ouvi os boatos de que uma descendente que se dizia tão poderosa quanto Anahid caminhava sobre a terra, e que ela pretendia se unir a um guerreiro com ainda mais magia e trazer de volta as tradições da sua família. — A voz de Sobek estava cheia de remorso pesaroso. — Meus primos tinham acabado de conseguir a liberdade. Suspeito que estivessem desesperados para encontrar um modo de impedi-la.

— Então eles mataram o guerreiro dela — disse Ali, as peças se encaixando. Finalmente descobria o motivo pelo qual fora possuído. — Ou me obrigaram a matá-lo.

— Suspeito que você tenha sido uma oportunidade que aproveitaram sem pensar muito. Meu povo estaria procurando por uma forma de se livrar dele sem manchar as próprias mãos. Subitamente ter um guerreiro como você nas águas deles, outro daeva, ou djinn, ou qualquer que seja o nome que se dá agora, e que podia empunhar a lâmina no lugar deles? Devem ter achado que era uma benção.

Uma benção. Lá estava aquela palavra de novo.

— Eles me torturaram — respondeu Ali, a voz vazia. — Não tive nada a ver com aquilo.

— Você estava lá e foi útil. — Não havia crueldade na afirmação. Era apenas aquilo: um fato.

— Mas o plano deles não funcionou — observou Ali. — Darayavahoush voltou ainda mais poderoso. Então, o que deu errado?

Sobek parou sem aviso, e Ali quase se chocou com suas costas escamosas. O marid se virou, encarando-o como se pudesse invadir a mente de Ali de novo. Por Deus, como aqueles olhos faziam a pele dele se arrepiar. Era o olhar de um predador de outro mundo, outra era – o golfo entre eles era intransponível.

— Nossa troca não foi pela sua iluminação — respondeu o marid, por fim. — Foi pela minha. Me dê a mulher por um momento.

Ali tentou recuar, mas Sobek puxou Nahri dos braços dele como se uma onda a tivesse roubado.

— Fique calmo, sua criatura assustada — exigiu Sobek quando Ali tentou se desvencilhar das faixas de água que amarravam seus braços e suas pernas, a exasperação deslocada no rosto de um ser tão antigo. — Pegue a corrente à sua esquerda.

— *Pegar a corrente?* — repetiu Ali, pasmo. — Mas não sou marid.

— Ainda tem mãos, não tem? Pegue-a, ou vou jogar sua mulher nela e oferecer outro desafio a você.

O marid se moveu como se fosse fazer isso e, com um rompante de pânico, Ali obedeceu: lançou as mãos à névoa dourada, tateando. Esperava que os dedos se fechassem em nada.

Ao contrário, foi como se tivesse mergulhado a mão em uma cachoeira, congelando-a com seu toque. O poder o deixou de joelhos, e Ali gritou conforme pontadas de dor percorriam seu braço. O anel queimou seu coração.

Sobek estava lá no momento seguinte, apoiando a mão livre contra a testa de Ali. A dor foi amortecida até restar só um latejar fraco. Ali abriu os olhos.

— Que Deus seja louvado — sussurrou ele. O mundo ao redor tinha ficado ainda mais maravilhoso, mais iluminado, como se ele tivesse pisado em um novo nível de existência. Ali podia ver mil correntes, dez mil, mais possibilidades e lugares do que jamais tinha imaginado existirem, todos estendidos diante de si. Montanhas com neve no topo e mares tropicais. Correntes setentrionais sinuosas e um litoral açoitado por um ciclone. A plácida fonte de um simples pátio de tijolos de argila e uma poça em uma cidade cinzenta encharcada pela chuva.

Essa na sua mão. A voz de Sobek irrompeu dentro da mente de Ali. *Mergulhe, pequeno mortal.*

Agindo por instinto, Ali se permitiu cair para a frente, arrastando a corrente na mão sobre todos eles. Assim que soltou, todos os caminhos sumiram, e ele caiu rolando na areia branca, respirando pesadamente.

A magia marid permaneceu. Ali brincou com ela, tendões de água dançando por seus braços. Um caminho nacarado de areia se estendia diante dele, os peixes que passavam acima disparando para longe. Ele conseguia sentir o poder puro emanando de Sobek.

Nahri, no entanto, era outro sabor. Algo provocador. Sangue salgado e magia escaldante. O tipo que queimava o mundo e convidava a água para recriá-lo. Estava ali, nas veias delicadas e na pele frágil que podia ser tão facilmente perfurada. Tão facilmente tomada.

Ali sentiu ânsia, e a fome horrível sumiu – embora pudesse ter jurado que seus dentes haviam se afiado brevemente.

— O que você fez comigo?

— Nada. — Os olhos do marid dançaram. — Você ainda tem — murmurou ele, como se consigo mesmo. — Separado por uma dúzia de gerações, e ainda persiste.

Ali ainda tentava recuperar o fôlego, as palmas apoiadas na areia. Além dele um bando de hipopótamos passou com um estrondo pelo brilho do túnel aquoso.

— Como tudo isso *funciona*? — perguntou, ficando de pé. — A forma como você entra em minha mente, a forma como viajamos?

Sobek gesticulou para que Ali seguisse, e continuaram caminhando.

— É difícil de colocar em palavras. Meu tipo não se comunica como o seu. Nós nos unimos e compartilhamos o que está em nossas mentes, nossas almas. Nós somos... nós somos como a água, entende? Pode haver muitas correntes, mas todas vêm do mesmo rio. — Uma nota de indiferença invadiu a voz dele. — Não como os daeva. Vocês são todos brasas incandescentes separadas.

Ignorando o comentário, Ali insistiu.

— E as correntes, todos os caminhos que eu vi?

— Há água por toda parte. Não apenas em lagos e rios, mas em correntes muito abaixo da superfície e na chuva nas nuvens. É assim que viajamos, ou como aqueles de nós que são capazes de viajar o fazem. — Sobek pareceu estar se entusiasmando pelo assunto, mais ansioso para explicar aquilo do que a história violenta dos marids com os Nahid. — Sou parte da primeira geração do meu povo, então posso assumir esta forma sólida, mas a maioria dos outros não pode ser vista por olhos mortais. Eles existem como parte de sua água de nascença, possuindo outras criaturas menores em seu domínio quando querem.

— Nem sempre quando querem — disse Ali, em tom afiado. Mas havia outra coisa, alguma coisa que ele não estava vendo... — Espere, você pode viajar para *qualquer* água?

Poderia nos levar pelo lago até Daevabad? — perguntou ele, esperança crescendo no peito.

O calor sumiu do rosto de Sobek.

— Não. — Ele jogou Nahri de volta nos braços de Ali e seguiu em frente.

Ali o seguiu aos tropeços.

— Como assim *não*? Porque não pode ou porque não quer?

Sobek se virou para ele, exibindo os dentes.

— Porque não vou permitir que o anel da insígnia seja devolvido para aquela cidade horrível. Por nada. Se há alguma luz na catástrofe que a inconsequência de meus primos causou, é que o feitiço de Anahid está finalmente quebrado. Rezo para que aquela ilha pútrida e sua cidade ainda mais pútrida sejam as próximas e se afoguem sob as ondas.

Ali ficou chocado.

— É meu lar.

— Então que sorte que você tem outro. — Sobek pegou uma nova corrente, arrastando-a sobre eles e então batendo os pés.

Ali o seguiu, sem querer desistir.

— Então *eu* não poderia fazer isso? Viajar pelas correntes por conta própria?

— *Não*. — Havia um novo aviso na voz do marid. — Você jamais vai usar seus poderes completamente com esse anel no coração, e deveria se sentir grato por isso. — Sobek ergueu as mãos, abrindo-as como se fosse orar.

O teto aquoso desabou, aterrissando como uma chuva leve sobre o rosto de Ali.

O túnel impressionante do rio tinha sumido, com a luz reluzente e o caminho salpicado de ouro. Ali e Sobek estavam de pé na margem de um riacho sinuoso à beira da praia, com água até os joelhos. Ainda era noite, mas as estrelas e a lua forneciam luz o suficiente para revelar que o deserto tinha sido substituído por uma selva de árvores desconhecidas. Embora não pudesse ver o oceano, Ali ouviu o quebrar das ondas ao longe.

— Ta Ntry — anunciou Sobek. — Caminhe para o sul. A costa e as florestas estão marcadas com as ruínas humanas que seu povo gosta de assombrar.

Ali ficou chocado com a mudança abrupta de cenário e se viu ansiando por um último lampejo do interior encantado do Nilo, o radiante templo de água. Seu desaparecimento ecoou por ele com uma tristeza que não podia explicar.

Ele olhou para Nahri. Ela nem mesmo se mexera no sono encantado; um cacho úmido estava grudado em sua bochecha. *Qual é seu preço?* Ali ficou subitamente muito feliz por não ter precisado responder à pergunta ele mesmo.

— Você é o marid que amaldiçoou a aparência dela, não é? — perguntou ele. — Aquele que a fez parecer humana e a deixou no Cairo.

— Sou eu.

— Por quê?

— Porque a família humana dela pagou meu preço, e foi a melhor forma de protegê-la.

— Ela era uma criança, sozinha e assustada. Aquilo não foi proteção.

Os olhos de Sobek brilharam.

— Salvei a vida dela duas vezes e fiz uma jornada que poderia ter matado vocês dois transcorrer em uma noite. Honrei minha troca. — Ele recuou. — Você deveria ir.

— Espere! — Ali se moveu entre Sobek e a água mais profunda. — Não existe mesmo uma forma de eu aprender a viajar pelas correntes? A acessar o tipo de magia da água que eu tinha antes de tomar a insígnia?

— Não. — Sobek tentou passar por ele.

Ali bloqueou seu caminho.

— Então outro marid não poderia fazer isso? — Ele pensou rápido. — Tiamat. Aquele que nasceu no lago. Esse oceano não deveria ser o domínio dela agora? Será que eu poderia...

Sobek o agarrou, e qualquer protesto que Ali pudesse ter feito morreu em seus lábios.

— É mais provável Tiamat arrancar sua alma do corpo e devorá-lo, com anel e tudo. — Sobek encarou Ali com o olhar preto e amarelo, e o coração de Ali pulou de medo. — Estou concedendo *misericórdia* a você, mortal. Você tem um lugar em seu mundo. Volte para ele. Se fosse sábio, esqueceria o que sabe sobre os marids. Meu povo tem seu nome, e você não vai conseguir combatê-los, não com o anel de Anahid o segurando. Pegue sua mulher e fuja para seus desertos. É mais seguro.

Então ele se afastou de Ali tão abruptamente que ele perdeu o equilíbrio, quase soltando Nahri. Quando se recuperou, viu Sobek caminhando mais profundamente para dentro do rio, nuvens verdes girando em torno de sua metade inferior.

— Por quê? — disparou Ali, temendo que tivesse perdido alguma coisa, que Sobek o estivesse deturpando de uma forma que se tornaria clara tarde demais. — Você diz que não nos ajuda, que só trabalha com trocas. Por que me conceder sua misericórdia ou seu conselho?

Sobek parou. A forma humanoide jovial dele quase sumira.

— Alizayd al Qahtani — disse ele, proferindo o nome de Ali em voz alta pela primeira vez. — Vou me lembrar de você. — A última parte de seu semblante desapareceu sob uma máscara crocodiliana.

E então, sem mais uma palavra, ele sumiu sob a água.

DARA

Estava silencioso no Grande Templo de Daevabad naquela hora mais escura da noite. Para um povo que honrava a subida e a descida do sol, marcando o primeiro e último lampejo de sua esfera incandescente com quieta gratidão a seu Criador, a hora mais distante da presença do astro era destinada a se manter em segurança, dormindo com seus entes queridos, com um altar de fogo queimando para afastar os demônios.

Mas Dara não tinha entes queridos, e era ele mesmo um demônio, então ali estava ele.

Na primeira noite em que fora até lá, havia sido atraído pelos primeiros altares: os Nahid que tinham unificado as tribos para construir Daevabad e seus protetores Afshin, figuras de um mundo que parecia tão mais simples: um mundo no qual os heróis eram heróis, e seus inimigos eram obviamente malignos. O olhar dele percorreu as estátuas com inveja e anseio. Como ele desejava que aquela pudesse ter sido sua sociedade.

No entanto, até mesmo Dara tinha um limite para tristeza inútil, então, ao retornar, passando de fininho pelo portão do Templo e percorrendo os caminhos do jardim iluminados pelo luar e repletos do cheiro doce de jasmim, ele tinha um propósito: varrer o chão de cinzas e tirar o pó dos altares. Ele fazia isso sem magia, pois não era permitida no Templo, e se sentia melhor realizando esse serviço com as mãos, como uma pequena penitência.

Estava fazendo isso, passando uma vassoura de cerdas secas pela base de mármore do enorme altar central de Anahid, quando o som de passos suaves chamou sua atenção. Ele reconheceu a inspiração cansada e o andar arrastado com os sentidos aprimorados que sua forma agora lhe dava, sentidos que tinham um instinto predatório que ele odiava.

— Eu me perguntei quando você me pegaria — disse ele em voz baixa como cumprimento a Kartir, arrumando a pilha acumulada de poeira sem se virar.

— Achei melhor deixar os acólitos responsáveis pela limpeza aproveitarem mais uma manhã de sono — respondeu Kartir. — Mas me ocorreu que um homem procurando servir aos altares no meio da noite deve precisar de aconselhamento.

— É tão óbvio assim?

A voz do sacerdote era gentil.

— Está aparente há muito tempo, Darayavahoush.

A mão de Dara apertou a vassoura.

— Você é o único, com exceção de Manizheh, que me chama assim hoje em dia.

— Você é Darayavahoush para nosso Criador. Afshin é um título que não precisa defini-lo aqui.

Dara finalmente se virou.

— E meu outro título? Acha que o Criador conhece aquele? Deve conhecer; orações por justiça vindas de mil lábios devem lamentá-lo. — A voz dele se tornou amarga. — Foi quase finalmente concedida.

Kartir avançou.

— Fiquei sabendo. Como está se sentindo? Houve notícias de que você estava ferido. Notícias de que não tem estado tão... visível.

Essa era uma forma de descrever a situação. Manizheh tinha cumprido com a promessa, afastando Dara da maioria dos seus deveres oficiais e o substituindo pelos guerreiros que ele havia treinado. Dara não podia mais oferecer orientação quando se tratava de governar Daevabad. Ao contrário, recebia tarefas de mentes supostamente mais tranquilas, e era esperado que obedecesse e mantivesse a boca bem fechada.

Há honra em ser uma arma. Ele trincou os dentes.

— Pode-se dizer que não estou mais nas graças da corte.

— Você e eu, para ser sincero — respondeu Kartir. — Banu Manizheh deixou claro que deseja minha aposentadoria mais do que meus conselhos. Mas você salvou a vida de uma irmã daeva, não foi? A jovem?

— Irtemiz. — A presença de sua protegida no treino tinha sido uma boa notícia, mesmo que, com o braço e a perna quebrados, tudo o que ela conseguisse fazer fosse gritar correções para os recrutas de uma cadeira.

Mas o humor de Dara já estava pior. Aquela noite no hospital tinha quebrado alguma coisa dentro dele. Caçado como um animal, ele vira claramente como o resto do mundo o enxergava.

— Provavelmente tomei três dúzias de vidas para salvar a dela — disse Dara. — Talvez mais. Não que importe, não é? Eram moscas da areia e sangues-sujos. Criações antinaturais; abominações sem alma cuja mera existência ameaça a nossa, e os apoiadores fanáticos delas.

— Você acredita que é isso que são?

Lágrimas queimaram nos olhos de Dara, a umidade chiando contra sua pele quente.

— Já acreditei. Eu costumava acreditar em tudo isso, Kartir. Eu precisava.

A expressão de Kartir não traiu qualquer julgamento.

— Por que precisava?

Dara respirou fundo e então elas saíram – as palavras que expressavam o medo mais oculto do seu coração finalmente ditas em voz alta.

— Porque tinha que ser verdade, Kartir. Porque se os sha-fits eram pessoas, mães inocentes e pais e crianças, e fiz com eles as coisas que fiz... — Ele exalou. — Então estou condenado. Sou um monstro, pior do que o mais vil dos ifrits, e... eu... Não quero ser isso. Eu só estava tentando servir à minha tribo. Eu tinha *dezoito* anos quando os Nahid me enviaram para Qui-zi. Eu os adorava, confiava neles, e *mentiram.* — Ele ergueu as mãos, abarcando o Templo. — O que tudo isso deveria significar se permite tal atrocidade?

— Acho que é um erro julgar o Criador pelas transgressões dos mortais — respondeu Kartir. — Acredito que os Nahid sejam abençoados e acredito que devem nos guiar, mas isso não significa que não tenham defeitos. Não significa que não sejam vítimas dos próprios medos e desejos. Eu amo os Nahid o suficiente para não os sobrecarregar com expectativas de perfeição. Não posso. Vi uma mulher criada no Templo usar seus dons para matar, enquanto outra, criada por humanos, quebrou um tabu que eu achava sagrado e salvou vidas.

Dara estava perto de perder a batalha para as lágrimas.

— Então o que podemos fazer?

— Acho que se deve começar dando ouvidos a isto — Kartir tocou a cabeça de Dara — e isto — ele tocou o coração de Dara — tanto quanto às palavras sagradas dos sacerdotes, dos livros e dos Nahid. Seu coração e sua mente também são concedidos pelo Criador, sabe?

— Meu coração e minha mente me dizem que cometi o mais terrível e imperdoável dos crimes. Que ajudei a criar um mundo que só pode ser consertado com mais violência. Que eu... — Dara hesitou. Aquilo ainda parecia uma traição. — Que segui as pessoas erradas. — Ele olhou suplicante para o sacerdote. — O que faço com esse tipo de fardo, Kartir? Se houvesse alguma justiça, eu estaria queimando no fogo do inferno. Entretanto, continuo sendo trazido de volta à vida. — Ele indicou seu corpo. — A minha forma... os ifrits vivem milênios assim.

— Isso não lhe parece uma bênção?

— Uma *bênção?* — repetiu Dara, o tom histérico em sua voz ecoando pelo amplo vazio. — É uma maldição!

Kartir tirou a vassoura das mãos de Dara – bem a tempo, pois estava começando a queimar.

— Caminhe comigo, Darayavahoush.

O sacerdote pegou o braço dele, levando-o além do enorme e reluzente altar prateado até os corredores dos fundos do Templo.

— Se me permite — disse Kartir, conforme se aproximavam de uma porta dupla de bronze no fim do corredor —, tudo o que estou ouvindo de você é *"eu* isso, *eu* aquilo". Não considerou que seu sofrimento e sua redenção podem ser menos importantes do que consertar as coisas para as suas vítimas?

As palavras o atingiram profundamente, deixando Dara sem resposta.

— Não tem como consertar o que fiz. Não se podem ressuscitar os mortos.

— Você pode parar de fazer *mais* mortos. É o homem mais corajoso que conheço, e agora foge de fantasmas? Aceite esse fardo, Dara. Pode descobrir que fazer isso é mais fácil do que segurá-lo acima da cabeça esperando que esmague você.

Kartir abriu a porta. Do lado de dentro havia uma pequena sala circular com prateleiras de vidro. No centro, um altar de fogo rudimentar, quase primitivo, com pouco mais do que uma tigela de bronze surrada na qual cedro queimava intensamente. Ela projetava a luz do fogo pela sala, refletindo-se nas prateleiras de vidro reluzentes e nas almofadas de veludo macio que elas sustentavam.

E nos ornamentos de esmeralda que estavam por toda parte.

Dara se encolheu tão rápido que se chocou contra o batente da porta. Receptáculos de escravos – anéis, lâmpadas, braceletes e colares. Dúzias.

Kartir apertou o braço dele.

— Respire, Darayavahoush. Eles não podem ferir você. Estão dormindo.

Dara sacudiu a cabeça, tentando não puxar o braço de volta e sair correndo da sala.

— Não quero estar aqui.

— Eles também não. Mas acho que você precisa de um lembrete da posição em que se encontra, um lembrete, sinceramente, de que se aliou às criaturas responsáveis por isto. Estas almas têm sorte; há ao menos mais uma dúzia, a julgar pelas relíquias que recuperamos, ainda soltas no mundo humano.

Dara se obrigou a relaxar. No silêncio da sala, ele podia jurar que ouvia uma respiração dormente.

Kartir o soltou.

— Foi para cá que eu trouxe Banu Nahri no primeiro dia dela. Ela veio aqui depois muitas vezes. Ela tem um bom coração. Rezo ao Criador para que ela esteja a salvo, onde quer que esteja. — Ele parou. — Não achei que jamais veria vocês dois em lados opostos.

Nem eu. Dara encostou no batente da porta.

— Não sou capaz de consertar isso — afirmou ele. — Não sou um profeta nem um sacerdote. Sou um assassino.

— De novo com o "eu" — replicou Kartir. — Diga-me, Darayavahoush, que bem você vai fazer, queimando nesse fogo do inferno ao qual anseia se juntar? Isso vai ajudar suas vítimas? Você *foi* abençoado; recebeu o poder, o privilégio, o *tempo*... todos esses séculos que você não quer... para consertar as coisas. E quando finalmente enfrentar nosso Criador, vai dizer que os passou remoendo a culpa? — A expressão de Kartir ficou determinada. — Ou preferiria dizer que passou cada fôlego lutando por um mundo mais justo?

— Isso é fácil de pregar do Templo. Você não vê as ameaças que vemos do palácio, nem carrega a responsabilidade de proteger dezenas de milhares de pessoas assustadas e prontas para se dilacerar.

— Você está certo. Não carrego esse fardo. Mas você também não — replicou Kartir. — Não sozinho. Se Manizheh quer governar Daevabad, ela deveria *ouvir* Daevabad, não apenas o seleto grupo de Daeva que concorda com ela. Ela precisa fazer as pazes com os djinns e ser vista como uma unificadora, como alguém capaz de piedade e bom senso.

Dara esfregou as têmporas, o próprio anel de escravidão batendo em seu crânio. Seu estômago se revirou quando ele se lembrou do momento em que considerou retirar o anel para se matar no hospital.

Mas ele havia sobrevivido, mais uma vez, contra as probabilidades.

Será que poderia mudar? E Manizheh? Porque, por mais que partisse seu coração, Dara via lampejos da líder que ela poderia ter sido caso Ghassan não a tivesse torturado. Ela era excessivamente brilhante, comedida, sensata e atenciosa. Não haviam sido apenas seus poderes ou seu nome que levaram as pessoas a segui-la no deserto.

Mas não seria fácil fazer com que ela mudasse de ideia.

Vai ser ainda mais difícil fazer os djinns mudarem de ideia.

Ele sentiu sua expressão se fechar.

— Eu nem mesmo saberia por onde começar com os djinns. Qual deles sequer iria querer negociar, quanto mais confiar em nós?

Kartir deu-lhe um olhar mensurado.

— Se bem me lembro, você tem um djinn com bastante experiência em navegar políticas tribais que está atualmente definhando no calabouço.

Dara imediatamente fez uma careta.

— Muntadhir jamais trabalharia conosco. Ele ficaria feliz em ver o lugar inteiro, incluindo ele mesmo, desabar no lago se isso significasse que Manizheh e eu cairíamos junto.

— Você não sabe disso. Muntadhir tem suas fraquezas, sim, mas eu sempre tive a impressão de que ele realmente se importava com Daevabad e tinha uma afeição genuína por nossa tribo. E pode ser útil para você sugerir uma aproximação dessas — acrescentou Kartir. — Pragmática e cautelosa.

Se quer que Banu Manizheh ouça você, precisa mostrar que suas opiniões valem o peso delas.

— Se eu deixar o emir sair das correntes, ele vai tentar me matar.

Kartir deu tapinhas nas costas de Dara.

— Que bênção, então, que realizar tal feito é tão difícil.

17

NAHRI

ERA REALMENTE LINDO.

Nahri contemplava o oceano. Era a primeira vez que ela via o mar, e era deslumbrante, pintado tão belamente com as intensas cores da proximidade do alvorecer que parecia que o Criador tinha pessoalmente o abençoado. A água se estendia até encontrar um horizonte nebuloso, e uma gaivota grasnou conforme ondas suaves acariciavam a praia macia, a maré avançando e recuando em um movimento constante e hipnótico.

— Por favor, diga alguma coisa.

Era a segunda vez que Ali implorava a ela para que falasse desde que Nahri acordara para ouvir as explicações gaguejadas dele sobre barcos afundados e marids misteriosos. Ele estava acabado ao lado dela, vestido apenas com um tecido que cobria o corpo da cintura para baixo e seu cinto de armas, com lama se agarrando à pele e à barba. Ela imaginou que sua aparência devia estar igual: o vestido arruinado e arranhões cobrindo a pele. Entorpecida, Nahri traçou espirais na areia, desfazendo uma fileira de conchas e algas secando.

— Nahri...

— Sobrou alguma comida? As moedas pelas quais eu troquei as últimas gemas? — A voz dela saiu num sussurro rouco, a garganta ardendo por causa da água lamacenta do rio que tinha escorrido por ela e, de forma igualmente dolorosa, sido forçada a subir de novo.

Ali hesitou. Havia preocupação naquela pausa, um homem se perguntando como dar más notícias.

— Sinto muito — disse ele, hesitante. — O barco afundou tão rápido. Quando tirei você do rio, tudo que já não tinha sumido estava em chamas. O marid falou que seria mais seguro se partíssemos imediatamente. Ele disse que, se Qandisha voltasse com Darayavahoush, não poderia nos proteger.

Nahri estremeceu ao ouvir o nome de Dara. Ela ainda conseguia sentir o gosto do Nilo na língua e se lembrava com clareza avassaladora do momento em que perdera a batalha para manter a boca fechada. Que poético – os dois afogados pela mesma ifrit.

Ambos arrastados de volta à vida e forçados a lutar de novo.

Uma brisa salgada soprou uma mecha de cabelo bagunçado contra o rosto dela. O vento do oceano, o oscilar das palmeiras e o subir e descer das ondas como um gigante dormente de líquido eram esplêndidos, uma visão indescritível, como se ela e Ali tivessem de fato morrido na noite anterior e sido levados para um filete de Paraíso. Uma pena que não tivessem sido. Talvez no Paraíso Nahri tivesse tido permissão de enfim descansar.

— Vai ficar tudo bem — Ali apressou-se a dizer, obviamente tentando fazer com que ela se sentisse melhor. — Tem cocos se você estiver com sede. Não vi mais nada para comer, mas Sobek disse que, se caminhássemos para o sul, encontraríamos ruínas onde os djinns gostam de...

Nahri caiu na gargalhada.

Era uma gargalhada selvagem, e foi seguida por outra, e então Nahri não conseguia mais parar, rindo tanto que lágrimas encheram seus olhos e ela teve dificuldades para respirar.

Ela limpou o rosto.

— Desculpe, é que... quer dizer, é engraçado, não é? Sabe quantas vezes precisei fazer isso? Esqueça a cura; minha especialidade deveria ser ter minha vida destruída e então ser forçada a reconstruí-la do nada. — Nahri pensou no barquinho deles, agora no fundo do Nilo, junto com as preciosas ferramentas de Yaqub e todos os suprimentos que ela negociara e roubara. Os dias anteriores retornaram a ela, o tempo passado à sombra de templos em ruínas e as longas e tranquilas horas velejando além de campos verdes e aldeias banhadas pelo sol.

Ela deveria saber que não teria durado.

— Estou tão cansada — falou ela, com a voz falhando. — Tudo que construo se quebra. Minha vida no Cairo. Meus sonhos para Daevabad. Eu dou tudo que tenho, *tudo*, apenas para alguém aparecer e destruir. É tudo por nada. *Nada*.

A última palavra saiu dela com um soluço engasgado, e no momento seguinte Ali estava pegando a mão dela.

— Não é por nada, Nahri — insistiu ele. — Ainda podemos consertar as coisas.

Ela puxou a mão de volta.

— Não. Não fale assim. Não *olhe* para mim assim — exigiu ela, abraçando o corpo e se balançando para a frente e para trás. — Não preciso da sua pena. Não preciso de nada.

— *Nahri*. — Determinado, Ali se ajoelhou mais perto, limpando as lágrimas que embaçavam os olhos dela. — Você me tirou do meu luto quando eu teria preferido ficar e morrer com Muntadhir. Você salvou minha vida mais vezes do que consigo contar. — Ele afastou para trás o cabelo que grudava nas bochechas úmidas dela, sua voz carinhosa quando disse: — Não tem mais ninguém aqui, minha amiga. Não precisa manter essa fachada.

Nahri quis protestar. Bater na mão dele e se recolher para sua distância habitual. Colocar sua máscara.

Entretanto, tudo desabou. Ela não tinha certeza de qual dos dois se movera primeiro, mas de repente Ali a estava abraçando e ela estava agarrada a ele, enterrando o rosto no calor de seu pescoço.

— Achei que você estivesse morto — choramingou ela. — Achei que *eu* estivesse morta. Achei que tivesse fracassado com todo mundo, e não podia fazer nada. Não podia nem mesmo revidar. Havia tantos deles.

Ali a apertou com mais força.

— Está tudo bem — sussurrou ele. — Qandisha se foi. Os ghouls dela se foram. Ela não tem ideia de onde estamos.

— Ela vai nos encontrar. Ela estava *esperando* por nós. — Um desespero renovado percorreu Nahri. — Ela tem uma magia que não entendo. Todos eles têm. Os ifrits, Manizheh, Dara... e eu não tenho nada. Não tenho minhas habilidades. E minha mãe... — Por Deus, Nahri nem mesmo conseguia dizer as palavras, pois o que Manizheh tinha feito era pior. Era magia sem magia, e mais poderosa por causa disso. Ela fizera com que Nahri se sentisse inútil. Tola. A mãe enxergara além da suposta esperteza dela e a decifrara melhor do que Nahri jamais tinha compreendido um alvo, transformando todos os medos e as ambições dela em uma lâmina de palavras calculadas que a derrubou. — Não consigo fazer isso — disse ela, engasgada. — Não consigo. — Nahri era forte, era uma lutadora, mas não tinha forças para se recompor mais uma vez; para sobreviver àquele novo contratempo e lutar por um futuro que parecia condenado de qualquer jeito.

Ali recuou apenas o suficiente para encará-la. Por um momento, o cinza acolhedor dos olhos dele pareceu entremear-se com uma neblina mais escura, mas então ela sumiu.

— Vou levar você de volta ao Egito — prometeu ele.

— Vou encontrar um jeito. Qandisha acha que você está morta. Essa é a história que vou levar até Daevabad e Ta Ntry. Você pode voltar para Yaqub e construir a vida que quer sem um bando de criaturas mágicas para destruí-la. Você merece.

As palavras foram direto para o coração dela. Nahri conseguia ver a saída, a fuga daquilo tudo. Conseguia se ver dali a trinta anos, com seus aprendizes, cercada pelas crianças do bairro cujo parto ela havia realizado, enquanto a fantástica cidade de Daevabad, a terra dos djinns e das cortes mágicas, sumia até virar lenda.

Mas aquilo significaria dar as costas a todos que amava – e então Nahri seria aquela a quebrar o que tinha construído.

O sol despontou no horizonte do oceano, transformando o mar ondulante em um estouro selvagem de cor incandescente. Amarelo escaldante e carmesim escuro como vinho, laranja queimado e cobre quente. A visão a lembrou do lago de Daevabad na manhã da procissão do Navasatem, de gargalhadas e sorrisos com seu povo conforme eles acendiam lanternas e cantavam versos ao Criador para comemorar a fundação de seu lar. *Como Anahid conseguiu?* Os descendentes dela podiam ter se desviado – isso parecia acontecer com todos os revolucionários –, mas, mesmo assim, como tinha unido as tribos após a destruição da maldição de Suleiman, protegendo-as da predação dos ifrits, e construído uma cidade deslumbrante? Construído uma *civilização* inteira? Será que ela era feita de algo melhor do que Nahri? Ou será que tinha escondido as dúvidas mais profundas, se forçado a abrir um sorriso confiante e seguido em frente enquanto continuamente rezava para que não estivesse cometendo um erro?

Nahri conseguia sentir o peso do olhar de expectativa de Ali. Respirando fundo, ela entrelaçou os dedos com os dele e então ergueu a mão de Ali até a própria bochecha.

— Obrigada — agradeceu ela, baixinho. — Mas preciso que você me ajude com outra coisa.

Ali tinha ficado imóvel, tão perto que a respiração deles se misturava no ar quente.

— Com o quê?

— Quero conjurar fogo.

O sol estava alto no horizonte quando eles terminaram de cavar uma pequena poça na maré baixa, as roupas recém-encharcadas com água do mar. Nahri cuidadosamente fez boiar uma concha de vieira na poça, onde ela reluziu à luz laranja.

Ela fez o possível em termos de abluções, lavando os braços e os pés com os borrifos do oceano e segurando as mãos em concha para permitir que a água escorresse pelo rosto e pelos cabelos torcidos. O sal e a areia secaram em sua pele com um cheiro fresco, o aroma de um novo começo.

Nahri chamou Ali mais para perto e então colocou a mão no coração dele:

— Suspenda a insígnia.

Ele obedeceu, e ela imediatamente foi suspensa. Estavam ficando melhores naquilo. Nahri conjurou um par de chamas com a outra mão e as utilizou para acender um dos galhos de madeira flutuante que tinham recolhido. Então ela soltou Ali, arrependimento se revirando em seu interior quando a magia se foi.

— Eu posso... posso me sentar com você? — perguntou Ali. — Não quero me intrometer se não for permitido...

Nahri piscou, surpresa.

— Não achei que você quisesse.

Ali fitou-a de volta, o oceano refletido em seus olhos.

— Eu quero.

— Então sente. — Ela bateu na areia úmida ao seu lado. Em seguida, pressionou o graveto em chamas contra o tufo de grama que havia enfiado na concha, e a grama pegou fogo. Segurando o graveto com uma das mãos, ela inclinou a cabeça, rezando baixinho em divasti.

Foi bom fazer o ritual, melhor do que ela tinha imaginado. Nahri não rezava desde que saíra de Daevabad. Não tinha rezado de verdade desde o alvorecer do Navasatem, quando acendera lâmpadas a óleo ao lado de Nisreen. Sempre tivera um relacionamento conflituoso com a fé, em grande parte porque parecia mais um dever do que verdadeira crença. Ela podia ser a Banu Nahida, mas costumava se sentir como uma fraude, ansiando por compartilhar a devoção sincera que tantos dos daevas ao seu redor tinham. Ela queria a certeza que eles tinham em um poder superior, em um significado para a violência cruel e caótica que assolava o mundo no qual viviam. *Será que Manizheh e Dara rezam?* Será que a mãe dela, mesmo agora, estava liderando cerimônias ao alvorecer no templo daeva e marcando a testa de seu leal Afshin? Nahri sabia que Dara já fora devoto – ele havia matado pessoas porque lhe tinham dito que o Criador exigia.

E, por muito tempo, apenas esse pensamento teria bastado para abalar a fé de Nahri. Como ela podia compartilhar aqueles rituais, aquelas palavras, com pessoas que assassinariam inocentes em nome do mesmo Criador? Mas, conforme ela olhava para seu altar de fogo improvisado e para o mar banhado na luz do sol, parte de suas dúvidas se aquietou.

Manizheh era uma assassina, pura e simplesmente. A mãe dela podia dizer o contrário tanto quanto quisesse; era *ela* que tinha traído o papel de Banu Nahida. Pois não importava o que tivesse acontecido entre os povos delas – Anahid construíra sua cidade para todas as tribos. Ela fora uma curandeira, uma unificadora, uma mulher abençoada com poderes milagrosos pelo próprio Divino.

Manizheh não era dona daquilo. Ninguém era. O legado e a fé de Anahid eram coisas às quais Nahri tinha igual direito e pelas quais também podia ser fortalecida.

Ela levou o graveto incandescente à testa para marcar sua pele com cinzas. Sem dizer nada, Ali abaixou a cabeça e Nahri fez o mesmo por ele. Ambos ficaram sentados em silêncio por um momento conforme a madeira queimava e o sol se afastava das ondas.

— O que querem dizer? — perguntou ele. — As preces?

Nahri corou.

— É melhor você perguntar a um sacerdote. As orações são parecidas com as suas, pelo menos de acordo com o que me lembro de ouvir quando costumava pedir esmola fora das mesquitas quando era criança. — Ela enfiou a madeira na areia, deixando a fumaça perfumar sua pele.

— E os rituais? O altar de fogo?

— Os rituais nos lembram de cuidar do altar e de manter as chamas acesas. — Ela mordeu o lábio. — Eu disse a Kartir certa vez que parecia uma forma esperta de lembrar as pessoas de rezarem, caso contrário o fogo se extinguiria, e ele me disse que eu era cínica. Mesmo assim, gosto do ritual dos movimentos; eles me deixam em paz. Gosto da continuidade, de saber que Anahid pode ter feito essas mesmas coisas há tanto tempo. Que os Daeva as mantiveram. Que nós sobrevivemos a coisas piores. Assim que cheguei a Daevabad, Nisreen me disse que eu deveria me reconfortar com as chamas que sobreviviam à noite, pois sempre haveria escuridão. Mas, contanto que se mantivesse uma luz queimando, ficaria tudo bem.

— Isso é lindo — disse Ali, baixinho. — Eu nunca soube disso. Provavelmente deveria. Deveria ter me dado ao trabalho de aprender o que tantas pessoas em minha cidade resguardavam como sagrado.

— Imagino que a Cidadela achasse mais sábio ensinar aos soldados que éramos adoradores do fogo depravados, não pessoas. Tornava mais fácil nos ferir.

— Isso não desculpa minha ignorância. — Ali encarou as próprias mãos. — Já feri Daeva e feri shafits. Disse coisas e fiz coisas que levaram pessoas a serem mortas. Eu mesmo já as matei. — Ele ergueu o olhar para estudar a grama incandescente na concha flutuante. — Nós temos um verso assim, como o que Nisreen falou. Dizemos que Deus é a luz dos céus e da terra, que é uma luz tão constante e protegida quanto uma lâmpada atrás de vidro e que brilha tão forte quanto uma estrela. Que está sempre lá para nos guiar.

As últimas palavras dele, ditas com lentidão, ecoaram a decisão crescente na mente de Nahri. Ela pegou um pedaço de madeira, quebrando-o para conter o tremor nas mãos, e então cuidadosamente colocou um dos minúsculos pedaços no fogo. Ele pegou, e chamas lamberam a madeira seca.

— Não vou voltar para o Egito, Ali — começou ela. — Não posso. Da forma como Qandisha estava falando, acho que tinha seu próprio objetivo ao se aliar a Manizheh. Há coincidências demais. Aparentemente ninguém sabia que Dara estava escravizado, e de alguma forma minha mãe acaba com o anel dele e na companhia da ifrit que o escravizou? E eles ficam felizes em ajudá-la, a inimiga mortal dele?

Ali não mostrou surpresa quando ela disse que não iria voltar para o Egito – talvez ele realmente estivesse começando a entendê-la –, mas não parecia convencido do resto.

— Sua mãe foi esperta o suficiente para superar meu *pai*. Acha mesmo que ela cairia em uma tramoia dos ifrits?

— Acho que os ifrits já estavam tramando milênios antes de nós nascermos. E sim, acho que Manizheh podia estar tão faminta por poder e vingança que não se importou com os custos. Ou talvez ela tenha achado que também podia ser mais esperta do que eles. De toda forma… — A garganta de Nahri se fechou de medo, o corpo muito mais racional do que o coração suicida idiota. — Não posso ficar de fora disso. Daevabad é meu lar. *Nosso* lar. — Ela entrelaçou os dedos com os dele de novo. — Os Qahtani e os Nahid nos levaram a este ponto. Acho que deveriam ser um al Qahtani e uma Nahid a consertar tudo isso. Ou mais provavelmente morrer tentando de alguma forma horrível.

Ele apertou a mão dela.

— Vou fingir que não ouvi a última parte. Mas… ah! — Ali soltou a mão dela. — Quase esqueci! — E se levantou e saiu correndo.

— Esqueceu o quê? — gritou Nahri.

Mas ele já estava voltando.

— Pendurei em uma árvore para secar.

Nahri reconheceu a sacola preta nas mãos dele.

— Meus instrumentos! — exclamou, encantada. Nahri se ergueu num salto e tirou a sacola dele, examinando-a rapidamente. Tudo parecia em ordem, o que a fez suspirar de alívio, a visão das ferramentas amenizando o fardo pesado de desespero sobre ela. — Ah, Ali... obrigada! — agradeceu, abraçando o pescoço dele. — Como, em nome de Deus, você encontrou isso?

— Eu... — Ela parecia ter pegado Ali de surpresa. Então ficou muito ciente de que ele estava sem camisa e corou, recuando um passo. Ali prosseguiu. — Sobek, o marid, encontrou para mim. Pedi a ele que buscasse.

— Você pediu a um *marid* que pegasse minha sacola? — Nahri estremeceu. — Às vezes você me assusta. Mas obrigada. E obrigada também por tudo aquilo lá na praia — acrescentou ela, as bochechas enrubescendo de vergonha. — Você é um bom amigo. Provavelmente o melhor que já tive.

— E acrescentou com severidade: — Mas se contar a alguém que chorei, mato você.

Ali parecia conter um sorriso.

— Pode me considerar devidamente ameaçado.

— Que bom. Vamos lá, então. Já desperdiçamos bastante tempo, e eu gostaria de saber o que aconteceu ontem à noite que levou você a chamar um marid pelo primeiro nome.

— É uma longa história.

— Ali, nada a respeito desta viagem deu certo. Você sabe que temos uma longa caminhada pela frente.

Nahri passou por cima dos restos em putrefação de uma palmeira caída, empurrando uma mecha de cabelo encharcada de suor do rosto. Com medo de caminhar na praia aberta, eles se mantiveram no limite da floresta.

— Então ele *era* um crocodilo ou só se parecia com um? Adiante, Ali cortava uma rede de parreiras verdes.

— Ele parecia alguma coisa intermediária — respondeu ele. — Como se fosse os dois ao mesmo tempo. Quanto mais tentava analisá-lo, mais difícil era distinguir.

— E ele me conhecia?

— Ele alegou ter sido o marid que amaldiçoou sua aparência. Disse que foi parte de um pacto com sua família humana, com a intenção de proteger você.

— Minha família *humana*? — Nahri parou subitamente. — Eu tenho família no Egito? Ele contou mais alguma coisa?

Ali olhou para trás, como se pedisse desculpas.

— Ele disse que estavam mortos. Sinto muito, Nahri. Ele se recusou a me contar mais. Por isso colocou você para dormir. Disse que seria melhor se não se lembrasse.

Eu tinha família no Egito. Eu sou egípcia – de verdade. Foi uma revelação amarga, porque, no fundo do coração, Nahri temia jamais ver o Egito de novo. No entanto, acrescentava mais um nó à complexa tapeçaria de seu passado. A mãe dela era uma Banu Nahida criada em Daevabad de quem cada movimento tinha sido observado. Nahri supostamente tinha nascido em Daevastana, na estrada entre Daevabad e Zariaspa. Onde naquela história havia lugar para um pai egípcio, um shafit? E como Nahri tinha sido devolvida à terra natal dele quando criança?

— Sempre que eu descubro alguma coisa nova, só surgem mais perguntas. — Nahri chutou um coco seco. — Odeio isso. Odeio enigmas. Não dá para pensar em um plano se você não tem todas as peças.

— Se adianta alguma coisa, ele confirmou parte do que pensávamos sobre o envolvimento dos marids na queda da cidade. Acusou Anahid de roubar o lago e usar a insígnia de Suleiman para forçar o povo dele à servidão; foi por isso que ajudaram meus ancestrais a derrubar o Conselho Nahid.

Quando ouviram boatos de que uma poderosa nova Nahid tinha subido ao poder e pretendia tomar a insígnia e Daevabad de volta, eles se tornaram determinados a impedi-la.

Com o sol já bem alto, o dia estava ficando abafado, mas um suor frio brotou nas costas de Nahri.

— Então foi por isso que os marids mataram Dara. Porque temiam que Manizheh o usaria para conquistar Daevabad. — É claro, tinha sido uma conexão com os Nahid que condenara Dara novamente.

Ali cortou um galho.

— E foi também por isso que eles me pegaram. Sobek disse que teriam tomado cuidado para não matar um daeva diretamente, então conspiraram para se certificar de que fosse alguém do próprio povo de Dara que empunharia a lâmina. Mas não bastou, e agora os marids devem a ele algum tipo de dívida de sangue por terem matado um ser inferior. Eles não podem fazer mal a ele e não têm escolha a não ser ajudá-lo.

— Você também não conseguiu fazer mal a ele.

Ali pareceu ficar imóvel por um momento, mas logo avançou de novo, afastando um mosquito do rosto.

— Bem, eu ainda tenho a magia dos marids em mim. Talvez seja por isso.

— Talvez — repetiu Nahri, baixinho. — Ele contou mais alguma coisa?

— Não, mas o que ele me mostrou, a forma como viajamos, meu Deus, foi incrível! Como se o próprio rio estivesse suspenso acima de nós. Todos os peixes e o ouro brilhando na areia e as estrelas refletidas na água. — Admiração preencheu a voz de Ali. — Ele me mostrou como eles seguem as correntes, e foi como se eu conseguisse vislumbrar o mundo inteiro através de todas as diferentes águas.

— Que coisa linda para o povo que torturou você.

— Confie em mim, não esqueci essa parte. E havia muito a respeito dele que *não era* lindo. As coisas que Sobek disse que fazia com humanos... — Ali estremeceu. — Deus me livre, não consigo nem dizer em voz alta.

Coisas atrozes demais para dizer em voz alta pareciam mais com o mundo mágico que Nahri conhecia. Ela lançou um olhar inquieto ao oceano, brilhante entre as árvores, em parte esperando que criaturas marinhas surgissem das profundezas.

— Fico surpresa por ele ter mostrado tudo isso a você. Fico surpresa por ele ter nos *salvado*.

Ali cortou outra parreira.

— Bem, como eu disse, ele prometeu a sua família que manteria você em segurança.

— Acho que sim. — Mas Nahri ainda sentia como se estivesse faltando outra peça. Ela seguiu em frente, passando com cuidado por cima dos galhos quebrados que cobriam o solo arenoso. Seus pés doíam, e o número crescente de picadas de mosquito que cobriam sua pele exposta coçava loucamente. Eles tinham passado a manhã inteira caminhando, e o sol quente se infiltrava pelo dossel folhoso, a sombra oferecendo pouco alívio.

Adiante, Ali marchava como um maldito autômato, a espada subindo e descendo. Vestido apenas com o tecido que o cobria da cintura para baixo, ele parecia ter sido tirado dos entalhes de pedra que tinham visto no caminho, com reis lutando e guerreiros divinos, seu corpo cheio de músculos esguios e graciosidade sobrenatural. Os feixes de luz do sol que cruzavam a selva listravam sua pele nua, iluminando cortes e marcas de mordida do ataque dos ghouls. Suspender a insígnia mais cedo tinha começado a curá-los, mas não completamente. Por mais que parecesse um guerreiro divino, Ali ainda era muito mortal.

Eu quase o perdi ontem à noite. Apenas pensar nisso fazia o estômago dela se revirar – e *isso*, por sua vez, deixava Nahri mais ansiosa. Dizer que a amizade deles tinha uma história conturbada era um eufemismo, mas só quando ela admitiu em voz alta na praia que eram amigos percebeu de fato a profundidade do que havia crescido entre eles. Ela *não* tinha mais ninguém como Ali, seu inimigo ancestral vez em quando ainda irritante e excessivamente idealista que tinha se tornado seu melhor amigo – o parceiro com o qual ela estivera disposta a passar o resto dos dias no Egito.

Você não deveria pensar assim, repreendeu-se. Pelo Altíssimo, Nahri não tinha aprendido o que acontecia quando ela se apegava às pessoas? Até mesmo pensar algo assim parecia tentar o destino.

Eles se calaram conforme a temperatura subia e o sol ficava mais alto. Finalmente, quando Nahri estava perto da exaustão, o solo começou a se elevar em uma colina rochosa – ou não uma colina, mas algum tipo de alicerce de tijolo esfacelado engolido por ervas daninhas, com raízes estendendo-se sobre pedras prateadas. Um amplo riacho serpenteava em torno dele, a água marrom intensa colorindo as correntes azuis onde encontrava o oceano.

— Parecem ruínas — comentou Ali. — Sobek disse que era ali que os djinns que ele conhecia gostavam de se reunir.

Eles vadearam o riacho. Embora a água só batesse nos joelhos dela, Nahri estremeceu. Suspeitava que fosse levar um bom tempo até recuperar o conforto com a água depois da noite anterior. Eles pararam diante do muro do alicerce, cuja altura era duas vezes a dela. Ele se estendia até a beira da água, derretendo-se na escuridão da floresta.

— Subir ou dar a volta?

Nahri torceu a barra do vestido.

— Uma soneca não é uma opção? — Quando Ali semicerrou os olhos, ela suspirou. — Subir, eu acho.

— Vou ajudá-la — ofereceu, embainhando as armas e pegando a sacola médica dela.

Ambos subiram, emergindo em um emaranhado espesso de vegetação arbustiva que arranhou a pele dela. Nahri começou a bater no corpo para afastar as plantas, mas Ali a puxou para baixo.

— Temos companhia — avisou ele, baixinho. — Olhe.

Acompanhando o olhar dele, ela espiou entre as folhas. Um imenso navio estava terrivelmente encalhado no muro do alicerce, esmagando árvores sob o casco como se tivesse caído do céu. O casco estava pintando com listras serpenteantes de um bege morno e verde-oliva, como se tentasse se misturar à paisagem. A frente se projetava por cima do riacho, com velas prateadas amarradas.

— Isso é um navio de areia — disse Ali, sussurrando.

— Tem certeza? — perguntou Nahri, estudando o barco.

— Talvez seja humano.

— Não com essas velas. Olhe, dá para ver a linha da maré na metade do muro. A água não sobe o bastante para encalhar o navio assim. E, bem, tem eles — acrescentou Ali, quando dois marujos obviamente djinns deram a volta pelo casco, ambos com o inconfundível cabelo preto manchado de carmesim dos Sahrayn e o que parecia ser um excesso de armas brilhando na cintura e nos braços.

O coração dela bateu mais rápido.

— Acho que vamos fazer amigos.

Ali segurou o pulso dela.

— Não. — Sua voz ficou cautelosa. — Aquele barco deveria estar estampando cores Ayaanle, não importa a ascendência da tripulação, para ter permissão de estar nestas águas. Os Ayaanle e os Sahrayn são tão inimigos quanto aliados; eles brigam por causa da fronteira há anos. A única coisa que impede uma guerra deflagrada são aqueles navios. Os Ayaanle precisam deles para comercializar mercadorias, e os Sahrayn precisam do dinheiro que ganham transportando essas mercadorias. Há dezenas de tratados e impostos que governam quais bandeiras...

Nahri o calou com um sibilo, decidindo que uma história de comércio intertribal não era o que Ali estava tentando contar a ela.

— E isso significa o quê?

— Significa que vamos dar a volta.

Xingando em silêncio, Nahri o acompanhou, recuando para baixo do muro.

Eles nem tinham tocado o chão quando uma voz falou atrás dela.

— Fique bem aí, crocodilo.

Nahri congelou. A voz falava djinnistani com um sotaque que ela não conseguia identificar. Com o cuidado de não se mover, ela olhou para baixo de soslaio.

Três homens de rosto coberto esperavam por eles na base do muro. O primeiro segurava uma besta e era claramente Sahrayn, se o tom luminoso dos olhos cor de metal fosse algum indicativo. Outro era baixo e carregava um cajado que terminava em uma foice, enquanto o terceiro homem era imenso, carregando uma maça e uma espada proporcionais a si na cintura. Todos usavam roupas maltrapilhas: calças rasgadas, um cinto geziri roubado e turbantes ayaanle.

Ao lado dela, Ali tinha ficado imóvel. O rosto dele estava apenas parcialmente virado, de modo que a marca de Suleiman ainda não estava visível aos outros.

O djinn que segurava a besta falou de novo, direcionando as palavras para Ali.

— Solte as armas, Ayaanle. Peço desculpas por estragar qualquer que fosse o entretenimento proibido que tinha planejado com sua amiga humana bonitinha, mas se não entregar a espada, vou fazer buracos nos dois.

Nahri nem mesmo viu Ali soltar a árvore.

Em um momento ele estava ao lado dela e, no seguinte, tinha se atirado contra o djinn que segurava a besta, jogando o homem no chão, arrancando a arma das mãos dele e batendo no seu rosto com ela em um único movimento fluido.

O homem com a maça estava recuando, os olhos arregalados desviando entre a zulfiqar nas mãos de Ali e a marca agora visível no rosto dele. Ele soltou uma profusão do que Nahri tinha quase certeza que teria entendido como xingamentos caso seus poderes linguísticos estivessem funcionando. O outro djinn já tinha assoviado, levantando o cajado com a lâmina na ponta para descê-lo na cabeça de Ali. Nahri gritou em aviso, mas Ali já estava desviando, ficando de pé para emergir atrás do homem com a maça. Ele desceu o cabo da zulfiqar no crânio do homem, fazendo com que ele caísse estatelado.

E Nahri estava subitamente de volta ao telhado do palácio conforme Ali derrubava os Daeva, no barco em chamas conforme Dara derrubava os djinns. Estava óbvio que aquela gente queria lhes fazer mal, mas Nahri teve uma vontade súbita e irracional de pegar a zulfiqar das mãos de Ali para evitar que o homem que a apoiara quando ela tinha desabado na praia tomasse mais uma vida.

O último oponente de Ali era mais habilidoso do que os companheiros, no entanto, e dançava para se defender dos golpes giratórios de Ali. Havia um prazer louco em seus olhos marrom-acobreados delineados com kajal – olhos shafits –, como se ele estivesse gostando do desafio.

Mas não durou muito tempo, porque o golpe seguinte de Ali decepou perfeitamente a cabeça metálica do cajado do guerreiro. Ali bateu com o cotovelo no rosto do homem, provocando um estalo alto, então deu-lhe uma rasteira. O djinn caiu com força, seu tecido de cabeça rolando para longe.

Nahri arquejou. Não era um homem que Ali estava enfrentando, mas uma moça. As tranças vermelhas e pretas se soltaram e sangue escorria de seu nariz conforme ela se apoiava nos cotovelos, olhando para Ali com os olhos arregalados e assustados.

— Por favor, não me mate! — implorou ela.

Ali abaixou a zulfiqar, mas o rosto permaneceu severo quando ele foi atrás dela com passos largos.

— Quem são vocês?

— Comerciantes! — gritou ela. — Mercadores de Takedda. Por favor, meu príncipe!

— Estão um pouco armados demais para serem mercadores em uma terra estrangeira — debochou Ali. — Tente mais uma vez.

Ela sorriu abruptamente, o triunfo lavando sua fachada assustada.

— Você está certo. Não somos mercadores. Somos piratas. — Ela lambeu os dentes e inclinou a cabeça na direção do muro do alicerce. — Eles também são.

Nahri olhou para cima.

Mais de uma dúzia de djinns armados olharam de volta, com bestas em punho.

Um homem sahrayn, usando uma longa adaga no antebraço, deu um passo à frente.

— Parece que tiramos a sorte grande — disse ele, com um olhar malicioso. — A realeza perdida de Daevabad é nossa.

18

ALI

Ali fez força contra as correntes que prendiam seus braços e pernas, o ferro queimando os pulsos.

— Covardes — sibilou ele quando um pirata as enrolou mais uma vez em torno das suas pernas. — Vocês são mais de vinte e mesmo assim têm tanto medo assim que me seguram com ferro? Que tipo de homem é você?

O homem prendeu a corrente adicional com firmeza.

— O tipo que não quer morrer.

Quando o sujeito recuou, Ali viu Nahri. Os piratas tinham forçado os dois a seguir até o navio de areia encalhado, abaixando as armas somente quando "a realeza de Daevabad" tinha sido acorrentada. Nahri estava coberta de correntes como ele, mas fúria explodiu no coração de Ali quando viu os tornozelos amarrados dela.

— Talvez da próxima vez eu simplesmente mate você.

— E é por isso que você vai ficar assim até chegarmos em Daevabad.

— Então aqui está o príncipe responsável por roubar nossa magia. — O pirata sahrayn que alegremente anunciara a "sorte grande" deles avançou, suas sandálias estalando no convés de madeira. Alguns passos atrás vinha a jovem shafit com quem Ali tinha lutado. O homem fez uma reverência na direção de Nahri. — E, é claro, nossa abençoada Banu Nahida. Que os fogos queimem forte por você, minha senhora.

Não importava que raízes humildes Nahri reivindicasse no Egito, o olhar imperioso que ela lançou para o pirata era todo Nahid.

— E você é?

— Seu salvador! — Ele tocou o coração. — Pode me chamar de al Mudhib.

Ali fitou o homem. A julgar pelas linhas no rosto castigado pelo sol, al Mudhib devia ter pelo menos um século e meio de idade. A barba era totalmente prateada – e brilhava como o próprio metal, num tom sobrenatural. Ele tinha a compleição larga e se vestia elegantemente com uma túnica de linho sem mangas ressaltada por bordados de seda coloridos que retratavam cobras lutando. Músculos delineados e queimaduras cobriam os braços expostos, e um turbante de um tecido esvoaçante parecido com ouro líquido envolvia a cabeça.

A arma na cintura dele era a khanjar de Muntadhir.

Ali deu-lhe um olhar gélido.

— Essa é a arma de meu irmão.

Al Mudhib deu de ombros.

— Não acho que ele precise muito dela, agora que virou cinzas.

— Ali. — A voz de Nahri lançou um aviso antes que Ali pudesse testar suas correntes. Ela se virou de volta para o pirata. — Você se chama de meu salvador, mas me acorrentou a seu barco.

— Uma precaução — explicou al Mudhib. — Veja bem, estamos todos um pouco confusos por encontrá-la tão aconchegada com seu sequestrador.

— *Sequestrador?* — repetiu Ali. — De que diabo você está falando?

— Você não ouviu? — Os olhos de al Mudhib dançavam com diversão. — Nossa nova governante, que Deus…

desculpem, o *Criador* — corrigiu ele, usando a palavra em divasti — abençoe o reinado dela, mandou seu Afshin espalhar a história terrível sobre como, em vez de aceitar a misericórdia de Manizheh, o traiçoeiro príncipe Qahtani sequestrou a filha dela, roubou a insígnia de Suleiman e fugiu para os mestres marids dele. — Al Mudhib deu a Nahri um sorriso largo, cheio de dentes. — Sua mãe está tão chateada. Ela avisou que ninguém terá a magia restituída até que a filha dela e o desprezível sequestrador sejam devolvidos para Daevabad. E aquele que fizer essa devolução? Ah, será bem recompensado.

Dizem que eu fiz o quê? Ah, Ali sentia vontade de cometer um assassinato. Talvez Sobek tivesse passado isso para ele – porque a ideia de afogar al Mudhib sob o Nilo era subitamente muito tentadora.

Ele segurou a língua, no entanto, deixando Nahri responder.

— E você acredita nessa história? — perguntou ela.

— Em parte dela. — Al Mudhib gesticulou para o navio. — Como devem notar, meu barco encalhou. Obviamente alguma coisa tomou nossa magia, e as aldeias ayaanle que andamos saqueando têm sido consistentes nas histórias de turistas do Navasatem que foram mandados de volta pra casa. A não ser que você tenha outra explicação?

— Eu tenho. Minha mãe é uma assassina mentirosa que quebrou a magia, matou milhares de pessoas e vai entregar você aos ifrits para ser escravizado como sua "recompensa".

Se o pirata arrogante ficou chocado com as palavras incandescentes de Nahri, foi apenas por um momento. Ele lançou um olhar bem-humorado para a jovem shafit ao seu lado.

— Nobres. O que eu lhe disse? Não têm lealdade com a família.

A jovem não sorriu. Suas orelhas eram humanamente redondas sob o cabelo vermelho cacheado e reunido em tranças que caíam até a cintura, amarradas com faixas de couro e decoradas com conchas de búzios e moedas de vidro. Uma estampa de triângulos pontilhados com tinta azul estava tatuada sobre a testa e o queixo dela. Além do nariz ensanguentado, um corte horrível marcava uma das bochechas.

Ela cruzou os braços.

— Não gosto disso. — Pela primeira vez, Ali notou um vestígio de familiaridade no sotaque dela. — Deveríamos levá-los para Shefala — declarou ela, fazendo o coração dele disparar. — A família da rainha está lá, e provavelmente pagaria tão generosamente quanto os Daeva. Poderíamos chegar e partir em uma semana e lavar as mãos dessa história toda.

— *Sim* — suplicou Ali, desejando poder abraçar a moça.

— É exatamente o que deveriam fazer. Minha família tem ouro o suficiente para pagar qualquer que seja o resgate que desejem. — Ele não costumava se gabar da riqueza da família, mas pessoalmente banharia aqueles dois com moedas se isso os mantivesse a salvo.

— Ouro o bastante para comprar minha magia de volta? — replicou al Mudhib. — Você alega que Manizheh está mentindo? Tudo bem. Suspenda a insígnia em seu rosto, me dê um gosto das minhas habilidades, e vou considerar levá-los para Shefala.

Ali hesitou, sem querer revelar o quanto estava impotente.

— Não vou fazer isso. Até onde sei, se devolver sua magia, você vai estalar os dedos e levar este navio até Daevabad. Mas se nos levar a Shefala, eu prometo…

— Sua promessa não tem mais poder, al Qahtani. Sou um marinheiro e posso ver em que sentido o vento sopra. Sua família perdeu esta rodada, e a *dela* está em ascensão. Eu não quero apenas ouro. Quero velejar as dunas de minha terra natal de novo, e vou precisar de magia para fazer isso, magia que suspeito que você não seja realmente capaz de devolver para mim.

— Capitão. — A voz da jovem shafit estava carregada com aviso. — Vamos levar meses para chegar a Daevabad sem magia. Estaremos no oceano por metade desse tempo, com um homem que dizem ser um aliado dos marids. A tripulação já está sussurrando...

— A *tripulação* vai fazer o que eu mandar — rosnou al Mudhib, o humor sumindo de sua voz. — Assim como você, daevabadi. Velejo este oceano há cem anos e jamais vi um indício de qualquer marid. Não me diga que tem medo de um bando de contos de fadas ayaanle depois de passar uma ou duas estações na costa deles. *Daevabadi.* Não era à toa que o sotaque da menina era reconhecível. Mas uma shafit daevabadi? Será que isso queria dizer que ela havia escapado? Ali jamais tinha conhecido um shafit que tivesse conseguido fugir da cidade à qual estavam presos por lei.

Nahri falou de novo:

— Você está cometendo um erro.

— Veremos. — Al Mudhib se virou para a moça shafit. — Estamos nos demorando aqui há tempo demais mesmo. Está na hora de descer o navio, mesmo que seja preciso parti-lo em pedaços e montá-lo de novo no litoral. Diga a seus companheiros que comecem. — Ele indicou Nahri e Ali com o polegar. — E vigie estes dois. Se o príncipe começar a sussurrar com a língua de prata ayaanle, pode cortá-la fora.

— E a Nahid?

Al Mudhib pareceu extremamente despreocupado.

— Mantenha a princesa alimentada e certifique-se de que nenhum dos homens fique sozinho com ela. Não quero entregar uma filha da realeza faminta e chorando sob o véu para os lunáticos adoradores do fogo que governam Daevabad.

Ele saiu andando sem dizer mais nada.

Ali xingou.

— Piratas. De todas as pessoas em que podíamos ter esbarrado.

A jovem shafit tinha observado al Mudhib partir, e Ali não deixou de notar o alívio que percorreu o rosto dela quando ele se foi.

313

— Meu capitão me disse para arrancar sua língua se você falasse demais — lembrou ela.

— Vou arrancar a cabeça dele, então ele pode muito bem dizer o que quiser.

Ela se virou para ele com um sorriso brincalhão nos lábios.

— Ouvi mesmo dizer que os Geziri eram esquentados.

Ali não se abalou com o insulto. Ele conseguia ver que a machucara feio e se sentia culpado, apesar das circunstâncias.

— Sinto muito por seu rosto.

— Sente muito por não ter me matado, é o que quer dizer.

— Eu não estava lutando para matar. — Ele levantou as correntes. — Mas *estava* em menor número.

— De fato, estava. — Curiosidade iluminou os olhos dela.

— Eles ensinaram você a lutar assim na Cidadela?

— Ensinaram. E imagino que você a tenha visto, se é daevabadi. Quando foi a última vez que esteve em casa?

— Há muito tempo. — Os olhos dela se entristeceram. — Vou buscar um pouco de comida para vocês dois. E, por favor, não façam nada que exija que os matemos. Essa é a maior agitação que temos em semanas.

— Aterrorizar e roubar dos ayaanle locais não é divertido?

Ela deu batidinhas nas orelhas redondas.

— *Eu* não aterrorizei ayaanle nenhum, príncipe. Al Mudhib não deixa que aqueles de nós com sangue humano saiam da vista dele. Ele amarrou um menino em um pau na praia na semana passada e deixou que a maré o afogasse por ter tentado fugir do contrato de aprendiz dele. *Sim* — acrescentou ela, quando Ali não conseguiu esconder o choque. — Então você pode guardar seu julgamento para você mesmo.

Ela se afastou, e Ali esperou até que tivesse sumido para falar de novo.

— Então. Pelo visto eu sequestrei você.

— É claro. — Rancor envolveu a voz de Nahri. — Até mesmo as mentiras que Dara e Manizheh tecem me fazem parecer alguém que precisa ser salvo. — Ela encostou no convés, a exaustão enrugando seu rosto. — Não serei entregue a eles em correntes. Vou me atirar ao mar antes disso.

— Não vai chegar a esse ponto — insistiu Ali. Quando a expressão de Nahri apenas pareceu mais desesperançada, ele prosseguiu: — Vamos lá. Onde está a mulher que um dia arrogantemente arrombou uma fechadura na biblioteca de Daevabad? — Ele chacoalhou as correntes. — Achei que ficaria encantada com o desafio.

— Você tem um plano de verdade ou só fantasias loucas que vão acabar com a gente morrendo?

— Alguma coisa intermediária. — Ali tentou estudar os arredores sem ser óbvio demais. A proa do navio de areia se projetava por cima do penhasco, enquanto o resto se assentava em sua cama de árvores quebradas. O riacho estava a uma boa distância abaixo, até mesmo a linha da maré alta à distância de pelo menos um corpo. E embora o oceano não estivesse distante, o riacho não era profundo o suficiente para carregar um barco tão amplo.

Pelo menos no momento.

— Ali... — A voz de Nahri era baixa. — Por que você parece estar considerando alguma coisa muito inconsequente?

Por Deus, eles estavam mesmo passando tempo demais na companhia um do outro.

— Precisaria ser esta noite — disse ele, baixinho. — Antes que comecem a desmontar o navio. — Ele olhou para o longo navio de areia e para as correntes deles. — E precisaríamos de ajuda.

— Ajuda para fazer o quê? — indagou Nahri. — Al Qahtani, fale.

Ele inclinou a cabeça para o oceano reluzente.

— Velejar até Shefala.

O olhar dela desviou entre o riacho e o oceano, acompanhando o percurso dele, e alarme percorreu seu rosto.

— Não. Você nem deveria mais usar essa magia marid. É perigoso demais.

Ali não discordou. Entre o aviso enigmático de Sobek e o próprio desconforto, ele não gostava daquela linha de pensamento mais do que Nahri. Mas a ideia de ser entregue a Manizheh em correntes era pior. E estavam perto, tão perto da família dele. De recursos e segurança que não encontrariam presos no mar com al Mudhib e os homens dele.

— Tem uma sugestão melhor? — perguntou ele.

Nahri pareceu sombria.

— Você sequer é capaz de uma coisa dessas?

— Vai doer, não vou mentir. — Aquilo era um eufemismo; afastar os ghouls com sua magia marid tinha exigido uma fração do esforço que libertar o navio exigiria, e aquela dor quase fizera Ali apagar. — Mas talvez, se você estiver ao meu lado, possamos suspender a insígnia, e você possa usar suas habilidades para evitar que meu coração exploda.

— Nada do que acabou de dizer me fez sentir mais confiante.

— Ainda estou esperando uma ideia melhor.

Ela respirou fundo, então exalou.

— Tudo bem. Mas você vai precisar trazer aquela jovem para o nosso lado quando ela voltar.

A resposta de Nahri o espantou.

— *Eu?* Você é a mais convincente.

— Sim, mas não sou o príncipe seminu de quem ela não conseguia tirar os olhos.

Ali subitamente tentou cobrir o peito, uma tarefa impossível quando acorrentado.

— *Eu quebrei o nariz dela.*

— O perigo pode ser atraente. — A expressão de Nahri se tornou mais maliciosa. — Continue falando quando ela voltar. Flerte. Descubra o que ela quis dizer com os shafits terem um contrato de aprendizes. Havia ódio ali... pode funcionar.

Ali combateu o pânico crescente. Arriscar a vida usando a magia marid para provocar uma insurreição entre os piratas era uma coisa. Flertar era outra.

— Não sei fazer isso.

O rosto dela se contraiu de exasperação.

— *Tente*. Fale daquele jeitinho todo sincero sobre justiça. É encantador. — Nahri se esticou. — Ela está voltando.

Corado, Ali manteve a boca fechada quando a jovem shafit voltou. Ela trazia uma pequena tigela surrada, um cantil de cerâmica e uma rede com pequenas frutas amarelas vívidas que se pareciam com minúsculas maçãs.

— Comida para nossos prisioneiros reais — anunciou ela, oferecendo a tigela a Nahri.

Nahri olhou para ela com um arrependimento faminto.

— Isso é carne?

A menina deu de ombros.

— Tartaruga, talvez. Eu não pergunto, só como. Não somos todos chiques por aqui.

Nahri sacudiu a cabeça.

— Não posso comer. Sou Daeva. Não como carne.

— Se quiser sobreviver só de frutas, vá em frente. — A menina jogou um punhado de frutas e o cantil no colo de Nahri. — Beba. — Ela ofereceu a tigela a Ali. Você?

O estômago dele roncou, mas Ali recusou por solidariedade.

— Fruta está bom, obrigado. — Ele engoliu em seco, nervoso. — Posso perguntar seu nome?

Um pouco de surpresa surgiu nos olhos marrom-acobreados dela.

— Fiza.

Quando Ali não respondeu, Nahri jogou o cantil nele com o que pareceu ser força desnecessária antes de se virar para Fiza.

— Você vai precisar limpar esse corte no rosto. E está profundo. Talvez precise de um ou dois pontos.

Fiza riu com escárnio.

— Já vi aquela sua sacola, Nahid, e metade das ferramentas poderia cortar meu pescoço. Vou arriscar uma cicatriz. — Ela estava vestida de modo simples com um pedaço de linho envolto no tronco; Ali conseguiu ver a barriga dela quando a moça se girou para ir embora. Ela parecia forte, mas magra. Faminta.

— Fique — insistiu Ali, indicando a tigela. — Coma aquilo rápido e ninguém vai saber que não fomos nós.

Ela lançou um olhar cauteloso para ele.

— Não preciso de piedade de um homem morto.

O flerte estava indo bem. Ali quebrou a cabeça tentando pensar em outra coisa para dizer.

Faça o que Dhiru faria. Reunindo coragem, Ali deu o sorriso mais largo que conseguiu, tentando usar qualquer que fosse o charme que pudesse ter herdado do irmão.

— Então me garanta sua piedade. Este homem morto gostaria de companhia.

Um brilho interessado cintilou na expressão dela.

— Você está sendo bastante óbvio, príncipe.

— Estou desesperado. E você não precisa me chamar de príncipe. Alizayd está bom.

Fiza semicerrou os olhos, mas se abaixou, empoleirando--se em um tronco quebrado como uma ave marinha.

— Tudo bem. — Ela levou a tigela à boca, entornando a sopa. — Pelo menos me dê uma boa história para levar de volta aos meus companheiros. O Flagelo realmente voltou? As pessoas dizem que ele voa sobre um shedu e que partiu o rio Gozan como o profeta Musa.

Ali não deixou de notar como Nahri se encolheu. Odiando o que sabia que tinha que fazer, ele riu com deboche.

— Ele é um homem semimorto. Ele e Manizheh ganharam usando truques e dificilmente são os senhores todo-poderosos de quem seu capitão tem tanto medo.

— Então por que *vocês* fugiram dele? — Fiza gargalhou.

— Encontraram vocês dois juntos na cama? — provocou ela,

indicando Nahri com a cabeça. — Porque, deixe-me dizer, houve muitos acréscimos criativos a essa história que Manizheh criou sobre você ter sequestrado a filha dela.

— É claro que não — gaguejou Ali. — Ela é casada com meu irmão.

— Isso faz diferença? — Fiza bebeu mais da sopa. — Quando eu era criança, as pessoas diziam que todos os nobres de Daevabad traíam e dormiam uns com os outros.

— Nem todos nós. — Ali tentou puxar a conversa para uma direção mais útil. — Então... quando você acha que vão começar a desmontar o navio?

— Por quê? — perguntou Fiza, os olhos arregalados com inocência fingida. — Está *planejando alguma coisa?*

— Você estaria interessada se eu estivesse?

Atrás do ombro de Fiza, Nahri ergueu as mãos com visível frustração.

Ali mudou de tática, preferindo a honestidade.

— Ajude-nos — implorou ele. — Por favor. Você sabe que seu capitão está sendo um tolo. Leve-nos até Shefala, e meus compatriotas vão enchê-la de ouro o suficiente para escapar de tudo isso.

— Isso levou menos tempo do que eu achei que levaria. — Fiza apoiou a sopa, as sobras se agitando na tigela. — Não tem como fugir, Alizayd. Deveria tirar isso da cabeça. Vocês estão em menor número, a floresta é esparsa demais para se esconder, e eu definitivamente não vou ajudá-los.

— Não planejo fugir. Só peço que se certifique de que o casco esteja intacto até a próxima maré alta e que todos em quem confia estejam a bordo.

— Maré alta? — repetiu ela. — Se está imaginando o barco flutuando da próxima vez que a água subir, deixe-me ser a primeira a destruir esse sonho. O riacho só chega até metade do penhasco.

— Hoje à noite vai subir mais.

— Dar a entender que você faz a maré subir não me faz querer confiar em você. O que garante que eu não vou relatar tudo isso a al Mudhib, assistir enquanto ele corta sua língua, e então quebrar o casco eu mesma?

Nahri assumiu o controle.

— O fato de que você sabe que ele está errado. Vamos; só uma conversa com seu capitão e *eu* já estou pronta para me amotinar. Você é uma boa lutadora; parece inteligente. Por que servir a ele?

A outra mulher olhou rapidamente por cima do ombro e então, com um movimento ágil e discreto, jogou as tranças para trás e puxou para baixo o colarinho. Estendendo-se sobre a jugular dela havia o que parecia ser uma tatuagem cinza opaca de uma cobra.

— É uma liga de ferro — explicou a jovem, a voz pouco mais do que um sussurro. — Al Mudhib é, ou era, um mago do metal. Ele encanta o metal líquido para se enterrar sob nossa pele. Ele suprime nossa magia e isso não pode ser removido sem nos matar.

Nahri empalideceu.

— Ele fez isso com todos os shafits aqui?

Fiza assentiu, arrumando o colarinho.

— Dez anos de contrato de aprendizado, e ele solta você com prata o bastante para começar uma nova vida. Dói, mas pode confiar quando digo que há opções piores para os shafits. Estou cumprindo há cinco anos — acrescentou ela, mais determinada. — E você está me pedindo para jogar isso fora e arriscar a vida por uma dupla de sangues-puros?

Ali não sabia o que dizer. Sempre que achava saber o pior sofrimento a que os shafits eram submetidos, o nível baixava de novo.

Mas Nahri apenas ficou mais determinada.

— *Eu* vou tirar isso de você. Sou cirurgiã, uma curandeira Nahid. Quando eu recuperar minha magia, vou tirar essa coisa abominável de você e de quem mais vier com a gente.

— E por que eu deveria confiar em uma Daeva exilada? Seu povo não é exatamente conhecido por ver o meu com afeição.

— Talvez porque eu não escravize shafits com pedaços de metal envenenado! — sibilou Nahri. — Você preferiria passar seis meses viajando para uma zona de guerra? Minha mãe provavelmente vai matar todos vocês, principalmente se não quiser que quaisquer informações que possamos ter compartilhado com vocês se espalhem. E mesmo que não mate, você ainda vai pertencer a Mudhib.

— Ou você poderia estar livre em uma noite — ofereceu Ali. — Rica em uma semana. Se a magia voltar, Nahri tira essa marca do seu pescoço. Se fracassarmos e a magia jamais voltar, você ainda pode levar o ouro e o navio e viver no mundo humano.

— Ou levar uma facada nas tripas quando formos pegos girando os polegares em um barco encalhado que não vai a lugar nenhum. Porque, como eu disse, *a maré não...*

Ali fez a sopa na tigela dela disparar para o ar.

O movimento foi sutil e rápido, não o bastante para ser notado por ninguém exceto eles, mas Fiza recuou com olhos arregalados.

— Eu consigo — declarou ele. — E vou. — Ali abaixou a voz. — Você é daevabadi e, Fiza, o que aconteceu com nosso lar é ruim. Se formos devolvidos a Manizheh, se ela conseguir a insígnia de Suleiman, pode não haver como revidar. — Ele a fitou com sinceridade. — Por favor. Se você ainda tem pessoas que ama lá...

— Fiza! — A jovem shafit enrijeceu, e Ali olhou para cima e viu um dos piratas fazendo cara feia de onde estava deitado, ao lado de um pedaço de carne no espeto sendo defumado sobre um fogo baixo. — Al Mudhib não está alimentando você para vadiar. Vá buscar mais lenha para a fogueira.

Os olhos de Fiza brilharam. Ali viu o olhar dela brevemente se voltar para o acampamento de homens desocupados e então para os criados shafits esfregando panelas e fazendo corda. Ela fitou o oceano, sua expressão se alterando.

Então jogou a cabeça para trás e gargalhou:

— Pode me culpar? — Sem aviso, ela se abaixou no colo de Ali. — Nunca vi um príncipe de verdade antes. — Fiza pressionou o corpo contra ele, passando as unhas pelo seu peito. Ele se sobressaltou quando os dedos dela desceram mais.

— Ei, espere...

Um objeto fino de metal deslizou sob o cinto dele.

— Deve ser tudo de que vai precisar se vocês dois são tão habilidosos quanto acreditam ser — sussurrou Fiza ao ouvido dele, o hálito quente contra o pescoço de Ali. Ela gargalhou de novo, mais alto desta vez, e então bateu na bochecha dele. — Talvez eu volte para você depois da meia-noite, homem bonito. Dizem que você é tocado pelos marids. Estou curiosa para ver o que a maré pode trazer.

Ela se foi no momento seguinte, deslizando do colo dele para atender ao homem que a havia chamado.

E deixou apenas Nahri o encarando, o olhar preto dela comedido e impenetrável como sempre.

— Eu avisei — disse ela. — Aquele jeitinho honesto, vindo da alma.

Morto de vergonha, Ali não confiava em si mesmo para falar. Involuntariamente, ocorreu-lhe que talvez não tivesse se incomodado se aquele encontro tivesse sido com uma mulher diferente, mais específica, em vez de Fiza.

Recomponha-se.

— Espero que se lembre como se abre uma fechadura.

— O quê?

Ali se moveu, tentando se ajustar para examinar o que quer que Fiza tivesse lhe dado.

— Temos nossa cúmplice.

A noite caiu pesada e rápido na costa de Ntaran, o oceano reluzindo à luz de uma lua forte. Era hipnotizante: a água brilhante piscava e se estilhaçava ao subir e descer, e Ali achava difícil não encarar, a própria respiração coordenada com o mar.

— A maré está subindo — murmurou ele.

— Eu sei. Achei que você teria uma visitante a esta altura.

— Nahri fungou com uma arrogância fingida, pois com o cair da noite tinha vindo um guarda de Mudhib para vigiá-los. — Aquela mulher shafit certamente parecia ter planos para você. *Eu também achei.* Do ponto em que estava no convés, Ali tinha observado os piratas acamparem para a noite em um círculo de tendas dispostas em torno de uma fogueira fraca. Fiza tinha feito um alarde mais cedo ao discutir com outro trabalhador shafit sobre a melhor forma de desmontar o navio, insistindo em desmontar uma cabine e usá-la para construir uma pista sobre a qual deslizar as peças pelo penhasco antes de tocarem no casco.

Mas Ali não sabia dizer se ela fizera progresso em convencer seus colegas a se amotinar, e aquilo o preocupava. Ela dera a ele uma vareta de metal que Nahri já usara discretamente para abrir suas fechaduras, mas não tinha como fazer o mesmo com a meia dúzia de correntes que os piratas tinham usado em Ali. Enquanto isso, muitos membros da tripulação encontraram motivos para aparecer, olhando-os boquiabertos e fazendo observações tão grosseiras sobre a realeza daevabadi acorrentada que Ali por pouco não conjurou o mar bem ali para afogá-los.

Ele fechou os olhos. Conseguia sentir que o rio tinha subido com a maré, mas ainda não era água o suficiente para carregar o navio de areia do penhasco. Apreensão se agitou dentro dele. Ali tinha usado magia marid poderosa assim apenas uma vez – quando se submetera a ela na praia de Daevabad. Mas agora? Com a insígnia de Suleiman no coração?

As notas de uma cantoria bêbada e *extremamente* desafinada chegaram até ele, e Ali se endireitou, vendo uma silhueta familiar ziguezagueando – bem, cambaleando – na direção deles, com uma garrafa balançando em uma das mãos.

— Aquela é Fiza? — perguntou ele, seu otimismo sumindo. Não era assim que ele esperava que a cúmplice deles chegasse.

A pirata shafit subiu no barco aos tropeços e caiu pesadamente contra um dos lados.

— Você não está morto ainda! — disse ela, como cumprimento, dando risinhos ao atravessar o convés.

O guarda de al Mudhib se colocou entre eles.

— Você está bêbada, sangue-sujo. Vá dormir até passar.

Fiza fez um biquinho, dando mais um gole na garrafa. Ela agitou a mão na direção aproximada de Ali.

— Ah, não. Nós temos um *encontro*.

O guarda segurou o braço dela.

— Não faz diferença para mim se você vai embora sozinha ou se eu jogo você. — Um tom mais grosseiro tomou a voz dele. — Além do mais, você negou o resto de nós. Por que o crocodilo pode provar?

Fiza deu um sorriso doce.

— Está certo. Você deveria provar.

Ela estourou a garrafa de vinho na boca do homem.

O guarda nem teve chance de gritar antes de Nahri, livre das correntes, se atirar contra os joelhos dele. Ele tropeçou, caindo com força quando as mulheres o empurraram para baixo, então Fiza bateu nele com a garrafa de novo e o apagou.

— Sempre um canalha — murmurou ela, sentando-se nos calcanhares. Ela colocou a mão dentro do vestido, tirando a pistola de al Mudhib, a zulfiqar de Ali e a sacola médica de Nahri. — Aqui — disse ela, jogando tudo no chão. — Presentes para todos.

Ali escancarou a boca.

— Como você...

Uma das tendas pegou fogo.

Houve gritos de surpresa quando os poucos homens ainda acordados se colocaram de pé e correram até a tenda. Mas então uma segunda tenda pegou fogo, e uma terceira e uma quarta, as chamas selvagens acendendo a noite e iluminando a meia dúzia de figuras que corria até o navio.

— Subam, subam, subam! — gritou Fiza, acenando para o resto da tripulação shafit. Ela se virou para Ali e Nahri, os dois congelados em choque. — Vamos lá, sangues-puros, sejam úteis uma vez em suas vidas mimadas! — Os amotinados de Fiza já estava cortando as cordas e chutando para longe as tábuas que prendiam o navio a seu ninho de árvores quebradas.

Nahri xingou, mas se atirou ao lado de Ali.

— Para quê ser discreta, né? — resmungou ela, parecendo chocada enquanto se atrapalhava com as fechaduras dele. — Pelo amor de Deus, poderíamos pelo menos ter *tentado* sair de fininho daqui.

Um estouro de arma de fogo fez os dois saltarem, Nahri quase o perfurando com a vareta. Ela xingou de novo, abrindo a última fechadura e então ajudando Ali a desenrolar as correntes.

Outro disparo de pistola, dessa vez vindo da direção oposta, se chocou contra o mastro do navio e lançou farpas de madeira para todo lado.

— *Vocês dois querem se apressar?* — gritou Fiza, se abrigando atrás de um barril para disparar de volta.

Ali ficou de pé e chutou longe as últimas correntes. Com os homens de al Mudhib se aproximando, e flechas de bestas e balas disparando, ele não teve tempo de se perder nas dúvidas como antes. Em vez disso, ele ergueu as mãos, encarando a massa agitada de água salgada. Ela vinha atiçando a consciência dele a noite toda. Lembrando-se de como tinha sido difícil conseguir que o Nilo, muito menor, cooperasse, Ali chamou com firmeza.

VENHA.

O oceano, pelo visto, estava muito mais ansioso para brincar. Além dos gritos dos piratas e do crepitar das tendas em chamas, os sons das ondas quebrando na praia subitamente mudaram. Houve um sussurro, elevando-se até um rugido conforme a selva que ladeava o riacho era devorada, as árvores esmagadas. Nada disso era visível, ainda não. Em vez disso, a destruição só podia ser ouvida, o barulho ficando cada vez mais alto.

E então, da escuridão iluminada pelas estrelas, onde havia apenas córrego sinuoso à beira da praia, veio uma onda torrencial que teria quebrado os muros da própria Daevabad.

Era uma visão incrível – bem, teria sido incrível, caso a conjuração não estivesse quase partindo o coração de Ali ao meio.

Fiza arquejou.

— Que Deus me preserve... — Ela saltou para o meio do convés, gritando para os shafits que a seguiam. — Todo mundo, segure firme!

Nahri segurou Ali. Sempre preparada, ela já havia se amarrado ao mastro. Apoiou uma das mãos no coração de Ali e a outra no ombro dele, firmando-o.

— Estou segurando você, meu amigo — assegurou ela.

— Suspenda a insígnia.

Mas ela já estava se suspendendo; como da última vez, o anel no coração dele respondia mais ao toque de Nahri do que a qualquer comando que Ali pudesse lhe dar. Ela lançou uma onda de alívio frio pelo corpo dele, e a dor imediatamente diminuiu.

Bem a tempo, pois o riacho inchado tinha caído pelo penhasco, batendo no barco com ondas vorazes e espumantes. Como se ele fosse o próprio mar, Ali sentiu o gosto do casco de madeira oleosa e dos tijolos do muro das ruínas. O navio oscilou como um brinquedo na onda crescente.

Outro disparo ricocheteou na popa; al Mudhib ainda estava lá fora em algum lugar.

Você deveria afogá-lo. Deveria afogar todos eles. Al Mudhib e seus brutamontes eram assassinos e ladrões, escória inútil que atacava os aldeões ayaanle e forçava shafits como Fiza a servi-los. Eles mereciam morrer. E seria tão fácil. Um simples gesto de Ali e eles sumiriam, seriam devorados.

Ondas açoitavam o barco, e Ali escorregou, escapando das mãos de Nahri e disparando pelo convés. Ele se chocou contra o parapeito oposto, e a dor no peito voltou com tudo, se contorcendo incandescente em seu coração.

AFOGUE-OS. Ali agarrou o parapeito e se impulsionou de volta de pé. Desesperado por uma distração dos anseios assassinos que giravam pela mente, ele se concentrou em controlar a magia marid.

O mar, comandou ele, pressionando o punho contra a dor em seu peito. *Leve-nos ao mar.*

A embarcação avançou como uma flecha disparada. A nova tripulação gritou alarmada, xingando e orando.

— Ali! — Nahri voltou aos tropeços para o lado dele, esticando-lhe a mão quando uma névoa cinza encobriu sua visão. As mãos dela queimaram a pele dele, e Ali recuou, o navio se movendo com ele e cortando mais árvores.

— Estou bem — E, estranhamente... estava. A dor era dilacerante, sim, mas de repente pareceu distante, como se estivesse acontecendo com outra pessoa. Ele deu um passo à frente, observando maravilhado conforme disparavam para o oceano. Suas pernas pareciam ter mente própria, equilibrando-o enquanto avançavam pelas curvas do rio selvagem e cheio.

Devore-o. Ali sorriu com um prazer louco à medida que as águas avançavam para consumir a praia. Sangue encheu sua boca, pingando dos lábios conforme a magia em suas veias fervia e aumentava, atirando-se contra a severa intrusão alheia no peito.

O navio irrompeu da floresta, disparando pela enseada. E então... Ali suspirou com prazer, sentindo o gosto do sal do oceano conforme sobrepujava o riacho de água doce. Água correu sobre a pele dele num abraço acolhedor, dedos líquidos percorrendo o cabelo e descendo pela garganta como a carícia de um amante.

Mas por que Ali estava ali em cima, naquele brinquedo oscilante de árvores mortas e resina oleosa, quando o oceano estava tão próximo?

Venha. Dessa vez o comando não foi dele. Como se em um sonho, Ali se virou e levou a mão ao parapeito de madeira que o separava da água.

— Ali, o que está fazendo? — Ele estava vagamente ciente de uma voz falando seu nome. Nahri, disse uma parte de sua mente. *Daeva*, acusou outra parte. O cheiro da essência de fogo deles azedava o ar úmido. Estavam por toda parte, cercando-o em um lugar onde não deveriam estar.

Então deixe-os. Atire-se ao mar e junte-se a nós. Ali passou uma perna por cima do parapeito.

— Ali, não! — A daeva chamada Nahri se atirou sobre ele, agarrando-o pelo peito. — Fiza, me ajude!

Ali tentou se desvencilhar.

— Não me toque — chiou ele, as palavras saindo em um sibilo de sílabas estrangeiras.

— Qual é o problema dele? — gritou outra daeva. — Qual é o problema com os *olhos* dele?

— Ali, por favor. — A primeira daeva estava implorando agora, tentando arrancar as mãos dele do parapeito. — Solte. Solte a magia marid!

Elas conseguiram puxá-lo de volta apenas alguns passos antes de Ali se desvencilhar. Mortais tolas, o que elas sabiam? Por que ficar ali quando a água agitada que subia o chamava tão intensamente? O sangue dele ansiava por ela, *ele* ansiava por ela.

Ali estava vagamente ciente da daeva correndo até ele de novo, com um remo na mão.

— Ali, desculpe, de verdade — disse ela, ao se colocar entre ele e o oceano. Ela ergueu o remo...

E bateu no crânio de Ali.

DARA

Se Dara não estivesse esperando Muntadhir, jamais teria adivinhado que o homem desarrumado com olhos selvagens e cabelo longo era o mesmo emir que ele conhecera relaxando na sala do trono. Embora tivesse visto homens em estado muito pior depois de semanas aprisionados, ainda era um lembrete chocante da mudança de sorte deles. Muntadhir estava magro, com a pele pálida depois de um mês sem luz, e o tecido manchado que cobria o corpo da cintura para baixo revelava uma cicatriz vermelha feia do golpe de zulfiqar que deveria tê-lo matado. Hematomas e arranhões cobriam os braços e as pernas; um sulco se destacava na bochecha. Ao arrastar os pés pelo caminho do jardim, com pulsos e tornozelos acorrentados e um guarda de cada lado, Dara já conseguia sentir o cheiro dele.

Mas até mesmo surrado e imundo, a expressão de Muntadhir era incandescente quando encontrou o olhar de Dara. Ele se aproximou com raiva e cuspiu aos pés de Dara.

— Flagelo.

— Al Qahtani. — Dara olhou para os soldados. — Deixem-nos.

Ele esperou até que seus homens tivessem ido embora, então se ergueu. Tinha arranjado um encontro com Muntadhir em um nicho particular dos jardins internos. Rosas subiam pela parede de pedra clara e água dançava na fonte de azulejos, uma cena pacífica destoante da tensão entre os homens.

Dara parou diante de Muntadhir.

— Vou tirar suas correntes. Confio que não vai fazer nenhuma tolice.

Ódio queimava no rosto sujo do emir, mas ele não disse nada, permanecendo imóvel conforme Dara tirava o ferro de seus pulsos e tornozelos. A pele por baixo estava cheia de bolhas e em carne viva. Dara deu um passo para trás aliviado, resistindo à vontade de cobrir o nariz.

Muntadhir lançou um olhar desconfiado pelo pequeno pátio.

— O que você quer?

— Conversar. — Dara indicou a bacia de água que tinha trazido para limpeza e tirou a tampa de uma bandeja de prata com arroz temperado, vegetais e frutas secas. — Você deve estar com fome.

Os olhos cinza de Muntadhir se fixaram na comida, mas ele não se mexeu.

— Isso é um truque?

— Não. Eu queria conversar e imaginei que seria mais fácil se você não cheirasse a podridão ou estivesse delirando de fome. — Quando o emir permaneceu no lugar, Dara revirou os olhos. — Pelo amor do Criador, pode parar com essa pose de "nobre sofredor" de que seu povo tanto gosta? Você deveria ser o mais simpático.

Ainda irritado, Muntadhir avançou e começou a timidamente lavar o rosto e as mãos com água. O movimento chamou a atenção de Dara para o pequeno buraco em sua orelha – o lugar em que a relíquia de cobre deveria estar.

Ele é provavelmente uma das poucas pessoas no palácio sem uma. Com um par de ifrits agora perambulando livremente, todos pareciam ter passado a usar as relíquias, como se a mera presença delas pudesse protegê-los do horror de serem escravizados.

Exceto por Manizheh, fazia dias que Dara não via um Daeva sem um amuleto – com a relíquia escondida dentro – pendurado no pescoço.

Muntadhir soltou um sibilo doloroso quando lavou a pele cheia de bolhas, movendo-se como um idoso.

— Você precisa de um bálsamo.

— Ah, sim, bálsamo. Vou pegar um pouco no caminho de volta até minha cela. Acho que está ao lado dos cadáveres em decomposição.

Bem, pelo menos ele estava se sentindo mais sarcástico. Dara segurou a língua, observando Muntadhir terminar de se limpar e se sentar ao lado da bandeja, já parecendo mais arrogante. Ele olhou para a comida com ceticismo.

— Você é esnobe demais para comer comida daeva?

— Gosto bastante da culinária daeva — replicou Muntadhir.

— Só estou me perguntando se está envenenada.

— Veneno não é meu estilo.

— Não, suponho que seu estilo seja torturar um homem moribundo com ameaças aos irmãos mais jovens dele.

Dara o encarou.

— Posso colocá-lo de volta na cela.

— E perder uma refeição possivelmente envenenada e sua presença magnética? — Muntadhir esticou o braço para a bandeja, enrolando uma bolinha de arroz e jogando-a na boca. Ele fez uma careta depois de engolir. — Pouco tempero. A equipe da cozinha não deve gostar de você.

Dara estalou os dedos. Muntadhir deu um salto, mas Dara tinha apenas conjurado uma taça de vinho, levando-a aos lábios com o mesmo movimento.

O emir observou com inveja evidente.

— Por que você ainda tem sua magia?

— O Criador me abençoou.

— Duvido muito disso. — Muntadhir provavelmente tinha parasitas nas roupas e estava obviamente faminto, mas comia como o nobre que era, cada movimento preciso e elegante. A cena lembrou Dara daquela última noite em Daevabad. Muntadhir, bêbado, com uma cortesã no colo, debochando de seu futuro casamento com a Banu Nahida. Incapaz de se segurar, Dara abriu a boca.

— Você não a merecia.

As palavras saíram com aspereza, e Muntadhir parou com a mão a meio caminho da boca, como se esperasse ser golpeado de novo.

Então ele relaxou, lançando a Dara um olhar irritado.

— Você também não.

— Você a machucou?

Um indício de raiva genuína brotou no rosto do emir.

— Jamais levantei a mão contra qualquer mulher. Não sou você, Flagelo.

— Não, apenas a forçou a se casar com você.

Muntadhir falou com raiva.

— Tenho certeza de que a ideia de que eu arrastei Nahri pelos cabelos até minha cama foi muito reconfortante para você enquanto caminhava entre os corpos de crianças geziri, mas as coisas entre nós não eram assim.

Dara sabia que não tinha o direito de perguntar, mas não poderia ir mais longe com aquele homem se ele algum dia tivesse tirado vantagem dela.

— Então como eram as coisas entre vocês?

— Era um casamento político entre duas pessoas profundamente incompatíveis, mas ela era minha esposa. Tentei protegê-la, construir alguma coisa entre nós que pudesse ter sido boa para Daevabad. E acho que ela fez o mesmo comigo.

— Você a amava?

Muntadhir o encarou exasperado.

— Como consegue ser tão velho e tão ingênuo? Não, eu não a amava. Eu *me importava* com ela. Em cinquenta anos, se ela e meu pai não tivessem se matado primeiro, se tivéssemos tido um filho, talvez as coisas pudessem ser diferentes.

— E Jamshid?

O outro homem se encolheu. Ele escondeu bem, mas Dara reparou mesmo assim. Ali estava sua verdadeira fraqueza.

Muntadhir afastou a comida.

— Conjure outra taça de vinho ou me coloque de volta em minha cela. Discutir meus relacionamentos românticos com você é quase o bastante para me fazer desejar que a zulfiqar tivesse cumprido sua tarefa.

Controlando o temperamento, Dara conjurou outra taça e a empurrou na direção de Muntadhir, o líquido âmbar se derramando sobre a borda.

Muntadhir provou e seu nariz se torceu com desprazer.

— Vinho de tâmara. Doce demais e comum demais. Você realmente nunca passou muito tempo no palácio, não é?

— Eu acho a política desprezível.

— Acha? — Muntadhir indicou o pátio. — E o que você acha que tudo isto é, se não política? Acho que aqueles que veem a política com desprezo normalmente são os primeiros a serem arrastados por ela.

Dara engoliu o conteúdo da taça e a apoiou na mesa, sem qualquer vontade de ser arrastado para enigmas.

— Eu vi sua irmã.

Muntadhir tossiu, cuspindo o vinho.

— O quê? — A máscara caiu, a preocupação evidente no rosto dele. — Onde? Manizheh...

— Não. Ainda não, de toda forma. Vi Zaynab no hospital, lutando ao lado de uma guerreira de sua tribo.

Muntadhir estava agarrando a taça com tanta força que Dara conseguia ver o branco das articulações dos dedos dele.

— Você a machucou?

— Não. E também não contei a Manizheh que ela estava lá.

— Está esperando para ver como esta conversa vai acabar?

— Não estou contando isso a você para ameaçá-la, al Qahtani. Estou contando para que saiba que tem uma razão para viver. — Quando a única resposta de Muntadhir foi mais um olhar arrogante, como se Dara fosse uma partícula de poeira no sapato dele, Dara prosseguiu. — Nossa conquista... não se deu exatamente como planejado.

Muntadhir fingiu choque, arregalando os olhos.

— Não me diga.

Dara mordeu o interior da boca, resistindo à vontade de ferver o vinho do emir.

— Fizemos propostas às outras tribos, mas nenhuma respondeu positivamente. — Ele pensou nos relatos que recebera. Fiel a sua palavra, Manizheh não tinha permitido que ele voltasse para a corte, de modo que agora dependia de relatos de segunda mão. — Os Sahrayn continuam tentando escapar em barcos improvisados, bandidos tukharistani estão subindo os muros para roubar de pomares daeva e os Agnivanshi enforcaram dois mercadores na midan depois que foram pegos vendendo grãos para o palácio. Os Geziri e os shafits se armaram com armas humanas e estão tentando deflagrar uma guerra civil.

Muntadhir contraiu os lábios.

— E os Ayaanle?

— Ninguém ouviu nada dos Ayaanle.

— Então isso deveria preocupar você mais do que o resto.

Dara esperou, mas, quando Muntadhir não explicou, jogou as mãos para o alto.

— É só isso?

Muntadhir deu-lhe um olhar incrédulo.

— Vocês não poderiam ter destruído mais Daevabad nem se, literalmente, tivessem levantado a cidade e a sacudido. Este lugar é uma pilha de combustível, e meu pai passou o reinado inteiro abafando a fumaça antes que pudesse virar chama, apenas para você e Manizheh chegarem e jogarem um oceano de óleo sobre ela, acendendo mil fogueiras. E isso foi *antes* de a magia sumir. O que você esperava?

— Que você pudesse me ajudar a consertar a situação.

O emir se empertigou, todo o humor sumindo.

— Não vou ajudá-lo. Kaveh e Manizheh assassinaram meu pai e mais mil Geziri. Seu *plano*, cujo fracasso você lamenta, pretendia aniquilar meu povo. Encontrei você tentando *escravizar meu irmão*. Deu tudo errado e agora devo ajudar você? Nunca. Se encontrei um lampejo de prazer em tudo isso, foi a garantia de que vocês vão se destruir de modo igualmente espetacular.

Fogo queimou pelo sangue dele, e Dara lutou para contê-lo. Imediatamente, pensou em Zaynab – Muntadhir revelava o medo pela irmã tão abertamente que seria uma ameaça fácil.

Mas ele tinha prometido a Kartir – tinha prometido a *si mesmo* – que encontraria outra forma.

Ele encarou o outro homem.

— Você deveria ser o pragmático, não é? Se realmente ama esta cidade, me ajude. *Por favor* — acrescentou quando o emir riu com escárnio. — Djinn, sei que você me odeia. E tem toda a razão. Mas acredite: sei muito bem o que acontece quando cidades caem, e Daevabad, *nossa* Daevabad, está no limite. Isso não precisa acabar com todos nós nos matando. Me ajude a salvar seu povo.

— *Você* é a maior ameaça a meu povo. — Mas, quando Dara deu a ele um olhar suplicante, Muntadhir soltou um som irritado de derrota. — Deus, eu queria que você simplesmente tivesse me estrangulado. Arriscar a vida após a morte teria sido melhor do que isso.

Dara sentiu uma pontada de desânimo.

— É boa.

Muntadhir deu a ele um olhar perplexo.

— Está falando por experiência pessoal? — Quando Dara abriu a boca, o outro ergueu a mão. — Esqueça, não quero saber. — Ele se ergueu, tomando um longo gole de vinho. — Essas propostas às outras tribos... fale sobre elas.

— Queimei uma área de cada quarteirão e avisei a eles que se subjugassem e mandassem tributos imediatamente.

— *Essa* foi a sua proposta?

— Ah, claro, porque seu pai foi um homem tão pacífico.

— Meu pai se certificou de que as recompensas oferecidas fossem mais convidativas do que as ameaças, e teve séculos de estabilidade e um exército a postos nos quais apoiá-las, não só um Afshin maluco e uma Nahid ainda mais doida com amigos ifrits. Você precisa fazer com que se juntar a seu lado seja pelo menos *relativamente* tentador. A maioria das pessoas só quer a família em segurança, comida na mesa e um teto sobre a cabeça. Dê-lhes isso e vão fazer vista grossa para muita coisa. Não dê nada além de violência e elas se juntarão aos idealistas que pedem sua cabeça.

Dara o encarou.

— Você é mesmo o filho de seu pai.

Muntadhir deu de ombros, mas Dara não deixou de ver o tremor em suas mãos – as palavras tinham atingido o alvo, não importava o quanto ele fingisse o contrário.

— Então, você se isolou completamente e ameaçou as outras tribos. Como estão as coisas com os Daeva?

— Os Daeva estão do nosso lado, é claro.

— É mesmo?

— É verdade que Kartir e alguns dos sacerdotes não estão satisfeitos com a violência e a presença dos ifrits, e não tive muito sucesso recrutando novos soldados...

— Vou parar você por aqui. — Muntadhir deu a Dara um olhar malicioso, a cicatriz nacarada que dividia a sobrancelha onde ele havia sido açoitado brilhou sob o sol. — Os Daeva desta cidade não são tolos, são sobreviventes, e você é um estranho que lhes trouxe violência duas vezes.

Dara fervilhou de ódio.

— Não sou um estranho. Luto pelo meu povo desde...

— Você é um *estranho* — afirmou Muntadhir, com firmeza. — É estranho a este século, Manizheh é estranha às lutas do dia a dia no quarteirão, e Kaveh cresceu em uma propriedade de campo onde provavelmente via um djinn uma vez por ano. Vocês são todos estranhos para os Daeva de *Daevabad*, e entraram correndo para salvá-los sem, presumo, realmente consultar nenhum deles, não é? Quer meu conselho? Certifique-se de ter o apoio de seu próprio povo antes de procurar as outras tribos. Era assim que nós governávamos.

— Seu irmão liderou uma insurreição bem-sucedida entre os Geziri na mesma noite em que atacamos.

— E é por isso que ele tinha uma chance muito grande de derrubar meu pai. São aqueles de quem somos próximos que têm a oportunidade de melhor observar nossas fraquezas, e imagino que sua Manizheh tenha se cercado de Daeva.

Por mais que sua relação com Manizheh estivesse tensa, um instinto protetor disparou pela coluna de Dara.

— O que você sugere?

— Procure os nobres das tribos. As casas nobres dos Daeva estão estre as mais antigas e respeitadas de nosso mundo. Mas o mais importante, por enquanto, é que elas controlam a maior parte da terra arável fora dos muros da cidade e pelo menos metade do comércio.

Dara fez uma careta. Kaveh também tinha dito algo sobre os nobres daeva, não tinha?

— Nós tomamos grande parte das terras fora da cidade logo depois da conquista. Queríamos salvaguardar a colheita, caso o comércio com o mundo externo não fosse retomado rapidamente.

— "Tomamos" significa que nenhum pagamento foi dado em troca?

— Estamos trabalhando nisso.

— Trabalhem mais rápido — avisou Muntadhir. — Aquelas casas são a espinha dorsal desta cidade. Muitas sobreviveram não apenas à queda dos Nahid, mas a todas as guerras civis e às disputas que nos atormentaram desde então. Elas ainda estarão de pé quando nem os Nahid nem os Qahtani estiverem.

Dara não gostava de nada daquilo e não gostava de pensar que seu povo era tão facilmente dividido e ganancioso.

— Kaveh é de uma casa nobre. Certamente ele já sabe disso.

Muntadhir deu-lhe um sorriso condescendente.

— Eu me reconfortaria com sua ignorância se isso não afetasse meu povo. Kaveh é do campo; a família dele poderia ficar em Daevabad por mais oito séculos e ainda assim eles não seriam vistos como iguais entre os nobres de quem estou falando. Essas pessoas gostavam do fato de que Kaveh lhes garantiu concessões adicionais e posições na corte enquanto era grão-vizir, mas debochavam do sotaque dele pelas costas e teriam morrido de vergonha antes de permitir que suas filhas se casassem com o filho dele.

— Esse filho é o homem que você confessa amar — observou Dara. — Você é tão desonrado que debochou dele pelas costas?

Muntadhir abriu um sorriso largo.

— Ah, não, Afshin. Saquei minha khanjar e ameacei cortar o pescoço de todos na primeira vez que tentaram debochar dele em minha presença. Mas então sorri e os mandei para casa com ouro e, estranhamente, Jamshid passou a receber mais convites. — Ele deu de ombros. — Eu conhecia meu papel e o interpretei bem. Sempre haverá pessoas que anseiam pela atenção de príncipes, e é possível chegar tão longe com vinho, conversa e charme quanto com armas. Deixando de lado o fato de que também nos esfaquearíamos pelas costas caso nossa sorte mudasse, eu achava a companhia deles bastante agradável. Havia alguns poetas muito talentosos no meio.

Dara abriu e fechou a boca, subitamente se sentindo muito provinciano. Ele nunca mais subestimaria a tranquilidade de se sentar em torno de uma fogueira com outros soldados.

— E esses esnobes com língua de mel e mais ouro do que lealdade tribal são seus... amigos?

— Digamos que sim — falou Muntadhir, parecendo quase alegre. O tópico de intrigas assassinas na corte pareceu energizá-lo. — O tipo de lealdade tribal de que você tanto gosta tem seus limites. Manizheh era mais temida e cumprimentada com assombro do que amada pelos Daeva quando morava aqui. Você é *definitivamente* temido. Kaveh tem bons instintos políticos, mas acaba de provar que é um traidor desleal que tramou o massacre de crianças. Sem falar que o resto da cidade odeia você abertamente e talvez esteja planejando seu fim. Por que famílias inteligentes o bastante para terem navegado durante séculos de ocupação anunciariam apoio a vocês? Muito melhor esperar até que inevitavelmente implodam e então lidar com quem quer que ascenda das cinzas.

Dara de fato se sentia pronto para implodir.

— Então como trazemos os nobres para o nosso lado?

Muntadhir girou a taça na mão.

— Vi você se transformar em fogo e sobreviver após um teto cair em sua cabeça. Com certeza consegue conjurar vinho de uva.

Controlando o temperamento, Dara tirou a taça das mãos de Muntadhir. Um momento depois, um líquido carmesim escuro girava dentro dela.

— Aqui está, majestade — disse ele, sarcasticamente.

O emir sentiu o gosto e sorriu.

— Está delicioso! Talvez você devesse abandonar esta vida. Deixe a guerra, abra uma taverna nas montanhas...

— Al Qahtani, você está me testando — falou Dara, entre dentes cerrados. — *Como trazemos os nobres para o nosso lado?*

O deboche sumiu do rosto do outro homem.

— Tem mais uma promessa que você precisa fazer se quiser minha ajuda. Jure que não vai ferir meus irmãos.

Dara fez uma careta.

— Não vou ferir sua irmã, mas Alizayd é outra história. Ele se aliou aos marids para assassinar meus homens. Se seu irmão aparecer na minha frente de novo, vou matá-lo.

— *Você* se aliou com os marids para derrubar a Cidadela e matar praticamente todo mundo que ele conhecia, seu hipócrita insuportável. — Os olhos de Muntadhir se semicerraram.

— Jure que não vai ferir meus irmãos. Jure pela vida de Nahri. Esses são meus termos.

Amaldiçoando internamente, Dara tocou o coração.

— *Tudo bem.* Não vou feri-los, juro por Nahri.

— Ótimo. — Muntadhir tomou mais um gole de vinho.

— Você deveria dar um banquete.

— Um banquete? — disparou Dara. — Estou proibido de matar um inimigo que odeio porque você me disse para dar uma *festa*?

— Você pediu meu conselho, e conheço bem os nobres. Eles querem se sentir importantes e ver sinais de estabilidade. Convença-os de que vocês podem governar, de que têm um plano para a paz e uma forma de trazer a magia de volta, e pode se surpreender com os métodos silenciosos que eles têm para alcançar seus semelhantes nas outras tribos.

Um banquete para os tolos ricos que apoiaram Ghassan durante todos aqueles anos. Dara fumegou de raiva. Não era para essa Daevabad que ele havia sonhado voltar.

Mas a Daevabad com a qual ele havia sonhado tinha desaparecido havia muito tempo, se é que tinha existido.

Mesmo assim, ele insistiu.

— Nahri tinha aliados entre essa gente? — Ele não conseguia imaginar a cáustica ex-moradora de um bairro pobre tendo paciência para aquele tipo de festividade.

— Não — respondeu Muntadhir. — Nahri era *realmente* amada pelo povo dela. Porque ela brincava com os filhos deles nos jardins do Templo, ouvia os lamentos deles na enfermaria e usava o seu dote para pagar casamentos para os pobres. Ela não era afeita a elogiar nobres e, como eu não era afeito a ver o poder dela ofuscar o meu, não a aconselhava a fazer isso.

— Que casal feliz vocês deviam ser. Sabe, quando você não estava dormindo com o irmão dela.

Se o golpe foi certeiro, Dara não soube dizer; as palavras pareceram deslizar por Muntadhir como se fossem água. Ele devia ter muita experiência em relevar tais comentários, percebeu Dara. A vida na corte da qual Muntadhir falava parecia tão mortal quanto um campo de batalha; no entanto, ele a navegara por décadas, agarrado a um amante que jamais teria sido capaz de declarar abertamente, contendo um irmão ambicioso cujos aliados fervorosos teriam ficado felizes em vê-lo ser estrangulado durante o sono, e lidando com um pai tirano.

Um homem perigoso. Muntadhir podia não empunhar uma zulfiqar como o irmão, mas Dara desejou brevemente que fosse Alizayd no lugar dele. Um duelo armado ele conseguiria lutar, mas naquele mundo não estava à altura de Muntadhir.

O antigo emir parecia estudar Dara da mesma forma.

— Manizheh vai precisar me acolher como o genro dela. Pelo menos publicamente. Vai parecer que ela está tentando preservar alguma coisa da antiga ordem e realmente se aproximando dos djinns.

— E se Nahri não quiser continuar casada com você?

— Um problema de cada vez, Afshin. — Muntadhir indicou os retalhos que vestia. — Mas, já que estamos nesse assunto, vou precisar me limpar. Não posso exatamente visitar minha querida mãe com essa aparência.

— Isso pode apresentar uma dificuldade particular.

— Que é?

— Que é o fato de que tudo isso foi em grande parte hipotético. Fui rebaixado e Banu Manizheh não quer me ver.

Muntadhir suspirou.

— Você vai realmente me fazer trabalhar por isto, não vai? — Ele apoiou o vinho. — Vamos começar, então.

20

NAHRI

À LUZ FRACA DA MINÚSCULA CABINE DO NAVIO, NAHRI PRESsionou os dedos contra a pulsação do punho de Ali.

— Seu coração parece bem — murmurou ela, passando a examinar o calombo roxo na têmpora dele, onde ela o havia atingido com o remo. — Como está o galo?

Os olhos grogues de Ali se reviraram até encontrar os dela.

— Bem, não tem mais duas de você.

Ela sentiu uma pontada de culpa.

— Sinto muito. Eu não sabia o que mais fazer. Você estava lutando contra a gente, e fiquei tão preocupada que se caísse na água...

Ele tocou o pulso dela.

— Está tudo bem. De verdade. — Parecia que Ali iria sorrir, mas ele se encolheu, o movimento claramente repuxando o galo bastante inchado que ainda se elevava no rosto. — Sempre prefiro ser apagado do que ser atraído para o mar por vozes misteriosas.

Nahri fez menção de tocar o coração dele.

— Quer que eu tente curar...

— Não. — Os dedos dele imediatamente se fecharam no pulso dela. — Não me cure. Acho que não deveríamos fazer qualquer magia de cura enquanto ainda estivermos no mar. Não depois da forma como Sobek falou sobre os Nahid. Não quero que nenhum marid descubra sobre você, principalmente enquanto estamos flutuando no domínio deles.

Ela se recostou.

— Então acha que foram os marids que o possuíram ontem à noite?

— Acho que foram os marids, mas não tenho certeza de que me possuíram. — Ali estremeceu, gotas de água brotando em sua testa. — Quando os marids me tomaram no lago, quando Sobek se enraizou em minhas memórias, eu sabia o que estava acontecendo. Conseguia sentir a *intrusão* deles. Ontem à noite não foi assim. Fui eu mesmo o tempo todo. Eu *queria* me atirar no oceano. Eu *queria* afogar al Mudhib e os homens dele. Devorá-los — sussurrou, parecendo nauseado. — Quando olhei para você, foi como se você fosse uma estranha. — Ele encontrou o olhar dela, e o medo escancarado fez gelo fluir por cada centímetro do corpo dela. — Não sei o que isso significa, Nahri.

Ela jamais o vira parecer tão amedrontado – e ela e Ali tinham enfrentado *muita* coisa juntos. Nahri subitamente o viu caindo de joelhos enquanto Manizheh o torturava e ouviu-o gritando enquanto sumia sob uma multidão de ghouls famintos.

Ela respirou fundo para conter o temor que pressionava o peito.

— Significa que chega de magia marid. Nem no mar, nem quando voltarmos para a terra firme. Não a use de novo. Nunca mais.

Ali suspirou.

— Estamos em guerra, e é o único poder que eu tenho.

— Não importa.

— Importa *sim*. Temos uma cidade inteira para...

— *Não importa*. Não quer que mais marids descubram sobre mim? Bem, eu não quero mais nenhum deles atraindo você para a morte. Vamos encontrar outra forma de lutar, está bem? — Ainda vendo relutância na expressão dele, Nahri acrescentou, com mais urgência: — *Por favor.* — Ela inclinou o corpo para a frente, puxando um cobertor que pegara emprestado da tripulação sobre o corpo de Ali e encaixando-o em volta dos ombros dele. — Não quero perder você. Não posso.

O fervor na reposta dela pareceu espantar Ali. De tão perto, Nahri conseguia sentir o calor fumegante que subia da pele dele sob o cobertor fino. Ele tentou sorrir de novo.

— Você realmente não vai me libertar da dívida, não é?

Era obviamente uma brincadeira, mas Nahri sentiu como se tivesse acabado de levar um chute no coração. A visão de Ali tentando sorrir, doente e fraco, fez com que ela se sentisse impotente. Fez com que ela sentisse algo que não estava pronta para sentir, como se tivesse inconscientemente dado alguns passos num caminho que só percebia agora ser instável e sem retorno.

Não. Não faça isso. Não de novo. Não agora.

Nahri se ergueu.

— Vou ver se consigo ferver um pouco de casca de salgueiro — disse ela, forçando um profissionalismo tenso na voz. Trabalho, sua técnica de distanciamento preferida. — Vai ajudar com a dor. Não, não fale... — acrescentou ela, erguendo a mão quando Ali abriu a boca. — Apenas descanse. Ordens médicas.

Então ela saiu da cabine, fechou a porta e encostou nela, cerrando os olhos. Estava tudo certo. Estava tudo bem. Seu coração era um maldito traidor, mas isso também não importava – Nahri era muito experiente em ignorar os impulsos tolos e irracionais dele. Abriu os olhos, esperando que a visão do mar claro iluminado pelo sol a ajudasse a limpar a mente.

Não estava tudo bem.

A água estava sobrenaturalmente parada, uma planície de vidro pálido que refletia filetes quebrados de céu. Quebrados porque, até onde a vista alcançava, chumaços de algas marinhas sufocavam a água tropical, punhados retorcidos de vegetação pútrida que tinha aprisionado conchas quebradas, caranguejos podres e os esqueletos esbranquiçados de peixes cheios de presas. Nahri inspirou, sentindo cheiro de morte no ar salgado. Ela não sabia muito sobre o mar, mas suspeitava, no fundo dos ossos, que aquilo não fosse normal.

Uma onda de sentimento protetor queimou por dentro dela, envolta em ódio. Bom. Nahri conhecia o ódio. Ela confiava no ódio, preferia o ódio.

— Vou matar vocês — avisou ela num sussurro, olhando com raiva para o oceano. Talvez estivesse na hora de se escorar na parte da herança Nahid dela que era fogo e enxofre. — Venham atrás dele de novo e vou matar todos vocês.

— Ora, não é esse exatamente o tipo de sensatez que gosto de ouvir das pessoas no meu navio? — Nahri levantou o rosto e viu Fiza empoleirada no telhado da pequena cabine com um cachimbo na mão. — Como está seu amante?

— Ele não é meu amante — insistiu Nahri, odiando o fervor em sua voz. — Estava espionando a gente?

— Não é espionar se o navio é meu. — Fiza sorriu. — Meu navio. Que gloriosa expressão.

— Melhor esperar que a tripulação seja mais leal a você do que era a al Mudhib.

— Eu poderia tornar isso meu objetivo de vida e mesmo assim não conseguiria ser tão canalha quanto al Mudhib, e espero que fique tudo bem. Mas sim, estou espionando vocês, então por que não torna as coisas mais fáceis e se junta a mim aqui, onde vai ser mais difícil fugir das minhas perguntas?

Você não tem ideia do quanto sou capaz de fugir de perguntas.

— Preciso preparar uns remédios para Ali.

— Se ele ainda não morreu, pode esperar mais alguns minutos.

Nahri fechou a cara, mas subiu. À exceção do tapete morto de algas marinhas, o alto do navio de areia oferecia uma vista deslumbrante. As velas podiam não brilhar com magia, mas os imensos dosséis âmbar e dourados eram lindos contra o vento. À direita dela, a costa era uma faixa de praias brancas peroladas e palmeiras verdes exuberantes.

Nahri levantou o rosto para o calor do sol.

— Isso é gostoso.

— É mesmo — concordou Fiza, em tom agradável. — Gosto de voar sobre o deserto, mas tem algo de especial a respeito do mar. Como temos sorte por estar na companhia de alguém que pode levá-lo a correr rio acima e tomar um barco.

— Talvez tenha sido uma maré de sorte.

— Sorte é um conto de fadas que usamos para fazer as pessoas se sentirem melhores com esse mundo injusto de merda. Ele é perigoso?

— Por que está perguntando isso?

Fiza lançou um olhar crítico para ela.

— Porque já velejei com alguns Ayaanle e sei que têm lendas sobre demônios que vivem nas águas desta terra, lendas que raramente têm um final feliz.

— Histórias criativas de marujos entediados.

— Daeva, estou gostando mais da sua companhia do que imaginei que gostaria de alguém criado para odiar meu sangue, mas se evitar minha pergunta de novo vou jogá-la na água. O que, caso não se lembre, seu príncipe tentou fazer consigo mesmo ontem à noite, até você o derrubar com um remo. Então vou perguntar de novo: ele é perigoso?

Não sei. A confissão assombrada de Ali e os olhos angustiados dele retornaram a ela, e dessa vez não havia como negar a descarga de carinho e preocupação que tomou o seu coração.

Ela desviou da pergunta.

— Ele não é perigoso. Não para você e sua tripulação. Ele deu sua palavra sobre Shefala e não vai voltar atrás nisso. É um homem bom.

— Um homem bom que fez um juramento aos marids?

— Fiza lançou a Nahri um olhar cético. — Marujo, lembra?

Eu conheço as velhas lendas sobre pessoas fazendo sacrifícios de sangue para eles em troca de poder. Há pouco espaço para homens bons naquelas histórias.

— Ali jamais faria algo assim — insistiu Nahri. — E, de toda forma, você não precisa se preocupar com isso. Apenas nos leve até Shefala, depois pode pegar seu ouro e lavar suas mãos de nós.

— Não está esquecendo nada? — Fiza abaixou o colarinho da camisa, revelando a cobra de ferro sob a pele. — Você não vai se livrar de nós tão rápido. Quero isso fora daqui.

A visão da marca fez Nahri estremecer.

— Você escolheu mesmo ter isso colocado aí?

— Sim.

— Por quê? — Ela não conseguiu deixar de perguntar.

— Porque fazer parte da tripulação de um navio de areia por uma década pareceu melhor do que ficar onde eu estava.

— Daevabad?

Fiza balançou a cabeça.

— Não. Eu não estava vivendo em Daevabad naquela época. Fui roubada da cidade quando era criança.

Nahri se espantou.

— *Roubada?*

— Sim, roubada. E você não precisa parecer tão surpresa. Talvez no palácio ignore isso, mas acontece com os shafits o tempo todo. Sangues-puros sequestram bebês para que se passem por filhos deles. Pegam os mais velhos, alegando serem parentes, depois os obrigam a trabalhar. A maioria permanece em Daevabad. Eu fui… uma exceção. Por motivos que não vêm ao caso.

Nahri ficou sem palavras. Ela sabia que essas coisas aconteciam em Daevabad, mas ouvir aquilo da boca de uma mulher que tinha escolhido ter ferro colocado no pescoço como uma alternativa a um destino pior era um choque de realidade.

— Sinto muito, Fiza — disse ela, por fim. — De verdade.

— Eu também. — Fiza deu de ombros. — E eles também, por fim. Esbarraram com a tripulação de Mudhib, e me voltei contra eles assim que pude.

Ela ergueu o colarinho de novo, mas Nahri se viu ainda encarando o pescoço da mulher.

— Vou tirar essa marca de você, prometo. Vou encontrar um jeito, com ou sem magia. — Ela hesitou. — E se Ali e eu chegarmos a Daevabad, você é bem-vinda a vir com a gente. Se tiver família...

Fiza se encolheu.

— Ainda não pensei sobre isso. — Ela puxou os joelhos contra o peito, parecendo mais jovem. — Mas não preciso da pena de uma Nahid. Sei o que seu povo acha dos sangues-sujos.

— Não é o que eu acho.

— Por quê? Porque você cresceu no mundo humano? Porque supostamente foi amaldiçoada para se parecer com a gente? — Fiza riu com escárnio, dando uma tragada no cachimbo. — Eu ouvi sua história.

A garganta de Nahri subitamente se fechou.

— Você não conhece minha história.

— Ah, sim. Pobre menininha rica, tirada das ruas pelo Flagelo e levada para Daevabad. O que foi mais difícil, se tornar uma princesa ou se casar com um belo emir?

— Não sou uma princesa, sou uma curandeira Nahid — disparou Nahri. — E uma shafit, na verdade.

Fiza soltou o cachimbo. Ele caiu do telhado, rolando pelo convés.

Ela não pareceu notar.

— Mentira. Os Daeva não chegam perto de humanos.

— Por que *em nome de Deus* eu mentiria sobre algo assim? — Nahri tinha finalmente se desapegado do segredo ao qual se agarrara firmemente por seis anos, e agora Fiza sequer acreditava nela? — Você sabe o que meu povo faria se descobrisse a verdade?

A pirata ficou boquiaberta.

— Espere, está dizendo a verdade? Você tem sangue humano? E ninguém sabe?

Sua tola, o que está fazendo? Mas, estranhamente, Nahri se sentiu aliviada, quase zonza com aquela pequena libertação.

— Ali sabe.

— Conversa de travesseiro?

— Você não é a única que consegue jogar alguém no mar.

— Ora, não é que você tem a língua afiada? — Fiza assoviou. — Uma shafit Nahid. Uau, que escandaloso.

A cabeça de Nahri começou a latejar.

— Sim — sussurrou ela, passando de zonza para enjoada.

— Estou ciente.

— Então por que está contando para *mim?* Você sabe que sou uma criminosa, não sabe? Nós vendemos informações escandalosas.

Por que Nahri *estava* contando a Fiza? Ela acabara de dar um sermão a Ali sobre segurança e agora ali estava ela, declarando seu segredo mais perigoso para uma pessoa ainda mais perigosa.

— Eu não sei — murmurou ela. — Acho que vejo um pouco de mim em você. — Então ela deu de ombros, considerando outro fator. — E talvez você seja um bom teste para revelar a verdade a outros.

— Por quê?

— Porque ninguém acreditaria em uma criminosa se eu dissesse que você está mentindo.

Fiza bateu no ombro dela.

— Foi você quem abriu as fechaduras, não foi? — Quando Nahri ofereceu um sorriso sarcástico, Fiza gargalhou. — Eu me sentiria tentada a oferecer um lugar na minha tripulação se não estivesse preocupada que você se voltasse contra mim assim que o vento mudasse.

— E eu poderia me sentir tentada a aceitar sua oferta se minha mãe não estivesse massacrando inocentes em Daevabad. Mas preciso voltar. É a coisa certa a fazer.

— Que merda é a coisa certa a fazer?

— Acredite em mim, você não quer descobrir.

DARA

Que o Criador o perdoasse, mas Muntadhir al Qahtani podia estar certo.

Dara desviou de um bando de crianças animadas que apostavam corrida pelo salão do trono, sacudindo chocalhos de bronze e agitando varetas de faíscas. Seguindo-as vinha um grupo de artistas – acrobatas que caminhavam sobre as mãos ou em pernas de pau, com as tranças açoitando o ar. Homens vestindo sedas brilhantes, usando joias suficientes para pagar pelo exército maltrapilho de Dara, riam escandalosamente em grupinhos, suas taças cor de jade derramando vinho caro em almofadas com miçangas.

O salão do trono no qual a vida dele tinha sido tirada do curso era irreconhecível – o ar solene de história dera lugar a um banquete espetacular que provavelmente logo deixaria de ser adequado para as devotas senhoras que já tinham formado uma parede formidável de anciãs sérias entre suas belas filhas casadouras e qualquer rapaz sofrendo por amor. Em um canto, um contador de histórias agraciava um grupo hipnotizado de jovens de olhos arregalados com marionetes glamorosas dispostas contra fundos pintados. Ao ver um arqueiro de madeira com olhos feitos de moedas verdes, Dara fez uma careta e se virou.

Ainda assim, era o tipo de cena com a qual ele havia sonhado durante séculos. Música daeva preenchia o ar, canções cujas letras e ritmos tinham mudado desde sua época, mas que ainda eram reconhecíveis, enquanto um banquete para alimentar centenas tinha sido disposto, bandejas de cobre e tigelas de quartzo entalhadas sobre um tecido alegre cor de água-marinha que percorria a extensão inteira da parede leste. Uma atmosfera de alívio selvagem dominava a multidão. *É claro que estão aliviados. Os ricos estão novamente dançando e banqueteando enquanto o resto da cidade passa fome e tem medo.* Pois, embora Dara apreciasse aquela pequena comemoração, suspeitava que os nobres daeva rindo em torno dele já tivessem se curvado a Ghassan com os mesmos sorrisos que agora apresentavam a Banu Manizheh. Aquela não era uma festa para as pessoas comuns da tribo dele: era um suborno muito bonito – planejado por Muntadhir, dentre todas as pessoas – para convencer os nobres que tinham se aproximado lentamente dos Qahtani durante gerações de que eles deveriam, agora, voltar seu apoio para a Banu Nahida.

A ausência de magia era inquietante também. Embora Dara tivesse feito o possível – conjurando lanternas brilhantes como joias para flutuarem no ar e rosas moles como manteiga que subiam pelas paredes e continuamente floresciam, as pétalas perfumadas banhando o chão e os convidados –, deveria haver mais, e era estranho ver algo tão essencial para seu povo ser tirado deles.

Pelo olho de Suleiman, é por isso que as pessoas chamam você de mal-humorado.

Forçando-se a assumir uma expressão mais agradável, Dara subitamente se serviu da garrafa azul de vinho mais próxima, sentindo um desejo súbito de se embebedar e não se importando muito por ela claramente pertencer a um círculo de nobres cobertos de pérolas cujo protesto morreu assim que tiraram os olhos do jogo de dados e viram quem havia roubado o vinho.

Tomando um gole demorado, Dara se virou para observar Manizheh, usando vestes cerimoniais e sentada sobre o trono de shedu reluzente, com Kaveh ao seu lado. Uma longa fila de pessoas esperava para cumprimentar os dois.

A visão o deixou ainda mais apreensivo. Manizheh tinha consentido ao trabalho dele com Muntadhir – parecendo agradavelmente surpresa –, mas ainda não o convidara de volta à corte, e ao vê-la agora, um retrato perfeito dos nobres e sagrados Nahid, Dara se perguntou se algum dia convidaria. Os anos deles juntos no escasso acampamento da montanha, sobrevivendo a invernos cruéis e sonhando com uma conquista menos sangrenta, subitamente pareceram muito distantes. Dara tinha visto os piores momentos de Manizheh; independentemente de sua insubordinação, ele devia ser um lembrete indesejado do verdadeiro custo daquele espetáculo todo. A arma que, se ela fosse esperta, Manizheh manteria guardada até que fosse necessária.

Mas Dara não queria mais ser apenas uma arma. Então, com o vinho pulsando agradavelmente nas veias, decidiu se juntar a ela. Ignorando os nobres que faziam fila, aproximou-se e prostrou-se no tapete.

— Que o fogo queime forte para você, minha senhora.

— E para você, Afshin — respondeu Manizheh, com a voz acolhedora. — Por favor, levante-se.

Ele obedeceu, captando o olhar de reprovação que Kaveh deu à garrafa de vinho que ele não escondera muito bem nas dobras da túnica.

O grão-vizir ergueu as sobrancelhas.

— Sua aliança com Muntadhir parece ter dado muito certo.

— Ah, deixe-o em paz, Kaveh — ralhou Manizheh. — Não tenho dúvida de que nosso Afshin já patrulhou este lugar sozinho uma dezena de vezes. — Dara viu o que podia ser um sorriso através do tecido reluzente do véu dela. — E todos precisamos de descanso por uma noite.

Era a coisa mais gentil que ela dizia a ele em semanas, e, apesar de tudo, uma luz brotou no coração de Dara.

— Obrigado, minha senhora — respondeu ele, com reverência. — Rezo para que esteja se divertindo também.

Manizheh indicou para que os criados segurassem a fila de convidados à espera e então se voltou de novo para ele.

— É uma experiência singular fornecer uma acolhida agradável a pessoas que eu sei que beijaram as mãos dos reis que me trancafiaram. Mas é bom ouvir risadas no palácio de novo. — O olhar dela recaiu sobre as crianças que cercavam o contador de histórias. — Talvez ainda consigamos tirar algum bem de tudo isso.

Apesar das palavras otimistas, a voz de Manizheh era melancólica. Ela tinha obviamente nutrido seus próprios sonhos secretos de voltar para Daevabad como uma salvadora e se reunir com seus filhos. Entretanto, lutava para controlar uma cidade quebrada e ensanguentada.

Dara se aventurou com cautela.

— Houve mais notícias de seus filhos?

A expressão de Manizheh se fechou e, olhando para ela, Kaveh respondeu:

— Apenas os mesmos boatos sobre Wajed e Jamshid, todos se contradizendo. Algumas pessoas dizem que os Tukharistani deram passagem segura a Wajed, outros que ele está recrutando tropas em Am Gezira ou que tomou em um barco humano roubado até Ta Ntry. — Ele sacudiu a cabeça, esticando o braço para apertar a mão de Manizheh. — É impossível dizer o que é verdade. E de Nahri e Alizayd, nada.

— Ainda é muito cedo — ofereceu Dara, tentando se ater à esperança também. Manizheh assentiu silenciosamente, mas ele não deixou de notar a preocupação nos olhos dela.

Nem a demonstração evidente de afeição entre ela e Kaveh. Manizheh não parecia se importar com o que as pessoas poderiam pensar sobre a Banu Nahida solteira delas compartilhando uma cama com o grão-vizir, e aquilo o preocupava levemente. Dara não era político, mas até mesmo ele sabia que poderia ser mais pragmático para Manizheh formar uma aliança de casamento com alguém que não fosse do seu círculo de aliados.

Também não havia chance de ele dizer isso – não quando tinha acabado de começar a voltar para as graças dela.

— Nenhum sorriso dos triunfantes conquistadores?

Dara se encolheu diante da voz debochada de Muntadhir atrás dele, mas segurou a língua quando se virou.

E ficou imediatamente feliz por ter feito isso, pois Muntadhir não estava sozinho, mas sim acompanhado por três companheiros daeva. Estavam todos luxuosamente vestidos, mas o emir se destacava. O único Geziri na sala, ele se vestia de acordo com seu papel com uma túnica tão preta que parecia que uma noite sem estrelas tinha se acomodado em torno dos ombros, e com um turbante azul e cobre brilhante preso em ângulo inclinado com um ornamento de pérola. Uma faixa de seda estampada estava amarrada em sua cintura, e uma khanjar, presa sob a faixa.

— Não me lembro de dizer que você podia ter uma arma — avisou Dara.

Muntadhir deu-lhe um sorriso perigoso e se virou para Manizheh, tocando o coração e a testa tão educadamente que jamais se poderia imaginar que ambos haviam se enfrentado em um calabouço apenas semanas antes.

— Que a paz esteja com você, Banu Manizheh. Se me permite chegar perto, gostaria de apresentar alguns de meus companheiros.

O cumprimento de Manizheh ao filho do rei que ela havia matado não foi menos gracioso.

— Se eles são os companheiros que você diz que têm conversado com as outras tribos, por favor... — Manizheh indicou para o grupo avançar. — Que o fogo queime forte para vocês, cavalheiros.

Os homens uniram os dedos com gestos idênticos, curvando-se conforme Muntadhir os apresentava.

— Tamer e-Vaigas, Sourush Aratta e Arta Hagmatanur... Tenho certeza de que conhecem bem Banu Manizheh e-Nahid e Darayavahoush e-Afshin.

Vaigas. Dara piscou, surpreso. Um nome familiar.

— Tive um Vaigas sob meu comando. Um de meus conselheiros mais próximos — acrescentou ele, lembrando-se de seu amigo morto havia muito tempo. — Bizvan. Ele era um demônio com uma lança. E um estrategista inteligente também.

O rosto de Tamer se iluminou com assombro.

— Sou descendente dele — disparou o rapaz. — Ouvi quando era pequeno que ele lutou ao seu lado na rebelião, mas achei que talvez fosse apenas uma história.

— Não é história nenhuma. — Dara sorriu, feliz em descobrir que Bizvan sobrevivera por tempo o suficiente para gerar filhos, mesmo que fosse perturbador saber que os descendentes dele tinham passado para o lado dos Qahtani. Dara deu tapinhas no ombro do rapaz, quase o derrubando. — Por que não se juntou a meu exército? Você vem de uma boa ascendência de lutadores!

Um olhar de puro terror cruzou o rosto de Tamer antes de ele soltar uma gargalhada forçada.

— Talvez mil anos atrás. A lança de Bizvan está pendurada na parede de nosso quarto de hóspedes. Somos mercadores agora. — Ele se virou de novo para Manizheh. — Que é o que me traz aqui esta noite. Minha família tem laços profundos com alguns dos principais comerciantes agnivanshi; Sourush e Arta — ele indicou com a cabeça os outros Daeva —, com os Tukharistani. Aqueles que estão presos na cidade estão começando a procurar. Têm medo de fazer isso publicamente, mas acredito que há esperança.

— Então fico ainda mais feliz em conhecê-los. — Manizheh indicou as almofadas abaixo dela. — Sentem-se. — Ela olhou para Dara, com uma expressão compreensiva. — Por que não comemora com seus homens? Assistir a nobres se curvando não me parece ser a forma como você gostaria de passar a noite. *Ah, graças ao Criador.* Dara uniu as mãos em agradecimento. — Sua misericórdia é apreciada. Ele mal tinha saído de vista quando tomou mais um gole da garrafa de vinho.

— Estão usando a lança dele como enfeite de parede — murmurou Dara consigo mesmo, o desejo de ficar bêbado aumentando a cada risada falsa e escandalosa que ouvia dos esnobes ricos à sua volta. Pelo olho de Suleiman, onde estavam seus companheiros?

Ele finalmente os encontrou em um iwan rebaixado perto dos fundos do salão do trono, deitados em almofadas e parecendo já estar no estado de intoxicação que Dara esperava alcançar.

— Afshin! — Gushtap se pôs de pé sem equilíbrio. — Não estamos em serviço, juro.

— Que bom, nem eu. — Dara jogou a garrafa de vinho para Gushtap antes de se abaixar em uma almofada adjacente. — Relaxem — acrescentou, tentando acalmar o nervosismo no rosto de seus guerreiros. — Todos precisamos de uma noite de folga, e já me cansei das pessoas chiques lá atrás.

Irtemiz ofereceu um sorriso fraco.

— Fiz um homem arquejar de verdade quando disse que sou uma arqueira. — Ela agarrou um colar de pérolas invisível. — *Mas como você consegue engatilhar um arco?* Sua forma não impede você? — Ela revirou os olhos. — Respondi que, se não tirasse os olhos da minha *forma*, eu enfiaria uma flecha na bunda dele.

Dara provavelmente deveria reprimir aquele tipo de linguagem, mas infelizmente Manizheh tirara a responsabilidade de suas mãos.

— Pode ficar com uma das minhas — respondeu ele, pegando o vinho de volta de Gushtap. — Como está se sentindo, aliás? A perna e o braço estão melhorando?

— Banu Manizheh diz que vai levar um tempo, mas pelo menos estou viva. Graças a você — acrescentou ela, com a voz embargada de emoção. — Devo a você mais do que jamais conseguirei pagar, Afshin. Não posso imaginar que os Geziri teriam um destino agradável em mente para mim se você não tivesse aparecido.

— Você não me deve nada — insistiu Dara, que fitou todos eles: os guerreiros que tinha treinado nas florestas congeladas do norte de Daevastana quando não tinha certeza de que chegariam a Daevabad. Por mais que a invasão tivesse acabado terrivelmente mal, havia suavizado a divisão entre Dara e sua primeira tropa de soldados. O sofrimento os tinha aproximado, e a camaradagem produzira confiança. — Vocês são meus irmãos e irmãs, entendem? Isso é o que fazemos uns pelos outros.

Irtemiz sorriu e levantou a taça.

— Aos Nahid.

Dara ergueu a garrafa.

— Aos Daeva — corrigiu ele, sentindo-se rebelde. Bebeu o resto do vinho, a cabeça enfim começando a girar.

— Podemos nos juntar a vocês?

Ele olhou para cima. Uma dupla de dançarinas havia se separado da trupe principal para se aproximar do grupo de guerreiros bêbados, deslizando em uma onda de perfume e sinos tilintantes.

— Pelo olho de Suleiman — sussurrou Gushtap, arregalando os olhos pretos. Dara não podia culpá-lo: as dançarinas eram uma visão e tanto, tão deslumbrantes que era difícil acreditar que não estivessem usando magia para aprimorar os sorrisos de lábios fartos e as tranças espessas e pretas como nanquim. Ouro suficiente para abastecer uma dúzia de noivas pendia do pescoço e dos pulsos delas, e safiras brilhavam nas orelhas.

Diferentemente de Gushtap, um filho de fazendeiro que mal passara do primeiro quarto de século, Dara tinha bastante familiaridade com dançarinas daevabadi para saber que as mulheres provavelmente ficariam desapontadas com as oferendas esparsas do grupo dele. No entanto, Dara as cumprimentou educadamente.

— Que o fogo queime forte para vocês, minhas senhoras. Oferecemos nossa companhia e nosso vinho, mas creio que não possamos demonstrar o mesmo apreço financeiro que os homens lá fora.

Gushtap lançou um olhar para ele que beirava a traição. Mas as palavras de Dara não pareceram desanimar as dançarinas. A primeira mulher, usando um deslumbrante colar de rosas de rubi, deu um passo adiante.

— Eu já dancei por muito ouro — respondeu ela, fixando o olhar no dele. — Mas jamais pelos salvadores de minha tribo.

Um pouco bêbado, Dara falou, talvez sinceramente demais:

— É isso o que somos?

— É assim que se chamam, não?

Encantado com o desafio nos olhos dela – e comovido pela súplica nos de Gushtap –, Dara inclinou a cabeça, indicando o alaúde de braço longo que a outra mulher carregava.

— Então nos sentiríamos honrados.

Dara tinha visto dança o suficiente na vida para saber que a mulher era primorosamente habilidosa assim que começou a girar. Ela se movia com tanta precisão e elegância que era impossível afastar o olhar e, embora ele tivesse dito que sim mais como um favor para seus homens, Dara se viu enfeitiçado e um pouco emotivo quando ela começou a cantar, seus dedos cobertos de joias traçando desenhos espiralados no ar que pareciam iluminar a suave curva da bochecha de uma amante e a queda de lágrimas. A voz dela era linda e as letras falavam das mesmas coisas de sempre: amor e perda e corações partidos.

— Obrigado — agradeceu ele, sinceramente, quando ela terminou. — Isso foi lindo. Deve-se levar uma vida para aprender a tocar assim.

— Não menos do que se leva para dominar o arco e flecha, imagino — respondeu ela, com um sorriso provocador. — Embora o efeito seja mais agradável.

— Não quando as músicas são sempre tão tristes. O amor não deveria ser mais feliz?

Ela gargalhou, uma gargalhada agradável e harmoniosa que, combinada com o vinho, agitou um pouco de calor em Dara.

— Poetas não escrevem músicas sobre esse tipo de amor. Tragédias dão histórias melhores. — Ela fixou o olhar no dele, coragem tomando sua expressão. — Mas se você me levasse para conhecer o palácio, eu poderia cantar uma mais doce.

Não houve uma simples agitação naquele momento. Uma descarga percorreu a coluna dele, o tipo de anseio que ele não sentia havia *muito* tempo. Dara podia ter sido trazido de volta à vida duas vezes, mas em ambas tinha recebido novas formas, corpos que jamais pareceram exatamente o dele. Tais anseios tinham sido infrequentes – e a terrível suspeita de que ele provavelmente tinha sido usado e abusado por mestres humanos de tal forma durante séculos o deixara com pouco desejo.

Você desejou Nahri. Muito, se ele fosse sincero. Depois de ficar sozinho por tantos anos, a súbita presença de uma linda mulher com olhos pretos brilhantes e uma língua afiada – que obviamente não dava a mínima para o que Dara pensava sobre ela se banhar em rios e dormir ao lado dele – o havia chocado e o arrancado da rotina, e ele a desejara, tecendo fantasias à noite que o deixavam ocasionalmente envergonhado ao encontrar o olhar dela na manhã seguinte.

Mas agora ele e Nahri estavam de lados opostos, tendo ambos feito suas escolhas.

E Dara não se afogaria em culpa naquela noite. Observou a linda dançarina, e um momento de inconsequência bêbada o consumiu. Ele o aceitou, deliciando-se com a chance de se sentir brevemente mortal de novo.

Dara segurou a mão estendida dela.

— Eu ficaria encantado.

Se tinha alguma dúvida sobre as verdadeiras intenções da dançarina, elas sumiram assim que ambos passaram para o corredor. Estava vazio; os únicos sons eram o banquete distante e a respiração ofegante deles. A dançarina o puxou para si, com boca e mãos se movendo com velocidade profissional, deixando-o tonto de desejo. Ele não teve tempo para se sentir nervoso, e seu corpo entrou no ritmo familiar.

— Seu quarto? — arquejou ela, enquanto ele beijava seu pescoço.

— Longe demais. — Dara a puxou para as sombras e a tomou contra a parede, puxando as saias dela acima do quadril. A transgressão lançou um arrepio de excitação por ele. Se um soldado Afshin tivesse sido pego com uma dançarina nos corredores sagrados do palácio Nahid nos tempos dele, teria sido açoitado. Fazia muito tempo desde que ele se permitira sequer uma gota de prazer, que dirá algo tão incauto e impulsivo, e Dara se moveu mais rápido quando ela começou a gemer, fechando as pernas em volta da cintura dele.

Ela suspirou quando terminaram, encostando a testa na dele.

— Mais doce, não foi?

Dara tomou um fôlego trêmulo, o corpo ainda tremendo.

— Sim. — Ele a colocou devagar no chão. — Obrigado.

— Você *me* agradece? — Ela gargalhou. — Pelo quê, seu lindo e trágico homem? Sou a inveja de metade de Daevabad agora.

— Por me fazer me sentir normal — murmurou ele. — Ainda que brevemente.

Ela sorriu, alisando as saias.

— Então, de nada. Não vejo a hora de escandalizar minhas netas um dia com histórias da noite em que fiz o grande Darayavahoush se sentir normal.

Ele se encostou na parede, arrumando as próprias roupas, um pouco escandalizado também com o quanto tinha se deixado levar. Em meros momentos, ela parecia intocada, e ele se maravilhou com sua habilidade.

— Como é trabalhar para Muntadhir? — perguntou Dara, astutamente.

Ela hesitou por apenas um momento, então piscou um olho.

— Jamais é entediante, isso é certo.

— Eu me sinto honrado por ele ter mandado uma conhecida tão talentosa para mim. — E feliz porque a doçura prometida não foi uma lâmina de ferro entre minhas costelas.

A dançarina arrumou algumas das gemas florais em torno do pescoço, que ele havia revirado.

— Ele tem a mesma falha que muitos homens em sua classe, no entanto.

— E qual é?

— A tendência a subestimar mulheres. Principalmente as comuns. — Ela o encarou de novo com uma nova ferocidade no olhar. — Um fracasso em reconhecer que podemos ser patriotas, não importam as moedas em nossas mãos.

— Se isso é um aviso, você escolheu uma forma muito interessante de dá-lo.

— Achei que poderia muito bem me divertir no processo. Mas não, não tenho um aviso, Darayavahoush. Queria ter. Tudo o que posso lhe dizer é que ele é um homem perigoso. *Muito* perigoso. Ele é bonito e charmoso, e ama tão aberta e generosamente que as pessoas não veem. Mas é o filho do pai em todos os aspectos e, se conquistar pelo convencimento o que Ghassan conquistou pelo medo, confie em mim quando digo que as consequências serão igualmente mortais.

Qualquer ardor remanescente sumiu.

— Muntadhir parece se importar com Daevabad. Ele certamente não destruiria a pouca estabilidade que estamos construindo.

Ela deu um passo adiante, acariciando o rosto dele.

— Rezo para que você esteja certo. — Ela passou o polegar pelo lábio inferior de Dara, sua expressão se enrugando de tristeza. — Vão cantar mil músicas sobre você.

— Tristes?

— Essas são as melhores. — Ela se virou. — Que os fogos queimem forte para você, Darayavahoush e-Afshin.

Tentando afastar a tristeza que já o reivindicava de novo, Dara ergueu a voz.

— Você não me disse seu nome.

— Não, eu não disse. — Ela olhou para trás. — Nós, mulheres comuns, somos sábias o suficiente para provar o calor sem ficar para sermos queimadas.

Ela se afastou sem dizer mais nada, e Dara a observou partir, subitamente certo de que jamais a veria de novo. Ele passou os dedos pelo cabelo. Bem, não era ali que imaginava que sua noite iria parar.

Ele revirou as palavras dela a respeito de Muntadhir. Que o emir calculista não fosse de confiança não era uma informação nova, mas Dara acreditava que ele tinha o interesse de Daevabad em mente, e nenhum deles queria uma guerra civil entre as tribos. Mesmo assim, agora que Muntadhir tinha apresentado os nobres daeva, talvez fosse hora de afastá-lo da corte.

A cabeça de Dara girava. Pelo Criador, não era naquilo que ele queria pensar agora. Com o vinho zumbindo nas veias e o corpo ainda formigando... não sentia vontade de já retomar o manto do Afshin deprimido, do Flagelo responsável por encerrar e proteger tantas vidas. Ele estava tentado a se juntar a seus homens, mas sabia que eles se divertiriam mais se seu comandante não estivesse ali. No entanto, não estava pronto para se retirar para o quartinho triste que reivindicara perto dos estábulos.

Ele se afastou da parede. A pedra pálida do corredor vazio que serpenteava ao longe, estampada pelo luar nas placas de mármore, pareceu convidativa, e Dara subitamente teve vontade de caminhar. Ele estalou os dedos, conjurando uma taça do familiar vinho de tâmaras, e tomou um gole, saboreando a doçura da bebida. Ao inferno com a soberba de Muntadhir. Aquilo era muito melhor do que aquela água de uvas cara que o emir preferia.

Dara caminhou e bebeu, tentando não cambalear muito. Os passos ecoavam no corredor conforme ele corria os dedos pelos afrescos desbotados e o gesso dilapidado. Adiante, uma entrada sombreada pareceu chamá-lo, e ele parou, espantado com a localização estranha: escondida e cercada por portas muito mais grandiosas. Tocou o mármore frio do arco. *Isso deve ter tido mágica antes de tudo ir para o inferno.* Uma conjuração simples ocultaria aquela entrada muito bem, ou daria a aparência de uma porta comum e entediante – do tipo que se tornava mais difícil de se ver quanto mais tempo se olhasse para ela.

Intrigado e sem ter nada melhor para fazer, Dara entrou.

Dara caminhou pelo que pareceu ao menos uma hora, conjurando chamas para guiá-lo por um labirinto de corredores abandonados e degraus de pedra em ruínas. As passagens estavam havia muito negligenciadas, e a poeira era espessa o bastante para que, caso alguém tivesse entrado, os passos tivessem permanecido impressos. Ele afastou dezenas de teias de aranha, fazendo ratos saírem correndo.

Quando o ar ficou fétido, e a pedra coberta de limo e escorregadia, Dara começou a questionar seu bom senso. Tinha parado de beber, imaginando que, caso se perdesse ali, vinho de tâmara não o ajudaria. Mas seu povo estava se banqueteando e comemorando acima dele, talvez ainda fosse possível encontrar aquela dançarina muito solícita, e ainda assim ele escolhera seguir um palpite em meio a passagens subterrâneas mofadas em um palácio assombrado? Essas não eram as ações de um homem são.

O corredor acabava em portas duplas baixas e sujas, a moldura mal chegando à altura dos ombros dele. Levantando o punho de chamas, Dara se ajoelhou para examiná-las. Não havia nenhum tipo de maçaneta, mas ele conseguia distinguir o brilho de um painel de cobre redondo com cerca do tamanho de sua mão.

Um selo de sangue. Os Geziri gostavam disso. Talvez não tivessem sido os Nahid que construíram aquele lugar misterioso, mas os Qahtani.

Ele abriu as portas com um chute. A entrada diminuta era enganadora, pois assim que entrou ele pôde ver que a câmara era imensa, engolindo suas chamas nas sombras. Um cheiro pungente desagradável pairava no ar, e ele franziu o nariz ao lançar as chamas girando como dezenas de bolas de fogo. Elas dançaram pelo teto, a iluminação espalhando-se em ondas irregulares.

Os olhos dele se arregalaram.

— Que o Criador tenha piedade — sussurrou.

A caverna estava cheia de mortos.

Sarcófagos de pedra elaborados e caixas de madeira rudimentares. Caixões que poderiam ter acomodado quatro pessoas e esquifes pequenos destinados a crianças. Alguns pareciam bem preservados, enquanto outros se desfaziam em poeira, revelando pedaços de ossos escurecidos.

O estômago de Dara se revirou. Todos os djinns e os Daeva cremavam seus mortos dias depois de falecerem, a única tradição que todos ainda mantinham dos ancestrais mais antigos. Eram criaturas de fogo, destinadas a voltar às chamas que os haviam gerado. Que motivo poderiam ter os Qahtani para construir uma cripta secreta? Seria aquilo um sinal de magia proibida, o tipo de encantamento de sangue que os ifrits praticavam?

Saia. Saia deste lugar agora e o sele. Dara teve a súbita e terrível certeza de que o que quer que houvesse ali deveria permanecer enterrado.

Mas parte dele ainda era Afshin primeiro, incapaz de dar as costas a um segredo que, claramente, seus inimigos tinham tentado esconder.

Cada vez mais horrorizado, Dara se aproximou de uma mesa baixa ao lado de uma estante de pergaminhos selados com chumbo. Os pergaminhos em si não o levaram a lugar algum – Dara não sabia ler na própria língua, muito menos em geziriyya. Jogando um de lado, ajoelhou-se para examinar a mesa, descobrindo uma fileira de pequenas gavetas. Soltou uma, partindo o macio trilho de madeira.

Dentro havia um único item: uma caixa de cobre lisa. Dara a pegou com a testa franzida, reparando nos entalhes fracos de outro selo de sangue, agora partido como toda magia djinn.

Ele segurou a caixa por um longo momento, seu coração acelerado. E a abriu.

Levou um momento para que a mente e os olhos dele se encontrassem. Para que reconhecesse o amuleto de bronze surrado – do tipo que sua tribo usava para preservar suas relíquias – como pessoalmente familiar. Para que se lembrasse do amassado de um lado, causado por um golpe de adaga, e dos arranhões das garras de um simurgh.

Para que se lembrasse de ter arrancado aquele mesmo amuleto do pescoço mil e quatrocentos anos antes, quando percebeu que não escaparia dos ifrits que tinham se aproximado dele em um campo de batalha iluminado pela lua e encharcado de sangue.

Dara soltou a caixa. Ela caiu suavemente na terra úmida, e cada chama conjurada se apagou.

Muntadhir tropeçou, caindo de joelhos antes que Dara o puxasse de volta pelo colarinho. Manizheh e Kaveh seguiam no encalço deles, tensos e calados. Tinham trocado poucas palavras desde que Dara ressurgira no salão do trono conforme a festa se acalmava, coberto de poeira e seguindo na direção de Muntadhir como se não houvesse mais ninguém no mundo. Eles não tinham precisado dizer muito.

A forma como o rosto de Muntadhir havia sido drenado de cor quando ele ouviu a palavra "cripta" foi suficiente.

O emir também não tinha falado, respirando rápido demais e alto demais enquanto Dara o arrastava pela passagem mofada. Haviam chegado ao fim agora, e Dara o empurrou porta adentro, atirando fogo às tochas que se enfileiravam nas paredes.

— Explique — exigiu ele.

Manizheh entrou, Kaveh ao seu lado.

O grão-vizir arquejou, afastando-se da tumba mais próxima.

— Isso são corpos?

— Pergunte ao emir. — Dara atirou um dos pergaminhos aos pés de Muntadhir. — Estes registros estão em geziriyya. E já que estamos aqui — ele levantou sua relíquia no ar, tentado a esmagá-la no crânio do outro homem —, eu gostaria de saber como a *minha relíquia* acabou em posse de Zaydi al Qahtani.

— O quê? — Manizheh avançou para dentro da sala e arrancou o amuleto da mão de Dara.

Mil emoções pareceram percorrer o rosto dela até que a expressão se assentou em angústia.

— Eles estavam com ela — sussurrou a Banu Nahida. — Todo esse tempo, todos esses anos...

— Fale, al Qahtani — exigiu Dara. — O que sabe sobre isso?

Muntadhir estava trêmulo.

— Não mais do que você. — Quando Dara grunhiu, caindo de joelhos de novo. — Juro por Deus! Olhe em volta; este lugar é mais velho do que meu pai. Do que o pai *dele*. Não tínhamos nada a ver com isso. Não sei como meus ancestrais obtiveram sua relíquia!

— Eu posso imaginar como. — Dara fechou os punhos, tentando conter o fogo que ardia para se libertar. — Qandisha sabia onde eu estava. Ela sabia meu nome. Zaydi deve ter feito um acordo com eles. O covarde sabia que não podia me derrotar no campo de batalha, então me vendeu aos ifrits.

O emir ainda o encarava, desespero e ruína estampados em seu rosto como se soubesse muito bem como aquilo acabaria para ele. Ainda assim, uma nota de rebeldia soou em sua voz rouca.

— Fico feliz que ele tenha feito isso.

Kaveh avançou entre os dois, colocando-se diante de Muntadhir antes que Dara pudesse atacar.

— Não — avisou ele. — Acalme-se, Afshin.

— Me acalmar? Eles me venderam para a escravidão!

— Você não sabe disso. — Kaveh colocou a mão no ombro dele. — Olhe em volta. Ele não está mentindo sobre a idade deste lugar. E mesmo que tenha sido Zaydi... — Ele abaixou a voz. — Não foi Muntadhir. Ele se provou útil, você mesmo disse isso.

Manizheh não tinha falado ainda, mas, dirigira-se à floresta de caixões e sarcófagos e passava os dedos por uma placa de pedra empoeirada.

— Estes são os Nahid, não são?

Dara congelou, chocado com a sugestão, mas a expressão de Muntadhir já se tornara sombria.

— Sim — sussurrou ele.

Ela acariciou a tumba como se tocasse o braço de um ente querido.

— Todos nós?

Vergonha tomou o rosto de Muntadhir.

— Pelo que meu pai sabia, sim. Desde a guerra.

— Entendo. — Uma pontada de luto aguçou a voz dela.

— Onde está meu irmão?

— Não está aqui. Meu pai mandou que Rustam e você, ou quem quer que tenha achado que era você, fossem queimados no Grande Templo. Quando se tornou rei, ele disse que queria ter todos os corpos queimados e abençoados, mas...

— Ah, tenho certeza de que sim. Então meus pais, minha avó... — Manizheh ergueu os olhos, avistando o par de pequenos caixões. — Crianças. Nós fomos derrotados. Vocês nos mantiveram trancados na enfermaria como bichos de estimação úteis. Mataram aqueles que eram rebeldes demais, sumiram com os mais bonitos, que chamavam a atenção da realeza. E depois de tudo isso, nem mesmo na morte pudemos ter paz. — Ela indicou os pergaminhos. — Isso são registros ou ninguém se deu ao trabalho de anotar os nomes deles?

— São registros — gaguejou Muntadhir. — Estão em geziriyya, mas não consigo ler.

— Vamos encontrar alguém que consiga.

Dara olhou para as centenas de mortos – seus Abençoados Nahid destinados a apodrecer em seus mantos fúnebres.

— *Por quê?* — perguntou ele. — Por que seu povo fez isso?

— Já disse que não sei. — A voz de Muntadhir tremeu de medo e irritação. — Talvez sentissem medo. Talvez estivessem certos em sentir. Olhe pra *você*. Deveria ter morrido duas vezes e tem acesso a poderes que nem você mesmo entende, e tudo por causa dela. — Muntadhir indicou Manizheh grosseiramente. — Talvez eles gostassem do conforto esporádico de saber que vocês estavam todos mortos.

Manizheh fechou as mãos em punhos e por um momento Dara achou que ela socaria Muntadhir.

Mas então ela respirou fundo, fechando os olhos.

— Kaveh, tire-o da minha frente. Encontre um escriba que consiga ler geziriyya e um de nossos sacerdotes. Pessoas que possam ser discretas. Não estou pronta para compartilhar esta notícia.

Kaveh hesitou, claramente sem gostar do olhar assassino que Dara dava a Muntadhir, mas então recobrou os sentidos e enxotou o emir.

Quando eles se foram, Manizheh abriu os olhos, fitando os restos de seus parentes enterrados. Ela ainda segurava a relíquia de Dara.

Ele precisou combater o impulso de arrancar o objeto de suas mãos. A *relíquia* dele. Se a abrisse, será que o cacho de cabelo de bebê que sua mãe tinha colocado dentro com uma oração ainda estaria ali? Será que ele poderia tocar em algo que ela havia tocado tantos séculos antes?

Mas o passado distante de Dara não era a parte mais importante de sua história. Não agora.

— Banu Manizheh — disse ele suavemente —, como me trouxe de volta?

Manizheh enrijeceu.

— Do que está falando?

Dara a encarou. O ódio tinha sumido, e agora ele estava apenas cansado.

— Eu sei como escravos são libertados e trazidos de volta à vida. Você teria precisado da minha relíquia.

— Eu só precisei de um pouco dos seus restos mortais, e Qandisha me mostrou onde você tinha morrido.

— Não estou falando disso, e você sabe. Estou falando da primeira vez. — A voz dele se elevou. — Você e eu evitamos esse assunto há seis anos. Então estou perguntando agora: como me trouxe de volta?

Manizheh deu-lhe um olhar cauteloso.

— Essa não é uma história que você quer ouvir. Se eu guardei alguns detalhes, foi por bondade.

Em outro momento, Dara poderia ter acreditado naquilo. Poderia até mesmo ter achado que era compaixão.

Não mais.

— Eu a segui e matei por você e não pedi nada em troca.

— Ele tremia. — Caminho entre todos vocês, mas não sou um de vocês. Não sou como os outros djinns libertos. Não me lembro de meus anos como escravo, de *séculos* da minha própria vida. Quero saber por quê. Quero saber *como*. Você me deve isso.

Manizheh o encarou de volta. A luz das tochas se refletia nos olhos dela, mas sua expressão não traía mais nada.

E por isso Dara ficou chocado quando ela apoiou a relíquia dele, sentou-se à mesa e começou a falar.

— Nós encontramos seu anel quando éramos crianças. Nós três: Kaveh, Rustam e eu. Tínhamos descoberto as ruínas de uma caravana humana enquanto explorávamos. Éramos muito jovens, e foi muito emocionante, o mais próximo que qualquer um de nós tinha chegado de humanos, mesmo que tudo o que tivesse restado fossem ossos e alguns pertences podres. Os corpos tinham sido espalhados, desmembrados. E em uma das mãos decepadas havia um anel.

Dara já estava inquieto – uma caravana de humanos assassinados talvez fosse um começo adequado demais para aquela história.

— Meu anel?

— Seu anel. A magia que emanava dele... qualquer Nahid saberia que era um receptáculo de escravo. Havia uma forma de ter um vislumbre de alguns dos sonhos do escravo preso ali dentro e, quando olhei dentro da sua, reconheci imediatamente quem você era. Seu ódio, seu desespero, as lembranças de Qui-zi e de guerrear contra Zaydi al Qahtani... não poderia ser ninguém menos do que o grande Darayavahoush, o último dos Afshin.

Ela já parecia perdida em lembranças, mas suas palavras só deixaram Dara mais alarmado.

— E não achou que fosse coincidência demais que os últimos Nahid tivessem esbarrado no último Afshin?

— Nós éramos crianças, Darayavahoush. Parecia um conto de fadas. Os adultos à nossa volta estavam tão intimidados pelos djinns, tão derrotados. Então trouxemos o anel até Daevabad, escondido em nossas roupas, e tentamos descobrir a verdade sobre o que tinha acontecido com você.

— Nenhum dos meus seguidores deixou relatos?

Manizheh sacudiu a cabeça.

— Se seus seguidores sabiam, não falaram. Aqueles que não foram executados depois que a sua rebelião fracassou foram trazidos de volta a Daevabad e luxuosamente recompensados.

Ah, sim, as casas nobres Daeva com os seus nomes familiares. Ferido, Dara insistiu.

— Então, se não havia registro sobre como fui escravizado, nenhuma esperança de uma relíquia...

— Significava que precisávamos encontrar outra forma. Rustam e eu tentamos de tudo. Durante anos. Décadas. Qualquer magia nova que encontrávamos, encantamentos e poções e conjurações. Experimentos loucos que teriam horrorizado nossos ancestrais.

Dara se sentiu enjoado.

— Experimentos?

— Estávamos desesperados. Parecia uma piada cruel, estar tão perto de alguém que poderia nos salvar e não conseguir atravessar aquela última ponte. Observei meu povo ser esmagado, meu irmão ser espancado, Ghassan me pressionando para me casar com ele, e fechava os olhos e via esse guerreiro antigo, um homem que tinha conhecido os meus ancestrais mais poderosos, retornando dos mortos para consertar tudo.

Dara passou a mão pelo cabelo, achando difícil julgar Manizheh.

— Então qual... experimento — disse ele, repetindo a palavra com um desprezo mal disfarçado — foi aquele que finalmente funcionou?

Ela se levantou da mesa.

— Estávamos lendo muito sobre a história de nossa família, as origens de nossa magia, todas as coisas milagrosas que se dizia que nosso sangue, que nossas próprias vidas, eram capazes de fazer. — Manizheh passou o polegar sobre o amuleto. — Há histórias sobre como alguns Nahid morreram em batalha e seu sangue vital ressuscitou todos que tinham caído em torno deles.

— Contos de fadas, Banu Nahida. Como você disse.

— Talvez. — Ela passou o dedo pela borda do bronze. — Mas então fiquei grávida pela segunda vez. Não podia fazer aquilo de novo, não podia arrancar as habilidades de mais uma criança Nahid e abandoná-la em Zariaspa para nunca mais ver meu rosto. Rustam concordou, ou pelo menos achei que sim.

Nós deixamos Daevabad, mas escondi bem a gravidez e estava bem avançada durante a jornada. Avançada demais. Manizheh se calou. Ela parecia arrasada, mais do que Dara jamais vira.

— Nós estávamos tão arrasados, Afshin. Nossos espíritos, nossas esperanças. Eu não tinha dúvida de que Ghassan me caçaria. Sabia que, quando percebesse que eu tinha me desfeito do que ele tão abertamente desejava, ele me faria pagar. Rustam também sabia disso. Eu acho... acho que, de certa forma, ele estava tentando me proteger. Proteger todos nós.

Um medo doentio se revirou no coração de Dara.

— O que aconteceu?

Manizheh encarou as mãos.

— Ela nasceu. Eu sabia que era óbvio, mas estava tão cansada, e quando Rustam disse que cuidaria de tudo... eu não me dei conta do que ele queria dizer. — Ela respirou fundo. — Quando acordei, ele estava se preparando com o intuito de usar Nahri para trazer você de volta.

O choque congelou a língua de Dara. Ele sabia pouco sobre o irmão de Manizheh, mas o pouco que tinha ouvido sobre um homem calado que gostava de pintar e tinha talento para transformar as plantas que ele mesmo cultivava em remédios não combinava com... aquilo.

— Usá-la? — sussurrou ele. — Quer dizer que ele queria sacrificar a vida dela para me trazer de volta? A própria sobrinha dele? Uma *criança*?

— Uma criança shafit.

Dara piscou. *Shafit?*

— Mas você disse que Nahri era sangue-puro. Que a aparência dela era uma maldição...

— E é. Mas se foram os marids que a amaldiçoaram, eles tiveram muito com que trabalhar. — Ela exalou. — Perpetuei a mentira quando Kaveh me contou. Ela é minha filha, e eu queria protegê-la. Eu sabia, principalmente depois que ela mentiu e nos enganou, que se essa informação escapasse os Daeva acreditariam que ela nos traiu porque era shafit e se voltariam contra ela. Isso se encaixaria com o pior do que as pessoas acreditam sobre os mestiços. Dara estava sem palavras. No entanto, havia outra parte daquela história que não fazia sentido.

— Mas quem? — perguntou ele, talvez sem tato. — Você não parecia o tipo que... — Ele corou. — Quer dizer, os únicos shafits no palácio teriam sido...

— Criados — concluiu Manizheh. — Uma criança Nahid tão poderosa que eu conseguia sentir suas habilidades durante a gravidez e um criado shafit como pai. Seria mais do que um escândalo, foi o que Rustam disse. Uma desgraça tão ultrajante que poderia ter nos custado o apoio de outros Daeva quando mais precisávamos. Pelo menos assim ela poderia servir à família dela. À tribo dela. E seria indolor.

— Mas um *bebê*?

Manizheh o fitou com os olhos escuros, a expressão subitamente mais gelada.

— Não havia bebês ainda de peito em Qui-zi?

Era uma pergunta cruel, ainda que justificada.

— Está dizendo que *concordou* com ele?

— É claro que não concordei com ele! Nós brigamos por causa disso, e, quando se tornou claro que Rustam não pararia, nós... batalhamos. De formas que eu não achava que nosso povo ainda fosse capaz. Ele me amaldiçoou, não sei muito bem como. Houve um estouro, uma explosão. Acordei horas depois. O que Kaveh encontraria... uma paisagem chamuscada, corpos destruídos... foi para isso que eu voltei. Minha filha tinha sumido, o anel tinha sumido. E Rustam... — A voz dela ficou vazia com um luto antigo. — Era tarde demais. Eu não podia salvá-lo.

Dara se sentou abruptamente.

— Pelo olho de Suleiman.

— Suleiman não teve nada a ver com aquilo. No fim, foi àquilo que fomos reduzidos: os últimos Nahid se atracando na areia para decidir se matavam ou não um bebê. Como os djinns teriam ficado satisfeitos ao finalmente verem nossa ruína.

A angústia na confissão de Manizheh pesou na alma dele. Era mais fácil se ressentir da mulher fria e distante que o obrigara a ser uma arma e então o dispensara quando ele desobedecera. Dara podia se identificar com alguém que tinha passado a vida lutando com unhas e dentes pela própria liberdade, pelo próprio povo, apenas para perder tudo no final.

— Você não contou isso a mais ninguém, contou? — perguntou ele, baixinho.

— Como eu poderia? Isso confirmaria os piores preconceitos dos djinns, e eu sabia que preço Ghassan exigiria para me perdoar. — A voz de Manizheh ficou destemida de novo. — Eu tiraria minha própria vida antes de permitir que ele me tocasse.

— Kaveh sabe disso?

O rosto dela se fechou.

— Não. Ele praticamente nos adorava. Eu não podia destruir a fé dele desse jeito. — Ela hesitou. — Mas...

— Mas o quê?

— Aeshma sabe.

Dara não teria ficado mais surpreso se ela tivesse dito que o ifrit tinha saído para dançar na midan.

— *Aeshma?*

— Ele apareceu logo depois que eu achei o corpo de Rustam. Disse que a intensidade da batalha, da magia e do sangue tinham chamado a sua atenção. E ele me conhecia. Sabia meu nome, o que as pessoas diziam sobre minhas habilidades... Ele disse que esperava me conhecer um dia.

— *Por quê?*

— Não é óbvio? — perguntou Manizheh. — Ele quer ser como *você*, Afshin. Os ifrits estão esperando por um Nahid poderoso o bastante para libertá-los da maldição de Suleiman.

Restam poucos deles, e estão se aproximando do fim da vida. Querem paz e um último gosto da antiga magia.

Dara a encarou.

— Não me diga que acreditou nele. Banu Manizheh, até onde você sabe, ele estava esperando você cair numa armadilha daquelas. Podem ter sido ele e Qandisha que colocaram meu anel no seu caminho!

— Provavelmente foram. E não me importei. Não podia voltar para Daevabad. Meu irmão estava morto. Eu estava certa de que minha filha também estava. O anel, *você*, minha única esperança, tinha sumido, e eu queria ser livre, não importava o custo. Mesmo que isso significasse fazer um acordo com um ifrit, *mentir* para um ifrit, porque na verdade eu não fazia ideia de como acabar com a maldição de Suleiman. Não achei que pudesse ser feito.

Manizheh abaixou a relíquia dele, se afastando. A barra do chador dela tinha ficado cinza de poeira; faixas de pó agarravam-se a ela como dedos erguidos do chão da cripta.

— Mas você me achou de novo — disse Dara, tentando esconder a amargura na voz. Teve a sensação de que, de alguma forma, sempre estivera destinado a acabar nas mãos de Manizheh. — Ou achou meu anel, de toda forma.

— Nisreen recuperou seu anel. — Tristeza cruzou a expressão de Manizheh. — Ela jamais contou a Kaveh como fez isso. Eu queria ter a história. Queria poder falar com ela e agradecer por tudo. Ela era tão leal e trabalhou tanto por tudo isso que deveria ter visto o resultado, não passado os últimos momentos sentindo dor por causa de algum selvagem shafit.

Dara não sabia o que dizer. Nisreen era apenas a última em uma longa fila de pessoas cujas mortes brutais ele lamentava, e pensar nas palavras certas para apaziguar o luto de outra pessoa estava começando a deixá-lo dormente.

— Suponho que não precisasse mais da minha relíquia depois de obter meu anel e de Qandisha dizer a você onde havia deixado meu corpo apodrecendo.

— Eu ainda não tinha certeza se funcionaria. Você deveria ter morrido quando Alizayd cortou sua mão; um receptáculo de escravo liberto não pode ser separado do corpo conjurado dele. Se foi porque você foi trazido de volta com sangue Nahid ou outra coisa, eu não sei. Mas, assim que segurei seu anel, eu sabia que você ainda estava ali. Sua presença queimava tão forte. Eu tinha seu anel e tinha seus restos mortais. E quando o acordei, você era isto.

Ele levou um momento para captar o significado do assombro na voz dela e a forma como ela parou de falar.

— Espere... — O tom de Dara era trêmulo. — Você certamente não está sugerindo que não teve a *intenção* de me fazer assim, está? — Ele deixou sua pele se tornar chamas brevemente.

— Que não estava tentando me trazer de volta nesta forma?

— Eu o libertei da forma como se liberta qualquer escravo ifrit. Quando você abriu os olhos, quando o fogo não deixou sua pele, achei que fosse um milagre. — Manizheh deu uma gargalhada rouca, sem humor. — Um sinal do Criador, acredite ou não.

A mente de Dara girava.

— E-eu não entendo.

— Somos dois. — Um ódio quase desesperado, um desejo louco de ser compreendida, parecia ter tomado a Banu Nahida, geralmente tão contida. — Você não *entende*, Afshin? Eu vi o choque no rosto de Aeshma quando trouxe você de volta. Eu sabia como a história seria espalhada, o poder que eu ganharia ao reivindicar ter ressuscitado o grande guardião dos Daeva de tal forma.

— Você mentiu. — Assim que as palavras deixaram os lábios dele, Dara soube como soavam ingênuas. Manizheh sempre havia deixado claro até onde iria para tomar Daevabad de volta. Mas aquilo era diferente. Pessoal. Eram o corpo e a alma *dele*, destruídos e refeitos. Arrancados da beira do Paraíso e retorcidos, vez após vez, até se tornarem uma ferramenta, uma arma, para servir aos outros.

Calor se acumulou nas mãos dele, faixas de fogo sem fumaça envolveram seus braços. E, subitamente, Dara sabia que jamais teria repostas. Não sobre as suas lembranças. Não sobre seu futuro. Ele era um experimento, uma confusão, e nem mesmo a Nahid que o trouxera de volta entendia como o fizera.

— Você estava certa — disse ele, baixinho. — Eu não queria essa história.

— Então talvez da próxima vez devesse me ouvir. — Manizheh estava respirando rápido, caminhando de um lado para o outro, e quando falou de novo pareceu ser tanto para si mesma quanto para Dara. — E está no passado agora, de toda forma. Não importa.

— Não, suponho que não. Armas não têm permissão de sentir.

Os olhos dela brilharam.

— Não fale comigo sobre sentimentos. Não aqui. — Manizheh indicou os caixões em decomposição com os seus parentes espalhados pelo chão imundo. — Não quando meus filhos estão desaparecidos e nossa cidade está em guerra. — Ela pegou a relíquia dele e enfiou no bolso. — Você não é o único com arrependimentos, Dara. Não era assim que eu queria ver os Nahid, os Daeva, se erguerem. Mas eu não vou me curvar. Não de novo.

22

ALI

ALI PULOU DO NAVIO, ESPALHANDO ÁGUA NA MARGEM TRANS-
parente da enseada.

— Parece acolhedor — observou ele, olhando para a floresta densa e o mato impenetrável.

Nahri avaliava a selva com uma expressão abertamente duvidosa.

— Essa é a terra de ruas douradas e castelos coral?

Fiza saltou para baixo.

— Vocês estão no mundo humano, daevabadi. Os djinns aqui precisam ser discretos.

— Aquilo nas árvores são ossos?

— Sim! — Fiza gargalhou, arrastando os pés na água.

— Parece um zahhak. Muito criativo. Vamos lá, gente chique — gritou ela, por cima do ombro, soltando a faca que levava no braço. — Presumo que a maioria das armadilhas mágicas que os Ayaanle armaram não esteja funcionando, mas vocês provavelmente deveriam ficar por perto.

— É claro que haveria armadilhas — murmurou Nahri, tomando a mão de Ali e descendo.

Ali não disse nada, mas ficou ao lado dela conforme mais dois membros da tripulação os seguiram. A enseada ficava mais estreita à medida que se aventuravam mais para o fundo da selva, tornando-se pouco mais do que um rio largo e preguiçoso. Com pássaros e macacos tagarelando no dossel exuberante e o cheiro do ar oceânico, podia ter sido uma cena agradável... não fossem as caveiras, os dentes e os implementos de metal enferrujado pendurados nas árvores. Era quase ridículo – o exato cenário que ele imaginava que resultaria de um bando de mercadores djinns paranoicos se reunindo em um comitê para decidir o que melhor espantaria humanos curiosos.

— "Praga adiante" — leu Ali em um grande monte de pedras. — "Continue e quase certamente terá uma morte dolorosa." — O aviso estranhamente formulado estava escrito em meia dúzia de línguas diferentes. — Por que eles simplesmente não enchem as florestas com karkadanns selvagens?

— Provavelmente tentaram — respondeu Fiza. — Os Ayaanle sempre exageram. Lá em Qart Sahar, nós só acampamos em ruínas uma vez por século e gritamos e batemos tambores a noite toda. Isso mantém os humanos longe durante décadas.

— Maravilhoso — comentou Nahri. — Você sabia que existe uma história humana sobre um pescador que prende um djinn em uma garrafa e a joga no mar? A cada dia que eu passo no mundo mágico, mais gosto dessa história.

Eles deixaram o rio e continuaram andando, a floresta se fechando ao redor, até que Ali olhou para trás e não conseguiu mais ver o mar. Essa perda o deixou desolado, como se tivesse sido cortado de um elo vital. Não tinha ousado usar a magia marid desde que quase mergulhara no oceano no meio da noite, mas ansiava por ela com um desejo que não conseguia explicar. Toda noite desde então, sonhava com o assombroso caminho do Nilo pelo qual caminhara com Sobek e com a voz sedosa que o chamara para se unir ao mar. Mais de uma vez, ele acordara encostado na amurada do navio, com o braço esticado para o oceano.

Sua mão roçou no cinto; o lugar onde a khanjar de Muntadhir deveria estar presa estava vazio. Fiza não conseguira roubá-la antes de partirem, e pensar na adaga do irmão – a arma que Muntadhir colocara em suas mãos – em posse de um escravizador imundo fazia Ali querer afogar o mundo inteiro.

Pare. Concentre-se em Ta Ntry. Não nos marids, não em Muntadhir. Ali se obrigou a olhar para a selva salpicada de sol. As histórias da mãe lhe vieram à mente, os contos nostálgicos que ela contava sobre brincar em um rio sob figueiras. Em outra vida, Ali poderia ter crescido ali, e aquela terra lhe seria tão familiar quanto Daevabad.

— Você está bem? — perguntou Nahri.

Ele olhou para baixo, surpreso ao ver que ela o observava.

— Só estou pensando em nossa recepção — murmurou ele, trocando para árabe. — Espero que minha mãe esteja aqui.

— Mesmo que ela não esteja, você não tem seu avô? Primos e afins?

— Nunca conheci meu avô, e até onde sei ele não estava bem. Quanto ao resto, mantive a família de minha mãe distante. Vir até eles atrás de ajuda agora, como um príncipe em fuga... — Ali passou os dedos pela túnica rasgada e manchada que usava, emprestada de um membro da tripulação. — Parece ardiloso e humilhante.

Nahri esticou a mão para segurar a dele, e a pressão dos dedos dela o aqueceu por inteiro.

— Acredito que ardiloso e humilhante sejam a norma para nossas famílias. Além do mais, você está chegando com um bando de piratas shafits e uma Banu Nahida traiçoeira. Vai ser o rosto mais bem-vindo do grupo.

Ali começou a sorrir, mas um movimento entre as árvores chamou a atenção dele: o brilho de metal não era nada natural.

Ele soltou a mão de Nahri, colocando-se entre ela e o recém-chegado invisível.

— Fiza — chamou ele, em voz baixa. — Temos companhia.

A pirata imediatamente parou, levando a mão à pistola que Ali não tinha conseguido convencê-la a deixar no navio.

— Toque na arma e vai morrer — avisou um homem, ainda escondido, em um djinnistani com sotaque de ntaran.

— Soltem as armas, todos vocês.

Ali parou. Usando roupas emprestadas, com o cabelo e a barba grandes demais, ele sabia que parecia mais um pirata do que um príncipe, mas não teria como esconder sua identidade depois que sacasse a zulfiqar.

— Viemos em paz — cumprimentou ele, dizendo as palavras em ntaran o mais claramente possível e rezando para que seu sotaque não fosse infantil demais. — Estamos aqui para ver a rainha Hatset.

— A rainha tem pouco tempo para a escória que saqueia nossas costas e muito menos para aqueles que não sabem seguir ordens. Suas armas. Agora.

Fiza murmurou alguma coisa em Sahrayn que Ali suspeitou que fosse um insulto, mas o aviso do homem o enchera de alívio. A mãe dele *estava* ali.

Então Ali sacou a zulfiqar, deixando que o sol brilhasse na lâmina de cobre antes de a colocar no chão, indicando para que Fiza e os homens dela o imitassem em seguida.

— Garanto a você que ela vai querer nos ver.

A mão de Ali mal deixara o cabo quando um guerreiro ayaanle surgiu das árvores como se passasse por uma fenda no ar. O olhar dourado dele se arregalou ao percorrer Ali desde a zulfiqar até os olhos cinza e a marca de Suleiman na bochecha. Ele olhou para Nahri e xingou, gritando de volta para as árvores.

— É o príncipe — declarou ele. — E se não estou enganado, a garota Nahid.

Tais palavras foram seguidas por mais três guerreiros ayaanle saindo da floresta ao mesmo tempo. Cada um era maior do que o anterior, vestindo tecidos que brilhavam levemente, ondulando com os mesmos tons de verde que os cercavam. Estavam ridiculamente bem armados, com facas de arremesso e espadas em meia-lua, bestas e machados finos.

Fiza assoviou baixo, entre apreço e alarme.

— Bem, se não nos matarem, talvez alguns se juntem à minha tripulação.

Um dos guerreiros se aproximou, uma mulher – não menos musculosa do que os homens e usando ainda mais facas.

— Eles podem ser impostores — sugeriu ela. — Espiões ou assassinos enviados por Manizheh e o Afshin dela.

— Eu provavelmente saberei dizer se o príncipe for um impostor.

A voz que vinha de trás deles era familiar, e Ali se virou para olhar o homem que saiu do meio das árvores.

— *Musa?* — Ele ficou de queixo caído, reconhecendo o primo distante que tinha aparecido em Am Gezira como parte da tramoia de sua irmã para mandar Ali de volta a Daevabad. O primo estava armado muito mais levemente do que os soldados, a espada em foice parecendo mais um acessório.

— Ah, você se lembra de mim. Fico feliz, considerando que os guerreiros que mandou de sua aldeia me afugentaram até o mar dos Juncos.

— Você sabotou nosso poço. Tem sorte de não terem arrastado você de volta e o obrigado a comer o sal que jogou em nós.

Musa deu um risinho.

— Ah, que bom, você é tão charmoso quanto me lembro. — Ele olhou para os soldados. — Podem abaixar as armas. Esse é definitivamente meu primo.

Eles seguiram Musa pela floresta, movendo-se tão rapidamente que Ali teve dificuldade de acompanhar – o que ele suspeitava ser o objetivo. Os Ayaanle originalmente pretendiam vendar os outros, e ele precisou dissuadi-los, calando Fiza quando ela descreveu com detalhes explícitos o que os djinns podiam fazer consigo mesmos. Exasperado, Musa finalmente concordou e, quando a pirata shafit bufou com triunfo, o primo de Ali observou que daquele jeito tinham mais chances de ser mortos do que libertados.

Isso tornou a caminhada tensa.

Pior, Nahri ainda não tinha dito uma palavra e estava perturbadora e incomumente calada ao lado dele. A expressão dela não denunciava nada – era a máscara resguardada que Ali se lembrava de ver no palácio. Depois de tantas semanas viajando juntos, ele ficou chocado ao revê-la agora, e viu-se resistindo ao impulso de pegar a mão dela, temendo que ela fugisse e sumisse no verde em torno deles, provavelmente encontrando uma forma de levar a pulseira dourada e os brincos de lápis-lazúli de Musa consigo.

Eles chegaram à cidade muito subitamente. Ali estava esperando terra descampada e muros proibitivos, uma fortaleza imponente à altura da riqueza de Ta Ntry. Mas Shefala não era nada disso. Aninhada nas ruínas de um antigo assentamento humano, a cidade djinn parecia florescer naturalmente da terra e do passado humano. O que poderia ter sido a fundação de um antigo forte no topo da montanha tinha sido escavado e aberto para abrigar um mercado, e casas grandes e arejadas tinham sido construídas em torno das árvores, utilizando tijolos recuperados, palha e paredes coral. Não havia ruas retas e pavimentadas, mas sim caminhos de areia que naturalmente se curvavam ao redor de árvores e jardins isolados. Uma cena agradável para o porto mercador próspero que se dizia ser Shefala.

Exceto pelo fato de que estava praticamente vazia.

Uma praça com bancos de teca e espaço para centenas agora abrigava apenas duas mulheres que teciam com teares de mão. Além de um vendedor de frutas cochilando diante de uma mesquita a céu aberto e alguns mercadores agnivanshi, Ali não viu ninguém. Era verdade que Musa os levava por um caminho exterior que beirava o limite da cidade, talvez em um esforço para manter as notícias sobre Ali e Nahri contidas, mas os sons que Ali teria esperado de um entreposto tumultuado – conversas em meia dúzia de línguas diferentes, o bater de ferramentas e gritos de crianças – não eram ouvidos em lugar algum.

Nahri finalmente falou.

— Onde está todo mundo? — perguntou ela quando eles passaram por um lago com peixes sob o dossel de um imenso baobá.

— Foram embora ou estão no castelo — explicou Musa.

— Por enquanto, de toda forma. Quando chegaram notícias do que aconteceu em Daevabad, a rainha Hatset ordenou que a maioria das mulheres, das crianças e dos velhos partisse. Sobraram alguns relutantes, assim como mercadores e marujos das outras tribos que estavam passando por meios mágicos e ficaram presos aqui. Mas a rainha disse que estaria mais bem preparada para enfrentar Manizheh se soubesse que milhares de inocentes não poderiam ser aniquilados em resposta.

Parece algo que amma diria. Então o castelo de pedra de Shefala apareceu, e Ali precisou resistir à vontade de sair correndo. Embora viajar até ali tivesse sido ideia sua, parte dele não tinha se permitido visualizar um reencontro com a mãe, não querendo ficar arrasada se o plano desmoronasse.

Ele admirou o castelo conforme se aproximavam. Embora muito menor do que o palácio de Daevabad, a construção era linda com seus muros coral texturizados brilhando sob o sol. As ruínas humanas tinham sido incorporadas sempre que possível – um minarete antigo transformado em torre de vento, uma parede quebrada entregue às flores. Elas transmitiam a sensação de idade com acolhimento, enquanto Daevabad parecera brutal, um palácio roubado múltiplas vezes.

Musa parou diante de portas grandiosas, entalhadas com padrões de arabescos e incrustadas com ornamentos de bronze.

— Vou levá-los para a majlis — disse ele à guerreira. — Por favor, diga à rainha que ela tem convidados. — Ele abaixou a voz, mas Ali ouviu quando acrescentou baixinho: — Pode ver como está meu avô também?

Meu avô. Ali seguiu Musa, olhando boquiaberto para tudo e sentindo-se deslocado.

A majlis era elegante e majestosa, um lugar adequado para entreter a realeza, com janelas altas e madeira de ébano, paredes de mármore xadrez de um tom prateado escuro e um branco reluzente e macios tapetes daeva importados. Tapeçarias agnivanshi retratando músicos e dançarinas pendiam das paredes, e um biombo branco de jade e cornalina de Tukharistan dividia sofás acolchoados que cercavam uma fonte de azulejos que parecia ter sido tirada de Qart Sahar. Belas armas cerimoniais estavam dispostas acima de uma plataforma de marfim: uma zulfiqar e um escudo ayaanle em um lugar proeminente.

Fiza e os homens dela seguiram imediatamente até as frutas e os doces deixados para os convidados, mas Nahri não se juntou a eles, olhando para a sala como se esperasse que um rukh avançasse contra ela.

— Você está bem? — perguntou Ali.

— Sim — murmurou ela. — Reparando no simbolismo.

— O simbolismo?

Ela gesticulou para as armas ayaanle e geziri cruzadas atrás do tablado com almofadas.

— Os Geziri e os Ayaanle, aliados e poderosos... — Ela apontou o dedo para o tapete daeva. — Meu povo sob os pés.

Ali tentou dar o que esperava ser um sorriso reconfortante.

— Talvez eles só tenham gostado do tapete?

— Você parece insatisfeita, daeva — disse Musa. Ele os acompanhara até a majlis. — Alguma coisa errada?

Os olhos de Nahri brilharam.

— Você. Até agora se referiu a mim como a "garota Nahid" e "daeva", quando tenho certeza de que sabe tanto meu nome quanto meu título. Então, está apenas sendo grosseiro ou esse é algum costume ayaanle que não estou interpretando direito?

— Precisa me perdoar. Não temos uma tradição estabelecida para receber filhas de assassinas em massa.

Ali perdeu a paciência.

— Existe alguma tradição para levar um soco dentro da majlis? Porque entre sabotar o poço da minha aldeia e insultar minha amiga...

— Alu?

A ideia de brigar com o primo fugiu da mente de Ali. Hatset estava de pé à porta usando o cinza das viúvas, seus adornos ausentes.

— É você mesmo? — sussurrou a mãe. Seus olhos dourados tinham se fixado nos dele, mas ela não se moveu. Parecia tão preocupada quanto Ali que tudo aquilo fosse uma miragem.

— *Amma*. — A palavra engasgada deixou os lábios dele, e então Ali atravessou a sala.

Hatset o agarrou quando ele caiu aos pés dela.

— Ah, baba — choramingou ela, puxando-o para um abraço. — Eu estava tão preocupada.

Ali a abraçou com força. Ela parecia mais magra, frágil de uma forma que jamais parecera antes.

— Estou bem, amma. Que Deus seja louvado, estou bem.

— Pegando o braço dela gentilmente, Ali levou a mãe para um dos sofás, dando a Fiza um olhar de gratidão quando a pirata gesticulou para que seus homens saíssem.

Hatset ainda não o havia soltado, afastando-se de Ali apenas o suficiente para segurar o rosto dele. Ela tocou levemente o hematoma que ainda marcava sua têmpora e traçou a insígnia na bochecha dele.

Tristeza encheu os olhos dela.

— Eu estaria mentindo se dissesse que não esperava ver a marca de Suleiman em você um dia, mas, Deus, não a esse custo.

— Eu sei. — Ali lutou para manter a emoção longe da voz, um nó entalado na garganta. Não estava em uma margem de rio solitária com Nahri onde poderia abertamente se lamentar: era um príncipe politicamente comprometido em uma corte estrangeira que, embora familiar, tinha os próprios interesses, e havia muita gente prestando atenção nele. — Mas aqueles que perdemos estão com Deus agora. Tudo o que podemos fazer é garantir que eles obtenham justiça.

Hatset olhou para ele, e Ali viu um lampejo tanto de orgulho quanto de tristeza nos olhos dela.

— Mas é claro, Alizayd. — Ela se endireitou, uma nota mais fria entrando em sua voz quando olhou por cima do ombro de Ali. — Banu Nahri, bem-vinda a Shefala.

— Obrigada — respondeu Nahri, impassível. — Eu sempre quis viajar.

— Amma — falou Ali rapidamente. — Nahri e eu fomos abençoados por conhecer a capitã Fiza e a tripulação dela — ele inclinou a cabeça na direção da pirata shafit —, a quem devemos nossas vidas. É possível preparar quartos para eles descansarem? Primo, você parece estar à toa. Pode dar as boas-vindas a nossos convidados?

Musa deu a ele um olhar incrédulo.

— Ah, já são "nossos"?

— Sim — respondeu Hatset, firmemente. — Capitã Fiza, estou honrada em conhecê-la. Por favor, tenha certeza de que você e sua tripulação são muito bem-vindos e serão recompensados por ajudarem meu filho. — Ela olhou para Musa, seu olhar um pouco mais repreensivo. — Por favor, sobrinho, se não se importar em cuidar de nossos hóspedes.

Musa fez uma reverência com a cabeça.

— É claro, minha rainha.

O primo e os marujos saíram da sala, deixando Ali sozinho com Nahri e a mãe. O som da porta se fechando ecoou pelo amplo espaço.

A mãe imediatamente o puxou de volta em um abraço, agarrando-o com força.

— Graças a Deus — disse ela, beijando a cabeça dele. — Tive certeza de que você estava morto. — Temi que Manizheh tivesse assassinado vocês dois e estivesse espalhando essa história lunática para ganhar tempo.

Ali a soltou.

— Chegou mais alguma notícia de Daevabad? Alguma coisa de Zaynab?

Hatset hesitou.

— Não. Ainda não. — Ela pigarreou. — Mas mandei uma mensagem a Manizheh.

Nahri se aproximou.

— Que tipo de mensagem?

— É claro que vou vê-lo — insistiu um homem do outro lado da porta da majlis. — Ele é meu príncipe, estamos em *guerra*, e não preciso da permissão de um guardinha empertigado...

Ali se colocou de pé.

— Esse é *Wajed*?

— Sim — respondeu Hatset. — Ele veio para Shefala quando soube que Daevabad tinha caído. Aparentemente acreditava que eu era a próxima autoridade... não que venha agindo de acordo — resmungou ela. — Entre, qaid!

Wajed entrou com o que parecia ser uma pressa mal controlada, dois soldados geziri no seu encalço.

— *Zaydi* — cumprimentou o velho guerreiro, com alívio na voz. — Graças a Deus.

Nahri se ergueu num salto antes que Ali pudesse responder.

— Graças a ninguém — irrompeu ela. — O que você fez com Jamshid?

Os guerreiros que acompanhavam Wajed tinham sacado as armas antes que o nome de Jamshid sequer saísse dos lábios de Nahri.

— Parem! — Ali se colocou às pressas entre eles. — Abaixem as armas!

— Não fiz nada com Jamshid — disparou Wajed, fechando a cara para Nahri com hostilidade descarada. — Ele está aqui, vivo e confinado abaixo.

— Jamshid e-Pramukh está aqui? — perguntou Ali, mantendo-se entre Nahri e os soldados geziri. Eles podiam ter soltado as armas, mas Nahri ainda parecia capaz de cometer assassinato. — *Como?*

— Ele estava sob minha custódia na noite do ataque — explicou Wajed. — Seu pai ordenou que eu prendesse Nahri e os homens Pramukh depois do ataque do Navasatem. Eu deveria entregar Nahri e Kaveh ao palácio e levar Jamshid para uma de nossas fortalezas em Am Gezira. Ele está comigo desde então.

— Por quê? — Ali olhava freneticamente de Wajed para Nahri; cada um deles perfurava o outro com o olhar. — Por que meu pai prenderia três Daeva pelo ataque ao desfile deles? Ele sabia que os Daeva não tinham nada a ver com isso. Já estava se preparando para punir os shafits!

— Não foi por isso que ele nos prendeu. — Nahri ainda parecia enfurecida, mas havia uma nova hesitação na voz dela.

Ali estava ficando cada vez mais perplexo.

— Então por que ele prendeu vocês?

Os olhos escuros de Nahri encontraram os dele, um pedido de desculpas neles.

— Por sua causa, Ali. Ghassan ia me usar para acabar com a sua rebelião. Ele planejava me acusar como sua comparsa e ameaçar me executar caso você não se rendesse.

Ali ficou zonzo, sem palavras, mas Wajed já estava respondendo.

— Isso é mentira — declarou o qaid, parecendo chocado.

— O rei jamais teria tratado uma mulher sob sua proteção de tal forma!

— Sim, ele teria — sussurrou Ali, odiando aquela verdade. — Se achasse que eu era um risco de verdade para o trono dele, para a estabilidade de Daevabad, não há nada que meu pai não teria feito.

Hatset tinha permanecido calada, observando a briga de longe, mas então perguntou:

— Por que os homens Pramukh estavam envolvidos?

Wajed ainda parecia ofendido.

— Eu não sei.

— Eu não estava perguntando a você. — O olhar de Hatset se fixou em Nahri. — Estou falando com a Banu Nahida. Por que Kaveh e Jamshid estavam envolvidos?

— Eu não perguntei — disse Nahri, entre dentes cerrados. — Vocês me perdoem por não ter pensado em explorar as maquinações complexas do seu marido cruel enquanto ele ameaçava me matar.

Hatset não se deixou afetar.

— Então você não tem ideia, nenhuma mesmo, sobre por que Ghassan acreditava que Jamshid era valioso?

Ali intercedeu.

— Não vamos fazer o que quer que seja isto. Devo minha vida a Nahri dez vezes. Ela é minha aliada e minha amiga, e não viemos até aqui para que ela fosse atacada e interrogada assim que passasse pela porta.

— Eu não a estou atacando — disse Hatset, calmamente. — Já sei por que Ghassan acreditava que Jamshid era tão valioso. Estou apenas curiosa para saber se a Banu Nahida também sabe.

Banu Nahri parecia prestes a esfaquear todos na sala.

— Por que não me elucida? — perguntou ela, a voz tão fria e letal quanto a de Manizheh estivera no telhado do palácio de Daevabad.

Ali tocou o pulso dela. Aquele era exatamente o tipo de recepção que ela temera.

— Nahri...

— Tudo bem. Sua mãe *obviamente* tem algumas coisas que gostaria de me contar.

Os homens na sala podiam estar armados, mas sua hostilidade não chegava aos pés da batalha que se formava entre as duas mulheres. Até mesmo Wajed deu um passo para trás, parecendo apreensivo.

Hatset acenou com a cabeça para os soldados.

— Podem nos deixar?

Com um olhar para Wajed e Ali, os guardas obedeceram. Apenas quando a porta se fechou a mãe dele falou de novo.

— Logo depois de Manizheh ter supostamente morrido, um nobre daeva do interior chegou em Daevabad. Um homem insignificante, de uma família que era mais fazendeira do que sofisticada, mas que tinha servido aos Nahid durante séculos... os Pramukh. Quando Ghassan ouviu que ele estava na cidade, convidou o nobre para a corte por simpatia. Ele era amigo de Manizheh e Rustam, e o infeliz que descobriu os corpos deles quando foram mortos.

Um calafrio percorreu as costas de Ali. Ele tinha ouvido as histórias quando pequeno sobre a planície em chamas e encharcada de sangue em Daevastana onde os últimos Nahid tinham supostamente sido assassinados pelos ifrits.

— Kaveh.

— Mas não apenas Kaveh — prosseguiu Hatset. — Jamshid também. Eu ocasionalmente frequentava a corte naquela época, e ainda me lembro como a cor foi drenada do rosto do seu pai quando Kaveh se apresentou formalmente com o filho, um menininho que mal chegava à cintura dele. Ghassan se ergueu de repente, furioso, e saiu. Eu segui imediatamente, a esposa preocupada, e entreouvi meu marido balbuciando com seu qaid sobre a "vadia ingrata", sobre como a Nahid que ele desejava tinha usado a licença que ele concedera para trepar com um nobre do campo, e como o homem só podia ser um tolo para aparecer naquela cidade. Sobre como ele planejava matar o menino e fazer Kaveh assistir antes de jogar os dois corpos no lago.

— Nós... interviemos — disse Wajed, delicadamente. — O rei não nos contou como sabia a verdade sobre as origens de Jamshid, mas estava claro que Kaveh não percebia que tinha sido descoberto.

— E Jamshid era um inocente, uma criança — disse Hatset. — Um garoto que aparentemente não tinha habilidades de cura, mas quem sabia o que o futuro guardava? O sangue de Manizheh, o sangue da *mãe* dele, era forte, e o resto dos Nahid estava morto. Nós poderíamos trazê-lo até nós e torná-lo leal. Valioso.

Valioso. O estômago de Ali pesou ao ouvir a palavra.

— Jamshid — sussurrou ele. — Está dizendo que Jamshid é o *filho* de Manizheh? — Ele se virou para Nahri, esperando vê-la igualmente chocada. — Mas isso significaria que ele...

— É meu irmão — concluiu Nahri. — E obrigada, minha rainha, por essa história *iluminadora*. Diga-me, no momento em que vocês dois precisaram aconselhar Ghassan a não assassinar crianças inocentes, por acaso pararam para contemplar as consequências de servir a tal tirano? Ou a violência em Daevabad era aceitável até que afetasse o seu povo?

Wajed ficou vermelho.

— Se está pensando em justificar o massacre de milhares de Geziri...

— Chega. — Ali estava atordoado, mas quando falou se certificou de que o comando fosse claro. — Vocês vão nos levar até Jamshid. Agora.

23

NAHRI

O CORREDOR QUE LEVAVA À CELA DE JAMSHID ERA LIMPO E simples: paredes pintadas com cal e janelas altas e estreitas. Não parecia a câmara de tortura encharcada de sangue que se dizia ser o calabouço de Daevabad, mas ainda era uma prisão, e o ódio de Nahri, incandescente desde a majlis, urrava dentro dela como um animal. Se ela tivesse magia, achava que poderia ser capaz das coisas que Manizheh tinha feito – quebrar ossos do outro lado da sala e tomar o controle dos membros das pessoas. Tinha de haver um escape para um ódio daqueles, uma libertação para que não a devorasse por dentro.

Sua menininha ingênua. As palavras da mãe no telhado do palácio voltaram correndo, misturando-se com a suspeita nos olhos de Musa, com o ódio descarado nos de Wajed e com a história horrível de Hatset. Nahri não podia aprovar o que Manizheh tinha feito aos Geziri, mas subitamente temeu que se colocar nas mãos dos djinns tivesse sido um erro terrível.

Ao lado dela, Ali se aproximou, seu ombro roçando o dela.

— Você sabia — disse ele, falando baixinho em árabe para que não fossem ouvidos. — Sobre Jamshid.

A resposta dela foi curta.

— Sim.

Ele suspirou.

— Eu queria que tivesse me contado. Não deveria haver mais segredos entre nós, e sinto como se tivéssemos caído em uma armadilha.

— E isso é culpa *minha*? Vim até aqui para fazer paz, não ser atacada por sua mãe e Wajed. Você não ouviu o que eles disseram sobre Jamshid? A vida inteira do meu irmão é uma mentira por causa do seu pai!

— Eu *sei*, Nahri. Eu sei, está bem? — E, de fato, ela só viu compaixão frustrada nos olhos cinza de Ali. — Mas é por isso que você e eu precisamos ficar unidos, *contra* o resto deles se for necessário. — Ele tocou a mão dela. — Fui sincero em tudo o que falei a você no Cairo e na praia. Sou seu parceiro nisso, seu amigo. Não vou traí-la.

— E se você não bastar? — A pergunta escapou, dando voz ao medo dela. — Eles já trancafiaram um Daeva. E se não conseguirmos convencê-los de que esta luta é contra Manizheh, não minha tribo inteira?

A expressão de Ali ficou dura.

— Jamshid vai sair daquela cela hoje. Ou o deixam sair, ou você e eu o tiramos de lá, nos juntamos à tripulação de Fiza e nós três tentamos a vida de pirata.

As palavras não extinguiram a raiva dela, mas Nahri sentiu um pouco do medo se afastar diante da promessa de um plano B, mesmo que fosse ridículo.

— Tudo bem — murmurou ela, dando um apertão na mão dele antes de soltar.

Eles seguiram em frente, acompanhando Wajed por uma escada sinuosa que acabava em um corredor de paredes de terra. Uma única janela deixava entrar um raio de luz empoeirada, iluminando uma fileira de portas de madeira. Todas estavam abertas, exceto uma, que exibia uma nova fechadura de metal de aparência humana e uma pesada viga bloqueando a entrada. Dois soldados estavam sentados em tapetes do lado de fora, jogando algum tipo de jogo de cartas.

Eles se levantaram num salto quando Ali entrou, os olhos se arregalando quando viram Nahri ao seu lado.

— Vossa Alteza — gaguejou um deles, curvando-se em uma reverência esquisita. — Perdoe-nos — acrescentou ele, chutando as cartas no canto. — Não percebemos...

— Não há nada a perdoar. É aqui que Jamshid e-Pramukh está preso? — perguntou Ali, indicando a porta trancada.

— Sim, meu príncipe — respondeu o outro djinn, nervoso. O olhar dele se desviou para Nahri. — Mas ele fez uma bagunça no lugar. Posso preparar uma cela diferente para ela se...

— Não — interrompeu Ali, calando o outro homem como se tivesse sentido o temperamento de Nahri se inflamar de novo. — Não vamos prender mais nenhum Daeva a partir de hoje. — Ele estendeu a mão. — A chave, por favor.

Wajed estava claramente segurando a língua desde a briga na majlis, mas falou agora:

— Meu príncipe, não tenho certeza se isso é sábio. Pramukh já tentou escapar duas vezes.

— E quando estiver livre, não vai precisar tentar uma terceira vez. Agora.

O soldado ayaanle obedeceu, tirando uma chave do bolso e entregando a Ali, que rapidamente a deu a Nahri.

— Obrigado — agradeceu Ali, educadamente. — Sua assistência é apreciada. Qaid, você e esses homens podem por favor ir falar com minha mãe sobre encontrar quartos para nossos convidados daeva?

Wajed provavelmente preferiria ter jogado Nahri em uma cela, mas ela sabia o suficiente sobre protocolo real para entender que ele não questionaria um Qahtani diante de seus homens.

— É claro, meu príncipe — disse ele, com a voz fria.

Nahri esperou até que tivessem saído, então rapidamente encaixou a chave na fechadura.

Ali a ajudou com a viga.

— Quer que eu deixe vocês a sós? — perguntou ele.

Não sei. Agora que ela estava prestes a falar com o homem que sabia ser seu irmão, Nahri se sentiu hesitante. Ela e Jamshid eram amigos, sim, mas não era um relacionamento que o tempo e as respectivas posições deles tinham deixado florescer. Ela era antes de tudo a Banu Nahida dele.

E ele tinha pertencido a Muntadhir. Como Nahri, que nem sempre era a pessoa mais empática do mundo, se fosse sincera, encontraria palavras para destruir o mundo dele? Não parecia que Hatset ou Wajed tinham se incomodado em manter Jamshid inteirado dos acontecimentos. Será que ela deveria simplesmente entrar e anunciar que ele era um Nahid e que os pais dele estavam por trás da invasão que assassinara o homem que ele amava?

Ela estremeceu.

— Não, ainda não. — Ela não imaginava que Ali fosse ser útil, dado que Jamshid não parecia gostar dele, mas precisava do apoio. Nahri abriu a porta.

Os olhos dela levaram um momento para se ajustar à luz fraca. Como o corredor, a cela de Jamshid tinha uma pequena janela com barras, não maior do que a cabeça de um homem. Uma única lâmpada a óleo queimava em um canto, o leste, e o coração dela se apertou quando Nahri percebeu que o copo de água e um galho meio queimado ao lado dele eram uma tentativa de fazer um altar de fogo. Uma escrivaninha bagunçada no chão estava empilhada com papéis e livros, parcialmente equilibrados em pilhas tombadas.

O próprio Jamshid estava enrodilhado em um estrado para dormir, de frente para a parede. Ele não se mexeu quando eles abriram a porta e, por um momento, Nahri entrou em pânico, temendo ser tarde demais antes de ver a elevação no peito dele.

— Jamshid? — chamou ela.

Um único tremor percorreu o corpo de Jamshid, que se virou.

Olhos pretos confusos se fixaram nos dela.

— Nahri? — Ele se sentou, cambaleando como se estivesse bêbado. Então avançou. — *Nahri!*

Ela correu para alcançá-lo, puxando-o para um abraço.

— Achei que gostaria de companhia.

Jamshid a agarrou com força.

— Ah, graças ao Criador. Eu estava preocupado com você. — Ele a soltou. — Você está bem? Como chegou aqui? Eles disseram que todos no palácio foram mortos!

— Estou bem — ela conseguiu dizer. Seu irmão, por outro lado, parecia terrível, com o rosto fino e pálido, a barba grande demais e o cabelo preto caindo em nós embaraçados. — Você está bem? Eles maltrataram você?

Jamshid fez uma careta.

— Eles proferem ofensas, mas não colocaram as mãos em mim. Têm medo demais de... — Ele parou de falar subitamente, sua atenção se voltando para trás dela. — *Alizayd?*

Ali pigarreou desconfortavelmente.

— Oi.

Um otimismo selvagem iluminou o olhar de Jamshid.

— Se você está vivo, isso quer dizer que... Muntadhir também está aqui? — perguntou ele, freneticamente. — Ele escapou com você?

O coração de Nahri se apertou.

— Não. Sinto muito, Jamshid. Muntadhir... ele não escapou.

Ela conseguiu ver a esperança sumir dos olhos do irmão. Jamshid engoliu em seco, parecendo que tentava erguer a máscara de cortesão.

— Entendo. — Ele se virou de novo para Ali. — Então por que você está aqui?

Ali não tinha se movido da porta.

— O quê? — sussurrou ele.

— Eu perguntei *por que você está aqui*, al Qahtani. Porque proteger Muntadhir era seu trabalho, o dever da sua vida inteira, e se você está aqui só posso presumir que fracassou ou que o traiu. Então, qual dos dois foi?

Ali cambaleou para trás, a acusação ricocheteando pela cela. Semanas de cura pareceram escapar do rosto dele em um piscar de olhos.

— Eu não o traí. Jamais faria isso.

— Então você é um covarde.

— *Jamshid*. — Nahri se colocou entre os dois. — Ele não é um covarde. E não é culpa dele. Muntadhir escolheu proteger a família dele e o reino da melhor forma possível. Foi uma das coisas mais corajosas que já vi, e não quero ouvir ninguém desonrar isso.

Mas as palavras dela não pareceram chegar ao irmão. Jamshid estava começando a tremer, o luto recente ondulando pelo rosto dele.

— Ele não deveria precisar fazer essa escolha. Não foi ele quem foi *treinado* para isso.

Ali se aproximou, parecendo ansiar por um modo de reconfortá-lo.

— Jamshid, sinto muito. De verdade. Sei o quão próximos...

— Ah, você sabe o quão próximos? — Jamshid soltou uma gargalhada histérica. — Porque me lembro muito bem de precisar esconder o quão *próximos* nós éramos por causa de homens como você.

Nahri tentou intervir de novo.

— Jamshid...

— Não — interrompeu ele, sua voz falhando. — Eu passei a vida calando a boca enquanto os djinns esmagavam meu povo. Enquanto esmagavam a mim, meu pai, meus vizinhos, *você*. As mentiras e a política deles transformaram minha vida em uma jaula, e agora quero saber quem este homem é de verdade. O príncipe de quem tentei ser amigo apenas para que desse as costas e ordenasse que eu atirasse outro homem no lago. — Ele olhou para Ali. — Eu *amava* seu irmão, está entendendo? Ele era o amor da minha vida.

Ali abriu a boca. Ele não parecia irritado, só chocado, como se ainda tentasse encaixar as peças.

E então tudo se encaixou.

— Mas isso não é possível — gaguejou Ali. — Muntadhir não era... Quer dizer, havia tantas mulheres...

Jamshid urrou ultrajado, pegando um chinelo no chão e atirando-o na cabeça de Ali. O príncipe se abaixou e Nahri se colocou entre eles de novo, decidindo que o esforço para unir seus aliados tinha acabado por ora.

— Ali, vá. Eu lido com isso.

Ele fez um ruído de anuência estrangulado, com olhos ainda arregalados quando levou a mão à porta, recuando da cela como se tivesse tropeçado em uma cobra.

Assim que Ali se foi, o ódio deixou o rosto de Jamshid – ele desabou, caindo agachado no chão de terra.

— Sinto muito — disse ele, engasgado. — Sinto muito. Eu não deveria ter dito isso na sua frente. Mas quando vocês dois entraram, achei... — Ele inspirou. — Eu achei que havia uma chance. — Ele caiu para a frente nas mãos, os ombros tremendo enquanto chorava. — Criador, Muntadhir, como você pôde? *Como você pôde?*

Nahri o observava, congelada de choque. Aquele homem de luto que parecia não ter se dado ao trabalho de pentear com os dedos o cabelo comprido não era o Jamshid que ela conhecia, o nobre calado e prestativo cujas palavras e comportamento sempre tinham sido tão precisos. Ele subitamente parecia um estranho, alguém que tinha acabado de magoar o amigo *de verdade* dela, e por um momento Nahri ficou terrivelmente indecisa.

Ele não é um estranho. Ele é seu irmão. Mas "irmão" era um termo estranho para Nahri – ela não sabia como aquele tipo de relacionamento deveria funcionar. Os irmãos com os quais ela passara mais tempo eram os Qahtani, e se ela ocasionalmente invejava a proximidade protetora entre Zaynab e os irmãos dela, o resto do drama explosivo da família real tinha feito com que se sentisse melhor a respeito de ser supostamente uma órfã.

Tente, apenas tente. Nahri se ajoelhou ao lado dele, apoiando a mão no ombro de Jamshid:

— Você não precisa pedir desculpas a mim, Jamshid. Apenas respire.

— Não posso. — Ele limpou os olhos. — Muntadhir... ele costumava me contar o quanto morria de medo de Manizheh quando criança. Darayavahoush o odiava. Que tipo de fim foi esse para ele?

— Um fim corajoso. Ele me fez dar-lhe o arco de Dara para que pudesse atirar nele. — Nahri hesitou, buscando alguma coisa que pudesse dar algum conforto a Jamshid. — E foi um fim rápido. Com um golpe mortal durante a batalha. Ele sabia que não sobreviveria e temia apenas nos deixar mais lentos. — Essa era uma meia verdade, mas agora decididamente não parecia o momento para contar os detalhes da morte de Muntadhir.

Jamshid tomou um fôlego trêmulo e então se endireitou. Nahri precisou se esforçar para não se encolher. De tão perto, a semelhança dele com Manizheh era inconfundível, o fantasma do rosto da mãe presente nas sobrancelhas altas e elegantes e nos olhos de cílios grandes.

A vergonha que engolia a expressão dele, no entanto, era toda Jamshid.

— O que eu disse a Alizayd sobre Muntadhir e eu... Sinto muito. Não deveria ter dito na sua frente. Nós nunca... quer dizer, depois que vocês se casaram...

Nahri pegou a mão dele.

— De novo, não precisa pedir desculpas. Eu já sabia, e as coisas jamais seriam daquele jeito entre ele e eu. Mas você deveria saber que, antes de fugirmos, Muntadhir me pediu que dissesse a você que o amava. E que sentia muito por não ter assumido você antes.

Jamshid fechou os olhos com força.

— Eu costumava dizer que ele era egoísta. Criador, eu queria que ele tivesse permanecido assim e escapado no fim. Mas Daevabad sempre vinha primeiro — disse ele, amargamente. *Um mantra que você talvez adote em breve, Baga Nahid.* Nahri abraçou os joelhos.

— O que Hatset e Wajed contaram a você?

— Sei que a cidade caiu e que a magia sumiu. Batedores nos alcançaram enquanto ainda estávamos em Am Gezira, fugindo sobre cavalos roubados como se demônios estivessem atrás deles. Disseram que Banu Manizheh e o Afshin tinham voltado dos mortos, e que meu pai os ajudou a matar o rei e todos os Geziri no palácio.

O coração de Nahri batia rápido.

— Então eles não disseram nada sobre... você?

— Sobre *mim*? Não. Quer dizer, eles vêm me ameaçando e deixando bem claro o que pensam dos Daeva, mas fora isso parecem contentes em me deixar enlouquecer sozinho aqui embaixo. — Jamshid recuou, semicerrando os olhos. — Por quê? Você parece preocupada. Tem mais alguma coisa?

Pode-se dizer que sim.

— Jamshid — começou Nahri —, depois do ataque do Navasatem, você queria falar comigo. Suas feridas tinham sumido, você falou com Razu em um dialeto extinto de tukharistani...

Ele esfregou a cabeça.

— Isso parece que foi há mil anos — confessou ele. — Não sei, talvez a magia Nahid que você conjurou para impedir o fogo Rumi tenha finalmente me curado.

— Não era só eu conjurando magia Nahid. — Quando Jamshid apenas deu a ela um olhar mais confuso, Nahri continuou: — Você me contou uma vez que sabe muito pouco sobre sua mãe, exceto que ela era supostamente uma criada, alguém de uma classe escandalosamente inferior. Que morreu quando você era bebê, e seu pai jamais falou sobre ela. — Ela encontrou os olhos dele. — Jamshid, sua mãe não era de uma classe inferior. Era da... da mais alta a que se pode chegar na nossa tribo. E ela não morreu.

Jamshid a encarou. Houve mais um momento ou dois de espanto na expressão dele, então choque e negação percorreram o seu rosto.

— *Não pode estar dizendo...*

— Estou. Manizheh é sua mãe. Ghassan confrontou seu pai quando fomos presos, e Kaveh confirmou. Você é um Nahid, filho de Banu Manizheh.

— Não sou. — Jamshid deu um salto, caminhando para longe. — Não *posso* ser — insistiu, pressionando as têmporas. — E-eu sou normal! Não tenho nenhuma habilidade de cura. Pelo Criador, eu larguei o *sacerdócio*. Definitivamente não sou o escolhido de Suleiman!

— Para ser justa — tentou Nahri —, eu acredito que os sacerdotes devam nos honrar, não o contrário.

Os olhos de Jamshid apenas se arregalaram.

Nahri também ficou de pé.

— Jamshid, saiba que entendo o quanto é difícil ouvir isso. Você está falando com uma mulher que não acreditava em nada mágico há apenas seis anos. Mas não estaria contando isso se não fosse verdade. Ghassan deixou implícito que Manizheh deve ter feito alguma coisa para disfarçar suas habilidades, mas ele soube assim que viu você quando criança. — Ela tocou a bochecha. — Nós temos a insígnia de Suleiman marcada no rosto. Apenas o portador do anel consegue ver, mas está ali. Ghassan sabia esse tempo todo. Hatset e Wajed também.

Jamshid recuou.

— Alizayd sabe?

— Acabaram de contar a ele.

— É claro. — Ele parecia arrasado. — Então, Ghassan e Hatset. Wajed e Ali. — Ele fechou as mãos em punhos. — Você acha que Muntadhir...

— Não. — Nahri não tinha provas, mas seu coração negava. — Não acho que ele sabia.

— Não entendo. — Jamshid puxou a barba, parecendo prestes a arrancá-la. — Meu pai falava dos Nahid com reverência, com luto. Ele não deixou nada disso transparecer. Eles eram como lendas até eu conhecer... — Os olhos arregalados dele pousaram nos dela. — Você — sussurrou. — Ah.

Nahri corou, sentindo-se estranhamente exposta.

— Sim, acho que isso nos torna irmãos. Mas não tem problema se não for o tipo de relacionamento que você quiser ter.

Jamshid deu um passo à frente e tomou a mão dela.

— *É claro* que é o tipo de relacionamento que quero ter. Você ser minha irmã seria a melhor coisa que aconteceu comigo nos últimos anos.

A sinceridade em sua voz só a fez ruborizar mais.

— Seria bom não ser a única Nahid não homicida. — Era o máximo de emoção que Nahri conseguia compartilhar.

Jamshid empalideceu.

— Sim, imagino que vamos ter que falar sobre isso. Sobre ela. — Ele ergueu os olhos. — Meu pai é...?

— Não. — Ela se calou. Jamshid esperou, cheio de expectativa.

Conte a ele. Pelo amor de Deus, Nahri tinha contado a Fiza – uma pirata que a trairia de bom grado – que era shafit. Certamente podia contar ao próprio irmão. Jamshid era gentil. Era uma boa pessoa, e ela sabia que estava tentando ser melhor em relação aos shafits.

Mas também era Daeva em primeiro lugar, e crescera com os preconceitos que a maior parte da tribo deles nutria. Que o Criador a perdoasse, mas Nahri não conseguiria lidar com a reação dele agora.

— Não — ela repetiu. — Não sei quem é o meu pai, mas não é Kaveh.

— Não importa. — Jamshid lhe deu um sorriso genuíno. — Vai ser meio estranho pensar em alguém que eu admirava como uma Nahid todo-poderosa como minha irmã caçula. — A expressão dele desabou. — Embora me faça querer agarrar você e fugir daqui ainda mais.

— Não precisamos fugir. — Isso pareceu mais com uma mentira do que ela gostaria. — Não neste momento, de toda forma. Escolhi vir até aqui. Sei que você não confia em Ali, mas eu sim, e vamos precisar de aliados.

— A mãe dele me manteve preso em uma cela durante um mês, Nahri. Eles não são meus aliados.

— A *nossa* mãe também não. Você não estava em Daevabad, Jamshid. Não viu como a conquista dela foi cruel. Ela soltou um veneno capaz de assassinar cada Geziri na cidade, e isso matou inúmeras pessoas no palácio, crianças e acadêmicos e criados. Inocentes. Não estou do lado dela.

— Então está com os Qahtani?

— Não. Estou do lado de Daevabad. Quero consertar isso e talvez um dia ver um mundo onde seja normal escolher lados com base no que é certo em vez de só seguir a família a que pertencemos.

Jamshid suspirou.

— E eu aqui achando que você fosse realista.

— Eu sou. Por favor. Você me apoiou no Templo quando eu disse que trabalharia com os shafits. Estou pedindo para fazer isso de novo.

Ele se afastou e voltou a caminhar pela cela.

— Isso é muito mais perigoso do que o Templo, Nahri. Os sacerdotes teriam apenas sancionado você. Tenho quase certeza de que metade deste castelo quer nos matar.

— Mais um motivo para convencê-los a não fazer isso.

Ele ainda parecia cético, mas soltou um grunhido de resignação.

— Por que não me conta como você e o sheik espada-de--fogo acabaram aqui, e vejo como me sinto a respeito de aliados?

24

ALI

ALI SAIU DA CELA AOS TROPEÇOS, A MENTE GIRANDO COM as acusações de Jamshid. Sem saber direito para onde ia, apenas que precisava sair – dar espaço aos irmãos Nahid; dar a *si mesmo* distância do homem que tinha acabado de alcançar os esconderijos da culpa no seu coração e arrastar os cacos quebrados para a luz –, ele atravessou o corredor até a escada. Tudo o que queria fazer era sair daquela câmara rebaixada de terra e pedra.

Em vez disso, ele caminhou diretamente para Wajed.

O qaid cruzou os braços, olhando para Ali como se estivessem de volta na Cidadela e ele estivesse prestes a passar um sermão. A visão fez o coração de Ali doer. Embora fizesse semanas, ainda se lembrava de estar no escritório roubado de seu mentor na Cidadela, sabendo que Wajed jamais o perdoaria pela rebelião. Wajed era Geziri até os ossos e absolutamente leal a Ghassan, seu rei e amigo desde a juventude.

Ali não era, embora soubesse que seria útil usar aquela vantagem agora.

— Eu sei que acabamos... nos desentendendo na majlis, mas agradeço a você por ter vindo até Ta Ntry e garantido a segurança de minha mãe. — Ele tocou o coração. — Minha família sempre será grata por sua lealdade.

Wajed semicerrou os olhos.

— Ouvi aquele Daeva gritando com você. Se seu primeiro instinto é vir até aqui, me agradecer pelo meu serviço e então educadamente me demitir, vou dizer a sua mãe que perdeu a cabeça. Então aquilo seria mais pessoal.

— Não perdi a cabeça, tio. E também não quero demiti-lo. Eu *preciso* de você, Wajed. Você estava certo, estamos em guerra, mas nosso inimigo não está lá embaixo — falou Ali, indicando as celas. — Nahri salvou minha vida duas vezes de Darayavahoush e Manizheh. Jamshid era o mais querido... companheiro de Muntadhir — afirmou ele, hesitando levemente. — E certamente o guerreiro que me ensinou estratégia enxerga o benefício de ter os filhos de Manizheh do nosso lado.

— Eu vejo o benefício de eles serem reféns.

— Então vejo o benefício de encontrar um novo qaid. Eu preferiria não fazer isso — falou Ali, sem deixar de ver a emoção tomando o rosto de Wajed diante do ultimato. — Mas os Nahid são meus aliados, e não vou permitir que sejam ameaçados.

— Seu pai tentou tornar os Nahid aliados. Veja aonde isso o levou.

— Meu pai tentou forçá-los a serem aliados. Não é isso que estou fazendo. Tio, sei que parte de você deve me odiar por aquela noite. Mas não me arrependo de tê-lo desobedecido. Eu amava meu pai. Sinto muito, mais do que jamais conseguirei expressar, por não termos nos despedido em paz, mas mais do que isso, sinto muito que ele tenha morrido com tais pecados na alma. O último comando dele teria assassinado centenas de inocentes. Ele morreu ameaçando uma mulher sob seu teto, sua própria nora. Se você discorda de minhas ações e deseja deixar meu serviço, vou entender. Mas não pretendo seguir o caminho dele.

Wajed contraiu a boca em uma linha fina.

— Você é como um filho para mim, Zaydi. É um Qahtani e terá minha lealdade como seu pai teve antes de você. Mas precisa entender como nosso povo está revoltado. — Ele se aproximou. — Confie em mim quando digo que não sou o único que vai ver essa aliança com desconfiança. Quase todas as pessoas neste castelo perderam alguém para Manizheh ou tem um ente querido preso em Daevabad. Você é muito popular com nosso povo, o que tenho certeza de que sabe, tendo *usado* sua popularidade para convencer a Cidadela e o Quarteirão Geziri a se amotinarem — acrescentou ele, com certa acidez. — Tenha cuidado com esse apoio.

Ali assentiu.

— Terei. No momento, no entanto, preciso encontrar minha mãe. Se eu pedir a você para ficar aqui...

Wajed revirou os olhos.

— Seus Nahid não serão feridos. Até mesmo pedirei desculpas e os chamarei pelos títulos chiques deles.

— Eu sabia que podia contar com você. — Ali sorriu antes de se virar.

Mas a breve animação por ter conquistado o apoio de Wajed sumiu conforme seguia em frente.

Ele não deveria ter precisado fazer aquela escolha. Era a mesma coisa que estava girando na sua cabeça desde que o irmão recebera o golpe da zulfiqar que Darayavahoush destinara a ele. Porque Jamshid estava certo – deveria ter sido Ali.

Em vez disso, Muntadhir estava morto e Ali usava a insígnia, e ele achava que jamais deixaria de carregar aquela culpa.

Uma dupla de criados passou por ele, um soldado bateu continência. Ali mal conseguiu responder. Protocolo era uma coisa na qual ele não pensava havia semanas, e não confiava em si mesmo para não cometer um erro. Em seguida, entrou no primeiro nicho que viu, grato por descobrir que se curvava até uma pequena – e vazia – sacada. Fazia um dia lindo e, logo além da selva, Ali teve um vislumbre do mar, o sol forte refletido na água.

E então a outra parte dos gritos de Jamshid retornou a ele. *Seu irmão era o amor da minha vida.*

Ali subitamente se sentiu muito, muito tolo – centenas de sussurros e comentários e olhares que tinham passado direto por ele retornaram e tornaram óbvio, em retrospectiva, o que ele deixara de ver. Mas Ali não entendia *por quê* – por que Muntadhir teria se esforçado tanto para manter o relacionamento dele com Jamshid escondido de Ali? Não era como se o irmão tivesse se incomodado em esconder mais nada. A bebida, as mulheres, a atitude desinteressada com relação à oração, com relação a qualquer elemento da fé deles, uma litania de pecados.

E é assim que você pensa nisso? Como um pecado? Será que Ali era mesmo a pessoa certa para julgar? Ele passava metade das noites sonhando com a esposa do irmão e tinha o sangue de inocentes nas mãos. O que Muntadhir tinha feito em comparação? Havia se apaixonado por alguém proibido? Tudo o que Ali podia fazer àquela altura era se identificar.

Mas essa não tinha sido a pior das acusações de Jamshid. Deus, naquela noite no telhado… Houve uma época em que Ali pensava naquela noite todo dia. Agora, ele mal se lembrava do nome de seu quase assassino.

Hanno. Hanno, o transmorfo shafit dos Tanzeem. Ele tivera a filha sequestrada e morta por sangues-puros, e tudo retornou a Ali aos pedaços. O luto nos olhos do homem, o sangue, a dor, a ordem breve que Ali tinha grunhido para Jamshid antes de desmaiar – *livre-se dele.* Ali devia ter parecido um monstro.

Ele devia ter se parecido exatamente com Ghassan.

Foi assim que começou, abba? Será que o pai dele havia se sentido assim na juventude, tão assustado e hesitante sobre como governar que simplesmente esmagara tudo que temia que pudesse feri-lo? O papel que Ghassan interpretava na corte, o papel que Muntadhir precisou aperfeiçoar a vida inteira, quando encarregado daquele tipo de responsabilidade – de que outra forma se deveria responder quando se sabia que um erro condenaria todos com quem se importava?

Seu irmão era o amor da minha vida. As palavras de Jamshid retornaram, mas foi Muntadhir quem Ali viu na mente. Quanto de si mesmo será que o irmão precisara esconder por trás do sorriso partido?

Ali encostou na parede, acolhendo as sombras. Por um momento, desejou um imam de verdade, alguém que conhecesse o Livro e cuja fé não tivesse sido abalada, para dizer-lhe o que fazer em seguida.

O som de pés calçando chinelos chamou sua atenção. Ali imediatamente levou a mão à zulfiqar, mas a abaixou.

— Você encontrou meu esconderijo. — Hatset entrou sob a luz do sol, sorrindo carinhosamente para ele. — Venho aqui desde que era menina. Costumava haver uma enorme videira na qual se podia subir para ver melhor o oceano, mas minha mãe mandou cortá-la quando caí e quase quebrei o pescoço.

— O sorriso dela sumiu. — Estou dividida entre apertar você contra o coração e estapear a sua cabeça, Alubaba. Achei que passaria pelo menos um dia aqui antes que eu me sentisse assim.

— Não trouxe Nahri para Ta Ntry para que ela fosse cercada por djinns irritados — replicou Ali, presumindo que era a grosseria dele em defesa dela que irritava Hatset. — Ela tem motivos para guardar segredos.

— E nós temos motivos para desconfiar dos Nahid. — Hatset deu-lhe um olhar astuto. — Você aproveitou seu tempo com o novo Baga Nahid?

Ali não se deu ao trabalho de mentir. A mãe sempre parecia saber tudo mesmo.

— Acho que nosso relacionamento precisa de esforço. — Mas hesitou. A mãe *sempre* parecia saber tudo. — Muntadhir e Jamshid... eles eram...

— Sim. Eles mantinham segredo, mas a maioria de nós sabia.

— Abba também?

— Sim. — A expressão dela ficou sombria. — Suspeito que ele tenha encorajado o relacionamento, pelo menos da parte de Jamshid. Tenho certeza de que sentia uma gota de satisfação ao ver até que ponto o filho de Manizheh iria para proteger o dele.

O estômago de Ali se revirou.

— Muntadhir jamais me contou, e nós já fomos tão próximos. Me sinto enjoado por saber que ele teria temido a minha reação. Que talvez ele estivesse certo ao temer.

— Você era jovem quando começou, Alizayd. Tinha uma vida *muito* protegida na Cidadela, o que, como sua mãe, admito que não me incomodava. Você não sabe como seu relacionamento com Muntadhir teria sido mais tarde na vida.

— Porque estava indo tão bem. — Ali sacudiu a cabeça. — Sinto como se tivesse fracassado com ele, amma. Fracassado com Zaynab. Fracassado com Lubayd e todos os meus irmãos na Cidadela. E estou *ativamente* fracassando com você e Nahri e todo mundo. — Ele encostou na sacada. — Talvez tivesse sido melhor se nossos papéis tivessem sido invertidos. Se eu tivesse morrido em Daevabad, e Dhiru...

— Não. — Hatset acariciou as costas dele. — Não siga esse caminho, Alu. Deus o colocou aqui por um motivo, e você ainda não perdeu. Você também não está sozinho. Vá se lavar, coma alguma coisa e descanse. Planejar sua próxima ação pode esperar até amanhã.

Ali olhou de esguelha para ela.

— Estenda a oferta a Nahri e Jamshid, e prometo que vou até dormir em uma cama.

— Sempre o negociador.

— Isso significa que convenci você?

— Vou soltar Jamshid, mas tanto ele quanto Nahri estarão sob forte vigilância, para a segurança deles e a nossa. E *você* vai me conceder concessões adicionais.

Ele fingiu um tremor.

— Como o quê?

— Um, você vai estudar com um tutor. Pelo menos uma hora por dia em ntaran até que pare de falar como uma criança. E dois, vai então *usar* esse ntaran para ser educado e respeitoso com sua família aqui. Não pode mais procurar apenas os Geziri, Alizayd. Vai precisar dos Ayaanle. Deixe o passado com Musa para trás.

Ali ofereceu uma reverência exagerada, tocando o coração.

— Serei o retrato da diplomacia, prometo. Posso conhecer meu avô?

Tristeza tomou o rosto da mãe dele.

— Hoje não, mas espero que em breve. A saúde dele piorou. Quando ele está lúcido, parece viver no próprio mundo de dez anos atrás. Estou tentando evitar que ele descubra sobre a invasão, mas... — A voz dela ficou embargada. — Ele sempre pergunta de você e Zaynab. Tem sido... tem sido muito difícil reagir.

Ali a abraçou.

— Sinto muito, amma. — Não era à toa que sua mãe sempre indomável parecia exaurida. — Vai ficar tudo bem, pela vontade de Deus. E vamos trazer Zaynab de volta. Ela é inteligente, é uma sobrevivente, e tem uma das guerreiras mais habilidosas que já conheci ao seu lado.

— Rezo para que você esteja certo. — Hatset o abraçou.

— Rezo mesmo.

25

NAHRI

O QUE QUER QUE ALI TENHA DITO PARA A MÃE DELE deve ter funcionado, pois à noite Nahri e Jamshid tinham sido colocados em suítes adjacentes adequadas a, bem, aos membros da realeza exilados e perdidos que eles aparentemente eram. Os quartos não eram tão luxuosos quanto aqueles no palácio de Daevabad, mas tinham uma elegância contida e natural que Nahri apreciava mais, com tetos altos de gesso entalhado sustentados por finas colunas de madeira. Uma parede era completamente dedicada a janelas abertas e uma sacada, trazendo o cheiro do mar para dentro.

Mais importante para ela, pessoalmente, foi que finalmente teve a chance de *tomar banho*, limpando sujeira o suficiente para exigir múltiplas mudanças de água aquecida. Era dolorosamente bom estar limpa e ter o estômago cheio – pois ela retornou às suítes para descobrir que um Jamshid recém-arrumado já havia provado tudo da enorme bandeja que tinham recebido, roubado uma das facas de servir e estava esperando para ver se morria de envenenamento antes de deixar Nahri tocar a comida. Quando Nahri delicadamente questionou os limpos mas ainda muito longos cabelo e barba, ele explicou que djinn nenhum chegaria perto dele com uma navalha.

Ele estava enfim dormindo no quarto ao lado. Nahri também devia estar; Deus sabia que ela precisava de repouso. Mas sua mente não tinha parado de funcionar, e a enorme cama de teca – sólida e coberta de colchas macias e estampadas – era diferente demais da miríade de lugares nos quais dormira nas últimas semanas.

Também estava silencioso demais com Ali ainda fora. Ela não o vira desde que deixara a cela de Jamshid; não que devesse ter ficado surpresa – ele tinha as próprias reuniões a fazer com seu povo e acomodações para a tripulação de Fiza para organizar –, mas isso a deixava se sentindo à deriva. Ela antecipara estar ao lado de Ali quando fizessem a primeira refeição decente em semanas, discutindo se o café ou o chá pelos quais estavam respectivamente ansiando era a bebida superior.

Estava preocupada com ele. Nahri não podia julgar Jamshid pelas acusações inspiradas pelo luto, mas também sabia o quão profundamente Ali ainda se culpava pela morte do irmão. O olhar no rosto dele quando Jamshid o chamara de covarde...

Foi por isso que, quando uma batida suave soou à porta, Nahri atravessou a sala com uma rapidez vergonhosa. Ela se repreendeu, então abriu a porta com uma indiferença afetada.

E fez uma careta. Não era Ali.

A rainha Hatset deu-lhe um sorriso de compreensão.

— Que a paz esteja com você, Banu Nahida — saudou ela, em djinnistani.

— Que o fogo queime forte por você — respondeu Nahri em divasti.

Hatset inclinou a cabeça.

— Peço desculpas se estava esperando outra pessoa. Eu só quis passar aqui e me certificar de que você e seu irmão estivessem confortáveis. Os aposentos são adequados?

— São ótimos. Eu só queria que essa hospitalidade tivesse sido estendida a Jamshid mais cedo.

— E eu queria que os pais dele não tivessem brutalmente assassinado o pai de meus filhos e milhares de nossos súditos.

— A frase foi dita calmamente, mas Nahri não deixou de notar o lampejo de raiva nos olhos da outra mulher. — Garanto a você que foi melhor para Jamshid ter sido mantido preso.

— Sim, todos vocês deixaram bem claro o que pensam dos Daeva.

— Pelo desculpas por isso. Mas às vezes é mais inteligente deixar as pessoas mostrarem a você quem são. Wajed é um homem perigoso. Um homem que serviu meu marido lealmente, que ama meu filho, mas eu se estivesse na sua posição, iria querer saber como tal homem me vê. Como todos me veem. Você não sobreviveu a Daevabad enfiando a cabeça na areia.

— Eu jamais, nem por um momento, esqueci como as pessoas me veem. — Nahri estava chateada demais para deslizar para trás da máscara, mas conteve o rancor ao máximo. — E se eu estivesse na *sua* posição, veria o fato de não ser capaz de garantir a segurança de meus hóspedes como uma fraqueza.

Hatset deu a ela um sorriso incrédulo.

— Ora, não é que você soltou a língua? Lembro de uma Banu Nahida muito mais cuidadosa.

— Deixei meu país, Hatset. Ali lhe contou? Deixei meu lar e uma vida pacífica para vir até aqui com seu filho na esperança de consertar as coisas. Na esperança de salvar todos vocês. Não serei ameaçada.

— Se ao menos fosse fácil assim, criança. — Hatset a chamou com um gesto. — Caminhe comigo.

Nahri hesitou, ansiosa e tentada a pegar a faca que Jamshid tinha tomado. Contudo, ela se contentou em pegar seu shayla.

— Onde está Ali? — perguntou ela, enrolando o xale na cabeça e nos ombros conforme saíam do quarto.

— Dormindo — respondeu Hatset. — Muito contra a vontade dele, mas não é fácil resistir ao sono quando ópio é colocado em sua comida.

Nahri a encarou chocada.

— Você drogou seu filho?

— Ele precisava descansar.

— *Ele precisava descansar...* Quanta experiência você tem com ópio? É uma droga poderosa. Se errou a dosagem...

Hatset soltou um ruído exasperado.

— Não tirei você da cama para uma lição médica. Ele é meu filho. Eu jamais faria mal a ele.

— Em minha experiência, Hatset, os pais do nosso mundo são capazes de fazer muito mal aos filhos.

A rainha djinn deu a ela um olhar longo e pensativo.

— É justo, Banu Nahri. Mas não se precisa se preocupar. Ali está bem, lhe asseguro. — Ela fez uma pausa. — Você realmente gosta dele, não é?

Ali a segurando tão delicadamente na praia, limpando as lágrimas das bochechas dela. *Não tem mais ninguém aqui, minha amiga. Não precisa manter essa fachada.*

Nahri, no entanto, fez exatamente isso.

— Ele não é tão ruim.

— Falar com você é excessivamente frustrante.

— É um ponto de orgulho. — Nahri mudou de assunto quando Hatset a levou por mais um corredor vazio. Além de um gato rajado de cinza perseguindo uma aranha, não havia outro sinal de vida no castelo silencioso. — Seu sobrinho mencionou que você mandou gente embora. Isso é verdade?

— Todo mundo que consegui convencer. O Afshin mandou pessoas de volta para as próprias províncias com avisos de fogo e retribuição. Se Manizheh viesse atrás de Jamshid e queimasse este lugar inteiro, eu não pretendia que todos nós fôssemos mortos. — Arrependimento tomou a voz da rainha. — Uma vergonha. Este castelo deveria estar cheio de risadas de crianças, e eu gostaria de ter visto meu filho ser recebido por todos os primos e as tias dele. Mas não valia o risco.

A sinceridade na afirmação dissipou parte da raiva de Nahri. Sempre tinha sido mais difícil odiar Hatset do que Ghassan – Nahri podia se identificar muito bem com uma mulher para quem a política e a família tinham deixado opções limitadas.

Ambas entraram no pátio do castelo. Era metade jardim, metade ruína, e absolutamente lindo. Pedras espelhadas se enfileiravam pelo caminho arenoso, refletindo a lua cheia com poças prateadas de luz. Um córrego dividia o pátio e árvores pálidas se esticavam até subirem pelo teto de treliças.

— Esse lugar é incrível — disse Nahri, com admiração. — Sinto como se eu estivesse caminhando pela floresta.

— Você deveria ver quando a magia funciona. — Hatset passou os dedos por uma samambaia. — Meu pai sempre diz que é assim que os djinns deveriam viver. No limite e entre a natureza, mais perto em espírito de nossos ancestrais do que nas "cidades humanas sujas". Ele jamais gostou muito de Daevabad. — A voz dela se encheu de nostalgia. — Tive uma infância muito mais tranquila do que os meus filhos, e jamais deixei de me perguntar como eles poderiam ter prosperado aqui. O quanto Zaynab poderia se sentir à vontade se não estivesse confinada a um harém cheio de nobres fazendo politicagem. O tipo de estudioso que Ali poderia ter se tornado se jamais tivesse precisado pegar uma zulfiqar.

— Eles não seriam eles mesmos — respondeu Nahri, quase sem pensar. Ela não conseguia imaginar Ali e Zaynab divorciados de sua identidade como membros da realeza.

— Talvez não — refletiu Hatset.

— Foi escolha sua partir? — perguntou Nahri. Hatset parecia estar com vontade de falar e Nahri jamais dava as costas a informações, mas também estava genuinamente curiosa.

A rainha deu de ombros.

— Não tenho certeza se pessoas como você e eu temos escolhas. Ghassan procurava uma nova esposa e deixou claro que estaria aberto a uma mulher de Ta Ntry. As famílias de mercadores se reuniram, e eu estava no topo da lista. Parecia uma aventura, uma chance de ajudar minha tribo. Ele era um rei bonito e inteligente, e profundamente carismático. Cheguei cautelosa, apenas para descobrir que ele havia encantado minha ala inteira para se parecer com um castelo ntaran.

Nahri olhou para ela, surpresa pela tristeza na expressão da mulher mais velha.

— Você o amava.

— Acho que nós nos amávamos tanto quanto podíamos. A lealdade dele era a Daevabad primeiro, e a minha a Ta Ntry. Então, quando nossos filhos nasceram, eu não fazia ideia do quão intensamente eu *os* amaria e do quão desesperada ficaria para protegê-los dos destinos políticos que agora parecem insuportáveis. — Ela sacudiu a cabeça. — E não pude perdoá-lo por banir Ali. Acho que eu poderia ter perdoado Ghassan por muitas coisas terríveis, mas ao mandar nosso filho para morrer ele pisoteou a parte do meu coração que um dia reivindicara.

Nahri se encolheu. Ela conhecia aquela sensação.

Hatset a estudava.

— Bem, eu contei os detalhes do meu casamento, então você deve fazer o mesmo. Sei que não amava Muntadhir, mas acha que poderia ter um dia governado ao lado dele?

Nahri considerou a pergunta. Algumas semanas antes, ela teria se esquivado – não era a primeira vez que Hatset tentava se intrometer no casamento dela. Muntadhir e Ali tinham sido rivais, e a aliança de Muntadhir com os Daeva por meio da esposa Nahid tinha sido um dos lances mais fortes dele.

Mas tudo isso havia desabado, e ela se viu respondendo mais honestamente do que costumava fazer.

— Eu não sei. Estava disposta a sacrificar muito por meu povo, mas não acho que conseguiria ter ficado ao lado de

Muntadhir se ele tivesse se transformado no pai. E se tivesse conseguido mudar e *enfrentar* o pai, acho que uma das primeiras coisas que teria feito seria se divorciar de mim. Nós éramos um par terrível.

Hatset ofereceu um sorriso triste.

— Uma afirmação diplomática. Deixando de lado as alfinetadas, respeito você, Banu Nahida. Tem um pragmatismo admirável, uma disposição para considerar ideias contrárias na mente. Eu esperava que a filha de Manizheh fosse inteligente, mas não estava preparada para a sua sabedoria.

— Fico feliz por ser uma surpresa — disse Nahri, em tom seco. — Você a conheceu? Minha mãe, quero dizer.

— Não muito bem, mas não tenho certeza se alguém exceto o irmão a conhecia bem. Ghassan e eu éramos casados havia poucos anos quando ela sumiu, e eu a evitava na corte.

— Por causa de Ghassan?

— Não, não por causa da paixão do meu marido. — Hatset se virou para encarar Nahri. — Porque ela me assustava, Banu Nahri, e não sou uma mulher que se assusta com facilidade. Ainda me lembro de Ghassan me levando até a enfermaria para conhecer os "estimados Nahid" dele, como os chamava. Senti minha pele se arrepiar; eles eram obviamente prisioneiros e fiquei chocada por meu marido não enxergar aquilo. Rustam ficava tão nervoso na presença dele que não conseguia segurar uma xícara com firmeza.

E você estava disposta a nos tornar prisioneiros de novo. Mas Nahri não disse isso.

— E Manizheh?

— Eu ouvia os Daeva sussurrarem que ela era uma deusa, mas ignorei como uma superstição de adoradores de fogo — disse Hatset, com uma nota de arrependimento na voz. — Mas era uma descrição precisa, e Manizheh sabia disso. Eu conseguia ver o ódio dela, o ressentimento que fervia por trás dos seus olhos por criaturas inferiores como nós ousarem contê-la. Eu me lembro de pensar que não tinha dúvidas de que, se os ventos da política mudassem, ela não hesitaria por um momento em matar todos nós. — Sua expressão transpareceu arrependimento. — E bem no fundo, não posso culpá-la. *Nem eu.* Nahri detestava a violência que a mãe tinha usado, mas não podia culpá-la por revidar. Manizheh tinha afetado Nahri naquela noite no telhado, apelando para uma parte dela que queria parar de se curvar. Que queria parar de ter medo. Nahri a havia negado. E agora estava cercada de gente em quem não confiava, sem um caminho distinto adiante.

Hatset a encarava como se pudesse ler sua mente.

— Eles venceram — afirmou ela. — Pelo menos por enquanto. Sua mãe se senta no trono, seu Afshin está ao lado dela, e os Daeva reinam supremos sobre os destroços da Cidadela e a ruína dos Qahtani. Então, como uma sobrevivente dessas, uma mulher que se submete ao leito matrimonial de seu inimigo e condena o Afshin que dizem que amou, acabou aqui e não com eles, acompanhando meu filho com a insígnia de Suleiman no rosto?

— Prefiro pensar que a maioria das pessoas que visse o que vi no palácio a teria enfrentado. — Nahri estremeceu, lembrando-se dos gritos dos guardas de Ghassan conforme agarravam a própria cabeça. — O veneno que minha mãe conjurou foi terrível, e a maioria dos Geziri que ele matou era inocente: criados, escribas, pessoas comuns que apenas tiveram o azar de serem pegas nos jogos dos poderosos na noite errada. Crianças. — Ela parou, vendo os meninos com as roupas ensanguentadas do festival novamente. Duvidava de que algum dia os esqueceria. — É um golpe.

— Um *golpe*?

— Deveria ser a marca de um líder sábio, não é? A disposição de fazer sacrifícios pelo bem maior? Mas ninguém jamais pergunta a esses "sacrifícios" se *eles* estão dispostos; eles não decidem se seus filhos morrem ou não por algum suposto bem maior. E eu venho de gente assim — disse ela, lembrando-se da descrição exausta de Yaqub da mais recente guerra no Egito.

— De um país que é disputado por estrangeiros há séculos. Nós morremos e sangramos, e é uma dívida que os poderosos jamais pagam. — Nahri tremeu. — Não quero ser parte disso.

Hatset olhou para ela por um longo momento. Era um olhar avaliador. Quando a rainha falou de novo, parecia ter chegado a alguma decisão:

— Como eu disse, sábia.

— Ou tola. Porque não sei como devemos enfrentar alguém que sempre vai estar mais disposto a recorrer à violência.

— Você é mais esperta do que eles. — Hatset se virou. — Venha. Tem alguém que deveria ver.

Nahri ficou confusa.

— Tem?

— Vocês não são nossos únicos visitantes recém-chegados de Daevabad.

Surpresa, Nahri seguiu Hatset quando a rainha enveredou por um pequeno corredor escondido atrás de uma grande biblioteca – a biblioteca que Ali havia mencionado. Nahri desejava dar uma espiada, mas se contentou com um vislumbre de prateleiras que se elevavam até um teto distante e de lindas janelas de vidro de cores vibrantes.

Hatset assentiu para a mulher ayaanle que ela vira usando trajes de soldado mais cedo e trocou algumas palavras em ntaran com ela antes de o guarda abrir a porta, revelando um quarto aconchegante e cheio de velas. Um idoso pequeno estava envolto em cobertores e sentado diante de uma tigela fumegante. Ele levantou o rosto quanto elas chegaram, os olhos verdes exaustos.

Nahri arquejou.

— Ustadh Issa.

Nahri estava ao lado de Issa no momento seguinte, seus instintos de curandeira entrando em ação. Ele parecia terrivelmente frágil; os olhos verdes brilhantes estavam opacos, e a luz se fora da pele preta. Ela não fazia ideia de como os escravos libertos poderiam ter reagido depois que a magia sumiu – os corpos deles eram conjurações e, sinceramente, Nahri estivera quase assustada demais para contemplar as consequências.

Mas parecia que o Criador tinha concedido a ela aquela única misericórdia. Ela pegou a mão de Issa; parecia leve demais.

— Você está bem? — perguntou ela, com urgência.

Ele soltou uma tosse seca.

— Não — chiou. — Odeio viajar. — O olhar úmido dele se concentrou nela. — Ah! Mas você não está morta. Isso é muito bom.

— Também acho — respondeu Nahri, ajudando-o a se sentar. — Como você saiu de Daevabad?

— O Afshin me ajudou. Razu fez algum tipo de acordo com ele, apelando para o seu senso de companheirismo como um ex-escravo.

Nahri abriu e fechou a boca. *Dara* tinha ajudado Issa a fugir? Será que ele agira sem que Manizheh soubesse?

Ela afastou o pensamento antes que ele ousasse acender sequer uma brasa de esperança. Não, Nahri não faria a loucura de se perguntar se ainda havia bondade em Dara.

Hatset explicou.

— Mantive a identidade de Issa secreta até agora; as pessoas acham que ele é um primo. Eu queria deixar que ele se recuperasse. E então, quando você e Alizayd chegaram, eu quis tomar cuidado com quais informações deveriam ser divulgadas.

O coração de Nahri pesou.

— Está pior? O vapor, o resto dos Geziri...

— Eles sobreviveram — garantiu Hatset rapidamente, embora seu tom de voz indicasse que ela mesma não se sentia nada reconfortada. — Zaynab escapou do palácio, graças a

Deus, e conseguiu avisar o Quarteirão Geziri a tempo para que as pessoas se livrassem das relíquias. Ela e a guerreira de Ali estão seguras por enquanto, tanto quanto podem estar. Issa diz que os bairros shafit e geziri se barricaram com sucesso, assim como os outros distritos tribais.

Barricaram?

— Espere, quer dizer que Manizheh não controla a cidade? Ustadh Issa soltou um ruído lamentoso.

— Ninguém controla nada. É o caos. Anarquia. — Ele ergueu um dedo trêmulo. — O conflito civil é o maior perigo à sociedade!

Nahri se endireitou como um disparo.

— Ali precisa saber disso.

— Tem mais uma coisa. — Hatset encontrou os olhos dela. — Issa diz que Muntadhir ainda está vivo.

Preocupações com a segurança de Daevabad deixaram a mente de Nahri.

— Não é possível — sussurrou ela. — Ele foi atingido pela zulfiqar. Eu vi o veneno se espalhar com meus próprios olhos. — Ela se virou para Issa. — Como sabe disso? Você o viu?

O estudioso sacudiu a cabeça.

— Não, mas outros viram. Banu Manizheh mandou um recado para a princesa dizendo que ela o mataria se Zaynab não se rendesse.

Nahri estava fervilhando com novas informações. Daevabad não tinha caído completamente – embora ela não tivesse certeza se estar à beira de uma guerra civil fosse muito melhor. Muntadhir possivelmente estava vivo e era um prisioneiro no palácio.

No entanto, ao mesmo tempo que um pouco de alívio a inundou, ela também sentiu um agouro estranho, como se despertasse de um sonho para a dura realidade do dia. Como as suas correntes retornavam rapidamente. Outra cidade estrangeira e corte política mortal. Jamshid, o irmão que Nahri precisava proteger, uma fraqueza que outros podiam usar contra ela.

E agora, o marido que ela jamais quisera, um homem bom cuja morte honrosa ela havia realmente lamentado, ainda podia estar vivo. Tudo recaiu pesadamente sobre seus ombros, um manto de ainda mais responsabilidades.

Nahri respirou fundo, tentando se concentrar.

— Preciso contar a Ali e Jamshid. — Ela não conseguia acreditar que Hatset ainda não tivesse feito isso.

Hatset apoiou a mão no pulso dela.

— Isso não é uma boa ideia.

— E por que em nome de Deus não é...

A rainha já a puxava para fora do quarto.

— Se nos dá licença, Ustadh — disse ela a Issa antes de fechar a porta, ficando a sós com Nahri no corredor estreito.

— Banu Nahri, você conhece meu filho. Como *você* acha que Alizayd vai reagir quando souber que Muntadhir está vivo e sendo mantido prisioneiro por Manizheh? Quando souber que a irmã dele está lutando para escapar das garras dela e que a cidade está tomada por uma guerra civil?

Ele vai conjurar um marid e implorar que o deixe no lago de Daevabad. Mas Nahri desvencilhou o braço.

— Ele não é mais tão impetuoso quanto antes. E isso é uma boa notícia! Se o controle de Manizheh sobre a cidade está fraco, então podemos realmente ter chance de retomá-la!

A rainha fez que não com a cabeça.

— Nenhum de vocês deveria estar pensando em Daevabad ainda, muito menos na ideia absurda de guerrear com Manizheh e o Afshin dela. Nosso *mundo* está em caos, não apenas uma única cidade, e as pessoas não querem nada além de recuperar a magia, a magia que Manizheh está prometendo devolver para quem quer que entregue você e Ali a ela. Vocês dois precisam ficar em Shefala por tempo o suficiente para estabelecer uma corte independente com um exército próprio. Uma corte atrativa e estável o bastante para que as outras tribos queiram se aliar a vocês dois, não se submeter a ela por medo.

Em circunstâncias diferentes, Nahri teria visto o pragmatismo na sugestão de Hatset.

Mas aquelas não eram tais circunstâncias.

— Não temos esse tempo, Hatset. Eu queria que tivéssemos. Mas sei o quanto minha mãe quer a insígnia de Suleiman. Assim que ela descobrir que estamos aqui, vai mandar Dara...

— Ela não pode mandá-lo. Issa diz que o Afshin parece ser o único que ainda tem magia. Manizheh deve estar dependendo dele para controlar Daevabad. — A voz de Hatset ficou mais fervorosa. — Criança, isso dá tempo a vocês dois. Um pouco de segurança.

Mas Daevabad não tem tempo. As palavras de Issa percorreram a mente de Nahri de novo. Por quanto tempo a cidade poderia sobreviver, isolada e dividida, com os quarteirões tribais no pescoço uns dos outros? Com que rapidez as pessoas ficariam sem comida, sem paciência? Na verdade, Nahri foi tomada por uma urgência renovada para retornar.

— Não posso abandonar Daevabad — afirmou. — Meu povo está lá, meus amigos, meus aliados no hospital. — Ela considerou a segunda parte da sugestão de Hatset e achou que era incomumente desprovida de praticidade. — E estabelecer uma corte em *Ta Ntry*? Você estava me dizendo agora mesmo que os djinns aqui não confiam nos Daeva. Por que eles aceitariam que uma Banu Nahida os governasse?

— Por causa do outro motivo pelo qual não quero que Ali saiba sobre Muntadhir ainda. Você não seria apenas a Banu Nahida aqui. Você seria a rainha. A rainha de Ali.

A mente de Nahri ficou subitamente vazia.

— Perdoe-me — gaguejou ela, sentindo como se tivessem saltado várias etapas críticas naquela conversa. — Mas não estamos... Quer dizer, *ele* não é...

— Rei? Não, ainda não, mas vai ser. E quando declarar que é rei, vai se casar com você, preservando a aliança entre nossas famílias e tribos.

Hatset falou com tanta naturalidade que Nahri quase se sentiu tola por ficar chocada, como se a rainha estivesse simplesmente planejando o que comeriam no almoço.

— Só para ser clara — retomou ela —, você quer que eu minta para Jamshid e Ali sobre Muntadhir, um homem que eles amam, estar vivo, e então abandone meu povo e meu lar nas mãos de uma tirana assassina, tudo para que eu possa forçar meu governo sobre uma terra estrangeira cujos djinns, então, teriam *realmente* um motivo para me odiar?

— Se é isso que você entende por "fazer uma aliança pragmática" com um homem que por acaso está absolutamente caído por você, em vez de partir para morrer em Daevabad em uma guerra que não pode vencer, então sim.

Nahri olhou para Hatset. Se achava que estava em conflito com suas emoções mais cedo, agora foi como se Hatset tivesse reunido todos os seus sentimentos, os enfiado em um barril e então o explodido com explosivos humanos.

Fique concentrada, fique calma. Aquilo era como qualquer negociação, e agora estava na hora de exaurir sua oponente e encontrar falhas na oferta dela.

Mas não era um negócio que estavam discutindo, eram a vida e o futuro de Nahri. E por isso Nahri, que normalmente era mais cuidadosa, escolheu a parte errada para contra-argumentar primeiro.

— Seu filho não está caído por mim. Ali jamais disse nada, *fez* nada que...

— E nem vai — cortou Hatset. — Ele é devoto, Nahri. Segue as regras e não vai ultrapassar os limites. Mas certamente você sabe por que Ghassan a escolheu, de todas as pessoas, para usar contra ele.

Nahri não tinha resposta para aquilo. Ghassan tinha sido tão bom quanto ela no que dizia respeito a interpretar um alvo.

E então Nahri subitamente viu – com novos olhos – o desejo no rosto de Ali quando ela falou sobre eles terem uma vida juntos no Cairo. O nervosismo dele quando ela o tocava. O seu sorriso tímido conforme velejavam pelo Nilo e conversavam sobre tudo e sobre nada. E ela se viu. Como se sentia... melhor na presença dele. Como se pudesse respirar. Como uma versão mais aberta, mais honrosa de si mesma, a Nahri que ela poderia ter sido em um mundo que não tivesse tentado esmagá-la com tanto afinco. Antes que pudesse se impedir, Nahri foi a um lugar muito perigoso. Um lugar em que era Ali, não Muntadhir, na noite de núpcias, queimando a máscara de casamento dela.

Mas não foi um apartamento real que ela viu ou tronos combinando na majlis de Shefala – foi um quarto entulhado de livros acima de um boticário com cheiro de chá fechado para a noite. Um lar modesto cheio de risos e tranquilidade, um lugar onde Nahri não precisaria atuar. Uma pessoa com quem ela não precisaria usar uma máscara.

Pare. Uma descarga de energia a golpeou como tinha feito no navio, um instinto de autopreservação. Aquele não era o tipo de futuro que Hatset oferecia.

Não era o tipo de futuro que Nahri jamais teria.

Porque as palavras da rainha estavam revelando suas intenções. Revelando como ela amava intensamente os filhos. Como sabia que o filho podia ser inconsequente a fim de fazer a coisa certa. Como o marido morto, outro governante astuto, tinha planejado derrubar Ali com uma única carta escrita à mão por Nahri.

— Você não está interessada em me tornar rainha — falou Nahri, por fim. — Quer acabar com esta guerra antes que realmente comece, e quer me usar para manter Ali em Ta Ntry, onde ele está seguro.

O silêncio que recaiu no corredor foi ensurdecedor. Ah. Nahri sempre sabia quando tinha desvendado um alvo.

Hatset uniu as mãos em um gesto muito imperial.

— Você sabe como é esperar por notícias de que seu filho está morto? E se perguntar se cada carta e cada visitante hesitando à sua porta vai ser aquele que vai destruir seu mundo? Porque eu já passei por isso duas vezes, Banu Nahri. Então, vai me perdoar por não querer ver meu filho correr para uma guerra que ele não pode vencer contra a única pessoa que algum dia realmente me assustou.

— Você não sabe se não podemos vencer — afirmou Nahri, com veemência. — E quanto a sua *outra* filha? Já se esqueceu...

— Não se passa *um segundo* do dia em que eu me esqueça de onde Zaynab está. — Verdadeira fúria, do tipo que Nahri jamais ouvira da rainha sempre calma, incendiou a voz de Hatset. — Ali se matar em Daevabad não vai trazê-la para casa.

Aquele não era um território no qual Nahri venceria. Ela mudou de curso.

— Você não pode realmente estar me pedindo para mentir para Ali e Jamshid sobre Muntadhir. Não acredito que seria cruel a esse ponto.

— Então conte aos dois e se divorcie de Muntadhir — respondeu Hatset, lançando-se no que deveria ser o plano B com uma velocidade que Nahri invejou. — Não há um sheik em Ta Ntry que negaria um divórcio a você. Poderia estar casada em alguns meses!

— Não quero estar casada em alguns meses!

— Então você é uma tola — disparou Hatset. — Foi você quem mencionou Zaynab, então agora vai ouvir o que eu diria a minha filha se ela estivesse em seu lugar: mulheres como nós não têm o direito de permanecer independentes. Você já viajou sozinha com um homem duas vezes. As pessoas falam, e dizem coisas cruéis. Elas andam *dizendo* coisas cruéis sobre você e esses dois homens há muito tempo. Você precisa deixar sua lealdade clara.

Foi a vez de Nahri de ficar com raiva.

— Eu *deixei* minha lealdade clara. — Ela estava furiosa, e se apoiou no sentimento. A fúria era familiar. — Sou leal a Daevabad e seu povo. Fui forçada a um casamento uma vez e vi o ressentimento que isso cultiva. Não farei de novo, principalmente não com um homem que eu...

— Um homem que você o quê? Um homem que você traiu a própria mãe para salvar? Que faz você rir como uma menininha quando abre a porta do seu quarto? Ah, sim, que destino terrível se casar com um jovem rei bondoso que a ama e permanecer por alguns anos em um castelo pacífico à beira-mar. Muito melhor se destruir por orgulho e acabar prisioneira em outra jaula dourada em Daevabad!

As palavras foram ditas com mais frustração do que malícia. Nahri acreditava em Hatset: aquele era provavelmente o conselho que ela teria dado a Zaynab. Isso piorava tudo, como a passagem de um bastão farpado entre mulheres que, não importava o quanto fossem inteligentes ou poderosas, seriam sempre conhecidas pelos homens a quem eram unidas.

Nahri se virou. No fim do corredor, uma ampla janela se abria para a floresta noturna, revelando um lampejo do mar que brilhava além do emaranhado de árvores pretas. Nahri caminhou na sua direção, esperando para colocar espaço entre ela e a rainha, e pressionou as palmas no parapeito de pedra. Era frio e áspero sob as mãos dela, sólido.

Hatset esperava uma resposta. Nahri conseguia sentir os olhos dela em suas costas. Nahri *sabia* sobre os sussurros no castelo. Sabia o que as pessoas diziam a respeito dela e de Dara. O que elas diziam sobre ela e Ali.

Ao inferno todos eles.

— Dou a você até amanhã para contar a Ali sobre Issa — falou Nahri, ainda olhando pela janela. — Rezo para que conte. Porque vai partir o coração dele se ele descobrir que você mentiu sobre Muntadhir, e Ali não merece isso.

Hatset suspirou.

— Você está cometendo um erro.

— Eu prefiro cometer um erro a ter minhas escolhas arrancadas de mim. — Nahri tentou soar firme, como se não sentisse que também estava extinguindo alguma coisa em seu coração, alguma coisa nova, pequena e frágil. — Não vou me casar com ele. Não desse jeito. E jamais abandonarei Daevabad. — Ela fechou o shayla sobre o corpo antes de voltar na direção de seus aposentos. — Fale com seu filho, minha rainha. Eu tomei minha decisão.

26

ALI

Ali estava grogue quando finalmente acordou na manhã seguinte. Ele gemeu no travesseiro, com lençóis de seda enrolados no corpo. Espere… um travesseiro? Lençóis de seda? Um *colchão*? *Ta Ntry*. Ele inalou, sentindo cheiro de mirra com o travo do oceano no ar fresco, e rolou de costas, esfregando os olhos. Sentia-se incomumente zonzo, o sono se aferrando a ele conforme tentava se lembrar de como chegara àquela cama.

A última coisa que recordava era comer o jantar com a mãe e então ser escoltado para um quarto escuro que algumas pessoas – céus, Ali estava tão cansado que nem mesmo se lembrava do rosto delas – garantiram que era dele.

Ele apertou os olhos na escuridão. Era um quarto agradável, com três janelas grandes acesas com o roxo intenso de um alvorecer iminente. Água para se lavar tinha sido deixada ao lado de uma túnica azul-pálida com uma quantidade desnecessária de bordados marrons nas mangas e no colarinho, cortada à moda ayaanle. Um chapéu no mesmo estilo estava ao lado dela.

Levantando-se preguiçosamente – o que havia de errado com ele naquela manhã? –, Ali seguiu até a bacia de alumínio, murmurando uma oração de intenção. Seu reflexo ondulou na água.

Assim como um par de olhos pretos, redondos como pratos. Ali se encolheu. Empurrou a bacia para longe e a água se agitou, derramando-se no chão.

O que em nome de Deus foi isso? Depois de um momento – e agora completamente acordado –, aproximou-se de novo, espiando por cima da borda da bacia.

Não havia nada. Com o coração galopando, Ali mergulhou a mão na água fria, passando os dedos pelo fundo liso. Queria desesperadamente acreditar que aqueles olhos como os de um tubarão poderiam ter sido fruto da sua imaginação, um resquício sonolento de um sonho.

Exceto que aquela era a vida de Ali, e ser espionado por algum espírito da água invisível parecia mais provável.

Também não havia nada que pudesse fazer se, de fato, um dos primos curiosos de Sobek o tivesse espionado. Em vez disso, terminou suas abluções e se vestiu. Um tapete de oração tinha sido deixado em um baú de madeira entalhado, mas, após um olhar para o céu, estimou que tinha tempo o suficiente para caminhar até a mesquita aberta da aldeia. Ele sabia que se sentiria bem rezando sob as estrelas que sumiam, na companhia silenciosa daqueles que também preferiam realizar a fajr na mesquita.

Um soldado no corredor se pôs em sentido quando ele abriu a porta.

— Príncipe Alizayd — cumprimentou o guarda, tocando o coração e a testa na saudação geziri. — Que a paz esteja com você.

— E com você a paz — respondeu Ali. Ele franziu a testa, estudando os olhos baixos do homem. — Espere... Sameer? — Ele gargalhou, batendo no ombro do outro. — É você mesmo?

O guarda deu um sorriso tímido.

— Eu não tinha certeza se ia se lembrar de mim.

— É claro que me lembro de você! Eu me lembro de todos na minha classe de cadetes, principalmente os meninos que me avisaram que outros tinham colocado um filhote de crocodilo debaixo do meu cobertor. Como você está? Como chegou até aqui?

— Estou bem, graças a Deus. Fui transferido para Dadan depois que terminei de treinar na Cidadela — explicou Sameer, nomeando uma das guarnições mais setentrionais de Am Gezira. — O qaid passou por lá a caminho de Ta Ntry e ordenou que todos o acompanhássemos.

Bem, isso explicava as dúzias de guerreiros geziri perambulando por lá.

— Fico feliz em vê-lo — respondeu Ali. — É bom saber que outros de nossa turma sobreviveram.

A expressão de Sameer ficou mais sombria.

— Ainda não consigo acreditar no que aconteceu na Cidadela. — Ele corou. — Perdoe-me, sei que estava lá...

— Não tem problema. Sei que não sou a única pessoa que perdeu amigos naquela noite. — Mas Ali mudou de assunto, tentando ficar à frente das suas emoções. — Estou a caminho da masjid para a fajr, se quiser se juntar a mim.

Uma surpresa alegre encheu os olhos de Sameer.

— Eu ficaria honrado, Vossa Alteza... quero dizer, Vossa Majestade — corrigiu-se. — Peço desculpas, os homens e eu não tínhamos certeza de qual usar.

Chocado, Ali percebeu que ele também não. O título de rei provavelmente não deveria ter sido uma surpresa, dado que ele era o último príncipe Qahtani e já estampava a insígnia de Suleiman no rosto. Havia uma cerimônia, é claro, para tornar aquilo oficial: um evento simples, apropriado à sua tribo prática. Os oficiais, os nobres e essencialmente qualquer um em posição de autoridade jurariam lealdade ao governo dele em um lugar público, oferecendo moedas de madeira com os seus nomes, enquanto os sheiks e líderes de várias aldeias e clãs mandariam contratos em tábuas de madeira ou papel feito de casca de árvore. Ali os queimaria um mês depois da coroação, em um fogo conjurado por suas próprias mãos – um fogo no qual ele teria jurado entrar se algum dia traísse a confiança de seu povo. Por mais que parecesse ridículo, Ali não tinha pensado muito no seu futuro político. Estivera concentrado em ir para Ta Ntry, consumido pela queda catastrófica de seu lar e sua família. Juramentos e cerimônias e títulos – todos pareciam a um mundo de distância, pertencendo a um pai que era maior do que a vida e a um assento reluzente de joias. Ali não conseguia se imaginar sentado no trono de shedu ou fazendo alguém se curvar diante dele. Era um príncipe exilado em fuga, sem posses exceto pela zulfiqar, sobrevivendo pelas graças de outros.

Ao perceber que Sameer ainda esperava uma resposta, Ali disse o que pareceu ser honesto:

— "Irmão" está bom. Não sou muito de títulos, e acho que estamos todos juntos nesta confusão. Agora, vamos. Não queremos nos atrasar.

Shefala era linda ao alvorecer silencioso, o castelo praticamente vazio. Um caminho de pedras cobertas de musgo levava para longe das paredes coral e por um vale verde com pássaros cantando e velhas árvores imponentes, os troncos prateados tão amplos que seriam necessárias duas pessoas segurando as mãos para abraçá-las. Um movimento além da vegetação densa chamou a atenção de Ali, e ele soltou um ruído de prazer ao ver um par de girafas no campo gramado adiante, comendo de uma alta árvore-da-seda.

A mesquita era simples e elegante, com tapetes de junco e de lã dispostos no espaço livre entre enormes colunas escavadas de baobás. Uma treliça de madeira tinha sido construída acima, talvez para sustentar um telhado durante a estação de chuvas.

Uma multidão maior do que Ali esperava já estava reunida ali, os homens e as mulheres de lados opostos. A maioria era de Ayaanle e Geziri, mas Ali também viu alguns dos marujos shafits de Fiza, meia dúzia de Sahrayn e um punhado dos mercadores e viajantes das outras tribos que estavam visitando Ta Ntry quando chegaram notícias da queda de Daevabad.

Ali entrou e uma mudança percorreu os fiéis, que murmuraram salaams e bênçãos. Ele ofereceu um sorriso fraco, desconfortável por ser uma distração, mas tentou responder ao máximo de cumprimentos possível antes de ocupar um lugar nos fundos, ao lado de um homem ayaanle de cabelos brancos apoiado contra almofadas.

O velho lançou-lhe um olhar espantado com um olho embaçado pela catarata, então riu.

— O que está fazendo ao meu lado, príncipe? Estávamos esperando que viesse liderar a oração!

O sangue subiu para o rosto de Ali.

— Fico honrado, mas isso é realmente desnecessário. Eu não quero perturbar...

— Ah, faz logo. — Fiza tinha entrado na mesquita com um turbante enrolado no cabelo. Ela sorriu para o velho. — A recitação dele é linda.

Ali a olhou surpreso.

— Obrigado?

Fiza gargalhou.

— Não precisa parecer tão chocado. Criminosos precisam de Deus também... afinal, temos mais coisas que requerem perdão.

Ali olhou para os rostos ansiosos. A última vez que havia liderado a oração para um grupo daquele tamanho tinha sido em Bir Nabat, e a memória agitou seu coração. Ele estivera tão contente lá, sua inquietude apaziguada pelo bom trabalho que podia fazer pelo povo que o havia protegido. Era o tipo de respeito que se precisava conquistar, não aquele garantido por títulos requintados e tronos cravejados de joias.

Ele sorriu para os congregados à espera.

— Contanto que alguns de vocês cantem comigo depois, eu ficaria honrado.

Ali permaneceu na mesquita até que a última pessoa fosse embora, liderando a oração e então se sentando para conversar com os djinns que tinham participado. Ele ouviu mais do que falou, bebendo rodadas de café e chá conforme soldados geziri falavam com as vozes cheias de luto sobre seus companheiros assassinados na Cidadela e mercadores estrangeiros expunham sua preocupação por estar tão longe de casa durante uma guerra. Quase todos tinham entes queridos em Daevabad, e mais de uma pessoa caiu em lágrimas quando se lembrou de mandar um animado irmão ou irmã para o Navasatem. Ali ouviu histórias de como todos tinham ficado em pânico quando a magia sumiu, suas vidas viradas de ponta-cabeça em um dia conforme se perguntavam se o Todo-Poderoso tinha vindo puni-los de novo.

Eram histórias comoventes, e Ali talvez devesse ter se sentido pesaroso, engolido pelo mesmo terror que o sobrepujara no dia anterior ao pensar na responsabilidade que carregava.

Mas ele não se sentiu sobrepujado. Em vez disso, quando estava pronto para voltar para o castelo, ele se sentiu... sóbrio. Ele e Nahri não estavam fazendo aquilo sozinhos. Havia pessoas – pessoas boas, pessoas inteligentes e corajosas – lutando ao seu lado.

Ele parou à porta, sorrindo para o velho. Não tinha deixado de perceber como o idoso o observava com atenção.

— Gostaria que eu o acompanhasse de volta ao castelo, vovô?

O avô lhe deu um sorriso malicioso.

— O que me entregou?

— Várias coisas, mas especialmente a semelhança familiar.

Os olhos do homem cintilaram. Ali não duvidava das palavras da mãe a respeito da saúde e do estado mental do avô, mas Seif Shefala brilhava com inteligência.

— Bah, duvido que eu já tenha sido tão belo e vigoroso quanto você.

Ali gargalhou e ofereceu o braço a ele, ajudando o avô a se sentar em uma cadeira de rodas muito acolchoada.

— Tenho certeza de que era ainda mais deslumbrante. Mas por que não se apresentou antes?

— Consigo fazer uma avaliação mais precisa de um homem quando ele não está ciente de que está sendo avaliado.

— E eu passei na avaliação?

— Depende... vamos ver se consegue ou não me levar de volta para o castelo de fininho sem que sua mãe note. Desde quando as filhas têm permissão de manter os pais prisioneiros?

Ali começou a empurrar a cadeira de volta para o castelo.

— Ela sempre foi superprotetora.

A cidade estava acordando; o aroma de café fresco e sussurros sonolentos vinham das casas em torno deles. De novo, Ali foi atingido por uma sensação surreal de pertencimento – o conhecimento de que aquele lugar tinha abrigado seus antepassados durante séculos e, não fossem alguns detalhes do destino, poderia ter sido seu lar.

Daevabad é seu lar.

— Eu sinto que deveria agradecer ao senhor — falou ele ao avô. — Por todo o apoio que me mostrou ao longo dos anos.

— Está falando do dinheiro com que enchi os cofres do seu Tesouro desde que você era bebê? — O avô gargalhou. — Não precisa agradecer, meu menino. As cartas educadamente iradas que seu pai mandou em resposta foram recompensa o bastante. Não há nada tão frágil quanto a honra geziri ferida.

Eles entraram no castelo. A doce música dos pássaros e a luz do sol nos velhos tijolos do pátio davam a Ali a impressão de ter esbarrado em uma ruína esquecida. Ele não tinha dúvidas de que o castelo parecia hipnotizante com magia, vivo e movimentado quando cheio de gente, mas vê-lo daquela forma o fez se sentir mais próximo de seus ancestrais, dos homens e das mulheres que teriam perambulado de olhos arregalados pelo mundo humano, criando uma vida nova para si mesmos.

— Este lugar é incrível — afirmou Ali, com admiração.

— Eu adoro o modo como os prédios incorporam o que os humanos deixaram para trás. Você sabe alguma coisa sobre as pessoas que costumavam viver aqui?

— Apenas que os humanos tinham saído havia muito tempo quando meu tataravô chegou. — Uma nota de arrependimento entrou na voz de Seif. — Deviam ser um bando inteligente. Ainda encontramos antigas ferramentas e pedaços de lindas panelas com um brilho que ninguém consegue recriar. Mas a primeira geração de nossa família a retornar a Ta Ntry depois da guerra era esquiva a respeito de suas raízes, e suspeito que isso tenha se estendido para o passado de seu novo lar também.

— Eu não sabia disso.

— Nunca se perguntou por que não temos um sobrenome decente e usamos Shefala em vez disso? Esse é um costume djinnistani. Não que fosse incomum entre os Ayaanle que voltaram a Ta Ntry depois de servirem aos Qahtani. Imagino que, no caos da guerra e da revolução, houve muita gente que se reinventou. — O avô revirou os olhos. — Há muitas famílias antigas esnobes que jamais deixaram esta costa e nos olham de nariz empinado agora, mas eu gosto de pensar que isso significa que nossos ancestrais eram espertos.

Ali pensou nisso. Quanto de sua vida, da vida e do passado de todos eles, se desfazia quanto mais era examinado? As histórias com que ele crescera eram apenas isso – histórias, com raízes mais complicadas e interpretações mais diferentes do que ele podia sequer imaginar. Era inquietante como o mundo e a verdade que ele conhecia eram constantemente abalados.

Mas também parecia trazer o passado mais perto e torná-lo real. Seis anos antes, pessoas como Zaydi al Qahtani tinham sido lendas de outra época. Perfeitas, seus feitos inigualáveis. Agora, Ali conseguia ver a confusão por trás do mito, o herói que tinha salvado os shafits mas também cometido erros terríveis.

— Abu Hatset... — Uma jovem mulher ayaanle apareceu numa porta em arco. — Você vai me colocar em apuros. — Ela se curvou educadamente para Ali. — Se importaria se eu levasse nosso fugitivo de volta para a cama, onde ele *deveria* estar descansando?

— Fique à vontade. — Ali olhou para o avô. — Foi um prazer. Posso visitá-lo de novo?

— Eu ficaria ofendido se não viesse. — A voz de Seif se tornou conspiratória. — Traga aqueles bolinhos fritos de tâmaras que fazem na cozinha, aqueles em xarope de rosa. Sua mãe é uma tirana quando se trata de meu consumo de açúcar.

Contendo um sorriso, Ali tocou o coração.

— Verei o que posso fazer.

Naquele momento, no entanto, ele tinha outro destino em mente.

O nervosismo tomou seu corpo conforme se dirigia aos aposentos separados para os irmãos Nahid – não somente porque estava ansioso para ver Nahri, mas também porque não fazia ideia do que dizer a Jamshid que não resultasse em ter outro chinelo atirado em sua cabeça. Ali ainda lutava para fazer as pazes com as acusações do outro homem, e jamais fora muito diplomático com suas palavras. Trocar frivolidades com o revoltado ex-amante de seu irmão – que Ali um dia forçara a matar um homem – parecia além de suas habilidades.

Um par de guardas bem armados estava diante da porta de teca elegantemente entalhada. O homem geziri fez uma continência; o ayaanle se curvou.

— Que a paz esteja com vocês — cumprimentou-os Ali. — A Banu Nahida está aqui?

— Sim, meu príncipe — respondeu o Ayaanle. — Ela e o irmão estão tomando o café da manhã.

— Excelente. — Ali pegou dois dos muitos dirhams que a mãe lhe dera na noite anterior e entregou um a cada homem.

— Por favor, saibam que seus serviços são muito apreciados — disse ele, indicando para que os dois fossem embora. Ali esperava mais gritos da parte de Jamshid e não queria que ninguém entrasse para "salvá-lo". — Se não se importam, podem ver se algum visitante daeva deixou um altar de fogo que os Nahid possam usar?

Depois que eles se foram, Ali respirou fundo. Imaginando o sorriso de Nahri, ele alisou as vestes e passou os dedos pela barba antes de silenciosamente se amaldiçoar e bater à porta. Estava prestes a chamar o nome dela, mas parou, lembrando-se de seus arredores. Será que podia arriscar falar tão livremente com ela na frente de outros? Será que deveria chamar Jamshid, em vez disso? Usar o título Nahid dele?

E, ah, Deus, será que parecia que ele acabara de subornar guardas para entrar no *quarto de Nahri*?

A porta se abriu enquanto a boca de Ali ainda estava escancarada com indecisão. Jamshid o encarou de volta, uma faca mal escondida às costas.

— Que o fogo queime forte para você! — disse Ali em divasti, com uma voz que imediatamente soube que era alta demais e um sotaque terrível.

A expressão hostil de Jamshid não se alterou.

Ali tentou de novo.

— Eu queria vir e me certificar de que suas acomodações eram adequadas. Como dormiram? As camas são confortáveis?

Agora a expressão de Jamshid mudou para leve desprezo e incredulidade.

— Nahri, o seu... — O olhar de Jamshid percorreu Ali de cima a baixo com o que pareceu ser cada gota da nova majestade Nahid que ele possuía. — ... companheiro está aqui.

— Sim, eu ouvi. — A porta foi puxada da mão de Jamshid para revelar Nahri.

O coração de Ali fez uma dança extremamente inútil no mesmo momento em que toda a confiança que havia reunido naquela manhã sumiu. Nahri estava usando uma túnica impactante com estampa de blocos da cor de um mar tempestuoso e uma calça listrada. Estivera trançando os cabelos, e a manga da blusa tinha subido, revelando a delicada pele no lado de dentro de seu pulso.

Que Deus o perdoasse, ele queria tocá-la. Mas, Ali imediatamente desviou o olhar.

— Sabah el-hayr — cumprimentou ele, combatendo o rubor envergonhado que subia em suas bochechas.

— Sabah el-noor — respondeu ela. — Eu me perguntei se veria você esta manhã.

Ali ergueu o rosto, surpreso com o tom de voz dela.

— Eu não deveria ter vindo?

— Não, não foi o que eu quis dizer. — Mas parecia haver algo que ela não estava dizendo. — Entre. Tome chá com a gente.

Hesitante, Ali entrou no quarto, ciente da expressão ainda insatisfeita de Jamshid.

— Está tudo bem? — perguntou a ela.

— É claro. — Mas a Nahri que Ali conhecia não responderia "é claro" a uma pergunta como aquela nas circunstâncias deles. Ela teria se lançado em uma litania sarcástica de lamentações. — Você falou com sua mãe esta manhã? — perguntou ela.

A mãe dele? As suspeitas de Ali imediatamente floresceram.

— Não, por quê? Ela disse alguma coisa a você?

A mão de Nahri parou na cortina que estava abrindo. À luz pálida da manhã, ela de repente pareceu muito cansada.

— Não. Ela veio ontem à noite para se certificar de que estávamos confortáveis, mas foi só isso.

— Tem *certeza* de que foi só isso?

— Sim. — Ela ofereceu um sorriso tenso que não chegou a seus olhos. — Venha.

Com cada momento adicional de educação contida, Ali ficava mais convencido de que alguma coisa estava errada. Mas sabendo como Nahri podia ser defensiva, ele segurou a língua, simplesmente a acompanhando até uma pequena sacada que dava para a floresta. Almofadas cercavam uma mesa baixa posta com frutas, doces, chá e suco.

Nahri gesticulou para que ele se sentasse, e Ali obedeceu. Então, parecendo mais consigo mesma, ela estalou os dedos para o irmão.

— Ah, não, Jamshid. Não saia de fininho. Você vai se juntar a nós também. — Ela caiu em uma das almofadas e apontou uma xícara de chá. — Sabem, apesar de todos os sermões que ouvi sobre como as mulheres são supostamente emotivas, os homens que conheço não deixam nada a desejar.

Jamshid se sentou, irritado.

Ali se remexeu por um momento, então decidiu apenas desabafar.

— Desculpe. — Ele encontrou o olhar do outro homem. — Desculpe por aquela noite, Jamshid. Eu estava preocupado em ser capturado, em meu pai descobrir que o assassino era shafit e fazer alguma coisa terrível, mas isso não justifica o que fiz a você. Não posso retirar, e entendo se você não confiar em mim. Também sei como falei com grosseria de sua fé e seu povo; e sei que, mesmo antes de Nahri chegar a Daevabad, sua tribo estava certa em me ver com desconfiança. Mas sinto muito.

Houve um momento de silêncio e tensão crescente, então Jamshid falou, sem tirar os olhos dos de Ali:

— E quanto a Muntadhir e eu?

Muntadhir. O nome do irmão era como uma ferida; Ali temia que jamais deixasse de doer. Em sua mente, ele viu o irmão mais velho sorridente, sempre tão charmoso, e se perguntou quanto teria doído sustentar aquela fachada. Partia o coração de Ali o fato de ele ter precisado fazê-lo.

— Muntadhir salvou minha vida — respondeu ele, reparando que Nahri abaixava o olhar. — Vou me arrepender até o fim de meus dias de como passamos nossos últimos meses juntos, e de como meu comportamento o levou a precisar esconder tanto de mim. Mas fico incrivelmente grato por ele ter tido alguém como você ao lado, com quem ele podia compartilhar alguma felicidade.

Diante disso, ele enfim viu a expressão fria de Jamshid se desfazer.

— Você tem a língua dourada de um político — respondeu Jamshid, mas não havia calor no insulto enquanto ele rapidamente enxugava os olhos. — Ainda não gosto de você. Só estou concordando em trabalharmos juntos porque Nahri pediu. Você tem um caminho *muito* longo até conquistar minha confiança.

— Rezo para que um dia eu consiga — falou Ali sinceramente, servindo uma xícara de chá. — Talvez este possa ser um recomeço para nós.

Alguma coisa estremeceu na expressão de Jamshid, mas uma batida soou à porta e um camareiro entrou.

— A rainha gostaria de ver você, meu príncipe. A Banu Nahida e o Baga Nahid também.

Céus, será que a mãe vigiava todos os seus movimentos? Ali estava ali havia poucos minutos.

— Já vamos — falou ele, com um suspiro resignado.

Nahri ficou de pé.

— Vou pegar meu manto.

Jamshid estava servindo uma bebida e empurrou o copo na direção de Ali.

— Suco de tamarindo antes de partirmos — disse, educadamente. — Sei como você gosta.

Ali fez uma careta.

— Eu gostava, até que alguém tentou me envenenar... — Ele parou de falar, reparando no desafio nos olhos de Jamshid.

— Ah, seu desgr...

Jamshid fez *tsc*, apontando a cabeça para as costas de Nahri.

— Não queremos chateá-la. — Ele ergueu o próprio copo, sorrindo perigosamente. — Aos recomeços. — Ele inclinou o corpo para a frente, abaixando a voz. — Se trair minha irmã, se fizer qualquer mal a ela, não vai haver ninguém por perto para interferir da próxima vez que você for envenenado.

Sem confiar em si mesmo para responder, Ali apenas resmungou em concordância. Nahri voltou, com uma capa com capuz jogada sobre as roupas e a trança bagunçada.

— Vamos. — Ela soava como se estivessem indo para um funeral.

Ali deixou Jamshid seguir à frente deles no corredor, então se virou para Nahri.

— Tem certeza de que está tudo bem? — perguntou ele de novo. — Eu não deveria ter dito...

— Não — interrompeu ela, rapidamente. — O que você disse foi perfeito.

— Então qual é o problema? — insistiu Ali. — Você parece tão triste.

Nahri parou, respirando fundo, como se para se acalmar.

— Não tem nada errado. Mas você não deveria fazer isso aqui — acrescentou ela, se afastando.

Morto de vergonha, Ali percebeu que tinha inconscientemente levado a mão à dela.

Ele imediatamente recuou.

— Desculpe. Eu não pretendia...

— Está tudo bem. É que não estamos mais correndo pelo Cairo sozinhos. — Um rubor escureceu as bochechas de Nahri. — As pessoas falam. Eu não iria querer que elas tivessem a impressão errada.

— Não — concordou Ali, rouco. — É claro que não.

— Que bom. — Nahri o encarou por mais um momento e, não importava o que ela alegasse, Ali podia jurar ter visto um lampejo de arrependimento em seus olhos antes que virasse o rosto. — Eu deveria alcançar Jamshid.

Ali assentiu, seguindo apenas quando os irmãos estavam bem adiante. Ele manteve distância, tentando fingir que estava perfeitamente bem e que não havia um dispositivo giratório de lâminas rasgando seu peito onde costumava ficar seu coração. Nahri estava certa. Ali não deveria tê-la tocado; ele não deveria tocar nenhuma mulher que não fosse sua esposa.

Você poderia perguntar se ela gostaria de ser a sua esposa.

O pensamento ridículo galopou indesejado em sua mente, seguido pelo pânico absoluto, como se no fim do corredor Nahri pudesse, de alguma forma, ler sua mente. Por Deus, será que os marids tinham mexido tanto com ele que Ali tinha perdido a cabeça?

Ela está além do seu alcance e sempre estará. Nahri tinha sido amada pelo Afshin, um homem tão belo que seus inimigos escreviam poesia aclamando sua beleza, e casada com Muntadhir, o famoso arrasador de corações de Daevabad. Ali achava mesmo que a brilhante e linda Banu Nahida estaria interessada em um virgem geziri coberto de cicatrizes com propensão para dizer exatamente as coisas erradas?

Não. Ela não estaria. O que significava que Ali ficaria de boca fechada e veria o que a mãe dele queria sem pensar mais em implodir sua amizade mais íntima e sua aliança política mais importante.

Hatset estava esperando por eles fora da biblioteca.

— Bom dia a todos. — Ela sorriu para Ali. — Soube que você começou a politicar cedo hoje na mesquita.

— Se com politicar você se refere a genuinamente falar com as pessoas sobre a vida delas e rezar junto, sim — respondeu. — Foi bom.

— Fico feliz ao saber. — O sorriso da mãe vacilou, e ela pegou a mão de Ali. — Alu, tem alguém aqui que você precisa ver. Eu não queria sobrecarregá-lo ontem, mas...

— Quem? — perguntou Ali. Hatset parecia inquieta, e ele sabia que era preciso bastante para perturbá-la.

— Ustadh Issa.

— *Issa?*

Quando ela não disse mais nada, Ali seguiu para a biblioteca, ainda incrédulo. Mas, assim que abriu a porta, o estudioso ancião estava ali, embrulhado em um cobertor simples e cercado por livros, os imensos olhos de esmeralda piscando como os de um morcego.

— Ustadh Issa... meu Deus — gaguejou Ali. — Que a paz esteja com você. — Ele atravessou a longa sala em segundos. — Quando chegou aqui?

Os olhos de Issa se desviaram para Hatset antes de ele responder.

— Recentemente. A jornada me exauriu, e pedi alguns dias para me recuperar.

— Mas você estava em Daevabad — falou Ali, confuso. — Como escapou?

— Parece que você tem a mulher tukharistani, Razu, a agradecer — explicou a mãe dele. — Ela convenceu o Afshin de que Issa estava nervoso e que seria uma gentileza deixar um colega escravo deixar uma cidade que os ifrits tinham invadido.

Ali não tinha dificuldade em acreditar que alguém pudesse achar Issa nervoso, mas ficou chocado ao descobrir que o Afshin tinha ajudado o homem.

— Tem alguma notícia? — suplicou ele. — Minha irmã, os outros Geziri...

Hatset respondeu de novo.

— Zaynab está viva. Ela conseguiu avisar os outros Geziri e aqueles no quarteirão sobreviveram. Eles aparentemente se uniram ao distrito shafit e se barricaram do resto da cidade.

— Ela parou. — Eles não são os únicos que sobreviveram, baba. Issa diz que Muntadhir está vivo.

Ali a encarou; as palavras eram impossíveis.

Jamshid reagiu primeiro, levantando a cabeça bruscamente.

— O quê?

— Muntadhir está vivo — repetiu Hatset. — Issa disse que ele está sendo mantido prisioneiro no palácio.

— Ah, meu Deus. — Ali se sentou abruptamente, sentindo que as pernas tinham sido cortadas do corpo. Lágrimas brotaram em seus olhos. — Tem certeza? Tem certeza mesmo?

— Não — disse Issa, parecendo indignado. Quando Ali se virou para ele, o homem prosseguiu. — Não existe isso de certeza nesta situação, rapaz. O emir está cercado por inimigos profundamente voláteis. Podem tê-lo matado desde que eu parti. Lady Manizheh já estava ameaçando fazer isso se os Geziri e sua irmã não se rendessem.

— Não vão matá-lo. — Era Nahri, trocando um olhar estranhamente carregado com a mãe dele. — Ainda não. Muntadhir é valioso demais, e Manizheh não é tola.

— Precisamos salvá-lo — declarou Jamshid.

— Precisamos salvar muita gente — corrigiu Nahri.

— Você é um Nahid agora, Jamshid. Daevabad inteira é sua responsabilidade.

Jamshid pareceu prestes a se amotinar, mas o choque de Ali já havia se dissipado – as notícias do seu irmão e de sua cidade o levaram a agir. Ele foi até uma escrivaninha e pegou um pedaço de pergaminho e um lápis de carvão.

— Issa, preciso que você me conte tudo o que sabe.

O estudioso fez uma cara azeda.

— Vai demorar. Razu e Elashia me fizeram memorizar todo tipo de coisa antes de eu partir, sobre comida e segurança e outras baboseiras dessas. — Ele soltou um ruído escandalizado. — Razu colocou mapas dentro da costura da minha *roupa de baixo*.

Ali ficou imóvel, o sangue pulsando nas orelhas. Aquele não era o mero retorno de um velho "nervoso" – Razu tinha intencionalmente passado informações valiosas para eles.

Jamshid exalou alto, os olhos se arregalando quando ele encontrou o olhar de Ali. Uma animação idêntica estava estampada no rosto dele – Ali sabia que o antigo capitão percebia como aquela era uma vitória de sorte.

— Não acredito que Dara deixou você partir — sussurrou Jamshid. — Ele liderou a maldita rebelião contra Zaydi al Qahtani. Como pode ter cometido um erro desses?

— Razu pode ser muito convincente — disse Nahri, baixinho. — E talvez Dara estivesse tentando mostrar misericórdia.

Ali segurou a língua diante da ideia do Afshin e de "misericórdia", optando por caminhar de um lado para o outro em vez disso. Se pudesse, teria levantado Issa de cabeça para baixo e o sacudido até soltar tudo o que o homem sabia.

— Você disse que os bairros Geziri e shafit conseguiram conter os Daeva. Sabe sobre as outras tribos?

— Todo mundo estava por conta própria quando eu saí — explicou Issa. — Sua irmã estava negociando com os Ayaanle e os Tukharistani, mas não estava tendo muita sorte. Está um caos completo, e ninguém confia em mais ninguém.

O coração de Ali pesou.

— Então Manizheh não controla a cidade? Certamente eles trouxeram mais soldados, segurança.

— Ah, não, de jeito nenhum — respondeu Issa. — Razu disse para contar a vocês que, segundo os relatos, o Afshin tem menos de uma dúzia de homens. Há boatos de que ele está treinando mais, mas Manizheh só controla o Quarteirão Daeva por enquanto.

Jamshid ficou boquiaberto.

— Como destronaram sua família com apenas uma dúzia de guerreiros?

Ali não respondeu. Dara tinha mais do que uma dúzia de soldados, é claro, mas não parecia o momento certo para contar a Jamshid que ele tinha pessoalmente matado aquele número apenas com magia marid. Ele olhou para Nahri, mas ela estava calada, com o rosto petrificado. Por que não estava reagindo a nada daquilo? Ao retorno de Issa? A notícias do Afshin? A notícias de...

Muntadhir. Ah.

Bem, no fim tinha sido bom ele ter segurado a língua a respeito de seus sentimentos por ela.

Guerra. Pense na guerra. É mais simples. Ele voltou à pergunta de Jamshid.

— Eles planejavam aniquilar a Guarda Real e a população geziri inteira. Manizheh é a mais poderosa curandeira Nahid em gerações. Acrescente dois ifrits e o que quer que o Afshin seja agora, e eles provavelmente achavam que bastava para segurar a cidade. E sinceramente, se Manizheh tivesse tomado a insígnia e a magia não tivesse caído, eu consigo imaginar as outras tribos se rendendo. Ninguém iria querer seguir o exemplo dos Geziri.

As palavras dele resfriaram a sala por um momento, mas então Jamshid falou de novo.

— Como assim, o que quer que Dara *seja*?

Nahri girou a barra do lenço com uma das mãos.

— Dara disse que Manizheh o libertou da maldição de Suleiman. Ele tem os poderes de um daeva original agora.

Jamshid empalideceu.

— Você não me contou isso.

— Têm sido umas semanas difíceis, está bem? — respondeu Nahri. — Vai me desculpar se eu não quis pensar em como meu antigo Afshin agora se transforma em fogo e joga monstros de fumaça gigantes nos seus inimigos.

— Ah. — Jamshid pareceu ainda mais pálido. — Isso é um desenvolvimento infeliz.

— Nem me fale. — Ali olhou para Issa. — Ustadh, meus ancestrais trouxeram de volta muitos dos antigos textos dos

Nahid. Eles devem estar nos arquivos. Espero que possamos encontrar uma forma de derrotá-lo.

— *Derrotá-lo?* — interrompeu Hatset. — Ontem seus únicos aliados eram um bando de piratas e uma fugitiva Nahid. Não acha que é um pouco cedo para planejar medidas ofensivas?

— Não vou a lugar nenhum hoje. Nós vamos conversar com Issa, descobrir tudo o que pudermos, e então avaliar nossa próxima ação.

— Sua posição não é forte o bastante para avaliar ações; você tem sorte de não ter sido *arrastado* de volta a Daevabad. Não sabe que tem uma recompensa sobre sua cabeça?

— Eu estou vivendo com uma recompensa na cabeça há muito tempo, amma — disse Ali, gentilmente. — E temo que Daevabad não tenha tempo para que eu fique confortável aqui. Se a cidade está realmente travando uma guerra civil, se Manizheh a cortou do resto do mundo... — Ele calculou as estimativas na cabeça. — Estávamos nos preparando para as multidões do Navasatem, mas esperávamos suprimentos ao longo do mês inteiro. As pessoas vão passar fome, e logo.

— Então deixem Manizheh e o Afshin dela lidarem com isso. Ela queria governar.

Ali encarou a mãe, chocado.

— Zaynab está lá.

Os olhos de Hatset brilharam.

— Acredite em mim, eu sei. Mas, neste momento, preciso que você pare e *pense*. Que considere o que é melhor para todos nós, não apenas para aqueles em Daevabad.

Ali suspeitava fortemente de que não gostaria do rumo daquela conversa.

— O que quer dizer?

— Quero dizer que nosso *mundo* foi fraturado, Alizayd, não apenas Daevabad. Quando a magia sumiu, as pessoas ficaram histéricas: abandonaram os empregos e se abrigaram nas mesquitas, esperando que algum novo Suleiman passasse e as arrancasse de suas casas e vidas. Bandos de pessoas assustadas e sem liderança fazem coisas impulsivas. — Hatset hesitou. — Mas também existe a chance de construir algo novo. Um lugar seguro. Precisamos de um novo rei, um novo governo. E não um centrado em um homem em uma cela.

Jamshid se ergueu antes que Ali pudesse reagir.

— De jeito nenhum. Essa é a posição de Muntadhir.

— Alizayd é tão elegível ao trono quanto o irmão. Ele sempre foi — insistiu Hatset, olhando-o com tanta intensidade que Jamshid se calou. Ela se aproximou de Ali, sua expressão urgente. — Então tome-o, meu filho. Declare-se rei. Vai ter o apoio de nossas tribos e poderá estabelecer uma corte em Ta Ntry, onde estará seguro.

— Uma corte em Ta Ntry onde você nunca mais vai ver Daevabad. — Nahri não parecia menos destemida que a mãe dele. — Pode muito bem falar livremente, Hatset. Não acha que podemos derrotar Manizheh, e não quer que tentemos.

— Eu não quero que vocês *morram*. Vocês dois não fazem ideia de quanto sua posição é fraca. Acham que um bando de piratas teria colocado as mãos em Ghassan? Debochado dele e o acorrentado? — A mãe se virou de novo para Ali. — Está entendendo, Alu? Precisa se estabelecer como um líder para ser seguido. Para ser *temido*. Porque, se não governar essas pessoas como rei, vai ser entregue como um presente para a nova rainha deles em Daevabad.

Ali abriu e fechou a boca, buscando uma resposta. As palavras dela… aquela não era a mãe que ele conhecia.

— Amma, você me disse que o erro de abba foi ter tanto medo de seu povo que os esmagou. Agora, está me aconselhando a fazer o mesmo?

— Sim. — Hatset nem mesmo hesitou. — Quero que você *viva* — disse ela, fervorosamente. — E se tiver que emprestar estratégias do seu pai para restaurar a ordem, que assim seja. Quando as coisas estiverem mais estáveis, pode afrouxar a mão.

E é assim que começa. Rei. Uma corte em Ta Ntry de onde Ali observaria Daevabad se desfazer de longe, deixando sua instabilidade voraz e sangrenta servir de aviso para aliados que ele atrairia e chantagearia até que obedecessem, servido por soldados que ele alistaria.

Aquele não era o tipo de líder que ele queria ser.

Então que tipo de líder quer ser?

De novo, Ali viu o pai no trono de shedu, apenas o último em uma longa linhagem de reis Qahtani que tinham lentamente abandonado os ideais da revolução que um dia os guiara. Reis que tinham aterrorizado Daevabad tanto quanto qualquer Nahid. E então, subitamente, tudo ficou claro – e ele chegou a uma decisão que estava por tomar havia muito tempo.

— Sinto muito, amma. — Ali falou baixinho, porque sabia que estava prestes a partir o coração da mãe. — Mas não vai haver outro rei Qahtani.

Hatset o encarou incrédula.

— Como é? — Os olhos dourados dela ficaram arregalados de fúria. — Se esses dois convenceram você a nos colocar sob um governo Nahid de novo...

— Não convenceram. Não vou falar por Nahri e Jamshid, mas não quero estar sob domínio Nahid — disse Ali, olhando para Nahri. Ela o observava com cautela, sua expressão contida. — Nosso povo precisa de um novo governo e de uma resposta organizada a Manizheh. O que eles não precisam é de mais um tirano.

— Ah, pelo amor de Deus, Alizayd. — O ódio deixou o rosto de Hatset, substituído de uma tacada só por irritação. — Esse não é o momento para seu idealismo.

— É, sim — declarou Nahri. Ali a olhou boquiaberta, mas ela prosseguiu. — O povo não está pronto para assumir o comando? Porque nós governamos tão bem, não foi?

Ghassan estava se preparando para massacrar um bairro shafit inteiro, e Manizheh acabou de assassinar milhares de pessoas. Eu diria que os Qahtani e os Nahid perderam o direito de dizer a qualquer um que sabem mais do que eles. — Ela cruzou os braços. — Concordo com Ali. Nenhum de nós deveria estar naquele trono.

Ali a olhou, alguma coisa se acendendo dentro dele. Ninguém mais parecia satisfeito. Jamshid estava encarando a irmã, claramente chocado, e até Issa se envolveu na discussão, agitando o dedo no ar.

— O que vocês dois estão defendendo não passa de revolução. Anarquia! Tal coisa é proibida, Alizayd al Qahtani. Nossa fé prioriza a ordem. *Estabilidade...*

— Nossa fé prioriza a justiça — argumentou Ali. — Ela nos diz para defendermos a justiça, não importa o que aconteça. Devemos ser uma comunidade que clama *pelo que é certo*, que testemunha.

— Nós já fizemos isso! — disse Issa, indignado. — Meu avô lutou na guerra de Zaydi. Ele trabalhou a vida toda para libertar os shafits e tornar as tribos iguais, e aqui está você, jogando fora o legado dele sem se importar. E por quê? Por perfeição? Isso é para o Paraíso, não para esta vida.

Ali sacudiu a cabeça. Ele se sentia mais próximo de seu ancestral do que jamais se sentira; não da lenda, mas do homem de carne e osso que tinha lutado tão duramente, que lamentara sua família massacrada e que, tomado pela angústia, tinha cometido erros que Ali jamais queria repetir.

— Não estou jogando fora o legado de Zaydi. Eu o estou completando.

— Você está sendo um tolo inconsequente — disse Hatset, bruscamente. — E que vai acabar se matando e a todos à sua volta.

— Não estou sendo inconsequente, amma. Quer que eu ouça? Eu tenho ouvido. Tenho tentado ouvir, ouvir de verdade, o máximo de pessoas possível. E elas querem ter uma voz e liberdade para seus filhos. Sabe qual foi a melhor coisa que eu fiz para os shafits? *Sair do caminho deles.* Eu dei a eles dinheiro e oportunidades que sempre deveriam ter tido e então observei enquanto *eles* construíam tudo. Não acredito em reis. Não mais. E se acreditasse, ainda não mereceria o trono. Tenho o sangue de inocentes nas mãos, e não falo a língua de um terço das pessoas da cidade. Venho de uma família que as decepcionou. Basta.

— Então você vai o quê? Reunir um comitê? — indagou Hatset. — Porque eu lhe garanto: peça às pessoas que votem entre dois nobres de olhar apaixonado com palavras vagas e belas sobre liberdade e uma Banu Nahida que cruelmente assassina seus oponentes, e vai encontrar Nahri em outra jaula e o Afshin abrindo seu coração.

Era uma imagem assustadora. No entanto, não foi o bastante. Aquilo não parecia inconsequente. Parecia justo. Reis demais antes dele tinham jurado um dia serem melhores e dar liberdade ao seu povo quando fosse merecida. Ali não faria isso. Eles tinham poucas chances de vitória, e ele não ordenaria que as pessoas encontrassem sua morte sem que tivessem algum direito a opinião.

Ele simplesmente precisaria convencê-las a não fazer o mesmo com ele.

— Não vou abrir uma votação sobre nossas vidas, amma. Mas não vou reivindicar o trono. E vou deixar claro a qualquer que seja a resistência que conseguirmos reunir que estamos todos juntos nisso. E que estamos lutando por um tipo diferente de Daevabad.

— Então não vão vencer. — Mas Hatset devia ter ouvido a resolução nas palavras dele, porque o olhava agora como se Ali fosse um fantasma. — Por duas vezes eu já suportei o peso de não saber se lamentava sua morte. — Ela recuou um passo.

— Se finalmente me obrigar a fazer isso, Alizayd, não vou

perdoá-lo. Nem nesta vida, nem na próxima. — Ela chamou Issa. — Venha, Ustadh.

Ela bateu a porta quando partiu, e Ali se encolheu, a promessa perfurando-o até os ossos.

— Sente, meu amigo — disse Nahri, baixinho. — Eu consigo ver o sangue deixando seu rosto.

— Tudo bem — murmurou Ali, obedecendo. A próxima briga familiar não era dele.

Jamshid caminhava de um lado para outro, olhando para a irmã como se ela tivesse acabado de sugerir que eles ficassem amigos de um karkadann.

— Nahri, eu deixei claro para você que estou do seu lado, mas tem *certeza* disso? Daevabad sempre foi governada por um Nahid ou um Qahtani. Nosso povo não conhece mais nada.

— Acho que nosso povo é mais capaz do que você imagina. Mas sim. — Ela olhou para Ali, parecendo um pouco nervosa. — Isso parece certo. Na chance *extremamente* ínfima de recuperarmos a cidade, acho que devemos a Daevabad consertar as coisas o melhor possível e então deixar a cidade assumir o controle. Pessoalmente, o único lugar que eu quero governar é meu hospital.

— Só precisamos vencer uma guerra primeiro — disse Ali, sombriamente.

Jamshid sacudiu a cabeça.

— Se quiser convencer as pessoas a não vender você para minha mãe, vai precisar parar de chamar isso de guerra.

Ali deu a ele um olhar perplexo.

— Pareceu bastante com uma guerra, Pramukh. Soldados lutando, palácios caindo.

— Mas nossos *povos* não estão em guerra. Não completamente. — Jamshid olhou para eles. — Será que *eu* posso ser um político por um momento, já que claramente nenhum de vocês está inclinado a isso? — Quando Nahri revirou os olhos e Ali fez uma cara azeda, ele prosseguiu. — Vocês precisam desacreditá-los. Não chamem a situação de guerra, porque "guerra" implica que há liderança e estratégia do outro lado. Chamem-nos de criminosos em vez disso. Chamem-nos de monstros. Façam com que a ideia de um mundo sob o governo deles seja tão *pessoalmente* ameaçadora que as pessoas sintam que a única coisa que podem fazer é lutar.

Houve silêncio por um longo momento.

— Fico feliz por ter surpreendido vocês.

— Mas você consegue fazer isso? — Era Nahri, olhando para o irmão. — Eu já irritei nossa mãe, mas você não, Jamshid. E será contra seus pais que vai se posicionar. Aqueles que está chamando de monstros.

— Eles não serão os únicos em Daevabad que chamaremos de monstros — avisou Jamshid.

Os olhos de Nahri brilharam antes de sua expressão se fechar.

— Ele soltou Issa. — Ela não precisava dizer o nome de Darayavahoush, estava claro de quem estavam falando. — Talvez ele não seja tão leal a Manizheh quanto achamos. Talvez possa ser útil.

Ali se obrigou a permanecer calado. Darayavahoush poderia não ter tido sucesso em matar Muntadhir, mas tinha ficado ao lado de Manizheh enquanto ela planejava massacrar a população geziri de Daevabad. Ali não era inocente, e sabia que muitos deles tinham sangue nas mãos, mas o Afshin tinha o equivalente a cidades inteiras.

No entanto, ele a ama. Ali não precisava falar divasti para saber que Darayavahoush estivera suplicando a Nahri logo antes de ela fazer o teto cair sobre a cabeça dele. De fato, na primeira vez que o Afshin tentara levá-la, tinha sido para impedir que Nahri se casasse com Muntadhir. Podia ser um tipo controlador e terrível de amor, mas estava ali. E era perigoso.

Talvez um lembrete para você também evitar que o coração governe sua mente.

Para o seu alívio, Jamshid respondeu.

— Não temos como descobrir, Nahri, e é arriscado demais prosseguir sob a hipótese de que Dara seja qualquer coisa que não leal a Manizheh. Se o que Issa diz é verdade, é o Afshin que mantém aquela cidade sob o controle dela. Ele precisa ser removido.

Removido. Que palavra cautelosa.

— Os livros — lembrou Ali, igualmente cauteloso. — Pode haver informação sobre o desaparecimento da magia, sobre o que quer que seja Darayavahoush agora e sobre como impedi-lo.

Nahri se ergueu.

— Então acho que está decidido. — Havia uma nova ansiedade na voz dela. — Vamos, Jamshid. Vamos buscar nos livros roubados de nossa família uma forma de assassinar nosso Afshin de novo.

Ali se levantou para segui-la.

— Nahri...

— Está tudo bem. — Mas Nahri não parecia bem. Ela parecia estar se agarrando à última gota de autocontrole. — Sempre acabaria assim.

— Então me deixe pelo menos...

— Não. Para essa parte, Ali... — Nahri o empurrou para passar. — Acho que é melhor se estivermos sozinhos.

DARA

Dara percorreu a fileira de homens em treinamento.
— Não — disse ele, impaciente, se colocando entre uma dupla. — Seu escudo não está ajudando nada na altura dos joelhos. Levante-o e então *segure* sua espada de fato. Que tipo de pegada é essa? Um pássaro conseguiria tirar a arma da sua mão.

O rosto do rapaz ficou vermelho.
— Perdoe-me, Afshin.
— Não quero perdoar você. Quero que ouça e faça como eu digo antes de acabar matando alguém.

Irtemiz abriu caminho até ele, a bengala batendo na areia da arena.
— Por que eu não trabalho com estes dois por um tempo? — ofereceu ela, diplomaticamente. — E foi um dia longo e brutal sob este sol. Talvez eles mereçam um descanso?
— Eles podem descansar quando mostrarem alguma melhora. — Dara olhou com raiva para seu mais novo e decepcionante grupo de recrutas. Por sugestão de Kaveh, cada uma das casas daeva nobres cedera um jovem para treinamento militar. Em tese, era uma boa ideia. Oficiais militares daeva sempre tinham sido tirados da nobreza. Eram posições de grande

honra, posições que aproximariam mais os nobres do regime de Manizheh, deixando claro que o sustento deles dependia dela. Mas Dara duvidava que aqueles rapazes e "grande honra" algum dia se conheceriam. Eram pirralhos mercadores e, embora alguns parecessem dispostos, o resto não.

Irtemiz falou de novo, elevando a voz com falsa alegria.

— Afshin, posso falar com você um momento sobre nossas novas armas? A guilda dos ferreiros mandou um desenho atualizado.

— Um momento — resmungou ele, acompanhando-a até o pavilhão sombreado.

Irtemiz desabou em um banco acolchoado.

— Por que não bebe alguma coisa? — sugeriu ela, pegando uma jarra de suco de damasco.

— Não estou com sede. Onde estão esses desenhos?

Ela deu a ele um sorriso tímido.

— Não foram entregues ainda. Eu só queria dar um descanso aos homens.

— Isso é insubordinação.

— Eu sei, e espero que possa me perdoar. — Irtemiz hesitou. — Posso falar como uma amiga?

Dara soltou um ruído contrariado.

— Sua geração não tem senso de decoro, mas tudo bem. Desembuche.

— Você não parece normal desde o banquete. Mal fala com a gente, está forçando demais estes homens...

Dara se encolheu. Irtemiz não estava errada. A breve leviandade que ele sentira no banquete – comemorando com seus homens e escapulindo com a dançarina – tinha sido apagada pelo que havia descoberto na cripta. Pior, parecera uma punição. Dara ousara se divertir e flertar com a sensação de ser normal e acabara descobrindo que não era nada disso. Ele tinha sido escravizado por ordem de Zaydi al Qahtani e ressuscitado como um experimento, uma abominação improvisada por maquinações dos ifrits, dívidas de sangue com os marids e dois Nahid se atracando para decidir se deveriam assassinar um bebê. Tudo aquilo tinha, de fato, o deixado em um humor pior do que o normal.

— Se estou tenso, é por causa dessa suposta cúpula da paz — mentiu ele, mencionando a reunião que Manizheh estava planejando com o pequeno grupo de representantes djinns que seus novos aliados daeva tinham conseguido intrigar. — Preciso incluir pelo menos alguns desses meninos tolos em minha equipe de segurança para agradar às suas famílias chiques, e eles são inúteis.

Irtemiz não pareceu convencida.

— Você teve muito mais paciência com a gente quando treinamos.

— Vocês queriam aprender. Faz toda a diferença.

Um camareiro surgiu do arco sombreado que dava para o palácio.

— Afshin, a Banu Nahida deseja falar com você.

— Já vou. — Dara ainda fazia o possível para voltar para as graças de Manizheh, determinado a recuperar seu lugar na corte. Levantando-se, ele indicou a perna de Irtemiz. — Como está sua cicatrização?

— Acho que o termo é "lenta".

— Se tentássemos bem lentamente, você estaria disposta a voltar para um cavalo?

Os olhos dela se iluminaram.

— Isso seria fantástico.

— Que bom. Cuide desses pirralhos e depois da cúpula talvez a gente possa dar um passeio pelas muralhas externas. Faz tempo demais desde que as verifiquei.

— Apenas para propósitos de segurança, presumo. Não porque poderia ser de alguma forma visto como uma atividade agradável?

Dara fingiu uma careta.

— Vá soltar a língua para o menino prestes a se esfaquear — disse ele, inclinando a cabeça para um dos recrutas. — Deixa eu ir ver o que a Banu Nahida quer.

Dara encontrou Manizheh no jardim – principalmente porque seguiu o som dos gritos dela, um ato tão pouco característico da Banu Nahida que ele correu pela vegetação rasteira, quase derrubando um jardineiro no caminho.

— ... eu vou matá-la. Vou matá-la se ela fizer mal a ele. Vou pegar os filhos dela, cozinhar o sangue nas veias deles enquanto ela assiste, então vou matá-la!

Ele correu ao dobrar a curva. Manizheh e Kaveh estavam sozinhos em um pequeno jardim cercado por treliças de rosas, a cena pacífica destoante dos passos furiosos dela. Ela estava com um pergaminho quebrado em uma das mãos e o sacudia tanto que Dara ficou surpreso que não tivesse se rasgado em dois.

— Banu Manizheh? — arriscou ele. — Está tudo bem?

Ela se virou para ele.

— Não. A esposa crocodilo de Ghassan está com meu filho e ameaça matá-lo se eu ferir os filhos dela. Não, me perdoe, "me demorar duas vezes mais fazendo o que quer que seja feito a Zaynab ou Alizayd enquanto realizo o mesmo em Jamshid" — disse ela, lendo a carta em voz alta. — Vou cortar o coração dela fora.

Dara recuou, surpreso.

— A rainha está com Jamshid?

Kaveh assentiu, dando a Manizheh um olhar nervoso.

— Parece que Wajed chegou a Ta Ntry. — Ele apontou para a árvore na qual o pombo escamoso estava empoleirado. — Recebemos uma mensagem esta manhã.

Manizheh rasgou a carta ao meio.

— Eu quero Zaynab al Qahtani. Esta semana. Amanhã, se possível. Se ela não vai responder às minhas ameaças contra seu irmão, então quero que ofereça o peso dela em ouro e passagem livre para fora da cidade a quem quer que a entregue. Passagem às famílias deles. Darei cavalos, suprimentos, o bastante para começar uma vida confortável em qualquer lugar.

Dara hesitou. Ele ainda não tinha contado a Manizheh que vira Zaynab no hospital.

— Posso mandar a mensagem, minha senhora, mas já oferecemos incentivos o bastante. De acordo com os rumores, foi ela que avisou ao restante dos Geziri que removessem as relíquias. Eles não a trairão. Ela está provavelmente cercada por guerreiros leais e treinados o tempo todo.

— Todos têm um preço — argumentou Manizheh. — Talvez você devesse começar a demolir a cidadezinha deles tijolo por tijolo e ver quanto tempo leva para alguém sair.

Kaveh pigarreou.

— Minha senhora, um terço de Daevabad está atrás daquelas paredes. Nós concordamos que tentaríamos estabelecer contato.

— Nós *estabelecemos* contato. E para quê? Faz quase dois meses, e tudo o que temos para mostrar é meia dúzia de mercadores mais interessados em ouro do que em paz. Enquanto isso, há atiradores shafits disparando contra qualquer daeva que tente entrar na midan. Eles estão *rindo* da gente. Rindo enquanto sem dúvida fazem mais fogo Rumi e balas. Aeshma me contou que vê as forjas deles queimando a noite inteira.

— Eu não daria ouvidos a nada que Aeshma diz — avisou Dara. Não que Manizheh fosse dar ouvidos a ele. O ifrit era uma presença tão constante ao lado dela ultimamente que Dara estava surpreso por não ver Aeshma ali agora.

— E ninguém está rindo — assegurou Kaveh. — Você só precisa ser mais paciente.

— Estou cansada de paciência. — Amargura enrugou o rosto de Manizheh. — Ghassan foi paciente? As tribos djinns deveriam estar agradecidas pela misericórdia que eu mostrei a elas. Se tivessem desafiado *Ghassan* assim, ele as teria massacrado. E quando se trata dos Geziri e dos shafits, estamos sendo ingênuos. Jamais teremos paz com eles. Podemos muito bem aceitar isso e fazer o que for necessário para nos proteger antes de eles acertarem primeiro.

As palavras dela caíram pesadamente no ar tenso. Não eram surpreendentes – eram, de fato, o que Dara suspeitava que eles três tivessem pensado em um ou outro momento.

Mas aquela noite no hospital o havia mudado. Dara não conseguia olhar para o outro lado da cidade e ver apenas sombras e armas. Havia pessoas, dezenas de milhares delas. Famílias e crianças e soldados tão cansados da guerra quanto ele. Elashia e Razu.

— Se acha que o que é necessário é outro massacre, vai precisar de outro Afshin — declarou ele. — O que aconteceu com os Geziri do palácio foi a última vez. Não vou participar de outra chacina. E se mandar os ifrits, vai perder toda a credibilidade como nossa governante.

Os olhos de Manizheh se incendiaram.

— Então talvez eu mande os soldados que você treinou.

— Então *eles* morreriam. Estariam em menor número e cercados.

— Então, em vez disso, quer que esperemos sentados para sermos atacados? E se pergunta por que eu questiono seus conselhos?

— Manu. — Usando um apelido que Dara nunca tinha ouvido, Kaveh estendeu o braço e pegou as mãos de Manizheh. A voz dele era carinhosa. — Não deixe essa notícia tirar você do curso. Eu sei como está preocupada com Jamshid. Eu também estou. Mas confie em mim; é melhor que ele esteja nas mãos de Hatset, mesmo com as ameaças dela. Wajed poderia tê-lo matado; Hatset vai negociar. Não tenho dúvida de que ela trocaria a filha por Jamshid se tivesse escolha.

— Exceto que nós ainda não temos a filha dela. — Manizheh continuou rasgando a carta, deixando que os pedaços caíssem no chão, então olhou com raiva para Dara.

— Pode ajudar com *isso* ou vai ofender sua nova consciência?

Dara conteve o temperamento. Ele deveria encontrar formas de convencer Manizheh a evitar mais derramamento de sangue, não ser expulso da presença dela de vez. E talvez encontrar Zaynab fizesse algum bem. Os inimigos deles perderiam sua líder, e se a princesa pudesse ser trocada por Jamshid... Talvez com o filho seguro ao seu lado, Banu Manizheh fosse mais misericordiosa e paciente com seus súditos.

Dara fez uma reverência com a cabeça.

— Vai ter algum Ayaanle em nossa reunião?

Kaveh assentiu.

— Uma comerciante de marfim chamada Amani ta Buzo. Ela é uma das parceiras de negócios de Tamer.

— O homem que guarda a lança do ancestral como um ornamento de parede?

— Esse mesmo.

— Então vou tentar falar com ela — prometeu Dara. — Talvez ela tenha alguma ideia sobre como atrair Zaynab.

— Está vendo? — disse Kaveh, como se tentasse animar Manizheh. — Progresso. — Dara o viu apertar a mão dela.

— Vamos trazer nosso filho de volta — disse ele, determinado. — Eu prometo.

O olhar de Manizheh pareceu muito distante.

— Eu queria ter a sua confiança.

Dara saiu calado conforme Kaveh levava a mão de Manizheh aos lábios.

— Vamos todos estar juntos de novo, meu amor. Eu sei.

O dia da cúpula de paz não foi agradável. O tempo em Daevabad sempre fora instável, mas, sem magia, estava em queda livre – chuvas torrenciais irrompiam de céus sem nuvens, seguidas por tardes de calor escaldante. Aquilo trazia destruição para as plantações, e os fazendeiros perdiam a batalha para proteger seus pomares e campos. Naquele dia, Dara tinha acordado com uma neblina fria que cheirava a podridão, o céu assumindo um tom cada vez mais próximo do mercúrio, até que finalmente se abriu, saraivando de granizo os azarados que se encontravam fora de casa. Apesar do gelo que se acumulava, uma nuvem de grilos *também* se abatera sobre eles – pragas inesperadas eram outro efeito colateral da perda da insígnia de Suleiman.

— Um presságio excelente — disse Muntadhir, sarcástico, ao lado de Dara. O emir estava de ótimo humor, claramente animado por estar fora dos muros do palácio pela primeira vez em semanas. Ele esmagou um grilo no gelo sob a sola e então olhou de esguelha para Dara. — Diga-me, em sua forma mais instável, acha que chiaria sob a chuva? Isso seria muito divertido. Como óleo em uma frigideira.

— Al Qahtani, não me oponho a amordaçar você e enfiá-lo de volta na carruagem. — Dara deu ao granizo um olhar de insatisfação. Chuva fria. Por que tinha de ser *chuva fria*? — Eu nem sei por que você está aqui.

— Vê-lo vai acalmar os djinns. — Era Tamer falando agora. — Meus conhecidos estão nervosos. Eles temem ser raptados assim que colocarem os pés em nosso quarteirão. Eu disse a eles que o emir está trabalhando com a gente, mas vê-lo aqui é melhor.

Muntadhir sorriu.

— E sem nem uma coleira!

— Isso ainda pode ser providenciado — murmurou Dara. Eles estavam sob um dossel de pérgola, mas água ainda gotejava na pele dele, ofendendo algo em seu âmago.

— Algum sinal de nossos convidados? — perguntou Kaveh, juntando-se a eles.

Dara assentiu em cumprimento.

— Ainda não.

O sorriso debochado de Muntadhir sumiu ao ver o grão-vizir e foi substituído por hostilidade aberta. Dara supôs que ter assassinado pessoalmente o pai dele não fosse algo que até mesmo o ardiloso emir pudesse superar.

— Kaveh, não achei que veria você aqui. Manizheh o deixou sair da cama dela cedo?

— Cuidado, al Qahtani — avisou Dara.

— Não tem problema, Afshin — respondeu Kaveh, sem tirar os olhos de Muntadhir. — Eu perdi o pouco respeito que tinha pela opinião de Muntadhir há muito tempo. — Ele ergueu o queixo. — Há seis anos, para ser exato. Quando você foi covarde demais para defender meu filho depois que ele salvou sua vida.

— Ah, olhem, os djinns! — disse Dara, entusiasmado, entrando entre Kaveh e Muntadhir e apontando com tanta animação quanto conseguiu reunir para os dois pequenos grupos que se aproximavam da direção dos quarteirões Tukharistani e Agnivanshi. Eles estavam amontoados sob para-sóis molhados e cercados por soldados daeva. Dara tinha insistido em conhecer os enviados primeiro, antes de levá-los mais para dentro do território daeva, ainda mais para perto de Manizheh.

Tamer tossiu.

— Talvez seja melhor se você não fizer *isso* — disse ele, delicadamente. — Eles já têm medo de você.

Dara acompanhou o olhar dele e viu que, como sempre, ele estava com a mão apoiada no cabo da faca. Resmungou, virando de novo para Muntadhir, que ainda olhava com raiva para Kaveh, mas abaixou a mão.

Ele observou os recém-chegados, um único representante de cada tribo: Ayaanle, Tukharistani e Agnivanshi. Eles não tinham tido sorte com os Sahrayn e não tinham se incomodado em convidar a confederação de vingança Geziri e shafit. Os representantes dos djinns eram todos acompanhados por seus próprios guardas pessoais, e cada olho – dourado e metálico e cor de areia amarelada – estava sobre Dara.

Ao lado dele, Tamer fez uma reverência.

— Saudações, amigos. E obrigado por se juntarem a nós. Rezo que o dia de hoje nos leve todos por um novo caminho. — Ele pausou. — Não sei se meus companheiros precisam ser apresentados, mas espero que seja um prazer para vocês conhecerem Darayavahoush e-Afshin, o grão-vizir Kaveh e-Pramukh e o emir Muntadhir al Qahtani.

Muntadhir entrou na conversa.

— Ah, Tamer, você fala como se fôssemos todos desconhecidos e não tirássemos Naqtas do colo de uma jovem cantora com a reputação de deixar seus clientes amarrados à cama sem suas joias. — Ele deu uma piscadela para um agnivanshi de aspecto extremamente puritano que imediatamente corou. — Que a paz esteja com todos vocês, meus amigos.

— Que o fogo queime forte para vocês — acrescentou Dara, abrindo um sorriso forçado que pareceu provocar ainda mais medo. Dois dos djinns recuaram.

— E para você também, Afshin — disse uma mulher ayaanle mais velha, em divasti impecável. — Vai me perdoar, emir, pois ainda não nos conhecemos. O colo de jovens cantoras não é meu ambiente natural.

A voz de Muntadhir assumiu uma sutil frieza.

— Amani ta Buzo, presumo.

— Presume corretamente. Embora eu não achasse que minha família fosse ilustre o bastante para ser conhecida pelo emir.

— Ah, não se preocupe com isso, minha senhora. — Muntadhir sorriu, a expressão afiada como uma adaga. — Só conheço o nome de sua família porque ouvi minha madrasta se referir a ele como pertencente a um bando de víboras.

Amani devolveu o sorriso dele.

— No entanto, agora a rainha se foi e você e eu estamos ao lado dos assassinos do seu pai. Talvez nenhum de nós devesse ser tão crítico.

Dara interveio.

— Não vamos deixar nossos convidados esperando na chuva. Gushtap, você revistou os homens em busca de armas?

— Sim, Afshin. Aqueles portando armas já as entregaram; no entanto... — Gushtap abaixou a voz. — Tem um problema.

— Imagino que ele esteja se referindo a meu presente para a Banu Nahida — explicou Amani, apontando para um grande baú de teca que dois dos homens dela levavam. — Você pode muito bem dar uma olhada, Afshin. Pode ser o primeiro a escolher.

Apreensivo, Dara gesticulou para que o baú fosse aberto. O cheiro terroso de ferro atingiu seu nariz, então ele semicerrou os olhos.

O baú estava repleto de armas: adagas de ferro com cabo de marfim e facas retas, espadas de ferro curtas e lâminas de arremesso.

— *Este* é seu presente para Banu Manizheh? — perguntou ele.

— Eu imaginei que ela gostaria da aplicação prática. Vocês vão avançar contra o quarteirão Geziri em breve, não vão?

Os olhos de Muntadhir brilharam e Dara tomou várias decisões rápidas, confiando apenas em si mesmo para lidar com o baú gigante de armas, o emir arrogante e a velha traficante de armas.

— Vocês dois vêm comigo — ordenou ele, apontando para Amani e o emir. — Assim como aquele baú.

Tamer deu a ele um olhar nervoso.

— Talvez seja sábio se eu for junto, Afshin.

Um diplomata podia ser útil.

— Parece um bom plano — concordou Dara.

— Meu irmão pode se juntar a nós? — Tamer apontou para o emaranhado de recrutas que carregava as carruagens à espera. — Temos um assento sobrando.

Dara fez um ruído de concordância, seu olhar ainda sobre Amani e Muntadhir. Eles tinham entrado na carruagem e estavam conversando em um djinnistani veloz que soava extremamente revoltado.

Kaveh se virou para segui-los.

Dara o impediu.

— Eu não acho que você e Muntadhir deveriam ser confinados juntos em espaços pequenos. — Ele apontou na direção da carruagem de Gushtap. — Confie em mim quando digo que vai encontrar companhia melhor com meus homens.

Kaveh olhou com ceticismo para Muntadhir e Amani.

— Você dá conta deles?

— Ouvi dizer que sou muito assustador. Vá. Vejo você no palácio.

O irmão de Tamer acabou sendo um dos rapazes que Dara repreendera durante o treinamento, e quando a porta da carruagem se fechou e Muntadhir começou a parecer ainda mais rebelde, Dara se viu arrependido de não ter levado um guerreiro mais experiente. Ele se sentou na caixa de armas, com toda a intenção de destituir o emir de um membro caso ele fizesse algum movimento súbito.

Amani olhou pela janela.

— Que dia triste. Eu estava curiosa para saber como os Daeva estão se ajustando à perda de magia. Vejo que têm cavalos puxando as carruagens agora.

— Talvez você possa nos contar como os Ayaanle estão se saindo — sugeriu Tamer, agradavelmente.

— Quer saber se exaurimos nossos estoques de comida e estamos prontos para cair aos pés de sua Banu Nahida implorando por ajuda? Não, ainda não, Tamer.

— Mas creio que deseje ser a primeira quando o poder mudar de lado — acusou Muntadhir. — Até mesmo oferece armas para ajudar essa mudança a acontecer mais rápido.

Amani recostou.

— Eu preciso dizer que esperava mais de um príncipe Qahtani. Ah, eu sei que dizem que você é um bêbado e um vadio, mas onde está aquela destemida honra geziri? Achei que se atiraria na própria zulfiqar antes de ajudar as pessoas que assassinaram seu pai. Ah, me perdoe — corrigiu ela. — Não era você o que sabia usar uma zulfiqar.

Muntadhir estremeceu, uma sede de sangue fervilhando em seus olhos. Mas segurou a língua quando Dara lhe lançou um olhar de aviso e apenas se empertigou, olhando pela janela acortinada como se fossem todos inferiores a ele.

A carruagem prosseguiu, a chuva batendo constantemente no toldo. Dara torceu o nariz, abanando a mão diante do rosto para aliviar o odor de ferro das armas que tinha ficado forte no ar fechado. Diante do movimento, o irmão mais novo de Tamer, de cujo nome Dara não se lembrava, deu um salto.

Eu deveria tornar tais homens guerreiros? Exasperado, Dara recostou-se para olhar pela cortina. Ele conseguia ver uma das outras três carruagens adiante, mas, à exceção disso, a rua cinza e chuvosa estava vazia. Eles percorriam a avenida que passava pelas propriedades mais elegantes de Daevabad – os lares de pessoas como os irmãos Vaigas – e ninguém a não ser um criado infeliz ousava sair em um tempo tão desagradável.

Ele estudou os muros espessos que protegiam as casas. Uma rachadura irregular atravessava a rua pavimentada, mas esse era o único sinal da decadência de Daevabad. Rosas molhadas e videiras exuberantes subiam por construções, detalhes em mármore e bronze marcando sua riqueza.

Talvez Dara devesse ter se consolado com a existência delas, prova de que seus Daeva tinham sobrevivido a coisas piores. Mas não ficou aliviado. Em vez disso, agora se perguntava sobre o preço, sobre as concessões que precisaram ser feitas para garantir o poder silencioso das pessoas que moravam ali.

Um estalo chamou sua atenção; o ruído não era totalmente destoante do clop-clop dos cascos dos cavalos, mas bastou para fazê-lo franzir a testa. Um grito abafado soou da carruagem adiante.

Dara se endireitou. A voz parecia de Kaveh.

— Parem os cavalos! — ordenou ele. — Digam aos homens...

Um beliscão forte atingiu sua perna, como a mordida de um inseto especialmente cruel. Perplexo, Dara olhou para baixo e viu um tipo de tubo de vidro e metal despontando de sua coxa. Parecia uma ferramenta que podia ser encontrada na enfermaria, e Dara estava tão chocado que só notou meio segundo tarde demais que estava cheia de um líquido escuro que brilhava com fragmentos metálicos.

E que o irmão de Tamer – o inútil cujo nome Dara não se dera ao trabalho de lembrar – segurava o tubo, pressionando um êmbolo antes que Dara conseguisse impedi-lo.

Dara arrancou o instrumento da perna, segurou o rapaz e quebrou o pescoço dele antes que os outros sequer conseguissem gritar. Ergueu-se, fogo queimando em sua pele conforme permitia que a magia o consumisse.

E então ela *parou*. Dara desabou quando a carruagem parou subitamente, sua perna cedendo.

— *Tur!* — gritou Tamer, segurando o irmão. — Não!

A coxa de Dara ardeu de dor, que se espalhou em ondas a partir do ponto onde o menino havia injetado o tubo. Ele estava ciente de gritos vindo das outras carruagens, de Gushtap gritando o nome dele antes de ser interrompido, mas não conseguiu se concentrar. Estrelas prateadas brotavam diante de seus olhos, e uma queimação horrível, paralisante, subia por seu corpo. Ele teve espasmos, contorcendo-se no chão e tentando fazer com que sua mão obedecesse. A faca estava em sua cintura – se ele ao menos conseguisse...

Um pé calçado em sandália pisou firme no pulso dele, e então Muntadhir estava debruçado sobre Dara, sua expressão implacável surgindo em pedaços estilhaçados conforme ele arrancava a faca da mão de Dara. Ao longe, ele ouviu outro estalo, um clarão surgindo contra o interior escuro.

E então uma descarga branca incandescente de dor quando Muntadhir mergulhou a faca na barriga de Dara.

— Estava certa, Lady ta Buzo — disse Muntadhir, a voz inexpressiva. — Eu jamais trabalharia com as pessoas que mataram meu pai. — Pelo canto do olho, Dara viu Muntadhir abrir o baú de teca. — Agradeço por isso — acrescentou ele, passando a mão nas armas. — Fico feliz por saber que ainda podemos contar com os Ayaanle.

Amani fez uma reverência.

— Mas é claro, meu emir. — Todos os vestígios da animosidade deles, da atuação estúpida na qual Dara caíra, tinham sumido. — Precisa de mais alguma coisa?

— Afshin!

Kaveh. Mas Dara não conseguiu responder. Ele estava congelado; qualquer que fosse o veneno que tinha sido injetado nele fazia parecer que ele estava assistindo a tudo da prisão dos próprios olhos.

— Não, minha senhora — respondeu Muntadhir. — Um de meus homens vai levar você de volta para seu quarteirão. Precisa se apressar.

Amani se fora no momento seguinte, sumindo para a carruagem. O vento agarrou a porta, escancarando-a. Chuva congelada batia no rosto de Dara.

— *Afshin!*

Dara conseguiu mexer a cabeça o suficiente para ver Kaveh. O grão-vizir estava cercado pelos outros nobres daeva. Ele parecia apavorado, esticando as mãos como se tentasse mantê-los afastados. Gushtap estava morto, com a garganta aberta na rua lamacenta.

Muntadhir puxou o baú de armas da carruagem. Dara ouviu o objeto se espatifar na rua e os homens comemorarem.

Ele buscou desesperadamente sua magia, seu corpo, *qualquer* coisa, mas o ferro que pulsava em seu sangue o deixara imobilizado. Tomado de dor, com o corpo e a mente desarticulados, Dara só podia testemunhar a multidão de nobres lutando para pegar armas enquanto Kaveh era arrastado, urrando de ódio. E então outros sons. Rasgos e uivos guturais terríveis.

—Jamshid — disse Dara. — O pai dele. Não...não... —
Não deixe que ele morra assim.

Muntadhir se virou para ele, mas a emoção no rosto do emir não era a vingança cruel que Dara esperava, e sim um luto perdido e confuso. O olhar de um homem que tinha sido quebrado mais completamente do que Dara percebera e que não conseguia mais esconder o fato.

—Jamshid está morto — sussurrou Muntadhir. — Ali está morto. Nahri está morta. Estamos todos mortos por sua causa. — Ele levantou a espada curta nas mãos, alinhando a ponta com o coração de Dara.

Houve um estalo de trovão... e a carruagem inteira explodiu.

Dara viu um clarão, fogo, e então atingiu o chão com força e não viu mais nada.

NAHRI

Nahri empurrou para o lado o livro à sua frente.
— Inútil. Isso poderia muito bem estar em geziriyya.

Jamshid pegou o texto antes que saísse quicando no chão.
— Cuidado! É uma história familiar de dois mil anos que você está jogando fora.

— São rabiscos de dois mil anos para mim. — Nahri esfregou as têmporas, a cabeça começando a doer. — Sempre que penso que estou ficando melhor nisso...

— Você *está* ficando melhor — assegurou Jamshid. — Pelo Criador, Nahri, se dê mais do que dois dias para aprender como ler um dialeto antigo de divasti conhecido apenas por estudiosos.

— E antigos acólitos do Templo — resmungou ela. — *Você* certamente não parece ter problema nenhum.

— A rainha Hatset disse que poderia convocar linguistas.

— A única coisa que Hatset quer achar nestes livros é uma forma de obrigar Ali a ficar em Ta Ntry para sempre com magia. E eu não confiaria segredos Nahid a nenhum djinn que ela contrate. Não, isso cabe somente a você e eu.

— Então somente a mim.

— Sabe, você ficou muito grosseiro agora que sabe que é um membro da realeza em desgraça. — Nahri se recostou na almofada para admirar o teto coral entalhado acima dela. Era deslumbrante, uma obra-prima de geometria e arte que se espalhava em diamantes e espirais intricados. Tudo na biblioteca de Shefala era igualmente lindo. Embora menor do que a ampla caverna de livros no palácio de Daevabad, a biblioteca era elegante e bem abastecida, com estantes de mogno altas e escrivaninhas curvas que criavam pequenos nichos de privacidade ao lado das longas janelas. Em dias ensolarados a luz entrava, mas com as monções se aproximando o céu tinha ficado mais escuro, e Nahri e Jamshid tinham recorrido a lâmpadas a óleo bem protegidas. Fogueiras abafadas afastavam o frio úmido e, exceto pelas vozes deles, o palácio estava silencioso como um túmulo.

Túmulo podia ser uma palavra adequada, porque era difícil não se sentir presa. Jamshid e Nahri eram vigiados dia e noite, entregues à biblioteca depois do café da manhã, ao nascer do sol, e permaneciam lá até a noite. Por mais que fosse escolha deles passar cada minuto esquadrinhando os textos Nahid em busca de formas de derrubar Manizheh e Dara, ainda parecia muito com Daevabad. Nahri odiava precisar de guardas, mas temia mais os olhares, tanto curiosos quanto hostis, dos soldados do castelo.

Então talvez devesse se proteger e se casar com o príncipe que todos eles adoram.

Não era a primeira vez que o pensamento ocorria a ela. A oferta de Hatset tinha se enterrado sob a pele de Nahri, como certamente fora a intenção da rainha. E Nahri odiava aquilo. Não conseguia olhar para Ali, de cuja companhia sentia tanta falta, sem se preocupar com os sussurros que isso provocaria – sem se perguntar se Hatset tinha sugerido aquele casamento a *ele*, e se ele estava igualmente dividido entre o dever e a política e sentimentos inúteis e confusos.

— Ah... ah, isso é interessante — disse Jamshid, sua voz ficando mais animada.

Feliz por ser tirada dos próprios pensamentos, Nahri se endireitou.

— Por acaso nos diz como imobilizar guerreiros Afshin excessivamente poderosos e restaurar a magia em todo o mundo djinn?

O rosto de Jamshid se fechou. Fazia tempo que tinha abandonado a pose séria de acadêmico sentado à mesa e estava agora deitado de barriga para baixo, apoiado nos cotovelos.

— Bem, não. Mas menciona que os Nahid estavam começando a ter problemas para controlar os marids e viajar pelo lago. — Ele franziu a testa. — Diz que os marids pediram para ser libertados, mas isso não faz sentido. Não estávamos controlando eles. As histórias dizem que eles ajudaram Anahid a construir a cidade e levaram tributos, mas...

— Querido irmão, se tem alguma coisa que eu aprendi desde que conjurei um daeva foi que aqueles no poder têm uma visão bastante distorcida de como tratam as pessoas que "levam" tributos a eles.

— Justo. — Jamshid olhou para ela com um sorriso. — Eu gosto quando você me chama assim. Deixando de lado as circunstâncias atenuantes *terríveis*, fico feliz por descobrir pelo menos um parente secreto. — Ele suspirou. — Embora a briga que vou ter com pai quando o vir de novo...

Vai responder pela escolha que acaba de fazer. Não esta noite. Não para mim... mas vai responder. As palavras de Kaveh cruzaram a mente de Nahri, a ameaça que ele havia proferido depois que ela se recusara a atrair Ali para a morte dele para salvar Jamshid.

A garganta dela se fechou.

— Tenho certeza.

Jamshid olhou para o livro, então empalideceu.

— Pelo olho de Suleiman... aparentemente eles pararam de viajar pelo lago porque os Nahid que tentavam começaram a aparecer na praia com as partes do corpo reordenadas, às vezes ainda *vivos*. Diz aqui que a água foi completamente amaldiçoada logo depois, e que aquela foi a última vez que alguém ouviu falar dos marids. — Ele virou a página. — Ah. Tem um desenho. Que... detalhado.

Nahri segurou a língua. *Outro segredo.* Ela não tinha falado com Ali sobre os marids desde que eles haviam chegado a Ta Ntry, em grande parte porque o estava evitando, mas não contaria o segredo mais perigoso dele nem mesmo para o irmão.

Ela mudou de assunto.

— Eu me pergunto se foi assim que acabamos no Egito. Se eu sem querer transportei Ali e eu mesma usando a magia do lago.

— Talvez, se o Egito estivesse na sua mente — disse Jamshid, distraído. Ele virou outra página, manuseando o delicado pergaminho como se fosse a asa de uma borboleta. — Ainda não consigo acreditar que esses livros estavam aqui esse tempo todo. Quando penso no bem que poderiam ter feito em Daevabad, sendo de fato lidos e estudados no Grande Templo em vez de ficarem trancados para pegar poeira... — Ele sacudiu a cabeça, a amargura enrugando seu rosto. — O que *mais* nossa tribo não sabe sobre sua história e cultura porque nossos inimigos roubaram nossa herança?

— Muito, provavelmente.

Jamshid se sentou, olhando rapidamente para a porta.

— Então posso perguntar uma coisa a você? — Quando Nahri assentiu, ele prosseguiu. — Tem certeza, certeza de verdade, de que estamos indo pelo caminho certo?

— Jamshid, nós já discutimos isso. E você concordou...

— Não concordei. Eu disse que ouviria, e estou tentando, Nahri. Estou tentando de verdade. Mas todo dia que passamos trancados aqui como prisioneiros e eu leio sobre nosso passado roubado... — Ele se virou para ela, seus olhos procurando compreensão. — Você é a pessoa mais inteligente que eu conheço, e confio em você. Mas, quando olho para nossos guardas, vejo os brutamontes de Ghassan. Vejo soldados que invadiram lares daeva e espancaram homens daeva porque estavam bêbados e não gostaram da aparência de alguém passando na rua.

— E você não acha que eles sentem o mesmo? Que alguns deles não olham para *nós* e veem os "adoradores de fogo" que assassinaram os seus amigos na Cidadela? Isso jamais seria fácil.

— Eu sei, mas... — Jamshid passou as mãos pelo rosto. — Minha vida inteira, jamais imaginei que haveria alguma coisa diferente. Os Daeva passaram séculos sendo esmagados pelos Qahtani antes de eu nascer. E poderiam continuar por séculos ainda. Era inevitável. Até mesmo Muntadhir, o homem que eu amava, que eu rezava para que pudesse ser mais gentil, estava sendo puxado para essa direção. E agora? — sussurrou ele. — A cidade está sob domínio daeva de novo, como estava na era de glória desses livros. Talvez sejamos tolos em considerar desfazer isso.

Um calafrio percorreu a coluna de Nahri.

— Não foi uma era de glória para ninguém, Jamshid. Você fala como se só houvesse os djinns e os Daeva em Daevabad. E quanto aos shafits? Como acha que *eles* se sentem com uma Nahid os governando e o Flagelo de Qui-zi retornando?

— Não é como se os últimos reis Qahtani os tratassem muito melhor.

— Sim, mas um arcabouço central da religião deles não ensinava que eram parasitas.

Agora o irmão pareceu abertamente irritado.

— Não é isso que nossos textos ensinam. Não vou fingir que não há pessoas preconceituosas querendo distorcer nossa fé, que não há muitos Daeva que veem os shafits como inferiores, mas, Criador, às vezes...

— Às vezes o quê? *O quê?* — indagou Nahri quando ele parou de falar.

— Às vezes você soa tão revoltada quanto eles, está bem? — Jamshid pareceu envergonhado, mas continuou. — E eu entendo, mesmo. Sei que você cresceu no mundo humano, e que é próxima de Subha...

— Você não entende nada.

Jamshid piscou, parecendo chocado com a fúria que Nahri não conseguia esconder da voz. Mas não por muito tempo.

— Então por que não me *explica*? Parece que está guardando um monte de segredos, como se ainda não confiasse em mim.

Não confio. E isso fazia com que Nahri se sentisse terrível, mas ela mal conseguia respirar no momento. Não tinha forças para pessoalmente guiar o irmão até que rejeitasse quaisquer preconceitos que ainda tivesse contra os shafits, enquanto gerenciava tudo mais que destruía sua vida.

— Acho que acabei por hoje — anunciou ela. — Não estou me sentindo bem.

— Eu... tudo bem. — Jamshid suspirou. Estava óbvio que ambos sabiam que ela estava mentindo. — Por que eu não fico aqui e continuo lendo para não incomodar você?

Nahri trincou os dentes, combatendo uma resposta sarcástica. *Você queria uma família.* Agora ela possuía uma, com espinhos e tudo.

— Tudo bem. Então vejo você no jantar.

ALI

Ali examinou as moedas de prata na palma da mão.
— E estas são as moedas que você recebeu? — perguntou ele ao carpinteiro shafit à sua frente.
— As mesmas, meu príncipe. — O carpinteiro gesticulou com raiva para uma dupla de djinns à sua frente: um capitão de navio sahrayn e o parceiro de negócios ayaanle dele. — Meu povo e eu trabalhamos do alvorecer até o anoitecer no navio de areia deles, e os desgraçados ainda me enganaram.

Ali raspou a moeda com a unha, soltando algumas lascas de prata e revelando o cobre por baixo.
— Tinta? — perguntou ele, dando aos comerciantes um olhar irritado. — Sério?

O mercador ayaanle cruzou os braços.
— Cobre é a taxa para os trabalhadores shafits.
— Salários não variam com base nas suas ideias absurdas sobre sangue. Não em Shefala. — Ali devolveu as moedas à pequena sacola de tecido. — Onde está o resto do dinheiro que deve a eles?

O mercador fechou a cara.
— Não temos agora.

— Infelizmente, nesse caso vocês também não têm um navio. — Ali olhou para Fiza, que estava ao lado dele. — Capitã... certamente há formas de garantir que um navio não deixe nossa costa até que as dívidas estejam pagas?

Ela deu um sorriso malicioso.

— Eu consigo pensar em algumas.

— Então está decidido. O navio fica aqui até pagarem seus trabalhadores, com um dirham adicional para cada dia de atraso. — Ali olhou para o carpinteiro. — Isso parece justo?

O carpinteiro ainda parecia chateado, mas assentiu.

— Sim. Obrigado, príncipe Alizayd.

— Fico feliz em ajudar.

Ele e Fiza se afastaram, atravessando a floresta sinuosa de barcos que tinham sido arrastados até a areia para reparos. Sua variedade era uma maravilha de se contemplar: navios de areia e esquifes de vidro espelhado luminescente ao lado de veleiros dhow humanos com proas de madeira intricadamente entalhadas e uma pequena canoa carregada de redes de pesca. Ali nunca vira a praia tão cheia; fazia um dia nublado, e ele supôs que as pessoas estivessem aproveitando o tempo fresco para trabalhar e preparar os barcos para as monções que se aproximavam.

— Então, quantas reuniões faltam hoje? — perguntou Fiza, casualmente. — Cinquenta? Sessenta?

— Parei de contar — respondeu Ali. A notícia de que ele e Nahri estavam em Shefala procurando aliados interessados em retomar e construir um novo tipo de Daevabad tinha se espalhado como fogo selvagem. Mas para cada recém-chegado que parecia sincero, havia outro buscando dinheiro, uma posição futura ou um ajuste de contas, e não só era enlouquecedor como consumia tempo. O povo deles estava em guerra, dezenas de milhares se encontravam à mercê de Manizheh e Dara, e, no entanto, ali estava ele, passando horas resolvendo disputas não relacionadas ao conflito apenas para conseguir que um ou outro clã se juntasse a ele.

Então declare-se rei e os comande, sussurrou a voz da mãe em sua mente. Embora ele não tivesse exatamente saltado no minbar e anunciado a dissolução da nobreza – apesar do que Hatset pensava, ele *estava* prosseguindo lentamente –, deixou claro que ninguém seria obrigado a lutar. Também teve o cuidado de se referir ao que eles reuniam como uma missão de resgate, em vez de apenas mais uma guerra de conquista; uma missão para salvar os seus semelhantes, restaurar a magia e moldar um novo tipo de futuro para Daevabad. Continuara indo à mesquita pelas manhãs, tentando gentilmente expor algumas de suas ideias e se certificar de que estivesse acessível àqueles que quisessem falar com ele.

No fim das contas, havia muita gente que queria falar com ele. *Muita.* E embora Fiza e Wajed o estivessem ajudando tanto quanto podiam, a mente do avô divagava, e Ali e a mãe se encontravam em uma trégua frágil desde a discussão na biblioteca. Hatset estava oferecendo apoio material e abrigo – e preservando a percepção pública de que tudo estava bem entre eles –, mas se recusava a falar com Ali até que ele tivesse prometido se declarar rei.

— Quer meu conselho? — perguntou ela. — Eu já dei. Pare de agir como um tolo sonhador e seja um homem digno do seu nome.

Quanto a Nahri, eles mal tinham se falado. Ela passava todo o tempo na biblioteca com Jamshid e parecia exausta e distante quando ele a encontrava.

— Só estou cansada — insistiu ela, quando Ali finalmente desistiu certa noite e implorou para saber o que tinha feito de errado. — Tente *você* passar o dia todo decifrando textos antigos enquanto é vigiado por soldados irritados.

Ele e Fiza saíram da multidão de barcos, subindo a encosta arenosa que levava à cidade. A cada passo que dava para longe do oceano, Ali conseguia senti-lo chamando-o de volta, fazendo com que ansiasse pelo toque das ondas rodopiando ao redor dos tornozelos, pela tranquilidade prometida de flutuar na água morna e deixar seus músculos relaxarem.

De jeito nenhum. Ali não colocara sequer um dedo no mar desde que chegara a Shefala, e não tinha intenção de fazer isso tão cedo.

— Vai chover — disse Fiza, distraindo-o dos próprios pensamentos. Ela olhava para o céu cinza com desprazer evidente. — Eu odeio as monções. Não deveria cair tanta água assim do céu.

Mas a atenção de Ali ainda estava nos barcos que entulhavam a praia.

— Eu queria ter uma marinha — ponderou ele.

— Você queria ter o *quê*?

— Uma marinha. Ou talvez essa não seja a palavra certa. — Exceto pelo curso rápido de como velejar no Nilo, ele sabia pouco sobre navios. — Uma frota, então, como aquela que se diz que Zaydi levou para o lago de Daevabad. Com navios e djinns de todo o mundo mágico.

— E quanto tempo Zaydi levou para reunir essa frota?

— Décadas — admitiu Ali. — Mesmo assim, consegue imaginar?

— Alizayd, estou aprendendo que sua percepção da realidade não é a mais firme, mas você sabe que não tem como simplesmente conjurar cem navios, velejar com eles para dúzias de portos djinns diferentes, convencer as pessoas a seguirem você e então chegar a um lago cercado por terra, certo?

Ele deu de ombros.

— Ah, eu não sei. Uma vez convenci a mais temida e ardilosa pirata da costa ntaran a se amotinar.

Fiza quebrou um galho e o atirou na cabeça dele.

— Você não me convenceu de nada. Eu tirei vantagem do seu desespero.

— E se eu colocasse você no comando? Poderia ser uma almirante.

— A única coisa mais improvável do que você colocar as mãos em uma frota é convencer essa quantidade de djinns a receber ordens de uma criminosa shafit.

Ali estalou a língua.

— Você se subestima. Sua tripulação a admira muito, e você tem uma mente excelente para detalhes e gerenciamento...

Fiza resmungou.

— Se fosse outro homem me elogiando assim, eu acharia que estava tentando subir na minha cama, mas você é pior... está tentando me recrutar de verdade, não está?

— Está funcionando?

— Não. — Eles passaram sob um par de árvores sombreadas. De repente, pareceu ficar muito mais escuro, com apenas filetes de céu da cor de hematomas visíveis além do dossel folhoso. Como se para debochar do comentário anterior de Fiza, começou a chuviscar. — Só estou aqui porque os cozinheiros da sua mãe são incríveis, e Nahri ainda precisa encontrar uma forma de tirar isto do meu pescoço. — Ela puxou o colar, revelando a cobra de metal sob a pele.

Ali não acreditou na indiferença de Fiza.

— Sempre que eu vejo essa marca, fico com raiva. Deve deixar você furiosa. — Ele se virou para se dirigir a ela adequadamente. — Fiza, eu sei que alguém como eu tem pouco direito de pedir a você que arrisque a vida, mas...

Uma pontada de dor explodiu no crânio dele.

Ali arquejou, caindo de joelhos. Ele levou a mão à cabeça e seus dedos voltaram úmidos – mas de água da chuva, não de sangue. Parecia que tinha sido atingido por um martelo, cada batida de seu coração mandando uma nova onda de dor por sua têmpora.

— Ei, você está bem? — perguntou Fiza.

Ali se encolheu.

— Acho que alguma coisa bateu em mim. — Ele tocou o ponto de novo. Embora parecesse que tinha sido atingido na testa, estranhamente, a dor agora parecia... mais profunda, latejando em ondas sob seu crânio.

— Não vejo nada. — Quando Ali não respondeu, ela se ajoelhou ao lado dele. — Você não parece bem. Devo buscar Nahri?

— Eu... — Mas Ali estava tendo dificuldades para juntar as palavras. Ele tremia agora, suor brotando em seu rosto conforme a chuva começava a cair mais forte. A dor em sua cabeça estava diminuindo, substituída por um zumbido constante na pele úmida. Cada gota de chuva parecia pingar em alguma coisa dentro dele, como se Ali fosse a superfície de um lago, o leve gotejar ondulando pelo seu corpo.

Eu já tive uma dor de cabeça assim – momentos antes de o lago subir e engolir a Cidadela.

— Fiza — sussurrou ele —, precisamos tirar aquela gente da praia.

Sem aviso, a chuva se tornou torrencial. O vento uivou, açoitando as vestes de Ali e puxando-o na direção do mar. Abaixo, ele conseguia ouvir marujos xingando e correndo para amarrar cordas e ferramentas.

Fiza o puxou para ficar de pé, ignorando os protestos de Ali.

— Esqueça a praia. Vou levar você até sua Nahid.

Mas eles tinham acabado de fazer a curva quando se tornou muito claro que a direção do castelo não oferecia refúgio.

O céu a oeste era um caldeirão, nuvens de tempestade se revirando e fervilhando como espuma em uma panela negligenciada. A terra estava ficando mais escura a cada momento, como se alguém tivesse agitado um grande poço de tinta preta no horizonte.

— As chuvas de monção — perguntou Ali. — Elas deveriam ter essa aparência?

Fiza tinha empalidecido.

— Não. — Ela se virou e então subitamente o soltou. — Seus olhos... — Sua expressão se encheu de horror. — Tem alguma coisa errada com eles.

— Meus olhos? — Por instinto, Ali tocou o rosto, mas a visão das mãos o impediu. Gavinhas de água estavam dançando sobre os seus dedos. Parecia o tipo de magia marid que o próprio Ali costumava conjurar.

Mas Ali não estava fazendo aquilo.

Não. Ah, não.

— Fiza — disse ele, inundado de terror. *Fuja.*

Mas Ali não conseguiu terminar a palavra. Uma presença explodiu na mente dele, tanto estranha quanto terrivelmente familiar. Ela tomou conta dele, *roubando-o*, e então, sem desejar que seus membros se movessem, Ali agarrou Fiza pelo braço e a jogou contra a árvore mais próxima.

Ela desabou no chão, sangue escorrendo pelo rosto e se misturando com a chuva.

— É melhor você não estar morta — avisou o marid, falando pela boca de Ali e olhando para a jovem mortal imóvel na grama. — Meu povo fica cansado dessas dívidas. — Eles jogaram um galho folhoso sobre o corpo da jovem para escondê-la. Nenhuma precaução era demais.

O marid fechou os olhos do djinn que tinha possuído, ignorando os sussurros do vento que tentava provocá-lo a voltar para as nuvens. Ele tinha sido enviado para investigar *outros* sussurros, as visões de duendes de riachos preocupados e as fofocas das ondas do oceano.

E foi o que ele fez, mergulhando nas memórias do djinn. Não levou muito tempo. Não quando a primeira visão de Sobek foi do senhor do rio avançando para fora do Nilo para proteger dois mortais que deveriam ser insignificantes. Não quando o crocodilo notoriamente frio tinha se dedicado a ensinar um mortal a pegar uma corrente e então o mandado fugir, preocupação genuína em seu rosto antigo e cruel.

— Ah, primo — murmurou o marid das monções quando mordeu o lábio do djinn, provando o sangue dele. — O que você fez?

NAHRI

Nahri se repreendeu ao voltar para seu quarto.

Sua tolinha ingênua. Achou mesmo que só porque o chama de "irmão" agora todas as diferenças entre vocês seriam apagadas? Jamshid era um nobre daeva que tinha passado uma década no Templo e até alguns meses antes acreditava que simplesmente falar com um shafit era proibido. Ele era o filho de Kaveh – só Deus sabia que tipo de coisas ele crescera ouvindo.

Em que tipo de coisas ele ainda silenciosamente acreditava.

Se continuar mentindo para ele, ele não vai estar inclinado a pensar o melhor de você nem dos shafit. Nahri subiu as escadas batendo os pés. Estava tão cansada de segredos.

O corredor estava escuro quando ela saiu da escadaria, chuva açoitando a balaustrada aberta e o céu pesado com nuvens arroxeadas. Duas mulheres estavam conversando animadamente em ntaran diante das janelas, olhando para a tempestade, mas se calaram abruptamente quando viram Nahri e se afastaram depressa.

Solidão a perfurou. *Eu quero ir para casa.* Mas os dois lares dela estavam muito longe, e nenhum deles oferecia um retorno seguro ou fácil.

O quarto estava escuro quando ela entrou, frio e sem vigia – Nahri ainda não deveria estar de volta, e as lâmpadas não tinham sido acesas. A única luz vinha do altar de fogo improvisado que ela e Jamshid tinham montado em um canto, brilhando constantemente contra a tempestade selvagem lá fora... assim como a tempestade *do lado de dentro*. A porta da sacada tinha sido aberta pelo vento, e metade do quarto estava encharcada, com mais ondas de chuva entrando.

— Eu não precisava lidar com monções no Cairo — resmungou Nahri, atravessando o quarto para avaliar os danos. Ela abriu o grampo de concha de búzio que prendia seu shayla no lugar, jogando o lenço de seda em um canto seco da cama e balançando o cabelo ao soltá-lo. O lenço delicado era um presente recente de Hatset, provavelmente um lembrete do que *mais* Nahri poderia ganhar se concordasse em se casar com Ali e estabelecer um reino em Ta Ntry. Mas se Hatset achava que Nahri tinha princípios demais para aceitar presentes caros sem obedecer às obrigações ligadas a eles, bem, isso era erro dela.

Ela congelou ao pé da cama. Não estava sozinha.

— *Ali?* — perguntou, chocada ao ver Ali parado em sua sacada na chuva torrencial. Ele estava de costas para ela e encharcado até os ossos, suas mãos espalmadas no parapeito como se avaliasse algum tipo de reino dos afogados. — O que está fazendo aqui? O que está fazendo *aí?*

Ele não se virou.

— Eu queria ver você e fui surpreendido pela chuva. Achei que poderia aproveitá-la.

— Você vai se afogar de pé.

Os olhos de Ali ainda estavam fechados, mas ele se virou apenas o bastante para que Nahri pudesse ver o canto de sua boca se curvar em um sorriso.

— Sempre tão preocupada comigo.

— Alguém precisa estar. Você corteja a morte com muita persistência.

— Considerando como tem me evitado, fico surpreso ao ouvir que você se incomoda com tais cortejos.

Nahri se encolheu. A observação foi mais azeda do que o normal, mas também merecida – ela estava mesmo evitando Ali.

— Desculpe — disse Nahri. — É complicado. — Ela olhou para ele de novo, ainda de pé na chuva. — Mas é bom ver você — admitiu ela, parte da solidão se dissipando. — Não deixe isso subir à sua cabeça, e que o Criador me perdoe, mas acho que realmente senti falta da sua companhia.

— Então junte-se a mim.

— Não, obrigada. Já estou cheia de água por várias vidas.

Ali levantou as mãos como se para abraçar a tempestade, inclinando o rosto para o céu.

— Vamos lá, Banu Nahida — provocou ele. — Viva um pouco. — Os olhos dele ainda estavam fechados, e a chuva tinha ensopado seu dishdasha branco, fazendo o tecido se agarrar ao contorno largo dos ombros e à superfície das costas. A cabeça e os pés estavam expostos, e água escorria pelo cabelo raspado dele e brilhava ao escorrer pela curva do pescoço.

Ele estava lindo ali de pé contra o céu tempestuoso. Ele *era* lindo – Nahri achava isso desde o dia em que se conheceram, quando ela teve vontade de empurrá-lo no canal. Mas tinha sido um fato distante, da mesma forma como ela poderia admirar um lindo pôr do sol.

Ela não estava pensando em Ali como um pôr do sol naquele momento. Teve um desejo muito repentino de tocá-lo, de traçar o caminho da chuva que escorria pelo seu corpo para ver o que ele faria em resposta.

Ele está caído por você. Maldita Hatset e as palavras venenosas dela, que tinham grudado na cabeça de Nahri e atingido uma parte dela que ela havia enterrado quando assinara o contrato de compromisso tanto tempo antes, amarrando sua vida a um noivo que cuspira aos seus pés.

Como *seria* estar com uma pessoa que estava apaixonada por ela?

Pois Muntadhir certamente não estivera, mesmo que o ódio dele tivesse se dissipado quando finalmente se casaram. Eles tinham dormido juntos, e Nahri tinha gostado – ela desafiaria qualquer um para quem seu marido tivesse voltado seus talentos e experiência a permanecer indiferente –, mas tinha sido transacional. Não havia nada das carinhosas trapalhadas sobre as quais ela ouvia jovens noivas sussurrando, ou os conselhos escandalosos de mulheres casadas mais velhas às gargalhadas. Muntadhir compartilhara a cama de Nahri porque a família dele havia derrotado a dela, e o pai dele queria um neto Nahid.

E isso tinha bastado para sufocar qualquer comichão que ela tivesse tido de desejo ou afeição. Mas agora Ghassan estava morto, e Nahri não era mais prisioneira em Daevabad. E no silêncio escuro do quarto – apenas com Ali e a tempestade como companhia –, ela subitamente se perguntou como seria deixar que tudo aquilo desabasse. Tomar a iniciativa que ela tinha sido tanto orgulhosa quanto vulnerável demais para aproveitar com o marido que sempre soubera que não a queria de verdade. Explorar e tocar e tremer com desejo espelhado.

Pare. Nahri ainda era uma prisioneira, afinal de contas, casada com Muntadhir, sob as garras de Hatset e cercada por inimigos. Só tinha uma pessoa em quem confiava, e ela não podia conceber uma forma mais espetacular de destruir aquela relação do que se entregar a sua linha de pensamento atual.

Mesmo assim, ela foi até a sacada, parando às portas e esticando a mão para fora apenas o bastante para sentir algumas gotas.

— Pronto. Me juntei a você.

Ali não pareceu notar o sarcasmo.

— Estas chuvas viajam tão longe — ponderou ele. — Sobre as montanhas e planícies, as ilhas e o grande oceano de

Tiamat. Consegue imaginar fazer essa jornada ano após ano, durante milênios? Eras? Todas as coisas que você poderia ver. Ora, poderia até voar para o lago de Daevabad nessas nuvens.

— Não posso dizer que consigo me colocar na mente de uma gota de chuva viajante, não.

Ali correu a mão sobre o parapeito molhado, lançando um jato de água para o jardim abaixo.

— Imagine-a sendo interrompida, então. Uma rotina que você mantém desde o início dos tempos subitamente destituída do doce abraço que um dia a concluiu.

Doce abraço?

— Ali, desculpe pela pergunta, mas você andou bebendo?

A risada dele se misturou com o som da chuva que açoitava os muros do castelo.

— Talvez eu esteja tentando me soltar.

Sem aviso, ele segurou o pulso dela, puxando-a para seu lado. Nahri gritou, ultrajada, imediatamente encharcada. A sacada tinha inundado e a água cobria seus chinelos.

— Isso deveria ser agradável? — gritou ela sobre o som da chuva torrencial, piscando desesperadamente. — Eu mal consigo enxergar!

— Então feche os olhos.

O vento agitou os cabelos molhados dela, e Nahri olhou desconfortável para o chão. A chuva corria em torrentes de lama marrom-avermelhada. Não era uma queda tão alta, mas machucaria, e o parapeito da sacada era baixo.

— Não quero fechar os olhos. Estamos no alto, e está escorregadio. Não preciso tropeçar e sair voando…

— Não vou deixar você tropeçar. — As mãos de Ali envolveram a cintura dela, puxando-a para perto. — Confie que quero você aqui.

Cada pensamento inapropriado que ela tivera no quarto voltou com força total. Ela conseguia sentir o calor das mãos dele através do vestido ensopado, seu coração galopando contra o peito. Chocada, ela olhou para cima, procurando algum tipo de explicação no rosto dele.

Nada. Os olhos de Ali ainda estavam fechados, o mesmo sorriso estranhamente brincalhão – e profundamente deslocado – nos seus lábios salpicados de chuva. Ele parecia mais à vontade do que Nahri jamais o vira.

Parecia convidativo.

Ele não é o único que já pareceu convidativo. Seis anos antes, Nahri tinha beijado um belo guerreiro logo após uma chuva torrencial, cedendo a uma onda de desejo. E o que resultou entre eles quase a destruíra.

— Deveríamos voltar para dentro — disparou Nahri. — E então sair daqui. Do meu quarto, quero dizer. Deveríamos sair do meu quarto. As pessoas vão comentar.

Um biquinho contorceu o rosto dele, e agora Nahri realmente se perguntou se alguém teria adulterado a sua bebida – Alizayd al Qahtani não fazia *biquinho*.

— Não quero ir embora. — Ele se inclinou para sussurrar ao ouvido dela, seu hálito morno no pescoço de Nahri. — Estou muito satisfeito aqui com você.

Um alerta faiscou dentro dela. Por mais que o aumento do calor em sua barriga fosse inegavelmente agradável, era óbvio que havia alguma coisa errada com o amigo.

— Não acho que deveríamos... — Nahri tentou se desvencilhar. Ali a apertou com mais força.

Se alguma coisa parecia errada antes, o fato de que ele não a soltou fez alarmes soarem na mente de Nahri. Aquele não era o homem que ela conhecia.

— Ali, me solte.

Ele gargalhou, mas não havia calor no som agora.

— Não, acho que não vou. — Ele abaixou a cabeça e então finalmente abriu os olhos.

Eles eram um espelho revolto do céu de monção, escuro como a tempestade.

Nahri imediatamente tentou se afastar.

— Marid — sussurrou ela.

Ali soltou uma risadinha quase infantil.

— Ah, mas eu enganei você! — Ele segurou Nahri mais afastada, analisando-a com os olhos selvagens. — Minha nossa, você é *linda*. Exatamente o tipo de Sobek. Qualquer que tenha sido o acordo dele com seus parentes, deve ter sido muito poderoso para que não tenha tomado você pra si — disse ele, estalando os dentes.

— Me solte — exigiu ela, tentando se desvencilhar. — O que fez com Ali?

Ele revirou os olhos.

— Seu Ali está bem. Bem, não, não está. Ele está gritando e me implorando para não ferir você. — Ali, ou o que quer que estivesse dentro de Ali, subitamente parou, inclinando a cabeça como se ouvisse uma voz oculta. — Que ameaça desnecessariamente cruel, mortal. — Ele enfiou a mão no cabelo de Nahri, puxando-a para perto de novo. — Ele está realmente apaixonado por você, sabe. Quer isto há tanto tempo, ansiando por tocar você, provar você... — Ele a empurrou para longe. — Que ironia profunda, digna das histórias que seu povo gosta de inventar.

Nahri caiu com força no chão, jogando água nas pedras encharcadas.

— Solte-o.

Ali sorriu, mas não era o sorriso dele. Era malevolente e deturpado, e ver aquilo no rosto dele a destruiu.

— Diga-me seu nome, filha de Anahid, e saio dele no minuto seguinte. Leve-me até sua Daevabad, deixe-me afundar as ruas imundas dela sob a água, e devolverei vocês dois ao Cairo, apagarei suas memórias de magia e deixarei que vivam como pequenos mortais felizes em seu boticário. É isso o que você quer de verdade, não é? — A voz dele se elevou como uma cópia esganiçada da de Nahri. — *Poderíamos ter uma vida aqui juntos. Uma vida boa.*

Fúria, mais do que vergonha, ferveu dentro dela. Nahri se ergueu novamente.

— Quem é você? — exigiu saber ela.

Ondas de cor índigo surgiram e sumiram dos olhos dele, refletindo as nuvens turbulentas.

— Sou o marid das monções — explicou ele, tocando os dedos em uma imitação debochada de uma benção daeva. — Uma monção prematura esta estação, pois também sou o mais leal servo de Tiamat, e ela me mandou para descobrir exatamente quem vem causando tantos problemas a nosso povo.

Estava chovendo tão forte que Nahri devia ter perdido o som da porta se abrindo, mas subitamente ela ouviu a voz abafada de Jamshid, chamando do quarto.

— Nahri? Nahri, ouça, eu sei que provavelmente não quer falar comigo, mas...

Ali estava ao lado dela em um segundo. Agarrou o braço de Nahri, empurrou uma faca – uma das de Fiza – contra o pescoço dela, e então entrou com Nahri no quarto.

O irmão dela congelou.

— Cale a boca — disse o marid, friamente. — Feche a porta e entre, ou vou cortar o pescoço dela.

Jamshid chutou a porta para fechá-la, então se aproximou batendo os pés, com o olhar incandescente.

— Vou matar você.

Nahri tentou protestar.

— Não é...

O marid tapou a boca dela com a mão.

— Precisa perdoar sua irmã — disse ele. — A pobrezinha teve uns últimos meses muito difíceis.

Jamshid o olhou com raiva.

— O que você quer, al Qahtani?

A faca apertou mais o pescoço dela.

— Quero que você se mate.

Os olhos de Jamshid se arregalaram.

— Como é?

— Mate-se. Saia correndo e mergulhe da sacada, e então a soltarei. Você estava disposto a morrer por meu irmão. Certamente faria o mesmo sacrifício por sua irmã.

Jamshid sacudiu a cabeça, parecendo mais horrorizado agora do que irritado.

— Você perdeu a cabeça.

— Não, eu perdi meu lar e vi meu povo ser escravizado. — O marid abruptamente a soltou, levantando os braços de Ali como se quisesse admirá-los. — E um velho primo fez algo *muito* tolo em uma tentativa inútil de misericórdia.

Nahri se afastou aos tropeços.

— Tem um marid possuindo ele.

Jamshid a agarrou.

— Um *marid*?

Ali estalou a língua.

— Ela vem guardando muitos segredos de você. — O olhar estranho dele se virou para ela. — Vamos compartilhar o outro com ele?

Não.

— Por favor — implorou ela.

A expressão do marid ficou cruel.

— Nós também imploramos uma vez, mas seus ancestrais não se importaram. — Ele inclinou a cabeça. — Bem, alguns de seus ancestrais. Os humanos não tinham nada a ver com isso, provavelmente estavam vivendo suas vidas simples ao longo do seu Nilo, adorando Sobek.

— Quem é *Sobek*? — Jamshid parecia completamente perplexo. — E que humanos? Do que você está falando?

Ali sorriu para Nahri como se só eles dois entendessem uma ótima piada.

— Acho que foi você que herdou a inteligência de sua mãe. — Ele se virou de volta para Jamshid, reduzindo a velocidade de seu discurso como se estivesse falando com uma criança. — Sua irmã é uma... qual é a palavra que seu povo usa? "Sangue-sujo" parece cruel.

O olhar de Jamshid se desviou para o dela.

— Espere... você é *shafit*? — E então Nahri viu o irmão encaixar as peças, e o arrependimento e a pena que Nahri jamais queria ver preencher os olhos dele. — Ah, Nahri...

O marid estava gargalhando.

— Surpresa!

Mas se o marid pretendia dividir os dois com aquela revelação, claramente escolheu o irmão errado. Jamshid a puxou firme para trás do corpo e a empurrou na direção da porta.

— Nahri, fuja. Eu cuido disso.

— *Fuja?* — O marid pareceu desapontado. — Eu estava realmente esperando uma briga maior. Anahid teria me arrancado deste corpo a esta altura e me lançado pelas nuvens. Uma pena que você tenha quebrado a magia dela.

A provocação na voz dele foi a gota d'água.

— Você certamente não interrompeu sua viagem de dez mil anos pelo oceano apenas para brincar com um bando de mortais — acusou Nahri. — Então por que não nos conta o que quer?

— Quero vocês mortos — respondeu o marid, e na voz sincera de Ali as palavras atingiram ainda mais fundo. — Quero cada um de vocês que carrega fogo nas veias morto, e quero sua cidade destruída. Infelizmente, meu povo parece não conseguir realizar essas metas sem piorar as coisas para nós.

— Talvez vocês não sejam tão inteligentes quanto acham.

O marid subitamente voltou a faca para si, pressionando a ponta contra o pescoço de Ali. Nahri tentou avançar para ele, mas Jamshid a segurou.

— E talvez eu seja. Cuidado, Nahid — avisou o marid.

— Você se esquece que eu vejo o que ele já viveu. Eu sei como ferir você.

— É esse o objetivo disso tudo, então? Ferir a gente?

— Ah, não. Eu fui enviado para investigar os estranhos acontecimentos nas águas desta terra e por que meu primo Sobek recusou nossos chamados. — O marid arrastou a faca pelo pescoço de Ali. Uma linha fina de sangue reluzente acompanhou o caminho da lâmina; Nahri assistia angustiada por não poder arrancá-la das mãos dele. — Torturar dois Nahid é mera diversão. Ele bateu o cabo da faca no rosto de Ali. Sangue escorreu no nariz dele.

— Socorro! — gritou o marid. — *Guardas!*

Qualquer esperança de que os soldados que constantemente seguiam Jamshid tivessem decidido fazer uma pausa para o café sumiu assim que as portas foram escancaradas e dois homens armados entraram.

Os olhos dos guardas se arregalaram, indo de Nahri, desarrumada e com o cabelo solto perto da cama, a um Ali ensanguentado e um irmão daeva claramente colérico.

— Príncipe Alizayd!

Ali apontou selvagemente para Jamshid.

— O adorador do fogo me atacou. Quero ele morto!

Nahri avançou.

— Isso não é verdade!

— Mate-o! — gritou o marid. — Mate... — E então Ali soltou um grito sufocado, caindo de joelhos. Uma névoa da cor da chuva jorrou da pele dele, e então um indício de cinza familiar retornou a seus olhos.

— *Nahri* — disse Ali, engasgando com o nome dela. — O rio — arquejou ele. — O córrego. S-Sobek. Chame So... — As palavras se transformaram em um grito de arrepiar, suas costas se arqueando conforme a névoa disparava de volta para seu corpo.

Quando Ali olhou para ela de novo, foi com o olhar cheio de ódio do marid das monções.

Um trovão ressoou nos ouvidos de Nahri; uma lufada de vento explodiu para dentro do quarto e encharcou todos.

A chuva a fustigava dolorosamente. Os guardas gritaram, Jamshid se moveu para protegê-la...

Mas Nahri não perderia mais um minuto. Ela correu, afastando a mão do irmão e desviando do marid quando ele avançou para ela. Nahri não parou de correr até chegar à sacada, e então saltou pelo parapeito e se atirou no ar.

Nahri desabou no chão. Embora saltar de mansões não fosse uma experiência nova, fazia anos desde a última vez, e ela tropeçou na aterrissagem, caindo dolorosamente sobre um tornozelo na lama escorregadia.

Mas com o marid rugindo atrás dela, soltando um urro que não soava nada como seu amigo, ela avançou, erguendo-se num salto e disparando para a floresta. Galhos e gavinhas arranharam seu rosto, e suas sandálias imediatamente se rasgaram.

Os sons de pés a perseguindo vinham de trás, quase inaudíveis contra sua respiração irregular. Ali não fez mais nenhum som, e Nahri subitamente se sentiu terrivelmente caçada e em desvantagem, como uma gazela condenada fugindo de um leão. Logo adiante estava o riacho cheio, correndo vermelho com a lama e a chuva. Ela disparou para ele.

O marid a pegou. Eles caíram na margem inundada, Ali aterrissando sobre Nahri.

— Ah, não, Nahid — disse o marid. — Isso nós faremos juntos. Pois eu também estou muito ansioso para ver Sobek. — Ele soltou a faca. — Então, se não se importa...

Ele arrastou a lâmina pela palma da mão dela, rasgando a pele. Nahri conteve um grito, recusando-se a dar ao marid a satisfação de ouvir sua dor enquanto ele puxava a mão ensanguentada para longe do peito dela, enfiando-a na água.

— *SOBEK!* — Ele cuspiu o sangue que escorria do nariz de Ali no riacho. — Seus mortais estão chamando!

Não houve resposta. A chuva açoitava o rosto de Nahri; o marid a segurava com tanta força que doía. Ela tentou se desvencilhar, e ele levou a mão ao pescoço dela, empurrando a cabeça de Nahri para mais perto da água corrente. O riacho puxou violentamente o cabelo dela.

— O que acha que o faria vir mais rápido? — ronronou o marid. — Se eu afogasse você ou se eu enfiasse uma lâmina no coração do filhotinho dele?

— Nahri! — Jamshid os alcançara, correndo dos jardins do castelo para se juntar a ela.

Tudo ficou muito frio.

Abaixo de Nahri, o riacho esfriou, se aplainou e então se aquietou tão completamente que podia ser um lago intocado muito abaixo da terra. O marid das monções afrouxou a mão o suficiente para que Nahri se libertasse, rastejando para trás sobre a margem coberta de vegetação enquanto alguma coisa se agitava na névoa que oscilava acima da água. Ela viu o contorno de uma cabeça reptiliana, escamas pretas e olhos brilhantes.

Um tipo de terror primitivo que Nahri jamais conhecera – nem quando viu seu primeiro indício do sobrenatural em um cemitério do Cairo, nem quando enfrentou um ifrit de fogo – a percorreu quando o maior crocodilo que ela já vira se levantou diante deles. Mais névoa o encobria, circulando-o quase devotamente, e então o crocodilo se transformou, assumindo a aparência de um jovem com pele verde e olhos estranhos salpicados de amarelo e preto.

A criatura – Sobek, percebeu Nahri, lembrando-se do que Ali tinha contado sobre o marid do Nilo – avaliou-os um de cada vez, a cabeça e o pescoço disparando como uma cobra escolhendo uma refeição.

Seu olhar parou em Ali, então ele avançou.

Ali mal se mexeu quando Sobek empurrou o peito dele com as mãos. Em vez disso, a névoa irrompeu de novo das costas dele com um chiado e o cheiro de chuva fresca, e então Ali desabou aos pés de Sobek.

Mas o marid das monções não se foi. Um trovão sacudiu a terra e um raio partiu o céu conforme a chuva se condensava, se alterando e disparando como uma onda até pairar sobre Sobek e Ali. Não era o monstro do rio em que o Gozan tinha se transformado, mas ainda era intimidador.

Não teve efeito sobre Sobek, no entanto. Nahri semicerrou os olhos, tentando fazer com que a imagem do marid do Nilo permanecesse sólida em sua mente, mas era impossível. Ele se movia com uma velocidade e uma graça letais que teriam feito Dara parecer lento; um grunhido baixo e grave emergiu de sua garganta e fez com que cada pelo na nuca de Nahri se arrepiasse. O ar tinha cheiro de sangue, de lama sobre escamas torradas pelo sol.

Jamshid tinha chegado ao lado dela.

— Pelo olho de Suleiman — arquejou ele, encarando a dupla de marids duelando.

Ali ficou de joelhos. Vomitou água lamacenta e então, com um grunhido, ergueu-se cambaleante e avançou contra o marid das monções. Sua faca cortou inutilmente a forma de chuva.

Uma risada cruel encheu o ar. Não, não o ar: a *cabeça* de Nahri, como uma voz dentro da mente dela. E foi seguida por palavras, com sílabas chiadas que se encaixavam umas às outras.

Sua cria tem seu temperamento, Sobek. Uma pena que não o tenha ensinado a se proteger.

Sobek agarrou Ali pelo braço e o empurrou para trás, derrubando-o na vegetação.

— Ele não é da sua conta. Volte para as nuvens.

Mais um trovão estalou no céu. Nahri saltou, sentindo a mão de Jamshid se fechando no seu braço.

Ele é da nossa conta, seu tolo arrogante! Você consumiu as memórias dele, sabe o que aconteceu. Estamos em dívida com o campeão dos Nahid por causa do seu erro!

— Não fui eu quem escolheu testar os limites ao matar um daeva usando outro — sibilou Sobek. — Aquela foi uma decisão inconsequente. Se eles tivessem esperado e considerado o sangue dele...

Você jurou que eles estavam mortos! Você prometeu à própria Abençoada que estava feito!

— E *estava* feito. Tiamat sabe. Ela se banqueteou com a memória.

Ali ficou de pé novamente, estendendo as mãos como se tentasse se equilibrar. Estava completamente ensanguentado, com as roupas encharcadas pendendo em retalhos e o nariz inchado.

— O que está acontecendo, Sobek?

Leve-o, exigiu o marid das monções. *Você deveria tê-lo levado assim que percebeu o que ele era. Entregue-o a Tiamat, implore por perdão e reze para que o presente do anel de Anahid salve sua alma.*

— Não — insistiu Sobek. — Ele cumpriu com a barganha dos seus ancestrais. Tirou o anel dos Nahid e da cidade deles.

Ele deseja levá-lo de volta!

Nahri se desvencilhou de Jamshid. Estava farta de ser o assunto de dois demônios da água se bicando.

— Seu povo não deveria interferir com o meu — lembrou ela aos dois, colocando-se entre Ali e os marids. — Lembram-se? Isso é *definitivamente* uma interferência e, a esta altura, estou pronta para arriscar chamar aquele campeão Nahid de quem vocês têm tanto medo. Saiam.

Era uma mentira, mas os dois marids se afastaram – bem, a nuvem ondulou.

Mas então o marid das monções avançou, um calafrio gélido e úmido roçando a pele dela. *Você está blefando. Acha que é inteligente, mas deu as costas a seu próprio sangue para proteger um instrumento destinado a destruir você.*

— Já *chega* — declarou Sobek. — O enviado de Tiamat partirá agora. — Ele voltou o olhar para o marid das monções. — Eu cuido disso.

Você não cuidou de nada. Nossa paciência se esgotou, Sobek. Você e seu bicho de estimação daeva devem se submeter a Tiamat na próxima maré alta.

O marid do Nilo grunhiu.

— Ela não me comanda.

O outro marid ondulou pelo ar como se gargalhasse.

Senhor do rio, acredita que a Abençoada teria me enviado para suplicar? Você e sua cria vão se submeter, ou ela virá pessoalmente até esta terra para pegá-lo.

Sobek congelou, seu humor mudando completamente.

— Ela não faria isso. Há dezenas de milhares de mortais nesta costa. Não temos permissão para ferir...

A risada fria novamente. *Mas temos, não percebe? Ele é nosso, e nós temos permissão para feri-lo. A decisão é dele se fica entre tantas vítimas potenciais.*

Ali cambaleou de novo.

— O que isso quer dizer?

Mas a presença nebulosa do marid das monções já estava subindo. *Eu entreguei nossa mensagem. Se você fosse sábio, Sobek, daria atenção a ela. Entreguem-se a Tiamat até a próxima maré alta ou vejam esta terra ser devorada.*

No segundo seguinte, o marid das monções tinha sumido. O céu se iluminou ligeiramente, mas a chuva permaneceu constante, gotejando nas folhas e no chão em volta deles.

Ali ficou pálido.

— Eles... eles não podem fazer isso. Certamente não podem fazer isso.

Sobek se moveu em direção a ele.

— Você vem comigo.

Nahri se colocou entre eles.

— Não, ele não vai. Como *assim*, Tiamat vai devorar a terra?

Os olhos de Sobek se fixaram nos dela, e Nahri precisou de toda a sua força para não desabar. No entanto, não conseguia tirar os olhos daquele rosto belo e assustador. Queria se aproximar tanto quanto queria fugir, subitamente se vendo arrastada sob a água lamacenta e sentindo dentes rasgarem sua pele.

— Significa que, se ele estiver aqui, uma onda mais alta do que suas pirâmides vai afogar esta costa inteira até a manhã. — Sobek se virou para Ali com um grunhido. — Eu tentei avisar você. Eu disse para fugir para seus desertos, para evitar meu povo!

— Você me disse que eu tinha um lugar em meu mundo e que deveria voltar para ele — disparou Ali de volta, parecendo igualmente colérico. — Isso não é um aviso. Se tivesse dito "atrair a atenção deles vai resultar em um demônio oceânico matando dezenas de milhares", talvez eu tivesse agido diferente!

Dezenas de milhares. Por Deus. Nahri encarou a dupla discutindo, tentando conceber a enormidade da ameaça. Ela provavelmente deveria ter dito a Ali para calar a boca, para parar de brigar com o – literalmente – senhor do Nilo como se aquilo fosse alguma briga de família.

Uma briga de família.

— Por que ele o chamou de sua cria? — indagou Nahri, rezando para que estivesse errada. Rezando para que os instintos que normalmente lhe serviam tão bem estivessem redondamente enganados.

Ali parou de gritar com Sobek, olhando para ela como se Nahri tivesse perdido a cabeça.

— O quê?

Sobek grunhiu, exibindo dentes afiados como adagas.

— Isso não diz respeito a você, Nahid.

Não. Ah, não. Mas Nahri conseguia ver a peça do quebra-cabeça que estava faltando se encaixando com as outras que ela já conhecia. A água que tinha curado os ferimentos de faca de Ali muito antes de os marids do lago de Daevabad sequer terem tocado nele. Os planos cuidadosos dos marids de matar Dara usando outro daeva ruindo e criando a arma que eles temiam – a arma em que não podiam tocar.

A arma que Ali não tinha conseguido tocar.

Cria de Sobek. As palavras que o marid das monções tinha atirado a Ali não haviam sido apenas insultos.

Ali olhava de um para o outro.

— O quê? O que foi?

Nahri não conseguia falar. Sua boca estava seca, e sua mente gritava uma conclusão que deveria ser impossível – uma conclusão que poderia fraturar o mundo deles e arrasar o homem diante dela, o homem que ela havia tentado proteger com todas as suas forças.

No entanto, eles haviam prometido ser honestos um com o outro.

— Você é marid — sussurrou ela. Não sabia de que outra forma dizer aquilo, porque não conseguia colocar palavras como "família" e "parente" entre o Ali que ela conhecia e o espectro de crocodilo envolto em névoa que a olhava com raiva. — Você é *dele.*

A lenta ondulação de terror no rosto de Ali foi terrível de testemunhar.

— Não sou — gaguejou Ali. — Isso é impossível. Isso é *ridículo.* — Mas a voz dele falhou de emoção, e Nahri conseguia vê-lo encaixando as mesmas peças que ela. — Tenho ancestrais. Ancestrais djinns! Sobek... — Ele se virou para o marid silencioso. — Diga a ela que é impossível.

O marid do Nilo se agitou na névoa, as escamas reluzentes sumindo sob sua pele e fazendo com que parecesse um pouco menos reptiliano. Quando ele finalmente falou, sua voz tinha se suavizado até ser o murmúrio baixo de uma corrente calma, com água ainda incansável o bastante para desgastar suas margens e destruir sua própria fundação.

— Eu vi muita violência nas terras mortais que divido — começou ele. — Observei como eles lutam, como tramam. Como uma cidade murada que é vista como segura pode ser comprometida. — Seus olhos sobrenaturais piscaram, as írises brilhando. — Eu não podia atacar Anahid e o tipo dela diretamente. Então criei uma brecha.

— Uma brecha? — Ali tinha ficado pálido.

Sobek sibilou.

— Você tem minhas memórias, Alizayd al Qahtani. Sabe como Anahid roubou nosso lago e forçou nosso povo à servidão. Eu escapei por pouco, mas encontrei novos daevas nas terras ao longo de meu rio também. Eles estavam transformados; eram coisas frágeis e assustadas tentando entender seu novo mundo. Mais próximos de humanos, das noivas mortais com que eu estava acostumado.

"Tomei uma mulher desses novos daevas. Uma que não tinha medo de entrar em minhas águas, que era inteligente o bastante para ver a promessa em tal pacto. E então eu criei o seu tipo, o *meu* tipo, a partir da terra, para que se tornasse um dos mais poderosos clãs das terras deles. Ensinei-os a nadar nas correntes e a conjurar palácios do mar. Tudo o que pedi foi lealdade. E discrição."

— Não acredito em você. — Nahri viu lágrimas brilhando nos olhos de Ali. — Meus ancestrais não teriam feito isso, não teriam vivido como um clã de espiões marids durante gerações.

— Eles não conheciam a extensão de seu propósito. Eu ordenei que simplesmente mantivessem em segredo o que eram e informassem as gerações futuras de que um dia eu exigiria um serviço em troca dos séculos de bênçãos. Então esperei. Observei os Nahid se enfraquecerem e, quando uma oportunidade surgiu, eu a aproveitei.

— A guerra de Zaydi. — Nahri se sentiu enjoada. — Então os marids realmente o ajudaram a tomar Daevabad. *Você* o ajudou.

Sobek lançou a ela um olhar frio.

— Eu não cheguei perto de nosso lago desde que Anahid o profanou. Meu descendente foi em meu lugar, levando um exército inteiro pelas correntes. Era *disso* que sua família era capaz quando me obedecia — acrescentou ele a Ali, seu tom ficando amargo. — Não que isso importasse. Os daevas sempre mentem, e minha cria entre eles não era melhor. Eu deixei claro que os Nahid deveriam ser aniquilados e que eu precisava que o anel de Anahid fosse devolvido às minhas águas. Eles fracassaram nas duas coisas.

Nahri interpretou as palavras chocantes, ouvindo o acordo sob a superfície.

— Você sabia — acusou ela. — Sabia o que aconteceria se o anel fosse retirado de Daevabad, não é?

— Aquela cidade imunda só existe por causa da magia de Anahid. Seu *mundo* existe por causa dela. Sim, eu sabia.

— O preço — disse Ali, baixinho. Ele parecia prestes a vomitar de novo. — Zaydi disse que os Ayaanle pagaram um preço terrível pela aliança com os marids. Meus ancestrais não deram o anel a você, deram a ele.

Nahri encarou Sobek, um calafrio percorrendo sua coluna.

— O que você fez?

O marid parecia mais crocodiliano agora, mas havia um lampejo de alguma coisa muito antiga e assombrada nos olhos dele.

— Eu os amei das formas que conseguia. Mas eles desobedeceram. Eram minha responsabilidade, e carregavam traços da minha magia. Uma coisa que você deveria entender, Nahid, com suas regras sobre o código de Suleiman.

— Foi por isso que fez aquelas perguntas quando nos conhecemos — disse Ali. — Por isso ficou surpreso ao descobrir sobre mim. — Sua voz se encheu de horror. — O que você fez com meus ancestrais?

— Eu os devorei. Todos que consegui encontrar.

Nahri não conseguiu segurar seu arquejo, mas, ao lado dela, Ali não estremeceu. Ele tomou um único fôlego e então recuou um passo, colocando Nahri e Jamshid atrás de si.

— Este oceano é o lar de Tiamat, não é? — perguntou ele.

Sobek claramente não ficou tão espantado quanto Nahri pela pergunta súbita.

— Sim.

— Então vá.

O marid parou por um longo momento.

— Você está chateado. Isso é compreensível. Mas você e eu recebemos um aviso, e Tiamat não vai se importar com sua raiva.

— Vou lidar com Tiamat sozinho. — Ali ergueu a faca, e agora sua voz realmente estremeceu. — Você disse que eu cumpri o pacto dos meus ancestrais, então *vá*. Nunca mais quero ver você de novo.

Se aquilo o atingiu, Nahri não conseguiu dizer. Mas Sobek recuou em direção à água.

Então se virou para ela.

— A próxima maré alta é logo depois do alvorecer. Pela dívida que tenho com seus parentes humanos, direi isto: fuja para o oeste, filha de Anahid.

— Oeste? — repetiu Nahri, baixinho.

— Você não será poupada da ira de Tiamat. Nenhum de vocês será. Não se ele estiver aqui.

Então Sobek desapareceu sob a superfície da água, não deixando nada além de ondulações. Ondulações e eles três, a chuva incansável e uma ameaça que de repente fez Daevabad parecer muito distante.

DARA

A CONSCIÊNCIA CHAMOU DARA NA FORMA DE CHAMAS CRE-
pitantes e fumaça acre e fétida. Pontadas cáusticas cutucavam suas costas, suas pernas e seu crânio, afogando-o em dor. Uma tortura pior latejava em seu braço direito, seu pulso amarrado e enfaixado no que pareceu seu próprio flagelo cravejado de ferro.

O ataque na carruagem. A traição de Muntadhir e os gritos sofridos de Kaveh. Dara tentou se libertar, percebendo que seus membros estavam atados quando correntes chacoalharam de seus pulsos e tornozelos. A tentativa o deixou ofegante; seu corpo estava tão fraco que parecia o de um estranho.

— Ah, olhe quem finalmente acordou.

Dara piscou, sua visão turva de cinzas.

Vizaresh pairava acima dele.

— Você é muito irritante de vigiar, sabia disso? Não parava de gritar durante o sono e chamar sua irmã. *"Tamima! Tamima!"*

Dara avançou contra as correntes que o seguravam, então arquejou quando uma onda de dor o deixou sem fôlego. Ele caiu contra a superfície incandescente na qual estava amarrado.

Vizaresh lentamente o circundou, olhos de fogo esquadrinhando seu corpo.

— Cuidado, Afshin. Sua Banu Nahida se esforçou *tanto* para reviver você. Seria desrespeitoso desfazer todo o trabalho árduo dela. Principalmente agora, quando ela precisa tanto de você.

Dara ainda lutava para respirar, mas se agarrou às palavras do ifrit como um homem se afogando.

— Ela está viva?

— Ela sobreviveu. — O ifrit passou a língua pelos dentes, revelando um lampejo de presas reluzentes. — Que coisas tão desleais e volúveis são os seus Daeva. Fugindo de um governante para o outro...

— Onde ela está? — indagou Dara. — O que você fez com ela?

Os olhos de Vizaresh se iluminaram, incredulidade cruzando seu rosto.

— Ah, pobre homem, você ainda não enxerga, não é? Não é *comigo* que você deveria estar preocupado. E eu não faria nada para irritar sua Manizheh. A esta altura, apenas gosto de observá-la.

Dara quis estrangular o ifrit e os enigmas dele.

— Onde está Aeshma?

— Ao lado dela, como sempre. Acredito que a expressão seja "ajudando-a a alcançar seu verdadeiro potencial".

Dara se contorceu contra suas amarras, um pouco de força retornando.

— Tire-me destas correntes.

Vizaresh riu com deboche.

— Você nunca se livrará de correntes. Não agora. — Ele saiu do campo visual de Dara, voltando com um martelo. — Eu avisei a você da primeira vez que alçou voo. Não deveria ter desperdiçado seu renascimento com esses mortais e as guerras deles.

A preocupação cresceu em Dara enquanto Vizaresh começava a martelar as correntes.

— O que isso quer dizer? — indagou ele, soltando a mão esquerda. — *O QUE ISSO...*

Dara congelou. O anel dele tinha sumido.

Ele se sentou abruptamente, todos os pensamentos sobre Manizheh e Aeshma sumindo.

— Meu anel — sussurrou ele, encarando sua mão com temor. A outra marca da escravidão ifrit estava ali: a tatuagem espiralada que registrava as vidas dos mestres humanos que ele havia tomado. Mas o anel surrado com a esmeralda reluzente, o anel cuja perda anterior significara sua morte imediata, não estava à vista.

Dara avançou sobre o ifrit, que estava provavelmente se arrependendo de sua decisão de libertá-lo. O movimento súbito vez sua cabeça girar, e ele agarrou o colarinho de Vizaresh. Pelo Criador, o que tinha acontecido com ele? Dara jamais tinha se sentido tão fraturado, como se os caminhos entre sua mente e seu corpo tivessem sido partidos e reatados apressadamente.

— Onde está meu anel? — sibilou ele, fechando as mãos em volta do pescoço do ifrit.

Vizaresh se contorceu, cuspindo fogo.

— Sumiu — disse ele, engasgado, inclinando a cabeça para o pulso de Dara. — Agora você tem isso.

Soltando-o, Dara olhou para baixo e se encolheu diante da engenhoca embutida em seu pulso: uma bainha de bronze parecida com a braçadeira de um arqueiro delimitada por pele em cicatrização e sangue preto salpicado de dourado. No centro dela estava a relíquia dele, o amuleto martelado e achatado.

O que é isso? O que foi feito comigo?

Enjoado de temor, Dara se obrigou a olhar em volta. Eles estavam na enfermaria do palácio, mas o lugar estava vazio exceto por ele e Vizaresh. Ferramentas que Dara não reconhecia, retalhos chamuscados e garrafas de boticário quebradas estavam espalhados sobre as bancadas de trabalho como se alguém tivesse destruído o lugar num acesso de loucura.

Dara afastou suas correntes quebradas. Ele tinha sido amarrado a uma mesa de metal baixa disposta sobre um fogo baixo, e a fumaça tinha um cheiro errado. Ele procurou o que poderia ter alimentado as chamas, mas não havia pedaços carbonizados de madeira nem qualquer óleo. Em vez disso, pedaços esfiapados de tecido quebradiço flutuavam pelo ar. Dara passou a mão pelas cinzas que jaziam espessas sobre seu colo, examinando os resquícios quebradiços. Minúsculas lascas pretas pontuavam o pó pálido.

Osso.

Ele cambaleou.

— O que é isso? — Havia tanta cinza. Tanta. — O que ela fez?

Vizaresh tinha recuado e estava massageando o pescoço.

— Você estava quase morto quando Aeshma e eu o trouxemos de volta. Um de seus traidores injetou uma solução de ferro em você. Uma ideia brilhantemente terrível, para ser sincero. Ainda está dentro de você. Manizheh disse que não tinha como extrair do seu sangue sem a magia dela. Então ela precisava de outra forma de salvar você. — O olhar dele encontrou o de Dara, cruel e astuto. — Que sorte que ela estava de posse de seus parentes mortos. Sabe o que dizem sobre o poder dos Nahid...

Dara gritou, limpando os fragmentos de ossos das mãos e tentando sair aos tropeços do leito em brasa. Ele caiu de joelhos e levantou mais nuvens de cinzas. Elas estavam em sua língua, em seus olhos, agarradas a sua pele.

Os corpos dos Nahid na cripta, ah, Criador. Homens e mulheres e crianças, todos que tinham morrido sob as garras dos Qahtani. Seus abençoados Nahid, a quem fora negada a paz da morte para apodrecer sob o lago, e que então foram queimados apenas para que suas chamas sagradas pudessem trazer de volta uma abominação – ele. Dara se jogou para fora das cinzas, aterrissando no azulejo frio e vomitando uma substância derretida que queimou o chão.

Vizaresh gargalhava.

— Ah, Afshin, não se desespere! Pelo menos ela sobreviveu. Uma situação tão suja, os golpes. Já vi meus escravos serem arrastados para mais deles do que consigo contar, e sempre são muito mais violentos do que o inicialmente planejado. Mas quando não são bem-sucedidos? — Os olhos do ifrit brilharam. — Nada é tão cruel quanto a vingança daqueles que quase perderam o poder.

Dara se agarrou a um banquinho, tentando se levantar.

— Onde ela está?

— Na arena. Era o único lugar grande o suficiente.

O único lugar grande *o suficiente?* Dara avançou, o quarto inteiro balançando. Desesperado, ele chamou sua magia, mas ela voltou em ondas bruscas e irregulares. Fogo percorreu o seu corpo em trechos, apenas uma das mãos se transformando em chamas – a dor sumiu do lado esquerdo, mas não do direito. *Pelo Criador, o que há de errado comigo?* Dara chegou à porta da enfermaria e se atrapalhou com a maçaneta como se estivesse bêbado.

— Você deveria ter voado, Afshin — disse Vizaresh de novo. — Os Nahid não merecem sua lealdade. Ninguém no mundo merece. Se fosse um homem mais sábio, teria visto isso antes de se destruir por eles.

— Sou parte do motivo pelo qual o mundo deles é do jeito que é. Não vou abandoná-los. — Dara abriu a porta.

E então rezou para que não fosse tarde demais para salvar sua Banu Nahida.

O palácio estava sinistro, vazio e silencioso, embora o sol forte entrando pelas balaustradas de pedra indicasse que era meio-dia. O coração de Dara acelerou, seu fôlego ecoando irregular pelos corredores empoeirados. Onde estavam todos os camareiros? Os criados e os soldados e os escribas? As dúzias de pessoas que deveriam estar perambulando por lá entre um compromisso e outro, todas envolvidas no ansioso gerenciamento de um novo governo caótico tentando afastar a guerra civil e a fome em massa?

Manizheh está viva, dissera Vizaresh. Sua Banu Nahida tinha sobrevivido. Dara tentou banir todos os outros pensamentos conforme avançava. Eles podiam consertar aquilo. Ele ainda podia consertar aquilo, o que quer que fosse.

O fedor de sangue o atingiu quando ele ainda estava muito, muito longe da arena.

Quando Dara atravessou cambaleando uma passagem de fundos, o miasma de podridão e intestinos esvaziados estava tão forte no ar que o sufocou. Era o cheiro de um campo de batalha, e o levou de volta para as piores memórias de sua vida. Mas não deveria haver campo de batalha na arena, naquele palácio – no coração do Quarteirão Daeva que Dara tinha feito tudo para proteger. Como os djinns teriam conseguido invadi-lo? Quantas pessoas eles teriam matado?

Ao som do grito de uma mulher, ele partiu em uma corrida errática. Encontrando a porta adiante trancada, Dara a chutou com um grunhido.

Duas flechas estavam apontadas para ele em um instante. No entanto, a visão lhe trouxe alívio: os arcos eram erguidos por seus guerreiros.

— Afshin — sussurrou um dos homens, Piroz. — Graças ao Criador. — Ele estava trêmulo.

Dara segurou o ombro do homem.

— O que está acontecendo? Eu acabei de acordar na enfermaria; o palácio está vazio...

Outro grito veio da arena.

Dara deu um passo adiante, mas o segundo soldado daeva se moveu para bloqueá-lo.

— Perdoe-me, Afshin — disse ele. — Mas a senhora pediu que não fosse interrompida.

— *Interrompida?*

Os soldados trocaram um olhar hesitante.

— Ela... ela está punindo os traidores.

A forma como ele disse aquilo lançou gelo pelas veias de Dara.

— Saiam da frente.

— Mas temos ordens de...

Ao ouvir isso, Dara empurrou os soldados e seguiu em frente.

— Eu não morro — avisou ele. — Se atirarem em mim pelas costas com armas que eu ensinei vocês a usarem, lembrem-se disso.

Ele ouviu choro entrecortado quando atravessou a última porta.

— Perdoe-me, minha senhora. Eu confesso, eu confesso!

— Eu não quero sua confissão. — A voz de Manizheh estava mais fria do que ele jamais ouvira. — Deixei claro o que quero de você. Dê-me seu nome, e pouparei seu filho.

Dara correu para a arena.

Ele caiu de joelhos.

Havia corpos por toda parte. Dezenas, centenas. Homens e mulheres de todas as idades, e, embora ele não visse crianças, havia muitos jovens que estavam no limite. Todos eram Daeva, muitos ainda usando marcas de cinzas, com os olhos pretos vítreos abertos para o céu. Alguns tinham a garganta cortada, mas a maioria tinha feridas de perfuração no coração e as roupas encharcadas de sangue que escorria para a areia, espesso e abundante como o sangue geziri que fluíra pelos jardins do palácio não muito tempo antes.

Mas sangue daeva não deveria ser derramado daquele jeito de novo. Esse tinha sido o foco – *o objetivo* – da guerra deles. Dara oscilou sobre os joelhos, olhando pela areia.

Bem a tempo de ver a mulher ajoelhada aos pés de Manizheh mergulhar uma adaga no próprio peito.

Dara soltou um grito sem som, chocado e sem entender. A plataforma real tinha sido desmontada até restar só a superfície de mármore, e Manizheh, com a cabeça exposta e os cabelos em ondas soltas e emaranhadas, estava de pé usando o vestido cerimonial em que ele a vira no dia da reunião fracassada com os enviados djinns. Agora, ele estava completamente preto de sangue. Ela observou sem se comover quando a mulher desabou no chão.

Das sombras atrás de Manizheh, Aeshma surgiu. O ifrit tirou a adaga da mulher morta e a chutou da plataforma para a confusão de corpos estatelados na areia. Quando se endireitou, seu olhar encontrou o de Dara.

Um olhar que Dara jamais vira no debochado e arrogante ifrit atravessou o rosto de Aeshma. Era... fome. A antecipação de algo mais antigo e esperado do que Dara jamais poderia imaginar. Como se Aeshma pudesse sentir o cheiro do desespero e do horror que irradiavam de Dara e quisesse sentir o seu gosto, rasgando-o com os dentes.

Então a expressão sumiu, e Aeshma entregou a adaga a Manizheh.

Ela passou os dedos pelo sangue que cobria a lâmina numa carícia deturpada e estremeceu, seus lábios se entreabrindo brevemente.

Aeshma falou.

— Seu Afshin se juntou a nós. — Parecia um aviso.

Dara se levantou trêmulo do chão, olhando horrorizado para a areia sangrenta que se estendia entre eles. Não suportava a ideia de atravessá-la.

— O que você fez?

Ela limpou a parte chata da adaga na mão.

— Parece que Muntadhir estava certo a respeito das lealdades frágeis das casas nobres daeva. — Manizheh encontrou o olhar dele, e sua expressão vazia e sombria enregelou Dara até os ossos. — Então agora não há mais casas nobres daeva.

Ele se ergueu cambaleante.

— Nem todas essas pessoas traíram você.

— Não, mas os parentes delas traíram. Era uma lição que precisava ser ensinada.

O olhar de Dara se voltou para o chão. Uma moça estava caída de lado, a mão ainda pressionando o pescoço rasgado. Ela parecia mais nova do que Nahri quando Dara a conhecera no Egito.

— Não comece. — A voz de Manizheh estava entrecortada. — Você fez pior em Qui-zi. Você fez pior durante sua rebelião contra Zaydi al Qahtani. Eles queriam colocar *Muntadhir* no trono. Ele teria matado todos os Daeva que sequer pensaram em nos dar apoio. — Ela gesticulou selvagemente com a faca. — Nós tentamos outro modo. Tentamos misericórdia e bondade e fomos traídos em resposta. É só *assim* que as pessoas entendem.

Dara a encarou, mas não conseguiu reunir o ódio de suas brigas anteriores. Mesmo que sua fé nos Nahid finalmente tivesse se estilhaçado de vez, o coração dele se partiu por ela. Pela curandeira brilhante que deveria fazer avanços no seu campo e salvar vidas em vez de se tornar uma cruel assassina. Pela mulher inteligente e corajosa que talvez tivesse sido uma boa líder em outro mundo. Que deveria ter visto seus filhos crescerem em segurança e se orgulhado das pessoas que eles se tornariam.

Ele queria chorar por ela, por todos eles.

— Minha senhora...

— Eles mataram Kaveh. *Nosso* povo, Dara. Eles o despedaçaram na rua como animais. — A voz dela falhou com luto puro; seus olhos injetados de sangue estavam úmidos.

Kaveh. Dara sentiu como se suas pernas tivessem sido cortadas. Ele e o grão-vizir tinham discutido muito, mas Kaveh era o pai de Jamshid e um defensor determinado e destemido da tribo deles.

E os Daeva o haviam matado por isso. Dara não podia imaginar uma perda mais desestabilizante para Manizheh.

Ela sacudiu a cabeça.

— Os homens colocaram as mãos em mim, pensaram em me *amarrar,* dizendo que eu certamente entendia. Que ninguém queria *me* ferir, eu era a abençoada Nahid deles, mas estava na hora de homens mais sensatos assumirem o controle. De um *Qahtani* assumir o controle — disse ela, cuspindo o nome. — Eles teriam conseguido, não fosse por Aeshma.

— Sinto muito. — Dara não sabia o que mais dizer.

— Tenho certeza de que sente. — Ela o encarou. — Eles sabiam. Eles sabiam *exatamente* como derrubar você, e foi por causa de suas ações no hospital.

Dara tentou avançar, passando por cima dos corpos.

— Banu Manizheh…

— Não. — A repreensão foi como um tapa na cara. — Afshin, eu me importo com você. Mas não preciso de sua culpa mal direcionada agora.

Culpa. Ela acha que é culpa *que eu sinto agora?*

A porta dos fundos da plataforma se abriu, e o coração dele pesou mais. Irtemiz e um de seus recrutas mais novos levavam um Muntadhir amarrado e amordaçado entre eles. O emir tinha sido espancado; hematomas e cortes ensanguentados cobriam sua pele suja e exposta, e sua barba estava cortada.

Mas rebeldia queimava em seus olhos mesmo quando o empurraram de joelhos diante de Manizheh. Ele olhou para ela com ódio escancarado.

Nós nunca tivemos uma chance com ele, percebeu Dara. A dançarina no banquete que tentara avisá-lo sobre Muntadhir estava certa. Eles tinham matado o povo e o pai dele, então Muntadhir tinha contra-atacado, planejando a destruição deles da melhor forma que sabia e sorrindo o tempo todo.

Um novo temor percorreu Dara.

— Os representantes djinns…

— Se foram — respondeu Manizheh. — Eles fugiram para seus quarteirões como ratos antes que os ifrits conseguissem alcançá-los. Estavam envolvidos. Todos eles. Entende agora, Afshin? Não há ninguém em quem possamos confiar. Os nobres daeva, os djinns, qualquer um que jamais tenha servido a Ghassan. Eles estão envenenados. Estão *infectados*. — Ela abaixou a mão, agarrando Muntadhir pelo cabelo. — E *você* é a doença. Olhe para seus aliados, al Qahtani. Satisfeito por ter mais sangue nas mãos?

Muntadhir olhou, mudo, para os mortos.

Dara viu mais ódio queimar em Manizheh diante do silêncio arrogante do emir.

— Nada? Nós realmente somos peões para você, não somos? Seduzir um, casar-se com outra. Quer nos matar, torturar e esmagar, e então, quando finalmente revidamos, nos voltar uns contra os outros. — Ela arrancou o tecido da boca do emir. — Seus companheiros estão todos mortos. Até o último daeva que desfrutou de sua companhia. Cada um que se *dizia* ter desfrutado de sua companhia. Nenhum arrependimento?

Muntadhir ergueu o rosto para ela.

— Eu me arrependo de não ter visto você chorar quando tentou encontrar todos os pedaços de Kaveh.

Dara podia jurar que o próprio palácio tremeu com o ódio dela.

— O filho de Ghassan até o fim — sibilou Manizheh. — Uma cobra egoísta e venenosa. — Manizheh virou-se para os soldados. — Segurem-no. A mosca da areia acha que lágrimas são uma fraqueza, então certamente não vai se importar se eu o aliviar da habilidade de derramá-las.

Parte da coragem de Muntadhir pareceu se esvair. Ele se contorceu contra os soldados, e Dara não deixou de ver o cruel triunfo com o qual Irtemiz agarrou o rosto dele e tapou sua boca. O desejo de vingança de Irtemiz não surpreendeu Dara – era um desejo que ele sabia muito bem que tinha atiçado durante os anos deles no deserto. Um desejo que só teria crescido quando ela viu seus amigos e seu amante morrerem pelas mãos do irmão de Muntadhir, e quando ela foi ameaçada de morte no hospital.

Mas Dara desviou o olhar. Ele não precisava ver. O grito de Muntadhir foi alto o suficiente por trás da mão de Irtemiz. Manizheh recuou um passo, então o soltou. Muntadhir caiu de joelhos com um choro agoniante em geziriyya, sangue escorrendo da órbita onde seu olho esquerdo deveria estar.

— Vou deixar o outro por enquanto — disse Manizheh, friamente. — Pois quero que você veja sua irmã quando eu a capturar. Quero que a morte dela seja a última coisa que você veja.

Com isso, Dara falou de novo.

— Banu Manizheh, se matar a princesa, a mãe dela...

— Já cuidei de Hatset e da mensagem dela. Cuidei de tudo. — Ela olhou para ele. — Você deveria ir, Afshin. Não acho que está completamente recuperado.

Ela ergueu a mão. Então, com um gesto, fez algo que não deveria ter capacidade de fazer.

Manizheh usou magia.

A porta atrás dele se escancarou com um estrondo e uma lufada de vento o atingiu no peito, um empurrão firme. Dara cambaleou para trás, chocado e traído.

— Perdoe-me, Afshin. Mas vou fazer as coisas do meu jeito agora.

32

ALI

O OLHAR DA MÃE DELE PODERIA ESTAR A MILHARES DE QUIlômetros dali.

— Não acredito. Não é possível. *Não é.* Jamshid percorria a mesma rota sobre o tapete havia tanto tempo que estava começando a deixar Ali zonzo.

— E tenho certeza de que Tiamat vai deixar de afogar todos nós porque declaramos que é impossível.

— Então vá *você* se entregar a ela, Baga Nahid. — Hatset olhou com raiva para Jamshid. — Foi Anahid que roubou o lago dela, os Nahid que forçaram os marids a servi-los. Por que minha família, meu *filho*, que não fez nada a nenhum deles, deveria pagar o preço?

Ali permaneceu calado. Ele não tinha falado desde que se recusara a ir com Sobek no rio, deixando os irmãos Nahid inteirarem Hatset, Wajed e Issa do que tinha acontecido. Ele não sabia o que poderia acrescentar que não deixaria sua mãe mais arrasada ou faria com que o homem que ele chamava de tio deixasse de parecer ter envelhecido cem anos. Ali deveria ser o otimista inconsequente, o idealista que jamais desistia.

Mas não tinha como consertar aquilo.

Então ele não disse nada. Em vez disso, encarou suas mãos ardidas, que estavam secas e rachadas. Tinha esfregado a pele até sangrar depois de voltar para o castelo, raspando até a última gota de umidade, cada lembrete físico do marid das monções. Não que isso importasse. Ele não podia desfazer o que tinha acontecido ou o que havia descoberto.

Não é possível. Ali se viu repetindo as palavras desesperadas da mãe. Ele tinha aceitado o fato de que seu pai estava pronto para se transformar em um assassino, um homem que ele precisaria enfrentar. Mas aquilo, ah, Deus. Sobek estava além até mesmo daquilo. Ele era uma criatura de outra era, outro elemento. Um mundo que requeria sangue e rituais, e que o mundo de Ali tinha, com razão, sufocado.

Aquelas não podiam ser as origens dele.

A porta do quarto se abriu e Nahri entrou pelo filete de luz. Ali abaixou o olhar para o chão; não conseguia olhar para ela.

— Fiza está bem. Ela levou uma pancada feia na cabeça, mas vai sarar. — Nahri hesitou. — Mas ela disse que ia embora.

Ali fechou os olhos. Tudo que ele havia tecido estava se desfazendo.

A voz de Jamshid ficou ainda mais alarmada.

— E quanto ao navio dela? A tripulação?

— Eu não perguntei — disse Nahri. Ali conseguia sentir em sua voz que ela o analisava. — Mas as pessoas sabem que alguma coisa está acontecendo. Aparentemente, a maré está recuando e deixando torrões de sujeira, sangue e peixes podres na areia.

Um silêncio mortal recebeu essa notícia, até que Jamshid o interrompeu.

— Talvez devêssemos *todos* ir com Fiza.

— Não temos navios o suficiente para evacuar nem metade das pessoas aqui — observou Wajed. — E até a próxima maré, tudo o que faríamos seria nos colocar no oceano quando ele se chocar contra a costa. Se os marids foram sinceros na ameaça, o momento escolhido foi deliberado. Sem falar do resto dos djinns e humanos na costa que não receberão qualquer aviso.

Ali finalmente falou.

— Então eu preciso ir. Não tem outro jeito.

A mãe se virou para ele.

— Vou trancar você em uma cela se disser isso de novo.

— Negação e luto guerreavam na voz dela. — Você não vai a lugar algum, Alu. Isso é um absurdo. Nossa família não tem nada a ver com os marids há séculos, não importa qual seja o envolvimento que esse Sobek alega ter tido com nossos ancestrais. E não vou perder você — disse ela, a mão trêmula ao agitar um dedo para ele. — Não de novo.

A culpa se revirou dentro de Ali. Como poderia fazer aquilo com a mãe que lutara tanto para salvar a vida dele? Cujo marido tinha sido assassinado e cuja filha estava cercada por inimigos?

Por outro lado, como poderia não fazer?

Issa se pronunciou. O estudioso estivera incomumente calado e pensativo enquanto a Hatset e Jamshid discutiam, mas Ali reconheceu a tosse cautelosa dele como o som de um homem trazendo más notícias.

— Se Tiamat exigiu, o príncipe talvez precise ir. Ela não é só um marid; ela está além da nossa compreensão — explicou Issa. — Histórias dela são anteriores a Suleiman e falam de Tiamat como o próprio grande oceano, um abismo de caos e criação. Ela pode muito bem ser a mãe dos marids, tendo-os dado à luz há milênios, quando o mundo ainda era novo.

— Uma coleção de lendas blasfemas — debochou Hatset.

— Contos primitivos de uma era de ignorância.

— Com todo o respeito, minha rainha, eu não falaria tão levianamente. Não é blasfêmia dizer que este mundo é amplo, que muito de sua história permanece encoberto. Há coisas que Deus colocou além de nossa compreensão. Não temos muitas histórias sobre ela, mas Tiamat deve ter inspirado muito medo para ser lembrada e mencionada do modo como é, tantos séculos depois de estar ativa.

— Então por onde ela andou? — desafiou Hatset. — Se é tão poderosa, por que deixa Darayavahoush aterrorizar seu povo? Por que deixou os Nahid tomarem Daevabad e forçarem seus filhos à servidão? Por que só está vindo atrás de nós agora? Issa pareceu impotente.

— Não sei, minha senhora. Não acho que algum de nós possa compreender a mente de tal criatura. Talvez ela esteja dormindo sob o mar e considere tais preocupações mortais insignificantes. Ela pode desejar a insígnia, ou pode simplesmente querer Alizayd e a insígnia como curiosidades, da forma como se dizia que os marids consumiam navios e aldeias na era anterior a Suleiman.

O que significava ser consumido como uma curiosidade? Entregar-se a Tiamat? Será que ela se conformaria em matá-lo e se saciar com o sangue dele? Ou seria pior e ela poderia prender a alma dele, devorá-la de modo que ele fosse apagado da existência para nunca mais ver o Paraíso e sua família?

Não pense assim. Você acredita em um Deus mais misericordioso do que isso. Mesmo assim, Ali abraçou os joelhos, tentando não se balançar para trás e para a frente.

— Não podemos arriscar que ela venha — disse Jamshid.

— Vocês dois não estavam lá. Não viram como essas coisas eram poderosas. E *coléricas*. Pelo olho de Suleiman, era como se Anahid tivesse acabado de traí-lo. Ele passou dez gerações tramando a vingança!

Ali ergueu o olhar, encarando o céu tempestuoso além da janela aberta. Seu quarto era mais alto do que o de Nahri. Se ele fosse um homem mais corajoso, talvez tivesse se atirado pela janela e tornado a escolha mais fácil para seus entes queridos.

Uma dor forte subiu por seu braço, e Ali abaixou o olhar e viu sangue. Estava enterrando as unhas tão forte na pele que a rasgara, formando quatro meias-luas.

— Então *eu* vou. — Era a mãe dele de novo, a voz decisiva.

— Também tenho esse sangue marid em mim, não tenho? Vou até Tiamat conversar com ela.

Ah, amma. Ali quis chorar por ela. *Desculpe, desculpe.* Mas a voz dele soou firme quando ele falou – ela quisera que ele fosse rei, e ele poderia partir corajosamente por ela.

— Você não pode. Não consegue nadar e respirar como eles fazem. Eu consigo. E é a mim que eles querem — disse Ali, evitando o que precisava fazer em seguida. — Os marids deixaram claro que podem atacar enquanto eu me escondo nesta terra.

— Eu preciso que todos vocês saiam. — O comando de Nahri ecoou no quarto, profissional e sem deixar espaço para protestos. Quando Hatset se empertigou majestosamente, parecendo prestes a objetar, Nahri permaneceu calma. — Seu filho ainda está ferido, minha rainha. Entendo que temos pouco tempo e precisamos tomar decisões importantes, mas o resto de vocês pode discutir a questão enquanto eu cuido de Ali.

Gratidão se acumulou dentro dele, seguida por uma onda de vergonha. Céus, as coisas que o marid das monções o tinha obrigado a dizer a Nahri, a forma como ele a havia tocado...

Parecendo ansioso para escapar, Issa disparou para fora do quarto, mas a mãe de Ali foi até onde ele estava sentado na cama e lhe deu um abraço.

— Vai ficar tudo bem, Alu. Eu prometo. Vamos encontrar um modo de contornar isso.

Ali se forçou a olhar nos olhos dela. Ele já sabia que o único jeito era enfrentar aquilo.

— É claro, amma. — Ele a abraçou por mais um momento, tentando fixar na memória o cheiro do perfume dela e a sensação dela em seus braços.

Imaginava que não poderia abraçar a mãe de novo.

Ela beijou o topo da cabeça dele antes de sair. Jamshid e Nahri estavam sussurrando furiosamente em divasti.

— Wajed — disse Ali, chamando o qaid. Ele trocou para geziriyya, pois não queria que mais ninguém entendesse o que tinha a dizer. — Vou precisar de um barco. Precisaremos ser discretos. Se minha mãe achar...

— Vou tirar você daqui. — Wajed pareceu arrasado, mas eles eram soldados antes de tudo, e ambos sabiam que proteger o povo daquela costa tinha prioridade sobre sua própria segurança. — Se foi isso que você decidiu, meu príncipe, será feito.

Ali segurou a mão do outro homem.

— Obrigado, tio.

Jamshid se juntou a eles.

— Sinto muito — disse ele. — Não é pessoal.

— Eu sei que não é. Não precisa pedir desculpas.

O homem daeva parecia ter mais a dizer.

— Vou procurar nos livros por menções de Tiamat. Talvez haja alguma coisa lá.

Ali não conseguiu nem mesmo fingir um sorriso esperançoso.

— Talvez.

Jamshid e Wajed fecharam a porta atrás de si, deixando Ali e Nahri sozinhos.

Houve um longo momento de silêncio. A chuva tinha finalmente cessado; a canção noturna de insetos chilreando e folhas pingando era o único som no ambiente. Ali se perguntou se era a última vez que a ouviria.

Nahri falou primeiro, em voz baixa.

— Isso me lembra de nosso segundo encontro. Quando eu achei que você estivesse se afogando no canal, e então você não me deixou ver os livros no seu quarto sem um acompanhante.

Ali encarou o chão. Aquele dia parecia pertencer a outra vida.

— Eu me lembro de ser insuportável naquela época. Tenho sorte por você não ter me jogado no canal.

— Eu fiquei tentada. — Nahri se sentou na cama ao lado dele. — Por favor, olhe para mim, meu amigo.

Ele sacudiu a cabeça, combatendo as lágrimas.

— Não consigo.

— Ali. — Nahri tocou a bochecha dele, levantando seu queixo para que ele a encarasse. O olhar dela era suave. — O que foi que você me disse na praia? Somos só você e eu agora. Os dedos dela roçaram o limite da barba dele, então Ali desabou.

— Eu quero sair da minha pele — explodiu ele. — Ainda consigo sentir aquela coisa na minha mente, no meu corpo. Eu sou *um deles*. Minha família é o produto da maquinação de um marid cruel. Eu tenho o sangue dele, a magia dele corre em minhas veias. Um poder que ele acumulou roubando noivas e devorando crianças. — Ali fechou os olhos, resistindo à ânsia de vômito. — Eu... não pode ser isso o que eu realmente sou. Sou devoto — sussurrou ele. — Como posso descender de um demônio?

— Você não é descendente de um demônio, Ali, pelo amor de Deus. — Nahri suspirou. Não vou justificar o que Sobek fez com minha família ou com os descendentes djinns dele, mas também não vou fingir que ele é o único que já quis vingança. Mas você não é ele. Tem o sangue de sua mãe, de seu avô. Descende daqueles entre seus ancestrais que *enfrentaram* Sobek, que escolheram salvar o resto de nós e pagaram o preço mais alto.

Eu os devorei. O estômago de ali se revirou.

— Ele matou os próprios filhos. Como pôde fazer isso e então salvar minha vida? Me mostrar a magia dele? Céus, Nahri, eu praticamente implorei a ele que me ensinasse mais. Eu *ansiava* por ver as correntes de novo.

Nahri se moveu ao lado dele, pressionando uma das mãos de Ali entre as dela.

— Assim que eu descobri o que os Nahid tinham feito com os shafits, quis sair de dentro da *minha* pele. Eu os imaginava como curandeiros nobres, e descobrir que alguns deles eram monstros, que teriam me matado quando eu era criança... que *tinham* matado crianças... Eu disse a Dara que estava feliz porque os djinns tinham invadido. Acho que até disse que estava feliz porque os Nahid estavam mortos. Mas não é tão simples assim. — Ela segurou o rosto dele nas mãos de novo. — Você e eu não somos o pior de nossos ancestrais. Eles não são nossos donos. Não são donos de nosso legado. Manizheh usa magia Nahid para matar; eu uso para curar. Só porque Sobek usou a magia para o mal não quer dizer que é o mesmo quando você a usa.

Ali olhou nos olhos preocupados dela. Nahri estava tão perto que suas cabeças quase se tocavam, e quando ele inspirou conseguiu sentir o cheiro de incenso de cedro que se agarrava à pele dela.

— Uma pena que você odeie política — murmurou ele. — Seria uma rainha muito boa.

— Sim, mas então você estaria advogando para as pessoas me derrubarem e transformarem meu trono em uma mesa para algum bendito conselho governamental. — Nahri deu a ele um sorriso torto, seus olhos brilhando com lágrimas não derramadas. — Prefiro estar do mesmo lado.

Isso arrasou com Ali de novo.

— Eu queria fazer isso com você — disse ele, engasgado. — Voltar para Daevabad e consertar as coisas. O hospital. O governo. Todas as nossas ideias tolas. Eu queria um futuro.

Nahri o puxou para um abraço, e Ali quase chorou. Quase gritou. Ele não queria morrer. Não daquela forma. Não agora, quando seu povo e sua família precisavam dele mais do que nunca.

Nahri o soltou, secando os olhos.

— Me deixe curar você. Por favor. Eu me sinto inútil.

Ali conseguiu assentir, abaixando o lençol envolvido nos ombros o suficiente para que Nahri conseguisse alcançar o coração dele.

Mas ele não estava pronto para a pressão dos dedos dela. Não agora, quando suas emoções eram uma confusão e o marid das monções já tinha declarado os sentimentos dele por ela. Ali estremeceu, combatendo um sobressalto quando a mão de Nahri tremeu.

Ela pigarreou.

— Suspenda a insígnia.

Ali obedeceu, encolhendo-se com a familiar pontada de dor. Mas alívio se seguiu a ela, a dor latejante no nariz inchado se extinguindo. A outra mão de Nahri traçou o corte que o marid tinha feito no pulso dele, a pele se curando quando os dedos dela roçaram ali. Desejo ondulou por ele, o mais intenso que Ali já sentira. A pele que ela tocou pareceu arder. *Ali* pareceu arder.

Nahri tirou a mão do coração dele e a magia recuou. Mas ela ainda estava segurando o pulso de Ali, e suas bochechas estavam coradas quando ela encontrou o olhar dele.

— Melhor? — sussurrou Nahri, a voz falhando.

Ali encurtou o espaço entre os dois e a beijou.

Assim que os lábios dele tocaram os dela – e *ah*, a boca de Nahri era tão macia, morna e acolhedora e gloriosa –, a razão de Ali voltou e o pânico desabou sobre ele.

Ele recuou.

— Ah, meu Deus, desculpe. Não sei o que...

— Não pare. — Nahri deslizou a mão para trás do pescoço dele e o puxou de volta.

O pedido de desculpas morreu na língua dele, e então escapou de vez da sua mente quando Nahri o beijou profunda e lentamente, com uma deliberação angustiante. Ela entreabriu os lábios, puxando-o para perto, e Ali gemeu contra sua boca, incapaz de se segurar. O ruído deveria tê-lo impedido, envergonhado. Lembrado a ele que aquilo era proibido.

Mas o mundo inteiro de Ali tinha sido esmagado, ele morreria antes do pôr do sol seguinte e – que o Deus o perdoasse – ele queria aquilo.

Pare, ordenou uma voz na mente dele quando Nahri deslizou para o seu colo. *Pare*, quando Ali finalmente criou coragem de tocar os cachos pretos que cascateavam ao redor do rosto dela, de enroscar os dedos em um deles e beijar sua maciez. *Aquilo era errado, era tão errado.*

Então eles caíram na cama dele, tomados pelo luto e pela loucura. Nahri montou na cintura dele e Ali traçou as bochechas dela, a mandíbula, puxando a boca de Nahri de volta para a dele. O cabelo dela era como uma cortina escura e crespa em torno deles, e a pressão do seu corpo macio e o gosto de sal nos seus lábios... Ele não fazia ideia de que podia se sentir assim, não fazia ideia de que *nada* pudesse ser tão bom.

Ela tirou o lençol dele de vez, e Ali segurou o fôlego com o choque do ar frio sobre sua pele nua.

Nahri imediatamente se afastou, encontrando os olhos dele. Ela estava respirando rápido, incerteza e desejo guerreando nos seus olhos escuros.

— Quer que eu pare?

Havia apenas uma resposta que ele podia dar. Ela era a esposa de Muntadhir. *A esposa de meu irmão.*

Ali retribuiu o olhar.

— Não.

A expressão dela — Ali estremeceu. Nahri o prensou na cama, seus dedos deslizando pelos dele e então subindo, acompanhando o padrão das cicatrizes dele e explorando a elevação do seu peito. O toque dela era leve como pena e ao mesmo tempo o queimava, incendiando o corpo dele com cada carícia, cada pressão da boca até o ombro exposto dele, o colarinho, a barriga. Ali não era tão corajoso, não ousava tocá-la em qualquer lugar abaixo do vestido. Mas Nahri suspirou quando ele a puxou para perto, beijando os pulsos dela, a orelha, a depressão no pescoço. Ele não tinha ideia do que estava fazendo, mas o som do prazer dela o impulsionou.

Uma vez. Deus, por favor, me deixe ter isso só uma vez. Ali tinha obedecido às regras a vida toda, certamente podia ter aquele momento, um momento com a mulher que amava antes de destruir tudo entre eles.

Então você vai destruí-la. Porque, mesmo zonzo de desejo, Ali sabia muito bem o que estava por vir.

— Nahri. — Ele arquejou o nome dela quando Nahri fechou as pernas em torno da cintura dele, o balanço do quadril dela enlouquecendo-o de desejo. Ele não conseguiria se impedir se eles fossem muito longe. — Espere. Eu não posso... não posso fazer isso com você.

Ela acariciou a barba dele, beijando a parte de baixo da mandíbula.

— Pode. De verdade, eu juro.

— Não posso.

Nahri deve ter ouvido a mudança na voz dele. Ela recuou, cautelosa.

— Por quê?

Porque não somos casados. Porque você é a esposa de meu irmão. Motivos que eram tão mais simples do que aquele que destruía o coração dele. Motivos que no dia anterior teriam bastado para tornar o que eles estavam fazendo impensável e agora pareciam banais em comparação.

— Porque eu preciso que você corte a insígnia do meu coração.

Nahri se encolheu, encarando Ali com os olhos arregalados.

— *O quê?*

A inteligente Nahri, sempre dois passos à frente dele: como não tinha visto o que parecia tão terrivelmente óbvio?

— Não posso ir até Tiamat com a insígnia de Suleiman no coração — explicou Ali, sentindo-se enjoado. — Não podemos deixar que os marids a tenham. Você ouviu o que Sobek disse. Esse sempre foi o objetivo deles, tomar a insígnia e roubar nossa magia. Ver a própria Daevabad afundar sob o lago. Você precisa tirar a insígnia de mim. Esta noite.

Nahri já estava sacudindo a cabeça.

— Não posso. Não *vou*. Isso vai matar você.

— Então pode jogar meu corpo em um barco e o deixar flutuando no oceano. São eles que gostam de flexibilizar as regras — disse Ali, incapaz de conter a amargura na voz. — Que tenham um gosto do próprio remédio.

Nahri o encarava com um olhar de mágoa absoluta, o cabelo preto que ele havia embaraçado caindo em ondas sobre os ombros.

— Como pode me pedir isso? *Agora?* — acrescentou ela, irritação se acumulando em sua voz conforme ela gesticulava para as posições ainda bastante inapropriadas em que se encontravam. Ela se afastou dele, disparando da cama e deixando frio o lugar que seu corpo tinha ocupado. — Pelo Criador, é como se você estivesse competindo consigo mesmo para escolher o pior momento para dizer alguma coisa.

Ali levantou o corpo, segurando as mãos dela. Qualquer reserva de negação que ele tivesse acumulado tinha sido esvaziada pelo primeiro beijo deles; ele não queria nunca mais parar de tocá-la.

— Eu não sei o que mais fazer! Não quero morrer, Nahri, não quero — confessou ele com urgência, aninhando as mãos dela nas dele. — Quero viver e voltar para Daevabad. Mas não vou deixar que um marid me use para derrubar o resto de vocês. Pelo menos com você — Ali engoliu em seco — há uma chance de eu conseguir sobreviver. Eu vi como você operou aquele menino.

— Ele não era você! — Nahri afastou as mãos dele. — Não sou uma cirurgiã, Ali, sou uma Nahid. Eu corto as pessoas apenas quando tenho magia para curá-las!

Me perdoe, por favor, me perdoe.

— Então vou pedir a Jamshid. — Nahri se virou para ele e Ali continuou. — Vou contar tudo a ele sobre a insígnia. Você sabe que ele vai concordar. Mas provavelmente não tem experiência o suficiente para me manter vivo.

Nahri o olhou com raiva, como se tivesse acabado de ser traída.

— Você seria capaz?

— Eu não entendo.

— Seria capaz de fazer isso comigo se a situação fosse inversa? Ou seu pai o interpretou corretamente naquela noite? — Nahri ergueu o queixo. — Olhe nos meus olhos, Alizayd, e diga a verdade. Você prometeu que bastava de mentiras. Se salvar Daevabad tivesse significado provavelmente me matar, teria seguido em frente? Teria cravado uma lâmina no *meu* coração e torcido pelo melhor?

Ali a encarou de volta, vergonha perfurando seu corpo. Mas ele havia prometido não mentir.

— Não.

— Então como pode pedir isso de mim?

— Porque você é *melhor* do que eu — disse ele. — Porque, se quisesse, seria uma boa rainha. Porque é a pessoa mais forte que eu já conheci, e é inteligente. — Ali inspirou. — E se *você* puder olhar para isso e encontrar outro caminho, eu vou confiar em você, de verdade. Mas se não, Nahri, então preciso que seja a Banu Nahida. Porque, em algumas horas, o inimigo mortal de Daevabad vai me possuir, e o anel de Anahid não pode estar no meu coração quando isso acontecer.

Nahri o encarou, uma dúzia de emoções percorrendo o seu rosto. Os olhos pretos dela brilharam com as lágrimas que ela tão raramente deixava caírem.

Ali queria se atirar aos seus pés. Implorar a ela que o salvasse e implorar por perdão. Dizer a ela que a amava e que corresse de volta para o Cairo e ficasse livre de mais uma responsabilidade.

E então as emoções deixaram o rosto dela, uma a uma, como uma série de velas se apagando, sem deixar nada para ser decifrado, nada para ser compreendido. O rosto da mulher que tinha enfrentado o pai dele e enganado a própria mãe. A Banu Nahida que ele vira rezar diante do mar e se reerguer de novo.

— Vou precisar pegar minhas ferramentas. — A voz dela tinha ficado fria. — E falar com Jamshid... vou precisar da ajuda dele. — Nahri se afastou; sua atitude tinha mudado completamente, e Ali sentiu uma parede se erguer entre os dois. — Prepare-se.

NAHRI

Nahri bateu com o dedo na ilustração diante dela.

— Repasse de novo.

Na sua frente, Jamshid estava pálido. Ele vinha ficando cada vez mais pálido desde que Nahri o chamara até seu quarto, contara bruscamente a ele toda a verdade sobre a insígnia de Suleiman, e então abrira a caixa de ferramentas de Yaqub, anunciando que ele estava prestes a participar de uma cirurgia torácica não planejada.

— De novo? — repetiu ele, baixinho. — Já repassamos dez vezes.

— Se fosse possível, eu *praticaria* vinte vezes. De novo.

— Tudo bem — murmurou Jamshid, claramente nervoso. — Vamos pedir que Ali suspenda a insígnia enquanto tocamos nele, e então eu cuido da dor dele enquanto você trabalha.

— Como?

— Anestesiando os nervos como você me mostrou — respondeu ele. Ali não estava com eles agora, pois fazia os preparativos finais, mas eles tinham praticado rapidamente aquela parte, deixando que Jamshid se familiarizasse com a sensação da magia dele. — E falando com ele, mantendo-o calmo e acordado para que possa manter o próprio elo com a insígnia enquanto você abre o coração dele.

— Enquanto eu faço uma incisão na membrana exterior — corrigiu Nahri, apontando para a ilustração que ela havia feito enquanto examinava Ali mais cedo. — O anel está logo abaixo dela. Suspeito que nossa magia vai falhar assim que eu tirar o anel e, se isso acontecer, Ali vai sentir muita dor. Vai ser o suficiente para fazê-lo desmaiar, mas você precisa se preparar para a reação dele.

— E então você planeja suturar a incisão, certo? Acha que vai bastar para salvá-lo?

Eu não sei. Nahri era habilidosa e suspeitava de que, livre da insígnia de Suleiman, a força marid que nadava no sangue de Ali o ajudaria a se recuperar, como fizera quando ele foi esfaqueado por um assassino em Daevabad. Mas eles estavam tão profundamente no reino do desconhecido que parecia tolice fingir que aquele plano era algo além do que uma esperança.

— Talvez não seja — respondeu ela. — E é por isso que você vai fazer outra coisa também: vai colocar a insígnia.

Jamshid se sobressaltou.

— O quê?

— Você vai colocar a insígnia — repetiu Nahri, odiando tudo a respeito daquilo. — Porque eu não tenho certeza se posso. Em Daevabad, Manizheh alegou que fazer isso me mataria, pois eu sou shafit. Por isso eu a dei a Ali.

Ele a encarou de volta, parecendo hesitante.

— Então o que o marid das monções disse...

— É verdade. Eu tenho sangue humano e este não é nem um pouco o momento de discutir isso. Manizheh podia estar mentindo, mas não vou arriscar. Não agora. Se existe uma ínfima chance de que colocar o anel dê habilidades de cura a você, vamos fazer isso.

— Não parece certo — protestou Jamshid. — Eu acabei de descobrir que sou Nahid. Não tenho experiência com magia, e você está servindo nossa tribo há anos como Banu Nahida.

O protesto fez com que ela se sentisse um pouco melhor – Nahri não achava que o coração dela aguentaria se o primeiro instinto do irmão tivesse sido concordar com a mãe dela que os shafits eram fracos.

— Eu sei. E se estivéssemos fazendo isso em circunstâncias que não envolvessem cortar o peito de Ali, eu consideraria a possibilidade. Mas não estamos.

Jamshid empalideceu ainda mais.

— Que o Criador nos ajude.

— E aqui estava eu achando que você tinha deixado de lado o sacerdócio. — Nahri olhou para o espaço que ela havia preparado: uma mesa na altura da cintura coberta com tecidos limpos; seus instrumentos cirúrgicos recém-esfregados e dispostos; suprimentos para sutura, água fervida e linho. Cada lâmpada a óleo e vela que eles tinham estavam acesas, enchendo a sala de luz, e uma bacia de metal com água estava ali perto para que Ali pudesse usar suas habilidades marid.

A porta do quarto dela se abriu de leve. Ali entrou, e o coração dela afundou até o chão. Ela ainda conseguia sentir as mãos dele em seus cabelos e o quanto ele tremia quando os lábios deles finalmente se tocaram. Nahri não sabia que podia ter aquele efeito nele.

E não sabia, até que Ali implorara a ela que o matasse, o efeito que ele tinha nela.

Ele é seu paciente, lembrou-se ela. Naquele momento, Nahri era uma médica primeiro, e seria melhor manter aquele limite entre eles.

— Você falou com Wajed? — perguntou ela.

Ali assentiu, evitando encontrar os olhos dela.

— Sim. Ele vai me levar até Tiamat se eu não conseguir — disse ele, evitando o que os dois sabiam que ele realmente queria dizer. — Wajed jurou manter vocês dois seguros.

— Você acredita nele? — perguntou Jamshid.

— Sim. — Agora Ali ergueu o rosto, seus olhos cinza suaves com exasperação. — Eu acredito que o homem que me criou vai honrar meu último desejo.

Nahri agarrou a borda da mesa.

— Ninguém vai morrer. Está pronto para começar?

Ali encarou a mesa como um homem olhando para um carrasco.

— É claro. — Os dedos dele pairaram sobre um grande instrumento serrilhado. — Para que serve isso?

Nahri se sentiu enjoada.

— É uma serra de ossos. Preciso remover parte de uma de suas costelas.

— Ah — disse ele, fracamente. — Achei que eu precisasse delas.

— Se eu recuperar minha magia, vou recolocar o osso. Se não, você pode viver sem.

Ali cambaleou levemente.

— Entendo. — Ele respirou fundo como se tentasse se firmar, seu olhar desviando para o dela. Parecia que ele tinha mais uma centena de coisas a dizer, e Nahri sentiu o mesmo. Palavras pairaram em seus lábios, coisas que ela queria que ele soubesse, emoções que não podia articular.

— Tire a camisa — disse ela, em vez disso. — E deite-se.

Ele obedeceu. Jamshid colocou um tecido sobre o peito de Ali.

— Mantenha os olhos em mim — disse ele. — Ela não precisa da distração, e você *definitivamente* não quer ver o que ela vai fazer. Podemos conversar sobre seu irmão, se quiser, e as centenas de sinais que você deixou de ver.

— Então você planeja debochar de mim enquanto eu sangro até a morte? — perguntou Ali, quando Nahri limpava o peito dele com desinfetante. — Isso parece de uma deselegância terrível.

— O que for preciso para manter você acordado e concentrado — disse Jamshid, animado. Mas, quando olhou para Nahri, sua expressão estava séria. — Pronta?

Não.

— Sim — respondeu ela, pressionando os dedos sobre o coração dele. Jamshid fez o mesmo. — Sua vez, Ali.

Pelo canto do olho, ela viu quando ele abaixou a mão até pairar logo acima da água. Ele sussurrou uma oração em árabe e então uma gavinha de água disparou da bacia. A insígnia foi suspensa e o corpo de Nahri foi inundado pela magia, pura e selvagem e cálida. Ao lado dela, Jamshid arquejou.

Ali estava respirando rápido, seu coração acelerado.

— Você consegue... a dor? — chiou ele.

— Jamshid...

— Deixem comigo. — Jamshid fechou os olhos com força para se concentrar, e Nahri sentiu uma onda fria percorrer Ali, adormecendo os nervos dele. Apesar das circunstâncias, parte dela se maravilhou. Era incrível trabalhar com outro Nahid daquela forma, como se estivessem compartilhando parte de si mesmos.

— Vou começar — disse ela em divasti. — Mantenha Ali acordado e calmo.

— Pode deixar, irmãzinha.

Deixando Jamshid sustentar a magia de cura, Nahri interrompeu o contato para pegar as ferramentas. Como temido, os poderes dela imediatamente se foram, mas para aquela parte ela não precisaria deles. Mesmo assim, ela hesitou com o bisturi. Parecia tão incrivelmente errado cortar Ali.

No entanto, ela não tinha escolha. Porque, como ele dissera, ela era a Banu Nahida.

Ali estremeceu quando ela mergulhou o bisturi na pele dele, mas Nahri precisou dar crédito a Jamshid: ele estava fazendo um bom trabalho ao manter o príncipe ignorante quanto ao que acontecia abaixo do pescoço dele.

— Então, deixe-me contar os motivos pelos quais você tem uma postura horrível como cavaleiro — começou Jamshid, casualmente. — Porque é realmente inquietante de assistir, e Muntadhir jamais teve coragem de contar a você. Na verdade, ele esperava que *eu* contasse a você, em troca de que você me ensinasse como usar uma zulfiqar...

Nahri deixou a conversa deles se dissipar no fundo. Havia apenas um trabalho diante dela. Pele e músculos que precisavam ser cuidadosamente cortados e remendados. Sangue que deveria ser estancado com gaze. Não era seu amigo condenado que ela abria, o homem que ela estivera beijando horas antes. Eram apenas partes, um mecanismo biológico com um objeto estranho que precisava ser extraído.

Somente quando começou a trabalhar com a serra ela sentiu os outros hesitarem. A voz de Jamshid falhou, e Ali tremeu abaixo dela.

— Al Qahtani — disse Jamshid, de modo tranquilizador —, olhe para mim, está bem? Mantenha os olhos abertos para eu saber que você está acordado.

A resposta de Ali foi murmurada demais para ouvir. Nahri trabalhou mais rápido, o cheiro de pó de osso, parecido com giz, enchendo o nariz dela. Nahri cortou a costela, colocando-a de lado. Então olhou maravilhada para o coração dele.

Jamshid soltou um ruído baixo de surpresa.

— Deveria ter esse aspecto? — sussurrou ele, em divasti.

— Não — sussurrou ela. — Não exatamente. — Pois Nahri já tinha visto corações em seu trabalho. O coração dos djinns era maior do que o dos humanos, e de um roxo intenso e deslumbrante. O de Ali também era grande, mas marmorizado com marrom dourado intenso e azul prateado. Será que a possessão marid tinha feito aquilo?

Foco, Nahri. Com o bisturi em uma das mãos, ela tocou com a outra o coração pulsante dele e sua magia voltou ainda mais rápido. Mais forte. Os músculos pulsavam; o anel estava pronto para irromper dali.

Ele quer você, dissera Ali certa vez. Nahri tinha achado aquilo ridículo, mas era difícil ignorar a sensação agora. Com a magia queimando pelas veias dela, parecia tão fácil tirar o anel do coração dele e curar Ali imediatamente.

Um passo de cada vez. Fechando os olhos para separar as diferentes camadas da membrana que protegia o coração dele, Nahri viu o anel em sua mente, aninhado nas paredes de tecido ondulante.

— Vou abrir o coração agora — avisou ela a Jamshid.

— Prepare-se.

Muito cuidadosamente, ela cortou a membrana, puxando-a para trás com a ponta do bisturi. Um fluido âmbar intenso correu para fora, e então ali estava – o anel de Suleiman, o aro dourado e a pérola preta brilhando úmidos.

Criador, se algum dia ouviu minhas preces, imploro a você agora. Nahri respirou fundo.

— Ali, isso pode doer, mas vai ser por apenas um momento, eu prometo.

Ele respirava rápido, seu coração pulsando em resposta.

— Vá em frente.

Nahri prendeu o anel com o bisturi e o puxou.

Sua magia, a magia de Jamshid, tudo imediatamente caiu. A água escorreu dos dedos de Ali e ele gritou, um urro primordial e angustiante enquanto seu corpo inteiro sofria espasmos. As mãos dele dispararam para seu peito aberto, e Nahri as segurou antes que ele pudesse se ferir, soltando o bisturi e o anel da insígnia no chão na pressa.

Os olhos de Ali já estavam se revirando, as pálpebras estremecendo e se fechando, quando ele desabou de volta na mesa. Mas o movimento tinha perturbado o tórax, e o filete de sangue dava lugar a jatos mais espessos.

Nahri combateu o pânico, rapidamente estancando o sangue com gaze e levando as mãos aos suprimentos de sutura.

— Jamshid, coloque aquela maldita coisa no seu dedo.

— Ela sentia que a passagem da insígnia de Suleiman para um Nahid pela primeira vez em séculos deveria ter sido marcada por algo mais cerimonioso do que o último Baga Nahid tateando o chão enquanto a irmã dele desesperadamente fechava uma membrana de coração com os dedos, mas o momento para aquilo se perdera. Jamshid esbarrou na mesa, soltando um palavrão ao engatinhar atrás do anel que tinha saído rolando. Mas fez o que ela pediu, pegando o objeto e enfiando no dedo sem pensar duas vezes.

O coração de Ali estava ficando mais lento. Nahri se curvou sobre o peito ensanguentado dele, cuidadosamente puxando sua primeira sutura. Se ela pudesse ao menos fechar a incisão...

— Jamshid, o que está acontecendo? — gritou ela por cima do ombro.

— Nada! Está... está apenas no meu dedo. Não está sumindo como você disse que faria.

— O quê? — O coração dela pesou. — Você consegue sentir sua magia?

— Não, eu não sinto...

Cada chama no quarto subiu mais alta. Jamshid gritou, e Nahri arriscou um olhar e o viu cair de joelhos.

— Pelo olho de Suleiman, isso arde. — Ele levantou as mãos, fogo espiralando através delas. — Não consigo controlar!

— Preciso que tente. — Nahri acrescentou um segundo ponto. Por que em nome de Deus o coração de Ali ficava cada vez mais lento? O sangramento estava sob controle, e ela tinha perfurado apenas a membrana externa. — Você consegue usar magia Nahid? — perguntou ela, trocando para árabe. — Consegue me entender?

— Aywa — respondeu Jamshid automaticamente, então arquejou. — Ah, isso foi estranho.

O coração de Ali deu um empurrão leve contra os dedos de Nahri. Ainda segurando a membrana fechada, ela passou a agulha por uma terceira sutura. *Ali, por favor, aguente firme.*

— Teste suas habilidades de cura em si mesmo.

— Mas não tem nada de errado comigo.

— Então *faça* alguma coisa errada em você. Estamos em um quarto cheio de facas!

Jamshid murmurou alguma coisa grosseira, mas então pegou outra das ferramentas metálicas afiadas como lâminas. Ele perfurou a pele, fazendo um corte profundo no antebraço.

O corte se curou imediatamente.

Os olhos do irmão se arregalaram.

— Ah.

— Agora venha até aqui.

Jamshid cambaleou até o lado dela.

— Eu sinto como se tivesse acabado de comer um pássaro de fogo e entornado uma dúzia de garrafas de vinho — disse ele, segurando a cabeça. — Eu... está tudo tão *alto*. O coração de todos no castelo, sua respiração... Eu sinto como se meu cérebro fosse explodir.

— Apenas respire. — Nahri concluiu o ponto e então levantou o rosto e viu Jamshid fechando os olhos com força, seu rosto enrugado de dor. — Jamshid? Respire fundo, está bem? E tente afastar o resto. Eu sei que é sufocante, mas não temos muito tempo.

Ele conseguiu assentir. Com uma breve oração, Nahri tirou uma das mãos do peito de Ali e a estendeu para pegar a de Jamshid. Como ele dissera, o anel ainda estava ali, ensanguentado e reluzindo no dedo mindinho dele. Nahri pressionou o polegar contra o aro.

Ela não sentiu nada além de metal. Sequer um indício de sua magia faiscou.

O coração de Ali estremeceu na outra mão dela, com a mais fraca das pulsações, levando-a a tomar outra decisão.

— Jamshid, preciso que você cure Ali. Ainda não consigo usar minha magia.

Os olhos dele se arregalaram.

— Mas as suturas...

— Não estão funcionando. Vou guiar você pela magia de cura, prometo. Mas precisamos ser rápidos. — A voz dela falhou de medo. — Jamshid, não posso perdê-lo. Por favor.

— Diga o que eu preciso fazer.

— Coloque as mãos no coração dele. *Com cuidado* — acrescentou ela, guiando os dedos dele. — E tente abrir sua mente. Diga-me o que vê.

Jamshid tremia.

— Não sei. Sinto como se estivesse vendo dez coisas de uma vez. Tem o coração dele na minha frente, mas também tem líquido por baixo, e movimento e zumbidos...

— Concentre-se no coração dele. A pulsação dele está falhando. Diga-me o que está acontecendo com o sangue.

Jamshid fechou os olhos de novo.

— Está vindo por aqui — sussurrou ele, indicando o lado direito do coração de Ali. — Então indo até... até alguma coisa que ondula ao se abrir e se fechar...

— Os pulmões dele — explicou Nahri. — E depois?

— É bombeado de volta por aqui. — Os dedos de Jamshid se moveram pelo coração de Ali, pairando logo acima da membrana que ela havia suturado. — E então...

— Ele franziu a testa. — Fica lento. Tem algum tipo de bloqueio, um coágulo.

— Você consegue dissolvê-lo? — insistiu Nahri. — Visualize o coágulo se desfazendo, então ordene que se cure. É como qualquer outra magia; você precisa se concentrar. Pode até mesmo dizer as palavras em voz alta.

Ele engoliu alto.

— Vou tentar. — Jamshid moveu as mãos. — Cure — sussurrou ele em divasti. Cinzas brotavam de sua testa franzida. — *Cure...* Acho que está funcionando...

O coração de Ali subitamente estremeceu e inchou, e então a membrana que Nahri tinha cuidadosamente suturado se abriu com um jato de sangue preto que encharcou os dois.

— Não! — gritou Jamshid, esticando as duas mãos até o coração de Ali. — Criador, não! Eu não tive a intenção de fazer aquilo!

Sangue jorrava do peito de Ali com cada pulsação, enchendo a cavidade e obscurecendo o coração dele conforme se derramava na mesa.

— Nahri, não sei o que fazer!

Nahri encarou a mesa ensanguentada, os gritos do irmão subitamente distantes. Mas não era um paciente que ela olhava, um corpo que precisava ser consertado e no qual ela podia dividir a mente e o coração.

Era Ali. O irritante jovem príncipe com quem ela havia brigado no primeiro dia em Daevabad, e o homem que a abraçara quando ela tinha chorado na praia e a fizera sentir que podia ser sincera de um jeito que não era com mais ninguém. Era o idoso geziri na enfermaria, o primeiro paciente que Nahri havia matado. Era Nisreen, morrendo nos braços dela. Muntadhir, o veneno da zulfiqar a tornando impotente.

As palavras de Manizheh soaram em sua mente. *Você não pode usar essa insígnia. Possuí-la vai matar você. Simplesmente não é forte o suficiente.*

Nahri pegou a mão de Jamshid, tirou o anel da insígnia do dedo dele e o enfiou no próprio polegar.

Ela mal tinha inspirado quando o mundo se acendeu em chamas ao seu redor. Dor e poder – puro e irrefreável, como se ela tivesse enfiado as mãos em um raio – ondularam por seu corpo, e Nahri caiu de joelhos, engasgando ao tentar gritar. O anel queimou sua pele, tão quente que Nahri tinha certeza de que estava prestes a entrar em combustão e se tornar cinzas no momento seguinte. Pontos pretos brotaram em sua visão, e então tudo entrou como uma enchente: os roncos do estômago de um guarda faminto do outro lado do palácio se reviraram em sua barriga, e as têmporas dela latejaram ao ritmo das de uma mulher na aldeia que sentia dor de cabeça.

Nahri não conseguia respirar. Ela agarrou o chão, as tábuas se arqueando e queimando ao seu toque. Seu coração parecia prestes a explodir.

Não. Nahri se recusava a deixar que Manizheh estivesse certa. A deixar que todos os autointitulados sangues-puros de Daevabad que algum dia tinham esnobado um shafit como um ser inferior estivessem certos. A permitir que os piores de seus ancestrais – aqueles que a teriam matado quando criança – tivessem seus preconceitos confirmados: de que a magia era perigosa nas mãos de um shafit e eles eram inconsequentes e fracos, pessoas que deveriam ser aniquiladas ou controladas.

Nahri não era fraca.

Ela agarrou a borda da mesa molhada, inspirando, e então se colocou de pé e mergulhou as mãos de volta no peito de Ali. Mais experiente do que Jamshid, Nahri encontrou o coração dele imediatamente, a válvula rompida se destacando como a última brasa de um pedaço de madeira queimado.

Cure, ordenou ela.

Escuridão a envolveu, um frio úmido esgueirando-se por sua pele como se ela fosse tomada por gavinhas invisíveis de gelo. Nahri lutou contra o instinto de se soltar enquanto o gosto de sal enchia sua boca.

Não de sal. De sangue. Ela tossiu, e o jato saiu de seus lábios tão preto quanto betume.

— Nahri!

Ela estava vagamente ciente de que Jamshid chamava seu nome, mas o som parecia vir de muito longe. *Cure*, suplicou ela de novo, apertando o tecido danificado e o sangue que jorrava. CURE.

O quarto sumiu, e uma lembrança que não era dela a roubou para longe. Nahri flutuava em um lago azul como o céu noturno, seus olhos logo acima da superfície enquanto ela observava rochas e areia irromperem da água, rodopiando em torno de uma jovem usando um chador desbotado e um vestido enlameado. Uma ilha, ficando cada vez maior conforme a mulher seguia por um caminho que se formava. Ela se ajoelhou e passou os dedos pela areia, um anel de ouro e pérola brilhando em uma das mãos.

A mulher ergueu o rosto, e seus olhos pretos se fixaram em Nahri.

Anahid sorriu.

— Nahri, solte!

A visão se estilhaçou, substituída por outra igualmente inacreditável: o coração de Ali se curando diante dos olhos dela, a membrana se unindo de novo e ficando lisa, sem qualquer cicatriz. A costela dele cresceu de volta, quase perfurando a mão dela quando Nahri a puxou. Tecido, músculos e pele dispararam para cobri-la, e então Ali teve um espasmo e abriu os olhos.

— Ah, meu Deus — arquejou ele, se sentando. — O que aconteceu? — Ele soltou um ruído estrangulado quando seus dedos roçaram o fragmento de costela ao seu lado. — Ah!

Nahri não respondeu. Ela havia caído no chão com seu irmão, ambos chorando.

Jamshid cutucou o anel no dedo de Nahri.

— Eu achei que seria maior. E um pouco mais majestoso.

— Você passou tempo demais com Muntadhir se não está impressionado com o anel de um milênio atrás que já foi usado por um profeta e literalmente moldou nosso mundo.

— Ah, estou realmente maravilhado, pode confiar em mim. Perplexo, mas maravilhado. — Uma nota de preocupação entrou na voz dele. — Como você está se sentindo?

Nahri abriu e fechou o punho. O anel ainda estava quente contra sua pele, mas não queimava mais.

— O quarto parou de girar. E não estou mais sofrendo a dor de cabeça de uma mulher na cidade ou sentindo a vontade de vomitar de um guarda dois andares abaixo, então isso é uma benção. — Ela estalou os dedos e uma chama conjurada se acendeu entre eles. — É minha magia, mas não parece mais poderosa do que o normal. Não como parecia assim que eu coloquei o anel.

— Você consegue sentir alguma coisa da insígnia? Não vejo a marca em seu rosto.

— Talvez seja porque o anel ainda está no meu dedo. — Nahri o bateu contra o joelho. — Não entendo. Não entendo nada disso.

— Somos dois. — Jamshid suspirou. — Embora você seja claramente a Nahid certa para usá-lo. — Ele pareceu envergonhado. — Nahri, sinto muito sobre antes.

— Não tem por que pedir desculpa. Você foi encarregado de fazer uma coisa que não tinha como saber fazer. E eu o forcei. Se alguém deveria pedir desculpas, sou eu.

Jamshid não pareceu convencido.

— Eu me sinto como um fracasso. Eu poderia ter matado Ali. Eu o *teria* matado se você não estivesse aqui.

Nahri conhecia aquela sensação. Também se lembrou da mulher que a reerguera depois de todos os erros e acidentes, que lhe ensinara tudo o que ela sabia sobre cura.

— Isso não foi culpa sua. Mas, mesmo que fosse, não tem problema. Você vai cometer erros. Sinceramente, se acabar fazendo esse trabalho durante décadas, ou até mesmo séculos, quase certamente vai matar alguém. — O estômago dela se revirou. — Eu sei que eu já matei. Mas esse é um medo que você vai precisar gerenciar se quiser ajudar as muitas, *muitas* outras pessoas que vai ajudar. — Ela tocou a mão dele. — Dê tempo a si mesmo, meu irmão. Isso leva paciência e prática.

— Mas não temos tempo.

— Para isso, temos. Na ínfima possibilidade de sobrevivermos a tudo e retomarmos nossa cidade, eu vou colocar os Daeva nos eixos e voltar para meu hospital. E se for isso que você quiser, o que você *quiser*, não o que você acha que deve fazer, vou lhe ensinar a ser um curandeiro. Eu prometo.

— Eu gostaria disso. — Jamshid olhou por cima do ombro dela. — Sei que temos muito mais a discutir, mas vou dar um minuto a vocês.

Nahri acompanhou o olhar dele e viu Ali de pé à porta. Ele tinha se limpado, trocando o tecido ensanguentado que o cobria da cintura para baixo por uma túnica de viagem. Um turbante azul pálido estava amarrado em torno de sua cabeça e de seu pescoço à moda ayaanle, uma sacola estava jogada por cima de um dos ombros e a zulfiqar e uma nova faca de ferro estavam embainhadas em seu cinto.

— A maré vai subir logo — disse ele. — Acho que eu deveria ir.

O lembrete repentino de que eles tinham feito tudo aquilo somente para que Ali ainda precisasse se render para algum colosso demoníaco no fundo do mar fez o desespero percorrer Nahri de novo. Ela se ergueu, tentando forçar alguma distância profissional em sua voz.

— Como está se sentindo?

Um pouco de alívio tomou a expressão de Ali quando ele esfregou o local acima do coração.

— Como se o pior espinho do mundo tivesse sido removido.

Jamshid apertou a mão de Nahri.

— Encontro você depois.

Mas Ali segurou o pulso de Jamshid quando ele tentou passar.

— Obrigado, Baga Nahid.

Jamshid mordeu o lábio, parecendo contemplar uma resposta sarcástica, mas então apenas assentiu.

— De nada. E boa sorte, Alizayd. — Ele saiu, fechando a porta.

Ali olhou para a mesa que eles só tinham limpado pela metade.

— Isso parece *muito* mais sangue do que o esperado.

Nahri parou, sem querer reviver o terror que tinha sentido ao ver Ali morrendo diante dela.

— Ficou um pouco complicado.

Ele chegou mais perto, mas permaneceu fora do alcance.

— Eu sabia que ele queria você — disse Ali, inclinando a cabeça para o anel no polegar dela. Os lábios dele se repuxaram com divertimento, mas em sua expressão Nahri viu luto mal disfarçado diante do adeus que os dois sabiam que ele voltara para dizer. — Quantas vezes você já me salvou agora?

— Eu disse que você jamais quitaria a dívida comigo.

— Posso confessar uma coisa? — Ali olhou para ela com tristeza evidente. — Eu jamais quis quitar a dívida com você.

O chão pareceu se mover debaixo dela.

— Ali...

— Espere. Por favor. Por favor, só me deixe dizer isso. — Quando Nahri exalou, deixando o silêncio se prolongar, Ali prosseguiu. — Eu não me arrependo de ter beijado você. Eu sei que foi errado. Não farei de novo. Mas não consigo me arrepender. Mas o modo como começamos, como eu parei... eu não queria que você pensasse que... que foi impulsivo. Que eu não queria. — Ele abaixou o rosto. — Que não fazia muito tempo que eu queria aquilo.

Nahri queria chorar. Queria gritar. Aquilo ainda não parecia real; o destino dele era monumentalmente injusto e quase terrível demais para se contemplar de verdade. Mas ela conteve a angústia que ameaçava arrebatá-la. Ele não precisava de mais nada com que se preocupar.

— Eu também não me arrependo, Ali.

Ele levantou o rosto, parecendo à beira das lágrimas também.

— Que bom — sussurrou ele. — E sinto muito. Sinto muito por não ter feito as coisas do jeito certo com você. Sinto muito por não termos conseguido... — Ele parou de falar, tropeçando nas palavras.

Nahri devia ter oferecido as palavras, mas não conseguiu. Porque, se ela as tivesse dito, sabia que não teria mais volta. Ela sabia o que acontecia quando ousava ter esperanças e sonhos.

Eles eram partidos.

Em vez disso, ela deu dois passos à frente e abraçou o pescoço dele. Não o beijou – respeitaria o limite que Ali tinha traçado –, mas o puxou para mais perto, sem deixar de sentir a umidade fria em sua bochecha. Ela não saberia dizer qual dos dois estava chorando.

— Volte — implorou ela. — Faça um acordo com Tiamat. Elogie as cobras do mar dela ou se atire à mercê de Sobek. Não seja burro ou impetuoso ou orgulhoso. Dê a ela o que ela quiser, Ali, e volte para mim.

Ele estava trêmulo.

— Vou tentar.

Nahri se afastou, dando a ele um olhar determinado.

— Não, me prometa. Prometa que vai voltar.

Ali a encarou. Ela esperava que ele dissesse que não tinha como honrar uma promessa tão impossível. Que ele já dera a Nahri a única coisa que eles sabiam que Tiamat desejava.

— Eu prometo — sussurrou ele.

Uma batida soou à porta.

— Zaydi — chamou Wajed. O velho guerreiro parecia ter o coração partido. — Está na hora.

Ali recuou, mas seus dedos permaneceram entrelaçados nos de Nahri por mais um momento.

— Quanto a Daevabad...

— Nós cuidaremos disso — respondeu ela, com o sorriso mais confiante que conseguiu dar. Ainda era uma ótima mentirosa. Ela apertou a mão dele. — Jamshid e sua mãe e eu. Não se preocupe com a gente.

— Nunca houve um grupo mais capaz. — Ali roçou o polegar sobre o anel no dedo dela e então soltou as mãos de Nahri. — Que o fogo queime forte para você, minha amiga.

Lágrimas brotaram nos olhos dela.

— Vá com Deus, Ali — respondeu Nahri em árabe. — Que a paz esteja com você.

34

ALI

Embora a chuva tivesse finalmente parado, a praia estava tão nebulosa e úmida que Ali ficou encharcado antes de ver o barco que Wajed tinha preparado e puxado para a areia. A maré batia em volta do casco costurado, selvagem e revolta. Não havia estrelas e nenhuma lua, apenas nuvens de monções brilhando fracas com a luz celestial que escondiam. O oceano, tipicamente tão tranquilo, atacava com borrifos conforme ondas agitadas pela tempestade batiam contra a praia.

Prometa que vai voltar. A súplica de Nahri passou pela cabeça dele, os olhos dela úmidos com lágrimas. Ali ainda conseguia sentir os lábios dela nos dele, os toques que o levaram à loucura. Ele se esforçou para não se deixar levar. Dera o mais sincero pedido de desculpas que conseguira durante sua última oração sem deixar de ser honesto consigo mesmo e com seu Criador; de toda forma, era inútil mentir para Aquele que conhecia o coração dele.

Mas Ali temia ter mentido para Nahri. Porque não via uma forma de voltar daquilo.

Sem o anel, ele mal conseguia controlar a magia marid percorrendo o seu corpo. Sussurros disparavam por sua mente e o vento úmido o puxava para a frente com fitas de umidade. A areia molhada sugava suas sandálias, mas Ali tentava não olhar para ela. Como os outros tinham avisado, a maré tinha trazido algas podres, peixes em decomposição e o que cheirava terrível e impossivelmente como sangue de djinn.

Venha, o oceano parecia chamar, debochado. Ali jurou ter ouvido risadas e apertou a zulfiqar em resposta, ansiando por segurar alguma coisa familiar conforme ele e Wajed davam a volta no barco.

Sua mãe o esperava. Ali parou, mas nem Wajed nem Hatset pareceram surpresos ao ver um ao outro.

Hatset cruzou os braços.

— Achou mesmo que ele não me contaria?

— Sim — respondeu Ali, olhando para Wajed. — O que aconteceu com a solidariedade geziri?

— Ela é mais assustadora do que você.

— E eu não estou aqui para impedir você, baba — assegurou a mãe de Ali. — Tudo em meu sangue grita para que eu faça isso, mas sei que não posso. No entanto, não conseguiria viver comigo mesma se eu não ajudasse.

— Nós enchemos o compartimento de carga — explicou Wajed. — Todos nós. Jamshid e aquele estudioso maluco tentaram pensar em oferendas que pudessem agradar Tiamat. Ouro e incenso e sedas e marfim.

Culpa e gratidão passaram por Ali.

— Vocês não precisavam esvaziar metade do tesouro para mim — protestou ele. — Podem precisar disso para a guerra.

Hatset o abraçou.

— Não há nada que eu não daria por você. Peço desculpas pelas palavras que eu falei antes, mas não vou sobrecarregar você com meus arrependimentos ou meu luto, meu amor. Apenas saiba como estou completamente honrada e orgulhosa de chamar você de meu filho.

— Sou eu que sou abençoado por ter uma mãe assim. — Ali recuou, limpando os olhos rapidamente. — Qaid, você vai proteger minha família?

Wajed tocou o coração e a testa, fazendo a saudação geziri. — Até meu último suspiro, meu rei. — Ele deu a Ali um sorriso breve e triste. — Eu precisava chamar você assim pelo menos uma vez.

— Então me deixe agir majestosamente e ir embora antes que minhas emoções levem o melhor. — Ali entrou nas ondas, o mar lambendo suas pernas, e subiu pelo casco do barco. — Se Deus quiser, eu voltarei. — Sussurrando, ele acrescentou: — Eu prometo.

E então fixou os olhos no horizonte. Dessa vez, quando ele chamou a água, não precisou se encolher. O oceano subiu em torno dele, fazendo o barco oscilar loucamente, e o puxou para o mar. Aconteceu tão rápido que Ali nem teve a chance de olhar para a mãe de novo conforme uma cortina de neblina caía entre eles. Em momentos, não havia nada ao seu redor exceto água, as nuvens ameaçando outro temporal e o mar de Tiamat, escuro como índigo.

Veleje para o leste, dissera Issa para ele. *Tão longe quanto conseguir. Dizem que ela reside no mais profundo coração do oceano.*

Mas "velejar para o leste" era um conselho mais fácil de dar do que de executar na escuridão de uma noite de monção com a maré e as ondas jogando o barco dele para todos os lados. Aquele não era o lânguido Nilo – o rio de cujo senhor Ali agora sabia descender –, e o oceano lutou contra ele quando Ali buscou as correntes, tentando convencer a água a carregar o barco. Ele tentou estabilizar o leme, e o ar quase foi arrancado de seus pulmões quando uma onda atingiu o barco com força. A chuva acelerou de novo e o vento passava uivando pelos ouvidos dele conforme o navio rangia e estalava, as tábuas protestando.

Era tão alto que Ali nem deu muita atenção quando ouviu um guincho na madeira, os braços ocupados com a vela que ele tentava ajustar.

Até que uma voz falou atrás dele.

— Você está fazendo isso errado.

Ali ficou imóvel, então se virou lentamente.

E viu Fiza de pé à entrada do compartimento de carga com a pistola apontada para a cabeça dele.

— Não, não solte isso — avisou Fiza quando Ali se moveu para soltar a vela. Eu prefiro ver suas mãos nisso do que em suas armas. E não tente *nada* mágico. Se você, o oceano, a névoa ou sequer uma gota perdida de chuva fizer algum movimento estranho, você vai levar uma bala no cérebro, e não tem nenhum Nahid por perto para salvar você.

— Fiza, você realmente não deveria estar aqui.

— E por que não? — Ela soltou uma gargalhada, mas pareceu forçada. — Eu tenho um barco, mais tesouro do que consigo gastar em dez vidas, e meu inimigo na mira de uma arma. Para uma pirata, diria que estou me saindo bem.

Meu inimigo. A atadura manchada de sangue na cabeça dela chamou a atenção dele.

— Desculpe por ter machucado você — disse Ali, baixinho. — Eu não tive a intenção...

— Sim, Nahri me contou. Algum marid maligno entrou na sua cabeça e obrigou você. E um pior ainda quer comer você ou vai devorar a costa inteira. Então, o que é tudo isso? Está fugindo? Com certeza está carregando riqueza o suficiente para começar uma boa vida nova em algum lugar em que a praia não esteja sangrando e os Afshin não estejam atrás da sua cabeça.

— Você sabe que não estou fugindo.

A mão de Fiza tremeu na pistola.

— Ontem eu teria acreditado nisso. Eu estava começando a acreditar em você, em todas essas coisas que você andou dizendo sobre uma nova Daevabad e igualdade para o meu povo. Eu estava me preparando para *seguir* você, seu desgraçado — disse ela, a voz falhando. — Você me fez achar que talvez fosse possível. Que, se eu fosse para casa, se eu fosse algum tipo de heroína, talvez todas as outras coisas que eu fiz não importariam.

Ela não deu detalhes, e ele não perguntou. Apesar dos constantes deboches e evasões, Ali sempre tivera a impressão de que Fiza tinha sobrevivido a muito, muito pior.

E desesperadamente não queria vê-la morrer agora.

— Fiza, você não pode me seguir. Não até onde eu vou. Nahri não mentiu, e eu não acho que os marids tenham qualquer intenção de me deixar partir.

— Então isso tudo foi por nada? Os grandiosos planos seus e de Nahri? Você vai ser comido pelo oceano e os assassinos que governam Daevabad vão matar todo mundo com quem eu cresci?

Com Nahri e a mãe, Ali conseguia estampar uma expressão nobre. Mas ele não mentiria para outra shafit que tinha desapontado. Parte dele esperava que ela apenas atirasse nele e acabasse com tudo aquilo.

— Parece que sim. Me leve para o leste, um pouco mais adiante, se não se importar, então jogue meu corpo no mar. Fique com o barco e com o tesouro. Alguém merece escapar de tudo isso.

Ali tirou as mãos da vela.

Fiza não atirou nele. Fúria absoluta passou pelo seu rosto – ela certamente parecia querer atirar nele –, mas então ela abaixou a arma, guardando-a de volta no cinto.

— Pegue isso de novo.

— O quê?

— *Pegue isso de novo*, seu filho de um asno irritante. Você não está indo para o leste, está indo para o norte. Então eu estou no comando, porque você é um marujo de merda e não consegue fazer nada direito. Vou levar você até sua bruxa marid, e então, mais importante, vou trazer você de volta.

Ali ficou sem palavras. Certamente tinha ouvido errado.

— Não entendi.

— Somos dois, então — murmurou Fiza, empurrando-o para fora do caminho com tanta força que quase o jogou no mar. — Estou *ajudando* você, príncipe. A porra da coisa certa a se fazer e tudo mais.

— Você não tem como me ajudar — protestou Ali. — Não vou sair dessa. Só vai acabar morta, e eu não vou...

— Não pedi sua permissão e não estou fazendo isso por você — disparou ela. — Estou fazendo isso porque quero que você volte para Daevabad e cumpra as promessas que fez para o meu povo. Não vou deixar que tudo isso seja por nada.

— Fiza... — Ali soltou um ruído exasperado. — Há grandes chances de que Tiamat me engula, engula você e o barco inteiro se você ficar. *Por favor* — acrescentou ele, quando ela o ignorou para ajustar o leme. — Já fiz com que shafits demais fossem mortos.

— Mais um motivo para voltar a Daevabad e garantir que nós sejamos libertados. — Fiza fez... alguma coisa e o barco imediatamente pareceu balançar menos. — Minha mãe ainda pode estar lá — disse ela, parecendo falar consigo mesma. — Acho que gostaria de vê-la de novo.

— A única coisa que vamos ver é o leito do mar.

Ela lançou um olhar que poderia ter carbonizado Ali.

— Sabe como você vive falando sobre quanto respeita os shafits e quer que eles sejam iguais? Cale a boca e prove. Respeite minha decisão, pare de discutir e faça alguma coisa útil.

Isso o calou. Ali engoliu em seco, então perguntou:

— O que eu posso fazer?

Ela mostrou e, durante as horas seguintes, Ali saltou ao ouvir os comandos dela, ajustando o curso, recolhendo a vela e um monte de outras coisas que não faziam sentido, mas que permitiram que o barco velejasse pela tempestade como se por mágica. Era um trabalho exaustivo, mas mantinha a mente dele longe daquilo para que velejavam, e Ali teria alegremente deixado as cordas queimarem suas mãos e os jatos de água encharcarem sua pele durante dias se isso significasse atrasar o inevitável.

Mais rápido do que ele esperava, no entanto, o vento se foi de vez. A chuva ainda açoitava o rosto deles, mas exceto por isso não havia movimento. Era impossível ver qualquer coisa na neblina espessa, como se eles estivessem flutuando em uma nuvem preta em vez de sobre um vasto mar.

— Devemos estar bem longe a esta altura, não é? — perguntou Ali, seu coração saltando. — Talvez ela tenha se esquecido de mim.

Fiza pareceu inquieta.

— Não disseram nada a não ser "entregue-se a Tiamat na próxima maré alta"?

— Eu não estava exatamente no meu melhor estado mental para fazer perguntas.

— Por causa da ameaça a Ta Ntry?

— Porque eu descobri que sou descendente de um marid do Nilo que criou minha família com a esperança de destruir o mundo djinn.

Fiza se virou para ele.

— Como é?

— É uma longa história.

O barco subitamente caiu.

Os dois avançaram para se agarrar a algo. Ali prendeu o fôlego, esperando que o movimento parasse, presumindo que eles simplesmente desceriam com a queda da onda. O barco vinha subindo e descendo havia horas com o movimento natural do mar.

Mas eles não pararam.

— Alizayd. — Mais cedo, Fiza tinha encontrado uma lamparina a óleo envolta por vidro na fortaleza e a acendera; a chama tremeluzente agora revelava que o rosto dela estava drenado de cor. — Não acho que se esqueceram de você.

O vento voltou, uivando por eles quando a névoa disparou para longe. Um raio, lento e duradouro, partiu o céu, projetando uma luz irregular sobre o oceano.

— Ai, Deus — sussurrou Fiza. — Ai, Deus.

Eles estavam realmente caindo no ritmo de uma onda. Com um *exército* inteiro de ondas. Uma parede de água os cercava de todos os lados, mais alta do que qualquer coisa que Ali tivesse visto na vida, como se eles tivessem sido jogados na encosta de uma montanha. Mais raios, silenciosos como a morte, brilharam sobre as ondas inchadas conforme elas alcançavam o ápice bem acima da cabeça de Ali e Fiza, as cristas ficando brancas. Os limites da onda se tocaram, brevemente fechando o barco em um casulo de água quase tão lindo quanto as passagens escondidas do Nilo. Mais raios brilharam, cintilando azuis e verdes além da tela de água como um céu estrangeiro.

E então aquele céu oceânico desabou.

DARA

Apesar de Daevabad ser sinônimo da própria ideia de uma cidade – ruas tumultuadas, prédios imponentes e mercados lotados –, a natureza ainda podia ser encontrada nas florestas e nas colinas rochosas que beiravam os campos suspensos e os pastos da ilha. Mesmo depois de todos aqueles séculos, a terra além dos muros tinha permanecido daeva. Os conquistadores geziri deles jamais tinham conseguido replicar o conhecimento que a tribo de Dara tinha aperfeiçoado ao longo de gerações, e arriscar a fonte de comida mais próxima de Daevabad não valia a pena – não quando os donos de terras daeva podiam simplesmente ser subornados ou aterrorizados até se submeter.

Dara seguia sorrateiro pela floresta arbustiva, tão calado e invisível quanto o espectro assustador que ele poderia ter sido considerado no mundo humano. Mas ele não estava no mundo humano; estava na ilha onde tinha nascido, a ilha que ele temia correr mais perigo do que nunca. Dara passou por campos arrasados por granizo e um pomar devastado por gafanhotos. Várias casas de fazenda tinham queimado; um moinho quebrado deixara grãos apodrecendo no chão.

Ele tropeçou pela paisagem, sem sua graça habitual. Se antes estava liberto e poderoso por estar livre da maldição de Suleiman – um daeva original livre para deixar sua forma e voar ao vento –, ser "curado" em meio à pilha incandescente de cadáveres Nahid o puxara de volta para uma jaula apertada e espinhenta. Tudo doía. Mover-se doía, respirar doía. Seus poderes eram coisas frágeis, trêmulas, como se nem seu corpo nem sua magia pertencessem a ele, como se ele estivesse puxando fios para controlar um boneco que não conseguia ver.

Tem alguma coisa errada comigo, com tudo isso. Pois Dara não conseguia tirar da cabeça a visão de Manizheh cercada por Daeva assassinados, usando magia que não deveria estar usando. Ele nem suportava olhar para a relíquia que ela havia embutido em seu pulso, o dispositivo nauseante de metal e sangue. Dara o envolvera em linho, mas filetes de preto salpicado de dourado ainda percorriam a metade esquerda de seu corpo, as linhas irregulares de luz pulsando a cada batida trêmula de seu coração.

Você deveria ter fugido, Afshin, debochara Vizaresh. Mas Dara não tinha fugido. Ele não podia.

Agora, no entanto, ele estava seguindo na direção de um objetivo que parecia ainda pior.

Você deveria servir. Obedecer. Um bom Afshin deveria aconselhar, eles podiam contra-argumentar, mas *obedecia.* Esse era o código deles.

Mas você não serve apenas aos Nahid. Você serve aos Daeva, e eles também precisam de você. Dara continuou andando.

A estrutura em ruínas onde eles tinham combinado de se encontrar parecia ser pouco mais do que uma pilha de rochas. Na época de Dara, tinha sido um ponto de peregrinação celebrado: uma caverna na qual um famoso ascético Nahid tinha rezado pelo fim de uma fome apenas poucos séculos depois que a própria Anahid morreu. Tinha sido popular com casais que esperavam conceber – uma coisa que o povo dele não fazia com facilidade – e havia todo tipo de ritual associado ao lugar, desde deixar uma moeda de prata sob o chapéu de uma criança à base da caverna até ferver as pequenas flores roxas que cresciam nas colinas ao redor dela para fazer chá. A julgar pelo aspecto da caverna, sua importância tinha sido esquecida ou não sobrevivera à invasão Qahtani – como tanto do mundo que Dara conhecia.

Uma figura surgiu das sombras.

— Pare.

Dara reconheceu a voz grosseira como pertencente à guerreira mal-educada de Am Gezira, e imediatamente fechou a cara.

— Onde está meu sacerdote? — indagou ele. — Onde está Razu?

— Estamos aqui. — Razu saiu da caverna, segurando uma pequena tocha, Kartir atrás dela.

Dara encarou os três, lutando contra a vontade incontrolável de correr na direção oposta. *Traidor*, repreendeu a mente dele. Ela o vinha repreendendo desde que Dara tinha saído de fininho do palácio na calada da noite para surpreender o sacerdote no aposento dele no templo.

— Ela fez algo terrível — disparara ele antes que o ancião sobressaltado conseguisse dizer uma palavra. Dara não tinha conseguido dizer a expressão "magia de sangue", nem colocar em palavras o verdadeiro horror que ele temia, mas seus balbucios sobre Manizheh exigindo os nomes dos Daeva assassinados enquanto Aeshma se vangloriava, sem falar da visão do cruel dispositivo que atava o pulso dele, tinham bastado para fazer Kartir empalidecer.

— Precisamos falar com eles, Darayavahoush — dissera o sacerdote depois de um longo momento de silêncio. — Isso está além de nosso alcance agora.

No momento, com as cenas da arena queimadas na mente de Dara, tinha parecido a decisão certa, mas agora parecia um erro impulsivo. Manizheh tinha acabado de ser traída por

Daeva nos quais ela acreditava que podia confiar, e agora seu Afshin estava fazendo uma reunião secreta com o inimigo? Kartir deve ter visto a expressão no rosto dele.

— Está tudo bem, Darayavahoush — disse ele, sua voz gentil. — Tudo está correndo como planejado.

Planejado. Aquilo só fez com que Dara se sentisse pior. Não importava o que Manizheh tivesse feito, cada gota do treinamento e da adoração que tinham sido gravados nele resistiam àquilo. A desconfiança ainda o tomava também, e Dara conjurou a própria tocha, projetando luzes mais fortes sobre os djinns.

Usando retalhos que pareciam roubados de vários homens, a guerreira geziri – Aqisa, lembrou-se Dara, da invasão dele ao hospital – estava rindo, com uma besta apontada para o coração de Dara e uma faca e uma espada à cintura. Ele a olhou com raiva, sem deixar de notar que ela estava visivelmente mais magra.

— Afshin — adiantou-se Razu, com um tom de aviso na voz. — Kartir disse que você viria em paz. A cara que você está fazendo não indica paz.

— Nem a besta apontada para mim. Eu vim falar com sua princesa, então onde está ela?

Aqisa bateu em um par de algemas de ferro pendurado em seu cinto.

— Você vai colocar isso aqui antes de encontrar com ela.

— Eu vou enfiar isso pela sua garganta.

Kartir soltou um suspiro frustrado.

— Dara...

— Já estou farto de ferro por várias vidas — disse Dara, sibilando entre os dentes cerrados. — Sem falar de correntes. Não vou colocar isso. Ou vocês confiam em mim, ou não.

— Eu não confio. — Aqisa inclinou a cabeça. — Diga-me, qual é exatamente a diferença entre você e um ghoul? Vocês dois se levantam dos mortos, dão gemidos irritantes que se passam por fala...

— Chega, Aqisa.

O comando foi proferido com confiança; a voz da nova mulher era calma e segura. E, de fato, quando Zaynab al Qahtani saiu da caverna, ela pareceu entrar em um salão de trono em vez de sair de um esconderijo.

Dara se empertigou. Ele tinha visto um lampejo de Zaynab no hospital, mas a examinou demoradamente agora. Talvez devesse ter sentido vergonha – homens daeva honrados não olhavam para mulheres de quem não fossem parentes –, mas Zaynab al Qahtani era a inimiga mais próxima deles. Enquanto ela estivesse livre em Daevabad, governando seu próprio quarteirão unido de Geziri e shafits armados, apresentava uma alternativa a Manizheh, um lembrete de que a cidade não tinha caído de verdade. Ainda não.

Então Dara olhou para ela. Zaynab não deu a ele muito que interpretar – ela estava usando preto da cabeça aos pés e tinha puxado uma ponta do lenço de cabeça sobre o rosto, ocultando tudo exceto seu luminoso olhar cinza-dourado. Dara conseguia ver as semelhanças com o irmão mais novo na disposição da testa alta e nos olhos grandes, e se perguntou de que outra forma ela seria semelhante a ele. Será que Zaynab compartilhava da fé inabalável de Ali e da recusa em ceder? Ou será que a vida no palácio a havia amenizado, ensinado a ela a arte da política e da acomodação – sem falar das maquinações letais – que Muntadhir tinha dominado?

Ou talvez ela seja uma coisa completamente diferente.

De toda forma, Dara pretendia caminhar com cuidado. Ele a cumprimentaria, mas do jeito de seu povo.

— Que o fogo queime forte para você, minha senhora — disse ele, unindo os dedos em uma benção.

— E para você — respondeu Zaynab, claramente tomando o próprio tempo para observar Dara. Se ela estava com medo, e deveria estar, escondeu bem.

— Eu prefiro falar com você a sós. — Dara estava agradecido pela ajuda do sacerdote em organizar o encontro, mas aquela não era uma conversa que ele queria que Kartir julgasse ou que a guerreira grosseira interrompesse.

— De jeito nenhum — cortou Aqisa. — Acha que não sabemos o quanto sua Nahid a quer?

— Se eu fosse levá-la, já teria feito isso. — De fato, Dara ficava cada vez mais tentado a fazer isso. — Algo que você deveria saber quando concordou em se encontrar comigo.

Zaynab não tinha tirado os olhos dele.

— Aqisa, fique aqui. — Quando a outra mulher protestou, ela ergueu a mão. — Por favor. — Ela inclinou a cabeça na direção da floresta. — Um passeio?

Dara fez uma reverência, então saiu. Ele colocou um pequeno globo de chamas conjuradas para dançar acima, iluminando uma estreita trilha preta.

Zaynab o acompanhou, e a floresta logo os engoliu. Depois disso, a respiração dela ficou mais rápida, e dessa vez Dara suspeitou que fosse por medo em vez do cansaço do passeio.

Seja educado, disse ele a si mesmo. *Mas tome cuidado.* Zaynab tinha crescido fazendo politicagens no palácio, e Dara já aprendera do jeito mais difícil com Muntadhir que ele não era páreo nessa área. Mas nem ameaças nem diplomacia tinham funcionado até então, de modo que Dara precisava encontrar outra forma de evitar a catástrofe que ele temia estar se aproximando.

— Eu não tinha certeza de que você viria — começou ele, seus passos silenciosos na terra macia. — Mas, por outro lado, a coragem é um dos poucos atributos pelos quais eu jamais invejei os Geziri.

— Kartir me deu a palavra dele de que você não pretendia me fazer mal. Eu confio nele. Ele parece um homem honesto de Deus.

— Como uma princesa Qahtani conhece um clérigo daeva?

— Eu o conheci em seu Templo — explicou Zaynab, olhando para ele quando o rosto de Dara se iluminou com surpresa. — Alizayd e eu.

Dara franziu a testa.

— Mas os djinns não têm permissão de entrar lá.

— Nós visitamos como convidados de Nahri. Fomos mostrar nosso apoio quando ela anunciou que abriria o hospital para os shafits. — Amargura envolveu a voz de Zaynab. — Ela e Ali estavam tentando algo diferente, um modo simples de promover a paz antes de você destruir qualquer esperança disso em nosso tempo.

— Essa paz foi destruída pelo ataque shafit no desfile do Navasatem tanto quanto pela nossa conquista.

— Tenho certeza de que é reconfortante para você acreditar nisso. Que alívio, depois que você já havia tramado o massacre de meu povo, descobrir que tinha uma nova justificativa a que se agarrar.

As palavras afiadas o cortaram mais profundamente do que ele gostou, e Dara se viu automaticamente buscando sua defesa habitual.

— Nós não precisávamos de mais justificativas. Esta é uma cidade daeva. Deveria ser governada pelos Daeva.

— Estranho que para uma cidade *daeva* a própria Anahid tenha separado quarteirões para cada uma das seis tribos e feito do único requisito para entrada uma simples gota de sangue mágico. É quase como se ela pretendesse que isto fosse um lar para todos e o resto de vocês é que tivesse deturpado o legado dela.

Dara olhou para ela.

— Com essa língua, você e Nahri devem ter sido as amigas mais próximas ou as piores inimigas.

Zaynab virou o rosto.

— Eu costumava pensar o pior dela. Eu *tinha medo* dela. Tinha ouvido histórias sobre Manizheh quando pequena e não gostava de como a filha dela estava ficando próxima dos meus irmãos. Achei que Nahri estivesse tramando nossa destruição.

— Talvez estivesse.

— Nahri queria que o povo dela sobrevivesse. Que prosperasse. Se precisássemos ser destruídos para isso, acho que ela teria feito o necessário, mas não parecia que vingança estivesse entre as prioridades dela. — Zaynab olhou para ele. — Mas creio que você não esteja fugindo de Manizheh no meio da noite para falar sobre a filha dela?

Traidor, sussurrou a voz de novo.

— Não — respondeu Dara, sem saber se estava respondendo a Zaynab ou a suas próprias dúvidas.

A princesa parou, olhando para ele, e a canção noturna dos insetos preencheu o silêncio entre os dois. A esfera flutuante de chamas não ajudava muito a iluminar a escuridão intensa atrás dela, o prateado das árvores se destacando contra o preto suave como estrelas em um amplo e impenetrável céu.

O que quer que ela tivesse visto deve tê-la alarmado.

— É Muntadhir? — perguntou ela com um sussurro, os olhos repletos de medo.

— Muntadhir está vivo por enquanto. Mas ela planeja matá-lo. Matar *você* e fazer com que ele assista. Muntadhir tramou com alguns dos nobres daeva para destroná-la. Kaveh foi morto durante a tentativa e ela culpa seu irmão.

A menção da tentativa de golpe não desencadeou surpresa na expressão dela – Zaynab claramente tinha as próprias fontes.

— Kaveh mereceu.

— Kaveh foi esquartejado por uma multidão na rua, e Manizheh quer sangue. Nós fizemos um esforço de boa fé com seu irmão e os aliados dele, e fomos recompensados com traição. Não vai haver outro. — Dara controlou a voz.

— Muntadhir vai morrer, mas você não precisa. Ele não iria *querer* que você morresse. Isso não precisa acabar em mais violência, princesa. Renda-se. Convença seu povo a baixar as armas e abrir os portões.

— *Essa* é sua mensagem? — Zaynab já estava balançando a cabeça. — Não.

— Você viveria — disse Dara, controlando-se para ficar calmo. Ele queria sacudi-la, sacudir todos eles. — Por minha honra, eu juro. Farei com que você seja devolvida para sua mãe em Ta Ntry e deixarei que o resto de sua tribo volte para Am Gezira.

— E aqueles de nós que não moram em Am Gezira? — Ela semicerrou os olhos. — Como você pode não ver que esta cidade não pertence apenas a vocês? Há milhares de djinns e shafits que chamam Daevabad de lar, que só conhecem Daevabad, que não *querem* sair de Daevabad. O que acontece com eles?

— Eles fazem o que meu povo fez durante séculos e vivem sob um governo estrangeiro. Chamam Manizheh de rainha e se submetem ao nosso reinado.

— O reinado de uma mulher que tramou a morte deles? Que matou o povo deles e executou seu próprio povo?

— *Sim.* — Dara ergueu as mãos. — Ela dificilmente é a pior pessoa a se sentar naquele trono! Você está vivendo em um conto de fadas para imaginar que isso pode terminar de outro modo? Eu posso ver que você e sua companheira estão mais magras. Ouvi relatos de fome e doenças em seu quarteirão, em *todos* os quarteirões. Chovem sapos e cacos de gelo do céu. Nossos pomares estão cheios de pragas, e as florestas estão apodrecendo. Vocês vão passar fome. Vocês vão *cair*, um a um, deixando mais mortos. E quando a ira de Manizheh finalmente vencer a paciência dela e vocês estiverem fracos, nós tomaremos à força o que vocês poderiam ter simplesmente dado.

Os olhos dela se incendiaram.

— Nós estamos em maior número. As outras tribos ainda se mantêm...

— Ela tem magia.

Choque percorreu o rosto de Zaynab.

— Isso não é possível. Ela teria usado em nós a esta altura.

Tudo dentro dele se encolheu com força. Era a terrível verdade que Dara não queria admitir, a única coisa que poderia convencer aquela garota – mesmo que dizê-la parecesse blasfêmia.

— É recente — disse ele, por fim. — Eu mesmo não entendo completamente como, ela não se confidencia comigo. Mas eu a vi usar magia. Um tipo de magia. Depois das execuções dos traidores daeva, e na presença dos ifrits.

Zaynab o encarou. Seu rosto podia estar coberto por um véu, mas ele conseguiu ver que os olhos dela se arregalaram com um medo instintivo que não se podia esconder.

— O que está dizendo, Afshin?

— Que seu tempo acabou. — Dara ergueu as mãos de novo, fazendo a benção daeva. — E eu estou pedindo, eu estou *implorando* a você que se entregue. Não quero ver mais mortes, princesa. Kaveh não era apenas o grão-vizir dela. Ele era o amor da vida dela, seu companheiro mais próximo desde a infância, e ela precisou recolher os pedaços dele na rua. Ela não vai mostrar piedade.

Zaynab recuou, pânico tomando seu rosto. Ótimo. Dara queria aquilo, queria atiçar aquele sentimento até que ela fosse sensata.

— Nós tiramos nossas relíquias — sussurrou ela. — O veneno não vai...

— Ela vai encontrar outro jeito. Não entende, al Qahtani? Vocês *perderam*. Salve-se e salve o que resta de seu povo antes que o sangue deles esteja em suas mãos.

— Minhas mãos? — O ódio afiou as palavras dela. — E quanto às *suas* mãos? Você alega que não quer ver mais mortes e vem aqui sussurrando sobre magia de sangue, pintando a imagem de uma tirana enlouquecida pela vingança, mas, se quisesse, poderia acabar com esta guerra em um dia com um único golpe bem mirado.

O verdadeiro significado das palavras levou um momento para assentar, mas então a fúria rugiu pela alma de Dara.

— Você acha que eu *faria mal* a ela? — perguntou ele, chocado. — Eu sou o Afshin dela, ela é minha Nahid. Se ela errou, foi apenas porque seu pai...

— Meu pai está morto — interrompeu Zaynab. — Não vou negar que ele tenha tratado Manizheh com violência ou que o reinado dele tenha deixado feridas, mas ele se foi. E entregar Daevabad a um monstro porque "caso contrário ela vai matar todos nós" não é uma solução.

Um monstro. Como era fácil para aquela menina que mal vivera algumas décadas declarar tal coisa. Ela não vira seu povo sofrer durante séculos. Ela não tinha quebrado seu corpo e sua alma tentando consertar as coisas, apenas para ver seus esforços implodirem.

No entanto...

No entanto. Os Daeva assassinados entregando seus nomes e o sorriso friamente triunfante de Aeshma. O golpe de magia que fez Dara sair voando da arena.

Sinto muito, Afshin. Mas vou fazer isso do meu jeito agora.

Zaynab ainda olhava para ele, e Dara desviou do olhar dela com um sibilo, concentrando-se na floresta escura. Um tremor de fogo crepitou pelos dedos dele.

E o que você faria? O que Dara *podia* fazer? Pois a simples ideia de ferir Manizheh era impensável. Ela havia perdido seu parceiro, seus filhos, sua magia. Ela havia tentado se aproximar dos djinns, e quase tivera o trono arrancado pelos Daeva que pretendia salvar.

— Você não viria aqui sem que Manizheh soubesse caso confiasse nela — disse Zaynab, com mais urgência na voz. — Razu acha que ainda existe algum bem em você. Por favor, nos ajude.

As mãos de Manizheh nas bochechas dele, levantando o rosto de Dara enquanto ele chorava para o rio Gozan e dando a ele a única esperança que ele havia sentido desde a queda de Daevabad. Observando-a cuidar e inspirar seus seguidores em Daevastana, tecendo um bando maltrapilho de lutadores sobreviventes.

Dara uniu as mãos às costas.

— Eu dei meu aviso.

— E eu dei minha resposta. Nós não vamos nos render a ela. E deixe que *eu* passe um aviso. Você quer evitar mais derramamento de sangue? Lide com a mulher que está na raiz dele. — Zaynab deu meia-volta. — Já acabamos aqui.

Dara voltou para o palácio completamente arrasado. Ainda se curando – ou não se curando, ou o que quer que fosse, em nome da criação, que estava acontecendo com ele –, ele percebeu que a caminhada o exauriu e, conforme avançava para o pequeno quarto que tinha ocupado perto dos estábulos, cada parte de seu corpo doía.

Ele segurou o pulso contra o peito ao caminhar. Pelo olho de Suleiman, a maldita relíquia doía, o peso do metal repuxando sua pele ainda em cicatrização. Não era a primeira vez que Dara contemplava simplesmente cortar o punho fora e deixar que as consequências transcorressem conforme deveriam. O inferno não podia ser muito pior do que aquilo.

Dois guerreiros estavam esperando do lado de fora da porta dele. Um era Irtemiz e o outro um novo recruta, um jovem de rosto macilento de cujo nome Dara não se lembrava.

Ele parou, irritado.

— Vocês estão bloqueando o caminho até minha cama.

Irtemiz parecia inquieta.

— Afshin, por onde andou? Estamos procurando por você há horas.

Dara ficou subitamente ciente das folhas mortas que se agarravam às suas botas.

— Caminhando.

O rapaz franziu a testa.

— É o meio da noite.

— *E?* — Dara fechou a cara. — Na minha época, se eu falasse assim com um oficial superior, passaria um ano limpando as baias dos simurghs.

— Ele não quis ofender — explicou Irtemiz, rapidamente.
— Banu Manizheh nos pediu para buscar você.

Dara não gostava nada daquilo. Ele não tinha falado direito com Manizheh desde que ela o havia expulsado da arena e não conseguia imaginar um momento pior para fazer isso do que aquele, com o corpo exausto e as emoções em confusão depois do encontro com Zaynab.

Mas ele não podia recusar.

Dando um último olhar desejoso para a porta – sua cama era mesmo confortável, e o leve cheiro e o som dos cavalos abaixo podiam ter facilmente embalado Dara para a fantasia de que ele estava em outro lugar –, ele fez uma careta.

— É claro. Estou aqui para servir. *Sempre* — acrescentou, sem se incomodar de manter o sarcasmo longe da voz.

Eles o levaram até o escritório de Manizheh – o antigo de Ghassan. Dara tinha ficado surpreso a princípio quando ela o ocupou; Manizheh chegara ao ponto de mandar consertar a escrivaninha do rei morto para poder reivindicá-la também. Dara tinha se oferecido para usar sua magia para conjurar uma nova sala para ela, algum lugar iluminado e arejado, próximo da enfermaria ou dos jardins, mas ela havia se recusado.

— Ghassan tomou tudo de mim — dissera Manizheh na época, passando os dedos pela filigrana de marfim incrustada na madeira polida da mesa restaurada. — Fico satisfeita por tomar o que eu puder dele.

O humor de Dara azedou ainda mais quando ele entrou no escritório. Manizheh não estava sozinha – Vizaresh estava sentado diante dela. Estranho. Era tipicamente Aeshma quem fazia companhia a Manizheh enquanto Vizaresh se ocupava das ordens de Aeshma ou fazia o que quer que pestes cruéis como ele fizessem para preencher seus dias.

— Afshin. Finalmente. Eu estava começando a temer que alguma coisa tivesse acontecido. — O olhar de Manizheh foi para as folhas nas roupas dele. — Uma caminhada no bosque?

— Eu gosto do bosque. Não tem gente lá.

Ela suspirou, olhando para os soldados dele.

— Podem nos deixar?

Eles obedeceram, fechando a porta ao saírem. O ar na sala estava sufocante e, sentindo-se um pouco zonzo, Dara apontou na direção das cortinas fechadas.

— Você se importa se eu abrir a janela? Tem uma brisa agradável vindo do jardim.

— Eu não quero olhar para o jardim. Ele me lembra de meu irmão.

Dara se encolheu. Ele já tinha ouvido Manizheh expressar esse sentimento antes e se esquecera.

— Me perdoe.

— Está tudo bem. Sente-se. — Manizheh indicou a almofada ao lado de Vizaresh.

O ifrit deu a ele um sorriso maldoso.

— Você parece pálido, Afshin. Sua última ressurreição não lhe caiu bem?

— Não — respondeu Dara, com tanta sinceridade quanto conseguiu reunir. — Está causando um negócio que me deixa irracional e imprevisível até esfaquear o pescoço de qualquer que seja o ser de fogo mais próximo. E por falar nisso, já disse a você como está incandescente esta noite?

— Basta — disse Manizheh, irritada. — Vizaresh, pode nos deixar também?

Com uma reverência exagerada, o ifrit obedeceu.

Mas isso não ajudou a aliviar a tensão na sala. Dara apertou as mãos contra as pernas, lutando para encontrar palavras. Ele jamais se sentira daquele jeito a respeito de alguém antes – aquela mistura de lealdade e pesar, amor e repulsa.

Estar sozinho com Manizheh o lembrou de quem mais deveria estar ali, então ele começou com isso.

— Sinto muito, Banu Manizheh. Eu sei que disse antes, mas sinto tanto por Kaveh.

— Eu sei que sente. — A voz dela estava baixa. — Eu também. Mas a morte dele não foi em vão. Tornou as coisas mais claras.

— Mais claras?

— Sim. — Manizheh chegou a sorrir para ele. — Mas estou me precipitando. Como você está se sentindo? Eu fiquei alarmada ao descobrir que você havia deixado a enfermaria. Preciso saber onde você está, Afshin, o tempo todo. Seu bem-estar é importante para mim.

Dara pigarreou.

— Estou bem — mentiu ele.

— Está mesmo? Não está se sentindo diferente? Fraco? — Ela estendeu a mão, tocando o tecido que Dara tinha amarrado em torno da relíquia em seu pulso. — Achei que teria perguntas sobre isto.

Ele conteve a vontade de puxar o braço de volta.

— Eu presumi que você me contaria no momento certo.

— Sim, é claro. De fato, é um dos motivos pelos quais eu chamei você aqui. Eu quero consertar as coisas entre nós, Dara. Nossas famílias estão unidas há tempo demais para que nossa parceria esteja tão tensa. Eu gostaria que falássemos honestamente um com o outro.

— Então, o que aconteceu na arena? — A pergunta escapou dele. — Eu vi você usar magia. E a mulher daeva que estava na plataforma... — Dara estremeceu. — Você exigiu saber o nome dela. Você exigiu que ela se *matasse* em seu nome.

— A expressão de Manizheh ainda era estranhamente calma, e frustração encheu a voz dele. — Por favor, explique. Diga que eu estou interpretando as coisas de maneira errada. — Ele estava quase implorando agora. — Aquele tipo de magia não é nosso. É errado.

— Por quê? Porque é conhecimento que vem dos ifrits?

— Ela sacudiu a cabeça. — Aqueles supostos nobres eram traidores e morreriam de um jeito ou de outro. Por que deixar o poder no sangue deles ser drenado para a areia, sem ser usado, quando precisávamos dele?

Ah, Manizheh. Tinha sido óbvio na arena, mas ouvi-la casualmente admitir uma coisa tão terrível partiu o coração de Dara novamente.

E então o aviso de Zaynab retornou.

Ele sentiu uma decisão se acomodar em seu interior. Mas não uma que tinha alguma coisa a ver com violência. Manizheh ainda estava segurando seu pulso, o que tornava mais fácil para Dara fazer uma coisa que ele jamais tinha feito antes.

Ele segurou as mãos dela.

— Banu Nahida, acho que deveríamos ir embora.

Manizheh piscou, surpresa.

— Ir embora? Do que está falando?

— Deveríamos ir embora de Daevabad. Esta semana. Vamos levar suprimentos, todos os Daeva que desejarem nos acompanhar, o que restar do Tesouro. Voltaremos para as montanhas e...

Ela puxou as mãos de volta.

— Você perdeu a cabeça? Por que *deixaríamos* Daevabad? Todo o objetivo da guerra era retomar a cidade!

— Não, era salvar nosso povo. Reunir sua família. E por falar nisso... — *Criador, era tão difícil dizer.* — Banu Manizheh, nós fracassamos. A cidade está em ruínas e nosso povo está se voltando contra nós. Não vejo uma forma de consertarmos as coisas.

— Então você quer fugir só porque alguns traidores e djinns não gostam de curvar a cabeça? De jeito nenhum!

— Porque está transformando você em um monstro! — Dara tentou acalmar a voz, mas era impossível. — Banu Nahida, você e eu tivemos essa conversa no acampamento sobre o vapor. Você não me ouviu naquela ocasião, mas estou implorando para que ouça agora. Vamos voltar para Daevastana, para nossas raízes. Vamos construir uma coisa real. Sem magia de sangue, sem os ifrits.

— E Daevabad? — Manizheh parecia enojada. — Os Daeva que não nos seguirem até as montanhas? Aqueles que não puderem? Meus *filhos?* Você os abandonaria?

— Eu os manteria vivos — respondeu Dara, odiando a verdade em suas palavras seguintes. Ele não ousava nomear Kartir, mas Zaynab o havia impressionado e ele suspeitava fortemente que o sacerdote daeva e os outros de sua tribo conseguiriam negociar uma paz sustentável com a princesa, contanto que as coisas não piorassem. — A esta altura, acho que eles estariam mais seguros se não estivessem ligados a nós. E talvez, se acreditarem que Daevabad está segura, Nahri e Alizayd voltem com a insígnia.

— E Jamshid? — A voz dela soou mais afiada agora. — Eu sei que ele não é o Nahid por quem você é apaixonado, mas talvez se lembre de que meu filho é um prisioneiro no momento. E se acha que Hatset vai soltá-lo enquanto eu faço uma pausa para recuperar minha força, perdeu qualquer inteligência tática que um dia teve. — Manizheh se levantou e saiu andando. — Eu perdi Kaveh. Não vou perder Jamshid.

— Então vamos trazê-lo de volta. Se você não precisa de mim em Daevabad para manter a cidade, podemos ir a Ta Ntry e tentar...

— Não.

Foi uma resposta grossa, o tipo de comando que um dia o teria calado. Agora só deixou Dara com mais raiva. Ele enterrou os dedos na almofada, combatendo o desejo de rasgá-la.

Manizheh tinha parado diante das prateleiras em frente à escrivaninha.

— Os trabalhadores encontraram uma coisa aqui, sabe, quando estavam avaliando os estragos.

A mudança de assunto o surpreendeu.

— O quê?

Ela já estava pegando uma caixa preta lustrosa. Manizheh a abriu e se virou.

Dara gelou, erguendo-se num salto.

— Isso é uma flecha Afshin — disse ele, reconhecendo as pontas em formato de foice que apenas sua família tinha permissão de usar. Mas o estilo particular de disposição da guia... — Essa é uma de *minhas* flechas. Pelo olho de Suleiman, deve ser da rebelião.

— Foi o que pensei. — Manizheh passou os dedos pela flecha, e Dara sentiu um arrepio diante do gesto possessivo. — Eu disse que queria falar honestamente com você, e você claramente desabafou. Eu gostaria de fazer o mesmo. Infelizmente, é óbvio que estamos em desacordo no que diz respeito a nossos objetivos.

O tom calmo dela era enlouquecedor.

— *Nossos objetivos?* Você está assassinando Daeva para realizar magia de sangue e usando os cadáveres de seus parentes para me curar. Não estamos "em desacordo". Você foi longe demais e estou tentando trazer você de volta!

Ela fechou a caixa e a recolocou na prateleira. Sua outra mão brincou com alguma coisa em torno do pescoço. Uma joia, talvez.

— Sabe, Rustam disse o mesmo. — Manizheh soltou a corrente de ouro de sob a trança e, com um puxão súbito do pingente, a quebrou.

Pasmo, Dara viu tarde demais o que estava pendurado no colar.

O anel dele.

Ele avançou, mas Manizheh já o havia colocado no dedo.

— Pare — sussurrou ela.

Dara parou tão subitamente que foi como se tivesse batido em uma parede. O choque congelou sua língua.

Os olhos de Manizheh estavam mais arregalados do que ele já vira, o corpo inteiro dela tremia.

— Não se mexa.

Assim que as palavras saíram da boca da Banu Nahida, o corpo inteiro de Dara ficou dormente, como se os membros dele estivessem envoltos em pedra. Dara tentou gritar, mas foi como se o corpo não obedecesse mais a seus comandos. *Seu corpo não obedecia mais a seus comandos.* O anel dele estava no dedo de Manizheh...

Não, aquilo não podia estar acontecendo. Não era *possível*. Dara só podia estar sonhando, alucinando. Nem mesmo Manizheh tinha aquele tipo de poder. Apenas os ifrits...

Manizheh também não se movera. Ela pareceu hesitar, mas então a desconfiança tomou o rosto dela.

— Onde você estava esta noite? Diga a verdade. Pode falar.

A boca de Dara foi libertada do controle dela. Ele trincou os dentes, mordendo a língua com tanta força que sentiu o gosto de sangue. Não importava – ele sentiu a queimação da magia, e um momento depois seus lábios se abriram.

— Na floresta.

Ela semicerrou os olhos.

— Com quem?

Ele se contorceu contra as amarras invisíveis que o seguravam.

— Zaynab al Qahtani e a guerreira dela. A djinn liberta, Razu. — Ele gemeu, lutando para fechar a boca. *Não, Criador, não.* — Kartir.

Fúria lampejou pelo rosto de Manizheh.

— Você e aquele sacerdote blasfemo se encontraram com Zaynab al Qahtani? Você ficou diante da mulher que eu tenho implorado para que encontre, a mulher que é a chave para salvar a vida do meu filho, e a deixou ir embora?

— Eu estava tentando fazer paz. — Ele não conseguia parar de falar. — Tentando convencê-la a se render antes que você...

— Antes que eu o quê?

— Antes que você usasse magia de sangue contra ela.

Os olhos de Manizheh brilharam.

— Você contou para aquela mosca da areia que eu estava usando magia de sangue? — Ela fervilhou de ódio. — Tem mais alguma coisa que está escondendo de mim?

— Sim. — Dara sentiu ânsia; as palavras saíam tão rápido que ele tropeçava nelas. — Ajudei outro djinn liberto a fugir para Ta Ntry.

Manizheh empalideceu – ela obviamente não esperava aquilo.

— Quem? *Quando?*

— Um idoso chamado Issa. Há semanas.

Manizheh deu dois passos na direção dele, tirou a faca do cinto de Dara e então bateu com o cabo no rosto dele.

— Traidor — sibilou ela. — Então você também anda trabalhando contra mim?

Desespero e dor tomaram conta dele.

— Eu tenho trabalhado *para* você. Tudo o que eu queria era seguir você. Seguir a melhor versão de você. Ver nosso povo prosperando e livre sob bons e honrados líderes Nahid.

— Dara odiou as palavras que foram arrancadas dele. Como ele soava ingênuo.

Como ele tinha sido ingênuo.

Você os deixou destruir você. Vez após vez, você os amou, e então eles destruíram você por isso. O aviso debochado de Vizaresh e o olhar de Aeshma de triunfo cruel. Eles sabiam o tempo todo para onde aquilo se encaminhava. Os ifrits não tinham apenas ensinado magia de sangue a Manizheh.

Eles tinham ensinado a ela a pior coisa que eles sabiam.

Dara piscou para conter as lágrimas, parte dele ainda se recusando a deixar que o verdadeiro horror o atingisse. Aquilo o levaria à loucura. Ela não podia ter feito aquilo. Não de verdade. A relíquia, o anel, aquela simulação desesperada da crueldade ifrit. Ela não podia estar falando sério. Manizheh era uma Nahid, a Nahid *dele*. Aquilo não era...

— De joelhos — comandou ela.

Dara desabou no chão, os joelhos atingindo o tapete. Sangue escorria para os seus olhos do ponto onde ela o havia golpeado com a faca.

— Por favor, me solte. — Ele não estava acima de implorar agora, sua voz trêmula como a de uma criança. — Por favor, não faça de mim um escravo. De novo não. Não tire minha liberdade. Podemos consertar isso. Eu posso consertar isso! Um pouco do ódio deixou o rosto dela.

— Eu realmente acredito em você. Acredito que quer consertar isso. — Manizheh esticou o braço, limpando o sangue dos olhos dele com a ponta da manga. — Vou facilitar as coisas.

— Facilitar?

— Eu sei que você não queria a responsabilidade de mais derramamento de sangue. Então, agora, não vai precisar carregá-la — assegurou Manizheh. — Eu a carregarei. Eu vou tomar as decisões.

"Você vai ser apenas a arma."

O impacto total do que ela havia feito atingiu Dara como uma pilha de tijolos. De novo, ele tentou combater suas amarras.

— Não, minha senhora, por favor, não...

Ela colocou um dedo nos lábios dele.

— Vou acordar você quando for necessário. Por enquanto, durma, Afshin. Você parece tão cansado.

Dara estava rolando escuridão adentro antes que ela sequer terminasse de falar.

36

NAHRI

NAHRI ATRAIU PARA FORA A ÚLTIMA GAVINHA DE FERRO DO pescoço de seu paciente com o gancho cirúrgico em sua mão direita, a esquerda segurando a parte de trás da cabeça dele. Com uma torção precisa, ela segurou um aro no fragmento de metal e cuidadosamente o puxou, deixando que o metal caísse na bacia de alumínio sob seu cotovelo.

O paciente, um dos companheiros de Fiza, tentou falar.

— Isso... é... — As palavras dele saíam arrastadas, ecoando a confusão em seus olhos vítreos. Nahri dera a ele uma poção que parcialmente paralisara seus músculos para tornar o procedimento mais seguro.

— Está quase acabando — ela prometeu. — E você está indo muito bem. Deixa eu verificar uma coisa... — Nahri fechou os olhos, permitindo que sua mente mergulhasse mais fundo em sua visão de curandeira. Em um momento, o pescoço dele pareceu se abrir diante dela: músculos e ligamentos tanto ali quanto ausentes, ossos e sangue e tecido se afastando em partículas separadas. Todos os vestígios do ferro tinham finalmente sido erradicados, a marca desprezível de al Mudhib removida.

Com apenas um cutucão de intenção, a ferida se curou, e Nahri observou a pele rasgada dar lugar a pele saudável. Depois de semanas sem sua magia, ela estava curando todos que pudesse, de cozinheiros queimados a soldados feridos em acidentes de treinamento. E não apenas porque era um alívio finalmente, adequadamente, ter suas habilidades de volta. Mas porque permanecer ocupada era a única coisa que a impedia de pular em um barco, velejar mar afora e tomar algumas decisões nada sábias envolvendo fogo e a tentativa de ameaçar uma antiga rainha marid.

Ela se concentrou de novo, sentindo um vestígio da poção de paralisia fluindo pelo sangue dele. Nahri demandou que a poção afrouxasse seu controle, embora ela tivesse avisado ao homem que seria preciso mais um dia até que deixasse o corpo dele completamente.

Ela o soltou.

— Você está livre, meu amigo. Se sentir alguma dor ou rigidez no pescoço, volte imediatamente, mas, caso contrário, acho que vai ficar bem.

O paciente tocou o pescoço, parecendo à beira das lágrimas.

— Jamais achei que me livraria de meu contrato — confessou ele, suas palavras mais claras agora. — Al Mudhib sempre encontrava novas acusações para acrescentar à minha dívida.

— Bem, ele não pode fazer nada com você agora. Provavelmente ainda está agitando o punho para o céu e xingando Fiza.

O rosto do homem se fechou.

— Espero que a capitã volte. Ela certamente parecia confiante e disse que estriparia a gente se o navio fosse danificado, mas... — Ele parou de falar, talvez sem disposição de colocar seus medos em palavras.

Nahri conhecia aquela sensação. Ela ficara chocada ao descobrir que Fiza tinha ido atrás de Ali, dividida entre alívio e tristeza. Fiza parecia o tipo que escolhia as apostas certas, e Deus sabia que Nahri estava desesperada para ver Ali sobreviver. Mas isso também significava que tinha perdido outra pessoa de quem gostava, uma mulher que podia ser uma amiga.

Jamshid olhou para dentro.

— Posso pegar emprestada a Banu Nahida?

O paciente dela fez uma reverência.

— Eu já estava de saída. Obrigado de novo, lady Nahri.

Jamshid o deixou passar cambaleando e então entrou na sala, seus olhos se arregalando ao ver a variedade de ferramentas e o boticário improvisado que Nahri tinha feito com ingredientes pilhados da cozinha.

— Você montou tudo isso rápido — disse ele, parecendo impressionado.

— Eu prometi à tripulação de Fiza quando eles nos salvaram que tiraria aquela marca do pescoço deles.

Estremecendo, o irmão se sentou na almofada oposta.

— Ainda não acredito que alguém tenha feito aquilo.

— E eu queria ter ficado surpresa.

Jamshid suspirou.

— É, acho que você não ficaria surpresa. Mas, deixando as promessas de lado, você está bem, Nahri? Acho que não para de trabalhar há dias. Acho que não *dorme* há dias.

— Tenho muito para colocar em dia — defendeu-se Nahri.

— Eu gosto de curar pessoas, e nós precisamos de toda a boa vontade que pudermos reunir aqui. Acredite em mim quando digo que o sentimento de "não matem os médicos" provavelmente levou nossa família longe durante o reinado dos Qahtani.

— Que lindo. — Ele encostou a cabeça na parede, examinando-a com os olhos semicerrados, como se soubesse que olhar diretamente para Nahri seria indesejável. — E se eu dissesse que parecia que você tinha se isolado atrás de uma parede de poções e bisturis para evitar tanto a mim quanto a suas emoções?

— Estou bem. — Nahri forçou um sorriso plácido. — De verdade.

— Você vive fazendo isso. Faz essa cara como se eu fosse um inimigo do qual você precisa se proteger. Não sou. Sou família, Nahri. Você pode *falar* comigo em vez de guardar todos esses segredos.

— Ah, posso? — Ela abaixou o gancho, subitamente irritada com a presunção nas palavras dele. — Porque você certamente nunca me fez sentir como se eu pudesse falar sobre ser shafit.

Jamshid respirou fundo.

— Desculpe. De verdade. Eu jamais teria dito aquelas coisas sobre os shafits se eu...

— Eu não quero apenas que você não fale aquelas coisas. — Nahri tentou acalmar o tremor na voz. — Quero que você nem as pense.

Ele se encolheu, envergonhado.

— É justo. Olhe, não vou fingir que sei como deve ter sido difícil estar entre nosso povo e ouvir as coisas que dizemos sobre os shafits. Não vou. Mas você não foi a única que precisou fingir ser diferente e abrir um sorriso educado quando as pessoas com poder insultavam as partes de você que você jamais poderia assumir abertamente. Eu queria que tivesse confiado em mim. Mas, mais do que isso, queria ter me comportado de um modo que tivesse encorajado você a confiar em mim.

Nahri cruzou os braços, tentando reunir mais raiva quando seus olhos novamente se encheram de lágrimas.

— Você precisa fazer isso? — perguntou ela. — Ser todo racional e gentil?

— Eu tenho muita experiência em amar pessoas frustrantes. Posso ser mais paciente do que você em qualquer dia, irmãzinha.

— Se me fizer chorar, vou esfaquear você.

— Então vou levar isso — disse Jamshid casualmente, movendo a bandeja de instrumentos. — Por que não vai se lavar? Pode torcer um tecido e fingir que é meu pescoço enquanto eu falo.

Nahri o olhou com raiva, mas precisou forçar o sentimento ao se dirigir à pia.

Ele prosseguiu.

— Entendo por que você não me contou que era shafit. Eu posso não gostar, mas entendo. Mas você *deveria* ter me contado sobre os marids, principalmente se sabia como eles estavam envolvidos nisso tudo. Faz ideia de quantas referências a Tiamat eu li e deixei de lado? Precisamos ser capazes de confiar um no outro se vamos lutar.

Se vamos lutar. Apenas uma pequena mudança na formulação, mas aquilo não dizia tudo? De muitas formas, Ali era a cola unindo aquela frágil aliança de djinns, Daeva e shafits em Ta Ntry, e a possível perda dele era um retrocesso do qual todos ainda estavam se esquivando.

Tudo que eu construo se quebra. Nahri apertou a borda da pia.

— Não quero falar sobre isso agora.

— Então eu vou continuar falando. Porque estou sendo um pouco hipócrita. Tem um segredo que eu escondi de você.

— Tem?

Culpa percorreu o rosto de Jamshid.

— Fui eu no banquete — confessou ele. — Fui eu quem envenenou Ali.

A boca de Nahri se escancarou.

— Não acredito.

— Eu não tive a intenção de matá-lo. — Jamshid corou. — Eu queria assustá-lo para que ele deixasse Daevabad. O veneno era uma fórmula tirada de antigas anotações que um... amigo da minha época do Templo e eu descobrimos e com que brincamos quando éramos jovens e burros. Jamais teve aquele tipo de efeito quando ele fazia a poção.

— Quando você *era* jovem e burro? Só para esclarecer, você fez um veneno que aprendeu com um antigo amante e deu a um príncipe, ao *filho de Ghassan*, em público, e acha que era burro quando *jovem*?

— Eu acho que eu fui um tolo. Um tolo desesperado e arrogante que fez um criado inocente ser morto e quem sabe quantos outros espancados e aterrorizados durante os interrogatórios. E vou responder por isso no dia do meu julgamento. Mas não pensei em nada disso quando decidi fazer aquilo, Nahri. Tudo o que eu vi foi Muntadhir. Eu estava convencido de que Ali tinha voltado para substituí-lo. Estava convencido de que ele era perigoso. Muntadhir estava arrasado, e eu sabia que ele não tinha coragem de se proteger. Então eu o protegi. Foi a pior coisa que eu já fiz na vida, e não hesitei por um segundo.

Nahri o observou, alarmada.

— Espero que não esteja planejando desabafar com mais ninguém sobre isso. Hatset e Wajed estão procurando uma desculpa para jogar você em uma cela.

— Não tenho intenção de voltar para uma cela em Ta Ntry ou qualquer outro lugar — declarou Jamshid. — Estou contando a você porque quero que a gente seja sincero um com o outro. E porque eu sei como é difícil pensar direito quando alguém que você ama está em perigo.

Nahri se encolheu. Jamshid tinha a língua de um cortesão e escolhia as palavras com cautela.

Quando ela falou de novo, sua voz saiu baixa.

— Nisreen me perguntou uma vez o que meu coração queria. Sabe o que eu disse a ela?

Os olhos de Jamshid tinham se enchido de tristeza ao ouvir o nome de Nisreen.

— O quê?

— Que eu não sabia. Que eu tinha medo de que sequer pensar em coisas que me fariam feliz as destruiria. E é verdade — sussurrou ela. Nahri não tinha finalmente beijado Ali apenas para mandá-lo para seu fim? — Até mesmo sequer conversar assim com você…

— Conversar assim comigo o quê? — perguntou ele.

Tenho medo de me aproximar de você. Nahri tinha perdido todos que amava, tudo o que queria. Como poderia arriscar Jamshid também?

Mas uma batida à porta a salvou de dar uma resposta.

— Banu Nahida? — chamou uma voz abafada.

Nahri apertou o pano com que se limpava.

— Entre.

Era Musa.

— Perdoe-me — cumprimentou ele, com preocupação mal disfarçada. — Mas temos uma visita de Daevabad.

O par de criaturas na praia fez cada pelo da nuca de Nahri se arrepiar a dez passos de distância. De longe eles podiam parecer simurghs normais, saudáveis, os pássaros de fogo com que os Daeva gostavam de apostar corrida.

Mas nada a respeito daqueles pássaros de fogo era normal. Suas penas brilhantes, tipicamente em tons deslumbrantes de carmesim, açafrão e dourado, eram opacas, ressaltadas por pústulas cinza e roxas. Moscas zumbiam diante de seus olhos vítreos e vazios, e espuma pingava de seus bicos entreabertos.

— Eles não se mexeram. — Musa parecia enjoado. Jamshid tinha ido embora e se arrumava para encontrar o visitante misterioso deles. — A princípio, achamos que precisaríamos levá-los para um curral, mas eles não se mexeram. Parecem semimortos.

Um grupo de djinns tinha se reunido, sussurrando e apontando com óbvia inquietude. Eles se afastaram para Nahri passar, e ela se aproximou. O anel da insígnia em seu dedo estava zumbindo desde que ela deixara o castelo, e ficou dolorosamente frio agora.

Um aviso. Nahri estudou os simurghs de novo; seus olhos verde-mar brilhantes estavam febris e inexpressivos. Não havia faísca, nenhum movimento, nada indicando vida dentro das criaturas, e quando Nahri estendeu a mão, tentando detectar a batida do coração deles sem precisar tocá-los, sua inquietude aumentou. Havia pulsação, mas fraca, e não a fazia pensar em vida.

— E você disse que tinha alguém montado em um deles? — perguntou ela.

Musa assentiu.

— Um homem daeva. Ele se apresentou como enviado de Manizheh e perguntou pelo seu irmão.

Uma sensação absoluta de algo errado tomou conta dela.

— Tem magia controlando essas criaturas, mas não é como nada que eu conheça.

— Talvez o Afshin tenha feito isso? Ele ainda tem as habilidades, não tem?

Nahri estudou os pássaros de fogo, lembrando-se das bestas fumegantes que Dara tinha conjurado no palácio. Elas eram apavorantes, mas selvagens, causando um tufão de destruição, vivas de uma forma que aquelas criaturas deprimentes em decomposição não estavam.

— Não acho que isso tenha sido Dara. — Então o coração dela acelerou. Dois simurghs. Um para o montador.

E um para quem quer que ele tivesse ido buscar.

Jamshid estava esperando em uma sacada fechada por um biombo que dava para a majlis, sua silhueta visível contra um campo de diamantes incrustados, os minúsculos rompantes de luz parecendo estrelas no céu. Ele olhou para trás quando Nahri se aproximou, e ela se sobressaltou com a aparência dele. Só Deus sabia onde os Ayaanle tinham arranjado roupas dignas de... bem, de um Baga Nahid, mas o irmão dela estava vestido para impressionar com uma túnica de linho azul e branca estampada com cervos saltando e um diadema dourado coroando seu cabelo preto ondulado. Ele estava bem barbeado, exceto pelo bigode, e uma marca de cinzas dividia sua testa.

No todo, ele parecia bastante majestoso, e Nahri percebeu que ele havia começado a se portar de modo diferente também. Jamshid não era mais o cortesão daeva calado que precisava manter a cabeça baixa para não atrair a ira dos djinns errados. Ele era o último Baga Nahid, um guerreiro, estudioso e curandeiro em treinamento.

Nahri assentiu para o diadema, o ouro estampado com um shedu rosnando.

— Isso foi definitivamente roubado da nossa família durante a conquista.

— Um belo lembrete, não é? — Jamshid indicou o biombo com o polegar. — Conheço nosso visitante. É Saman Pashanur, um dos amigos mais próximos de meu pai. Um dono de grandes terras com raízes no sacerdócio.

— Um amigo de confiança?

Jamshid assentiu.

— Quando pequeno, eu o ouvia fazendo muitos comentários traiçoeiros sobre os Qahtani quando bebia demais.

Traiçoeiros o bastante para que virasse o enviado de Manizheh?

Olhando pelo biombo, Nahri estudou o recém-chegado. Saman estava vestido em uma túnica de viagem com um lenço empoeirado ainda enrolado sobre o chapéu. Esperava de pé e parecia bastante desafiador, considerando que estava cercado por djinns armados. Hatset estava sentada em um divã baixo e acolchoado na plataforma acima dele.

— E ele está procurando por você? — perguntou Nahri.

— É o que ele diz. Tenho a impressão de que ele não sabe que você está aqui. — Jamshid indicou um baú preto aos pés do enviado. — Ele alega que tem uma mensagem, mas que não vai falar mais nada até me ver.

— Uma mensagem em uma caixa. Isso parece promissor. — Nahri olhou para o irmão, mas a expressão dele era difícil de ler à luz fraca. — Ele vai querer saber se você é um prisioneiro.

— Bem, então temos isso em comum. Você vai ficar aqui?

— Por enquanto. — Ela deu a ele o que esperava ser um aceno reconfortante, então ele saiu.

Mas uma pontada de solidão a atingiu assim que ele se foi. Ali devia estar ali, franzindo a testa como ele fazia quando tentava entender as coisas e sem dúvida encontrando uma forma de tornar aquele momento juntos em um pequeno aposento escuro mais desconfortável.

Uma mistura de luto e impotência tomou conta dela – Deus, como Nahri odiava aquela terrível sensação de não saber. Será que Tiamat já o havia levado e matado? Ou será que mesmo agora Ali estava sendo torturado por ter dado o anel de Suleiman?

Não faça isso. Não agora. Nahri encostou no biombo, pressionando os dedos nas fendas, torcendo para que tocar alguma coisa sólida pudesse equilibrá-la.

Houve alívio evidente nos olhos do enviado daeva quando Jamshid entrou na sala.

— *Jamshid* — cumprimentou Saman. — Graças ao Criador. Eu estava começando a me preocupar.

Hatset interrompeu.

— Tão íntimo com seu Baga Nahid — disse ela, debochada. — Seu povo não corta línguas por causa disso?

Saman enrijeceu.

— Não sei do que está falando.

Jamshid se aproximou, e então, em um movimento ousado que fez Nahri sorrir, o irmão dela puxou um banquinho, colocou-o ao lado da rainha e se sentou.

— Podemos falar abertamente — começou ele. — Eu sei quem sou, Saman, e se Manizheh mandou você atrás de mim, suspeito que você também saiba. Queria que meu pai tivesse sido honesto comigo para que eu não precisasse aprender a verdade por estranhos em uma terra estrangeira.

Saman abaixou o olhar.

— Peço desculpas, meu senhor. Se faz diferença, eu não sabia até recentemente. — Ele levantou os olhos de novo, com preocupação genuína nos olhos. — Está bem, Baga Nahid? Eles machucaram você?

Jamshid inclinou a cabeça, indicando o cômodo cheio de soldados armados.

— Já estive melhor, mas não estou ferido. Como está a cidade? Meu pai? Minha... mãe?

Saman uniu as mãos em uma benção.

— Seria melhor se falássemos sobre essas coisas em particular.

— O que não vai acontecer — observou Hatset. — Venha. Você já o viu, então agora vamos obter algumas respostas. Por que Manizheh mandou você?

— Porque ela recebeu sua ameaça a respeito do filho dela — respondeu Saman. — Veio em um momento ruim... Ela estava tentando fazer paz entre os djinns, apenas para ser traída de novo. Baga Jamshid — disse ele, mais suavemente —, sinto muito por informá-lo de que seu pai está morto.

Jamshid oscilou no banco.

— O quê? *Como?*

— Ele foi assassinado durante uma cúpula de paz que a Banu Nahida tinha graciosamente organizado. Sem que soubéssemos, o emir Muntadhir estava envenenando as casas daeva contra ela, oferecendo todo tipo de riquezas. É uma vergonha eterna para mim que alguns entre nosso povo tenham cedido à tentação. Eles assassinaram o grão-vizir enquanto ele lutava para voltar para ela.

Jamshid inspirou, piscando rápido.

— Ah, baba — sussurrou ele. Jamshid mordeu o lábio, abaixando o olhar para o chão como se quisesse esconder o redemoinho de emoções em seu rosto.

Nahri apertou o biombo com tanta força que seus dedos doeram. Ela queria arrastá-lo para longe. Não iria fingir luto por Kaveh, mas a visão do irmão tentando esconder seu luto em público, diante de djinns que ele considerava inimigos, partiu o coração dela.

Hatset ainda não perdera a compostura.

— Onde está o emir agora?

— Aguardando execução com a irmã dele.

Jamshid se esticou, um novo choque brotando em seu rosto. Ao lado de Hatset, até mesmo Wajed soltou um breve arquejo.

Mas Hatset... Hatset parecia de aço, semicerrando os olhos dourados como se o outro homem fosse um inseto. Um inseto mentiroso que mal valia o tempo dela.

— Fontes me asseguraram de que minha filha não está sob a custódia de Manizheh.

— Suas fontes estão desatualizadas. — Saman espalmou as mãos. — Eu não passo de um mensageiro, lady Hatset, e fui ordenado a passar um aviso. O destino dos filhos traiçoeiros de Ghassan está decidido, mas nossa Banu Nahida gostaria de estender à senhora uma última misericórdia. Devolva Baga Jamshid ileso em cinco dias e ela vai poupar sua filha.

— *Cinco dias?* — Foi Wajed agora. — Vocês não conseguiriam chegar em Daevabad em cinco dias.

— Eu consigo em três — corrigiu Saman. — Banu Manizheh foi abençoada com uma magia grandiosa. Magia *nova*, diferente de tudo que os predecessores dela conheceram. Os simurghs com quem viajei são apenas uma pequena parte. Baga Jamshid vai voltar comigo, e sua filha receberá clemência.

— Então significa que os dois ainda estão vivos? — Jamshid tinha se recuperado, e sua expressão era de urgência. — Muntadhir e Zaynab?

O embaixador deu a ele um olhar cauteloso.

— Por enquanto, Baga Nahid. Mas nossa senhora está de luto e compreensivelmente revoltada, e não há ninguém em Daevabad para falar por eles.

Nahri contraiu os lábios em uma linha fina, ouvindo as palavras que ele não disse. Obviamente, o embaixador não era tolo. Jamshid não estava agindo como um prisioneiro acuado, e o relacionamento dele com Muntadhir era de conhecimento público. Manizheh queria tentá-lo. Deixar em aberto a possibilidade de que, se Jamshid voltasse para ela, poderia implorar pela vida de Muntadhir.

Hatset encarava o enviado com ódio descarado. Ela inclinou a cabeça grosseiramente para o baú.

— E a outra parte da sua mensagem?

Saman foi até o baú.

— A Banu Nahida ouviu rumores de que a senhora pode acolher uma dupla de refugiados em breve. Isso a desagrada. Certamente concorda que somos mais fortes como um povo unido. Eu sei que ela está ajudando minha tribo a enxergar isso. Então ela quer deixar claro o que acontece com os Daeva que não obedecem.

Ele abriu o baú, chutando-o para virá-lo e despejar seu conteúdo. Dúzias, pilhas de amuletos de bronze manchados de sangue caíram no chão.

Relíquias. Relíquias *daeva*.

Nahri subitamente se cansou de observar por trás do biombo. Ela empurrou a porta, ignorando o soldado que fez menção de ajudá-la. Não estava vestida para impressionar: portava o vestido de algodão simples e a calça listrada que tinha usado o dia todo, com gotas de sangue seco sujando seu peito e lama manchando a barra da calça. A umidade tinha deixado seu cabelo selvagem, e cachos escapavam do lenço que ela havia amarrado atrás do pescoço.

Mas Nahri não precisava de roupas elegantes para anunciar quem era, não quando podia literalmente sentir o sangue ser drenado do rosto de Saman quando ela entrou na majlis com cada gota de arrogância que possuía.

— Por que não me explica *exatamente* o que foi feito com esses Daeva que supostamente desobedeceram?

Saman a encarou, piscando rapidamente.

— Banu Nahri — gaguejou ele. — Eu... que o fogo queime forte para a senhora. Perdoe-me, eu não esperava...

— Me ver. Sim, obviamente. — Nahri apontou para as relíquias. — *Explique.*

— Como eu contei ao Baga Nahid, a... situação ficou mais difícil. — As palavras ensaiadas de Saman saíram um pouco menos firmes agora; o homem estava claramente abalado pela presença inesperada dela. — Banu Manizheh queria que nossa tribo soubesse o preço de permitir que os djinns a dividissem.

— E esse preço é ser entregue aos *ifrits*? É isso que está querendo dizer? Porque Manizheh perdeu o direito de se chamar qualquer coisa que não traidora se entregou outro Daeva aos ifrits.

Os olhos de Saman reluziram com a palavra "traidora", e sua expressão se inflamou. Era um verdadeiro devoto, então.

— E como se chamaria quando alguém se alia ao homem que roubou a insígnia de Suleiman?

Nahri estendeu a mão e conjurou um par de chamas, iluminando o anel de Suleiman.

— Desinformação.

O choque que brotou no rosto do homem quase valeu a experiência toda.

— Isso... isso não foi o que nos contaram.

— Então suas fontes estão desatualizadas — disse Nahri, repetindo friamente as palavras dele. — Vou lhe dar mais uma chance de explicar o que aconteceu com os Daeva a quem essas relíquias pertenciam.

Ele cedeu.

— Foram executados por traição, é tudo o que sei. E, embora eles tenham merecido, eu tenho certeza de que a Banu Nahida jamais faria nada tão cruel quanto entregá-los aos ifrits.

— Então você é um tolo ingênuo. Quantos?

— Quantos o quê?

Nahri deu mais um passo na direção dele, e o homem se encolheu.

— Quantos Daeva ela executou? Nosso povo, Saman. Quantas relíquias você trouxe?

O coração dele estava tão acelerado que Nahri achou que poderia parar.

— Eu não s...

— Então conte.

Saman ficou visivelmente trêmulo. Mas obedeceu, pegando um punhado de amuletos. Os lábios dele se moviam sem emitir som.

— Em voz alta — ordenou Nahri. — Vamos lá, você chegou se vangloriando do quanto Manizheh é maravilhosa e apresentou o presente dela com tantos floreios. Certamente não tem vergonha de mergulhar nele, segurar cada relíquia e chamar em voz alta o Daeva que ela matou.

A majlis estava tão quieta quanto um túmulo. Saman olhou em volta, mas ninguém o salvaria ali, e a expressão de Nahri devia parecer letal o bastante para fazer com que ele rapidamente voltasse a contar.

— Um, dois... — O tilintar das relíquias ecoou pelo amplo aposento. — Três, quatro...

Levou vários minutos para que ele apanhasse todos os amuletos, e quando Saman anunciou "264" o ódio de Nahri tinha se condensado incandescente no peito.

— Duzentos e sessenta e quatro — repetiu ela. — Diga, embaixador, pois sou um pouco nova na política, mas tenho quase certeza de que, se quase trezentas pessoas estivessem tramando um golpe, Manizheh teria ouvido falar disso mais cedo.

Saman corou, mas o ódio suplantou a expressão. Obviamente não gostou de ser humilhado por uma jovem em uma corte cheia de djinns.

— Eu confio que ela tenha feito o que foi necessário.

— Tenho certeza de que sim. Considere a mensagem dela entregue. — Ela olhou para Wajed. — Qaid, as celas abaixo do castelo não inundaram ainda, inundaram?

Ele olhava para o embaixador com hostilidade aberta.

— Não completamente.

— Que bom. Por favor, leve este homem para uma delas. Certifique-se de que ele seja alimentado e cuidado. — Ela inclinou a cabeça para Saman. — Aquelas pobres criaturas que Manizheh tirou do túmulo precisam de alguma coisa, ou podem continuar apodrecendo na praia?

Saman olhou com raiva para ela.

— Elas esperam para retornar para Banu Manizheh. — Ele olhou para Jamshid e Hatset. — Eu sugiro que deem atenção ao aviso dela, lady Hatset. Não haverá outro.

Os olhos de Hatset faiscaram.

— E eu sugiro que você saia antes que a *nossa* Banu Nahida o esfaqueie.

O embaixador não lutou quando os soldados o agarraram, mas plantou os pés à porta.

— Baga Nahid, por favor — implorou ele, virando-se para Jamshid. — Você é um homem razoável. Vá para casa. Leve sua irmã. Ainda pode haver misericórdia.

O olhar de Jamshid se voltou para Nahri, mas ele não disse nada quando Saman foi arrastado para fora. Com um aceno de cabeça, Hatset dispensou o resto dos soldados.

A imponência da rainha durou apenas até os três estarem sozinhos, então ela se encostou na almofada e soltou um suspiro trêmulo.

— Zaynab — sussurrou ela.

Jamshid tinha ficado de pé.

— Vou voltar. Vou falar com nossa mãe, fazer com que ela seja razoável. Certamente isso é um exagero. Nenhum Daeva entregaria outro para ser escravizado pelos ifrits.

Nahri caminhou até o baú de relíquias. Ela pegou uma, examinando-a contra os feixes de luz que entravam pelas janelas. Os Daeva usavam suas relíquias em amuletos em volta do pescoço e, embora os amuletos sempre fossem de bronze, vinham em uma variedade de formas. O que ela pegou era decorado com meias-luas em alto relevo cercadas por minúsculos rubis incrustados. Sangue tinha secado nos sulcos.

A quem você pertencia? Será que era de um dos Daeva que tinha se levantado e se curvado diante de Nahri quando Ghassan a humilhara no salão do trono? Ou talvez de uma das crianças tímidas com quem ela brincara no jardim do

Templo? Seria do sacerdote que tinha vasculhado os arquivos empoeirados para recuperar os livros da família dela ou dos homens que tinham empurrado doces caseiros para ela quando visitaram a enfermaria? Talvez tivesse sido uma nobre quem tivesse usado aquele amuleto, uma das mulheres que fizera companhia silenciosa a Nahri durante o seu casamento, formando uma fila calada, mas firme, entre a Banu Nahida e os djinns fofoqueiros?

Talvez aquelas relíquias tivessem pertencido a nobres conspiradores. Ou talvez eles fossem patriotas ou alguma coisa intermediária. De toda forma, quando Nahri olhava para aquelas relíquias, ela não via pedaços ensanguentados de bronze. Ela via pessoas. *Seu* povo, defeituoso e quebrado e preconceituoso do jeito deles, mas ainda dela.

E Manizheh os massacrara. Para mandar uma mensagem.

Dara, por favor, diga que não participou disso. Nahri estava levemente ciente de Jamshid e Hatset discutindo, mas não era a majlis de Shefala que via agora. Era Daevabad no dia em que chegara lá pela primeira vez, a misteriosa ilha de magia ficando mais próxima conforme a barca atravessava o lago. Os zigurates e os templos, os minaretes e as torres, todos imponentes acima dos muros nos quais os ancestrais dela tinham entalhado seus rostos.

Bem-vinda a Daevabad, Banu Nahida. Como Dara estivera orgulhoso e animado naquele dia. Nahri só percebeu mais tarde como ele também devia estar nervoso – do jeito dele, Dara tinha dado um passo trêmulo em uma ponte para a paz que os dois aprenderam tarde demais não ser firme o suficiente para ele.

Nahri devolveu a relíquia e fechou o baú.

— Jamshid, você não pode voltar.

Ele parou no meio da discussão com a rainha.

— Por que não?

— Claro que pode — insistiu Hatset. — Se não voltar, Zaynab pode morrer.

Nahri suavizou a voz.

— Você mesma disse que era improvável que Manizheh a tivesse. Isso deve ser um blefe.

— Eu não me importo. Não desta vez. — Um pedaço da expressão cuidadosamente composta de Hatset rachou. — Perdi meu marido para Manizheh e meu filho para os marids. Não vou perder minha filha. Se Manizheh estiver blefando, ela atingiu o alvo.

— E eu posso fazer com que ela mude de ideia — insistiu Jamshid. — Posso convencê-la a deixar Muntadhir e Zaynab...

— Vocês dois podem ouvir por um momento? — suplicou Nahri. — Acham que esta mensagem de Manizheh quer dizer que ela tem a vantagem, que estamos em posição inferior. Mas não é isso. Significa que ela está *desesperada*. Esse não é o ato da mulher que eu conheci no telhado do palácio. Ela está matando pessoas que deveria estar conquistando. Perdeu o parceiro dela. Está *desmoronando*. E se cedermos agora, ela jamais vai parar. Precisa ser removida, não recompensada.

— E como você sugere que a gente faça isso? — perguntou Hatset. — Você tirou o anel de Suleiman de meu filho, mas não conseguiu restaurar a magia de ninguém. Jamshid ainda não encontrou o milagre que vocês esperavam descobrir nos textos Nahid. E Alizayd... — Tremendo, a rainha agarrou a beira do divã. — Não há mais ninguém na posição de unir os shafits, os djinns e a Guarda Real. Estamos evitando o que a perda dele significa, mas agora acabou nosso tempo. Não temos um caminho viável para tomar Daevabad de volta.

— Então nos submetemos a uma mulher que faz Ghassan parecer um santo? Essa é sua solução?

— Nós *sobrevivemos* — disse Hatset. — Tentamos garantir que nossos filhos, nossas famílias e o máximo de pessoas possível sobrevivam a isso, e torcemos para ter mais um dia para lutar. — Ela deu a Nahri um olhar perplexo. — Eu achei que você, de todas as pessoas, entenderia isso.

Nahri entendia, mas não era aquela pessoa. Não mais. Nem todos tinham um parente poderoso cuidando para que sobrevivessem ou o luxo de decidir não lutar.

— Eu vou — disse Jamshid de novo, mais baixo. — Deixe que eu fale com nossa mãe, Nahri. Tenho experiência com a política de Daevabad. Se eu não conseguir...

— Rainha Hatset! — As portas se escancararam e uma camareira ayaanle caiu de joelhos. — Perdoe-me, minha senhora, mas é seu pai.

Nahri terminou o exame, passando os dedos pelo pulso frágil de Seif e ordenando aos ossos por baixo da pele fina como papel que se remendassem.

— Por que ele estava na torre norte? — indagou Hatset.

— Eu avisei a você que ele estava tendo um de seus rompantes. Você precisa prestar mais atenção quando ele está assim!

Musa soltou um ruído frustrado.

— Estamos tentando, tia, mas sabe como é, ele sempre acha uma forma de sair. Anda murmurando sobre anjos, dizendo que os ouve sussurrando pelo castelo.

Nahri apoiou os calcanhares no chão, movendo gentilmente o quadril magro do velho de volta para o lugar. A fratura ali era mais simples que a do pulso, mas ela não podia fazer muito para curá-la. As mudanças do envelhecimento – ossos atrofiando e órgãos falhando – não podiam ser removidas com o toque dos Nahid. Talvez fosse a silenciosa resistência do Criador às habilidades deles – a imortalidade não deveria ser sua para conceder.

Ela colocou um pequeno travesseiro sob ele para aliviar a pressão.

— Você vai precisar encontrar uma forma de mantê-lo na cama. — Aquela não era a primeira vez que Nahri via Seif Shefala, um charmoso e astuto idoso que conseguiu conquistá-la mesmo que sua mente continuasse uma década no passado. — Sinto muito, minha rainha, mas não acho que ele vai conseguir andar de novo, nem mesmo distâncias curtas. E o pulso...

Hatset pareceu arrasada.

— Ele estava transcrevendo os poemas da bisavó dele. A história oral de nossa família. Era a única coisa que o trazia de volta a seu antigo eu.

Musa tocou a mão de Hatset.

— Ele pode ditar para nós quando estiver se sentindo melhor. Nós vamos registrá-los. E vamos garantir que alguém da família fique ao lado dele.

Nahri ouviu o implícito *até o fim*. Porque, mesmo com o melhor tratamento, ela não tinha certeza de que o pai de Hatset veria outra monção. E embora tivesse ouvido o bastante para saber que ele tinha vivido uma vida longa e plena, aquilo não tornaria a passagem dele menos arrasadora para seus entes queridos.

— Obrigada, sobrinho — disse Hatset, gentilmente. — Você se importaria de convocar uma reunião com o resto da família? Nós precisamos conversar.

Musa saiu, e então ficaram apenas eles três. Quando Nahri terminou de curar Seif, o velho estava começando a se mover, o rosto contorcido em uma careta.

Ela se ergueu.

— Vou preparar uma poção para o inchaço dele. Vai ajudar com a dor quando eu não estiver com ele.

— Obrigada — respondeu Hatset, seu olhar sobre o pai.

— Banu Nahida — chamou ela quando Nahri estava à porta.

Nahri olhou para trás, e a expressão cansada e assombrada no rosto da rainha a fez parar subitamente. Ela jamais vira Hatset parecer tão derrotada.

— Issa se ofereceu para fazer a oração funerária para Alizayd esta manhã. — A rainha não olhou para Nahri ao falar. — Acho que ele não percebeu como eu reagiria. Acho que estava sinceramente tentando ser gentil.

— Ali não está morto. — As palavras escaparam de Nahri em uma negação fervorosa. — Ele vai voltar.

Hatset olhou para ela, e, pela primeira vez, Nahri viu um verdadeiro vestígio de desespero nos olhos dourados sofredores da rainha.

— Seu povo acredita que você é abençoada. Conhece o destino dele de alguma forma? Com certeza?

Nahri não podia mentir para ela. Não para uma filha cujo pai estava morrendo. Uma mãe que tinha feito de tudo para manter os filhos seguros, apenas para que eles fossem arrancados dela por monstros.

— Não. — A voz dela falhou. — Mas eu o fiz jurar, e acho que ele tem medo de mim.

Hatset deu a ela um sorriso triste e angustiado.

— Ele definitivamente tem. — Ela parou, parte da emoção deixando seu rosto. — Você pode ficar em Ta Ntry, Banu Nahri. Pelo que fez por minha família, por meu pai, por meu filho, você sempre terá um lugar em meu lar.

Nahri provavelmente deveria ter se sentido grata, mas ela conhecia um ardil quando o ouvia.

— E quanto a Jamshid?

— Jamshid vai voltar para Daevabad. Eu tomei minha decisão. Ele tomou a decisão dele. — Hatset pareceu quase arrependida. — E se você tentar impedi-lo, vou mandar que a tranquem em uma cela.

Eu gostaria de ver você me manter nela. Mas Nahri fez uma reverência com a cabeça.

— Preciso começar aquele remédio.

Apenas quando estava sozinha no corredor Nahri deixou sua máscara cair, pressionando um punho contra boca para conter um grito.

Meu irmão vai morrer. A história de Jamshid sobre envenenar Ali retornou a ela. *Ele não vai conseguir convencer Manizheh a abandonar a violência, então vai ser idiota e valente e tentar impedi-la, e então ele vai morrer.* Não importava que Jamshid fosse o filho de Manizheh. Nahri tinha visto os limites da afeição materna da mãe deles.

O desespero a consumiu enquanto ela se abraçava contra o frio no corredor, revirando tudo o que sabia na mente, desesperada para encontrar uma solução que não envolvesse perder mais uma pessoa que amava.

Eu deveria afogar aqueles pássaros de fogo. Isso acabaria com o sofrimento deles *e* removeria a habilidade de Jamshid de partir.

Nahri estremeceu de novo, seu hálito quente se condensando.

Então ela parou.

Não deveria estar tão frio assim em Shefala.

Um dedo de gelo roçou a coluna dela quando Nahri olhou pelo corredor. Ela estava sozinha, e havia uma quietude sobrenatural no ar, uma quietude tão intensa que parecia física. Sufocante. Era o meio da tarde – deveria haver uma cacofonia de ruídos, mas o castelo estava tão silencioso que parecia que Nahri era sua única habitante. Ela investigou com sua magia; o sexto sentido captaria tudo.

Não havia nada. Nenhum coração batendo atrás das paredes, nenhuma tosse ou pulmões ofegantes. *Pessoa* nenhuma. Em vez disso, um vento fustigante, como o sopro de uma nuvem errante, varreu a base de sua nuca.

Nahri disparou, correndo até o quarto. Ela escancarou a porta, avançou para dentro...

E pisou direto em um penhasco gélido.

Ela olhou uma vez para a paisagem impossível diante dela – montanhas cobertas com neve e rochas pretas pontiagudas dispostas contra um céu pálido no lugar onde a *cama* dela deveria estar – e se virou abruptamente, buscando a porta.

Tinha sumido. Tudo o que restava agora era uma extensão plana de gelo, uma parede reluzente que se estendia em todas as direções.

Antes que Nahri pudesse entrar em pânico, sua mente incapaz de processar o que, em nome de Deus, tinha acabado de acontecer, ela foi atirada nas sombras. Uma criatura tinha aterrissado atrás dela, grande o bastante para bloquear o sol encoberto pelas nuvens. Nahri se virou, escorregando no gelo.

Um shedu a encarava de volta.

37

ALI

Quando era pequeno, Ali tinha ouvido histórias sobre o inferno que o retratavam como um martírio de fogos incandescentes e ventos escaldantes. Um lugar que seria lotado e barulhento, com as almas de malfeitores e seus gritos terríveis.

Ele estava começando a temer que isso estivesse errado. Mas não podia haver um termo mais adequado do que inferno para descrever o mundo silencioso e vazio sob o mar no qual ele estava preso.

Não havia dia, não havia noite. Não havia *céu*. Apenas uma pesada escuridão sufocante que pairava acima, tão sólida e agourenta que Ali não conseguia erguer os olhos sem ficar zonzo e se sentir como se estivesse prestes a ser esmagado. A única luz vinha do brilho da estranha água verde-mar que inundava o chão, revelando as ruínas do que parecia ter sido um dia uma cidade ainda maior do que Daevabad – uma cidade aparentemente destruída e abandonada uma era antes. Uma cidade perdida, no fundo do mundo, da qual Ali era o único habitante e onde o tempo não tinha significado.

Ele mancou por mais um desfiladeiro estreito, avançando entre as imponentes paredes incrustadas de cracas.

— Fiza! — gritou ele, sua garganta seca protestando. — *Fiza!*
Sua voz ecoou de volta, o nome dela ricocheteando em ondas que se dissipavam. Não houve resposta. Não tinha havido resposta nem qualquer outro *som* desde que Ali tinha despertado sozinho na areia inundada, coberto de cortes ensanguentados, com um tornozelo seriamente torcido e o que parecia uma costela fraturada esfaqueando-o por dentro. Alguns dos cortes tinham começado a se curar – pelo menos aqueles que não se abriam quando ele caminhava, transformando os ferimentos com sangue seco seu único método de medir o tempo. Com cada fôlego e passo, o tornozelo e a costela dele protestavam, mas Ali não parava de andar, desesperado para encontrar uma saída daquele lugar. Desistir seria convidar a loucura.

Talvez essa seja minha punição. Talvez Tiamat tenha olhado uma vez para Ali, visto que ele entregara a insígnia de Suleiman e então o atirado ali para sofrer. E ele sofreria. Ele era um djinn. Levaria semanas para morrer de fome, e seria cruel.

O desfiladeiro estreito se alargou, e Ali arquejou quando a água que estava batendo em seus tornozelos alcançou subitamente seu pescoço. Ele submergiu, tomando uma golada de líquido salgado antes de se recuperar o suficiente para nadar, novos músculos doendo em resposta. A zulfiqar flutuava na bainha, batendo contra seu quadril. Ele havia desistido de tentar manter a lâmina seca.

No silêncio pesado, cada braçada parecia estrondosa conforme ele passava por pedras entalhadas com criaturas bizarras: touros com asas, rostos de homens barbados, guerreiros com cabeça de leão segurando maças e chicotes. E não apenas criaturas, mas cenas desbotadas de jardins e exércitos guerreando, estranhos navios arredondados e caçadores cautelosos. As gravuras fascinaram Ali a princípio, com as linhas de caligrafia indecifrável e as imagens misteriosas. Ele se perguntou quem as teria entalhado, se aquela cidade havia pertencido aos marids ou aos mortais.

Agora, não se importava mais. Só queria escapar. Beber água que não tivesse gosto de mar e aproveitar um minuto livre de dor.

— Fiza — gritou ele de novo. A ideia de sua amiga jogada naquele labirinto terrível o impulsionava. — Fiza!

A piscina terminava em degraus em ruínas que levavam a uma extensão plana de chão inundado – uma arena, talvez, com os assentos de um enorme anfiteatro derretendo na escuridão. Ali cambaleou para a areia e caiu de joelhos. A água estava baixa o suficiente ali para que ele pudesse se deitar sem que ela passasse por seu rosto e, por Deus, ele precisava de um descanso.

Por favor, que Fiza esteja viva, suplicou ele. *Que a gente consiga sair daqui.*

Que tudo isso faça diferença.

Ali estremeceu no frio úmido, se encolhendo. Ele só queria estar seco. Aquecido. Jamais tinha se sentido tanto como um djinn de sangue de fogo quanto naquele terrível lugar de água, ruína e escuridão. Ele ansiava por segurar uma chama, por sussurrar a palavra em sua mente e ver fogo brotar entre seus dedos.

E então, como se sua magia não tivesse sido arrancada quando ele foi jogado no lago de Daevabad, calor faiscou em sua mão.

Ali levantou o corpo atrapalhado, encarando chocado as chamas conjuradas que dançavam em sua palma. Sua magia. Sua magia *djinn*; as habilidades que o haviam alimentado desde que ele era criança e que não tinham sido manchadas pela possessão dele no lago ou algum terrível segredo de família. No segundo seguinte ele se ergueu, ignorando a dor para puxar a zulfiqar da bainha.

— Ilumine-se — sussurrou ele.

A zulfiqar se incendiou em chamas, gloriosas e rodopiantes chamas verde e douradas que percorriam a lâmina de cobre reluzente. A luz explodiu para fora, atacando a escuridão sufocante.

E iluminando as centenas de guerreiros armados que estavam esperando por ele.

Ali se colocou em posição de luta, mas nenhum deles se moveu. Eram *estátuas*. Criações de pedra e concha tão reais que pareciam impossíveis, usando as vestes de uma variedade estonteante de nações e épocas: túnicas curtas e saias plissadas, armaduras como ele jamais vira, e uma dúzia de variedades de capacetes e escudos. E embora a maioria das estátuas estivesse em posição de sentido, enfileirada como se esperasse um comando, muitas mais estavam jogadas no chão com as mãos de pedra erguidas como se para proteger a cabeça, uma expressão angustiada entalhada no rosto. Membros cortados cobriam o chão como se alguém tivesse descido um enorme martelo sobre elas, arrancando pernas e braços.

Ali cutucou um tronco de pedra com o pé. O artista certamente tinha retratado com precisão os intestinos jorrando de corpos abertos.

Saia daqui. Agora. Agarrando a zulfiqar, ele se afastou com cuidado e voltou por onde tinha vindo.

Bem a tempo de ver, pelo canto do olho, alguma coisa maior fugir correndo.

Ali se virou em sua direção, mas a coisa já sumira na escuridão. Ele esperou, mas não havia som, exceto seu coração galopante e sua respiração irregular. O que quer que estivesse além da escuridão estava calado. Esperando.

Observando. Ali pegou a faca de ferro que Wajed dera a ele. Com uma arma em cada mão, ele prosseguiu com os pés leves, ignorando a dor no tornozelo.

Mesmo assim não estava pronto.

Um tentáculo escamoso disparou até ele, atingindo-o no estômago e fazendo-o sair voando. Ele tinha acabado de cair na areia, o ar arrancado de seus pulmões, quando os viu – dois demônios saltando do abismo. Um era um escorpião marinho do tamanho de um elefante, com a apavorante parte superior de um homem arroxeado de olhos mortos. O segundo era igualmente monstruoso: uma víbora com pernas de aranha e asas de morcego.

Ali rolou bem a tempo de evitar a cauda do homem escorpião. O ferrão dele mergulhou na areia inundada ao lado de sua cabeça, a foice cruel e afiada pingando veneno.

Ele se levantou aos tropeços, evitando por pouco um golpe das pernas serrilhadas da víbora que teria rasgado sua barriga. Os demônios, monstros – o que quer que fossem – tinham surpreendido Ali com a guarda baixa.

Mas não o pegariam.

Com uma zulfiqar incandescente na mão pela primeira vez em meses, Ali sentiu todo o desespero e o luto e a absoluta *impotência* que o atormentavam desde que sua cidade tinha caído – desde que seu pai o havia banido, desde que os marids o haviam torturado, desde que ele acordara para a realidade de viver em um mundo quebrado no qual suas mãos estavam atadas de mil formas – se esvaírem. Os marids queriam uma briga?

Ótimo.

Ele urrou de raiva, respondendo ao sibilo da víbora e ao gemido terrível do homem escorpião, e se atirou contra eles.

Desviou do ferrão de novo, então chutou o homem escorpião no peito, atacando a víbora com a zulfiqar. A criatura recuou mais rápido do que o olho dele conseguiu acompanhar e então agarrou o seu tornozelo ferido, arrastando Ali para a areia.

Dessa vez, o ferrão não errou.

Ali gritou quando a criatura perfurou seu ombro, a dor incandescente do veneno como ser açoitado com mil facas de ferro. Mas, com mais fúria do que medo, ele atacou com a zulfiqar, cortando a cauda do homem escorpião e partindo o ferrão ainda enterrado em seu ombro. O demônio guinchou quando um jato de sangue salgado jorrou do ferimento.

Ali soltou a zulfiqar, arrancou o ferrão do ombro e o atirou no rosto da víbora antes de recuperar sua arma. Seu braço esquerdo estava dormente, e ele tropeçou nos próprios pés, combatendo uma onda de tontura. O homem escorpião estava guinchando, girando e dando guinadas como um inseto parcialmente esmagado conforme sangue jorrava da sua cauda.

A víbora chifruda voltou, no entanto, envolvendo-se na metade inferior de Ali e apertando com força. Ali tentou se desvencilhar, arquejando conforme a besta esmagava o ar em seus pulmões. Com seu único braço funcional ainda livre, ele empurrou a zulfiqar contra a pele escamosa da víbora. Ela faiscou e se incendiou conforme os dois urravam em sua luta mortal.

— *PAREM*. — A voz estrondosa era familiar o suficiente àquela altura para que uma mistura de alívio e apreensão percorresse Ali antes que ele sequer visse Sobek avançando pela areia inundada.

O homem escorpião cofiou a barba emaranhada, murmurando e se lamentando.

— Ele não é um invasor — disparou Sobek. — Ele é família. — Sobek pegou a cauda do homem escorpião, mas, em vez de feri-lo, uma corrente de água irrompeu das mãos do marid do Nilo e derramou-se sobre a pele do monstro. Em momentos, o ferrão dele foi restaurado.

Em seguida, Sobek foi atrás de Ali e desenroscou a víbora chifruda que tentava asfixiar seu descendente como se a besta fosse uma erva daninha inconveniente. Havia algo quase paternal a respeito da exasperação irritada com que ele resgatou Ali do perigo, e o lembrete do laço entre eles – a história que Ali ainda lutava para aceitar – o fez querer vomitar.

Isso também podia ser por causa do veneno.

Sobek agarrou o braço dele e enterrou as garras na pele de Ali, lançando uma descarga fria por seu corpo. Ali caiu de joelhos e sua zulfiqar se apagou, mas o alívio já estava chegando – seus ferimentos sumiram com um lampejo. O furo que o escorpião tinha feito na pele dele chiou como água fervente e então cicatrizou, deixando uma nova cicatriz. Ali a tocou, seus dedos encontrando pele áspera. O trecho de pele que Sobek tinha curado, com o tamanho aproximado da mão de Ali, parecia ter sido substituído pelas próprias escamas de Sobek. Ele não teve muito tempo para pensar naquilo. O marid do Nilo tinha soltado o seu braço apenas para segurá-lo pelo queixo, colocando-o de pé novamente. Os olhos amarelos de Sobek buscaram o ponto na têmpora de Ali onde ficava a marca da insígnia de Suleiman. Tinha começado a desbotar quando Nahri tirou o anel, e os poucos lampejos que Ali tinha visto de seu reflexo na água ali embaixo mostravam que agora havia sumido de vez.

Os olhos de Sobek se semicerraram até virarem fendas reptilianas.

— Seu tolo. Aquele anel era sua única esperança de salvação com Tiamat.

Ali se desvencilhou da mão de Sobek.

— Não valia a magia de meu povo ou a segurança de minha cidade.

A expressão do marid se contorceu, dentes cerrados se sobrepondo a uma careta de decepção.

Então um movimento no vazio cor de nanquim calou os dois.

O chão tremeu sob os pés de Ali, fazendo ondas dançarem pela areia inundada. Os guerreiros de pedra tremeram; um par deles caiu e se chocou, quebrando-se em uma explosão de minúsculas conchas de búzios. Outro brilho à distância: o reluzir de uma barbatana escamosa como a de uma baleia irrompendo da superfície do mar em uma noite sem lua. A barbatana, apenas uma, sugeria um tamanho imensurável.

Ali se esticou, ordenando que a zulfiqar se iluminasse de novo.

— Minha magia do fogo...

— A maldição de Suleiman não se estende a este mundo. Você tem a magia com que nasceu, fogo e água juntos. — Os olhos de Sobek encontraram os de Ali. — Não vai ser o bastante.

A escuridão estava se condensando, se agitando. Sombras cinza e azul-escuras rodopiavam na escuridão, chuva caindo do céu invisível.

Não é um céu, percebeu Ali. *É o próprio mar.* Ele *estava* no fundo do mundo, em uma frágil bolha de ar e areia, sob as ondas do oceano. A água verde-mar estava se agitando violentamente em torno dos seus pés, gavinhas subindo como línguas famintas. O chão sofreu um segundo grande tremor, como se a cidade abandonada inteira tivesse sido pega na corrente de um navio, e uma coluna de mármore imponente caiu, derrubando uma tropa de soldados de pedra como dominós. Houve outro disparo de barbatanas, dessa vez mais próximo, e a curva reluzente e impossivelmente grande de um flanco musculoso. Qualquer hostilidade que ele sentisse por Sobek sumiu.

— Sobek — sussurrou ele. — O que eu...

— Ela gosta de ser entretida — interrompeu o marid do Nilo, sua voz urgente. Ele tinha agarrado o pulso de Ali de novo, com tanta força que doía, e o segurava com firmeza ao seu lado. — Ela prospera no caos e na paixão, e vai tomá-los às suas custas se agradar aos caprichos dela. Certifique-se de que não agrade.

Como eu faço isso?, Ali quis perguntar. Mas não conseguiu mais abrir a boca, não conseguiu fazer outro som. A escuridão tinha se partido; ondas quebravam e nuvens de tempestade cercavam a cidade arruinada como se fosse uma ilha prestes a ser devorada. Um trovão ecoou, fazendo Ali tremer até os ossos quando a chuva açoitou seu rosto com mais força. O ar tinha cheiro de sangue, de sal, como o doce cheiro da morte. Relâmpagos estalaram pelo horizonte oceânico, iluminando uma vastidão selvagem de criaturas marinhas nas profundezas. Tubarões e lulas e enguias, mas também coisas estranhas – peixes com armaduras, o povo das sereias com rostos humanos e dragões marinhos com múltiplas cabeças curiosas.

Ali não se importava com nenhum deles. Pois nadando adiante estava um colosso que fazia com que a ampla cidade pela qual ele perambulava havia dias parecesse pequena.

Tiamat.

A mãe marid chegou a ele em trechos cada vez mais assustadores, imensa demais e ameaçadora demais para se olhar de uma só vez. Uma cauda espinhenta parecida com um taco gigante e pernas dianteiras equinas que terminavam em garras. O que parecia ter sido uma mama, chorando cachoeiras, e placas de armadura se projetando das costas como montanhas nebulosas, encobertas pela chuva e pela escuridão. A barriga serpentina conseguiria conter cinco dos palácios de Daevabad e estava coberta por brilhantes escamas que reluziam como mármore molhado em uma variedade deslumbrante de cores – as escamas que ele vira cobrindo o fundo do lago de Daevabad e os caminhos até o Grande Templo. Outro estalo de relâmpago revelou asas incrustadas de cracas e corais, como se uma seção inteira do leito do mar tivesse se elevado. Tentáculos se agitavam e esticavam de aparentemente todo canto.

E o rosto dela... Ah, Deus. Ali precisou olhar cada vez mais para o alto, até onde as nuvens e o sol estariam caso ele não estivesse naquele reino infernal desconhecido. O rosto dela era quase terrível demais para se contemplar, um crânio lascivo que misturava as piores características de um leão e um dragão. Orelhas de touro se projetavam acima dos olhos como tufões rodopiando, e dentes pontiagudos que poderiam ter mordido um pedaço de Shefala enchiam um buraco emoldurado por mais tentáculos.

Tiamat se agitou e se esticou, então abriu a boca como se para bocejar, e o rugido esganiçado resultante, como o rebentar de ondas e os gritos mortais de aves marinhas, teria lançado Ali de volta sobre os joelhos caso Sobek não estivesse segurando o braço dele. Mesmo assim, Ali subitamente fechou os olhos, uma parte primitiva de seu cérebro incapaz de processar o que estava diante dele e se fechando em resposta.

As garras de Sobek se enterraram na pele dele.

— Olhe para ela — sibilou o marid, em aviso. — Controle-se. Deixe claro que você vem como família, não como oferenda.

Ali estava trêmulo. Não se sentia como família de nada ali embaixo, mas se forçou a obedecer, olhando de novo para o rosto monstruoso. Uma névoa agitada pela chuva orbitava em torno da cabeça dela como uma lua fiel – o marid das monções, reconheceu Ali, o mensageiro de Tiamat.

Uma voz ecoou na cabeça dele, e Ali tapou as orelhas com as mãos.

Meus filhos, disse Tiamat preguiçosamente. A voz dela era arrastada e sibilada, como um latejar no sangue dele. *Em que apuros se meteram agora?*

O marid das monções se virou mais rápido. *Sobek! Ele mentiu e a desobedeceu de novo!*

— Não fiz nada disso — grunhiu o marid do Nilo.

Não? A cauda de Tiamat açoitou o chão, cercando a planície inundada sobre a qual eles estavam. *Você recebeu ordens de trazer sua família até mim uma vez e, em vez disso, você mesmo a devorou. Agora meu mensageiro diz que um sobrevive, que ele tem um pé em cada mundo e colocou todos nós em perigo.*

— Eu agi de boa-fé quando você ordenou a aniquilação de minha família daeva, como todos vocês sabem — disse Sobek, olhando com raiva para os marids que tumultuavam a água tempestuosa. — Tenho certeza de que você se banqueteou com a memória que ofereci mais de uma vez. Qualquer sobrevivente em Daevabad teria sido desconhecido de todos nós. — Ele elevou a voz em um urro de crocodilo. — Vocês foram tolos de se envolverem com os Daeva de novo! A geração deles tinha se esquecido de nós, tinha se esquecido de como Anahid, a Conquistadora, usou o anel dela contra nós. Essa nova Nahid podia ter ficado com ele e jamais ter vindo atrás das águas. Em vez disso, vocês agiram impetuosamente e empoderaram o campeão dela!

Uma criatura semelhante a uma enguia com rosto de tartaruga avançou da água. *Algo fácil para um senhor do rio do outro lado do mundo dizer.* Ela abocanhou o ar com o bico. *Você jamais carregou o fardo da servidão deles.*

Há uma forma bem simples de descobrir a verdade, declarou Tiamat, e a criatura como uma enguia imediatamente fez uma reverência baixa. *Sobek pode estar cortado da comunhão das águas, mas a cria perdida dele não está. Vamos ver e compartilhar.*

Um dos tentáculos dela disparou, enroscando-se na perna de Ali e o arrancando das mãos de Sobek. Ele gritou, surpreso, a areia inundada ficando menor à distância conforme ele passava pelo vasto corpo de Tiamat, perplexo com o borrão de escamas deslumbrantes e o cheiro salgado de vida marinha apodrecendo.

O último tentáculo o depositou sobre uma imensa pata membranosa, suas garras se elevando em torno de Ali como mudas de árvores letais. Tiamat o puxou para perto do rosto cruel e sorriu, revelando dentes salobros. De tão perto ele podia ver que grandes cicatrizes marcavam o corpo dela, talvez os resquícios de alguma batalha antiga.

Tanto alarde para uma coisa tão pequena, disse ela, como cumprimento. *Espero que você valha meu despertar.*

Ela invadiu a mente dele.

Ali caiu de joelhos, agarrando a cabeça enquanto Tiamat abria a vida dele diante de seus olhos. Aquilo não era Sobek ou o marid das monções folheando casualmente suas memórias como um aluno entediado estudaria um livro – era tudo de uma vez, um borrão de rostos e risadas e dor. Subindo árvores no harém e chorando pela mãe. A estocada de uma adaga em sua barriga em uma noite fria e Darayavahoush o estrangulando na enfermaria. O cheiro de sangue, sempre sangue – o sangue de Ana na areia da arena, sangue shafit secando no rosto de Ali, o sangue de Lubayd escorrendo dos lábios, o sangue salpicado de cobre pingando dos ouvidos do pai. Emoções. Paixões. Luxúria e voracidade e coisas havia tanto tempo esquecidas que Ali não tinha tanta certeza de que sequer fossem dele.

Sobek avançando do Nilo para salvá-lo de Qandisha e o guiando pelas correntes. O marid das monções o agarrando; Ali agarrando Nahri. Nahri caindo com ele na cama, as mãos dela percorrendo o corpo dele. As mãos dela cortando o peito dele. O anel da insígnia, molhado de sangue, no polegar dela, onde pertencia...

Tiamat subitamente virou a mão. Ali mergulhou na areia, caindo com força sobre as costas.

Ele a devolveu. A diversão tinha sumido da voz dela. *Você permitiu que ele deixasse suas águas com ela, e ELE A DEVOLVEU.*

Ali arquejou para tomar fôlego, recuperando-se bem a tempo de Tiamat pressionar sua pata cheia de garras contra o peito dele, prendendo-o contra o chão inundado. A água salgada cobriu o rosto dele.

Mortal, sabe o que eu teria dado por aquele anel? Você deseja viajar pelas correntes? Eu teria devorado seus inimigos e o instalado em um trono dos ossos deles. Eu teria dado a você tanto poder que poderia ter quebrado seu mundo e o forjado de novo sob a luz pela qual tão desesperadamente anseia.

Sobek resmungou, um som baixo de aviso que teria feito cada pelo das costas de Ali se arrepiar caso Tiamat não o estivesse esmagando até a morte. O marid do Nilo era quase completamente crocodilo agora.

— Ele cumpriu com o pacto de seus ancestrais e está sob minha proteção.

Tiamat fez um som que podia ter sido a versão dela de um ronco de escárnio – um tilintar horrível que saiu da boca monstruosa. *Você e seus pactos, Sobek.* Ela colocou mais peso na pata e Ali se contorceu, certo de que seu peito estava prestes a ceder. *Você já viu como um crocodilo é protetor em relação aos ovos dele, mortal? Como isso pode mudar rapidamente?*

— Ele é *família* — insistiu Sobek. — Ele pode ver as correntes e dar forma a nossa magia. A dívida de sangue que nos impede de revidar contra o campeão Nahid também o marca.

Tiamat gargalhou, mas soltou Ali. Ele rolou para o lado, engasgando e tossindo.

Família? Você já leu a mente dele? Ele acha que nós somos monstros e demônios infernais. Detesta você pelo que fez aos ancestrais dele. Ele contou à Nahid que queria sair da própria pele quando descobriu que você era parte dele!

Sobek não se encolheu.

— Ele é jovem. Um dia vai entender.

E é isso que você deseja, Sobek? Que eu o devolva para que possa ter outro daeva de estimação para fazer companhia a você em seu rio solitário? Por que não vemos o que seus primos acham?

Tiamat se moveu, fazendo o chão tremer, e então um rompante de luz percorreu suas costas cheias de barbatanas até a coluna da cauda, brilhando levemente além da cortina de água azul como um fogo sinalizador em uma cordilheira. Outros marids surgiam das profundezas agora, se aglomerando mais perto.

Ali se levantou, seu corpo e sua mente doloridos.

— O que está acontecendo? — perguntou ele a Sobek.

— Eles estão entrando em comunhão. — Havia um anseio evidente na expressão do marid do Nilo. — Ela está compartilhando suas memórias com eles.

A ideia de que ainda mais criaturas ganhariam acesso aos pensamentos mais íntimos dele fez o estômago de Ali se revirar.

— Você não vai se juntar a eles?

— Não.

A voz de Sobek foi brusca, mas Ali insistiu. Tirando o histórico familiar assassino, o marid do Nilo era seu único aliado ali embaixo, e ainda havia tanto que Ali não sabia.

— Por que não?

Sobek lançou a ele um olhar tão cruel que Ali recuou.

— Porque eu a desobedeci.

Ali não teve a chance de questionar mais. Tiamat já estava se movendo na direção deles de novo. *Meus filhos me lembram de que você veio com oferendas. Podemos ver o que você trouxe para comprar sua vida?*

Com um rompante de água, o navio de Ali surgiu diante deles. Tiamat arrastou uma garra pelo convés, partindo-o como um falcão abriria um coelho. O compartimento de carga explodiu, vertendo joias e incenso e preciosas resinas. Um dos tentáculos dela se enterrou no tesouro empilhado, jogando objetos preciosos de um lado para o outro na areia como se não fosse uma fortuna capaz de mudar uma vida.

Bijuterias, ela sentenciou, enterrando em um jato de lama um baú de ouro que poderia ter comprado um exército. *De que adiantam bugigangas brilhantes no meu reino? Eu fui despertada do sono para lidar com você, e tudo o que você fez foi me desapontar.* Ela pegou o baú de livros.

— Não, não faça isso... — Ali falou, finalmente encontrando a voz diante dela.

Tiamat parou. Ali ergueu o rosto e viu um sorriso selvagem no rosto apavorante dela. *Isso é algo valioso para você?*

Corando, Ali tentou explicar.

— Não são bugigangas. São livros. Livros preciosos que achamos que poderiam honrá-la. Conhecimento e relatos e história. Entretenimento — disparou ele, lembrando-se do conselho anterior de Sobek.

Tiamat se aproximou lascivamente. *Então talvez eu poupe você e isso, e torne vocês dois parte de minha corte. Talvez arraste você para ler e entreter todos nós quando tivermos vontade.* Um dos tentáculos dela se estendeu, acariciando o novo trecho de pele reptiliana no ombro dele. *Aqui embaixo você deve durar um milênio ou mais se continuarmos substituindo partes.*

Ali tentou não estremecer.

— Eu...

A mãe marid não o deixou terminar. O tentáculo bateu com força nele, e então a risada dela ecoou de novo, cruel e debochada. *Mas não é isso que você quer, Alizayd al Qahtani. Você quer ir para casa, para seu povo e ser um grande herói. Envelhecer com sua família daeva e a Nahid que ama sem jamais pensar nos marids novamente.*

Não havia como negar. Tiamat tinha visto o interior da mente dele, e Ali não achava que ela gostaria que ele mentisse.

— Sim — confessou ele.

Um jato de água destruiu o baú de livros, atingindo-o tão violentamente que páginas e encadernações saíram voando, a tinta delas imediatamente colorindo a água. O líquido escorreu até ele, enroscando-se em suas pernas.

Então por que não mencionou sua oferenda mais valiosa?

Ali tremeu, observando as páginas destruídas saírem flutuando. A aniquilação súbita de algo tão inestimável o abalou até o âmago.

— Não tenho mais nada.

Ah, tem, sim.

E ali, com mais um rompante de água, estava Fiza.

A capitã shafit estava inconsciente, as tranças e as roupas desarrumadas. Um corte terrível abria a bochecha dela, e um olho estava escuro. Mas ela estava viva, seu peito se elevando e descendo com a respiração.

Ali avançou.

— Fiza!

Entregue-a a mim do nosso jeito, pediu Tiamat. *Corte o pescoço dela em meu nome, e ela vai renascer como um de meus lutadores*, disse ela, indicando o exército de pedra. *Uma vez a cada século eu concedo liberdade a um deles quando nos reunimos para vê-los batalhar. Uma mulher com um toque de sangue daeva deve ser uma adição fascinante.*

Ali se encolheu.

— Nunca.

Então talvez eu deixe o mar esmagá-la e entregue você *a meus lutadores. Embora mal pareça justo – um homem com o poder do fogo e da água contra pobres humanos enfeitiçados.*

Havia um anseio cruel na forma como ela disse aquilo que fez um arrepio de apreensão descer pela coluna dele. Tiamat tinha visto os pensamentos de Ali. Ela sabia que ele não assassinaria uma amiga inocente, muito menos enquanto entoava o nome de um demônio marinho.

Então o que ela queria?

— Faça — avisou Sobek. — Você não tem mais nada para dar a ela.

— Não preciso de sua opinião sobre assassinato — disparou Ali de volta, lutando para manter a emoção longe da voz. Ele sentiu uma necessidade súbita, quase violenta, de ter Nahri ao seu lado. Ela teria conseguido descobrir o que Tiamat queria. Tinha suplicado a ele justamente que fizesse um acordo.

Tiamat estava gargalhando. *Tão ingrato com seu progenitor.*

Ali engoliu em seco.

— Deve haver alguma forma de podermos ajudar um ao outro. Sou aliado da Banu Nahida. Talvez possamos negociar a devolução do lago...

Tiamat riu e então desceu até a altura dele tão rápido que Ali saltou. O crânio reluzente dela era do tamanho de uma colina, os dentes pontiagudos mais longos do que a altura dele.

Adiante, mais marids chegavam. Eles tinham avançado à menção do lago, os olhos alegres brilhando.

Tiamat não pareceu igualmente intrigada. *Por que negociar com um daeva sobre um lago velho quando tenho o oceano inteiro? Não, mortal, eu fui despertada para lidar com você e Sobek, então farei isso. Você deseja preservar a sua vida e a de sua amiga, e viajar pelas correntes para salvar seu lar. Sobek, você está sozinho e anseia retornar para nós. E se houvesse uma forma de resolvermos tudo isso?*

Ao lado de Ali, Sobek enrijeceu.

— Você disse que meu exílio era permanente. Que, se eu fizesse a comunhão com outro, você pararia as águas que alimentam meu rio e me obrigaria a ver minhas terras morrerem.

E agora, eu ofereço a você uma chance de perdão, de provar que sua afeição por essas criaturas diminuiu.

— A *afeição* dele? — repetiu Ali. — Ele atraiu gerações de meus ancestrais para o mau caminho e, quando eles se recusaram a trair o seu povo, ele os devorou!

Tiamat sorriu. *Está vendo o que sua cria pensa de você, Sobek? Eles jamais serão gratos, jamais serão leais.*

Sobek olhou com raiva, talvez seu próprio temperamento se descontrolando. Um marid cuja forma natural era um crocodilo provavelmente tinha o pavio curto.

— Eu avisei a você que fugisse — grunhiu ele para Ali.

— Eu podia ter arrancado aquela insígnia do seu coração. Eu podia ter deixado o marid das monções levar você à loucura.

Tiamat passava a língua pelos dentes. Caos era o que ela desejava. Entretenimento.

Certamente, em uma época em que os humanos nos esqueceram, só precisamos de um senhor do rio de sal e ouro. Tiamat se afastou da dupla que discutia, derrubando o andar superior de um zigurate para se acomodar sobre a cidade afogada. Ela os olhou com olhos terríveis. *Que o vencedor seja premiado com minha graça.*

O vencedor. Ali olhou de novo para o campo de soldados. Para a *arena*. Certamente ela não estava sugerindo...

Não seja impetuoso, avisara Nahri.

Ali fez um gesto de paz.

— Esperem, vamos só...

Sobek avançou contra ele.

Qualquer esperança da misericórdia de Sobek que Ali pudesse ter alimentado sumiu assim que o marid do Nilo se chocou contra o peito dele. Eles caíram no chão, e Ali ergueu os braços para proteger o rosto. Sobek os arranhou com as garras, então avançou no pescoço de Ali.

Tiamat conseguiria mesmo o entretenimento dela.

Ele empurrou o ombro contra a parte inferior do focinho de Sobek – o marid do Nilo era todo crocodilo agora, e três vezes maior do que seu descendente infeliz – no momento em que os dentes pontiagudos de Sobek roçaram o pescoço dele. Ali esticou o braço, segurando a mandíbula do marid e lutando com as duas mãos para manter a boca do oponente fechada.

— Ah, *você* está com raiva? — acusou Ali enquanto eles lutavam. — Maldito — ele resmungou. — Sabe como é difícil ser pior do que meu pai?

Sobek rolou em resposta, girando e esmagando Ali sob a água. Tiamat estava gargalhando além das ondas agitadas e dos lutadores se atracando.

Preciso de minhas armas. Ali não achou que tinha muita chance contra Sobek de qualquer modo, mas definitivamente não derrotaria um senhor do rio de sal e ouro com milênios de idade usando as próprias mãos.

Ali chutou, fazendo os guerreiros de pedra mais próximos saírem rolando. Um homem de toga, com uma coroa de louro e uma expressão angustiada, caiu sobre Sobek com um estampido, prendendo a cauda dele. Tirando vantagem do momento de distração, Ali disparou para longe.

Ele avançou para a parede em ruínas, mas Sobek o alcançou. Os dentes dele se fecharam sobre o tornozelo de Ali e o puxaram de volta. Ali chorou de dor, mas já estava agarrando a zulfiqar.

— Acenda!

Chamas irromperam pela lâmina, provocando sibilos e guinchos e estalos da multidão de marids que observavam. Ali a brandiu contra a cabeça de Sobek, mas evitou que as chamas envenenadas tivessem contato direto com ele, ainda relutante em matar seu ancestral.

— Me *solte*. Sobek, por favor, pelo amor de... — Ali gritou quando a mandíbula de Sobek se fechou com mais força. O crocodilo o estava puxando para águas mais profundas, se debatendo e agitando Ali como se quisesse arrancar a perna dele.

Ah, Deus, como aquilo doía. Doía tanto, mas a crueldade do marid foi o lembrete de que Ali precisava. Ele não receberia piedade ali.

Então não mostraria nenhuma em retorno. Ali avançou com a zulfiqar e queimou uma linha de fogo incandescente diante dos olhos de Sobek.

O marid urrou, soltando-o o suficiente para que Ali puxasse a perna de volta e recuasse às pressas sobre os cotovelos conforme sangue brotava de seu tornozelo destruído, manchando a água verde-mar. Sobek estava se contorcendo na areia. Sangue escorria dele também, linhas de veneno serpenteando dos olhos arruinados como gavinhas delicadas e mortais.

E então elas pararam. Ali observou, congelado de horror, quando o veneno da zulfiqar começou a se reverter e os olhos de Sobek se costuraram de volta...

Ele se ergueu num salto e fugiu.

A perna destruída queimava em protesto, a dor irradiando pelo tornozelo cada vez que seu pé tocava o chão. Ali fugiu mesmo assim. Acabara de experimentar a morte brutal que Sobek pretendia lhe dar, e fugiria dela por tanto tempo quanto pudesse, colocando o máximo de distância possível entre os dois.

Pense, al Qahtani, pense! Ali disparou para o alto de um conjunto de escadas, dando a volta por uma parede de pedra. Além dela havia um labirinto de construções menores, uma rede de estruturas vazias que um dia deviam ter sido lares e oficinas amontoados. Parcialmente arruinados, eram mais um labirinto agora do que qualquer outra coisa.

Precisaria dar certo. Ainda agarrado à zulfiqar e à faca, embora mantendo as chamas apagadas por enquanto, Ali fugiu entre as construções.

A escuridão espreitava conforme ele fazia as curvas aleatoriamente, entrando mais fundo na cidade. Como se matava uma criatura como Sobek, um predador antigo que se curava tão rápido quanto um Nahid – *melhor* do que um Nahid? Alguém mais poderoso do que Ali jamais seria?

Alguém excessivamente poderoso. Alguém tão acostumado a vencer e governar mortais inferiores que os subestimava. Ali se lembrou de sua luta tão distante contra Darayavahoush – a primeira, o combate de treino que Ali quase vencera, até que recuou, sem querer enterrar a khanjar no pescoço do convidado de seu pai, e o Afshin respondeu atirando uma parede de armas contra a cabeça dele.

Ali não cometeria o mesmo erro de novo. Ele olhou ao redor para as ruínas, um soldado absoluto agora, o guerreiro que tinha sido treinado para ser mais esperto do que seus inimigos.

E quando Sobek apareceu, silencioso como um túmulo, Ali estava pronto.

Ele observou de um telhado quebrado, alto o suficiente para que a brisa carregasse seu cheiro. Usando apenas o tecido que cobria seu corpo da cintura para baixo, Ali estava com frio, mas não se permitiu tremer, não se permitiu respirar quando atirou um tijolo quebrado na sala onde havia deixado seu dishdasha encharcado de sangue – o cheiro que ele permitiu que o marid caçasse. Sobek avançou para dentro da sala com um grunhido.

Ali saltou do telhado e aterrissou nas costas dele.

O marid foi rápido, mas Ali estava pronto, empurrando a cabeça do crocodilo para baixo, enroscando o cinto de armas em torno do focinho de Sobek e o amarrando para fechar. O marid se debateu e se contorceu enquanto Ali golpeava o cabo da zulfiqar atrás do crânio dele, mas era como bater em uma rocha.

Sobek começou a se transformar. Os golpes de Ali tiveram mais efeito com a transformação, sangue escorrendo do pescoço mais macio e mais humanoide dele. Mas, em sua outra forma, o marid teria as mãos de que precisava para arrancar o cinto do rosto, agarrar Ali e estrangulá-lo até a morte. Ali tinha a vantagem, mas apenas por mais um momento.

Mate-o. Mate-o, seu tolo idealista. Corte a cabeça dele, perfure o coração. Ele mataria você. Ele vai matar você!

Sobek lutou, girando de modo que Ali ficasse diante dele. Foi um movimento tolo. Ele conseguiria agarrar Ali depois que libertasse as mãos, mas, naquele momento, ele expôs a parte inferior pálida de seu pescoço.

MATE-O! Era Tiamat, com sede de sangue na voz.

O ancestral dele lutava para se libertar. Ali enterrou a faca em uma das mãos de Sobek, prendendo-a no chão, e o marid urrou de dor.

Sobek merecia morrer. Ele havia massacrado inocentes durante séculos. Seus primos marids haviam torturado Ali no lago e o sequestrado quando seu povo mais precisava dele. Ele viu mais uma vez o desespero da mãe quando ela o enviou para seu destino. Ouviu Nahri implorando para que ele encontrasse um modo de voltar.

O que era Sobek em comparação com aquilo? Um monstro. Um *assassino*. Um demônio de uma era de ignorância e brutalidade que a era de Ali havia esmagado completamente.

Tiamat gargalhava. Além dela, os outros marids esperavam, seus olhares estranhos indecifráveis.

Os olhos amarelos inquietantes de Sobek encontraram os dele. Ali se viu refletido no filete preto de pupila – ele parecia jovem. Apavorado.

O marid do Nilo o encarava. Os braços dele tinham se transformado, suas garras buscavam os pulsos de Ali...

E então, tão sutilmente que apenas Ali poderia ter notado, Sobek parou.

Um truque. Só podia ser um truque. Ali estava tremendo, o cabo da zulfiqar escorregadio de sangue. Ele podia baixá-lo. Um golpe e Tiamat lhe daria tudo de que ele precisasse para salvar seu povo. Para ser um herói. Para conseguir sua vingança.

Ali urrou de frustração. E então jogou a zulfiqar longe, rolou de cima do ancestral que não conseguia matar, e se levantou para encarar Tiamat.

Ela já havia descido para rosnar para ele. *Mortalzinho fraco! Seu coração de fogo dói com afeição? Você sente falta de seu pai assassinado? Acha que Sobek vai tomar o lugar dele?*

Ali a olhou com raiva, várias respostas subindo até a língua. Ele podia declarar que aqueles entretenimentos assassinos eram malignos. Que ele não mataria um homem amarrado. Que Tiamat era um monstro. Um demônio.

A multidão de marids ainda assistia. Eles tinham visto as memórias do jovem ingênuo e deviam presumir que ele estava prestes a defender a justiça e ser imediatamente devorado.

Mas Ali também os vira – chorando conforme Anahid os atava, sacrificando sua força para mandar Sobek embora de modo que ele pudesse encontrar um modo de salvar todos eles.

Ali fixou um olhar frio em Tiamat.

— Então é isso que você tem feito esse tempo todo? — Ele apontou de si mesmo para Sobek, então indicou o exército de pedra. — Enquanto seus filhos foram expulsos do lago sagrado deles, forçados a trabalhar para o Nahid e se submeter aos terrores do campeão deles, você ficou brincando com brinquedos na lama?

Tiamat sibilou, uma corrente de ar fétido e saliva quase derrubando Ali. *Talvez eu atire você de volta para esse suposto campeão.*

— Eu agradeceria. Melhor lutar do que me acovardar aqui embaixo. — Ali se virou para enfrentar a multidão de marids. — Vocês todos julgam Sobek, mas pelo menos ele *fez* alguma coisa! Onde estão os poderosos marids que eu cresci temendo? Vocês alegam que poderiam devorar minha terra e construir um trono dos ossos de meus inimigos, mas se encolhem por causa desse Afshin?

Uma figura emergiu, parecendo um homem afogado reduzido a ossos incrustados de conchas com algas marinhas enroscadas no crânio. *Você não entende o poder e a crueldade dele. Ele assassinou um de meus acólitos, um humano inocente, apenas para chamar minha atenção. Ele ferveu meu lago, assassinando as criaturas dentro dele, e ameaçou fazer o mesmo com todas as nossas águas!*

— Então vamos encontrar uma forma de impedi-lo. Nós deveríamos nos *ajudar* em vez de perder tempo com esses joguinhos. Você abriria mão de sua liberdade de viajar o mundo, de cuidar de suas próprias correntes e lagos, para ficar aqui... com sua mãe — acrescentou Ali delicadamente — para sempre?

Um tremor visível percorreu o grupo.

Tiamat açoitou o chão com a cauda, sacudindo todos eles. *Vocês são tolos de darem ouvidos a ele. Ele é daeva, de coração e alma, e tudo o que eles fazem é mentir. É mais provável que ele se atire aos pés desse campeão e o leve até suas águas.* Ela esticou a cabeça. *Pergunte a Sobek o que aconteceu da última vez que ele confiou em um daeva.*

Sobek tinha ficado de pé novamente, mudando para sua outra forma e arrancando o cinto da boca. Ali não tinha certeza do que tinha acontecido lá atrás e se Sobek realmente pretendera desistir, mas seu ancestral ainda parecia muito capaz de assassinato.

As palavras dele, no entanto, foram comedidas.

— Meu parente diz a verdade. Ele é aliado da Nahid mais jovem, e eu tenho laços de proteção com a família dela. Se algum dia houve um momento de fazer um pacto com eles, é agora. — Sobek hesitou. — Ou talvez eu possa visitar a entrada de meu rio para ver se a grande mãe que nada no mar do norte deseja ajudar.

Tiamat começou a grunhir, mas Ali intercedeu. Ele podia não ser um guerreiro impossível de matar nem ser capaz de se transformar em um crocodilo, mas semear a discórdia política em nome da justiça?

Estavam jogando o jogo dele agora.

— Deixem que minha amiga e eu retornemos — implorou Ali. — Sobek pode nos acompanhar e me ensinar a nadar nas correntes. Eu vou recuperar o lago de vocês e encontrar uma forma de remover os daevas que os ameaçam. Vamos lá — acrescentou ele quando os olhos de Tiamat se agitaram mais rápido —, com certeza eu sou mais útil para seu povo lá no alto do que como uma faísca de entretenimento aqui embaixo.

Os marids murmuravam e tagarelavam, tumultuando a água.

Sobek se aproximou.

— Nós desejamos outra saída, Tiamat. Eu não preciso estar em comunhão com meu povo para ver isso. Eu vou levá-lo.

Tiamat tinha se aproximado com uma expressão de desprezo. *Não vai, não. Não até que ele pague um preço. Você deseja falar pelos marids, mortal? Ser nossa voz quando está assustado demais para confessar a mais sutil conexão? Fala com meus filhos sobre a perda deles, uma perda sobre a qual você não sabe nada?*

— Eu vou ouvi-los — prometeu Ali. — Eu juro. Eu...

Não é assim que fazemos as coisas. Tiamat olhou para baixo com seu rosto horrível. *Você quer confiemos em você, que abramos nossas correntes sagradas, embora você pretenda morar com seus daevas? Então eu vou me certificar de que você jamais esqueça sua obrigação. De que* ninguém *a esqueça.*

Ele sentiu um arrepio de apreensão.

— O que quer dizer?

Você vai dar seu nome verdadeiro a mim. E então eu vou drenar até a última gota de fogo de seu sangue.

O estômago de Ali deu uma cambalhota.

— Não entendo.

— Significa que ela vai tirar sua magia de fogo. — Sobek se virou para encarar Ali. — *Toda* ela. Você vai pertencer mais a nós do que aos daevas.

A mente de Ali subitamente ficou vazia. *Você vai pertencer mais a nós do que aos daevas.* O olhar dele recaiu sobre a zulfiqar, e a emoção que ele havia sentido ao finalmente a incendiar esfriou.

Mas não era apenas a zulfiqar. Era *tudo*. As chamas que ele havia ensinado Nahri a conjurar, a magia que permitia que ele passasse pelo véu de Daevabad, o calor em suas mãos que ele usava para ferver uma xícara de café. Metade das tradições deles girava em torno de fogo, o *mundo* deles girava em torno da magia do fogo. Foi por isso que perdê-la levara a sociedade deles a um impasse.

E a dele sumiria.

A boca de Ali secou.

— Para sempre?

— Sim — respondeu Sobek, baixinho. — Você precisa entender, vai afetar tudo a seu respeito. Sua vida. Sua mente. Sua aparência.

Minha aparência. Era estúpido que tal coisa fizesse seu coração saltar de medo, mas não pôde evitar. Ali viu como Tiamat o encurralara espertamente. Ela sabia como ele se sentia a respeito dos marids. Sabia como seu povo se sentia a respeito deles. Não haveria diplomacia cautelosa, nenhum modo de esconder o envolvimento dos marids como os ancestrais de Ali tinham feito – nem mesmo lentamente revelar quando a poeira baixasse, se, de fato, aquilo garantisse a ele a vitória.

Volte para mim, Nahri o fizera prometer. Ali fechou os olhos, vendo a angústia no rosto dela quando ele implorou a ela que cortasse a insígnia de seu coração. A desobediência de Fiza quando ela insistiu em acompanhá-lo. A determinação sombria de Muntadhir quando ficou para trás para lutar, e a coragem silenciosa com que Anas tinha aceitado o martírio. Tudo isso era o preço pago por outros.

Daevabad vem primeiro. Uma das poucas lições que seu pai ensinara e que Ali ainda honrava.

Tiamat soltou um grunhido debochado. *Está vendo como ele os escolhe? O pirralho daeva nos dá um sermão sobre coragem, e então...*

— Alizayd al Qahtani. — As sílabas escaparam da boca dele como se outra pessoa estivesse falando. Tiamat piscou; a grande mãe marid pareceu realmente surpresa, então ele repetiu as palavras com mais firmeza. — Meu nome é Alizayd al Qahtani.

Tiamat olhou para ele. Ele não sabia dizer se ela parecia irritada ou satisfeita.

Que assim seja, declarou ela.

Ali nem mesmo teve a chance de conjurar uma última chama. Assim que as palavras dela brotaram na mente dele, Ali foi empurrado para a areia inundada. Parecia que uma estaca tinha sido enfiada em seu coração, feita de gelo e espinhos de metal. Ela *girou*, enchendo-o com veneno frio e sugando para fora cada vestígio de calor. Ali quase mordeu a língua, tentando não gritar quando a dor se espalhou em lentas e dolorosas ondas.

Ele caiu para a frente, sobre a palma das mãos. Fogo derretido dançava delas, o brilho mais morno e lindo que ele já vira. Como um laço preso, ele relutantemente se permitiu ser puxado, gotas se agarrando às pontas dos dedos antes de cair. Ele combateu a vontade selvagem de agarrá-las, de reunir o precioso líquido que era drenado para a areia. Mais dele escorreu por suas bochechas, mas se era o sangue que Tiamat reivindicara ou lágrimas, ele não sabia.

Um frio profundo e pegajoso percorreu seu corpo, tomando o espaço que o fogo tinha ocupado conforme os sabores do ar se alteravam. Uma camada cinza cobriu a visão dele, e o vazio preto ficou subitamente mais claro. As cicatrizes que a possessão marid tinha sulcado em seus braços brilhavam, as linhas de tecido se derretendo em trechos espiralados de escamas brilhantes, iridescentes.

Ali fechou os olhos – ele não queria ver aquilo. Tomado de dor, estava apenas levemente ciente de que Tiamat falava de novo.

Mostre a ele, Sobek. Mostre a ele o que somos.

Sobek colocou a mão na cabeça de Ali.

— Deixe que elas passem. Se lutar, vão levar você à loucura.

Ali arquejava para puxar o ar, os olhos ainda fechados.

— O que vai me levar...

As memórias de Sobek se derramaram na mente dele.

Ali gritou, água irrompendo de sua pele. Tentou se desvencilhar, mas o marid do Nilo estava pronto e o segurou firme nos braços.

— Deixe que elas passem — pediu Sobek de novo. — Permita-se ouvir e provar, ver e sentir. É uma bênção. Aceite.

Deixe que elas passem. A mente dele estava aberta, crua e exposta. Ali não tinha escolha. Era tarde demais para dar as costas. *Ouça.* O quebrar de cachoeiras e garças em voo. Canções de colheita em línguas que não eram mais faladas e o nome dele entoado em adoração baixinha.

Prove. A terra de ferro dos campos inundados e o sangue da presa dele.

Veja. O topo tremeluzente de uma pirâmide de pedra que tocava o céu, uma estrutura tão impressionante que ele saiu do rio e sentiu o primeiro toque de trepidação diante do que os humanos podiam fazer. Uma planície vazia que pareceu brotar em uma cidade da noite para o dia.

Sinta. O filho daeva dele, o primeiro, em seus braços, estranhamente morno e agitado. Então dúzias, e a afeição com que o primeiro o cumprimentara se transformando em reverência apreensiva. Seu herdeiro favorito, aquele que poderia finalmente prometer a libertação, caindo de joelhos.

Perdoe-me, avô, suplicou o herdeiro dele. *Eu não pude traí-los.*

O súbito golpe do banimento de Sobek, a solidão conforme ele observava seus templos caírem e os mortais esquecerem seu nome, riscando sua imagem e usando tijolos com seu rosto como piso. O silêncio de séculos sem comunhão, sem adoração, sem pactos, até que ele ficou tão fraco que não conseguiu mais sair da forma de crocodilo e rastejou até as algas, faminto.

A pequena menina humana que o encontrou, sem medo algum ao passar pela cana-de-açúcar que cercava sua aldeia ao lado do rio e soltar um pombo diante da mandíbula dele, a primeira oferenda que ele recebera em mil anos.

— Minha avó disse que devemos ser bons com crocodilos — anunciou ela, agachando-se diante dele. As palavras surpreenderam tanto quanto os olhos dela. Grandes, alegres e marrons, com um indício do dourado que coloria os olhos da família daeva dele, havia muito morta.

Um indício de magia.

Ali tentou voltar a si e agarrar a lembrança, mas, em vez disso, notou que a água estava subindo e agora chegava a seu pescoço, batendo em seus lábios fechados. Apesar da promessa, ele lutou contra o controle de seu ancestral, tomado pela terrível premonição de que, além do que quer que os marids já tivessem feito com ele, aquela última parte seria a pior e o afastaria de seu povo de um jeito irreversível.

Você prometeu voltar para ela. Você jurou sempre colocar Daevabad em primeiro lugar. Chorando e rezando a Deus para que restasse alguma coisa dele depois, Ali deixou seus lábios se abrirem. Água salgada escorreu por sua garganta, invadindo cada canto dele.

Junto com as vidas e lembranças de centenas de marids.

Espíritos da chuva que dançavam nas nuvens para se chocar no chão, escorrendo para as profundezas da terra para se juntar a aquíferos. Tímidos guardiões de rios, disparando por lagos quietos e fontes subterrâneas com mãos membranosas e bicos parecidos com os de tartarugas. O povo das sereias, com pele reluzente e cabelo de algas marinhas, presos nas redes de humanos, caçados e atacados com lanças. Para cada marid letal – como Sobek e outros que comandavam tubarões, viviam do sangue dos afogados e lutavam com os daevas – parecia haver vinte dos gentis, protetores, não caçadores, satisfeitos em cuidar de minúsculas criaturas aquáticas que chamavam seus reinos de lar e comandar suas águas vitais para que saciassem as terras ao redor e as fizessem prosperar.

Ali subitamente entendeu o que Sobek quisera dizer quando falou que os marids estavam conectados. Era mais do que uma família – eles nadavam entre as mentes e as memórias uns dos outros, intensamente unidos com seu povo e suas águas, mantendo um pé no mundo físico e outro no coletivo onde as correntes se agitavam. Nem todas as correntes eram iguais. Havia certos nós, águas grandiosas onde os marids se encontravam e compartilhavam memórias, brincavam e nasciam. Um mar do norte frio cercado por gelo, e a morna e salgada escuridão no fundo da terra onde Ali estava agora. Uma cachoeira tropical úmida cercada por selva e uma caverna fluvial iluminada por quartzo brilhante.

Um lago envolto em névoa. Profundo e sereno, talvez o lugar mais sagrado que tinham. Ali o viu *roubado*, sentiu o ar queimar com uma fumaça sufocante e estranha e se encher com os gritos daqueles de seu povo que estavam agora presos, que trabalhavam para construir uma cidade de pedra seca e eram esmagados abaixo dela. Viu gerações de crueldade antes de os daevas começarem a se enfraquecer e esquecer, e os marids fugirem um a um.

Ele viu um guerreiro daeva em uma praia fria esmagar a cabeça de um acólito humano aos gritos. Viu o corpo queimar, o *lago* queimar, quando o homem de olhos de fogo prometeu devastação e morte. Ali sentiu terror existencial em um nível que jamais experimentara enquanto seu povo tentava evitar um destino que parecia inevitável.

Eles vão queimar nossas águas. Eles vão nos tornar escravos.

Ali testemunhou, pelos olhos de um ancião que estava preso na crosta derretida do lago desde os dias de Anahid, um jovem rapaz daeva ser jogado nas águas. Ele já estava morrendo, com flechas no pescoço e no peito. Um guerreiro, um jovem de olhos cinza cujo sangue não tinha o mesmo gosto acre do resto dos daevas, mas o ancião marid não se preocupou com isso. *Estava ali* a chance de se livrarem da condenação que parecia inescapável, de se livrarem do campeão Nahid cujos peris haviam sussurrado que destruiriam todos eles.

Eles a aproveitaram.

Sobek relaxou seu controle, a torrente de memórias se dissipando enquanto Ali boiava na água.

— Entende agora? — perguntou o senhor do Nilo.

Sim, respondeu Ali. *Eu entendo.*

38

DARA

— Acorde.

Os olhos de Dara se abriram. Por um segundo, ele não entendeu onde estava ou por que a escuridão da qual tinha sido arrastado era tão absoluta, como se sua própria existência tivesse brevemente cessado. Havia movimento, e o piso abaixo dele roncava como se ele estivesse sendo empurrado por uma estrada irregular. Acima havia um teto estreito coberto com seda, estampado como aqueles encontrados nas carruagens do palácio. Uma dor latejante irradiava da relíquia presa em seu pulso...

A relíquia. O *anel*. Dara se levantou, pegando a faca.

— Deite-se.

Ele desabou, a parte de trás da cabeça se chocando com o chão da carruagem.

Ouviu um assovio impressionado – de Aeshma, ele reconheceu – e então três pessoas estavam debruçadas sobre seu corpo horizontal, Manizheh e seus dois ifrits. Dara se contorceu contra o controle dela, se virando e fechando as mãos com força, mas não conseguiu se afastar do chão.

— Você conseguiu. — Espanto brilhou nos olhos incandescentes de Aeshma quando ele voltou a atenção para Dara.

— Dormiu bem, Afshin?

Dara jamais havia sentido uma necessidade tão violenta de assassinar alguém. Ele enterrou os dedos na madeira.

— Vou matar você. Vou rasgar seu pescoço...

— Chega. — Ao comando de Manizheh, as palavras morreram na boca dele. Dara sibilou, agitando-se mais uma vez contra as amarras invisíveis que o seguravam.

Vizaresh examinou a algema de Dara, dando tapinhas na relíquia e pressionando o dedo contra a pulsação dele. Dara queria gritar. Queria chorar. Queimar o mundo e a si mesmo junto. Achou que já tinha dado tudo para servir aos Nahid, apenas para descobrir que ainda havia coisas que eles podiam tirar dele. A pouca liberdade que restava. Seu livre-arbítrio. Sua dignidade conforme aquelas criaturas cruéis cutucavam e testavam seu corpo.

— Ele ainda está vivo — disse Vizaresh. — Achei que tínhamos concordado que você o mataria. A maldição teria funcionado melhor. — Mas ele parecia mais fascinado do que desapontado, e Dara se repreendeu por não ter prestado mais atenção à obsessão de Vizaresh com novas formas de magia e aos anéis de escravos que o ifrit usava em volta do pescoço. É claro que ele e Manizheh teriam feito experimentos juntos.

— Ele ainda é meu Afshin. Não vou matá-lo. — Manizheh olhou para Dara com afeição. — De fato, espero que, ao final de tudo isso, quando nossos inimigos estiverem mortos e nós finalmente tivermos paz... — Ela deu um sorriso carinhoso. — Quando você entender por que eu fiz isso, vou conceder a você sua liberdade.

Dara estava desesperado demais para não implorar.

— Banu Nahida, por favor.

— Cale-se e ouça.

A boca dele se fechou.

A ruga na testa de Manizheh relaxou.

— Melhor. Agora, você me colocou em uma posição difícil ao se encontrar com a filha de Ghassan. Não somente perdemos uma oportunidade de prendê-la, mas só o Criador sabe que histórias ela anda espalhando sobre sua deslealdade. Não posso aceitar isso, Afshin. Não posso permitir que os djinns sussurrem que meu próprio general faz reuniões pelas minhas costas. Eu preciso que toda Daevabad saiba que sua lealdade é somente minha. Preciso que saibam o que acontece quando me desafiam.

Dara lutou para se descolar do chão, para gritar. Mas tudo o que conseguiu fazer foi um som estrangulado de protesto no fundo da garganta.

Uma faca. Uma *faca*. Se ele pudesse apenas pegar uma faca, poderia cortar o próprio pescoço. Perfurar os pulmões, o coração, cortar fora a relíquia. Qualquer coisa para impedir que Manizheh o usasse daquela forma.

Ela estava com uma – a adaga reta de Dara, embainhada à cintura. Com toda a força que conseguiu reunir, Dara tentou pegar a arma, mas sua mão parecia presa sob um pedregulho. Ele finalmente levantou as pontas dos dedos...

Vizaresh notou.

— Ele está lutando contra seu controle. Precisa ser mais específica, Banu Nahida. Use as palavras.

Dara resmungou, rugindo em sua mente quando Manizheh contraiu os lábios. *Não*, ele quis gritar. *Por favor!*

— Tudo bem — começou ela, lentamente. — Afshin, desejo que você demonstre publicamente sua lealdade. Você não vai falar contra mim nem fazer nada que atraia suspeitas com relação ao seu estado.

A luta se esvaiu de dentro dele. Forçosamente, as mãos de Dara se abriram contra a vontade dele e suas botas pararam de bater.

Manizheh prosseguiu.

— Quero que você destrua os distritos Geziri, Ayaanle e shafit, um quarteirão após o outro, até que Zaynab al Qahtani se renda. Desejo que não mostre misericórdia. Você não vai me desobedecer nem se permitir ser ferido. Vai semear tanto medo e discórdia quanto fez durante sua rebelião. Você vai ser o Flagelo. *Criador, me mate. Imploro ao Senhor. IMPLORO AO SENHOR.* Dara já estava se sentando, a magia passando por seu corpo em ondas. Sua túnica suja se transformou, dando lugar ao uniforme preto e cinza que ele havia usado quando eles atacaram a cidade. Uma armadura de bronze com escamas subiu por seu peito e desceu por seus braços, chegando até o pescoço e passando para trás no que ele sabia que seria uma imitação perfeita do elmo que ele um dia usara. Sentiu o peso de uma espada e uma maça à cintura, um arco e uma bainha às costas.

Então o cabo de madeira polido de um flagelo aterrissou em sua mão, cordas com espinhos brotando dele como uma erva daninha cruel.

Não havia nada que Dara pudesse fazer. Se ele havia começado a se rebelar sob seu dever de obedecer como Afshin, aquilo – aquele *roubo* de seu corpo e de sua língua – era a pior resposta imaginável. Ele se virou para a porta da carruagem e a abriu com um chute, como se alguém estivesse controlando as alavancas de suas pernas.

Eles estavam no Quarteirão Daeva, logo atrás do portão que dava para a midan. As barras que o mantinham fechado estavam abertas, revelando as asas de pedra das estátuas de shedu que a emolduravam. Dara ainda se lembrava de como eles haviam saltado para ajudá-lo no dia em que ele devolvera Nahri a Daevabad.

Nahri. *Ah, ladrazinha, se ao menos eu tivesse dado ouvidos a você naquela noite.* Se ao menos Dara tivesse curvado a cabeça a ela em vez de Manizheh e jamais desencadeado aquele horror.

Seus guerreiros estavam enfileirados, tão armados quanto ele e já montados em cavalos. Olhares pretos hesitantes dispararam para ele, confusão nos rostos. Afinal de contas, Dara não vinha dando avisos de paciência? Deixando silenciosamente claro para seu círculo íntimo que os djinns estavam em maior número do que eles e que invadir seria um banho de sangue?

Ele queria dizer a eles que fugissem. Em vez disso, poder se acumulou em seu sangue e Dara ergueu o flagelo no ar.

— Hoje nós acabamos com isso! — anunciou ele. — Os djinns devolveram nosso gesto de paz com trapaça e assassinato. Eles precisam aprender uma lição. Vocês não mostrarão misericórdia e não levarão prisioneiros. Não pararemos até que se rendam, abaixem as armas e entreguem Zaynab al Qahtani.

Conforme as palavras jorravam dele, Dara rezava para ver inquietação no rosto deles. Hesitação.

Não houve nenhuma. Ele os havia treinado bem demais.

Eles rugiram em aprovação.

— Pelos Nahid! — gritou Noshrad, empunhando a espada.

— Por Banu Manizheh! — Dara estalou os dedos e magia correu para sua mão, cem vezes mais rápida e mais poderosa do que jamais tinha sido, como se ele tivesse pulado em um rio corrente e sido carregado. Um de seus cavalos alados conjurados surgiu diante dele, deslumbrante com um jato de brasas incandescentes em sua crina ébano, as quatro asas tremeluzindo como fumaça. Ele se lançou nas costas do animal.

Assim que Dara apareceu na midan, disparos de armas soaram, seguidos por uma saraivada de flechas. Não importava. Manizheh tinha desejado que ele não fosse ferido, então a maldição simplesmente não permitia que isso acontecesse – os projéteis explodiam em chamas e caíam como cinzas diante dele.

— Djinns! — rugiu Dara, subindo no ar sobre o cavalo alado. — Venho com uma mensagem simples. Rendam-se. Abaixem as armas e entreguem Zaynab al Qahtani, ou destruiremos vocês. Quanto mais tempo levarem, mais de vocês morrerão.

Ele não esperou resposta. Não podia. O desejo de Manizheh o dilacerava; energia envolvia seus membros e estalava por seus dedos. A relíquia queimava sua pele.

Dara fechou as mãos em punhos, e metade da midan desabou. Os três portões, portões que estavam de pé havia séculos, mesmo quando ele era menino – o severo arco geziri, as pirâmides incrustadas de joias com os orgulhosos padrões ayaanle e as colunas de azulejos que davam para a fileira de lojas e lares shafits –, desabaram até virarem pó, a parede de cobre que os conectava se estilhaçando. Ela desmoronou com tanta violência que as construções aninhadas ali foram separadas, mobília e tijolos e vigas caindo. Não foi preciso muito esforço – a cidade estava lentamente morrendo, apodrecendo de dentro para fora desde que o coração mágico tinha sido arrancado. Mas ver algo que já fora tão imponente, tão antigo, ser obliterado em segundos...

Nós deveríamos ser os salvadores de Daevabad.

Em vez disso, Dara contemplou ruínas. Já havia gritos se elevando delas. Crianças chorando pelos pais, os lamentos dos moribundos.

Mas Manizheh tinha ordenado que ele arrasasse as ruas até que Zaynab fosse pega. Então Dara ergueu as mãos de novo, gritando em sua mente conforme as pessoas corriam para as construções que já haviam desabado, revirando os destroços com esperanças de resgatar aqueles presos ali dentro.

Ele desceu o quarteirão seguinte diretamente sobre elas.

Isso trouxe silêncio – por um momento. Poeira subiu dos escombros, nebulosa no ar. Dara gesticulou para seus guerreiros e avançou.

Ele não precisava falar. Tinha dado suas ordens, e seus soldados, após terem passado as semanas anteriores presos no Quarteirão Daeva em meio a conspirações e paranoias, após comparecerem às piras funerárias de seus companheiros mortos no golpe fracassado, não precisavam de um lembrete.

638

Eles se atiraram contra os sobreviventes, derrubando os djinns e os shafits que tentavam escavar os escombros e disparando flechas nas costas daqueles que fugiam. Sobre cavalos, eles eram mais rápidos e atropelavam as vítimas.

Fuja disso na sua cabeça. Era um instinto antigo, como se uma versão anterior dele – uma versão esquecida, o Dara que tinha sobrevivido a séculos de escravidão dos ifrits – tivesse silenciosamente emergido para segurar a mão dele e ajudá-lo a enfrentar aquele horror mais recente para que não obliterasse o que havia restado da sua alma.

Mas era tarde demais para aquilo. O cavalo de Dara tinha aterrissado na rua, e ele açoitou um homem no peito, garantindo o que sabia que seria apenas a primeira de muitas camadas de sangue em seu flagelo. Ele rugiu para que seus homens avançassem e então derrubou mais um quarteirão de prédios. Tijolos explodiram para fora e o telhado de um longo beco de lojas desabou sobre a multidão que tinha corrido para se abrigar ali. Dara açoitou outro homem. Uma mulher. Um menino. Havia sangue espesso em sua pele e corpos se empilhavam ao seu redor.

Não bastou. Zaynab al Qahtani não estava à vista, e o desejo de Manizheh o levou a causar mais destruição, mais mortes. Dara voltou ao céu para derrubar um amplo complexo que ele reconheceu como uma famosa escola no Quarteirão Ayaanle e um jardim público no Geziri. Então ele foi para a antiga fronteira entre os bairros Geziri e shafit.

O quarteirão seguinte era o hospital de Nahri.

Não. Dara lutou mais contra a maldição que o amarrava, desesperado por uma saída. Uma forma de adiar. Mas ele não podia se ferir; ele não podia *não* executar a ordem.

Então fez seu cavalo disparar para o chão.

Os paralelepípedos racharam sob o calor e a energia que escorriam de seu corpo. Era como se ele tivesse mergulhado no inferno que merecia, em cenas de pesadelo – mães em pânico correndo com crianças aos prantos e seus soldados em um combate sangrento e desigual com civis shafits. Houve disparos de armas de fogo e o golpe de flechas. Lares foram incendiados e a fumaça espessa era o pano de fundo do erguer e cair de lâminas, dos jorros de sangue.

Os salvadores de Daevabad.

Ainda assim, os pés de Dara o carregavam adiante. O flagelo dele se fora, arrancado de sua mão quando atingiu fundo demais as costas de um homem chorando que tinha caído de joelhos para implorar pela vida. Dara agora segurava a maça com uma das mãos, uma adaga na outra.

Mas os djinns não tinham caído de vez. Ainda não.

— Mantenham o hospital! Mirem no Flagelo!

Guerreiros se atiravam contra ele – homens montados em cavalos, mulheres atirando fogo Rumi escaldante. No dia anterior, ele estaria morto uma dúzia de vezes, ao inferno com os poderes daeva originais. Agora, com a magia de sangue o protegendo, a maldição de Manizheh desafiando a própria natureza, Dara permanecia de pé, abrindo um caminho de morte conforme avançava para o hospital que a mulher que ele amava tinha trabalhado tanto para reconstruir. Lágrimas brotaram em seus olhos, evaporando antes que pudessem ser vistas – ele não tinha permissão de dar nenhum indício da angústia que o dilacerava.

Vinte passos do hospital. Dez. Dara levantou as mãos. *Fuja disso na sua mente.* Energia chiou em seus dedos...

As grandes portas de madeira se abriram.

— Pare!

Zaynab al Qahtani apareceu com uma bandeira preta nas mãos.

Levou alguns momentos para o grito chegar a eles. Para que a visão dela, desarmada, exceto pela bandeira, congelasse os combatentes djinns onde eles estavam. Ela deu mais um passo e várias pessoas recuaram, como se sua mera presença as tivesse forçado a recuar. Razu estava ao seu lado, encarando Dara com ódio e traição descarados.

Agarrando a bandeira como se fosse uma espada, Zaynab deu mais um passo em direção a ele, com a cabeça erguida.

— Nós nos rendemos — disse ela, friamente. — Vamos soltar nossas armas se você parar. — Ela soltou a bandeira. — Manizheh pode me levar.

Dara ergueu a própria mão.

— Parem — ordenou ele a seus homens. Não que ele precisasse. Zaynab tinha feito todos pararem.

Ah, mas o desejo de Manizheh queimava dentro dele. Queria mais. *Humilhe-a*, exigiu o desejo. *Faça com que ela se encolha.*

— Zaynab! — Aqisa disparou para fora das portas do hospital.

Razu e uma dupla de soldados geziri se moveu para segurar a guerreira. Eles não eram páreo e Aqisa se desvencilhou quando Zaynab olhou para trás.

— Fique para trás, minha amiga. Não temos escolha. — Mas a voz de Zaynab partiu o ar quando ela acrescentou alguma coisa que parecia um geziriyya quebrado.

Dara tinha carregado muita vergonha em sua vida, mas assistir à orgulhosa princesa Qahtani se aproximar com os olhos incandescentes era uma desonra que ele sabia que carregaria pelo resto de seus dias. Não era assim que ele deveria tomar Daevabad da família que tinha arruinado a sua.

Eles não são a família que arruinou a sua. Essa família ainda governa você.

Zaynab se aproximou dele. Ela era alta como o irmão mais novo, chegando à altura de Dara.

— Aqui estou — declarou ela. — Que isso satisfaça o demônio maldito que você chama de senhora.

Dara olhou com raiva, mesmo enquanto ardia para cair aos pés dela e implorar por perdão.

— O que disse a sua guerreira?

— Que estripe você.

As palavras foram altas o bastante para serem carregadas. Alguns de seus soldados fervilharam, levando novamente as mãos às armas.

Criador, me mate. Dara segurou Zaynab al Qahtani, agarrando-a com grosseria pelo braço e a puxando para a frente. O desejo de Manizheh o compelia a fazer pior, a arrancar o véu dela e arrastá-la pelos cabelos. Em vez disso, ele caminhou mais rápido na direção na midan, entre os bairros que tinha aniquilado, tentando se distrair do terrível impulso. Parecia que uma enorme roda tinha passado por ali, pulverizando tudo no caminho e deixando apenas fogo e escombros sujos de sangue. E lamentos. Sempre lamentos.

Manizheh estava esperando na midan, acompanhada dos ifrits. Dara mal a alcançara quando o desejo finalmente tomou conta dele. Ele empurrou Zaynab de joelhos diante da Banu Nahida. A princesa não gritou, não se encolheu. Em vez disso, ela olhou para Manizheh com absoluto desprezo.

A Banu Nahida deu a ela um olhar condescendente.

— Ora, como você cresceu. — Ela inclinou a cabeça na direção de Dara. — Obrigada, Afshin.

O peito dele se expandiu abruptamente, o desejo atendido. Dara tomou um fôlego trêmulo. Ali estava: um filete de liberdade.

Ele agarrou a adaga, apontou-a para o próprio pescoço...

— Afshin, desejo que você solte isso — disse Manizheh, a ordem grosseira, mas agradável. — Não quero que você se machuque.

A adaga caiu das mãos dele.

O olhar de Zaynab disparou para o dele. Qualquer que fosse o desespero que tivesse conseguido escapulir pela máscara obediente do rosto dele deve ter bastado para desencadear as suspeitas dela, porque Zaynab se virou para Manizheh.

Manizheh levantou a mão como se para chamar a carruagem. Foi um movimento sutil, mas o bastante para permitir que o anel de esmeralda de Dara brilhasse rapidamente à luz empoeirada.

Zaynab arquejou.

— Ah, meu Deus.

Manizheh sorriu, dessa vez com triunfo.

— Venha, menina. Seu irmão está *tão* ansioso para ver você.

39

NAHRI

Nahri gritou, surpresa, recuando um passo e se chocando com a parede atrás dela. O shedu estava tão perto que ela podia ter tocado o animal, e, quando ele sacudiu a cabeça, a neve se agarrando a sua juba tingida de prata caiu no rosto dela.

— Que Deus me preserve — sussurrou Nahri, suas sandálias deslizando no chão gelado conforme ela tentava recuar apesar da parede. Nahri esticou a mão, conjurando um punho de chamas. Mas não era uma grande defesa, e ela subitamente se viu se perguntando se sua mãe não estivera certa ao aprender a controlar membros.

O shedu não pareceu impressionado. Ele se sentou sobre as ancas, olhando para ela com uma mistura felina de curiosidade e leve desdém. Era um felino *muito* grande, com músculos ondulando sob pelo dourado pálido. Os olhos dele podiam ter sido roubados do gelo reluzente em volta deles, de uma prata tão pálida que parecia transparente.

Mas as asas dele. Ah, as asas. Se elas eram impressionantes nas margens do Nilo, eram completamente gloriosas agora, as longas penas elegantes reluzindo com todas as cores da criação, um arco-íris cravejado de joias refletindo os prismas cascateantes de gelo e neve que os cercavam.

Nahri e o shedu se encararam por um momento muito longo; a respiração irregular dela era o único som. Ela não sabia se era o mesmo shedu que tinha surgido acima dela e de Ali em uma tempestade de areia no Egito – não era exatamente experiente em distinguir os rostos de gatos voadores imensos e lendários – mas o encontro não a havia deixado com uma sensação calorosa.

— É você que está fazendo isso? — indagou Nahri, indicando as montanhas nevadas em volta deles. Podia ser loucura tentar conversar com a besta, mas só Deus sabia que ela havia feito coisas mais estranhas desde que acidentalmente conjurara um guerreiro daeva.

O shedu balançou as asas e ofereceu um preguiçoso piscar dos olhos estranhos como resposta.

O temperamento de Nahri se inflamou, seu medo sumindo.

— Vou lutar com você — ameaçou ela, lembrando-se da antiga história de Jamshid sobre como os ancestrais mais antigos deles tinham domado os shedu. — Não pense que não vou. — Não era nem mesmo um blefe. Lutar com um shedu pelo menos prometia um fim mais rápido do que congelar até a morte em qualquer que fosse a montanha misteriosa para a qual ela fora transportada.

— Eles não falam — interrompeu uma voz nova, sua língua uma mistura de gorjeios e chilreios. — Embora eu ache que essa batalha seria bastante divertida.

Nahri deu um salto, olhando para cima.

Uma peri sorriu de volta.

Idêntica a Khayzur em forma, até nas garras agarrando a rocha e na parte inferior de um pássaro, essa tinha o rosto de uma jovem mulher e lindas asas nacaradas. Uma crista em leque com penas de marfim escuro brotava da cabeça dela como um halo.

A peri desceu, aproveitando-se do silêncio de Nahri para se juntar ao shedu, com o qual trocou um olhar malicioso. Então ela inclinou a cabeça para o fogo que ainda rodopiava na mão de Nahri.

— Não é um encontro com um daeva se ele não tenta queimar alguma coisa em um ataque de fúria.

Nahri se sentiu ao mesmo tempo repreendida e defensiva em relação a seu povo.

— Vou fazer muito mais do que queimar alguma coisa se você não me devolver a Ta Ntry.

Outra expressão brincalhona dançou sobre os lábios finos da peri. Diversão, avaliação... coisas que realmente fizeram Nahri querer atear fogo a ela.

— Está curiosa para saber por que convidamos você?

— *Convidaram?* Vocês me sequestraram!

Um tom de inquietação tomou a voz da criatura.

— Ah, não, nós jamais faríamos algo assim. Não poderíamos, não com uma criatura inferior. Isso é um convite. É inteiramente escolha sua se sobe em meu companheiro e voa para ouvir nossa proposta. — A peri acariciou as costas do shedu. O leão alado arqueou o corpo sob a mão dela e soltou um grunhido de satisfação. — Ou você pode permanecer aqui. Mas esteja avisada de que os ventos são traiçoeiros à noite, o bastante para arrancar a pele de uma mortal dos ossos.

Essa era a escolha de Nahri?

— Me leve de volta a Ta Ntry — exigiu ela de novo. — Se eu morrer aqui, não vai ser pelas suas mãos?

A peri ergueu as asas no que pode ter sido um dar de ombros.

— Seria realmente por nossas mãos? Nós tentamos avisar você, e o tempo é tão imprevisível...

— Vocês não controlam os ventos?

— Talvez. — Os olhos pálidos da peri brilharam. — Mas venha, filha de Anahid. Eu acredito que nós possamos nos ajudar.

— Eu ouvi dizer que peris não se envolviam em assuntos mortais.

— E é verdade. Mas de vez em quando, muito de vez em quando, podemos apontar possíveis correções. A escolha é sua, é claro. — Com isso, a peri abriu as asas e levantou voo, disparando para longe.

Nahri a observou ir embora, orgulho e indecisão guerreando dentro dela. Mas, apesar do que a peri alegava, ela não tinha escolha de verdade.

Nahri se virou para o shedu.

— Sou uma péssima montadora — avisou ela. — E se você tentar me comer, vou lhe causar úlceras.

Talvez o shedu não conseguisse falar, mas Nahri podia jurar que viu compreensão no olhar prateado dele antes de o animal fechar as asas e se ajoelhar aos pés dela.

— Ah — disse ela. — Hã, obrigada.

Desconfortável, ela subiu nas costas do shedu. O leão estava quente sob Nahri, o pelo embaraçado aliviando o frio em seus ossos. Ela se agarrou à juba dele. Aquilo seria muito pior do que um cavalo.

— Vá — sussurrou ela.

O shedu saltou no ar.

A dignidade de Nahri durou aproximadamente o tempo que ela levou para tomar fôlego e soltar o grito que se seguiu. Ela agarrou o pescoço do shedu, enterrando o rosto na juba dele e os joelhos nos lados do seu corpo como um caranguejo. O ar gelado açoitou suas costas, arrancando o lenço dela e fazendo com que Nahri se perguntasse se congelar até a morte teria sido realmente tão ruim assim.

Mas, depois de mais um momento sem cair e se chocar no chão, Nahri tentou relaxar. *Você é a Banu Nahida*, lembrou. A "filha de Anahid".

Ela não mostraria medo àquelas criaturas.

Reunindo cada gota de coragem que conseguiu, Nahri olhou por cima da juba do shedu. Eles estavam subindo mais alto, a cordilheira encolhendo até se tornar uma ferida suturada de pedra e neve bem abaixo.

Ela lutou para tomar ar, perdendo o fôlego quando começaram a descer. O anel queimou seu dedo e sua tontura diminuiu, mas o ar ainda parecia rarefeito demais. Eles voaram até um conjunto de nuvens, e Nahri estremeceu com o toque de mãos e asas invisíveis. Havia sussurros ao redor dela, vozes que não pareciam pertencer a nenhum tipo de criatura que ela conhecia. As nuvens se dissiparam e o shedu aterrissou no chão coberto por névoa. Nahri desceu das costas dele. Uma das asas do animal se curvou protetoramente em volta dela. Ela não conseguia ver nada a não ser neve rodopiando.

Mas conseguia *ouvir* o bater de asas e um farfalhar, como uma biblioteca de livros tendo suas páginas sacudidas acima da cabeça dela. Nahri ergueu os olhos.

Havia revoadas de peris acima dela. Bandos. Talvez centenas, as criaturas descendo e mergulhando e planando em formação. Corpos aviários com escamas prateadas brilhavam e cortavam as nuvens, ali em um momento e desaparecidos no seguinte. As asas eram lampejos de cores: lima alegre e azul-pavão, açafrão queimado e noite índigo. Olhos sem cor estavam por toda parte, todos concentrados em Nahri, fixando-a em um templo de gelo e ar.

Sem aviso, três deles aterrissaram: a do penhasco com as asas nacaradas e mais dois com tons de rubi e safira. Eles a circundaram, arrastando as longas penas – tão longas quanto Nahri era alta – pelo gelo. Um chilrear irrompeu entre eles que, apesar da magia, Nahri não conseguia discernir.

Ela cruzou os braços, resistindo à vontade de se abraçar. Estava tão frio. A túnica fina dela era destinada ao calor de Ta Ntry, e seu cabelo exposto, açoitado pelas lufadas gélidas, tinha congelado em cachos enrijecidos. O gelo se espalhava por cima de tudo, traçando redemoinhos e frondes selvagens, e a neve suave salpicava a pele dela e se agarrava a seus cílios.

Com as criaturas a perseguindo como abutres, Nahri mais uma vez se viu desejando uma arma. Não que fosse ser útil. Ela vira Khayzur usar magia do vento para derrubar o Gozan controlado pelos marids quando era uma serpente de água do tamanho de uma montanha. Os djinns falavam dos peris com assombro; dizia-se que as criaturas tinham voado até o paraíso para ouvir os anjos. Que existiam em um mundo separado e impossível de conhecer.

E que, supostamente, jamais deveriam interferir com as vidas de criaturas mortais inferiores como os djinns e os humanos. Khayzur tinha sido morto, afinal de contas, pela "transgressão" de salvar as vidas de Dara e Nahri.

Nada disso explicava por que eles a haviam tirado de uma fortaleza djinn em Ta Ntry. Ela olhou ao redor. Eles estavam cercados por uma extensão aparentemente infinita de altas paredes brancas que se alteravam e moviam além das nuvens.

O peri rubi chilreou alguma coisa para seus companheiros, em tom de distinta reprovação. Se Khayzur emanava calor apesar da aparência estranha, aquele ali parecia tão friamente distante quanto se dizia que eram os espíritos do ar. O olhar sem cor e a máscara carmesim eram hipnotizantes, e sua cabeça oscilou e se projetou como a de uma coruja quando ele a estudou.

— O quê? — indagou Nahri em divasti. — O que está olhando?

O peri de rubi pareceu inabalado.

— Banu Nahri e-Nahid — ele respondeu simplesmente, como se a pergunta fosse sincera. — Uma daeva de ascendência parcialmente humana e a atual portadora do anel de Suleiman, o Provedor da Lei.

Tudo bem, talvez nem todo peri tivesse aprendido o sarcasmo.

— O que vocês querem? — Nahri recuou às pressas quando ele se aproximou, encostando no flanco quente do shedu. — Por que me trouxeram até aqui?

A inquietude dela deve ter sido óbvia, pois o peri safira falou pela primeira vez.

— Você está em segurança — garantiu o ser, gentilmente. Esse peri parecia mais velho, as penas azuis tingidas com prata e rugas em torno dos olhos pálidos. — Não poderíamos fazer mal a você nem se quiséssemos. Seu sangue humano a protege.

— Mentira. Vocês já tentaram me fazer mal, teriam me deixado morrer em um penhasco! E nem foi a primeira vez. Vocês mandaram um rukh atrás de Dara e de mim!

— O rukh foi enviado para seguir o Afshin depois de muita discussão — corrigiu a peri nacarada. — Mas eles são criaturas selvagens. Quem pode prever o que acontece quanto sentem fome?

Ódio ferveu dentro de Nahri de novo.

— Então, mandar um predador faminto do tamanho de uma casa nos encontrar é permitido, mas Khayzur salvar nossas vidas é punido com a morte?

— Sim — declarou a peri, lançando um olhar cauteloso a Nahri. — Havia sussurros e avisos há anos sobre um daeva que abalaria o equilíbrio das raças elementais. Nosso povo deliberou, e Khayzur traiu o conselho quando salvou o Afshin da primeira vez. Ele havia sido avisado. Sabia das consequências.

— Ela é jovem demais. — Foi o peri safira. — Revoltada demais.

— Zaydi al Qahtani não era muito mais velho quando o povo dele recebeu o conhecimento das armas — replicou o peri rubi.

— E ele tomou quase tantas vidas quantas foram salvas — redarguiu o outro peri. — Nós concordamos então que mortais não tinham a sabedoria para receber nossos conselhos.

Zaydi al Qahtani.

— Esperem. — Nahri olhou entre as criaturas que discutiam. — Os *peris* deram as zulfiqars aos Geziri?

— Indiretamente — respondeu o safira, rapidamente.

— Alguns caminhos foram cruzados e peças deixadas sem encaixe. Os passos finais não foram tomados por nós.

— Então os peris interferem, *sim*. Mas só quando é conveniente a vocês.

— Nós não interferimos — insistiu o peri rubi. — Nós procuramos evitar o estrago maior, ouvir os avisos dos céus quando suas leis estão prestes a serem quebradas.

— Vocês *interferem* — repetiu Nahri, com mais veemência. Argumentar com aquelas criaturas enquanto estava presa no reino delas provavelmente não era muito sábio, mas ela estava cansada de ser manipulada e enganada por pessoas que se acreditavam superiores. Pelo menos Ghassan tinha sido direto; aquelas meias-verdades distorcidas, como se fosse *Nahri* que estivesse sendo irracional, eram quase piores.

A peri nacarada pareceu se divertir.

— Eu disse a vocês que a língua dela era como a de Anahid.

— Imagino que ela também tenha recebido parte desses "conselhos"? — perguntou Nahri.

— Você está usando um deles no dedo. — A peri se moveu como se para pegar a mão dela, e Nahri recuou. — Mas a magia do anel da insígnia não se uniu a você, e não vai, nem mesmo se você o levar de volta a Daevabad. Anahid foi uma daeva que viajou pelas areias durante milênios e era a companheira de um profeta. Ela deu a vida e o coração pela cidade. Esse não é um encantamento que você pode consertar sem uma troca semelhante.

Uma troca semelhante. Nahri ouviu a mensagem subjacente naquelas palavras educadas.

— Você disse que seu povo tinha uma proposta para mim. Então por que não a faz? Com clareza, se é que isso é possível para vocês.

O peri rubi falou de novo, unindo as mãos.

— Há certas leis da criação. Do *equilíbrio*, um equilíbrio que beneficia todos nós, peris e daevas, marids e humanos. Essas leis têm sido quebradas, distorcidas e degradadas, vez após vez, por alguém entre os seus.

Nahri interpretou as palavras do peri.

— Por Manizheh, quer dizer. Estão um pouco atrasados com sua ira. Ela já atacou Daevabad e assassinou milhares.

— As disputas destrutivas de seu povo não nos dizem respeito — respondeu o peri, parecendo irritado com a interrupção. — O que os daevas desejam fazer uns aos outros é problema deles, até que isso infecte aqueles cujo sangue flui com outros elementos. Até que isso ameace o equilíbrio.

— "Até que isso infecte..." — repetiu Nahri, enjoada com a escolha de palavras. — Então é disso que se trata. Manizheh ficou tão poderosa que assustou vocês, e agora vocês gostariam que outro daeva lidasse com a tarefa desagradável de se livrar dela. Eu vou ganhar uma zulfiqar como Zaydi? Outro anel de insígnia? Ou talvez mais enigmas sem sentido que vou precisar desvendar eu mesma?

— Não foi Manizheh quem afetou o equilíbrio. Foi o servo dela.

O estômago de Nahri se revirou. *O servo dela.*

— Dara — gaguejou ela. — Estão me pedindo para me livrar... para matar *Dara*?

— Não — respondeu a peri nacarada. — *Nós* não estamos pedindo tal coisa. Nós jamais faríamos esse tipo de pedido. Estamos apenas informando a você o custo da devolução da magia a seu mundo e sugerindo uma forma pela qual seu fardo pode ser aliviado.

— Mas é Manizheh a responsável!

— Manizheh é uma daeva mortal de sangue puro. Extremamente poderosa, sim, mas ainda abaixo de nós. Inferior. Se ousássemos sugerir a queda dela... — O peri rubi indicou os bandos que revoavam acima. — Nós concordamos que o risco é grande demais. Mas a... criação dela — disse ele, com desprezo — é um assunto completamente diferente. Ele é uma abominação, um monstro que ela criou com magia de sangue, assassinato e uma dívida marid. A remoção dele foi considerada permissível.

Cada palavra cautelosa deixava Nahri mais enojada. Era o que eles queriam, o que ela e Jamshid estavam buscando nos textos dos Nahid. Mas ver os peris, tão arrogantes e convencidos da própria superioridade, debaterem o assassinato de mortais abaixo – debaterem como torná-lo *permissível* – a enchia de repulsa.

— Então vocês façam isso — respondeu Nahri. — São tão superiores e poderosos. Certamente podem cometer seus próprios assassinatos.

— Não podemos — protestou o peri safira. Dos três, o ancião era o mais gentil, e as palavras dele saíram quase como uma súplica por compreensão. — É contra nossa natureza.

— E ele está em Daevabad — acrescentou a peri nacarada. — Não podemos entrar na cidade. Desde que o véu caiu, nós podemos ver dentro dela, mas não podemos entrar.

Nahri fechou as mãos em punhos.

— Vocês poderiam pedir a qualquer daeva. Qualquer djinn. Por que a mim?

O peri rubi agitou a mão no ar, parecendo mais fascinado com os flocos de neve girando no vento do que com o assassinato que eles pediam a Nahri que cometesse.

— Por muitos motivos. Você pode entrar na cidade e chegar perto dele. Você precisa de um ato que una a insígnia a seu coração. Também acreditamos que seu sangue humano vai acrescentar uma camada adicional de proteção que nos distanciará do fato. E uma shafit matar o Flagelo seria justiça.

— Não vamos fingir que vocês se importam com justiça no que diz respeito às "disputas destrutivas de meu povo" — disparou Nahri de volta. — E eu não posso matá-lo. Toda a sua espionagem deve ser inútil se vocês não se deram conta disso a esta altura. Não sou uma guerreira.

— É, sim — replicou o peri safira. — Na única guerra que realmente importa.

— E você estaria protegida. — A peri nacarada indicou o shedu. — Tomamos os shedus de sua família quando ela saiu do caminho da justiça, mas permitiríamos que eles servissem de novo.

— E também há isto. — O peri de rubi fechou as mãos no ar, neve e gelo se condensando nelas para formar uma lâmina reta que brilhava como mercúrio líquido. — Uma arma que atravessa qualquer coração que pulsa fogo. — Ele a jogou no chão aos pés dela. O cabo reluzia até mesmo sob o céu escurecido pela neve.

— Você seria gloriosa — sussurrou o peri safira. — Uma filha de Anahid com a insígnia de Suleiman e uma arma celestial, voando para Daevabad nas costas de um shedu. Seu povo a acompanharia até o fim do mundo. Seu sangue humano não importaria mais. Todas as coisas revolucionárias que desejasse estariam ao seu alcance. Você poderia transformar seu mundo.

Nahri fechou os punhos com força, lutando para manter o rosto neutro diante da oferta calculada. Os peris realmente andavam ouvindo. Eles conheciam os desejos e os medos dela.

Eles sabiam que ela era o tipo de pessoa que faria um acordo.

Então era àquele ponto que havia chegado. Apesar de todos os seus esforços, ela ainda estava presa entre as garras de negociadores mais poderosos: uma rainha que a manteria como uma convidada vulnerável, uma mãe que a trancafiaria, ou um peão – uma arma bem recompensada.

E ainda era um objetivo absolutamente impossível. Matar Dara – *Dara*, um homem que teria sido adorado como um deus da guerra em uma era anterior. Mesmo com uma montaria lendária e uma arma celestial, parecia uma proposta absurda.

Mas não é.

Nahri se lembrou de Dara no corredor do palácio onde tudo dera errado, agarrando as mãos dela e implorando por compreensão. *Você não deveria ter visto isso.* Ele queria tão desesperadamente salvá-la. Ele a amava.

Era a sua fraqueza. E podia ser a única coisa que o tornava um alvo fácil.

Nahri encarou a adaga, mas ninguém se moveu.

— Você precisa pegar por vontade própria — explicou o peri rubi. — Não podemos colocá-la nas suas mãos.

— É claro que não. Vocês não iriam querer *interferir*.

— Mas Nahri se ajoelhou, pegando a adaga da neve macia. O cabo estava tão frio que feriu suas mãos, e ela se viu rapidamente checando sua magia de cura. A dor pareceu merecida.

Você não vai se recuperar disso. Nahri tinha perdido sua mentora e melhor amiga. Se voltasse para Daevabad para assassinar seu Afshin, o carismático guerreiro que um dia roubara seu coração – sorrindo e fingindo afeição antes de mergulhar uma adaga no peito dele a pedido daquelas criaturas intrometidas –, ela seria destruída de uma forma da qual achava que jamais se recuperaria. Se sobrevivesse, teria seu irmão, seus Daeva. Poderia supervisionar o renascimento de sua cidade.

Mas teria vendido uma parte de sua alma.

E isso, aparentemente, era *exatamente* o sacrifício exigido dela.

Nahri se endireitou e enfiou a adaga do peri nas dobras do cinto. Estendeu o braço para o shedu, tentando se confortar no calor aconchegante do pelo dele. Quando falou de novo, ela se certificou de que sua voz estivesse firme.

— Vocês deveriam me levar de volta para Ta Ntry agora. Não há muito tempo.

ALI

Fiza não pareceu animada com a transformação de Ali.

— Ahhh! — A capitã pirata recuou na margem do rio, sacando a pistola e apontando-a para o rosto dele. — Demônio! O que você fez com ele?

Ali desviou da pistola.

— Nada! Fiza, sou eu, eu juro!

Ela não abaixou a arma; sua mão tremia.

— Que porra aconteceu com os seus olhos? — O olhar de Fiza desviou para os braços dele, as linhas com escamas prateadas deslumbrantes à luz do início da manhã conforme formavam padrões selvagens sobre a pele exposta. — Que porra aconteceu com *tudo* seu?

Ali parou. Sobek os levara do reino de Tiamat de volta para o Nilo, mas não era o rio sinuoso do deserto pelo qual ele e Nahri tinham velejado. Em vez disso, eles estavam aos pés de um planalto verde exuberante, o rio poderoso mergulhando em uma parede de cachoeiras que se estendia à distância. Entre a névoa e a água agitada, Ali não tinha visto seu reflexo.

Meus olhos. Eles tinham sido um espelho exato dos de Ghassan, o sinal mais visível de sua ascendência geziri.

Agora tinham sumido, aparentemente.

— Eu precisei fazer algumas escolhas. Mas esqueça tudo isso. *Você* está bem? — perguntou ele, preocupado, indicando o olho roxo dela. — Parece que levou uma pancada feia na cabeça.

— Sim, o oceano ter subido à nossa volta e me socado na cara deixou uma marca. — Fiza finalmente abaixou a pistola e então resmungou quando água do mar escorreu dela. — Droga, eu gostava dessa! Onde estamos? E o que *aconteceu?* A última coisa que lembro é do navio sendo engolido.

Ali hesitou de novo, sem ter ideia de como descrever o que tinha acontecido no fundo do mar sem alarmá-la ainda mais. Entre ser perseguido por um imenso homem escorpião, participar de uma luta gladiadora forçada com seu – literalmente – passado pagão, ou ter mil memórias despejadas em seu cérebro como parte de um pacto com um colossal espírito do caos, ele não sabia por onde começar.

Então apenas disse:

— Conheci Tiamat. Não nos demos muito bem.

Fiza deu a ele um olhar incrédulo.

— Vocês *não se deram muito bem?* Essa não é uma afirmação encorajadora, príncipe. — Ela olhou em volta. — Onde está o barco? Onde está o *oceano?* Onde... — Ela gritou de novo, erguendo a pistola de novo. — *O que é aquilo?*

Sobek tinha se juntado a eles.

O marid do Nilo tinha surgido da água lamacenta em sua forma menos assustadora, mas ele não precisava bater os dentes de crocodilo para ser inquietante – o verde de seu couro áspero e os olhos salpicados de amarelo e preto bastavam.

Ali rapidamente se colocou entre eles, abaixando a mão de Fiza.

— Este é Sobek. Meu... bisavô. De certa forma. Ele não vai machucar você, eu prometo. — Ele olhou para Sobek. — Certo?

O olhar sobrenatural de Sobek não hesitou.

— Eu já comi.

Fiza fechou os olhos.

— Eu nunca mais quero ouvir que os shafits são a fonte dos problemas do nosso mundo. Nunca.

Sobek semicerrou os olhos e encarou Ali.

— Está pronto?

O coração de Ali saltou, mas ele já pagara o preço de Tiamat. Podia muito bem reivindicar o conhecimento que havia lhe custado tanto.

— Você vai ficar bem aqui por um tempo? — perguntou ele a Fiza.

— Com ele? Não!

— Ele vem comigo.

— Aonde *você* vai?

— Lidar com uma história de família.

A clareira para a qual Sobek o levou era linda, um dos lugares mais deslumbrantes que Ali já vira. Apesar de uma cachoeira que cascateava por um penhasco coberto de flores e videiras, o rio estava impressionantemente tranquilo, e havia uma quietude no ar que parecia sagrada. A cena exuberante podia ter sido tirada do Paraíso – uma libélula mergulhando preguiçosamente sobre um nenúfar, uma garça caminhando nas águas rasas, um antílope esguio bebendo da margem. Os animais tinham todos brevemente congelado quando Sobek surgira, a resposta instintiva das presas, antes de relaxarem e continuarem como se não estivessem na presença de um marid e um djinn que tinham recentemente tentado se matar.

— Este é um dos lugares para onde seus ancestrais costumavam vir prestar respeito a mim — murmurou Sobek enquanto eles caminhavam pela água na altura da cintura, os talos de lótus roçando nas pernas de Ali.

— Eles viviam aqui? — perguntou Ali, lembrando-se do que seu avô tinha dito sobre a história mais antiga da família deles ser uma tela em branco.

— Durante um tempo. Mas se moviam com frequência, principalmente as primeiras gerações. A magia da água deles era impossível de esconder então, e seu mundo foi um caos durante séculos antes da punição de Suleiman. Meu povo era cuidadoso. — Amargura tomou a voz dele. — Até que não foi mais.

Ali ficou tenso, mas, quando Sobek submergiu com um gesto, o seguiu. O rio escuro não era um problema para seus sentidos agora. Ele conseguia enxergar tão bem quanto à luz do dia, e seus ouvidos captavam novos sons subaquáticos que não reconheciam antes. Ele nadava mais rápido também, e facilmente acompanhou Sobek quando ele mergulhou sob a cortina de cachoeiras para emergir em uma caverna escondida. Tinha sido aumentada, com bancos escavados na pedra e pictogramas gravados nas paredes.

Ali traçou com o dedo a imagem de um homem com cabeça de crocodilo.

— Este é você?

— Sim. — Sobek apoiou a palma sobre as letras desenhadas à mão, e, ainda que sua expressão não traísse nada, Ali podia ver saudade no gesto. — É a nossa história. Os nomes deles, as ações que fiz por eles. Nosso pacto.

Ali encarou os pictogramas.

— Não significam nada para mim — confessou ele, um grande vazio de perda se abrindo em seu peito. — Não parecem com nenhuma escrita ayaanle que eu conheça, com nenhuma escrita que eu já tenha *visto*. A língua deles pode ter sido esquecida. — Ele conseguia ouvir o anseio em sua voz. Ficava abalado ao pensar no quanto sua família estava completamente separada de suas raízes.

— Isso pode ser ter sido intencional da parte dos sobreviventes. A ignorância enfraquece o elo. É mais difícil fazer alguém cumprir um pacto do qual não participou.

Ali se sentiu enjoado de novo.

— Por que você os matou? — Ele precisava saber. — Tiamat disse que ordenou que eles fossem levados diante dela. Então por que você os matou?

Sobek seguiu até a parede rochosa, movendo pedras de um memorial disposto contra ela.

— Tiamat e eu somos rivais há muito tempo. Nós dois descendemos da geração original de nosso povo, e eu nem sempre me dispus a obedecer a ela, principalmente quando ela abandonou o lago e deu as costas àqueles de nós que foram forçados a trabalhar para os Nahid. — Ele pegou um embrulho.

— Não entendo — disse Ali.

O marid voltou, deixando um rastro como uma serpente na areia úmida.

— Você viu como ela é. Eu não daria minha família a ela. Tiamat teria passado mil anos torturando-os lentamente até a morte. Era mais piedoso, mais rápido, lidar com eles eu mesmo.

Mais piedoso.

— Você não poderia ter *tentado* salvá-los? Avisado que fugissem para o deserto, poupado as crianças?

— Não é esse o nosso jeito. — Não havia malícia na voz de Sobek. Era a simples verdade de uma criatura de uma época e um lugar que Ali não entendia e jamais entenderia. — Eles tinham um pacto e o traíram.

Eles nos salvaram e foram destruídos por isso. Ali tentou imaginar o que poderia ter acontecido se seu ancestral ayaanle tivesse tirado a insígnia de Suleiman de Daevabad depois que o Conselho Nahid tinha sido derrubado, se a magia tivesse sumido com a vitória de Zaydi. As pessoas teriam achado que era a vingança de Deus por terem se rebelado contra os Nahid, por terem ousado pedir igualdade. Os shafits provavelmente teriam sido massacrados e a guerra civil resultante teria durado séculos.

Nós não irritamos os Ayaanle. Cinco palavras eram a única memória de um sacrifício que tinha dizimado a metade da família que Ali crescera ignorando.

— Qual é o nome dele? — perguntou Ali, sua voz embargada de emoção. — O nome do meu ancestral que traiu você? Houve um momento de silêncio antes que Sobek respondesse. — Armah. — Ele pronunciou o nome com respeito sombrio. — Ele era talentoso com minha magia. Foi o primeiro em muitas gerações a conseguir viajar pelas correntes e compartilhar memórias. — Uma nota de irritação transpareceu na voz dele. — Aparentemente, talentoso o bastante para evitar que eu me desse conta de que ele havia deixado uma ou duas crianças em Daevabad.

Armah. Ali gravou o nome na memória. Ele rezaria por seus ancestrais assassinados e martirizados mais tarde e, se sobrevivesse a tudo aquilo, se certificaria de que o resto de sua família e as gerações seguintes também fizessem isso.

Mas primeiro ele lutaria.

— O que é isso? — perguntou ele, apontando para o embrulho que Sobek segurava.

— As vestes dele. Eu mesmo as fiz. Você ainda é mortal, e elas vão protegê-lo quando viajar pelas correntes.

Ali pegou as vestes. Uma mistura de vestimenta e armadura, pareciam ter sido feitas de couro de crocodilo e polidas até ficarem de um tom dourado e verde-claro. Uma peça era um capacete chato com um capuz que descia pelas costas e a outra era uma túnica sem mangas até os joelhos e aberta no meio.

Ele passou os dedos pelo capacete e então reparou que Sobek segurava outra coisa – uma coisa mais do gosto de Ali.

— Isso é a arma dele?

— Sim — grunhiu Sobek, entregando-a.

Ali a pegou e admirou a arma: uma longa espada curva diferente de tudo que com que já lutara antes. A lâmina era de ferro e perigosamente afiada, o cabo coberto com bronze polido.

— Você conservou isso — comentou Ali. A espada não tinha sido abandonada em um altar de pedras e permanecido intocada durante séculos. — Você diz que ele o traiu e que ele mereceu a morte, mas guardou as vestes e a arma dele. — Ali hesitou, então fez uma pergunta que girava em sua mente desde a luta deles. — No reino de Tiamat, você parou de me enfrentar. Por quê?

Sobek deu a ele um olhar contido.

— Tenho certeza de que você está enganado.

Ali encarou de volta seu ancestral. À luz pálida da caverna, Sobek parecia tão assustador e místico quanto sempre parecera, a água que caía projetando sombras ondulantes no seu rosto sério. Ele parecia intocável.

Mas não era. Ali tinha visto as memórias de Sobek e sentido aqueles longos e solitários séculos – um fardo de tempo e solidão miserável que ele mal conseguia compreender. Talvez manter-se afastado agora fosse como o marid do Nilo sobrevivia.

Eles não eram iguais. Ali jamais perdoaria ou esqueceria o que Sobek tinha feito com sua família. Mas ele deixaria que Sobek mantivesse os limites de sua afeição privados.

— Talvez eu esteja. — Ali vestiu a armadura. Ela coube como uma segunda pele, fria contra seu corpo. — Você vai me ensinar a magia marid agora? Como viajar pelas correntes?

— Esse foi o acordo. Para onde quer ir primeiro?

Ali passou as mãos pelo capacete. Um plano absolutamente insano estava se formando em sua cabeça, ganhando nova vida com as memórias marids que Tiamat tinha despejado em seu cérebro.

— Tem algum lugar onde podemos encontrar navios naufragados?

Depois de meia dúzia de tentativas de viajar pelas correntes, o mar que se estendeu diante deles era raso – pelo menos em comparação com a morada profunda de Tiamat. Areia pálida decorada com ondas vibrantes de corais afiados como lâminas e frondes dançantes deslumbraram os olhos de Ali, e peixes brilhantes como joias nadavam por todo lado. Mais além havia a superfície, reluzindo como vidro líquido com a luz do sol.

Ali olhou para os corais. *Perigoso para navios.* Sob a água, ele se comunicava com Sobek do modo marid, as palavras nadando em sua mente.

Durante séculos, concordou Sobek, abrindo as mãos para abarcar os naufrágios que os cercavam. *A marid deste mar está cheia do sangue e das memórias de marujos mortais. Ela governa em uma ruína ao norte com uma corte de tubarões.*

A pele de Ali se arrepiou. *Ela não vai se incomodar com nossa intrusão?*

Ela me deve um favor, um pacto que não foi reivindicado. E não vai irritar Tiamat.

Ali estudou os navios outra vez. A maioria tinha sido reduzida a vigas quebradas e cascos podres cobertos de algas marinhas. Havia pequenas canoas de traficantes e elegantes dhows, trirremes antigos e galeões recentes pouco quebrados. Carregamentos perdidos ao longo do tempo e do espaço estavam espalhados sobre a areia: enormes ânforas de pedra e vasos de porcelana estilhaçados, moedas esverdeadas pela idade e blocos brutos de quartzo sem polimento.

Tem certeza de que isso é possível?, perguntou ele a Sobek de novo. Ali tinha contado ao marid seu plano enquanto Sobek o ensinava a lidar com as correntes.

A magia é possível, sim. Mas você entende que nada disso vai protegê-lo do campeão dos Nahid. Marid nenhum pode enfrentá-lo.

Eu não vou estar sozinho, respondeu Ali. *Essa é só nossa primeira parada.*

Pretende ir a outro lugar que não Daevabad?

Ali sorriu na água. *Eu pretendo ir a todos os lugares.*

Ele prometera a Nahri que voltaria, então voltaria.

Mas, primeiro, ele ergueria um exército para ela.

NAHRI

O shedu aterrissou com leveza no telhado do castelo de Shefala, a peri nacarada batendo as asas até descer ao lado deles. Estava escuro, a lua e as estrelas encobertas pelas nuvens, mas, mesmo que fosse meio-dia, Nahri suspeitava de que elas não teriam sido vistas. Os peris tinham literalmente colhido Nahri dos corredores do castelo e a levado para uma catedral de gelo e neve acima das nuvens. Se eles não quisessem ser vistos pelos djinns, não seriam.

Deve ser bom ter poder assim, ver problemas que são questão de vida ou morte para nós como meros erros para serem "corrigidos". Nahri tinha jurado jamais ser um peão de novo, mas ali estava ela, com uma arma peri no cinto, forçada a servir a outro mestre para salvar o povo que amava. Ela desceu das costas do shedu, ciente dos olhos da peri sobre ela.

— Você deveria partir esta noite — chilreou o elemental do ar. — Não há tempo a perder.

— Essa é uma de suas "sugestões" ou é uma ordem?

A peri fez uma reverência com a cabeça.

— Você é uma mortal com sangue humano. Eu jamais ousaria dar uma ordem a uma criatura inferior.

— Se me chamar de "criatura inferior" de novo, vou esfaquear você com esta lâmina.

— Tanto fogo. — Pareceu um elogio que se faria a uma criança e, combinado com o sorriso condescendente da peri, de fato deixou Nahri tentada a sacar a adaga. — Mas isso não seria inteligente. A lâmina é para o Afshin, mais ninguém. — A voz da peri ficou afiada. — Você precisa jurar que não vai usá-la em Manizheh. Ela não foi considerada permissível.

— Não é poderosa o suficiente para vocês? — Quando os olhos da peri se semicerraram em aviso, Nahri revirou os dela.

— Tudo bem, eu juro. Não vou usar sua lâmina em Manizheh.

— Que bom. — A peri deu um passo para trás. — Ele só come fruta, aliás.

— O quê?

— Seu shedu. Vai precisar alimentá-lo. — Então ela sumiu sem mais uma palavra, voando para o céu escuro.

Nahri olhou para o shedu.

— *Fruta?*

Ele ronronou, um resmungão rouco, e esfregou a cabeça no ombro dela, quase derrubando Nahri do telhado.

Ela deu tapinhas na cabeça dele, coçando atrás da sua orelha.

— Ah, tudo bem. Acho que você não é tão ruim assim. — Ela tentou pensar, sua mente girando. Depois de tantas semanas de preocupação e perda, a ideia de estar em Daevabad ao alvorecer parecia impossível. Perigosa. Ela precisava de um plano.

Não tem plano. Você voa para Daevabad, se atira aos prantos nos braços de Dara, diz a ele que sente muito, diz que o ama – todos os sentimentos agoniados que ele confessara a ela na noite do ataque – *até que ele baixe a guarda.*

Então ela enfiaria uma faca no coração dele.

Eu me pergunto se ele vai se tornar cinza de novo. Se vai doer, se ele vai ter tempo para olhar para mim e perceber o que eu fiz. Os dedos de Nahri estremeceram na juba do shedu, e ele afastou a mão dela.

Ele é a arma de Manizheh, lembrou-se ela. Dara tinha feito a escolha dele, e milhares tinham morrido por isso.

Ela tomou um fôlego para se acalmar. Comida. Suprimentos. A distância fria e a calma de que ela precisava viriam com a preparação. Sempre vinham. Dara era apenas outro alvo. Aquele era só mais um golpe.

Nahri olhou para o shedu. Ela não tinha certeza de quanto a criatura entendia, mas supôs que aprenderiam juntos.

— Fique aqui e fora de vista — avisou ela. — Eu já volto.

Ela entrou de fininho no castelo por uma veneziana de chuva quebrada, caindo com leveza sobre os pés em um corredor escuro e vazio. Fazer isso fez com que se sentisse mais nova, como se estivesse invadindo uma mansão no Cairo. Ela caminhou pé ante pé pelo corredor, sobressaltando os guardas do lado de fora da porta.

— Banu Nahida! — O guarda geziri escancarou a boca, olhando da porta fechada para o rosto dela. — Você não estava...

— Eu tive uma reunião. — Nahri empurrou as portas.

Jamshid estava esperando por ela.

O irmão parecia estar ali havia um tempo, pelas anotações e pelos livros espalhados pela mesa baixa, mas se levantou do sofá assim que Nahri entrou.

— Nahri. — Jamshid soltou um suspiro aliviado. — Aí está você. Eu estava começando a me preocupar.

Nahri fechou a porta atrás dela, silenciosamente xingando. Jamshid era a última pessoa que ela queria ver no momento. Seu tempo era limitado e ela não podia arriscar que o irmão superprotetor nutrisse qualquer suspeita do que estava acontecendo.

— Só estava checando pacientes.

— Sempre a curandeira devotada. — Jamshid sorriu, mas a expressão não chegou aos olhos. — Precisamos conversar.

Você não faz ideia. Uma onda de exaustão tomou conta dela; Nahri olhou ao redor, e viu um samovar.

— Esse chá está quente?

— Estava.

— Serve. — Ela estava ansiosa por uma xícara e sempre podia reaquecê-la nas mãos, uma das partes mais genuinamente abençoadas de se ter magia de fogo.

Ela foi até o samovar. Estava na mesma mesa entulhada que seus muitos suprimentos de farmácia, uma pilha torta de xícaras de chá compartilhando espaço com seu pilão, almofariz e os diversos frascos, latas e ervas que ela havia reunido para fazer o soro paralisante para o marujo shafit. Nahri se repreendeu – ela normalmente tomava o cuidado de guardar tais remédios perigosos. Tinha sorte por nenhuma alma infeliz ter passado por ali, acrescentado algo além de açúcar ao chá dela e ter acabado congelada no chão.

Ela parou, encarando o frasco de soro. Só restava um pouquinho.

— Jamshid — disse ela, baixinho — você se importa de abrir as venezianas de chuva e arrastar o sofá até a sacada? Eu preciso de um pouco de ar.

— Claro. — Nahri o ouviu empurrar a cadeira para trás. Sempre tão ansioso para agradar. Seu irmão talvez jamais tivesse a compreensão da magia de cura que Nahri tinha, mas ele seria melhor no trato com os pacientes.

Se ele sobrevivesse.

Jamshid levou vários minutos para abrir as venezianas e puxar o sofá para fora. Tempo o suficiente para que Nahri preparasse duas xícaras de chá. Talvez o ocultamento do céu tivesse sido um truque peri, pois, quando Nahri saiu para a sacada, viu estrelas, uma lua fina e, entre as árvores, luz refletida no oceano.

Ela abaixou o olhar. Aquela era a sacada na qual tinha ficado com Ali enquanto a monção se agitava nos olhos dele. Se Nahri jamais visse o oceano de novo, já iria tarde. Ela entregou a Jamshid a xícara de chá dele e então se sentou, tomando um gole da própria.

Jamshid imitou o movimento dela, mas então fez uma careta.

— Ficou amargo.

Nahri sorriu para ele, seu coração se partindo.

— Esnobe.

— Refinado — corrigiu ele, apoiando a xícara de volta na mesa. Sua expressão ficou séria. — O pai da rainha está bem?

— Ele teve uma queda bem feia e quebrou o quadril e o pulso. Eu consertei os ossos, mas nem mesmo a magia Nahid apaga a idade. Acho que por enquanto só fazemos o que pudermos enquanto preparamos a família dele.

Jamshid suspirou.

— Não tenho muita afeição pela rainha e a família dela desde que me jogaram em uma cela, mas Seif parece um homem bom. Como Hatset recebeu a notícia?

— Como se esperaria de uma mulher que teve o marido assassinado, o filho sequestrado e a filha ameaçada com execução iminente.

Jamshid se inclinou para a frente.

— Eu preciso voltar para Daevabad. Não temos escolha.

— Talvez tenhamos.

— Nahri, vamos lá. Nós já discutimos...

— Uma peri veio até mim.

O irmão se endireitou, encarando Nahri com olhos chocados.

— Perdão, uma o quê?

— Uma peri veio até mim. — Nahri apoiou o chá, tentando avaliar os minutos, e então, em uma das primeiras vezes em sua vida, ela contou tudo a alguém sem se esquivar – desde ter sido recolhida do corredor e voado no shedu até a ampla câmara nevada e os "conselhos" irritantes dos peris.

Jamshid não interrompeu. Ele ficava mais pálido conforme ela continuava, mas não havia desespero, nenhum choque em seu rosto – nem mesmo quando ela mostrou a ele a adaga gélida e explicou o que era esperado dela. Ele apenas ouviu.

Um longo momento de silêncio se estendeu entre os dois quando Nahri terminou. Jamshid abriu e fechou a boca, mas foi o tremor nas mãos e o cair dos ombros que Nahri procurou. Ele finalmente falou.

— Então tem um shedu no telhado?

— Esperando pelas frutas dele, sim.

— Pelo olho de Suleiman. — Jamshid exalou. — Tudo bem, eu sei que isso parece ruim. Mas estamos buscando uma forma de derrubar Dara e Manizheh, certo?

Nahri já estava sacudindo a cabeça.

— Eles disseram que a adaga não podia ser usada em Manizheh. Mesmo que a gente consiga com Dara, Manizheh e os ifrits ainda estarão lá.

— E considerando as coisas que Saman estava dizendo sobre ela e aqueles pobres pássaros de fogo presos na praia... — Ele fez uma careta. — Ela deve ter algum tipo de magia.

As vagas palavras dos peris retornaram a Nahri. *Ela deu um passo que nós não antecipamos.* Os simurghs quase mortos e os centenas de Daeva mortos... o que Manizheh tinha feito de tão assustador que levara os peris a agirem?

— Acredito que sim, é.

— Então voltamos juntos — disse Jamshid, firmemente, sua decisão obviamente tomada. — Nós *lutamos* juntos. Eu dou conta do Afshin. Você não deveria ter que... — Ele esticou o braço, como se para tocar o ombro dela em um gesto de conforto.

A mão dele tremeu intensamente, então caiu de novo no colo.

— Desculpe, irmão — disse Nahri, baixinho. — Mas você não vai vir comigo.

Jamshid tentou se levantar do sofá. Ele mal havia dado dois passos cambaleantes quando desabou, as pernas cedendo.

— O chá... — A voz dele já estava embargada. Ele olhou para ela em choque. — Você me *envenenou*?

— Desculpe — sussurrou ela. — Mas, quer dizer, você meio que me deu a ideia.

— Minhas pernas... — A expressão de Jamshid se contorceu com horror. E não apenas horror, mas absoluta traição. — *Não.* — Ele tentou agarrar as pernas, obviamente lutando para arrastá-las para cima. — Como pôde fazer isso comigo de novo? — arquejou ele.

Nahri não sabia até aquele momento o quão profundamente a culpa realmente cortava. O irmão talvez jamais a perdoasse por aquilo. Lágrimas embaçaram sua visão.

— Eu não consegui pensar em outra forma. — Ela atravessou o espaço entre eles e o levantou do chão. Não permitiria que ele fosse encontrado daquela forma. — O efeito vai passar amanhã, juro.

Jamshid a agarrou quando ela tentou se afastar, entrelaçando as mãos no xale dela conforme sua força continuava se esvaindo.

— Não — ofegou ele. — *Por favor.* Você vai estar em desvantagem. Vão matar você!

— Então vou levar tantos deles comigo quanto puder. — Nahri afastou as mãos do irmão. — Por favor, entenda. Eu perdi todo mundo que ousei amar. Não posso perder você. Não você. Você é bom, é gentil e vai ser um ótimo curandeiro... — A voz dela falhou diante da angústia na expressão de Jamshid. Ele estava tentando agarrar a saia de Nahri, seus pulsos, mas ela saiu do alcance dos braços dele. — Se voltar para Daevabad, leve os textos Nahid e vá até Subha. Vocês podem ensinar um ao outro.

— Por favor, não faça isso — implorou Jamshid, com lágrimas escorrendo pelas bochechas. — Nahri, você não está mais sozinha. Não precisa fazer tudo isso sozinha! Nós poderíamos esperar. — Ele tentou de novo, obviamente procurando algum motivo para atrasá-la. — Alizayd ainda pode voltar!

Ele escolheu a coisa errada a dizer. Se Nahri estivera se agarrando à última gota de esperança e de otimismo, o acordo cínico dos peris a arrancara dos dedos dela. Ela fora tola ao fazer Ali prometer voltar; provavelmente havia selado o destino dele no momento que abrira seu coração para ele.

— Não acho que Ali vai voltar, Jamshid.

— Nahri, não! — gritou ele, sua voz ficando mais fraca enquanto ela se virava e saía. — Você é minha irmã. Nós podemos fazer isso juntos. Eu não preciso que você me salve!

Eu não preciso que você me salve.

Não tinham sido essas as palavras – as *exatas* palavras – que ela havia atirado a Dara na noite em que ele invadira o quarto dela, determinado a "resgatá-la" da decisão de se casar com Muntadhir? Na noite em que tudo dera tão espetacularmente errado?

Você está fazendo com Jamshid exatamente o que Dara fez com você. E Nahri fazia aquilo com igual violência, incapacitando o irmão em uma imitação dolorosa da forma como ele havia sofrido durante anos. Era tão cruel quando Dara colocando uma espada no pescoço de Ali e dizendo a ela que escolhesse.

E Jamshid era um guerreiro. Ele era inteligente e corajoso. Podia ser uma vantagem, um aliado valioso. Nahri conseguia visualizar os dois voando de volta para Daevabad juntos, lutando lado a lado. Ela não precisaria estar sozinha; ela não precisaria confrontar aquela tarefa horrível sozinha.

Mas então as memórias voltaram a ela. Dara desmoronando em cinzas e a luz deixando os olhos de Nisreen. Os shafits massacrados no canteiro de obras e os Daeva assassinados no desfile. Ali implorando a ela que cortasse a insígnia do coração dele, com os lábios que ela acabara de beijar.

Tudo que eu construo acaba destruído. Nahri recuou do irmão como se tivesse sido queimada.

— Eu sinto muito, Jamshid — disse ela, ao avançar para a porta. — De verdade.

PARTE III

NAHRI

Quando o sol estava em seu zênite, queimando diretamente sobre as planícies de terra que delimitavam o rio Gozan, Nahri saiu da sombra da asa do shedu e se preparou.

Primeiro tirou a roupa maltrapilha: a túnica de lã que havia usado para se proteger do ar gelado bem acima da terra. Por baixo, Nahri usava um vestido azul-celeste até as canelas, estampado com sóis de bronze. Calças justas da mesma cor estavam enfiadas dentro de botas confortáveis de montaria com as quais ela conseguiria correr. Ela enfaixou de novo seu véu de cabeça dourado e verde, com o cuidado de prender o tecido de algodão para que o vento não o carregasse. Nahri tinha escolhido as roupas com cuidado – cores remanescentes do passado imperial dos Nahid, cores que permitiriam que ela fugisse se tudo aquilo desse errado.

Ela abriu a bolsa, pegando um galho do manjericão doce que tinha roubado da cozinha do castelo em Shefala. *Para dar sorte*, Nisreen dissera a ela muitos anos antes, prendendo um galho semelhante na trança de Nahri antes do primeiro dia dela na enfermaria.

Eu sinto sua falta, minha amiga. Queria que seus últimos momentos não tivessem sido tão violentos, e queria que você tivesse confiado em mim. Nahri não achou que jamais faria as pazes com o fato de que sua amada mentora tinha sido cúmplice na conspiração de Manizheh, mas também não desperdiçaria a vida se arrependendo das escolhas de outras pessoas. Principalmente não quando tinha uma cidade para salvar. Em vez disso, enfiou o galho de manjericão sob o lenço de cabeça e seguiu em frente.

O shedu dela estava ocupado revirando a cesta de frutas que ela havia levado.

— Não sobrou nenhum damasco, sua criatura fresca.

— Apesar da bronca, Nahri esticou o braço para bagunçar a juba dele, coçando atrás da orelha do animal quando ele pressionou o focinho no peito dela com um grunhido feliz.

— Talvez eu devesse chamar você de "Mishmish" de tanto que você gosta deles.

Ele destruiu a cesta em resposta. Nahri viu de relance o último damasco, preso na fibra de palha, antes que o leão gigante o comesse, com cesta e tudo.

— Vou tomar isso como um sim.

Preparando-se, Nahri enfiou a mão mais fundo na bolsa. Havia só mais uma coisa de que ela precisava.

A adaga dos peris.

Ela a removeu, a lâmina prata reluzindo forte à luz do sol, tão afiada que a mais suave pressão contra o dedo tirava sangue. Tinha permanecido gelada ao toque e brilhava de um modo aquoso. Era relativamente pequena, sendo preciso pouco esforço para puxá-la do cinto e empurrá-la para cima, um movimento fácil para uma antiga batedora de carteiras que ainda gostava de manter facas compactas.

O tamanho deve ser deliberado. Eles provavelmente passaram anos observando, esperando pela pessoa certa, o alvo certo para acabar com ele.

Nahri encarou a faca. Uma única estocada no coração, disseram os peris.

As mãos de Dara no rosto dela, seus olhos verdes suplicando. *Vai ficar tudo bem*, ele prometera quando eles estavam no palácio empesteado com o fedor do massacre. *Ela vai consertar tudo.*

— Isso nós vamos ver — murmurou Nahri, deslizando a adaga para dentro do cinto. Tão pronta quanto suspeitava que jamais estaria, ela voltou para o shedu. — Vamos, Mishmish, está na hora de resolver uma briga de família.

Eles voaram rente ao chão, Nahri com a esperança de permanecer o mais discreta possível enquanto montada em um imenso leão mágico com asas das cores do arco-íris. Mas talvez ela não precisasse ter se preocupado – pois a visão diante dela era distração mais do que o suficiente para qualquer viajante infeliz. Onde um dia houvera apenas outra planície de terra depois do rio Gozan, uma ilusão para esconder a cidade, agora se projetava um imenso círculo de montanhas tristes, as florestas profundas num contraste bizarro contra o deserto rochoso. Podia ter sido uma maravilha, dois mundos tão diferentes empurrados um contra o outro.

Mas não era maravilha alguma. Pois, conforme Nahri se aproximou, viu que podridão havia tomado as árvores; os troncos estavam cobertos com pústulas salientes e as folhas drenadas de cor. Barracas inteiras tinham caído, desabando em dunas de cinzas varridas pelo vento. Um sulco irregular percorria uma colina coberta com flores selvagens moribundas; das profundezas dele irrompiam pontas de rocha serrilhada como facas protuberantes. A pedra estava manchada de carmesim escuro, o tom exato do sangue de Nahri.

Um excelente presságio. Realmente promissor. Mas Nahri avançou. Ela havia feito sua escolha, então voou através da divisa caída entre seus mundos.

Uma onda de calor tomou conta dela quando o anel queimou sua pele. Nahri agarrou-se a Mishmish, esforçando-se para se segurar enquanto uma descarga de energia pura e trêmula – como se ela tivesse tomado muitas, *muitas* xícaras de chá – percorria seu corpo. Ela subitamente se sentiu... conectada, entrelaçada com o mundo abaixo, como se fosse um paciente cujo corpo ela abrira com a visão de curandeira para examinar. Um paciente muito doente. Agindo por instinto – ou talvez nem por instinto, mas como se o *próprio mundo* a puxasse para perto, lançando mão do que precisava conforme a magia espiralava nas mãos e no coração dela, dançando de seu corpo em ondas –, Nahri se segurou firme a Mishmish, sentindo como se estivessem sendo chacoalhados em um mar revolto e invisível.

E o paciente começou a se curar.

Das árvores doentes sob ela cresceram novos brotos, a casca podre caindo e revelando madeira saudável. Botões e folhas novas reluzentes se abriram em uma primavera acelerada. Cor brotava em ondas conforme Nahri sobrevoava a região, flores azuis pálidas e trevos rosa avançando pela paisagem, musgo cobrindo as pedras pontiagudas como uma cortina macia. A magia acelerou adiante, um tapete acolhedor de verde se abrindo diante dela.

— Ah, uau — ela sussurrou. Não tinha mais palavras, apenas lágrimas brotando nos olhos.

Ela estava em casa.

Seu toque de cura subitamente parou na praia. O lago adiante permaneceu inabalado, sua água se agitando com a violência de um ciclone tropical. Ondas se chocavam contra a margem, redemoinhos espumosos girando com galhos de árvore caídos e escombros. Se água pudesse sentir raiva, o lago dos marids estaria furioso, atacando tudo o que podia. Mas ela não o observou por muito tempo.

Não observou mais nada quando sua cidade finalmente entrou em seu campo de visão.

Daevabad, em toda a sua glória e fama. Os imponentes muros de bronze decorados com os rostos de seus fundadores, os ancestrais dela. O amontoado de zigurates e minaretes, templos e estupas; a variedade estonteante de arquiteturas e eras conflitantes – cada grupo, cada voz deixando sua voz desafiadora na cidade dos djinns. Os shafits roubados de Persépolis e Timbuktu, os estudiosos andarilhos e os poetas-guerreiros de todo canto do mundo. Os trabalhadores que, não reconhecidos em crônicas oficiais, tinham em vez disso gravado seus nomes em grafite. As mulheres que, depois de erguer universidades e bibliotecas e mesquitas, eram mantidas em silêncio em prol da "respeitabilidade" e tinham estampado sua presença na própria paisagem da cidade.

Mas tudo estava um pouco estranho. Havia espaços vazios onde construções conjuradas deveriam estar, manchas feias no horizonte da cidade. Os muros de bronze estavam sujos, os edifícios cheios de tijolos faltando e argamassa escurecida. Desafiando qualquer padrão de tempo que Nahri conhecia, de alguma forma a metade leste da ilha estava coberta de neve, enquanto o sol queimava o lado oeste tão intensamente que pequenas fogueiras incendiavam as colinas verdes. Uma nuvem preta nebulosa revelou ser um enxame de moscas, e a Cidadela destruída estava exposta para o céu como uma cicatriz, a torre parcialmente afogada no lago.

Como as montanhas, Daevabad estava doente. Mas não havia magia saltando da mão dela agora, e Nahri temeu que qualquer que fosse o dano que tivesse recaído sobre sua cidade exigiria mais do que uma única Nahid voando pelo ar para ser consertado.

Ela respirou fundo conforme eles se aproximaram dos muros – ela e Mishmish estariam visíveis em segundos. *Criador, se alguma vez deu ouvidos a minhas preces, me ajude a salvar meu lar. Me guie como guiou Anahid.*

Deixe minha mão firme quando eu precisar.

Então Nahri e o shedu sobrevoaram os muros e entraram na cidade de Daevabad.

Eles voaram diretamente para o Grande Bazar. O mercado tumultuoso onde lojistas djinns e caçadores de barganhas discutiam – o lugar pelo qual ela originalmente tinha perambulado, com os olhos arregalados e deslumbrada ao lado de Dara – estava quase irreconhecível. A maioria das lojas estava fechada com placas de madeira, e várias tinham sido saqueadas. Não havia famílias comprando agora, apenas aglomerados de pessoas se atendo às sombras, as armas embainhadas na cintura. Aglomerados de pessoas que *muito* rapidamente notaram o imenso leão voador. Gritos alarmados soaram, seguidos por um estardalhaço metálico horrível, como se alguém tivesse derrubado uma estante inteira de panelas de cozinha.

— O Flagelo! — ela ouviu alguém lamentar. — Ele voltou!

— Não voltou! — gritou Nahri para um grupo de homens usando uniformes militares em frangalhos. Ah, que ótimo, um deles carregava um rifle.

Mas devem ter ouvido Nahri, pois o tom dos gritos imediatamente mudou.

— É a Banu Nahida! — exclamou uma mulher. — Banu Nahri!

O nome de Nahri foi carregado pelo vento, e os clamores ficaram *insanos* conforme as pessoas saíam para as ruas e se debruçavam das janelas para olhar para cima, boquiabertas. E embora ser ovacionada fosse certamente mais encorajador do que ser alvejada, Nahri não reduziu a velocidade. Sinais de podridão e doença estavam por toda parte, desde prédios partidos ao meio até bombas de água públicas mergulhadas em lagos fétidos. Com alívio, Nahri notou que o hospital ainda estava de pé, uma pequena benção. Ela ordenou a Mishmish que sobrevoasse o telhado do prédio na direção da midan.

Devastação absoluta encontrou seus olhos.

Nahri piscou, certa de que sua mente estava pregando peças. Porque onde um dia houvera quarteirões atrás de quarteirões, bairros alegres e *habitados* que se estendiam entre o hospital e a midan, não havia nada além de escombros agora – como se um grande martelo tivesse caído do céu para destruir tudo ao seu encalço. E a destruição não estava confinada ao distrito shafit: um vasto trecho de carnificina também avançava entre os quarteirões Ayaanle e Geziri. Os três portões deles estavam em ruínas, parcialmente enterrados sob os restos estilhaçados da parede da midan.

Ela continuou encarando, como se a cena diante de seus olhos fosse se dissipar. Não era ingênua. Conhecia a guerra e conhecia a crueldade; sua terra natal estava ocupada desde que ela nasceu, e ela havia fugido por um palácio cheio de djinns massacrados. Mas a imensidão do que estava diante de seus olhos... como se podia processar aquilo? Como se podia entender que bairros inteiros, lugares havia muito erguidos, com história e raízes e comunidades, tivessem simplesmente sido apagados? Derrubados. Lares e escolas, lojas de chá e jardins; as vidas e as histórias que eles continham, o trabalho árduo e os sonhos que os mantinham erguidos.

Tudo se fora. Pulverizado.

Ela estava tremendo. *Onde estão as pessoas?* Será que tinham sido avisadas? Ou será que ela estava sobrevoando um cemitério, com milhares enterrados sob as ruínas?

E ela entendeu subitamente por que os peris tinham finalmente interferido. Aquilo não era nada como a doença infectando o resto de Daevabad, uma podridão lenta e constante. Não era o tipo de devastação que os ifrits podiam causar. Ou Manizheh.

Aquela era a destruição deliberada dos Daeva das lendas, que tinham viajado pelos ventos para enterrar caravanas no deserto e devorar cidades humanas. Os Daeva que foi preciso um profeta para derrotar.

Dara tinha feito aquilo. E Nahri o mataria por isso.

Como se sentisse a ira dela, Mishmish rugiu, um som de abalar os ossos que partiu o céu. Nahri quase desejou que tivesse sido ouvido no palácio. Ela queria que soubessem que ela estava indo atrás deles. Que estava indo atrás de vingança. Com um grito, ela impulsionou o shedu para a frente e atravessou o céu.

Eles começaram a voar mais rápido, mas um breve olhar para o Quarteirão Daeva e o Templo não revelou nada fora do comum – qualquer que fosse a morte que Manizheh tivesse trazido para a tribo deles devia ter sido feita a portas fechadas. O palácio estava mais próximo. Arqueiros estavam se agitando no muro, mas não atiraram – se por choque ou incerteza, Nahri não sabia e não se importava. Mishmish subiu cada vez mais, disparando acima do jardim no qual ela havia passado incontáveis horas de luto e se curando; a imensa biblioteca na qual o príncipe a ensinara a ler e que eles então tinham destruído juntos; a sala do trono onde Ghassan tinha tentado humilhá-la e fora, em vez disso, recebido com rebeldia da tribo dela...

Então eles estavam ali, no alto do zigurate, no palácio que Anahid tinha projetado e construído enquanto usava o anel que estava agora na mão de Nahri. Mishmish aterrissou com um floreio, abrindo as asas deslumbrantes contra o sol e rugindo para o céu.

A entrada épica deles não ficou solitária por muito tempo – provavelmente graças ao rugido, levou apenas um ou dois minutos até que uma dupla de soldados daeva irrompesse pelas portas, as espadas reluzindo.

O primeiro empalideceu tão rápido que Nahri achou que poderia desmaiar.

— Pelo Criador — arquejou o homem. Ele estendeu a lâmina, a espada tremendo descontroladamente. — Isso é u-um...

Nahri ergueu um punho e a magia do palácio saltou para a mão dela como uma velha amiga. Seu ódio ecoou nas pedras antigas. Sempre estivera ali, fervilhando nas paredes cujas sombras a haviam escondido quando ela precisara e puxara o tapete sob os pés de Ghassan, mas tinha uma vida nova agora. O coração e a alma de Daevabad tinham sido eviscerados, e tudo na cidade gritava para ser salvo. *Curado.* Chamas surgiram da palma dela, o anel reluzindo à luz do fogo, e ela inalou conforme o poder ondulava por seu corpo.

Nahri estalou os dedos e a espada do soldado se estilhaçou. Ele saltou, arquejando e soltando o cabo. O segundo homem não tinha nem mesmo levado a mão à arma; ele estava tocando sua marca de cinzas e sussurrando orações.

— Vá — ordenou Nahri, oferecendo misericórdia. — Estou aqui apenas por Manizheh, o Afshin dela e os ifrits.

O primeiro homem gaguejou uma resposta.

— N-nós temos ordens de proteger...

— Guerreiro, sou uma Nahid diante de você, em um shedu, com a insígnia de Suleiman. Confie em mim, suas ordens não consideraram isso. *Vá.*

— Você devia dar ouvidos a ela. — Uma voz baixa falou.

— Eu queria ter dado.

Nahri se virou.

Dara.

O Afshin tinha surgido sem fazer barulho atrás deles, talvez ainda mais fascinante do que Nahri, em um cavalo alado de fumaça fluida e brasas brilhantes. Ele estava usando uma armadura preta escamosa que cobria seu peito e seus pulsos e reluzia sob o sol. Um capacete com uma crista de penas vibrantes combinava com ela, coroando o cabelo ébano que descia por seus ombros.

O cavalo dele aterrissou com leveza no parapeito, então se desfez em uma chuva de cinzas. Dara se aproximou, parecendo o lindo Flagelo das lendas. Ele carregava um agora – a arma cruel pendurada de seu cinto junto com uma espada e uma adaga, seu arco repousando às costas. O capacete projetava o rosto dele em sombras, mas seus olhos esmeralda brilhavam fervorosamente e, quando se aproximou, Nahri precisou de toda a sua força de vontade para não recuar. Deixando de lado a confusão emocional entre eles, ela era louca se achava que podia enfrentar aquele homem. Por que sequer tinha achado que aquilo era possível? Porque os peris tinham dado a ela uma faca chique? Dara parecia a própria morte.

E como se matava a morte?

Mishmish grunhiu, exibindo os dentes e curvando uma asa em volta dela. Dara parou, olhando para os soldados.

— Deixem-nos.

Os dois homens sumiram, tropeçando um no outro na pressa de sair pela porta.

Dara a encarou, seu olhar acompanhando o anel de Suleiman que brilhava na mão incandescente dela até o shedu enroscado protetoramente ao seu redor.

— Você parece gloriosa — murmurou ele. — O Criador a favoreceu.

O coração de Nahri estava acelerado.

— Provavelmente significa que você deveria mudar de lado.

Dara deu a ela um sorriso fraco. Fumaça espiralou do colarinho dele, derretendo-se na escuridão de seu cabelo e tornando-o mais sobrenatural do que nunca.

— Se fosse fácil assim, meu amor.

— Você não tem o direito de me chamar assim — disparou ela, a voz tremendo de ódio. Todas as ideias de atrair Dara para uma falsa intimidade, atirando-se aos braços dele para poder enfiar a adaga dos peris no seu coração, tinham fugido diante da imensidão do que ele fizera. Nem mesmo Nahri podia usar uma máscara depois de sobrevoar rua após rua de lares destruídos e incontáveis mortos.

— Foi seu trabalho aquilo lá atrás do outro lado da cidade? — ela indagou. — Mil Geziri mortos não bastavam? Cinco mil? *FALE COMIGO!* — ela gritou, seu controle se partindo quando ele não respondeu.

Dara fechou os olhos com força. Ele estava tremendo, seus lábios se contorcendo como se ele estivesse lutando contra a própria resposta.

Mas, quando ele finalmente falou, sua voz soou inexpressiva.

— Eu sou leal à abençoada Banu Manizheh. Aquelas foram as ordens dela.

— "Ordens" — repetiu Nahri. — Um homem bom teria desafiado aquelas ordens.

Os olhos dele pareceram brilhar com lágrimas não derramadas, mas então a umidade se foi, sumindo tão rapidamente quanto tinha vindo.

— Não sou um homem bom. Sou uma arma.

Uma arma. Dara tinha se chamado assim antes, mas não daquele jeito estranhamente contido, com a cabeça baixa. Aquele não era o Afshin que ela queria. *De que precisava.* Nahri quase ansiava que Dara também gritasse com ela, que desse algum indício de emoção e de um coração que se agitava dentro dele.

— Eu voltei, sabe. Para o cemitério onde nós nos conhecemos. — Contendo a comichão na garganta, Nahri continuou. — Alguma parte daquilo entre nós foi real? Porque eu não entendo como o homem que eu achava que conhecia... que eu achava que eu... — Ela não conseguia dizer a palavra com a mesma facilidade que ele. — Como você pôde fazer aquilo, Dara? Como pôde ter ficado ao lado dela enquanto ela fazia aquilo com os Geziri? Como pôde ter feito as coisas que disseram que você fez em *Qui-zi*? As mulheres deles... é isso que você realmente é?

O nome da cidade que ele havia aterrorizado tanto tempo antes pareceu quebrar qualquer que fosse o feitiço de ausência de emoção sob o qual ele estava, e um indício de desespero invadiu a voz de Dara.

— Eu... não. Qui-zi, as mulheres deles, pelo menos aquela parte foi mentira. Meus homens jamais...

Nahri se encolheu. Era *aí* que Dara queria traçar um limite?

— Ah, por favor. Você acha mesmo que ninguém em seu bando de assassinos desviou da missão entre assassinar crianças shafits e enterrar homens vivos?

Havia súplica e desespero nos olhos dele agora, como se ele pudesse falar mais honestamente sobre o passado do que sobre seu dever presente com Manizheh.

— Você não entende.

— Então me explique!

Dara pareceu magoado.

— Eles... algumas das mulheres tinham se deitado com shafits. Meus homens não teriam tocado nelas.

Nahri sentiu o chão se mover sob ela.

— Odeio você — sussurrou ela. — Odeio que um dia tenha sentido alguma coisa por você.

Ainda em sua elegância celestial, Dara caiu de joelhos. A visão era incongruente.

— Eu precisei fazer aquilo, Nahri. As pessoas que eu acreditava serem as mensageiras do Criador na terra me olharam nos olhos e *imploraram* para que eu fizesse. Eu tinha dezoito anos. Elas me disseram que, caso contrário, nós perderíamos a guerra e nosso mundo seria destruído.

— E o povo de Qui-zi? As mães e as crianças que *você* destruiu? Eles não imploraram a você? *Diga* — exigiu Nahri, quando ele abaixou o olhar, envergonhado. — Diga como você conseguiu olhar para as pessoas, para *qualquer um*, ouvir aqueles gritos e não ceder? Diga como você conseguiu fazer aquilo *de novo*. Você não tem mais dezoito anos, Dara. Tem *séculos* a mais do que eu, e sabe o que eu fiz quando Manizheh me pediu para me juntar a ela? Para ver o massacre de inocentes como um preço aceitável para a vitória? *Eu recusei.*

Mas, à menção do nome da mãe dela, Dara cambaleou para trás nos calcanhares, uma expressão vazia tomando suas feições.

— Você não deveria. Banu Manizheh é abençoada, guiada justamente, e eu sou leal apenas a ela. — De novo as palavras contidas, quase ensaiadas. — Não posso agir contra ela. Não posso falar contra ela. — Ele encarava Nahri, um brilho de estranha súplica na expressão vaga em seu rosto. — Por favor, entenda.

— Eu não entendo!

Ainda de joelhos, Dara estremeceu, e então ficou de pé de um jeito esquisito e completamente atípico, como se estivesse lutando contra o próprio corpo. Ele fechou os punhos, brasas caindo dos seus lábios.

— Eu tenho ordens para capturar você.

— Se der mais um passo na minha direção, meu shedu vai ter *ordens* para comer você. — A ameaça não funcionou, porque Dara ainda se movia na direção dela. Mas ele estava seguindo lentamente, como se caminhasse sobre águas revoltas. — Ele pisou em um raio de sol, o ângulo finalmente iluminando seu rosto sob o capacete.

Nahri gelou.

Linhas irregulares de fogo incandescente rachavam o lado esquerdo do rosto de Dara como um relâmpago, descendo pelo pescoço dele e sumindo sob o colarinho. Ele estava pálido, pálido demais, com um tom acinzentado na pele e sombras profundas sob os olhos inchados vítreos. Ele parecia... *doente*, de uma forma que imediatamente lembrou a Nahri dos simurghs amaldiçoados na praia.

Mas não havia quietude vazia nos olhos de Dara. Havia desespero completo e total, uma desesperança além de tudo que ela já vira ali antes.

Um nó cresceu na garganta de Nahri.

— O que tem de errado com você?

Dara a encarou, suplicando com o olhar.

— Eu tenho ordens para capturar você — repetiu ele, parecendo engasgar nas palavras como se a mão invisível de alguém o estrangulasse. — Você traiu seu povo e sua família. Mas Banu Manizheh é muito piedosa. — As palavras excessivamente formais não combinavam com a expressão arrasada dele. — Renda-se agora e receba misericórdia.

A mente de Nahri girava. *Esse não é ele.*

Mas e se fosse? Ela havia interpretado Dara errado antes e quase fora destruída por isso. E se ele estivesse brincando com a fraqueza dela, com a afeição dela?

E se Nahri fosse o alvo?

Ele avançou, e Mishmish grunhiu de novo.

— Nahri, por favor — implorou Dara. — Renda-se. Não consigo lutar contra ela. Você não consegue lutar contra ela. Ela... — A boca dele se fechou subitamente.

Então ele estremeceu, levando a mão ao flagelo. Ele se transformou nas mãos de Dara, os espinhos de ferro se tornando algemas e correntes. Uma *coleira*.

— Sinto muito mesmo — sussurrou ele. — Mas tenho ordens para levar você até ela.

Nahri encarou o flagelo transformado com uma repulsa horrorizada. Mas era também o lembrete de que ela precisava, trazendo-a de volta do que quer que fosse aquela conversa. Nahri não podia continuar ali em cima, onde o lago e o céu eram tão visíveis.

Esse não era o plano.

Ela nivelou o olhar com o de Dara, sentindo o frio da adaga dos peris através da roupa.

— Eu sou shafit, sabe. — A verdade deu-lhe uma sensação boa, enchendo-a de orgulho. — É sangue humano fluindo por aqui — acrescentou ela, dando tapinhas no pulso. — Provavelmente não é escuro o suficiente para ter passado no seu teste cruel em Qui-zi. Mas escute o que digo, Afshin, vou enterrar você sob o lago antes que esse flagelo me toque.

Ela pôde jurar que tristeza iluminou brevemente os olhos dele. Mas então a máscara inexpressiva da obediência mais uma vez deslizou sobre as feições de Dara, como um homem puxado para baixo d'água, e ele atacou.

Nahri estava pronta. Com meio pensamento, a magia do palácio fluiu por dentro dela. Ela levantou as mãos e o piso de pedra subiu como uma onda, rangendo e rachando, para se fechar em torno das pernas de Dara.

Ela não esperava que desse certo. Nahri saltou em Mishmish quando Dara se virou e rugiu, a pedra já começando a rachar.

— O jardim, vá!

Eles voaram, disparando sobre o coração do palácio coberto de vegetação. Um objeto passou zunindo pela orelha de Nahri com um assovio metálico, seu brilho prateado sumindo na vegetação. Um segundo objeto passou em disparada, então um terceiro roçou a panturrilha dela com uma fisgada de dor.

Flechas. Ele estava atirando nela.

Mishmish gritou, desviando quando foi atingido na asa. Outra flecha disparou por eles, errando por pouco o pescoço do shedu e o braço de Nahri. Ela se virou, vendo Dara na beira do parapeito. Ele engatilhou o arco de novo.

Nahri derrubou o telhado.

Dara sumiu na explosão de madeira e pedra, engolido por tijolos. Nahri não se incomodou em assistir. Aquilo não o mataria. Bem no fundo, ela sabia que ele continuaria vindo atrás dela até que ela enfiasse uma adaga no coração dele.

Mas, com Mishmish ferido, isso dava tempo a ela.

— Aterrisse — ordenou Nahri, acenando na direção das árvores.

Eles caíram pelo dossel, o shedu rugindo de dor. Nahri desceu das costas dele e tentou examinar a asa do animal.

— Está tudo bem — ela disse enquanto Mishmish se debatia. Nahri agarrou a juba dele, tentando acalmá-lo. — Me deixe ajudar você!

O shedu parou, deixando que ela pegasse a asa dele, e Nahri lançou uma descarga de magia para aliviar a dor. Mas a flecha era de metal e a haste inquebrável, e cada pedaço da cauda ainda estava afiado como uma lâmina.

— Sinto muito, Mishmish — sussurrou ela, tentando anestesiá-lo o máximo possível. Então empurrou a flecha pela ferida, puxou-a para fora e a soltou no chão. O shedu soltou um grasnado como o de um pássaro enquanto Nahri tentava acalmá-lo, pressionando a mão contra a ferida e pedindo que ele se curasse. Um aviso estremeceu pelo sangue dela. Um instante depois, uma raiz irrompeu da terra macia sob seus pés. Ela se enroscou no tornozelo de Nahri e a puxou para fora do caminho de uma flecha que passou zunindo acima da cabeça dela.

— Renda-se! — Dara estava no alto de uma pilha de escombros que costumava ser um gazebo, outra flecha engatilhada. — Nahri, por favor!

— Não, eu acho que não, *meu amor.* — Ele atirara no shedu dela, então ela o machucaria como resposta. E a julgar pela dor que irradiou dos olhos dele, as palavras cortaram profundamente. Nahri chamou a magia que queimava em seu sangue mais uma vez, e a árvore mais próxima de Dara balançou selvagemente antes de ricochetear para trás e o derrubar no chão.

Ela pagou por isso. No segundo seguinte, o jardim tinha se incendiado, e um anel de fogo cercou a ela e Mishmish. Da fumaça preta ondulante avançaram silhuetas retorcidas: uma imensa víbora, um rukh guinchando, um karkadann de chifres afiados e um zahhak cuspindo fogo.

Mishmish jogou Nahri para o lado, colocando-se entre ela e os monstros. Mas o shedu estava em desvantagem, incapaz de lutar contra quatro de uma vez, e enquanto ele arrastava a víbora, mordendo-a e partindo-a ao meio, o zahhak rasgava seu flanco dourado. Ele rugiu de dor, evitando por pouco o ataque do karkadann.

O rukh aterrissou entre eles, sibilando e batendo o bico afiado. Nahri se arrastou para trás. Em pânico, ela chamou a magia do palácio para se proteger, mas o pássaro gigante apenas desviou da árvore que o atacou e então pegou Mishmish com as garras.

— Não, pare! — gritou ela.

— Renda-se e ele fica livre. — Dara já estava de pé novamente, cruzando a linha de chamas como um demônio caminhando pelo fogo infernal. — Continue lutando e minhas bestas vão dilacerá-lo.

De todas as coisas com que ele a havia ameaçado... Nahri preferiria ter sido alvejada e amarrada com o flagelo.

— Você faria isso comigo de novo? — perguntou ela, seu coração se partindo. Ela não achava que Dara continuaria encontrando formas de arrasá-la. — A primeira vez não bastou?

— Eu preciso obedecer minhas ordens.

— Ah, *fodam-se* as suas ordens. — E dessa vez, Nahri se atirou sobre ele.

Foi um movimento absolutamente tolo, que pegou Dara desprevenido, como esperado – ela literalmente não tinha chance de derrotar o lendário Afshin em combate corpo a corpo –, mas bastou para assustá-lo, desequilibrando-o. Eles lutaram até cair no chão, Dara facilmente evadindo-se dos esforços fingidos dela de pegar a espada na cintura dele.

— Nahri, *pare* — disse ele, parecendo exasperado. — Eu não desejo ferir você!

— E não vai — sibilou ela. — Eu descobri que o jardim é muito protetor.

E com isso, as raízes abaixo dela subiram e o agarraram pelos braços.

Nahri rolou para se desvencilhar, ficando de joelhos. Mishmish tinha deslizado das garras do rukh, mas ainda lutava para se manter firme contra as bestas conjuradas de Dara, sangue prateado escorrendo dos seus ferimentos. Dara xingava, tentando se livrar conforme mais raízes se enroscavam no corpo dele.

Faça. Agora! Não era o plano, mas Dara ficou à mercê dela por um momento. Os monstros dele estavam prestes a matar Mishmish. Ela não tinha escolha.

Nahri sacou a adaga dos peris.

Os olhos brilhantes de Dara se arregalaram, fixando-se na lâmina gelada. As raízes que o seguravam já estavam em chamas, estalando conforme novas raízes disparavam para substituí-las em uma corrida que Nahri sabia que por fim perderia. Ele tinha salvado a vida dela em um cemitério no Cairo. Ele havia brincado e sorrido e roubado o coração dela enquanto eles voavam pelo mundo em uma jornada saída de uma fábula. Ele a amava.

Ela estava tremendo.

— Solte meu shedu.

Dara se debateu contra a vegetação que o apertava.

— Eu não posso desobedecer Banu Manizheh.

— *Pare de falar isso!* — Nahri apertou a adaga, o cabo tão frio que doía. — Chame essas bestas de volta ou vou matar você!

Ele a encarou. Os olhos esmeralda que um dia a apavoraram. Os olhos que ela viu se enrugarem quando ele sorria e se suavizarem com desejo em uma caverna no Gozan. Os olhos da – talvez – primeira pessoa em quem ela já confiara na vida.

Dara a olhou – e então mais uma dúzia de bestas conjuradas se ergueu da fumaça para cercar Mishmish.

Nahri arquejou.

— Por que está fazendo isso comigo?

— Porque eu *não posso* desobedecê-la — repetiu Dara, uma súplica atormentada em sua voz. — Eu não posso falar contra ela. Entende? Nahri, eu preciso que você entenda!

Mishmish guinchou de dor.

Você fez um acordo. Ele fez uma escolha.

Nahri cruzou o espaço entre eles e ergueu a adaga.

Um estalo de trovão soou e então um relâmpago explodiu diante dos olhos dela, atingindo a árvore mais próxima, um cipreste alto. O calor chamuscou seu rosto, o tronco da árvore se partiu...

Nahri se atirou sobre Dara, chamando sua magia quando o cipreste caiu no chão. A árvore se tornou cinzas antes de esmagá-la, caindo como neve sobre os dois. E nos poucos segundos que ela levou para protegê-lo, Dara se libertou das raízes.

Ele tirou a adaga da mão de Nahri, lançando-a para a vegetação. Então a agarrou pelo colarinho e a colocou de pé. Com a visão brevemente ofuscada pela explosão de luz e a fumaça da árvore em chamas, Nahri piscou, tentando limpar a visão. Ela esperava ver os sorrisos debochados dos ifrits diante dela, seus olhos de fogo brilhantes com diversão desalmada. Eram eles que usavam magia de sangue para viajar em relâmpagos, afinal de contas.

Mas não eram os ifrits.

Manizheh sorriu carinhosamente.

— Filha — cumprimentou ela. — Você voltou para casa.

Manizheh parecia a rainha que era, usando um vestido prateado escuro estampado com detalhes carmesim e bordado com rubis e opalas pálidas. Luvas escuras como nanquim cobriam suas mãos, mas seu rosto estava oculto, um chador da cor de cobre oscilando sobre a longa trança preta como metal líquido. A cor pegou Nahri de surpresa; a alusão ao vapor que Manizheh tinha usado para matar os Geziri era tão ousada que Nahri a princípio achou que devia ser um engano.

Mas ela suspeitava de que Manizheh não era do tipo que cometia tais enganos. Era um lembrete.

Não, era um motivo de orgulho.

O olhar de Manizheh estava calmo e quase acolhedor conforme se movia de um Mishmish briguento para Dara segurando Nahri pelo colarinho. Então desceu para se deter no anel da insígnia brilhando da mão da filha antes de finalmente se elevar, os olhos pretos se detendo no rosto de Nahri. Ela podia jurar que a mãe parecia quase impressionada.

— Eu preciso admitir, não foi assim que visualizei seu retorno. — Manizheh voltou o olhar para Mishmish. — Mas se você trocou o filho de Ghassan por um shedu, diria que fez uma boa troca. Dara, pode conter suas bestas? Eu prefiro que o primeiro shedu a visitar Daevabad em milênios não seja dilacerado. Você pode soltá-la também.

Dara soltou Nahri no chão. No mesmo instante, os monstros de fumaça que cercavam Mishmish se dissiparam e brasas incandescentes caíram na grama. Nahri avançou para o trecho de vegetação no qual ele havia jogado a adaga, mas Dara foi mais rápido, pegando a lâmina dos peris antes de diligentemente ir até Manizheh.

— Você desejou que ela estivesse desarmada — murmurou ele, a voz mais uma vez incomumente baixa. Ele entregou a adaga dos peris. — Isso foi tudo que eu vi.

Manizheh examinou a lâmina, e Nahri a viu tremer conforme ela passou os dedos pela extensão gélida.

— Você já viu algo assim?

— Não.

Ela ergueu o rosto, olhando com cautela para ele.

— Diga a verdade, Afshin.

— *Não*. — A palavra pareceu ser arrancada da boca de Dara. — Eu não sei nada sobre uma lâmina assim.

— Um shedu e uma adaga fria como gelo. — Manizheh se voltou para Nahri. — Diga-me, querida filha, onde encontrou essas coisas?

Nahri se limpou, contemplando jogar Manizheh no chão para pegar a adaga.

— Sorte.

— Eu duvido muito. Outra mentira. Já me contou duas até agora. — Manizheh inclinou a cabeça. — Mas você sempre foi boa nisso, não é? Uma ladra, como Dara me contou. Algum tipo de criminosa de meia-tigela.

Dara contou a ela que eu era uma ladra. A traição ressoou dentro dela, mas Nahri olhou para a mãe com raiva.

— Eu não era a única mentirosa naquela noite. Um shafit não poderia receber a insígnia e sobreviver? — Ela ergueu a mão, conjurando um par de chamas e deixando que elas dançassem por seus dedos e em torno do anel. — Interessante.

— E, no entanto, apesar de estar na sua mão e ter sido devolvido a Daevabad, nossa magia ainda está quebrada. Uma coincidência, tenho certeza. — O olhar de Manizheh se tornou mais calculista. — Você matou Alizayd por ele?

Nahri já sabia que aquela não era uma mentira que ela conseguiria contar.

— Não. Eu a tirei do coração dele e o curei com minhas próprias mãos. Ele está com os marids agora, além do seu alcance.

— Está mesmo? — Se a mãe ficou surpresa, não demonstrou. — Uma pena. Se você o tivesse matado, eu poderia me sentir mais inclinada a recebê-la de volta.

— Não estou interessada em sua acolhida. Eu voltei porque recebi aquele presente terrível que você mandou para Ta Ntry. Você passou a assassinar e escravizar seu povo agora, é?

— Eu passei a executar traidores. Não tenho escolha; essa é a única lei que esta cidade reconhece. Acredite ou não, eu tentei falar com os djinns. Eles responderam com truques, como sempre, o que você deve saber se estava lá quando meu enviado chegou. Ele contou a você sobre o golpe que seu marido mosca da areia instigou? A forma como assassinaram Kaveh?

— Kaveh escolheu o caminho dele quando liberou aquele vapor. Ou você escolheu, ao entregá-lo a ele.

Isso teve efeito.

— Kaveh já lutava por nosso povo décadas antes de você nascer — disparou Manizheh, então controlou a voz. — Você está com raiva; entendo. Mas também é muito jovem, Nahri, e nova em nosso mundo. Eu lhe ofereci misericórdia uma vez, e você a atirou em meu rosto. Não cometa esse erro de novo.

— Eu disse a você, não estou procurando misericórdia. Estou aqui para salvar nosso povo.

— "Salvar nosso povo." — Manizheh beliscou o osso do nariz com uma expressão de pura frustração. — Você está se ouvindo, criança? Tem alguma ideia de como soa ingênua? Nahri fervilhou com o tom condescendente da observação.

— Não sou uma criança.

— É, sim — explodiu Manizheh. — Uma criança ignorante e arrogante que não tem ideia do que está falando e tem sorte de estar viva. Uma criança *muito* solitária e em excessiva desvantagem. Mas deixe tudo isso de lado. Onde está seu irmão? Era ele quem meu enviado realmente deveria acompanhar de volta.

— Eu o deixei para trás. Jamshid está mais seguro em Ta Ntry do que com você.

— *Mais seguro?* Você tem ideia do que a mulher de Ghassan ameaçou fazer com ele?

Nahri sacudiu a cabeça.

— Hatset não vai fazer mal a ele. Nós fizemos um acordo.

A mãe não pareceu reconfortada por isso; na verdade, pareceu ainda mais irritada.

— Então você faz acordos com os djinns, mas não com sua própria família? Por quê? Tudo que ouço a seu respeito é seu suposto pragmatismo. Como você estava disposta a trabalhar com os djinns e os shafits, com os Qahtani. Você foi para a cama de Muntadhir, chamou Ghassan de pai…

— Você acha que eu tive *escolha?* — Nahri se revoltou com o julgamento na voz da mãe. — Eu não tinha ninguém nem nada! Estavam enforcando Daeva dos muros do palácio!

— E por isso eu os *matei!* Acha que *você* não teve escolha? Tente viver sob o jugo de seus inimigos durante um século, Nahri, em vez de cinco anos. Veja seu irmão ser espancado pela sua desobediência e sinta *Ghassan*, não Muntadhir, tentando tocar você. Queime um símbolo no ombro de seu recém-nascido, roubando a ascendência dele e abandonando-o para sempre. Então pode me dar sermões sobre escolha. Eu não queria essa violência. Ela vai me assombrar até o fim de meus dias, mas não vou deixá-la ser em vão.

A calma de Manizheh tinha sumido, as palavras explodindo dela como se tivessem ficado presas por tempo demais. E o pior era que Nahri entendia.

Mas isso não justificava nada.

— Eu vi o que vocês dois fizeram lá fora — argumentou Nahri. — Vocês foram longe demais.

— E só porque você de alguma forma arrumou um shedu e cortou uma joia do coração de seu príncipe, acha que é capaz de me remover? — A voz da mãe era sarcástica e irritada, e magoou porque, apesar de tudo, Nahri conseguia ouvir uma familiaridade subjacente a ela, como um pai lidando com uma criança desgarrada.

Mas Manizheh não tinha terminado.

— Chega disso. — Ela suspirou. — Nahri, por favor. Vou oferecer essa chance a você de novo, mas apenas uma vez. Você é minha filha e, de acordo com todos os relatos, uma curandeira extremamente promissora. Renda-se. Chame seu shedu de volta e entregue o anel. Você não vai ser livre, mas eu vou garantir seu conforto e sua educação, e você terá permissão de voltar para a enfermaria. Cumpra seu papel e poderá ter uma vida aqui, uma família, o tipo de oportunidade que eu jamais tive.

Dara permaneceu ao lado de Manizheh, uma sentinela silenciosa. O olhar dele estava baixo e, em seu uniforme deslumbrante, ele era a imagem perfeita da obediência.

E era isso que Manizheh faria *dela* – a filha desgarrada, mas que havia voltado para debaixo das asas dela, prova viva da beneficência de Manizheh. Nahri seria uma curandeira de novo, calada e diligente, arrastada e adornada para festivais, e se esperaria que ficasse de boca fechada sobre qualquer nova atrocidade que sua mãe cometesse para manter a ilusão emoldurada em ouro do poder delas.

Não era uma oportunidade o que Manizheh oferecia, era um pesadelo.

— Não — respondeu Nahri. — Nunca. Você diz que eu estou em desvantagem, mas tem um único Afshin e uma dupla de ifrits inconsequentes. Eu tenho a insígnia, nossa magia e a própria cidade.

— Você tem um anel quebrado, um shedu ferido e um punhado de árvores revoltadas. Mas claramente não quer me dar ouvidos. Tudo bem. Vamos ver se outra pessoa consegue fazer você enxergar a razão. Darayavahoush... — A cabeça de Dara disparou na direção de Manizheh. — Você precisou ser disciplinado de novo com mais força. Fale livremente. Conte a minha filha como foi isso.

Dara... se partiu.

O Afshin contido – tão obediente, tão forte – desabou no chão. Ele arrancou o capacete, revelando as linhas de luz rachadas em seu rosto.

— *Nahri.* — Dara caiu aos prantos aos pés dela, pressionando a testa contra a terra conforme seu corpo inteiro tremia com soluços. — Desculpe. Desculpe. Eu não queria machucar você. Ela não me deu escolha. Ela me obrigou a destruir a cidade — disparou ele, impulsionando-se sobre os joelhos para olhar para ela. Os olhos dele estavam selvagens; lágrimas escorriam por suas bochechas. — Por favor. — Ele agarrou o vestido de Nahri. — Renda-se. Não posso assisti-la matar você. Não posso... — Ele soluçou mais alto, suas palavras se tornando um lamento incoerente, e então simplesmente abraçou os joelhos dela e segurou firme.

Nahri estava muda. Sem palavras – sem *qualquer* explicação sobre o que poderia ter feito o lendário guerreiro, o homem que parecia a morte encarnada, se tornar o Afshin estilhaçado aos seus pés –, ela olhou para cima.

Manizheh a encarou de volta, ergueu a mão e tirou uma luva preta.

Um anel de esmeralda reluziu nos dedos dela.

Não posso desobedecê-la. Não posso falar contra ela. Não, aquilo não era possível. *Não era.* Nahri agarrou as mãos de Dara, soltando-as das pernas dela para olhar os seus dedos.

O anel dele tinha sumido.

— Não — sussurrou ela. — Ah, Dara, não... — Mas nos miseráveis olhos verdes úmidos dele, Nahri viu a terrível e impossível verdade.

Ele entrelaçou os dedos com os dela, pressionando-os contra seu rosto.

— Desculpe. Desculpe. — A pele dele queimou os nós dos dedos dela. Ainda de joelhos, era como se Nahri fosse uma rainha ou uma deusa a quem Dara implorava que intercedesse.

Nahri olhou para a mãe de novo. A *mãe* dela.

— Você o escravizou. — A voz dela ainda saiu num sussurro, as palavras repugnantes demais para serem ditas mais alto.

— Eu o *salvei*. Ele teria morrido de envenenamento por ferro depois que o golpe fracassou, se eu não tivesse encontrado uma forma de preservar a vida dele. Então eu a entrelacei à minha. Abri mão de meu próprio sangue e dos restos mortais de nossos ancestrais.

— Sozinha ou com a ajuda dos ifrits? — Os olhos de Manizheh brilharam em resposta, mas a raiva dela não se comparava ao ódio de Nahri agora. — Pode chamar como quiser, você ainda o escravizou. Seu próprio Afshin. Com magia de sangue. Magia *ifrit*. — Nahri tremia. — Ele passou mil e quatrocentos anos como prisioneiro deles, e você, a *Nahid* dele, roubou a liberdade dele mais uma vez. Que o Criador amaldiçoe você — sussurrou ela, sem ter mais o que dizer. Não houve mais nenhuma observação afiada, nenhuma citação sarcástica. Era uma perversão do papel da família delas, do relacionamento entre os Nahid e os Afshin, mais profunda do que qualquer coisa que Nahri imaginasse possível.

— Ele traiu os votos dele — disse Manizheh. — Estava fugindo do caminho da lealdade. Eu o coloquei de volta de uma forma que dá poder a nós dois.

— De uma forma que dá poder a vocês dois — repetiu Nahri, lentamente. — Do que em nome de Deus você está falando?

— Nessa... "forma" — Nahri não deixou de notar como Manizheh evitava a palavra "escravo" —, Dara é ainda mais poderoso do que era antes. Ele consegue derrubar cidades e enfrentar exércitos inteiros. — Ela sorriu para Dara, que ainda chorava nas mãos de Nahri. — E é mais fácil para ele assim. Ele já passou por tanta coisa; seu coração não aguenta o que essa última guerra exige. Depois que finalmente vencermos e tivermos paz, vou libertá-lo. Ele vai entender.

Nahri olhou para seu Afshin traumatizado. Então era por isso que os peris a haviam enviado para matá-lo – o último ato que os levara ao limite. O ato de *Manizheh*, pelo qual Dara sofreria.

Mas o lembrete da barganha dela fez a mente de Nahri acelerar em uma direção diferente.

— E que tipo de acordo você fez com os ifrits por essa *assistência*? — indagou ela. — Foram as almas dos Daeva que você executou? Outra coisa?

O olhar da mãe ficou sombrio.

— Um preço que eu preferiria não pagar. E que não precisarei, se você ficar ao meu lado.

— Entregue-se. — Dara disse a palavra com derrota, com um profundo arrependimento, mas disse. — Nahri, por favor, você não quer isso. — Ele pressionou os dedos dela na linha irregular de luz incandescente que rachava sua têmpora. — Entregue-se. Você não consegue derrotá-la. Vai ser mais fácil.

Nahri rapidamente se permitiu acolher o rosto de Dara nas mãos, acariciando uma mecha do cabelo dele. Nem em mil anos, nem nas profundezas do pior ódio dela, ela queria aquilo para ele.

— Ah, Afshin — murmurou Nahri. — Você sempre me subestimou.

— Nahri...

Mas ela já se afastara. Aquilo era entre Nahri e a mãe dela agora.

— Você se lembra daquelas coisas que me disse no telhado? — perguntou Nahri. — Sobre saber como Ghassan tinha me controlado? Sobre o quanto você era como eu? — Manizheh a olhou com cautela, e Nahri prosseguiu. — Você estava certa, sabe. Você estava exatamente certa. E por isso, sinto muito. Sinto muito por você e eu não termos nascido em uma época de paz, em que poderíamos ter vivido felizes juntas. Em que você poderia ter criado Jamshid e eu e nos ensinado as ciências Nahid. Eu lamento, de verdade, pelo tipo de relacionamento que poderíamos ter tido.

A expressão de Manizheh ficou vigilante.

— Por favor, pense com cuidado no que está se preparando para dizer, filha. Não haverá outra chance.

Nahri se preparou, buscando sua magia.

— Ghassan não me destruiu. — *Como ele claramente destruiu você*, ela se sentiu tentada a acrescentar. — E você também não vai. Eu nunca vou me render a você. Eu preferiria morrer a ver você possuir a insígnia de Suleiman.

Tristeza genuína tomou o rosto de Manizheh.

— Você tem o espírito de seu pai — disse ela, baixinho.

— E isso também o matou. — Ela se virou para Dara. — Arranque aquele anel do dedo dela agora mesmo.

Nahri nem teve a chance de reagir às palavras sobre seu pai antes que Dara se levantasse, trêmulo, e desse um passo chocado para a frente.

Ela recuou, rapidamente avaliando sua situação. Tinha o anel da insígnia e a magia do palácio, mas Mishmish estava seriamente ferido e Manizheh tinha a lâmina dos peris. Se ela fosse esperta, usaria a magia do palácio para tentar derrubar

Dara, mas vê-lo mesmo agora visivelmente combatendo a maldição da escravidão, com cinzas brotando da pele...

— Afshin — avisou Manizheh quando Dara resmungou.

— Eu posso mudar o desejo para que você arranque a mão dela inteira se só o anel for problema demais.

Com um gemido, Dara avançou para Nahri.

Uma flecha atravessou o pulso dele.

Dara arquejou quando ela foi seguida por mais duas, que atravessaram seu braço e seu peito e o derrubaram.

— Você estava errada, mãe — disse Nahri. — Não estou sozinha.

Jamshid veio planando por cima do muro do jardim.

Com um imenso arco na mão, o irmão dela era uma visão alarmante sobre o simurgh voador fantasmagórico, mas Nahri jamais ficara tão feliz ao vê-lo.

Ela também não desperdiçou um momento – aproveitando o choque de Manizheh e Dara, passou pelo Afshin ferido e correu entre as árvores em chamas até o lado de Mishmish. Uma das asas dele estava em frangalhos, um corte no flanco profundo o bastante para revelar o osso. Nahri colocou as mãos no pelo ensanguentado do animal, ordenando aos ferimentos que se curassem. A laceração sumiu e a asa se remendou de novo.

Jamshid aterrissou, o fedor do simurgh semimorto a atingindo com força.

— Nahri! — Ele saltou do pássaro de fogo encantado, correndo para o lado dela. — Você está bem?

Nahri abanou a mão diante do rosto, tossindo fumaça.

— Você não poderia ter chegado em melhor hora.

Jamshid sorriu de volta, uma mistura de medo e orgulho no rosto dele.

— Está vendo o que acontece quando a culpa leva a melhor?

Nahri corou, porque era isso mesmo que tinha acontecido.

Ela não conseguira abandonar Jamshid, não depois que ele atirara suas próprias palavras de volta para ela. Chegara perto disso – mas, no fim, não conseguira. Em vez disso, ela voltara para onde o havia drogado, esperara que o veneno saísse do corpo dele e então tinha chorado e implorado por perdão. Jamshid tinha ficado furioso, sentindo-se traído e magoado com razão.

Mas então ele a ajudara a tramar.

E agora, ali estavam eles. Nahri o segurou pelo ombro.

— Você conseguiu encontrar...

Ela se calou. Dara estava vindo atrás dela de novo. Jamshid empurrou Nahri para trás de si e sacou a espada.

— Pare onde está, Afshin!

— Ele não pode. Não tem escolha! — disse Nahri, em uma explicação apressada. — Manizheh o escravizou.

— Ela está exagerando.

A mãe havia se juntado a eles.

— Dara, para trás — prosseguiu Manizheh grosseiramente, e Dara recuou cambaleante. Com as flechas de Jamshid ainda despontando das costas, ele parecia uma marionete com as cordas cortadas.

Mas a mulher que controlava aquelas cordas só tinha olhos para uma pessoa.

— É você, não é? — sussurrou Manizheh, o fantasma de esperança na voz dela. — *Jamshid*.

Jamshid estava olhando para a mãe com uma expressão escancarada e frágil de espanto.

— Sim — disse ele, rouco.

Manizheh se aproximou, parecendo sorvê-lo. Uma vida de anseio brilhou nos olhos dela, uma onda de arrependimento que nem mesmo a mãe deles, normalmente tão cuidadosa, conseguiu esconder.

— Você ficou sob custódia deles por tanto tempo... Está bem? Eles machucaram você?

— Eu... eu estou bem — gaguejou Jamshid. — Mas meu pai... — Luto tomou a voz dele. — O que seu mensageiro disse é verdade?

— Sim — respondeu ela, baixinho. — Eu sinto tanto, meu filho. Eu queria que você estivesse aqui quando nós o devolvemos às chamas, mas não quis atrasar os ritos da alma dele. — Ela indicou a espada dele; Jamshid não a havia abaixado. — Pode abaixar isso. Não vou ferir você. Eu jamais faria mal a você.

Nahri abriu a boca, pensando em várias respostas muito grosseiras àquilo, mas Jamshid foi mais rápido.

— Você *já* me feriu — arquejou ele. Alguma coisa parecia ter se partido dentro dele, palavras e emoções que ele devia ter trancafiado havia muito tempo. — Você me *deixou*. Você levou minha magia, magia que poderia ter me curado quando eu não podia andar. Você, baba... todos vocês mentiram. Minha vida *toda* é uma mentira.

— Eu não tive escolha. — Manizheh se aproximou mais, parecendo não querer nada além de tocá-lo. — Eu sabia que você seria mais livre e mais feliz em Zariaspa do que jamais poderia ser preso em Daevabad como meu filho.

Jamshid tremia.

— Eu não acredito em você. — Mas, mesmo assim, ele havia abaixado a espada ligeiramente.

— Entendo. E sinto muito. — Manizheh respirou fundo. — Eu só consigo imaginar quantas perguntas você tem. O quanto vocês dois devem estar revoltados e com medo — acrescentou ela, olhando também para Nahri. — Eu até entenderia se vocês me odiassem. Mas prometo que vou explicar tudo em seu tempo. Estamos juntos de novo agora, e isso é tudo que importa.

Nahri observou angústia percorrer o rosto de Jamshid.

— Não é. Sinto muito. Mas tem um motivo pelo qual Nahri chegou antes de mim.

A terra começou a tremer.

Foi um movimento sutil a princípio, não passava de um tremor. Mas então veio um segundo, forte o suficiente para provocar uma chuva de folhas incandescentes dos galhos em chamas acima. Devia ter chovido recentemente, porque o jardim estava cheio de poças, e a mais próxima começou a ondular. A água subiu e desceu como se um grande desentupidor estivesse agindo sobre ela.

— Banu Manizheh! — Um batedor ofegante veio correndo pelo caminho. Ele derrapou até parar, olhando apressadamente para Mishmish e os dois jovens Nahid. Mas nem mesmo a presença de um shedu e os filhos distantes de Manizheh impediram seu aviso. — Tem algo errado com o lago — disse ele, sem fôlego. — Essa névoa surgiu do nada. E a água está subindo, as ondas quebrando no muro.

Esperança tomou conta de Nahri tão rápido que ela ficou sem ar.

Manizheh obviamente não deixou de ver a reação de Nahri. Ela semicerrou os olhos para os filhos.

— O topo do palácio, Afshin — ordenou ela. — *Agora*.

Com uma explosão de magia que cheirava a vísceras podres, o jardim sob eles abruptamente se elevou como se o trecho de grama tivesse sido escavado e empurrado para cima. Jamshid agarrou o braço de Nahri para equilibrá-la. O simurgh dele não sobreviveu, rolando para a chuva de rochas caídas e raízes retorcidas, mas Mishmish apenas voou, batendo as asas para acompanhá-los conforme eles rolavam sem cerimônia para o alto do zigurate do palácio.

O céu estava ficando escuro, grandes paredes de névoa se elevavam para encobrir o sol. Nahri correu para o parapeito, o coração na garganta.

Por favor, rezou ela. *Me deixe ter essa graça.*

Amplas nuvens de névoa brotaram sobre a superfície do lago, dançando sobre a água escura. Silhuetas pálidas nadavam logo abaixo – espinhos pontiagudos e grandes nadadeiras ondulantes. Curvas que podiam ser velas e enormes lanças afiadas.

E então os barcos começaram a emergir.

Primeiro havia apenas um punhado. Então dúzias. Miríades. Chamar de barcos podia ser bondade, pois eram mais como os esqueletos remendados de centenas de diferentes navios naufragados com os cascos incrustados de cracas e imensas âncoras enferrujadas montadas como aríetes. Mais saíram da névoa conforme Nahri assistia, dhows, galeões, trirremes antigos e os navios de recreação de reis-sóis esquecidos. Flâmulas esvoaçavam nos mastros, apressadamente pintadas com cores e selos vibrantes.

Selos *tribais*. Nahri exalou quando Jamshid se juntou a ela.

— Então Fiza não estava mentindo — sussurrou ela.

— Fiza definitivamente não estava mentindo.

Ele está montando um exército. As palavras inacreditáveis retornaram a Nahri, as palavras que Fiza tinha gritado quando saiu disparando do mar em um esquife de madeira de teca e vidro jateado, velejando tão rápido em uma onda sobrenatural que parecia estar voando, aterrissando na praia de Shefala literalmente na manhã em que Nahri e Jamshid tinham planejado partir para Daevabad. A capitã shafit, vestindo roupas que pareciam ter sido tomadas de um nobre agnivanshi – e tinham mesmo, descobriu Nahri, de um nobre *em* Agnivansha –, tinha parecido uma alucinação, e as palavras dela ainda mais insanas. *"Ele está preso nas negociações com alguns montadores de dragão-da-areia em Tukharistan, mas o príncipe está vindo, eu juro!"*, insistira Fiza.

Ali tinha aparentemente sobrevivido à submissão a Tiamat.

Mas a história sem fôlego de Fiza sobre sobrevoar rios e córregos, passando acima de amplos oceanos e por baixo de lagos gélidos em um piscar de olhos para reunir djinns do mundo todo, não tinha mudado o ultimato que o enviado de Manizheh fizera: em três dias, os irmãos Qahtani seriam executados se Jamshid não fosse devolvido a ela.

O que significava que ele tinha três dias para encontrar Ali e o exército misterioso dele e levá-los de volta a Daevabad antes que Nahri enfrentasse o inimigo sozinha. Tinha sido mais do que uma aposta – tinha sido um tiro passageiro no escuro, uma oração.

Nahri supôs então que não era sempre ruim ter um pouco de fé.

Mas o alívio dela estava afetado por pesar agora. Porque não importavam as palavras apressadas de Fiza, aquela... aquela *frota* de navios afogados não era o que Nahri esperava. Sobek tinha deixado muito claro como se sentia a respeito dos mortais, e os marids não faziam nada de graça; sempre havia um preço.

Que preço Ali pagara por aquilo tudo?

Então faça valer a pena. Porque Nahri podia ver uma oportunidade na visão espantosa abaixo deles. Talvez aquilo não precisasse acabar em derramamento de sangue.

Ela se virou para encarar a mãe. A máscara de Manizheh estava de volta no lugar enquanto ela avaliava a ampla variedade de navios de guerra ressuscitados como se fosse um grupo de crianças armadas com paus, remando canoas.

— Você já conseguiu sua vitória, mãe — disse Nahri. — Ghassan está morto, e nosso povo está livre do reinado dos Qahtani. Então recue. Não estamos aqui para brigar pelo trono ou pelo passado. Estamos aqui, *todos* nós — enfatizou ela, apontando para os selos tribais — unidos para salvar o único lar que compartilhamos. Jamshid e eu assumiremos daqui em diante. Você sabe que vamos cuidar dos Daeva. Deixe a gente fazer isso. Recue.

— Por favor, mãe — disse Jamshid, baixinho, a palavra familiar também caindo dos lábios dele quando esticou o braço para tocar a mão de Manizheh. — Não queremos machucar você. Só queremos paz e que a luta acabe. Renda-se, imploro a você.

Manizheh não parecia nem um pouco comovida. Em vez disso, ela lançou um olhar para Nahri.

— É você quem fica tagarelando sobre o que Dara fez com seus bairros djinn e shafit... certamente deve perceber que tudo o que fez foi trazer todos esses navios para morrer? Com apenas algumas palavras, eu posso ordenar que ele aniquile seu príncipe e o exército dele.

Ah. Não, Nahri não tinha se dado conta desse fato tão rápido, não vira o potencial para assassinato em massa tão prontamente quanto a mãe.

Ela pensou rápido.

— Estou imaginando que esse tipo de devastação não é muito preciso?

Jamshid interrompeu.

— Não precisa haver *nenhuma* devastação!

Ah, irmão, você continua tentando amar pessoas que não merecem você. E Nahri saberia, porque, assim que Manizheh abriu a boca para entregar a Dara seu próximo comando e Mishmish passou voando, ela já estava se movendo para usar Jamshid mais uma vez.

— Fique com os navios — sibilou ela. — Ela não vai arriscar você.

Os olhos dele se arregalaram.

— Espere, o que você...

— Você é um montador melhor. — Nahri o empurrou do muro.

Manizheh gritou, tentando pegar o filho, mas Jamshid já aterrissara nas costas de Mishmish. Ele xingou, dando a Nahri um olhar que prometia a pior das retribuições de irmão, mas então girou, agarrando a juba de Mishmish e disparando para o lago.

Manizheh não desperdiçou tempo.

— *Traga-o de volta, Dara.* Agora!

O Afshin se foi no momento seguinte, em um cavalo de fumaça alado conjurado.

Havia morte nos olhos de Manizheh quando ela se virou para a filha. Bem, era essa a sensação quando alguém se aproveitava de suas fraquezas. E estava claro desde o momento em que ele havia aterrissado no jardim que Jamshid ocupava um lugar muito mais querido no coração da mãe deles do que Nahri. O primogênito, o filho. A criança que ela compartilhava com o homem que amara e perdera.

Não, não haveria ordens de aniquilar o exército de Ali enquanto Jamshid estivesse entre eles.

Nahri tentou puxar aquele fio de novo.

— Você está em desvantagem, Manizheh. Não faça com que Jamshid assista à sua morte. Ele já sofreu o bastante. Renda-se.

— Não estou preocupada que ele me veja morrer. — Manizheh olhou de volta para a névoa de novo, como se esperasse ver o filho, então chamou o batedor daeva que tinha tido o azar de ser arrastado com eles e estava encolhido desde que entregara a notícia. — Você, venha até aqui e me empreste sua faca.

Mesmo trêmulo, o batedor obedeceu, aproximando-se e entregando sua faca a Manizheh.

— É claro, minha senhora.

— Qual é seu nome?

— Yexi.

— Yexi. — Manizheh sorriu. — Obrigada.

Ela cortou o pescoço dele.

Nahri gritou, correndo para a frente, mas Manizheh já havia enfiado a lâmina profundamente, matando o batedor antes que Nahri conseguisse se aproximar o bastante para colocar as mãos nele. Ela segurou o ombro da mãe.

Manizheh se virou e cortou a bochecha de Nahri.

Não foi um ferimento mortal. Na verdade, assim que Nahri recuou chocada, o ferimento já estava se curando, o ardor sumindo. Mas, embora elas estivessem se enfrentando como inimigas, embora tivessem acabado de se ameaçar profusamente, havia algo a respeito de ser cortada de verdade – intencionalmente cortada, pela própria mãe – que deixou Nahri confusa. Ela tocou a bochecha, seus dedos saíram ensanguentados.

Havia um traço de arrependimento nos olhos de Manizheh.

— Eu realmente queria que as coisas fossem diferentes entre nós. — Ela ainda estava segurando a faca, agora úmida com o sangue de Nahri. Mais escorria do batedor assassinado, o sangue vital dele fumegando e fervendo conforme uma coluna de névoa doentia subia do seu corpo como uma chama.

Do céu, duas explosões de trovão responderam a ela.

Nahri estava recuando antes que o relâmpago sequer brilhasse, destacando duas silhuetas contra a explosão luminosa.

Dessa vez eram os ifrits.

Aeshma sorriu, lambendo as presas enquanto se aproximava. O líder dos ifrits estava vestido para a batalha com uma placa peitoral de bronze surrada, a imensa maça manchada de sangue repousando sobre um dos ombros e correntes enroladas no outro. Atrás dele, Vizaresh não parecia menos malevolente, girando um machado.

— Eu estava me perguntando quando você nos chamaria — disse Aeshma, como cumprimento. — Tantas coisas emocionantes acontecendo lá embaixo. Sabe, eu posso estar errado, mas creio que os marids tenham retornado para se vingar de você.

— Aqueles barcos serão o túmulo de todos dentro deles. — Manizheh se virou para Vizaresh. — Você me disse que poderíamos fazer aqueles mortos no lago despertarem, certo?

— Por um preço.

— Seu preço aguarda no Grande Templo. Há um pequeno pavilhão no terceiro piso voltado para o sul. Atrás dele está a sala que você procura.

— E o *meu* preço? — perguntou Aeshma, em tom afiado.

Manizheh entregou a faca, ainda úmida com o sangue de Nahri.

— Considere nosso pacto cumprido. Eu quero meus inimigos destruídos. Aqueles no lago. Aqueles na cidade. Aqueles no palácio. Qualquer um que ouse me enfrentar.

Nahri estava avançando antes que a mãe tivesse terminado as exigências genocidas. A sala no Grande Templo... ela conhecia aquela sala. Sabia o que era guardado naquela sala. E, maldição, Nahri não deixaria os ifrits chegarem lá.

Aeshma enfiou a faca ensanguentada nas correntes que segurava e então se virou para ela com um sorriso malicioso.

— Banu Golbahar e-Nahid, por que não para?

O controle de Nahri sobre o palácio sumiu.

Como se ela tivesse bebido uma garrafa de vinho inteira, Nahri perdeu o equilíbrio subitamente, sua mente confusa e seu corpo pesado. Ela tropeçou, tentando se segurar no parapeito.

— O que... — A língua dela pareceu espessa na boca. — Do que me chamou?

Aeshma batia a faca contra as correntes como o martelo de um ferreiro, soltando faíscas.

— Seu verdadeiro nome — respondeu ele. Sangue fluiu da faca e cobriu os elos, muito mais sangue do que poderia estar manchando a arma. Com cada fluxo, Nahri se sentia mais fraca, como se estivesse sendo tirado das próprias veias dela. — Menina azarada. Quanto menos pessoas souberem seu verdadeiro nome, mais poder ele tem. Um nome que apenas uma pessoa sabe e nem mesmo sua dona? Ah, a magia *nisso*.

Ele partiu as correntes.

— Eu estou forjando estas correntes há semanas, entoando seu nome... Golbahar! Golbahar! Acrescentando todas as partes das quais vocês, daevabadis, estão tão enclausurados em sua cidade que não tomam o cuidado de se livrar. Uma escova com um pouco de cabelo, seda cortada dos lençóis de sua cama matrimonial, o incenso que você teria tocado em oração... Só precisava de um último tempero — acrescentou Aeshma, rindo ao jogar longe a faca ensanguentada.

Golbahar. *Golbahar.* Nahri sentiu como se tivesse acabado de ser atirada em um mundo de sonhos, uma dúzia de vozes sussurrando o nome para ela.

"*Golbahar, termine de escrever!*"

"*Golbahar, que nome estranho e estrangeiro. Não podemos confiar naquela mãe...*"

"*Gol-amor, logo adiante. O Nilo, está vendo?*"

Ela estava vagamente ciente do ifrit se movendo em sua direção. Nahri tentou lutar, mas seus movimentos eram difíceis, e então as correntes estavam se enroscando em torno dela, roubando o resto de seus sentidos. Ela desabou, caindo pesadamente na pedra fria. Os olhos dela tremeram, parcialmente se fechando quando a sonolência sufocou sua mente.

Manizheh estava subitamente ali, embora embaçada.

— O anel da insígnia é meu. — Ela pegou a mão de Nahri, mas apenas sibilou de dor.

A voz de Aeshma imediatamente ficou sombria.

— Não consegue pegá-lo?

A mãe tentou de novo, e agora até mesmo Nahri sentiu o calor quando ela tocou o anel dourado.

Manizheh puxou a mão de volta.

— Não. Tente você.

Aeshma torceu os dedos de Nahri, dolorosamente forte, mas o ifrit não teve mais sorte.

— A magia de sangue — disse ele, sombrio. — Você foi tão manchada por ela quanto nós somos.

— Como assim *manchada*? Ela deveria usar esse anel para nos libertar da maldição de Suleiman! — Vizaresh pareceu enfurecido. — Foi isso que você prometeu a nós. Por que nós... *o que é essa lâmina na sua cintura?*

Manizheh respondeu com cautela.

— Nahri chegou com ela. Você sabe o que é?

— Certamente! É...

— É uma distração. — Aeshma interrompeu, grunhindo. — Não me importo se for a faca do próprio Criador. Não é isso que importa agora. Manizheh, você sabia qual era meu preço, e não era somente sua filha. Era liberdade da maldição de Suleiman. — Aeshma — sibilou Vizaresh. — Precisamos ir embora. — Então vão — disse Manizheh. — Levem ela e o anel. Vocês são tão inteligentes, não são? Descubram uma forma de colocá-la sob seu controle e recuperem seus poderes.

— Esse não foi nosso acordo!

— Considere os termos alterados. Agora vão. Eu tenho um exército para destruir.

Aeshma xingou.

— Covardes e envenenadores de sangue. Envenenadores de sangue *mentirosos*. Tão egoístas e desonestos quanto sua ancestral. — Nahri viu a maça dele se elevar.

Então a arma desceu, e ela não viu mais nada.

43

ALI

Ali estava de pé na proa do pequeno navio em que ele e Fiza tinham originalmente partido pelo mar – o último que eles haviam trazido das profundezas. Tinha sido preciso alguma negociação, pois estava no reino de Tiamat, mas, no fim, a mãe do caos pareceu gostar do plano ultrajante que ele tinha em mente.

É absurdo e quase certamente vai resultar em muitas, muitas mortes.

Vá com minha benção.

E agora Ali estava aqui, de volta a Daevabad – apesar de muito antes do que ele pretendera.

Por favor, esteja em segurança, minha amiga. Ali não sabia que seu coração podia aguentar o nível de pânico que sentira quando Jamshid chegara com Fiza no que parecia ser um simurgh semimorto e informara a ele que não apenas seu irmão e sua irmã seriam executados em dois dias, mas que a mulher que ele amava estava voando de volta a Daevabad, sozinha em um shedu, com uma adaga de gelo mágica que os peris tinham dado a ela para que matasse o Afshin.

Nahri dissera que esperava que eles a alcançassem a tempo.

E ela me chama de inconsequente...

— Todos os barcos passaram? — perguntou Ali a Fiza, baixinho. Ele tentava não elevar a voz desnecessariamente perto de outros, tendo aprendido que sua aparência – seus olhos agora amarelos e pretos como os de Sobek e a névoa envolvendo seus tornozelos – era chocante o suficiente. Fiza, que a Deus a abençoasse, tinha parado de achar qualquer coisa a respeito daquela transformação intimidadora e o tratava com seu nível básico de grosseria normal.

— Sim, Sua Agueza — disse ela, com uma reverência sarcástica. — Deus, ainda não entendo por que temos de estar no navio mais sem graça. Cem navios diferentes, navios feitos de ossos, navios que não são vistos há milhares de anos, e você nos enfia em um falucho quebrado. Isso é tortura para uma marinheira, você sabe, não sabe?

Ali levantou a mão, tranquilizando o lago. Embora ele estivesse em um convés sólido, ainda se sentia submerso, empurrado e jogado em uma corrente invisível.

— Estamos confiando em magia marid para tudo isso — observou ele. — E não vai haver nenhuma magia marid se o Afshin me vir em um navio de ossos chamativo e me assassinar.

— Ele tem dois Nahid novos e um exército inteiro com que lidar. Você realmente acha que está tão concentrado assim em você?

Ali hesitou. Ele não era um homem arrogante, mas as interações deles o tinham deixado relativamente seguro de que, se Darayavahoush tinha uma lista de pessoas a matar, Ali ocupava uma entre as primeiras posições.

— Acho que ele sentiria muita satisfação em me assassinar, sim.

— Meu príncipe — disse Wajed, se juntando a eles. — Todos os barcos chegaram. Está pronto para nos levar até a praia?

Ali assentiu. Eles tinham pouca ideia do que fazer em seguida a não ser se encontrar com o que restara da Guarda

Real e então seguir para o palácio – precisavam de todos os homens e de todo o poder de fogo que pudessem conseguir. Mas Ali odiava não ter ideia de em que estava se metendo. Jamshid tinha voltado correndo para ajudar a irmã, acrescentando apenas que eles acreditavam que Manizheh podia estar usando algum tipo de magia de sangue.

— Só presságios maravilhosos por todo lado — murmurou Ali para si mesmo, olhando de novo para a frota que havia organizado. A névoa podia ser espessa demais para que os olhos dos djinns enxergassem, mas Ali via com total clareza os inúmeros navios que ele tinha reunido e arrastado do abismo com a ajuda de Sobek. Tão impressionante, se não mais sofridamente reunida, era sua tripulação: djinns literalmente do mundo inteiro. Ali e Fiza tinham passado cada momento possível disparando pelas correntes atrás de pistas, correndo das costas ocidentais mais longínquas de Qart Sahar às ilhas além de Agnivansha. Eles tinham emergido da água com uma mensagem simples.

Voltem para Daevabad e salvem seu povo.

Sob qualquer outra circunstância, Ali sabia que eles teriam sido recusados. Provavelmente teriam sido perseguidos e mortos, ou sequestrados pelo resgate que Manizheh estava oferecendo. Mas as circunstâncias desesperadas das quais ela havia se aproveitado – os peregrinos do mundo todo que tinham ficado presos em Daevabad e a perda de magia – eram fáceis de usar contra ela. Manizheh e Dara eram histórias distantes, facilmente transformados em monstros. Saindo das profundezas com magia escorrendo das mãos, erguendo navios impossíveis diante dos olhos deles, Ali oferecia uma solução bem mais próxima. E embora muita gente o tivesse recusado, por medo, precaução ou porque ele parecia uma "abominação marid", ele havia reunido lutadores, fornecedores e ajuda o suficiente para fazer a diferença.

Ao menos era o que ele esperava. Ali olhou de novo para seu exército: montadores de dragão-da-areia de Tukharistan oriental que estavam vivendo em torno de um lago frio na montanha e atiradores shafits de um refúgio escondido no sul de Agnivansha. Guerreiros de toda Am Gezira – ele não teve problemas em convencer seus companheiros de tribo, quase todos tinham perdido família ou amigos – e um contingente quase igual de Ta Ntry.

Ali disse uma oração baixinho, então finalmente respondeu a Wajed.

— Estamos...

Um borrão de pelo e asas brilhantes disparou acima. Ali ergueu os olhos e arquejou ao ver um shedu cortando o ar em um padrão perigosamente errático, como um pombo fugindo de um gavião.

Mas não era Nahri montada na criatura impressionante, e sim Jamshid de volta novamente.

Jamshid olhou para baixo, seu olhar encontrando o de Ali.

— Ela está no palácio! — gritou ele, virando-se no mesmo momento para mirar uma flecha em quem quer que o estivesse perseguindo.

Da névoa irrompeu o pesadelo de Ali.

Darayavahoush se tornara finalmente o demônio que Ali sempre soubera que ele era, envolto em uma armadura preta escamosa e montado em um cavalo alado de fumaça e brasas. Luz incandescente estalava no rosto furioso dele conforme voava atrás de Jamshid, mas então ele se virou – os olhos de esmeralda brilhantes recaíram sobre Ali e um arco conjurado reluziu em suas mãos.

Wajed avançou entre eles e empurrou Ali para o lago.

O rosto do qaid se iluminou de dor, mas Ali nem mesmo teve a chance de gritar o nome dele antes que a água fria se fechasse sobre seu rosto. O lago puxou Ali mais para o fundo, e ele combateu um momento de pânico, suas memórias de ser puxado durante sua possessão retornando.

Mas a atração do lago era como a preocupação de um amigo agora. *Perigo*, memórias que não eram dele avisaram.

A superfície era perigosa, os sangues de fogo que corriam por cima dela eram inimigos.

Não, são minha família. As garras de água em seu tornozelo se afrouxaram sutilmente, e Ali nadou até o barco, ordenando às névoas acima da superfície que ficassem ainda mais espessas. Ele esperou um momento, buscando o céu, então saiu da água e subiu de volta a bordo.

Alívio percorreu seu corpo. Wajed estava jogado no convés, xingando e combatendo os djinns que tentavam ajudá-lo com a flecha que perfurava seu ombro, mas ainda muito vivo.

Ali caiu de joelhos ao lado dele.

— Você está bem?

— Estou — insistiu Wajed, mesmo enquanto sibilava de dor. — Nós precisamos chegar ao cais.

Ela está no palácio. Nahri. Ali traçou a distância entre o cais em ruínas e o palácio. Estavam de lados opostos da cidade, e levaria tempo para chegar lá, isso presumindo que não fossem impedidos por forças inimigas no Quarteirão Daeva.

— Não, por favor! — Um grito apavorante perfurou o lago, flutuando pela névoa como um eco fantasmagórico passado de um navio a outro.

Ali olhou ao redor, mas não viu a origem do som.

— Fiza?

— Não sei. — Fiza sacou a pistola, uma nova que ela havia "encontrado" em um posto de troca bastante desagradável na costa de Qart Sahar, e perscrutou a névoa. Outro lamento reverberou pelo convés, e ele a viu estremecer. — Está sentindo esse cheiro?

Ele inspirou e sentiu ânsia quando o cheiro de cabelo queimado e carne podre tomou conta dele.

— O *que* é isso?

Como se em resposta, ouviu-se um chiado, então um jato de água sussurrado quando um projétil molhado disparou do céu e caiu no lago. Houve um segundo. O terceiro glóbulo caiu no convés, escuro como sangue e incandescente ao ser absorvido por uma pilha de cordas.

As cordas pegaram fogo. Outro ruído aquoso horrível e as velas do navio mais próximo pegaram fogo. Um homem gritou, pústulas estourando pela sua pele quando um dos glóbulos o atingiu.

E então foi o caos. As pessoas correram para se abrigar sob qualquer coisa que pudessem, gritando e xingando conforme o sangue incandescente chovia.

Impulsionado, Ali deixou seus poderes marids o consumirem. Energia correu por seus braços e pernas, descontrolada e ansiosa. Em outro momento, tentar reunir tal força podia ter feito com que ele apagasse, mas a armadura que Sobek lhe dera amortecia o impacto e fazia a magia ondular pelo couro escamoso do capacete e do colete de Ali.

Eles queriam lutar contra ele usando *chuva* incandescente? Ali ergueu as mãos e esvaziou as nuvens.

A chuva torrencial que respondeu extinguiu as chamas, mas Ali não ousou deixá-la parar, mudando seu foco para continuar chamando a chuva ao mesmo tempo que pedia ao lago que carregasse sua frota para o cais. Não foi fácil; parecia que ele partia a própria mente em duas, e Ali ficou tão distraído com o esforço que não reparou em mais nada fora do normal até que Fiza gritou:

— Alizayd, olhe para baixo!

Ali obedeceu – bem a tempo de ver a mão branca inchada que estava rastejando pelo convés, com metade da carne mordida, para agarrar seu tornozelo.

Ela puxou com força e Ali escorregou, agarrando o cordame para evitar ser arrastado de volta para o lago. Mas a assombração que o agarrou foi apenas a primeira. Antes que ele pudesse gritar, mais figuras emergiram da água abaixo deles, aterrissando no convés com um propósito silencioso e mortal.

— Por Deus — sussurrou Wajed.

Ghouls. E não eram quaisquer ghouls. Pois os restos em frangalhos das roupas agarradas à carne pútrida deles era familiar. *Muito* familiar.

— Meus irmãos — sussurrou Ali. — Não. Ah, Deus... Eram as tropas massacradas da Guarda Real, os soldados que tinham sido afogados e assassinados na noite do primeiro ataque de Manizheh.

Isso não é possível. Nada daquilo deveria ser possível. Não deveria chover fogo do céu, e djinns assassinados não se tornavam ghouls.

Era magia de sangue. Jamshid estava certo.

Com um rugido, Ali soltou a zulfiqar e cortou a mão que agarrava seu tornozelo. Ele não tinha tempo de contemplar tudo aquilo. Eles precisavam lutar.

Um disparo soou. Fiza carregou freneticamente a pistola, mas a bala não fez nada para conter o ghoul que avançava. Ali correu até ela. Apesar do luto profundo, ele ergueu a zulfiqar e cortou o pescoço do ghoul com um corte limpo. A criatura tropeçou...

E continuou avançando.

Isso não acontecia com os ghouls humanos.

Fiza gritou, atirando de novo conforme o cadáver agora sem cabeça esticava o braço para ela. Sem opções, Ali pegou um pino de segurança e o golpeou o corpo reanimado com ele, lançando-o de volta ao lago.

Aquilo lhes garantiu talvez um minuto. A criatura boiou de volta para cima como uma rolha, mais uma vez seguindo para o navio.

Fiza guardou a pistola, e Ali jogou para ela o pino de segurança, trocando a zulfiqar pela espada curva que Sobek lhe dera. Uma descarga fria de magia disparou por seu braço quando ele a tocou e uma corrente de água se enroscou em seu pulso.

— Zaydi!

O grito de Wajed foi aviso o bastante para Ali mergulhar para fora do caminho, evitando um ghoul que saltava em sua direção. Ele se virou de novo, cortando o ghoul no peito com a lâmina marid.

A criatura parou subitamente. Ele gemeu e cambaleou, e então, com um som de esmagamento repulsivo, os fluidos jorraram da ferida. Água e lama podre escorreram do cadáver inchado com tanta força que o corpo inteiro estremeceu, não deixando nada além de um casco murcho no convés.

Ali ficou subitamente muito feliz por não conseguir se lembrar da última vez que tinha comido. Em volta dele, mais de um homem vomitava. Ele encarou sua espada curva.

Sua espada presenteada pelos *marids*.

Então ele a embainhou, correndo para o parapeito.

— Continuem jogando eles de volta para a água! — gritou ele.

— Aonde você vai? — gritou Fiza.

— Buscar ajuda!

Ali se atirou de volta no lago.

A vista sob a superfície não era encorajadora.

A água estava tão espessa com os mortos que nadar por eles era como atravessar um cardume de peixes – peixes que felizmente o evitavam, disparando para longe como se Ali fosse um tubarão em meio a eles. Ghouls estavam subindo pelas costas uns dos outros, enterrando o que restava de suas unhas, dentes – qualquer coisa – para entrar nos navios. O toque da carne morta lembrou Ali de seu tempo no Nilo, e ele não conseguiu evitar um tremor diante da memória de quase ser comido vivo.

Não era um destino que ele veria recair sobre o exército que havia levado a Daevabad ou sobre seus entes queridos dentro da cidade, mesmo que isso significasse convidar alguns aliados de aparência quase igualmente alarmante.

Sobek dissera a Ali como o lago de Daevabad era importante, mas ele conseguia ver com os próprios olhos agora. *Sentir.* Milhares de correntes dançavam pela água em todas as direções, feixes de um dourado pálido ondulando como poeira que espiralava na luz. Ali esticou a mão e pegou um. *Primos*, suplicou ele. *Eu preciso da ajuda de vocês.*

A princípio, nada aconteceu. Mesmo sob a água, Ali conseguia ouvir seus homens gritando e morrendo. Mas gradualmente a luz começou a mudar, alterando-se em partes diferentes do lago conforme algumas das correntes subitamente se esticavam, como fitas puxadas com força. Então túneis de água se abriram. Um azul-esverdeado tropical de mares turbulentos. Preto nanquim das mais profundas fossas. Marrom lânguido de lagos e rios. Transparência cristalina de córregos. Branco gélido de corredeiras turbulentas.

E desses túneis saiu todo tipo de marid.

Todo tipo do povo dele.

Eles passavam com o poder frenético e revoltado de quem tinha visto seu lar invadido. O povo das sereias, carregando lanças cruéis. Seres metade lontra e metade caranguejo, tagarelando e estalando as pinças. Tubarões e krakens e enguias mais longos do que o quarteirão de uma cidade. Todos ouviram o chamado dele e voltaram para o lago que temiam jamais ver de novo.

Eles não hesitaram em atacar os ghouls que infestavam sua água sagrada e, ao fazer isso, em salvar as vidas dos djinns acima da superfície. A gratidão se acumulou dentro dele, mas Ali não precisou dizer nada. As emoções dele foram levadas pela água, assim como o alívio e o prazer deles.

Então, do fundo do lago, o próprio leito lamacento pareceu se agitar. Tentáculos serpentearam para cima, incrustados com eras de escombros: ossos e anzóis de pesca, caranguejos e as raízes de árvores afogadas.

Era o marid do lago que o havia possuído.

Ali ficou imóvel na água quando a criatura se aproximou com cautela, um de seus tentáculos roçando o braço dele. Eles não trocaram palavras; os dois já se conheciam após Tiamat ter compartilhado as piores memórias deles: a tortura de Ali, o isolamento e a solidão imensurável do marid do lago.

Em vez disso, a mente de Ali se encheu com novas visões. Ele viu os penhascos sob o palácio e como o lago batia ferozmente contra as rochas ali, o suficiente para molhar os muros. Imagens de água escura subindo e descendo, de grandes ondas banhando montanhas e enchendo vales.

E ele soube o que precisava fazer.

Roçou a mão no marid no lago. Deixando seus novos parentes para lidar com os ghouls, Ali nadou de volta para a superfície e seguiu para o navio mais próximo, um galeão naufragado de corais e madeira confiscada. Um marujo ayaanle gritou alarmado quando Ali se alçou ao convés, mas ninguém o atacou, então ele viu isso como um sinal encorajador.

Ali olhou de novo para o cais. Ele tinha parado a frota quando os ghouls atacaram, sem querer levar os mortos-vivos para a cidade, mas voltou a impulsionar a água agora, sentindo o marid do lago abaixo emprestar sua força. Eles precisavam chegar ao palácio.

Mas ele precisaria parar de pensar como um djinn. Ali não precisava de um cais ou de ruas secas – ruas onde seus guerreiros poderiam ser cercados por inimigos ou encurralados pelo Afshin.

Ele podia traçar seu próprio caminho.

Fixando o olhar nos penhascos de Daevabad, ele guiou a frota diretamente para eles.

Uma grande onda se elevou sob os navios, e então eles avançaram, disparando sobre a água. O palácio ficava bem no alto dos penhascos que davam para o lago, mas penhascos podiam ser devorados, engolidos. Normalmente levava eras. Agora, levaria segundos. Ali guiou a água cada vez mais para cima, enquanto o marid do lago gargalhava na mente dele e seu povo celebrava.

Ele atracou sua marinha nos próprios muros do palácio.

Isso exigiu muito mais cuidado. Ali caiu de joelhos ao assentar a frota ao seu redor, tentando dispor os barcos em lugares onde causariam menos danos e puxando a água de volta para *dentro* do lago, em vez de jogá-la na cidade.

Quando a água recuou, ele estava exausto. Soltou seu controle sobre a magia marid e então – apesar do estômago vazio – vomitou, desabando nos braços de um marujo muito espantado.

Sua visão se embaçou e escureceu, e seus esforços para permanecer consciente não foram completamente bem-sucedidos. Ele conseguia ouvir pés correndo e mais gritos, guinchos bestiais bizarros e o som de lâminas cortando carne.

— Onde ele está? — Fiza. — Alizayd? *Alizayd!*

— Aqui! — gritou o marujo que o segurava.

Um pé cutucou o lado do corpo de Ali.

— Você está morto? — perguntou Fiza.

Ali cuspiu sangue.

— Ainda não.

— Que bom. Talvez você queira abrir os olhos.

Ele abriu os olhos – e imediatamente se arrependeu.

Bestas de sangue e simurghs de olhos mortos planavam por um céu preto sufocado pela fumaça. Jatos de fogo sangrento choviam como estrelas cadentes horríveis, e, quando Ali virou a cabeça para olhar para o jardim do palácio, percebeu que os gritos de animais que ouvira pertenciam ao bestiário de seu pai – incluindo o karkadann usado para as execuções oficiais –, agora soltos e pisoteando o terreno.

Banu Manizheh aparentemente não cairia sem uma luta.

— Minha espada curva está no meu cinto? — perguntou Ali, fracamente.

— Sim.

— Consegue colocá-la na minha mão?

— Por que, pra você ter mais chance de se empalar quando desmaiar de novo? Porque você não parece pronto para fazer mais nada com ela.

Apesar das palavras, Fiza ajudou Ali a se levantar e colocou o cabo do presente de Sobek na mão dele. Assim que a espada roçou sua palma, Ali se sentiu melhor – bem, o mundo começou a girar mais lentamente, de toda forma.

Ele agarrou a balaustrada do navio com a outra mão, estudando o convés partido contra o muro exterior do palácio. A cabeça estava latejando e o coração parecia pronto para explodir, seu corpo ainda tentando se recuperar de toda a magia marid que ele acabara de realizar. Ele não conseguia se lembrar da última vez que tinha comido, e fazia dias que ele não dormia.

Mas tudo isso podia ficar para mais tarde. Daevabad vinha primeiro.

— Nós fizemos um pacto, Fiza. Você me levaria até Tiamat, e então nós voltaríamos para Daevabad para consertar as coisas para seu povo. — Ali se afastou do muro e limpou a boca. — A batalha está apenas começando.

44

NAHRI

Nahri estava sonhando, balançando para a frente e para trás, sua cabeça um peso latejante.

Ela corria pela cana-de-açúcar, livre como um pássaro. Uma erva daninha arranhou seu tornozelo, mas ela ignorou o ardor. O sangue teria sumido quando a mãe a encontrasse.

— *Golbahar! Gol, volte aqui agora mesmo!*

— ... uma mentira, esse tempo todo, Aeshma! Décadas, e pelo quê? Você prometeu liberdade para nós!

— Eu prometi que destruiríamos o legado de Anahid, e destruímos. Acabamos de derrubar o Templo dela! Eles não têm magia e estão matando uns aos outros. A única coisa que vai sobrar de Daevabad e daquela raça de traidores de sangue fraco quando Manizheh acabar com eles serão cinzas.

— Eu jamais me importei com Anahid e o legado dela! — gritou Vizaresh. — Eu sabia que deveria ter dado ouvidos a Sakhr. Você só estava interessado em sua vingança contra os Nahid. Deixou que eles banissem Qandisha, nossa companheira durante milênios. Deixou essa criança sangue-sujo viver depois que ela assassinou meu irmão. Onde está o Aeshma que lutou com profetas e mandou tempestades de ira contra Tiamat?

— Nós temos a insígnia de Suleiman agora! — disparou Aeshma de volta. — Temos uma Nahid. Temos o nome dela. Há poder nisso. Você viu o que Manizheh fez quando assassinou o irmão!

As palavras percorriam Nahri, parcialmente sem sentido. Ela jamais se sentira tão fraca, tão amarrada, sua mente e seu corpo presos com arame farpado. De cabeça para baixo, teve um lampejo de jardins em chamas e uma fonte cheia de sangue. O Grande Templo. Um ancião daeva usando vestes de sacerdote morto no caminho.

As sombras a engoliram de novo.

A garganta dela doía, sua voz quase sumira. Tinham sido os gritos, ela sabia, mas não conseguia dizer por que estivera gritando. Não sabia dizer por que, depois de horas no rio, seu cabelo cheirava a fumaça, seus olhos estavam inchados por terem vertido lágrimas das quais ela não conseguia se lembrar. Em vez disso, ela flutuou pelo Nilo, sua bochecha pressionada contra um couro escamoso, seus pequenos dedos agarrados a um dorso estriado.

— Aquilo é uma criança?

—Ah, Deus, é uma menininha. Bata na água e espante o crocodilo!

Uma explosão trouxe Nahri brevemente de volta ao presente; tijolos e bronze caíam do céu. Havia um buraco no muro da cidade onde não deveria haver, e a vegetação da ilha a chamava.

— ... porque não é certo! Nós seguimos você durante anos!

— Quer parar de *reclamar*? — disparou Aeshma. — Quer ter essa discussão *agora*, quando foi você quem quase morreu de susto quando viu a lâmina peri e choramingou que deveríamos fugir para as nuvens?

Os pescadores a embrulharam em um xale, a lama do rio ainda manchando seu rosto e agarrando-se a seu cabelo.

— Está tudo bem, pequenina. Está tudo bem. — Um dos homens se ajoelhou diante dela. — O que aconteceu, criança? Como você entrou no rio?

Ela o encarou.

— *Eu não sei.*

Ele tentou de novo.

— *Então qual é o seu nome?*

— *Eu... eu não sei.* — *Ela começou a chorar.* — *Eu quero...* — *Mas a palavra para o que ou* quem *ela queria não vinha, como se tivesse sido arrancada de sua mente.*

— *Ah, não, não há necessidade de lágrimas.* — *O pescador limpou as bochechas dela.* — *Está tudo bem, menininha do rio. Vamos levar você de volta para o Cairo e resolver tudo, pela vontade de Deus. Ah, aí está. Bint el nahr. Um título para uma princesa do Nilo.*

Bint el nahr.

Nahri.

As amarras em torno de Nahri se afrouxaram muito levemente.

— Não entendo por que você está reclamando. Conseguiu seu prêmio, um bando de novos bichinhos de estimação. Vá bater palmas enquanto eles semeiam o caos, Vizaresh. Fuja se me seguir é assustador demais.

— Não sem o resto dos receptáculos — sibilou Vizaresh. — E não sem a menina. Você me prometeu que ela morreria por Sakhr, e fui *eu* quem conquistou tudo isso. Fui eu quem guiou a mão de Manizheh quando ela escravizou o Afshin. Fui eu quem comandou os ghouls. Você não estaria aqui sem a minha magia!

Nahri foi largada no chão. Ela caiu em uma cama de folhas sobre a terra rochosa. Estava escuro, o céu revolto com fumaça e o ar espesso com podridão. Bem longe, havia gritos, guinchos e os urros de animais sobrenaturais morrendo.

Abra os olhos, pequena Gol. Banu Golbahar e-Nahid, um nome daeva de verdade. Nahri caiu de novo em suas lembranças.

"Ela nem tem um nome de verdade, a bruxinha!", gritaram os meninos, correndo atrás dela na rua. "Nahri, bah. Deve ser a filha rejeitada de alguma prostituta."

— Sua *magia?* Quer dizer seu punhado de truques baratos? — rosnou Aeshma. — Eu já os recompensei bastante, sua praga. Deveria se sentir grato por eu ter dado *qualquer* receptáculo a você. Honrado por eu sequer ter incluído você nisso. Você não é *nada*, Vizaresh. Nunca foi. Onde estão seus adoradores? Seus banquetes? Você nunca foi mais do que um nome murmurado, uma criatura de feitiços e pontes sombreadas.

Um guerreiro com olhos verdes cautelosos arrastava uma faca pela areia com a mão coberta de fuligem.

"Há poder nos nomes. Não é uma coisa que meu povo dá tão livremente."

Ela fez uma careta, mas decidiu contar a verdade – por enquanto. "Meu nome é Nahri."

Nahri. Meu nome é Nahri. De novo, as correntes escorregaram e o mundo entrou mais em foco. Eles estavam no bosque, em um caminho sinuoso pelas colinas além dos muros da cidade. Os gritos distantes estavam mais altos, misturando-se com o bater das ondas e o cantar mais próximo dos grilos.

A magia voltava a ela aos poucos. Nahri estava deitada na grama onde Aeshma a havia soltado, e gavinhas se esticavam para se fechar em torno da pele dela.

Nahri. Meu nome *é Nahri.*

A visão dela ficou nítida, como se alguém tivesse tirado o último pedaço de gaze que cobria seus olhos. Nahri viu os ifrits discutindo enquanto Aeshma vinha até ela. Vizaresh ainda estava de pé no caminho, observando as costas de Aeshma.

— Eu não sou um nada — sussurrou ele, baixinho. Seu olhar incandescente estava selvagem e fervendo com desprezo. Com ressentimento enterrado por muito tempo. — Não sou um nada.

Aeshma soltou uma bufada de escárnio.

— Pode entoar isso o quanto quiser. Nem mesmo você tem os truques para vender esse feitiço. Agora, venha...

Vizaresh agitou o machado e o enterrou nas costas de Aeshma.

— *Eu não sou um nada* — guinchou Vizaresh, arrancando o machado com um estalo nauseante.

Aeshma caiu de joelhos, cuspindo fogo. Seu sorriso arrogante e sádico tinha sido substituído por choque genuíno.

Ele tentou pegar a maça.

— Traidor — disse ele. — Seu verme covarde e traidor...

— Sobrevivente — corrigiu Vizaresh. — E pretendo permanecer assim.

Ele desceu o machado diretamente no pescoço de Aeshma e decapitou o outro ifrit. Sangue dourado derretido escorreu no caminho, sujando os pés de Nahri.

Vizaresh respirava rápido. Por um momento, ele pareceu quase tão chocado quanto Aeshma pelo que tinha feito, mas então se recuperou e começou a vasculhar os restos sanguinolentos do pescoço do outro ifrit. Ele puxou outra corrente, feita de ouro como a que uma noiva poderia usar.

Mas havia muito mais do que joias penduradas nela.

Havia anéis. Dúzias deles. Tornozeleiras, pulseiras e um punhado de gargantilhas. Todas com uma característica comum.

Esmeraldas. Os receptáculos de escravos do Grande Templo – todos eles. Os receptáculos das almas roubadas que descansavam tranquilamente à luz do altar original de Anahid, esperando por um Nahid que pudesse libertá-los. Não tinha sido Nahri, ainda não. Antes da invasão, ela não tinha se considerado habilidosa o suficiente para arriscar a magia Nahid extraordinariamente avançada que se dizia ser necessária. Mas ela visitara as almas escravizadas regularmente, sempre partindo com a promessa de que, quando estivesse forte o suficiente, aprenderia a despertá-los no fogo do renascimento, segurando as mãos deles conforme tomavam seu primeiro fôlego de liberdade.

Agora, outra Nahid tinha traído sua promessa e entregara as almas às mesmas criaturas que as haviam escravizado para início de conversa. Vizaresh passou as garras pela corrente de almas roubadas como se fosse um rosário de oração deturpado, os olhos se iluminando com prazer.

Então ele reparou nela.

— Ora, veja quem acordou. — A boca do ifrit se curvou em um sorriso, metade alegre, metade frenético, como se ele ainda não conseguisse acreditar no que tinha feito com seu companheiro, vacilando entre arrependimento e animação. Ele saltitava e tremia desesperadamente, um estado mental que Nahri suspeitava não ser promissor para ela, a assassina do irmão dele.

Sakhr estava claramente na cabeça de Vizaresh também.

— Eu sei quem ele é — grunhiu o ifrit. — Seu irmão, Jamshid. Por muito tempo Manizheh guardou esse segredo, mas nós por fim o descobrimos. — Ele levantou o machado de novo. — Eu esperava um dia matá-lo na sua frente. Como é que os humanos dizem, olho por olho? Eu queria que o *seu* irmão sofresse, queria tornar a morte dele tão dolorosa quanto o envenenamento por sangue.

Havia luto sincero na voz dele. Nahri se lembrou do ódio de Qandisha no Nilo e do próprio uivo de lamento de Vizaresh quando ele descobriu o corpo de Sakhr. Ela sabia agora que de alguma forma Sakhr tinha agido de boa fé no Gozan – ele estivera realmente trabalhando com a mãe dela.

E Nahri o matara.

Meu nome é Nahri. Ela respirou, e sua voz retornou.

— Eu não acho que você vai acreditar em mim, mas parte de mim sente muito de verdade.

Vizaresh riu com escárnio.

— Você está certa, não acredito em você. Você vem de uma linhagem de mentirosos. Mentirosos e sangues-sujos. Mesmo que sua desculpa fosse sincera, eu não a iria querer. — Ele levantou a corrente de receptáculos em volta do pescoço, acariciando os anéis de novo. — Acho que, depois que eu matar você, vou soltar alguns deles em sua terra humana para ver que caos eles trarão. Por enquanto, feche a boca, Golbahar, e tente ficar deitada quieta.

Mas Nahri estava farta de ficar deitada quieta. Quando Vizaresh levantou o machado, ela chamou a magia de Daevabad, a insígnia e sua própria força.

Chamou a menininha que havia escolhido o próprio nome.

As algemas e as correntes dela se partiram.

Vizaresh congelou no meio do caminho.

— Mas seu nome...

— Eu tenho outro.

Ele se recuperou, golpeando com o machado mesmo assim. Nahri se abaixou, rolou e se ergueu. Ela levantou as mãos, chamando novamente sua magia e se preparando para o próximo ataque. Ela arrancaria aquela corrente horrível do pescoço dele.

Dessa vez, no entanto, Nahri não tinha lido bem seu alvo. Porque Vizaresh olhou primeiro para ela, em meio a um turbilhão de magia desconhecida, depois para a cidade tumultuada – com sangue caindo do céu e ondas marids batendo nos muros – e sumiu com um relâmpago brilhante.

— Não! — Nahri se atirou no ponto em que o ifrit que se declarara um sobrevivente estivera um segundo antes, mas ele se fora. Junto com as dúzias de almas que havia roubado.

E Nahri não podia fazer uma maldita coisa a respeito disso – não quando catástrofes mais iminentes pairavam. Jamshid sendo caçado por Dara. Uivos do lago que ela não conseguia nem compreender. E, por trás de tudo isso, a mãe dela, que pagaria qualquer preço, incluindo escravizar seu povo e entregar a filha a demônios, para permanecer no poder.

Nahri fechou os punhos. O anel da insígnia se mantinha firme.

Então ela se virou de volta para Daevabad. Estava na hora de acabar com aquilo.

Nahri estava familiarizada com a violência. Ela assistira ao desfile do Navasatem se transformar em uma carnificina e tinha sobrevivido à morte terrível de sua mentora em seus braços. Ela havia corrido por um palácio cheio de djinns assassinados e observara, impotente, conforme estudiosos inocentes eram engolidos por bestas de sangue. Sobrevoara bairros inteiros que um dia tinham sido lugares alegres e tumultuados, e agora estavam reduzidos a túmulos esmagados, com mortos incalculáveis sob os escombros.

Nada disso a havia preparado para a última resistência de Manizheh.

Sangue incandescente caía do céu em pedaços, a fumaça iluminando terríveis bestas retorcidas, tanto conjuradas quanto ressuscitadas. Simurghs semimortos, elefantes e leões em decomposição e karkadanns de olhos vazios corriam selvagemente pelo palácio, pisoteando criados em fuga e soldados aos gritos. Ghouls espreitavam os corredores – os nobres daeva que Manizheh tinha massacrado. Ainda com as roupas elegantes sujas de sangue e suas relíquias ausentes, eles caíam sobre os vivos sem discriminar entre Daeva e djinns. Nahri não tinha certeza se a mãe pretendera tal caos ou se a magia de sangue estava fora do controle dela. Suspeitava que Manizheh não se importava. Uma vitória seria uma vitória, independentemente do preço.

Mas nem tudo estava perdido, ainda não. Uma chuva torrencial caía e extinguia parte dos trechos de sangue em chamas, e Nahri correu pelos jardins externos e viu criaturas do lago – *marids* – subindo pelos muros, homens-caranguejo e cobras d'água, atacando os ghouls e as bestas conjuradas. Com um grande estalo, as portas de madeira foram quebradas e uma tropa variada de soldados avançou por ela – liderada por um acólito daeva montado a cavalo que gritava para um grupo de jovens semelhantemente vestido e uma guerreira geziri empunhando uma zulfiqar.

— *Aqisa?* — gritou Nahri por cima da multidão, reconhecendo a companheira de Ali.

Aqisa lutou para se aproximar, cortando a cabeça de um ghoul, e Nahri ergueu as mãos, chamando a magia do palácio para derrubar um muro sobre o karkadann prestes a pisotear os guerreiros djinns e Daeva.

— Nahid. — Aqisa segurou o pulso de Nahri. — Achei que você poderia precisar de reforços.

— Achou certo. Você viu Ali? — perguntou Nahri.

— Não, mas estou achando que os caranguejos gigantes sejam cortesia do homem que costumava conjurar fontes no deserto?

— Estou trabalhando com essa hipótese, sim.

Um grito de gelar o sangue veio de dentro do palácio.

Aqisa segurou o ombro de Nahri, sua expressão perdendo todo o humor.

— Manizheh tem centenas de pessoas trancafiadas no calabouço que serão massacradas se esses ghouls forem mais longe.

— Então salve-as. — Nahri apontou para as muitas facas que Aqisa estava carregando. — Posso levar uma dessas?

A outra mulher entregou uma lâmina.

— Aonde você vai?

— Matar minha mãe.

O olhar sombrio e compreensivo que Aqisa deu a ela estava dividido entre respeito e fatalidade.

— Vou lhe ceder alguns homens.

Nahri enfiou a faca no cinto.

— Obrigada, mas terei mais sorte surpreendendo-os se estiver sozinha. Se encontrar Ali, por favor, mantenha ele vivo, está bem?

— Vou fazer o possível. Vá com Deus. — Aqisa se voltou para os guerreiros dela. — Preparem-se!

Nahri já deixara que as sombras do palácio a acobertassem. Agarrando a faca para se acalmar, ela fechou os olhos, ouvindo o lar de sua família falar com ela como um paciente doente, infectado pela perversão horrível da magia manchando seus corredores com morte recente.

Foi muito fácil rastrear a fonte.

— Ah — disse ela, baixinho. — Apropriado.

Então Nahri seguiu para o pavilhão que dava para o lago onde Ghassan al Qahtani tinha sido morto.

A biblioteca pela qual Nahri e Ali tinham arrastado uma cachoeira ainda não fora reconstruída; a seção danificada estava fechada com uma cortina e os livros tinham sido removidos. Estava vazia, a única luz vindo de um incêndio que devastava outra parte do palácio e dos jatos incandescentes do sangue nocivo em chamas que continuava caindo do céu. Mesmo assim, Nahri se espreitou com cautela pelo limite sombreado, entrando pela porta que dava para a escada sinuosa.

Ela conseguiu ouvir gritos do telhado antes de chegar ao topo.

— Então me deixe vê-la! — *Jamshid*. — Por favor. Se Nahri e Muntadhir estão em segurança, me deixe vê-los!

Nahri entreabriu a porta, apenas o bastante para aproximar o olho da luz que agora entrava. Ela conseguiu ver Mishmish, preso sob uma rede, e Jamshid em grilhões, suplicando à mãe deles. Gelo reluziu na cintura de Manizheh – a adaga dos peris, ainda no cinto dela.

— Banu Nahida, por favor! — Era Dara, oculto do ponto de vista de Nahri. — Você precisa controlar sua magia. Não posso proteger nosso povo e lutar ao mesmo tempo!

Com um guincho, um gafanhoto terrível e inchado – do tamanho de um cachorro – aterrissou no parapeito perto de Jamshid e Manizheh. Nahri viu Dara e outro soldado daeva avançarem para protegê-los, Dara cortando o gafanhoto ao meio quando seu guerreiro chamou a atenção da criatura. Um corte tinha aberto a armadura dele, expondo o peito e revelando mais rachaduras de luz. Gritos em divasti vieram do jardim no momento seguinte, e Dara se virou, disparando um borrão de flechas de prata para baixo antes de saltar de volta ao parapeito para chutar um marid na forma de uma lagosta roxa gigante do muro.

Não importava que maldição Manizheh tivesse usado para escravizar a arma dela, Dara parecia prestes a desmoronar. Ele ofegava, e fogo líquido escorria das linhas irregulares que cruzavam seu corpo. Mesmo assim, ainda era rápido o bastante para saltar do parapeito e tirar seu soldado do caminho de um glóbulo de sangue incandescente. Arrastando o rapaz para longe, ele gritou por Manizheh de novo.

— Banu Nahida, pare com isso!

Manizheh não pareceu ouvi-lo, prestando atenção apenas no filho transtornado.

— Os ifrits estão mantendo Nahri e Muntadhir em segurança no calabouço — insistiu ela. — O caminho não é seguro agora, mas prometo que depois da batalha...

— Não acredito em você!

Uma sábia decisão, irmão. Nahri observou Dara correr pelo pavilhão para matar outro marid e então, gritando ordens para seu guerreiro, erguer as mãos para evitar que uma tempestade de chuva sangrenta os açoitasse.

Ele estava distraído. Assim como Manizheh.

Nahri agiu. Com cada instinto aperfeiçoado para o roubo e sob a proteção do palácio, ela deslizou para longe da porta, ergueu a faca e correu até a mãe.

Os olhos de Jamshid se arregalaram. Ele não gritou um aviso, mas foi revelador o suficiente.

Manizheh se virou, agarrando o pulso de Nahri quando ela tentou descer a faca. Mas Nahri não tinha passado seu tempo na companhia de guerreiros para nada. Ela chutou as pernas de Manizheh, e as duas saíram rolando pelo chão.

— Nahri, não! — gritou Jamshid. — Ela ainda é nossa mãe!

Ele estava certo, mas esse fato não reduziu em nada a velocidade de Nahri. Não depois da devastação que Manizheh tinha trazido para Daevabad. Não depois de ela ter escravizado Dara de novo, entregado Nahri para os ifrits e vendido as pobres almas que estavam descansando no Grande Templo.

Não importava que sangue elas compartilhavam – a família de Nahri estava lá fora, nos barcos marids. Eles estavam trabalhando no hospital e aprisionados no calabouço.

E não havia nada que ela não faria para salvá-los.

Mas Nahri tinha subestimado a força da mãe ao perseguir seus objetivos.

Manizheh segurou mais firme o pulso de Nahri, e então foi a vez de Nahri gritar quando uma ardência queimou sua pele onde a mãe a tocava. Conforme elas lutavam pela faca, pústulas se abriram na pele de Nahri, descendo em ondas a partir dos dedos de Manizheh. Então, com uma força que ela não deveria possuir, a mãe a atirou longe. Nahri saiu voando, perdendo a faca e batendo a parte de trás da cabeça na pedra do parapeito.

— Sua pirralha ingrata — disparou Manizheh, ficando de pé. — Eu não fui nada além de paciente com você. Estendi misericórdia múltiplas vezes, estive disposta a recebê-la como minha filha, e agora você pensa em cravar uma faca em minhas costas como uma bandida de rua comum?

— *Misericórdia*? Você me entregou para os ifrits!

Se Nahri tinha algum dia se considerado uma mentirosa talentosa, o movimento de cabeça debochado de Manizheh a fez parecer uma amadora.

— Sim! Para ser contida até depois da batalha, pois você claramente não é de confiança!

— Mentirosa! — Nahri agarrou o pulso dolorido. As pústulas tinham parado de se espalhar, mas a impressão dos dedos de Manizheh podia ser vista na pele queimada. — Você deu meu nome a eles e disse que me usassem para se libertar da insígnia de Suleiman!

Ainda acorrentado, Jamshid tinha avançado para o lado de Nahri.

— Você está bem? — perguntou ele, tentando verificar o pulso dela.

Ressentimento brilhou no rosto de Manizheh.

— Sua afeição é desperdiçada nela. — Amargura envolveu sua voz. — Nossos ancestrais estavam certos. Os shafits *são* uma doença. O sangue deles é sujo, o sangue *dela* é sujo. E eu não vou ver outro Nahid derrubado por uma mentirosa de sangue sujo.

Dara se moveu como se quisesse interferir, mas então outro par das bestas de sangue infernais de Manizheh desceu até eles – um era uma serpente alada e o outro um urubu gigante em decomposição –, e ele se virou para trás com um resmungo.

O que não era um problema. Aquilo era entre Nahri e a mãe dela.

— Sua cadela de coração sombrio — gritou Nahri. — Não foi um shafit quem contou a Vizaresh onde encontrar os receptáculos no Templo. Não foi um shafit que escravizou Dara e o usou para massacrar milhares.

Os olhos de Manizheh se incendiaram.

— Como você *ousa* me julgar? Você não sabe nada sobre nosso mundo. Acha que sua existência humana patética se compara ao sofrimento que os Daeva sentiram? Acha que alguns anos de sofrimento aqui tornam você uma de nós? — A voz dela ficou severa quando ela olhou para Dara. — Para mim já chega. Afshin, desejo que você...

— Não! — Jamshid se colocou na frente de Nahri. — Não faça mal a ela! — Ele parecia quase em lágrimas. — Mãe, por favor. Eu não quero que nenhuma de vocês morra. Nahri é minha irmã. Ela me ajudou nos anos mais difíceis da minha vida...

— Antes ou depois que empurrou você do muro esperando que aterrissasse em um shedu? Ela não é digna da sua lealdade, Jamshid. E ela não é sua irmã. Isso é uma ficção protetora que eu vou destruir agora mesmo. Ela é o *erro* de Rustam — sibilou Manizheh. — Um erro de julgamento na forma de uma infernal criada de cozinha do Egito. Outra *ladra*. Uma mulher que não conseguia manter as pernas fechadas nem a mão longe de coisas que não pertenciam a ela.

Nahri sentiu o palácio inteiro tremer. O complexo estava em caos, fogo e água choviam do céu sufocado, e bestas de vários elementos e em diversos estados de decomposição avançavam em torno deles. O povo dela estava morto. Daeva e djinns e shafits, o ar acre carregado de lamúrias.

Mas tudo subitamente pareceu muito distante.

— Minha mãe era egípcia? — sussurrou ela.

Ela não foi a única a reagir. Dara decapitou a serpente e então se virou, ainda lutando, costas contra costas, junto ao outro soldado daeva.

— Rustam? Ela é filha de *Rustam*? Mas você me disse...

— Eu mandei você ficar calado — disparou Manizheh, e a boca de Dara se fechou. — A não ser que tenha a ver com manter Daevabad segura da horda que está invadindo os muros, você vai guardar seus conselhos para si mesmo, Afshin.

Mas Nahri já estava juntando as peças. Rustam, a sombra silenciosa para a estrela brilhante de Manizheh. O tio do qual ela sabia tão pouco, em cujo pomar de laranjas ela costumava se esconder.

O pai dela. O *irmão* de Manizheh. As acusações que os ifrits estavam disparando quando discutiam...

— Você... você matou Rustam — gaguejou Nahri. — Aeshma disse que você o matou.

Manizheh revirou os olhos.

— Então eu escravizei os Daeva, entreguei os receptáculos do Templo para os ifrits e assassinei meu próprio irmão? Alguma outra acusação insana que você gostaria de fazer, ou precisa de alguns momentos para pensar na próxima mentira?

— Ela se virou para o filho. — Jamshid, ouça. Eu sei que você é um bom homem. Sei que você a ama como se fosse sua irmã. Mas ela é shafit, e a lealdade dela vai estar sempre com os djinns primeiro. Ela estava disposta a assassinar a mulher que acreditava ser sua própria mãe! Ela estava disposta a deixar você ser morto por Ghassan para salvar o príncipe djinn dela!

Agora foi Jamshid quem enrijeceu.

— Do que você está falando?

— Ela não contou a você? — provocou Manizheh. — Ghassan queria que ela convencesse o filho lunático dele a soltar as armas. Ele disse a Nahri e seu pai que mataria você se ela não concordasse. E diante da escolha entre seu irmão e Alizayd, quem você escolheu salvar, Nahri?

A vulnerabilidade nos olhos de Jamshid arrasou o coração de Nahri. Manizheh o lera com a mesma clareza – Nahri sabia o quanto era frágil e recente a simpatia dele pelos shafits.

Ela sabia que ele acreditava que Ali era uma fraqueza para ela.

Nahri engoliu em seco.

— Ghassan teria assassinado metade da cidade se o golpe tivesse fracassado. Ali tinha uma boa chance de matá-lo, de se livrar do homem que oprimia nosso povo. *Jamshid!* — gritou ela, quando ele xingou. — Por favor! Eu só estava tentando colocar Daevabad em primeiro lugar.

Jamshid parecia ter levado um soco.

— Eu sei. Seu marido costumava dizer o mesmo.

Manizheh interrompeu.

— Ele ainda está vivo, meu filho. Desista dela, me conte o que sabe sobre os inimigos que estão invadindo a cidade, e eu vou deixar Muntadhir viver.

Jamshid estava respirando rápido, as mãos fechadas em punhos.

Mas Manizheh tinha subestimado o filho.

— Não — disse ele, sombriamente. Jamshid deu um passo para trás, mais uma vez se colocando entre Nahri e Manizheh. — Eu fico do lado da minha *irmã*. Eu fico com meu povo e minha cidade. E está claro que você é uma inimiga de todos os três.

As palavras dele tocaram diretamente o coração de Nahri, a vulnerabilidade e o medo que tinham por tanto tempo a deixado com um embrulho no estômago no que dizia respeito a sua identidade. Ela poderia tê-lo abraçado.

Mas Nahri tinha quase certeza de que ele acabara de condenar os dois.

Manizheh o encarou. Chamas brilharam em seus olhos e, se era um reflexo da chuva letal que ela usava para queimar o lar deles ou algo mais profundo, Nahri não sabia.

— Você era tudo o que eu queria — disse Manizheh. — Eu sonhava em vê-lo de novo todas as noites. Quando as coisas estavam mais desesperadas, eu fechava os olhos e visualizava você um dia no trono, com netos aos pés. Eu imaginava ensiná-lo a curar. — A voz dela estava bizarramente controlada e, quando ela voltou a atenção para Nahri, sua expressão ainda brilhava, como se ela estivesse perdida naquele futuro que jamais aconteceria. — Vou fazer você sofrer cem anos por ter tirado ele de mim.

Com isso, Dara se afastou do guerreiro dele, parecendo estar farto da disputa da família Nahid.

Foi um erro. Porque assim que ele deixou o lado do rapaz – longe demais para ajudar – um glóbulo incandescente de sangue disparou do céu e atingiu o soldado diretamente no peito.

O que aconteceu em seguida foi quase terrível demais para descrever em palavras. A lama pútrida queimou direto através do homem, deixando uma cavidade doente, coberta de pústulas, onde o peito dele estivera. Se houve alguma misericórdia foi que o ataque foi rápido. O soldado só teve tempo de um curto lamento de arrepiar antes de morrer, outra vida interrompida em uma noite que já tinha visto tantas delas se extinguirem.

Dara gritou, correndo até seu guerreiro. Manizheh olhou para trás, e Nahri se afastou de Jamshid. Ela agarrou a faca que Aqisa lhe dera e se virou para sua tia assassina.

Ah, mas tinha se esquecido de como seu Afshin era rápido. Houve um lampejo do arco dele e um filete de prata. Um assovio no vento...

E então uma dor lancinante que tirou o fôlego dela.

Confusa com o golpe, Nahri olhou entorpecida para Dara conforme cambaleava, sem entender imediatamente que o arco ainda apontado em sua direção e a flecha de prata despontando de seu peito estavam conectados. Não podiam estar.

Jamshid soltou um urro de ultraje, mas mal dera dois passos na direção do Afshin quando Dara estalou os dedos, imediatamente enroscando o irmão dela em gavinhas espessas de fumaça.

— Basta — disse Dara, baixinho, e o comando letal na voz dele pareceu calar até mesmo Manizheh. Ele fechou os olhos de seu guerreiro morto, seu olhar ainda no homem quando falou de novo. — Você poderia ter se entregado, Nahri. Ela ofereceu um acordo justo a você. Uma vida. E em vez disso, você escolheu enterrar nosso lar em mais morte.

Nahri estava sem palavras com a dor e a traição. Ele disparara contra ela. Dara olhara no rosto dela e atravessara uma flecha em seu corpo.

E doía. Doía tanto. Havia sangue em sua boca quando ela falou, tentando negar as palavras dele.

— Eu não... aquilo foi magia de sangue. Manizheh.

— *Há navios marids no palácio!* — As palavras explodiram de dentro dele, e então Dara se virou de volta para ela, luto se revirando em seus olhos. — Nós sempre nos perguntamos como Zaydi havia trazido o exército dele pelo lago tão rapidamente. Todos os sobreviventes contavam a mesma história, navios subindo pelas névoas como magia. — Ele apontou um dedo para um dhow horroroso de ossos e madeira quebrada encalhado na parede oposta. — Um navio como aquele trouxe o exército que massacrou seus ancestrais. O exército que caçou e torturou e assassinou minha família. *Minha irmãzinha.* — A voz dele falhou. — E você os trouxe de volta para cá. Você *luta* com eles.

Manizheh interveio.

— Afshin...

— Não. — Dara tremia, os olhos dele úmidos com lágrimas, mas seu tom era firme. — Não. Você me disse que eu podia falar se fosse para defender nosso lar, e eu estou fazendo isso. Você não é a única que pode usar a memória de Tamima. — Ele se virou para Nahri. — Eu *amava* você. Eu teria servido você até o fim de meus dias, e você escolheu um Qahtani.

Nahri nunca sentira medo de verdade de Dara até aquele momento, conforme ele lentamente se erguia, esticando-se como um tigre encurralado e espancado – uma besta prestes a dilacerar o mundo que o havia prendido. Ela levou a mão à flecha. Se ao menos conseguisse tirá-la, ela se curaria. Ela poderia lutar. Mas, assim que deu um puxão, quase apagou de dor. Seus joelhos cederam e ela caiu.

— Não sou sua inimiga — ela tentou protestar. — Dara, por favor...

— Se você trouxe aquelas criaturas para meu lar, com certeza é. — Dara lançou a ela um olhar tão frio que roubou o que restara do fôlego de Nahri. — Eu me lembro, sabe. Eu me lembro da noite em que contei a você da guerra, dos djinns que massacraram minha família e seus ancestrais. Eu me lembro de como você disse que estava *feliz*.

Ela arquejou.

— Eu não quis dizer dessa forma.

— Não acredito nisso. Porque eu conheço você. E você *é* uma mentirosa. Uma ladra. — Ele a encarou. — Uma sangue-sujo ardilosa que deturpa as palavras apenas para conseguir seus objetivos. E eu já cansei de ser enganado. Já cansei de *ouvir* um bando de Nahid se bicarem por poder enquanto a cidade deles queima. — Dara foi até Manizheh. — Minha senhora — começou ele —, você e eu discutimos e guerreamos, mas eu jamais duvidei por um momento de que você quisesse salvar seu povo. Dar aos Daeva a liberdade que merecíamos e criar um mundo no qual seu filho pudesse ficar de cabeça erguida.

Manizheh se encolheu ao ouvir aquilo e voltou os olhos para Jamshid, que lutava contra as amarras que o seguravam.

— Eu já o perdi. Ela o *tomou*, o envenenou contra mim.

— Você não o perdeu — disse Dara, firmemente. — Ele só precisa de tempo. A paz que a distância e o tempo trarão. A paz da qual você nos aproximou tanto antes que os djinns a traíssem. Eu traria essa paz para você agora. Mas não posso nos proteger de sua magia, lidar com minha maldição e lutar ao mesmo tempo.

A expressão dela se tornou resguardada.

— O que está pedindo, Afshin?

— Me deixe de lutar da forma que sei melhor. — Dara levou a mão para trás, tirando uma flecha da aljava e a erguendo. — Você me disse uma vez que eu deveria sentir orgulho de ser uma arma dos Nahid. Você me implorou para entender. Eu entendo. Queria não entender, mas entendo. Você ofereceu misericórdia, e eles deram as costas a você. *Ela* deu as costas a você — acrescentou ele, indicando Nahri com a cabeça. — Você estava certa. Isso só acabará em violência. Mas então que *acabe*. Me deixe ser a arma de Daevabad. Me deixe trazer a paz a você.

Manizheh olhou de novo para Jamshid.

— Eu não queria que acontecesse assim — disse ela, as palavras tão baixas que Nahri mal as ouviu. Elas não eram direcionadas a ela, Nahri sabia. Eram para o Flagelo de Manizheh, o parceiro dela na morte e na destruição.

— Eu sei. — Dara deu a ela um sorriso partido de compreensão amarga. — Eu queria poder dizer que melhora.

Manizheh exalou.

— Eu só queria que ele ficasse em segurança. Eu queria deixar de ter medo de erguer a cabeça.

— E ele vai ficar — disse Dara, baixinho. — Me deixe ajudá-la, como você sonhou que eu faria quando era criança. Me deixe salvar os Daeva.

Não. Nahri soltou um som sufocado de protesto, mais sangue escorrendo de sua boca.

O som deve ter chamado a atenção de Manizheh, porque ela brevemente tirou os olhos do Afshin para ver a sobrinha que ela acusara de traí-la. A mulher que Dara tinha amado, agora sangrando no chão sujo por ter tentado atacá-la.

Quando Manizheh olhou para Dara de novo, a dúvida no olhar dela tinha sumido.

— Salve a cidade, Afshin — disse Manizheh, baixinho. — Salve nosso povo.

Os olhos de Dara brilharam com lágrimas frescas.

— Obrigado, minha senhora. — Ele puxou a flecha para trás. E então a enterrou no pescoço de Manizheh.

Nahri arquejou, sem acreditar nos próprios olhos.

Mas Dara já estava pegando a faca na cintura, seu olhar cheio de tristeza voltado apenas para Manizheh.

— Sinto muito — sussurrou ele quando Manizheh cambaleou para trás, erguendo as mãos até seu pescoço cortado. — De verdade.

Ele enfiou a faca no lado do peito dela, um golpe limpo direto nos pulmões.

Manizheh não emitiu qualquer som. Ela pareceu espantada, seus olhos pretos arregalados de dor.

Então ela caiu. A fumaça que segurava Jamshid explodiu e ele correu, bem a tempo de pegar Manizheh quando ela desabou.

— Mãe, espere... só espere. — Jamshid estava desesperado, tentando estancar o ferimento.

E agora Dara seguia para Nahri.

Ainda sem entender o que estava acontecendo, sabendo apenas que alguém que a havia ferido estava chegando mais perto, Nahri tentou rastejar para trás e soltou um gemido gutural quando o movimento agitou a flecha ainda atravessada em seu ombro.

— Me perdoe, ladrazinha. Eu não sabia de outro modo. — Dara se ajoelhou ao lado de Nahri, colocando uma das mãos no ombro dela e a outra na flecha. — Feche os olhos. Vai ser rápido.

Sem saber se ele pretendia matá-la ou salvá-la, Nahri trincou os dentes quando Dara quebrou a haste prateada como se fosse um graveto. Mas ela não conseguiu conter o grito que escapou de sua boca quando ele tirou a flecha de seu peito.

— Desculpe — disse ele, de novo, suas palavras sussurradas um espelho do que ele acabara de dizer a Manizheh, que sangrava nos braços de Jamshid. — Ela estava perdendo o controle e eu vi uma oportunidade...

— ... de enganá-la — concluiu Nahri, entendendo a intenção por trás da confissão brutal de Dara. Que modo melhor de fazer isso do que humilhando a inimiga de Manizheh e apelando para as coisas mais cruéis em que ela acreditava? Lágrimas escorreram pelas bochechas de Nahri, nem todas pela dor física. O ferimento dela já estava cicatrizando. — Tudo bem. — Ela não sabia o que mais dizer.

— Nahri... — Era Jamshid, o olhar de pânico dele disparando para ela. — Nahri, não consigo curá-la! Eu não sei como!

Nahri não se moveu. Aquilo tudo era surreal demais. E, no entanto, havia uma coisa à qual ela ainda se agarrava. Nahri era uma Nahid, e Daevabad era sua responsabilidade.

Ela não salvaria a inimiga da cidade.

— Não — disse ela, simplesmente.

Seu irmão – seu primo – deu a Nahri um olhar dividido entre angústia e compreensão, então Manizheh esticou a mão trêmula para tocar o rosto dele. Jamshid se virou para ela, ainda aninhando seu corpo, parecendo pensar que, se ele rezasse o suficiente, poderia salvá-la.

Mas tinha sido um dos primeiros conselhos que Dara dera a Nahri – o pescoço e os pulmões, um jeito certo de matar um daeva. E ele era uma arma.

Era o que ele fazia melhor. Nahri conseguia sentir o coração de Manizheh ficando mais lento; um pulmão já havia parado. A mão dela caiu do rosto do filho, deixando uma mancha de sangue na bochecha dele.

Então ela se foi, a mais poderosa deles desde Anahid, morta pelas mãos de seu Afshin.

Dara se moveu de novo, cambaleando até o corpo de Manizheh como um bêbado. Ele pegou a mão dela. Fez isso com cuidado, com reverência, ainda curvando a cabeça, mas não havia como negar a urgência com a qual removeu seu anel do dedo de Manizheh e então pegou um dos pedaços quebrados de pedra.

— Dara — começou Nahri, tentando encontrar as palavras. — Eu não acho...

Ele esmagou o anel.

Uma vez, duas, e então ele uivou, esmagando-o sem parar com um grito diferente de tudo que ela já ouvira, como se estivesse sendo arrancado dele. Por fim, Dara soltou a pedra, caindo para trás contra o parapeito e tomando fôlego.

Mas ele não havia terminado. Dara agarrou o dispositivo em seu pulso, arrancando os fios e soltando as placas de sua pele, sangue e fogo escorrendo dele em igual quantidade. Quando estava livre, ele atirou a peça longe com outro grito, a algema disparando para o lago.

Trêmula, Nahri se obrigou a ficar de pé. Sangue ainda caía do céu, e, quando ela olhou para o coração do palácio, viu as bestas e os ghouls de Manizheh ainda mais descontrolados.

Aquilo ainda não tinha acabado.

Mas então Dara soltou um fôlego assustado que enregelou tudo dentro dela.

O rosto dele estava ficando mais pálido a cada momento, cinzas brotando em sua testa. As linhas incandescentes que serpenteavam em sua pele como relâmpago estavam se apagando, se tornando de um cinza opaco como ferro.

No minuto seguinte, ela estava ao lado dele. Dara oscilou, parecendo ter dificuldade para se concentrar no rosto dela. Sangue dourado jorrava do pulso dele, e mais brotava de um ferimento invisível na coxa.

— Nahri — murmurou Dara —, acho que já fizemos essa coisa de morrer antes.

O coração dela se partiu de novo com as palavras. Nahri queria bater nele e estrangulá-lo. Ela queria agarrá-lo e salvá-lo.

Em vez disso, ela engoliu em seco.

— O que Manizheh fez com você? Dara... — Ela virou a bochecha dele para que ele a encarasse quando ele começou a cair no sono. — Fale comigo — suplicou ela. — Me diga como curar você.

Ele piscou.

— Ferro — sussurrou ele. — Eles me envenenaram. Eu estava morrendo, e ela... e ela... — Lágrimas encheram os olhos dele. — Eu matei minha Nahid.

— Você nos salvou. Você fez a coisa certa. O veneno... o que quer dizer? Como eles o aplicaram? — Ela apoiou a outra mão no pulso dele, puxando sua magia de cura.

Ela não veio. Nahri tentou de novo e então gritou quando uma descarga gelada de dor percorreu sua mão.

O anel da insígnia estava congelando.

Linhas de gelo cobriram a pérola preta, envolvendo o anel dourado – e não somente o anel, mas o próprio chão. O ar. O fôlego dela se condensou quando neve começou a cair, e os olhos verdes de Dara se iluminaram em um assombro febril.

— Nahri. — Foi Jamshid. Ele apoiou a mãe no chão e fechou os olhos dela. Uma tempestade de mágoa se revoltava em sua expressão, mas o alarme com que ele falou o nome dela interrompeu tudo aquilo. — Você fez um acordo com eles.

— Eu não me importo! — Nahri tentou alcançar Dara de novo.

Dessa vez, o soco do ar bastou para jogá-la para trás.

Você prometeu. Gritos de ódio na mente dela, agulhadas gélidas espetando sua pele. *Você prometeu.*

Os peris.

— Manizheh já está morta! — gritou ela.

Em resposta, um vento cruelmente frio rodopiou pelo pavilhão, atirando tijolos e escombros. Pelotas de granizo do tamanho do punho dela mergulharam do céu, ricocheteando em volta de Nahri.

Porque aquilo jamais tinha sido a respeito de Manizheh ou Daevabad, não de verdade. Os próprios peris tinham confessado não se importar com as "disputas" do povo dela. Era a respeito de Dara. A abominação, como o haviam chamado. Um daeva cujo poder ameaçava o deles.

Eles o queriam morto.

Dara tocou a neve que se acumulava em seu rosto.

— Peris — disse ele, com igual compreensão.

Jamshid tirou a adaga de gelo do cinto de Manizheh.

— Eles nos ajudaram com a condição... de que a gente se livrasse de você — confessou ele.

— Ah. — Um tipo de desespero cansado, como se ele sempre tivesse sabido como aquilo acabaria, como se tivesse deixado de sequer ter esperanças, tomou o rosto pálido de Dara. — Acho que eu não deveria ter dito todas aquelas coisas sobre queimar o vento.

Jamshid engoliu em seco.

— Eu posso fazer isso. Serei rápido.

Dara estremeceu.

— Não, Baga Nahid, não posso pedir isso de você. Eu...

— Vocês dois podem calar a boca? Não consigo me ouvir pensar! — Nahri tirou a adaga dos peris das mãos de Jamshid e se levantou.

O vento soprava as roupas dela, açoitando seu rosto com agulhas de gelo doloridas. As palavras dos peris da montanha – a promessa que eles a haviam obrigado a fazer – rodopiavam na mente dela. Quando ela sobrevoara Daevabad, tudo aquilo parecera tão simples, tão justo. Dara era um assassino. Ele precisava enfrentar a justiça.

Aquilo não era justiça, no entanto. Era assassinato. E não acabaria com Dara. O que evitaria que os peris "corrigissem" a situação de novo? O que os impediria de meter o bico nos assuntos do povo dela e selecionar outro djinn com quem brincar?

Ela olhou para a cidade em guerra. Nahri conseguia ouvir gritos de morte, os gritos daqueles que sofriam por motivo nenhum e os gemidos dos ghouls e dos monstros. Ela tentou chamar o anel. Com os poderes deles restituídos, ela sabia que o povo abaixo poderia ter uma chance de vitória.

Mas nada aconteceu. Nahri não se sentiu mais perto de conceder magia a ninguém. Os peris tinham falado de um ato para unir o anel a si mesma, declarando arrogantemente que ela não era nenhuma Anahid.

Ao longe, um tornado veio girando pelo céu, devastando campos arados. Nahri olhou para seu lar destruído, novamente transformado no brinquedo de seres excessivamente poderosos, e então passou um dedo pela ponta gelada da adaga dos peris.

Era tão afiada que imediatamente tirou uma gota de sangue. Ela encarou o líquido carmesim escuro, a cor que injustamente definia tanto.

O sangue inferior dela.

— Nahri... — Preocupação tomou a voz de Jamshid. — Nahri, o que você está fazendo?

Nahri olhou de novo para sua cidade. Ela agarrou a adaga.

— Chamando um alvo.

Ela mergulhou a lâmina gelada na direção do peito.

Ouviu-se um grito agudo no ar, uma dúzia de vozes semelhantes aos trinados de pássaros clamaram, e então mãos com garras a puxaram. *Não!*, gritavam eles. *Não ouse!* Dedos frios e invisíveis agarraram os dela no meio do movimento.

A mão rápida de Nahri ainda assim avançou – anos roubando bolsas mantiveram seus reflexos afiados –, arrastando o peri consigo conforme ela cravava a adaga dele no próprio coração.

A dor a deixou de joelhos, e então sangue escorreu sobre suas mãos, de sua boca. O anel de Suleiman queimava em sua mão, a magia dela desenfreada conforme seu corpo freneticamente tentava se salvar, o tecido tentando se fechar.

Mas não havia como se curar com a adaga no coração. Jamshid gritou, correndo até ela.

— Nahri!

Com sua força agonizante, ela chamou o palácio mais uma vez. O chão guinou para cima, jogando Jamshid longe. O céu mudou, as nuvens ficando tão espessas que poderiam ser um poço cinza no qual ela fora jogada. O piso de pedra se tornou escorregadio com neve e gelo, e o vento açoitava seu rosto. Pontos pretos mancharam sua visão borrada, sua mente estava confusa. Mas eles estavam ali – asas nas cores de joias deslumbrantes. Gritos nervosos, chilreados, um grande debate.

Salve-se!

Uma mentirosa, ela nos enganou!

Isso não foi previsto; isso não é permissível!

A peri nacarada apareceu diante dela, sua mão ainda presa à de Nahri na adaga.

— Cure-se! — ordenou ela. — Não podemos ter seu sangue em nossas mãos!

Ah, Criador, como aquilo doía. Doía tanto. Nahri sabia o suficiente sobre corações para conseguir manter um pouco de sangue bombeando pelo corpo, mas só tinha momentos antes de morrer.

Então se deu força o bastante para cuspir no rosto da peri, mais sangue do que saliva, vividamente carmesim.

— Vocês *vão* ter o meu sangue em suas mãos — engasgou ela. — Meu sangue humano e daeva. Minha vida inferior. Vão ficar endividados com meu povo por mil anos.

Os guinchos recomeçaram. Por Deus, aquelas criaturas eram hipócritas dramáticos. Não era à toa que Khayzur tivesse escolhido passar seu tempo na companhia de Dara.

Ela nos arruinou! Ela destruiu o equilíbrio!

— Não. — Foi o peri safira, surgindo no limite da visão escurecida de Nahri. Um manto de névoa azul pálida, como um céu do alvorecer, cobriu a cabeça deles. — Ela está esperando nossa oferta.

Nahri fechou os olhos brevemente, fazendo uma careta de dor. Meia dúzia de respostas sarcásticas pairaram na língua dela, mas nem mesmo ela era sarcástica o bastante para desperdiçar os momentos de vida que lhe restavam disparando-as.

— Vocês vão remover qualquer dívida que eu tenha com vocês, qualquer dívida que meu povo tenha com vocês. Quero nossa magia restaurada como um dia foi, e o véu disposto sobre minha cidade para escondê-la dos humanos... — Ela arquejou para tomar fôlego. A dor estava se dissipando e uma dormência se assentava sobre os membros dela. — E Daevabad... os marids, a ilha...

A fala a deixou. A escuridão se fechou sobre ela, o céu nevado foi sua última visão. Mas Nahri ainda sentia o vento frio dançando sobre suas bochechas e o hálito ainda mais frio quando o peri se aproximou.

— Nós concordamos — sussurrou o peri. — Mas saiba disso, filha de Anahid... você fez um inimigo hoje.

O peri enterrou a adaga mais fundo.

Nahri se arqueou de dor, seu corpo convulsionando. Mas então a lâmina gelada atingiu um objeto com força suficiente para impedi-la. A mente dela já estava fechada para o mundo exterior. Suas habilidades tinham se voltado para dentro, cientes de cada mudança no seu corpo – os pulsos cada vez mais lentos em seu cérebro, seu último filete de sangue fresco circulando nas veias...

O metal brilhante e quente que tinha sumido de seu dedo para se materializar em seu coração e colidir com a adaga.

O anel de Suleiman.

A adaga se estilhaçou.

Os fragmentos gélidos imediatamente derreteram, todos exceto um, que se fundiu com o anel em um lampejo de dor. A caverna dos peris sumiu, substituída pela visão de um

Jamshid em prantos debruçado sobre ela, pressionando as mãos contra o seu peito ensanguentado.

— Nahri! — suplicou ele, pressionando o ferimento. — Criador, não! Por favor! *Jamshid.* Nahri tentou dizer o nome do irmão, mas ela mal conseguia respirar com o peso esmagador no peito. Ela inalou, poder ondulando em torno dela.

— Nahri? — Jamshid tirou o olhar da ferida, e então seus olhos ficaram muito, muito arregalados. — *Nahri?*

Ela não respondeu. Não conseguia, sobrepujada pelo mundo ao seu redor. Foi como ver com um novo par de olhos, a magia saltando dela em ondas. Tudo e todos tinham se aberto, num caos de batidas de coração e ossos quebrando. O próprio palácio estava vivo de um jeito diferente, as pedras pesadas com a idade e poder acumulado – o sangue e o trabalho e o sacrifício de séculos dos Nahid. E não apenas dos Nahid. Nahri conseguia sentir a presença dos marids também – picos de força antiga nas escamas de Tiamat colocadas no jardim do Templo, magia da água viva que unia as fundações e os córregos, os corpos de minúsculas criaturas aquáticas esmagadas sob os pés da enorme construção. Ela conseguia sentir a dor do lago, a presença seca da ilha como uma ferida aberta.

Ela quase flutuou de pé, olhando em volta e tentando se equilibrar.

Dara. Se o resto dos djinns e dos Daeva eram luzes fortes, Dara era uma tocha acesa, a conexão que Nahri sentia entre a insígnia de Suleiman e os outros completamente ausente. No entanto, ela conseguia ver o ferro que o matava, as minúsculas partículas espalhadas pelo sangue dele como uma constelação fatal.

Ela conseguia ver como seria fácil removê-las. Arrastá-lo de volta para a vida mais uma vez.

Dara a encarou, seus olhos arregalados e maravilhados mesmo conforme sua força se esvaía.

— Que o Criador seja louvado — disse ele. — Você está... nós estamos...?

— Mortos? Não, não exatamente. — Nahri se ajoelhou, pegando a mão dele. Era leve ao toque e cinzas se soltaram da pele.

— Acho que eu vejo — sussurrou ele. — O bosque de cedro. Minha irmã...

Nahri sentiu um luto arrasador.

— Você quer ir até ela? Eu posso curar você, mas não vou trazê-lo de volta contra sua vontade. Não de novo.

Lágrimas encheram os olhos de Dara conforme ele encarava um mundo que Nahri não podia ver.

— Eu não sei. — Ele piscou, voltando o olhar atormentado para ela. — Eu não mereço escolher.

Nahri mal controlava as próprias lágrimas. Ela tocou o rosto dele.

— Sua Banu Nahid está pedindo para você escolher. Você é livre, Dara. Livre para ir. Livre para ficar — disse ela, a voz falhando.

Os olhos de Dara deslizaram brevemente para além do ombro dela de novo. Então ele os fechou, parecendo angustiado ao respirar fundo. Quando os abriu de novo, ele estava concentrado apenas em Nahri.

— Me salve — suplicou ele. — Por favor.

Ela estivera totalmente preparada para assassiná-lo menos de uma hora antes, mas agora precisou lutar para não chorar de alívio.

— Ah, graças a Deus. — Ela imediatamente posicionou as mãos, uma sobre o coração dele e a outra sobre a coxa sangrando.

Então ela *puxou*, arrastando o ferro do sangue dele. Era uma coisa que ela jamais tinha conseguido fazer antes – uma coisa que teria matado qualquer outro homem.

Mas nem ela nem Dara eram normais, então o ferro veio disparando como uma torrente metálica, espesso e terrível no ar. Nahri estalou os dedos, e o metal saiu voando e se desintegrou.

A pele dele cicatrizou sob a mão dela com uma descarga de fogo. O corpo de Dara se alterou para a outra forma dele, garras e presas irrompendo de seus dedos e lábios. A cor esmeralda sumiu de seus olhos, substituída por um turbilhão violento de chamas. A magia que escorreu dele foi o suficiente para jogar Nahri para trás.

Que bom. Nahri poderia precisar usá-la. Ela se ergueu cambaleante, quase dilacerada pelo poder. Só ficava mais forte, a sensação de magia e o calor ardendo para explodir de sua pele e escorrer por seus dedos.

Porque não era só dela. Nahri se agarrou ao parapeito, olhando para sua cidade. Para seu mundo, quebrado e sangrando.

Então ela o curou, dando tudo o que podia, tudo o que tinha, para o povo que Suleiman tinha marcado tanto tempo antes. Para Jamshid, seu companheiro Nahid, arquejando quando a magia de cura dele disparou para curar seus ferimentos. Para Fiza e os outros shafits, que não pareciam diferentes para Nahri dos supostos sangues-puros lutando ao seu lado. Para os Daeva no quarteirão dela e os Sahrayn no limite distante do mundo. Ela desfez as bestas conjuradas e a cruel magia de sangue que controlava os ghouls com a facilidade com que sopraria uma vela.

Meu lar. Nahri chamou a magia, afastando construções conjuradas e traçando os padrões de pomares que tinham queimado e campos atingidos pela podridão. Um novo calor subiu pela alma dela quando ela cuidou dos jardins e das florestas, o doce cheiro de flores de laranjeira enchendo seu nariz.

Mas, conforme suas mãos se moviam e dançavam, Nahri viu outra coisa.

A maldição que Sobek tinha lançado sobre sua aparência se agarrava à sua pele como orvalho reluzente. Seria simples jogá-la fora, retirar o disfarce que lhe garantira uma vida no mundo humano.

Eu sou quem sou por causa daquele mundo humano. Não tinha sido a Banu Nahida quem deixara os peris de joelhos, tinha sido a golpista do Cairo, e Nahri não a deixaria de lado. Em vez disso, ela voltou sua atenção para fora, puxando o véu de volta sobre as montanhas e escondendo o reino deles do mundo exterior como uma mãe cobre seu filho.

Mas Nahri não tinha terminado. Ela havia lidado severamente com os peris; no entanto, sabia agora que os marids mereciam um acordo mais justo.

Ela procurou com sua magia e os encontrou imediatamente. Havia apenas duas pessoas em Daevabad para quem Nahri não precisava restaurar o poder, os dois homens cujos caminhos tinham se entrelaçado com o dela mesmo quando cada um seguiu seu próprio caminho, reivindicados por facções e famílias opostas, pelos próprios elementos. Água e fogo e terra. Contidos. Equilibrados.

Anahid tinha erguido uma cidade da água. Agora estava na hora de a descendente dela erguê-la ainda mais longe. Nahri buscou o leito de rocha da cidade e o moveu como se ajustasse uma coluna. O chão tremeu sob os pés dela.

Ela trincou os dentes, a magia percorrendo seu corpo.

— Dara — ela disse com dificuldade. — A cidade, as construções... mantenha-os seguros.

Dara não hesitou. Rejuvenescido, ele decolou no vento seguinte.

Nahri estendeu o poder até as montanhas, puxando-as para perto como se arrastasse um barco em uma corda. Um barco muito *grande*. Ela sentiu a água do lago correr para atacar...

... e então parar, paz se assentando sobre ela.

Ali. Ela conhecia o toque familiar da magia dele, e não conseguiu evitar sentir uma calma semelhante à medida que a água começava a retroceder e se transformar, um rio selvagem serpenteando em torno da cidade para afastá-la do lago conforme montanhas se fechavam entre eles. Nahri elevou mais as montanhas, o novo limite entre os povos deles, entre os mundos deles. O lago sumiu de vista, os barcos ficando presos em novas colinas verdes e promontórios rochosos enquanto as águas se partiam e a névoa se dissipava.

O sol beijou o rosto dela, e Nahri cambaleou, imensuravelmente cansada.

— O lago se foi? — perguntou ela, estrelas brotando em sua visão mais uma vez.

Jamshid soltou um arquejo incrédulo.

— Eu... sim. Você colocou uma *montanha* na frente dele.

— Ah, que bom — disse Nahri, sonolenta. — Funcionou.

— E então ela caiu nos braços do irmão quando a escuridão, recusada múltiplas vezes, finalmente a levou.

PARTE IV

45

DARA

Era notável que, após catorze séculos de vida, Dara estivesse extremamente seguro de que jamais se sentira mais desconfortável.

O quarto do hospital estava lotado, o ar abafado e carregado com mais tensão do que um quarto deveria conter. Era um grupo que nunca estaria junto, não fosse pela mulher inconsciente no centro dele que os unia – e, talvez mais importante, que os mantinha em paz. Porque Dara suspeitava que a única coisa que evitava que ele e o príncipe Qahtani se atacassem era o medo da ira de Nahri.

Alizayd escolheu esse momento para olhar na direção dele, seus novos olhos salpicados de amarelo bizarros e indecifráveis. Dara devolveu o olhar, cruzando os braços. Ele não iria embora. Nem mesmo se Razu, Kartir e Jamshid o tivessem chamado de lado e sugerido que uma visita ao hospital Nahid no qual ele executara uma onda de assassinatos, em uma seção da cidade que havia pulverizado, talvez não fosse o gesto mais diplomático a se fazer.

Dara não cederia até que Nahri abrisse os olhos.

Aqisa deve ter notado os dois homens se olhando com raiva. Ela se aproximou de Alizayd, sussurrando em geziriyya enquanto acariciava o cabo da faca em sua cintura.

Mas foi Subha quem falou.

— Estou *muito* perto de expulsar todos vocês — avisou a médica shafit, entregando uma compressa fria a Jamshid. — Não pensem que eu não faria isso. — Ela lançou um olhar mais sombrio na direção de Dara. — E não pense que estou impressionada com sua bravata. Ainda tenho minha pistola, eu sei como fazer você fugir.

Dara fervilhou, Aqisa gargalhou e Zaynab tossiu alto, parecendo tentar acobertar a ousadia da companheira.

— Aqisa, por que não vamos ver como está meu irmão? — sugeriu a princesa, segurando o braço da outra mulher.

Jamshid ergueu a cabeça.

— Diga a Muntadhir que vou atrás dele a seguir para verificar as ataduras no olho e, se ele tiver mexido nela, vou enfiá-lo na ala leste com as outras crianças até aprender a seguir ordens.

— Pode deixar. — A princesa Qahtani passou direto por Dara como se ele fosse uma partícula de poeira.

Aqisa, no entanto, parou ao seu lado.

— Ainda espero arrancar suas tripas um dia — disse ela, com um sorriso agradável, antes de seguir Zaynab.

Dara grunhiu em resposta, e Razu colocou a mão no ombro dele. Ela e Elashia tinham se plantado de cada lado dele, e Dara teve a forte impressão de que, se fizesse algum movimento repentino, descobriria exatamente que tipo de magia as mulheres tinham.

Mas todos os outros pensamentos fugiram quando Nahri se agitou, resmungando no sono. O coração de Dara saltou, e Razu segurou o ombro dele com mais força.

Subha se ajoelhou ao lado de Nahri.

— Banu Nahida? — chamou ela, baixinho. — Consegue me ouvir?

Nahri piscou devagar, obviamente combatendo os últimos vestígios de sono. A visão fez Dara sofrer, lembrando-lhe das manhãs da jornada deles tanto tempo antes.

— Subha? — disse ela, rouca. — É você mesmo?

A médica sorriu.

— Bem-vinda de volta, minha amiga.

Nahri pareceu cansada e mais do que um pouco confusa.

— Sinto muito por sua dor de cabeça. E um de vocês...

— Os olhos pretos confusos dela percorreram o quarto. — Um de vocês está tão enjoado que eu não consigo me concentrar.

A jovem shafit a quem Dara não tinha sido apresentado – com uma aparência extremamente mal-afamada e que estivera agitando uma arma de fogo ao lado de Alizayd quando eles invadiram o telhado depois de Nahri desmaiar – corou.

— Desculpe. Eu fiz umas escolhas ruins quando comemorei nossa vitória.

Uma leve surpresa iluminou o rosto de Nahri.

— Então nós ganhamos? — perguntou ela, com a voz embargada.

— Nós ganhamos. — Jamshid se aproximou, levando um copo aos lábios dela. — Tome isso. Você parece um sapo bêbado.

Nahri fez uma careta.

— Eu não devolvi sua magia para você debochar de mim. — Ela tomou um gole de água. — E por falar em água, os marids...

— Estão satisfeitos — disse Alizayd. — *Muito* satisfeitos. Eles estão comemorando no lago enquanto conversamos, ou pelo menos eu acho que estão comemorando. Eles são um bando esquisito. — A voz dele se suavizou. — Você conseguiu, Nahri. Você salvou a cidade.

Dara viu os dois se entreolharem, os olhos estranhos do príncipe brilhando. Uma expressão que ele não conseguiu interpretar cruzou o rosto de Nahri, mas logo sumiu e foi substituída por um leve e triste sorriso.

— E você voltou — ela disse.

Havia algo tão frágil e bruto na voz dela que Dara deu um passo adiante, sem se importar com os muitos olhares hostis imediatamente voltados para ele.

— Você deveria estar descansando — anunciou ele. — Toda essa conversa vai cansar você. — Subitamente ciente de que tinha se feito notar apenas para dizer a Nahri o que fazer mais uma vez, Dara corou. — Quer dizer, se você quiser descansar. É, claro, sua escolha — acrescentou ele, rapidamente, unindo as pontas dos dedos em respeito.

Ah, bem, agora estavam todos apenas olhando para ele como se Dara fosse um tolo.

Mas então o canto da boca de Nahri se levantou, repuxando-se no que poderia ter sido um sorriso sarcástico e fazendo o coração dele se revirar no peito. Ela se sentou, encolhendo-se, então olhou de soslaio para o copo quando a água dentro dele subitamente ferveu.

— Vou levar um tempo para me acostumar com essa magia.

— Combina com você — disse Dara, baixinho. — A magia. A insígnia. Tudo isso.

Nahri o encarou de novo, dessa vez parecendo mais hesitante.

— Obrigada.

Melhor hesitante do que se encolhendo. Mas, agora que ela estava acordada, as coisas terríveis que ele dissera a ela retornaram à sua mente.

— Você não precisa me agradecer. Eu deveria estar aos seus pés pelo que aconteceu no telhado. Pelas mentiras e por atirar em você...

Alizayd se virou para ele e a temperatura no quarto caiu, um frio úmido varrendo o ar.

— Você *atirou* nela?

— Foi só um arranhão — mentiu Nahri, apoiando a mão no pulso do príncipe. — Eu cicatrizo rápido. E funcionou, Dara. É tudo o que importa.

Mas o estrago estava feito; o quarto estava tão tenso que Dara se sentiu ainda mais violentamente deslocado. Ele percebeu que os outros já estavam se acomodando – Fiza e Elashia arrumavam os travesseiros de Nahri, Subha media a pulsação dela, e Jamshid segurava o seu copo fervendo. Contra o bolo de cobertores, Nahri ainda estava segurando o pulso de Alizayd.

Ela pertence a eles. E eles a ela. Dara fez uma reverência, sentindo o peso de suas escolhas e seus séculos se assentarem pesadamente sobre os ombros.

— Não vou incomodar mais você. Eu só queria me certificar de que estava bem.

Ele deu um passo em direção à porta.

— Dara?

Ele olhou para trás.

Nahri ainda parecia resguardada, mas a voz dela estava firme quando falou.

— Eu fiquei feliz por ter salvado sua vida. Fico feliz por você ter escolhido permanecer neste mundo.

Ele uniu as mãos em uma benção de novo, refugiando-se no protocolo ao se curvar profundamente.

— Que o fogo queime forte para você, Banu Nahida.

Razu saiu com ele, fechando a porta atrás deles.

— Vou caminhar com você.

— Não preciso de uma guia — resmungou Dara, combatendo a dor no peito. — Eu conheço esta cidade melhor do que todos vocês.

— É bom ver que seu espírito permanece intacto, mas pense nisso mais como "vamos nos certificar de que ele vai embora de verdade". Venha.

Ele fez uma careta, mas a acompanhou pelo corredor escuro.

— Ela vai ficar bem aqui?

— É claro. — Razu pareceu surpresa com a pergunta. — Este é o hospital dela; as pessoas a amavam mesmo *antes* de ela salvar a cidade de Manizheh e restaurar a magia delas.

A imagem do quarto cheio voltou à mente dele.

— Eu não tinha ideia das raízes que Nahri tinha em Daevabad. Da família que ela criou. — Era a melhor palavra que ele conhecia para descrever o grupo de pessoas agitadas e preocupadas que estavam rodeando Nahri. Daeva e djinns e shafits. De todas as tribos. De fés diferentes.

Dara não tinha se dado conta de que algo assim era possível.

— Bem, ela é encantadora. — Razu pareceu ansiosa. — Céus, em outra vida, ela e eu poderíamos ter limpado metade dos salões de jogos da antiga Arshi.

— E em que século Arshi caiu?

— Só o Criador sabe. — Razu deu de ombros. — Eu tento não pensar na passagem do tempo. Ficaria louca se lembrasse da minha antiga vida com muita frequência.

— Nem me fale — murmurou Dara. — Mesmo assim, você tem um lugar aqui. Um propósito. Uma vida que você fez e de que gosta.

— Você não acha que pode fazer o mesmo?

— Eu não deixei de notar que você está me levando pelo caminho mais longo dos fundos.

A expressão de Razu ficou sombria.

— Achei que seria melhor evitarmos esbarrar com, bem, todo mundo. Eu acredito que você estivesse sob o controle de Manizheh quando atacou os quarteirões, mas muitos não acreditam. Eles acham que é conveniente demais. Estão com raiva e de luto e querem ver alguém punido.

É claro que querem. Fazia catorze séculos desde Qui-zi, e ele ainda era conhecido com o Flagelo. Quantos séculos levaria para se redimir desse novo horror?

— Eu não deveria ter vindo até o hospital — disse Dara, sentindo-se enjoado. — Sinto muito. Você não deveria precisar me guiar por aqui assim, eu não quero que o ódio que as pessoas têm de mim passe para você.

— Ah, acredite, Afshin, eu sei me cuidar.

Eles continuaram andando até saírem por uma porta dos fundos que dava para a rua. Ainda estava cedo, e não havia muita gente do lado de fora.

O que significava que não havia muito para bloquear a visão dos bairros arrasados que se estendiam do hospital à midan destruída. Os corpos tinham sido removidos, mas as manchas escuras, as roupas rasgadas e os sapatos abandonados marcavam onde eles tinham sido mortos, cercados pelos destroços de construções esmagadas – panelas quebradas, colchas imundas e brinquedos estilhaçados. Os produtos de uma vida, lares que tinham abrigado gerações, destruídos em momentos.

Por ele. Em um canto, ele tinha começado a conjurar tendas para abrigos antes de ser literalmente expulso. Suas vítimas não queriam sua ajuda.

E Dara não as culpava.

— Eu deveria ter enfrentado Manizheh antes — disse ele, amargo. — Pelo Criador, um dia antes. Uma *hora*. Tantas pessoas ainda estariam vivas.

— Afshin, se está procurando absolvição, não vai encontrar em mim — respondeu Razu. — Mas acho que nenhum de nós percebeu até que ponto ela havia caído. Nem em mil anos eu teria acreditado que ela seria capaz de assassinar outros Daeva pela magia de sangue, muito menos escravizar o próprio Afshin.

Não era só disso que ela era capaz. No fundo dos ossos, Dara sabia que os nobres não eram os únicos Daeva que ela havia matado: Manizheh tinha assassinado seu irmão. E a história que ela contara sobre Rustam querer sacrificar a sobrinha recém-nascida... Dara apostaria que os papéis estavam invertidos ali também.

— Não consigo nem imaginar como consertar tudo isso — confessou ele.

— Pouco a pouco. Eu percebo que até mesmo as tarefas mais impossíveis parecem menos assustadoras de dentro para fora. E todos nós temos nossas forças, nossos papéis para interpretar.

Dara fez uma careta.

— Suponho que sim.

— Afshin, posso perguntar uma coisa? — Quando ele assentiu, Razu se aventurou. — Você a ama? Ama de verdade? — Eu não disse que você podia me perguntar *isso*. — Se Dara tinha duvidado que seus sentimentos por Nahri sobreviveriam a todas as traições e batalhas, assim que ela sorriu para ele da cama do hospital soube que estava tão apaixonado quanto sempre.

— Sim — respondeu ele, depois de um tempo. — Eu a amo. Mais do que minha vida. Eu não imagino que algum dia vou amar outra de tal forma.

Razu deu a ele um sorriso triste.

— Então certifique-se de seguir suas próprias palavras lá atrás. Ela é jovem e brilhante, e, apesar de tudo, parece ter vencido com a alma intacta. — O sorriso dela sumiu. — Certifique-se de não ser o fardo dela.

Kartir se sentou no banco acolchoado, o rosto desesperado conforme indicava as relíquias espalhadas pelo chão.

— Eles se foram. Cada um dos receptáculos que estávamos guardando.

Dara se ajoelhou, pegando uma das relíquias.

— Quantos?

— Trinta e sete. — A voz de Kartir soava vazia. — E isso apenas de nossos registros. Eu suspeito fortemente que Manizheh tenha dado aos ifrits alguns dos "traidores" que ela prendeu também. Ela nos ameaçou com isso durante o interrogatório. Eu jamais iria querer imaginar tal coisa, mas homens sumiram e... — Ele parou de falar, parecendo muito velho. — Vizaresh viaja pelos relâmpagos. Ele já pode tê-los espalhado pelo mundo, e não temos como rastreá-lo.

Dara continuou juntando as relíquias. Não parecia certo que elas estivessem no chão. No entanto, os djinns e os Daeva a quem pertenciam talvez já estivessem em um estado muito pior, acordando com novos mestres humanos depois da sombria paz do Templo. As memórias do controle terrível de Manizheh retornaram, a forma como ele tinha sido reduzido a chorar dentro da própria mente conforme seus lábios comandavam destruição e sua mão cortava inocentes.

Ele cambaleou e esticou o braço para se equilibrar no banco. Ninguém deveria precisar passar por aquilo.

— Se não podem ser rastreados, como os receptáculos foram encontrados?

Kartir suspirou.

— Sorte. Ocasionalmente, os próprios ifrits devolviam alguém, normalmente uma vítima que tinha sido particularmente traumatizada, para nos aterrorizar ainda mais. Mas na maior parte é sorte. Um viajante djinn ouve um boato sobre um humano estranhamente poderoso ou um evento com possíveis raízes mágicas. É como procurar por um grão específico de areia na praia.

Que o Criador tenha misericórdia. Isso era mais do que sorte – parecia uma tarefa impossível.

Dara deixou a coleção de relíquias de lado e se juntou a Kartir no banco.

— Ainda não acredito que ela os entregou a Vizaresh.

— Ela matou dezenas de inocentes por magia de sangue e fez você destruir um quinto da cidade. Acho fácil acreditar que ela era capaz de fazer pior com vítimas que não pudessem protestar. — Kartir esfregou a testa, sua cabeça incomumente descoberta. — Eu fico me perguntando se poderia ter mudado as coisas. Eu conhecia Manizheh desde que ela nasceu, eu a vi crescer. E a vi ser arrasada — disse ele, mais suavemente. — Eu fracassei com ela. Deveria tê-la aconselhado melhor.

— Ela não precisava dos seus conselhos, meu amigo. Ela precisava de um mundo diferente. — Pois não importava o que Manizheh tinha feito, parte de Dara sempre lamentaria por ela de uma forma que ele suspeitava que ninguém mais faria, nem mesmo Jamshid. Dara estivera no lugar de Manizheh, vira seus entes queridos serem mortos e seu povo ser esmagado, e tinha acreditado, acreditado de verdade, que a causa deles valia qualquer gota de sangue derramado.

Ele não tinha mentido para ela no telhado, mesmo ao deturpar suas palavras para reconquistar a liberdade. Dara *tinha* entendido Manizheh. Ele quisera trazer a paz para ela. E esperava que, onde quer que ela estivesse agora, ela a tivesse encontrado.

— Um mundo diferente — repetiu Kartir, baixinho. — Eu rezo para que possamos criá-lo. Eu tenho fé, pelo menos, de que Banu Nahri e Baga Jamshid se sairão melhor.

— Você acha que Nahri vai assumir o trono com Muntadhir?

O sacerdote gargalhou.

— Eles já estão divorciados. Quando visitei a Banu Nahida no hospital esta manhã, eu os encontrei tomando chá sobre os restos queimados de seu contrato de casamento, e foi o mais feliz que já vi os dois juntos. Quando perguntei a ela sobre o trono, ela me contou que preferia lidar com pacientes vomitando a se "sentar em uma cadeira chique que eu preferiria penhorar enquanto ouço petições inúteis".

— Parece algo que ela diria.

— Não posso dizer que a culpo. Ela tem trabalho o suficiente no hospital e pelo menos parece gostar disso. Ela também me contou que ela e Alizayd estão conversando com as outras tribos e os shafits sobre dividir poder. Comitês e reparações e todas essas outras coisas modernas.

Dividir poder. Apesar de tudo, Dara ainda fervilhava ao pensar naquilo. Nahri tinha voado até Daevabad em um shedu e reunido magia como a própria Anahid para salvar a cidade, aparecendo como uma deusa para curá-lo com um gesto da mão. Dara podia vê-la com igual facilidade no magnífico trono de shedu, adornada com requinte cerimonial. Era o que ela merecia, o único destino que parecia digno da sua glória.

Mas não é isso que ela quer. E é isso que ela merece.

— Não consigo imaginar como isso vai funcionar — disse ele.

— Um novo governo? Nem eu. Mas dê tempo.

Dara precisou forçar um sorriso. Ele podia parecer o homem mais jovem, mas tinha um milênio a mais do que o sacerdote e sabia muito bem o "tempo" que esse tipo de mudança exigia.

— É claro.

— Mas, por falar em tempo… — Kartir ficou de pé com dificuldade, apoiando-se pesadamente na bengala. Estava claro que a prisão tinha cobrado seu preço. — Nosso Baga Nahid espera.

Jamshid queria que os ritos finais da mãe fossem realizados em particular, então Dara fez a pira ele mesmo, deixando que Kartir liderasse as orações. Ele permaneceu calado quando Jamshid acendeu a mortalha com fogo conjurado de suas mãos, observando quando Kartir se curvou uma última vez para Banu Manizheh e então saiu calado.

— Quer que eu saia também? — perguntou Dara.

Jamshid não tirara os olhos da pira, as chamas refletidas no seu olhar inexpressivo.

— Não. Ela deveria ter alguém que a conhecia aqui.

Então Dara permaneceu ao lado de um rapaz cuja vida ele tinha virado de ponta-cabeça, lamentando uma mulher que ele desejava desesperadamente poder ter salvado de si mesma.

Depois de um tempo, Jamshid falou de novo.

— Havia algo de bom nela?

— Sim — respondeu Dara com sinceridade. — Ela era uma curandeira incrível e se importava profundamente com seus seguidores originais. Ela amava seu pai. Acredito sinceramente que ela queria o melhor para seu povo e sua cidade. Ela só acabou muito, muito perdida. — Dara olhou para Jamshid.

— E ela amava você.

— Ela não me conhecia.

— Você era o filho dela. Ela amava você.

O olhar de Jamshid não tinha se desviado da pira.

— Eu queria ter tido mais tempo com ela. Tinha tanto que eu queria dizer. A ela, a meu pai. Centenas de acusações e perguntas. Eu estou com tanta *raiva*, mas ao mesmo tempo com o coração partido. E agora, porque não quero incomodar as pessoas que amo lamentando os assassinos que acabaram com a vida deles, eu não tenho mais ninguém com quem falar exceto você.

Levemente magoado, Dara ofereceu o que ele esperava ser um tapinha reconfortante no ombro de Jamshid.

— Está tudo bem. Eu devo a você. Por todas as flechas nas costas.

— Foi imensamente satisfatório atirar em você.

— Fico feliz por continuar encontrando novas formas de servir aos Nahid — disse Dara, casual. — Você ainda tem talento com o arco.

Jamshid estremeceu.

— Eu nunca mais quero pegar um arco. Não depois do sangue que meus pais derramaram. Nem sei se quero ser chamado de "Baga Nahid". Esse tipo de responsabilidade... — Medo espreitou na voz dele. — E se eu fracassar?

Ele vai ser um bom líder. Ele e Nahri. Sobrecarregado com tudo que acontecera, Jamshid não conseguia ver ainda, mas Dara conseguia.

Uma estranha sensação se assentou sobre ele, e Dara levou um momento para perceber que era paz. Considerando o estado profundamente traumatizado da cidade, talvez ele não devesse ter sentido tanta tranquilidade, mas sentiu. Seu povo estava em boas mãos – mãos capazes e compassivas. Irônico que, depois de lutar para recuperar seu trono durante séculos, a dupla de Nahid mais digna dele teve a sabedoria de não o querer.

— E quanto a você? — perguntou Jamshid, olhando para Dara pela primeira vez. — Não vou mentir; não imaginei uma forma de recuperarmos Daevabad com você ainda vivo.

— Obrigado pela honestidade — respondeu Dara, contendo o sarcasmo. Todos estavam deixando muito claro como se sentiam a respeito de ele não estar em uma pira funerária. Dara suspirou. — Eu não sei o que farei a seguir.

Jamshid ainda olhava para ele.

— Eu ouvi você e Nahri conversando quando ela salvou sua vida. Você... você realmente viu o que há *depois*?

O sorriso provocador de Tamima e um tranquilo bosque de cedro com um tapete que a mãe dele tinha tecido. Dara não tinha certeza de que era um lugar destinado a ser visto e compartilhado com esse mundo.

Ele hesitou, então respondeu.

— Se o que eu vi é verdade, significa que há paz para os piores de nós. Descanso para aqueles que não merecem. Foi lindo. E representava uma misericórdia que este mundo não merece.

Jamshid estremeceu.

— Eu me pergunto se um dia meus pais poderão vê-lo. — Ele olhou para a pira incandescente e então para Dara de novo. — Você não ficou tentado?

— Terrivelmente.

— Então por que não foi?

Porque eu ainda não mereço.

As palavras surgiram na mente dele com uma clareza quase chocante, pegando Dara desprevenido. Tomado de dor, com Manizheh morta por suas mãos – quando Nahri surgiu diante dele, luminosa como fogo com a insígnia de Suleiman brilhando em sua têmpora, ela parecia uma mensageira do Paraíso cujo julgamento ele temia. E quando ela perguntou o que Dara queria, a morte pela qual ele ansiara e implorara...

Ele não a tinha merecido. Ainda não.

Mas com aquela revelação, veio mais clareza. O lento assentamento de uma decisão que pareceu quase óbvia em retrospectiva.

Dara voltou o olhar para Jamshid.

— Porque ainda tem uma coisa que eu preciso fazer.

Dos 42 guerreiros que Dara tinha levado para Daevabad, restavam oito, outra perda pela qual Dara cumpriria penitência. Estudar os rostos pálidos e cheios de cicatrizes de seu grupo minguado só o deixou mais ciente de quem estava faltando. O leal Mardoniye, que tinha caído primeiro ao proteger Banu Manizheh, e Bahram, com quem Dara conversara pela última vez quando o rapaz corado estava tentando roubar alguns momentos a sós com Irtemiz. Gushtap, que estava sempre sorrindo, e Laleh, uma das mais caladas de Dara, que aparentemente tinha sido executada por Manizheh quando foi descoberto que ela havia ajudado algumas das nobres mais velhas a escapar da arena.

Todos eram tão jovens. Tão ávidos e cheios de vida e promessas.

Agora eles pareciam quebrados, desespero nos ombros curvados e nas bocas revoltadas. Dara reconhecia esse sentimento – era o mesmo tipo de luto e ressentimento que um dia o impulsionara.

Então ele faria o possível para se certificar de que aquilo não acabasse com eles. Ele encontrou um lugar tranquilo nos jardins do Templo para se encontrarem, um bosque cheio de árvores que forneciam sombras, cercadas por arbustos de rosas bem cuidados. Eles não estavam completamente escondidos – havia o rosto curioso ocasional que espiava e o som de peregrinos, mas Dara suspeitava que a visão daquele grupo era suficientemente intimidadora para espantar os intrusos.

Assim como os guerreiros dele não interromperam quando Dara falou; eles eram bem treinados demais. Mas ele não teve como deixar de notar o horror crescente e a descrença nos rostos conforme detalhava o que Manizheh tinha feito, desde executar nobres daeva por magia de sangue e escravizá-lo até deixar os ifrits saquearem o Templo em busca de receptáculos e conjurar o ataque devastador no palácio que tinha matado tantos do povo deles e dos djinns.

Houve silêncio quando ele acabou. Irtemiz estava tão pálida que ele quase quis verificar a pulsação dela.

— Mas... mas nós seguimos as ordens dela — respondeu Piroz, finalmente. — Ela disse que todas aquelas pessoas eram culpadas. Afshin, ela me fez arrancar os pais dos filhos deles.

— Eu sei — falou Dara. — E eu sinto tanto por não a ter impedido mais cedo. Vocês eram minha responsabilidade, e eu fracassei em ver o que ela havia se tornado até que fosse tarde demais. Eu fracassei em ensinar a vocês como enxergar isso. — Ele engoliu em seco. — Por muito tempo, eu achei que meu único papel fosse obedecer e ensinar todos vocês a obedecerem. Eu estava errado.

— Mas ela era uma Nahid — protestou Irtemiz. — Uma das abençoadas de Suleiman. Ela fazia milagres!

— Ela fazia mágica — replicou Dara. — Não havia nada milagroso na forma como assassinou os Geziri ou me trouxe de volta à vida sob seu jugo.

— Isso é besteira. — Noshrad, o guerreiro com o qual Manizheh substituíra Dara na corte, disparou de pé. — Já havia rumores de que você estava se desviando. Agora a Nahid que todos sabem que você realmente queria está de volta, então convenientemente Banu Manizheh era corrupta. — O rosto dele se contorceu com fúria. — *Você* a matou. Sua própria Banu Nahida. Se restasse alguma decência nesta cidade, você seria enforcado nas paredes do Templo. — Ele cuspiu aos pés de Dara. — Já estou cheio desta conversa.

Irtemiz abriu a boca, parecendo chateada, mas Dara já estava sacudindo a cabeça.

— Deixe ele ir. — Noshrad não seria o único daeva revoltado. Os apoiadores de Manizheh estavam diminuindo, mas ela tivera muitos fiéis de verdade, Daeva que tinham ficado animados ao ver sua tribo em ascensão e que não aceitariam tranquilamente as ideias de Nahri sobre "dividir poder". Lidar com eles seria uma prioridade das pessoas reconstruindo a cidade.

Mas Dara não seria uma dessas pessoas.

— Ouçam — continuou ele, tomando um momento para olhar para cada um deles diretamente. — Porque eu vou ensinar uma última lição a vocês, uma que eu queria que tivesse sido ensinada a mim. Há um momento de lutar, e vocês foram todos guerreiros destemidos, alunos dos quais eu estou profundamente orgulhoso. Mas há também um momento de soltar as armas e fazer a paz. Um momento de reconhecer que um novo tipo de luta começou, e que ela pode ser ainda mais difícil. Vocês podem precisar batalhar com palavras e com suas próprias crenças. Mas vale a pena. Suas *vidas* valem a pena. Não deixem que elas sejam transformadas em munição para aqueles que jamais estarão nas trincheiras. Façam alguma coisa consigo mesmos. Encontrem a felicidade e, se não conseguirem encontrar aqui, recomecem em outro canto de Daevastana.

Irtemiz falou.

— Eles vão querer nos punir, esses novos governantes. Você não acha que Muntadhir al Qahtani se lembra dos soldados que o seguraram enquanto Manizheh arrancava o olho dele?

— Eu vou assumir a culpa por vocês. Por todos vocês. Eu já falei com Baga Jamshid e Kartir. Vocês estarão seguros.

— Mas então eles vão odiar você.

— Eles sempre me odiaram. Eu prospero com o ódio djinn. — Dara sorriu. — Agora vão. Está um lindo dia, e temos reconstruções a fazer. Não desperdicem seu tempo ouvindo os sermões de um velho.

Eles obedeceram a última ordem dele com óbvia relutância, mas partiram. Dara os viu ir embora, sentindo uma pontada no coração. Não importavam as circunstâncias, ele tinha encontrado companheirismo com seus guerreiros. Treiná-los o salvara e dera a ele um propósito durante os sombrios primeiros anos após ter sido trazido de volta à vida, quando ele estava enlouquecendo de medo por Nahri. Dara os amava.

Sentiria profundamente a falta deles.

Ele fechou os olhos, absorvendo as conversas em divasti e o cheiro dos altares de fogo. Ele queria se lembrar daquele lugar, marcá-lo em sua alma.

— Como assim, sua última lição?

Ele abriu os olhos. Irtemiz tinha voltado, o olhar escuro dela cheio de apreensão. É claro que ela havia desobedecido. De certa forma, ele contara com aquilo.

Dara pegou a mão dela.

— Minha amiga, eu preciso pedir um favor a você.

46

NAHRI

Nahri passou as mãos pelo braço destruído da menininha, anestesiando os nervos conforme quebrava novamente as partes do osso que tinham cicatrizado incorretamente e então ordenava que se remendassem de novo.

A menina geziri observava com enormes olhos cinza.

— Isso é *tão* legal — disse ela, animada. Então olhou para o pai. — Abba, veja!

O pai parecia levemente enjoado.

— Estou vendo. — Ele se virou para Nahri. — E ela vai ficar bem depois disso?

— Contanto que descanse por alguns dias. — Nahri piscou um olho para a menina. — Você é muito corajosa. Se ainda achar que isso é legal em uma década, venha me procurar e talvez eu aceite você como aluna.

— Isso seria incrível!

Ela puxou uma das tranças da menina.

— Vou ver se alguém arranja umas ataduras para você levar para casa e praticar.

Nahri se abaixou para sair da sala de exames, imediatamente alerta. Ela era ágil o bastante para evitar ser pisoteada pela multidão agitada no corredor, mas foi por pouco. "Cheio" não se aproximava de descrever o hospital. Entre soldados feridos, civis machucados na destruição da cidade e as doenças mágicas comuns que tinham ficado sem tratamento durante semanas, o lugar estava fervilhando. Subha tinha chamado todos que ela conhecia com o mínimo treinamento médico, e Jamshid estava recebendo um curso rápido de cura Nahid ali mesmo. Mesmo assim, era o caos. Nahri mal dormira, mal comera.

Ela não se importava. O hospital era o único lugar em que queria estar. O trabalho podia ser árduo, mas nada mais era exigido dela agora. Ela não precisava pensar em política ou no que tinha acontecido durante a brutal luta final com a mulher que achava que era sua mãe. Ela não precisava ter *sentimentos*. Tudo o que Nahri precisava fazer era consertar as pessoas; seus pacientes precisavam tão desesperadamente dela que sequer contemplar qualquer outra coisa seria egoísta.

Ela seguiu para do boticário. No pátio, Elashia estava cuidando de um grupo de crianças, tendo assumido a tarefa de vigiar os filhos dos funcionários e dos pacientes do hospital. As crianças eram uma confusão de cores alegres, gargalhando ao brincar com pintura a dedo e gritando animadas conforme Elashia fazia seus garranchos de monstros marinhos e gatos voadores ganharem vida.

Nahri abriu a porta o boticário e ouviu palavrões.

— Pelo olho de Suleiman — choramingou Jamshid. — Você não deveria ser amarela! Por que toda hora você fica *amarela*?

— Problemas? — perguntou Nahri.

— Sim — respondeu Subha do outro lado do quarto, onde, com uma capacidade multitarefa magnífica, ela alimentava a filha e revisava pergaminhos de inventário. — Seu aprendiz impaciente acha que "picado" e "moído" são intercambiáveis. — Ela olhou para a poção fervendo e, de fato, bastante amarela que ameaçava escapar do frasco de vidro que Jamshid segurava o mais longe possível. — Pele de zahhak — disse ela, casualmente. — Sabe o que não tem uma mente própria e violenta? Ingredientes humanos.

— E nós nos curvamos à sua superioridade a todo momento — disse Nahri, tocando o coração.

— Eu não acho que você tenha voluntariamente se curvado a ninguém na vida — respondeu Subha. — Principalmente considerando a forma como vem ostentando seus novos poderes. Realmente não tem motivo para curar ossos do outro lado da sala. Tenho certeza de que se sentar ao lado da cama é igualmente eficaz.

— É mais eficiente.

— Droga! — Jamshid soltou o frasco em uma tigela de metal. — Agora até a *tigela* está amarela.

Nahri foi até ele e moveu a bandeja de ingredientes.

— Por que eu não trabalho um pouco nas poções e você faz uma ronda na ala cirúrgica? Me avise se houver alguma emergência.

Alívio tomou o rosto dele.

— Eu já disse que você é a melhor irmã do mundo?

O bom humor de Nahri se dissipou um pouco.

— Prima, na verdade.

— Irmã — insistiu ele. — Não me importo com o que diz o sangue. — Jamshid deu um beijo no alto da cabeça dela e então partiu.

Subha suspirou, apoiando a pena sobre seus papéis.

— Estamos ficando sem… bem, tudo. Alizayd pediu aos navios dele que trouxessem tantas ervas medicinais e suprimentos quantos conseguissem carregar, mas ainda precisamos encontrar uma forma de conseguir mais, e logo.

— Nós vamos. — Nahri levou um momento para estudar a outra médica. Subha parecia ter envelhecido cinco anos, com rugas de estresse em torno dos olhos e novas mechas prateadas no cabelo.

— Quando foi a última vez que você foi para casa e dormiu?

— Antes do Navasatem.

Nahri se sentou diante dela.

— Uma mulher sábia um dia me avisou que eu não poderia ajudar meus pacientes se me exaurisse.

— Aquela mulher não fazia ideia de como seria dirigir um hospital durante uma guerra. — Subha esfregou os olhos e ajeitou a filha no colo de novo.

— Por que não me deixa pegar Chandra um momento?

A médica deu um olhar cético a ela.

— Você tem muita experiência com bebês?

— Sou uma mulher de inúmeros talentos. — Nahri apoiou Chandra contra o ombro e esfregou as costas do bebê. Ela era quente, o peso macio inesperadamente agradável.

— Não faça nenhum truque Nahid para conjurar arrotos — avisou Subha, erguendo-se e alongando o pescoço.

— Jamais. — Nahri parou. — Sinto muito, aliás. Por ter deixado você aqui sozinha.

— Eu não tive a impressão de que sumir magicamente pelo lago foi uma escolha consciente.

— Não, provavelmente não. Mesmo assim, é difícil não me sentir culpada.

— Você voltou. Você ajudou a consertar as coisas. Mas, se vamos falar honestamente, eu tenho outra pergunta. Ouvi a história que está circulando sobre o que Manizheh contou a você sobre seus pais. É verdade?

A pergunta não a surpreendeu. Nahri sabia desse boato – e estava permitindo que circulasse, tirando vantagem da oportunidade de declarar sua ascendência humana.

— Até onde eu sei, sim.

— Então você é shafit. — Subha a contemplou. — Você sabia?

Para essa pergunta, Nahri estava menos preparada. Mas não mentiria para Subha.

— Sim. Eu não sabia a verdade sobre meus pais, realmente achava que era a filha de Manizheh. Mas Ghassan me contou anos atrás que eu era shafit, e eu acreditei nele.

O rosto de Subha estava ilegível. Sem raiva, sem julgamento. Apenas esperando.

— Por que não me contou?

— Porque eu tinha medo. — Não era corajoso, mas era a verdade. — Eu não contei a ninguém. Não achei que podia. Tinha pavor de que os Daeva se voltassem contra mim, de que Ghassan usasse isso para me destruir.

— Entendo.

Um novo tipo de culpa grunhiu dentro de Nahri, envolto em vergonha. Ela vivera uma vida difícil em Daevabad sob Ghassan, mas não tinha sido uma vida shafit. Ela usara seu privilégio de suposta sangue-puro para sobreviver, e sabia que isso era uma coisa pela qual justamente precisaria responder.

— Você me odeia?

— Por ter se mantido viva em uma cidade mágica estrangeira e hostil? Não. Eu também não falo por todos os shafits. Ninguém fala. Mas conserte as coisas, Nahri. Não nos deixe sozinhos de novo. Isso é melhor do que qualquer pedido de desculpas que você pudesse oferecer.

— Eu vou — prometeu Nahri. — Eu juro… ai! — ela gritou quando Chandra agarrou um punhado de seu cabelo.

— Você é a defensora da mamãe agora?

Uma batida soou à porta, e Razu enfiou a cabeça para dentro.

— Você precisa ser salva, Banu Nahri?

— Sim. Estou em total desvantagem.

— Sem dúvida. — Mas o tom de voz de Razu ficou sério. — Podemos falar a sós por um momento?

Subha já estava pegando a filha de volta, experientemente desembaraçando o cabelo de Nahri.

— Nós conversamos melhor mais tarde.

Razu ficou quieta até a médica shafit sair, então entrou no boticário.

— Como está se sentindo? — perguntou ela. — Sinceramente? Nahri conseguiu dar um sorriso.

— Estou exausta e gostaria de não sentir mais emoções, mas tirando isso estou bem.

A mulher mais velha se juntou a Nahri e colocou a mão no ombro dela.

— Eu não pude deixar de ouvir parte da sua conversa enquanto eu me aproximava. Eu sinto muito... preciso confessar que eu suspeitava que você pudesse ser filha de Rustam. Quando nos conhecemos, eu senti uma sombra da conexão que tinha com ele. Eu jamais tive isso com Manizheh, e fiquei me perguntando se era possível.

— Ele era como ela? — Nahri não conseguiu manter o medo longe da voz.

Razu esticou o braço, afastando um dos cachos que Chandra tinha emaranhado dos olhos de Nahri.

— Não. Rustam jamais teve a determinação da irmã, nem o ar sombrio dela. Ele era muito gentil e muito habilidoso, mas os Qahtani o tinham derrotado havia muito tempo, e acho que ele só estava tentando sobreviver. — Ela indicou o jardim do pátio além da porta do boticário. — Ele teria amado este lugar. Era incrivelmente talentoso com plantas e fármacos. Ele se sentava do lado de fora e flores e gavinhas começavam a rastejar sobre ele como bichos de estimação.

— Isso acontece comigo às vezes — percebeu Nahri, uma nova onda de tristeza se contorcendo dentro dela. — Por Deus, tem tanta coisa que eu nunca vou saber.

Razu a abraçou.

— Eu vou ajudar você a juntar as peças que puder. Tenho minhas histórias, e tenho certeza de que outros também têm. Rustam não tinha muitos confidentes, mas era um homem bem-quisto.

Nahri tentou sorrir. Mas, na verdade, não era apenas sobre o pai que ela queria saber. Ela queria desesperadamente saber quem tinha sido sua mãe – preencher as lacunas na mente e na memória que tinham sido ainda mais escancaradas com a admissão cruel de Manizheh. Nahri queria saber sobre a egípcia que tinha vindo até Daevabad e cruzara o caminho de um Baga Nahid. A mulher que tinha desafiado a morte e a ira de Manizheh para voltar para seu país e fazer um pacto com o próprio senhor do Nilo.

Razu a soltou.

— Mas eu não vim só falar sobre Rustam. Vim com uma mensagem. — Os olhos verdes alegres dela encontraram os de Nahri. — O Afshin gostaria de ver você.

Apesar de ter morado em Daevabad durante anos, Nahri tinha passado pouco tempo nas florestas do outro lado da ilha. Além de fazendas daeva bem vigiadas, dizia-se que a vegetação restante crescia selvagem e descontrolada. Havia rumores de que era assombrada, é claro. De que os campos de flores selvagens e os bosques impenetráveis estavam carregados com os espíritos de amantes infelizes e caçadores se lamentando, com as almas perdidas que tinham fugido para a floresta e tirado a própria vida em vez de se render às forças originais de Zaydi al Qahtani.

Nahri não tinha certeza se acreditava nisso, mas foi impressionante a rapidez com que os sons da cidade sumiram depois que ela e Razu atravessaram as antigas portas de cedro que separavam o Quarteirão Daeva do bosque. Uma estrada bastante desgastada atravessava nitidamente o solo rochoso, passando por um túnel de vegetação, mas, à exceção disso, a natureza corria descontrolada: gavinhas rastejavam para cima de muros de bronze e as árvores eram tão espessas que as profundezas se derretiam em escuridão. Adiante, as montanhas que sempre estiveram tão distantes agora estavam próximas, a ilha de Daevabad recém-aconchegada no seu coração.

— Dara queria me encontrar *aqui*? — perguntou Nahri.

— Queria.

Ela e Razu deram um salto ao ouvir a voz de Dara; o Afshin apareceu subitamente na estrada atrás delas como se estivesse ali o tempo todo.

Ele deve ter visto a expressão delas.

— Perdoem-me. Eu não pretendia assustar vocês.

Nahri enrijeceu. Ele era tanto o Dara que ela conhecera – com seu sotaque caracteristicamente antiquado e o pedido de desculpas que não parecia nada arrependido – e um estranho, o general inimigo que ela, até poucos dias antes, estava planejando matar. Embora tivesse cicatrizado, o ombro de Nahri subitamente doeu, uma sombra do ferimento que a flecha dele tinha causado.

— Está tudo bem. — Nahri conseguiu ouvir a frieza em sua voz, a distância que ela já estava tentando forçar entre os dois, seu corpo se protegendo de uma dor futura.

Razu tocou o pulso dela.

— Quer que eu fique? — perguntou ela, em tukharistani.

— Não, estou bem — insistiu Nahri, sentindo-se tudo menos isso.

Razu deu a Dara um olhar de aviso feroz e então partiu. Mas, assim que ela se foi, a tensão na floresta pareceu disparar. Era a mesma parede que tinha subido entre eles no hospital – Nahri simplesmente não sabia como se sentir a respeito do homem diante dela.

Ela o encarou, sem deixar de ver que Dara fazia o mesmo com ela. Fora do uniforme esplêndido que ele usara como o escravo de Manizheh, ele estava vestido de modo simples, com um casaco escuro que batia nos joelhos e uma calça larga enfiada dentro de botas empoeiradas. Sua cabeça estava despida, os cachos pretos soltos em volta dos ombros.

No entanto, havia algo muito estranho a respeito dele. Uma sensação de alteridade que Nahri tinha notado no telhado, mas na qual não pensara muito na loucura de restaurar a magia e mover uma ilha inteira.

— Você não está marcado pela maldição — disse ela, percebendo em voz alta. — Pela maldição de Suleiman, quero dizer.

Uma expressão que Nahri não conseguiu interpretar tomou o rosto de Dara.

— Não, suponho que não. Eu me sinto restaurado ao que eu era quando Manizheh me ressuscitou no deserto. — Ele levantou a mão e ela mudou brevemente, a pele se tornando incandescente e os dedos acabando em garras antes de voltarem à aparência anterior. — Um daeva original.

— Com poderes que Suleiman considerava perigosos demais para permitir que continuassem existindo — acrescentou Nahri. — E eu preciso dizer que concordo.

— Então suponho que seja certo que você carregue o anel dele. — Dara se aproximou, os olhos esmeralda percorrendo o rosto dela. — Como você está se sentindo?

Como se estivesse sendo perfurada por uma adaga de gelo de novo.

— Bem — mentiu ela. — Poderosa. — Isso não era mentira. — Capaz de derrubar um daeva original.

Dara piscou, surpreso, e um canto de sua boca se levantou com as linhas simples de um sorriso.

— Seis anos em Daevabad e sua língua não está menos afiada do que quando eu a encontrei tramando em um cemitério no Cairo.

O coração de Nahri disparou para a garganta dela.

— Você era a criatura mais irritante e arrogante que eu já tinha encontrado. Mereceu cada observação afiada.

— Justo. — Ele deu outro passo para perto, sorvendo Nahri. — Mas espero que você não ache necessário me "derrubar". Pelo menos não ainda. Eu queria falar com você.

— Na floresta, sozinho?

— Achei que seria melhor se você não fosse vista comigo. E não pareceu certo voltar para o hospital de novo. Não depois…

— Eu ouvi falar. — Nahri sabia tudo sobre o ataque de Dara ao hospital e o caminho de morte que ele tinha aberto ao tentar escapar. Ela sabia porque ouvira das próprias vítimas, muitas delas ainda no hospital, inclusive soldados, civis desmembrados e crianças órfãs.

E isso sem nem contar com os Geziri que tinham morrido nas mãos do veneno de Manizheh; os soldados e jovens cadetes da Guarda Real que tinham sido afogados, esmagados ou devorados por ghouls na noite do ataque; e os *milhares* de civis inocentes que tinham sido mortos quando Manizheh o fez pulverizar a cidade.

Nahri olhou para o rosto de Dara – o lindo rosto sincero, hesitante e hipnótico – e fez uma pergunta que ela esperava, com o que lhe restava de esperança, que tivesse uma resposta diferente da que ela suspeitava.

— Você estava... você esteve sob o controle dela esse tempo todo?

— Não — respondeu Dara, simplesmente.

Ela olhou para ele. Sozinho na floresta, Dara se parecia tanto com o Daeva que a havia tirado do Egito. O guerreiro exasperante e emburrado que queria tanta coisa para seu povo. Para ela. Para eles dois.

Mas ele não era apenas isso. Jamais seria. Nahri não podia olhar para Dara e não ver morte e devastação. A explicação angustiada dele sobre as mulheres de Qui-zi... aquilo viveria nela para sempre.

— Você acaba comigo — disparou ela, as palavras escapulindo da batalha que ela travava contra o coração. — Eu passei todos os dias desde o ataque repassando suas palavras na cabeça e tentando reconciliar o homem que eu conheci com a arma impiedosa que você alegou ser. Eu estava pronta para *matar* você. E então você teve que ir e fazer a coisa certa.

Dara mordeu o lábio, parecendo perto de lágrimas e de um sorriso.

— Desculpe. Parece mesmo que nosso tempo juntos sempre foi fonte de muita frustração para você.

— Nem sempre, Dara. Nem sempre.

Ele exalou ruidosamente e então virou o rosto. Os dois estavam fora do alcance dos braços um do outro como se por um acordo silencioso, compartilhando o medo de que se aproximarem mais seria convidar mais dor. Depois de um momento, ele indicou um caminho estreito que serpenteava pela grama alta.

— Você gostaria... você caminharia comigo?

Nahri assentiu silenciosamente, e eles partiram. Dara determinou o ritmo, parecendo deslizar graciosamente pelo solo irregular. Aquilo a lembrou da jornada original deles – de passar por desertos e planícies congeladas, dos longos dias a cavalo e das conversas afiadas sob as estrelas. Ela sempre havia pensado em si mesma como inteligente e experiente, mas olhava para o passado agora e percebia como tinha sido jovem. Como fora ingênua ao não perceber como seu companheiro era realmente assombrado.

Então eles caminharam. Por campos de trevos rosa e por colinas rochosas, ao longo de um córrego sinuoso e sob o dossel de imensos cedros antigos cujos troncos retorcidos teriam exigido cinco homens para abraçar. Nahri suspeitava que muito daquela floresta tinha originalmente ficado diante do lago, mas estava escondida agora pelo limite que os marids queriam entre a água sagrada deles e a cidade dos djinns. De toda forma, era linda, saudável e curada, e Nahri pensou que podia ser hora de derrubar os muros da cidade. A paz silenciosa e a beleza natural de Shefala a haviam impressionado, e seria bom deixar seu povo respirar ar fresco e caminhar entre as árvores.

Dara falou de novo, tirando Nahri dos pensamentos.

— Quando eu era muito novo, costumava brincar com as crianças Nahid nestes bosques. Nós nos assustávamos com histórias sobre ifrits e ghouls e todo tipo de bestas que nos engoliriam. Meus primos e eu recolhíamos gravetos para brincar de luta enquanto os Nahid curavam nossos arranhões.

— O tom dele ficou saudoso. — Não durou muito, é claro. Eu cresci ouvindo sussurros de meu pai e meus tios sobre o modo como o Conselho Nahid estava mudando, mas levei séculos para entender.

— Eu suponho que isso seja o que acontece quando você é ensinado a adorar seus governantes.

— Você estava disposta a sacrificar sua vida por Daevabad. Tem o poder de um profeta no coração, poder que você usou para remodelar a própria terra e restaurar a magia para centenas de milhares de pessoas pelo mundo. Não acha que é digna de adoração?

— Eu acho que adoração parece exaustivo. Eu tenho responsabilidades o suficiente, não preciso de expectativas de perfeição e divindade além delas.

Dara olhou para ela, a luz que entrava pelo dossel salpicando seu cabelo preto.

— Então o que você quer, Nahri?

O que você quer? Quantas vezes agora Nahri tinha ouvido versões dessa pergunta? Quantas vezes ela protestara, temendo que proferir seus sonhos seria destruí-los?

Então, em vez disso, ela os visualizou. Ela viu Daevabad reconstruída e prosperando, viu os muros que cercavam a cidade e dividiam os quarteirões tribais caindo. O hospital cheio de alunos ávidos e geniais de todo o mundo mágico, a filha de Subha crescida o bastante para fazer as tarefas da escola no jardim e perguntando a Kartir e Razu sobre história. Ela viu Jamshid trabalhando lado a lado com um cirurgião shafit, técnicas mágicas e humanas se completando em uma dança perfeita.

Nahri se viu feliz. Sentada no jardim do Templo com crianças daeva tagarelas e jogando gamão em um café shafit com Fiza. Ali sorrindo para ela do outro lado de um número irracional de pergaminhos conforme, juntos, eles reescreviam as regras do mundo deles.

— O que eu sempre quis — respondeu ela por fim. — Eu quero ser médica. Eu quero curar as pessoas e encher minha cabeça de conhecimento. E talvez encontrar algumas riquezas e felicidade no caminho.

— Você está sorrindo — disse Dara. — Não acho que já tenha visto você sorrir assim.

Calor tomou as bochechas dela, e Nahri tentou ser casual de novo.

— Tenho certeza de que você discorda. Provavelmente acha que eu deveria tomar o trono e fazer todos se curvarem diante de mim.

— Não importa o que eu acho. A vida é sua. — A voz de Dara ficou mais hesitante. — Eu queria ter percebido isso mais cedo. Sinto muito, mais do que posso expressar, Nahri, por ter tentado tirar essa escolha de você. Se eu pudesse voltar atrás... parte meu coração pensar no caminho diferente que poderíamos ter tomado.

A garganta de Nahri se fechou. Ela assentiu, sem confiar em si mesma para falar. Não estava em um lugar onde podia olhar para trás e se perguntar o que poderia ter acontecido – Nahri suspeitava que tinha tantos anos de cura para enfrentar quanto a própria Daevabad. Ela simplesmente passara anos demais sendo uma sobrevivente, recolhendo os cacos e seguindo em frente sem parar.

Talvez fosse bom que os djinns vivessem mais do que os humanos; Nahri tinha a sensação de que precisaria daqueles séculos.

Eles continuaram andando, ainda de lados opostos do caminho, mas não tão distantes. A floresta ficou mais esparsa, abrindo-se para um lindo vale cheio de flores. Libélulas passavam zunindo por cima da grama da altura da cintura e abelhas mergulhavam entre as flores. Uma poupa saltava em um galho de árvore nodoso no limite do bosque, a crista preta e laranja do pássaro chamando a atenção dela.

Não foi a única coisa que lhe chamou a atenção. Nahri semicerrou os olhos, franzindo a testa ao estudar o canto leste do vale. Embora fizesse um dia claro e banhado de sol, uma névoa estranha – como o ar amarelado depois de uma tempestade de areia – pairava sobre aquela parte da paisagem, separando-a como uma cortina.

Dara deve ter notado que ela olhava.

— O véu — explicou ele. — Eu o descobri mais cedo. O novo limite do seu mundo.

Nahri estremeceu.

— Eu não acho que vou atravessá-lo tão cedo. Ou nunca — acrescentou ela, combatendo um pouco de luto. Significava que ela talvez jamais visse o Egito outra vez. Certamente jamais veria Yaqub de novo. — Não depois da última vez que a insígnia de Suleiman deixou a cidade.

— Não — concordou Dara, sua voz inexpressiva. — Não acho que você vai.

Apesar de tudo, Nahri ainda conseguia interpretar Dara bem o suficiente para sentir uma pontada de apreensão.

— Dara, por que você me trouxe aqui?

Ele engoliu em seco, os olhos alegres se desviando.

— Logo depois do alvorecer de amanhã, uma guerreira daeva vai chamar você. O nome dela é Irtemiz. Ela é… ela é como uma irmãzinha para mim — disse ele, tropeçando nas palavras. — Ela vai ter uma história para você, uma história que eu pedi a ela que espalhasse.

Nahri parou, sem gostar nada daquilo.

— Que história?

Dara olhou para ela, e a dor nos olhos dele fez o medo disparar por ela antes que ele sequer abrisse a boca.

— Ela vai contar a você que ontem à noite eu fiquei muito bêbado e ainda mais emburrado do que o normal. Que, em uma crise de culpa, eu jurei ir atrás de Vizaresh e dos djinns escravizados e então atravessei esse véu antes que alguém conseguisse me impedir.

Nahri piscou. De todas as coisas que ela achou que Dara pudesse dizer, aquela não era uma delas.

— Eu não entendo.

— Eu vou atrás de Vizaresh — repetiu ele. — Vou atrás dos djinns escravizados que ele roubou e vou devolvê-los para serem libertados. Mas não pretendo parar aí. Pretendo encontrar *todos* os djinns e Daeva escravizados no mundo humano. Aqueles que foram perdidos e esquecidos como eu fui. Aqueles dos quais sabemos e aqueles sem esperança. Vou encontrar os receptáculos deles e trazê-los para casa.

Ela lutou para achar uma resposta.

— Mas *como*? A forma como as pessoas falam... isso é impossível. A maioria dos receptáculos são anéis; são minúsculos. Eles podem estar em qualquer lugar do mundo, e não há como rastreá-los.

— Então, que sorte eu ter milênios para descobrir uma forma.

Milênios... Nahri não tinha contemplado esse aspecto do novo futuro de Dara, e a ideia fez o estômago dela se revirar.

— Dara, eu sei que você se sente culpado, mas não precisa fazer isso. Jurar fidelidade a uma jornada impossível porque...

— Eu sei que não preciso. Eu quero. — Dara a encarou. — Nahri, não posso voltar e desfazer meus erros, mas posso encontrar uma forma de pagar penitência. De *usar* de fato essa segunda chance que me foi concedida. — Ele abriu um sorriso partido. — Ou talvez, a esta altura, minha terceira ou quarta chance.

— Mas você não pode simplesmente partir — protestou ela. — Os Daeva precisam de você.

— Os Daeva têm *você*. Eles não precisam de mais nada por séculos. Mas eles não são meu único povo, e não há ninguém mais adequado para ir atrás dos djinns escravizados. Eu tenho tempo. Eu tenho magia. Eu tenho *muita* vontade de caçar os ifrits. Vizaresh, Qandisha... eles ainda estão lá fora.

Nahri respirou fundo, sem entender a finalidade na voz dele.

— Tudo bem. Mas você ainda pode visitar Daevabad. Não é como se...

— Eu não posso. Depois que eu passar pelo véu, será como antes. Eu não poderei voltar. Como você disse, eu não carrego a maldição de Suleiman.

E eu não posso partir. O peso total do que Dara tentava dizer a ela quase derrubou Nahri.

Lágrimas queimaram nos olhos dela.

— Então eu nunca mais vou ver você.

— Eu acho provável. *Nahri...* — Dara encurtou a distância entre eles quando Nahri imediatamente perdeu a batalha contra as lágrimas, puxando-a para os seus braços pela primeira vez desde a noite em que eles foram separados no lago. — Nahri, por favor. Não lamente — sussurrou ele. — Você vai construir uma vida maravilhosa aqui, a vida que você sempre quis. Daevabad será gloriosa por isso, e vai ser mais fácil se eu não estiver presente. — Dara segurou o rosto dela, beijando as lágrimas conforme elas escorriam. — Você mereceu seu final feliz, ladrazinha. Me deixe fazer o mesmo. Me deixe merecer um lugar no jardim com minha família.

Nahri segurou um soluço.

— Mas você vai estar sozinho.

— Ah, Nahri... — Dara estremeceu, mas a voz dele permaneceu tranquila. — Eu vou ficar bem. Não vou precisar me esconder como fiz um dia. Posso visitar os lugares da minha infância e dizer aos Daeva na fronteira para visitar os novos Nahid deles. — Ele se afastou o suficiente para olhar para ela; os olhos dele brilhavam com as próprias lágrimas não derramadas. — Há um mundo inteiro para explorar. Reinos além de nosso mundo e tantos ifrits e peris para assustar. Eu vou sair para viver aventuras. — Ele deu a ela um meio sorriso. — É você que tem que ficar para trás com burocratas.

Nahri soltou uma gargalhada embargada.

— Homem insuportável. Você não tem o direito de me fazer rir quando está partindo meu coração.

— Mas então como eu veria você rir uma última vez? — Dara entrelaçou os dedos com os dela, levando-os aos lábios. — Eu vou ficar bem, Nahri, prometo. E se Daevabad algum dia realmente precisar de mim, se você precisar de mim, meu outro voto permanece. Eu vou encontrar uma forma de voltar. Eu posso ir intimidar os marids de novo, ou talvez seu príncipe esquisito possa me trazer pelas águas dele.

— Ele odiaria isso.

— Ainda mais tentador.

Nahri fechou os olhos, tomada pelo luto. Cair de volta naquelas provocações – com a mão dele em seu rosto e os lábios de Dara em seus dedos – só piorava muito mais as coisas. Devia haver um jeito de contornar aquilo.

Você disse a ele que escolhesse. No telhado, Nahri tinha concedido a Dara a liberdade dele. Ela havia prometido honrar a escolha dele. Agora ele a fizera.

Me deixe merecer um lugar no jardim com minha família. Nahri não tinha o direito de tirar isso dele. Ninguém tinha.

Ela puxou Dara de volta para seus braços, enterrando a cabeça no ombro dele. Inspirou o aroma cítrico defumado na pele dele e conjurou cada última gota de força que conseguiu. Em outro momento, ela se permitiria lamentar. Ela se permitiria lamentar tudo que eles tinham se tornado.

Mas, naquele momento, ela seria a Banu Nahida que ele merecia.

— Vou aprender a libertá-los — sussurrou ela ao ouvido dele, passando os dedos pelo cabelo de Dara uma última vez. — Eu juro para você, Afshin. Encontre nosso povo, traga-os para casa, e eu vou libertá-los.

Então Nahri se forçou a soltá-lo – a afrouxar os dedos, desenlaçar os braços e se esticar.

Dara acariciou a ponta do chador dela e então, lentamente, determinado, o soltou.

— A caverna ao longo do Gozan. A caverna onde nós...
— A voz dele falhou. — Está bem protegida dos elementos.
Eu vou deixar os receptáculos ali conforme encontrá-los. Mande
pessoas para verificar de tempos em tempos. — Ele hesitou,
parecendo não querer continuar. Quando falou de novo, Nahri
soube por quê. — Ensine seus filhos a fazerem o mesmo. Diga a
eles que ensinem os filhos deles e as gerações que vierem depois.

Nahri cambaleou, vendo séculos se derramarem diante
dele. Os milênios nos quais ela não estaria mais ali.

— Eu vou. Eu juro.

Dara deu um passo para trás, na direção do véu, e Nahri
imediatamente se moveu na direção dele, percebendo que ele
pretendia partir naquele instante.

— Você não tem nenhum suprimento — protestou ela. —
Nenhuma arma. Como vai se proteger?

O meio sorriso que ele abriu, divertido e magoado,
a acompanharia até o fim de seus dias.

— Eu posso me tornar o vento. Acho que dou conta.

Ela limpou os olhos.

— Ainda tão arrogante.

— Ainda tão grosseira. — O sorriso de Dara sumiu. —
Posso lhe perguntar uma coisa?

*Pode me perguntar qualquer coisa se isso significa que vai ficar
mais um momento.* Mas Nahri apenas assentiu.

Medo iluminou a expressão dele.

— Lá no Eufrates, quando eu perguntei se você queria
continuar e você pegou minha mão... você faria de novo? Se eu
tivesse parado, voltado para o Cairo...

Nahri imediatamente pegou a mão dele.

— Eu faria de novo, Dara. Eu pegaria sua mão mil vezes.

Dara levou a mão dela aos lábios uma última vez, beijando
os nós dos seus dedos de novo.

— Encontre sua felicidade, ladrazinha. Roube-a e nunca
mais solte.

Não vou. Nahri quebrou um galho da árvore mais próxima e o queimou na mão. Dara se curvou sem dizer nada, e ela marcou a testa dele com cinzas, lutando para manter a voz firme.

— Que o fogo queime forte por você, Afshin.

Dara se endireitou, encarando-a por mais um momento. Ela o sorveu, memorizando os olhos brilhantes e o cabelo escuro como vinho. Aquele era o homem de quem ela se lembraria.

Então seu Afshin deu um passo para trás e se foi.

Nahri esperou por um longo momento, mas o barulho da floresta, o canto da poupa e o farfalhar das folhas eram os únicos sons.

Ela sentiu uma comichão no pulso. Uma gavinha delicada, verde com novos brotos, provocou seus dedos. Enquanto ela observava, uma flor roxa brilhante como uma joia abriu suas pétalas.

Nahri a levou até o rosto e caiu em lágrimas.

Mas ela não estava sozinha. Não em Daevabad. Não estava chorando havia muito tempo quando ouviu os passos pesados de uma grande besta, e então uma linda asa de arco-íris se fechou em torno dela.

Nahri apertou o rosto úmido contra a juba sedosa do shedu.

— Vamos para casa, Mishmish. Não acho que ele vai voltar.

ALI

O LAGO ESTAVA TRANQUILO MAIS UMA VEZ. Ali estava sentado na margem rasa do delta do seu rio, submerso até a cintura, seus dedos dos pés enterrados na lama. O ar estava espesso com névoa, tão úmido que era difícil dizer onde o lago terminava e o céu começava. Lençóis de chuva nebulosa pairavam acima. Embora fosse meio-dia e o sol brilhasse forte do outro lado das montanhas verdes, ali a luz estava fraca, apenas um brilho pálido.

Ele não se importava. Era avassaladoramente tranquilo, e Ali fechou os olhos ao se inclinar contra a pedra na qual Sobek estava deitado. As criaturas do novo domínio de Ali, os peixinhos mordiscando suas canelas e a cobra-d'água se enroscando na sua cintura, pareciam recebê-lo com alegria, a corrente fria de nascentes de montanhas cascateando sobre o colo dele.

Sobek soltou seu pulso, e Ali piscou, confuso, como se despertasse de um sonho.

— Está vendo como é mais fácil quando você não combate a comunhão? — observou o marid do Nilo. — Tiamat vai ficar feliz com essas lembranças. Você lutou bem.

Ali passou as mãos pelo rosto, voltando a si. Tiamat. Sobek. Eles eram o motivo pelo qual Ali estava ali, apresentando-se como o novo enviado entre os povos dele.

— É satisfatório? — perguntou ele, grogue. — A Banu Nahida promete respeitar o rio como nossa fronteira.

— É satisfatório contanto que o resto do povo dela também respeite. — Sobek se alongou, esticando-se como o crocodilo que era. — Você deveria tornar seu rio mais amplo. Eu posso enviar mais de meus filhos para acalmar as águas dele.

Ali fazia uma ideia muito boa de que tipo de filhos eram esses, e não estava pronto para encher aquele rio com crocodilos devoradores de djinns.

— Eu achei que deveríamos tentar a paz primeiro.

— Como quiser. Vai voltar para eles agora?

Ele assentiu.

— Meu irmão e minha irmã me esperam. Ainda há muito trabalho a fazer. — Muito trabalho, é claro, era um eufemismo. Eles tinham uma cidade arrasada pela guerra para recuperar. Tinham uma civilização inteira para recuperar... e potencialmente construir de novo.

O marid soltou um ronco de escárnio evidente.

— Sangues de fogo. Você sonha tão baixo, Alizayd al Qahtani. Poderia ser um verdadeiro senhor do rio, e em vez disso se contenta com papelada e *números*. — Ele pareceu escandalizado. — Desperdiçando a vida tentando fazer paz entre djinns briguentos e uma cidade de pedra seca.

— Sinto muito por ser uma decepção tão grande — disse Ali, sarcasticamente. — Eu posso devolver a armadura e a espada, se você quiser.

Sobek se irritou.

— Isso não será necessário. Mas saiba que Tiamat vai esperar que você retorne à corte dela e honre seu pacto, pelo menos uma vez a cada poucos anos. Seria benéfico que você me visitasse também.

— Cuidado, Sobek. Você quase parece afeiçoado a mim.

— Você não sabe nada sobre cuidar de um rio. Alguém precisa lhe ensinar. — Ele indicou o rio que Ali tinha arrastado pela terra quando Nahri moveu a cidade. — Estas águas e a vida que flui nelas são sua responsabilidade. Quando elas prosperarem, você também prosperará. Se forem negligenciadas, vocês dois cairão. — Ele encarou Ali com o olhar reptiliano que eles agora compartilhavam. — Você precisa entender que jamais terá mais do que um pé em seu mundo djinn novamente.

— Eu entendo o preço que paguei.

Ali o via nos olhos de todas as pessoas que encontrava – dos djinns chocados pelo mundo, que Fiza precisou convencer de que ele ainda era um deles, aos sussurros que o seguiam para todo lado. Ninguém o repreendera... ainda. Ele era um dos salvadores de Daevabad, entre amigos e família.

Mas Ali sabia que a repreensão viria. Ele sabia que os sussurros ocasionalmente seriam afiados. Ele seria chamado de crocodilo, traidor, abominação. A lealdade e a fé dele seriam questionadas. Também sabia que haveria momentos em que seria insuportável, quando ele arderia com a vontade de chamar uma chama nas mãos e ser parte de seu povo de novo, sabendo que jamais aconteceria.

Ainda assim, não se arrependia. Tinha ajudado a libertar sua cidade e sabia muito bem que, se fosse honesto, parte dele se sentia confortável pela primeira vez na vida, como se os seus traços enraizados em Sobek tivessem sido reconhecidos e conciliados.

Ali ficou de pé.

— Eu deveria voltar.

— Sim, acho que deveria. Diga aos sangues de fogo que nós os afogaremos se eles se aproximarem de nosso lago.

— Não vou dizer isso.

Sobek caminhou pela água ao lado dele.

— Você deveria acasalar com a Nahid se insiste em permanecer aqui. Crias entre nossos povos selariam melhor nosso novo pacto. Eles também poderiam me visitar.

E com isso, Ali se viu subitamente farto de seu ancestral.

— Olha só o céu — observou ele, indicando a névoa uniforme. — Está ficando tarde. Por que eu não continuo sozinho?

Sobek não pareceu registrar a evasão, parecendo perdido nos próprios pensamentos.

— Ela não era muito mais que uma menina quando nos conhecemos.

— Nahri?

— A mãe dela.

Ali parou de andar. Aquela era a primeira vez que Sobek mencionava a família de Nahri por conta própria, e definitivamente a primeira vez que ele mencionava a mãe dela.

Sabendo como Sobek podia ser resguardado, Ali escolheu as palavras com cuidado.

— Então, o que Manizheh disse a Nahri era verdade? — Ele já havia compartilhado as memórias dele com Sobek, e o marid sabia o que Ali sabia: que a história sobre Manizheh ter denunciado Nahri como o "erro" do irmão dela, a filha de uma mãe shafit, estava se espalhando como um incêndio descontrolado.

— Sim. — Sobek ficou calado um longo momento. — Sua Nahid correu um grande risco pela paz com meu povo. Devolver o lago... é quase um presente.

Ali sentiu para onde aquilo estava indo.

— Você não iria querer ficar endividado com ela.

— Não, eu não iria. — Ele fixou o olhar em Ali. — A promessa que eu fiz para a mãe dela foi de remover as memórias da menina para que ela pudesse começar uma nova vida. Você é aliado dela; eu vou deixar a seu critério decidir se ela fez isso.

— Sim — disse Ali, às pressas. Havia pouco que ele sabia que Nahri iria querer mais do que isso. — Restaure as memórias dela. Eu vou trazê-la imediatamente...

— As memórias de sua Nahid se foram. Mas a mãe dela fez um acordo comigo. Duriya — disse Sobek, pronunciando o nome com uma reverência silenciosa. — As lembranças dela passaram para mim quando ela morreu. Posso compartilhar com você, e então você pode fazer o mesmo com ela.

— Mas eu nunca fiz esse tipo de magia.

— Não é difícil. — Sobek parou. O rosto do marid era quase ilegível, alternando-se entre humanoide e reptiliano, mas Ali podia jurar que viu um vestígio de tristeza ali. — Não são lembranças tranquilas. Seria melhor se viessem de um amigo.

Ali hesitou. Na mente, ele viu Nahri sentada ao seu lado na margem do Nilo, o rio refletido no olhar escuro dela conforme ela falava com um desejo palpável sobre os primeiros anos dos quais não se lembrava.

Ele viu a mulher que ela havia se tornado, cercada por pessoas que a amavam, a mulher corajosa o suficiente para desafiar a própria morte para salvá-los.

Ali estendeu as mãos para Sobek.

— Me mostre.

A cabeça de Ali ainda estava girando quando ele seguiu rio acima até onde Zaynab e Muntadhir esperavam. Teria sido mais rápido chamar a magia marid, que o teria transportado pelas correntes ocultas sob a superfície da água. Mas Ali precisava da caminhada para desanuviar a mente do que tinha visto – e para contemplar como ele contaria essa nova história para a amiga que tinha acabado de ter seu mundo abalado de novo. Ele precisava de chão firme sob os pés, um retorno gradual ao outro mundo que o chamava.

Ele os ouviu brincando antes de sequer chegar na curva rochosa do rio.

— ... porque não é justo que você fique bem em tudo — reclamava Zaynab. — Está fora do calabouço há menos de uma semana. Como já tem um tapa-olho bordado elegante?

— Fãs que me adoram, irmãzinha. Uma rede inteira deles.

Então eles estavam ali, deitados no tapete que Ali tinha carregado até lá fora e tendo claramente terminado a comida que ele tinha trazido da cozinha. Os irmãos que ele achou que tinha perdido, cuja falta ele sentira tanto e com quem se preocupara tão intensamente que lhe tirava o fôlego.

Muntadhir levantou o olhar, dando um largo sorriso.

— Zaydi! Achamos que você jamais voltaria. Comemos tudo por precaução.

Zaynab cutucou o irmão mais velho com o cotovelo.

— Não o provoque. Ele já parece que vai começar a chorar e nos beijar de novo.

Ali ficou subitamente feliz por ter caminhado de volta, porque tinha água lamacenta do rio o suficiente nas roupas para lançá-la em jatos sobre o irmão e a irmã ao se sentar entre eles, provocando gritos dos dois.

— Vocês sabem que eu poderia ter sido rei em Ta Ntry em vez de voltar para vocês dois. Um castelo, riquezas…

— Amma controlando todos os seus movimentos. — Zaynab puxou a cesta. — Eu não deixei que ele acabasse com a comida de verdade.

— Bendita seja. — Com o estômago roncando, Ali pegou um pedaço de pão chato enrolado com recheio de lentilhas temperadas e repolho.

A irmã ainda o observava, a preocupação visível sob seu ar de indiferença.

— Deu tudo certo com o marid?

— Ele foi longe demais nos planos para os netos, mas, tirando isso, estamos bem. — Ali não disse nada sobre o que Sobek tinha mostrado a ele; aquilo era só para Nahri. — Contanto que a gente respeite a fronteira, acho que a paz vai se manter entre nossos povos. — Ele deu outra mordida. — Ele chegou a sugerir encher o rio de crocodilos.

Zaynab estremeceu.

— Espero que você saiba que não vou explorar essa parte da nossa ascendência. *Nunca*. Estou feliz sendo djinn, muito obrigada. — A voz dela ficou mais sombria. — Você acha que tem alguma chance de eles... libertarem você? — aventurou-se ela. — De devolverem sua magia de fogo ou...

— Não — respondeu Ali, categórico. — Mas está tudo bem.

— Ah, eu meio que acho que "embaixador marid" cai bem em você — observou Muntadhir. — Você tem seu próprio rio, as marcas prateadas acrescentam um ar de mistério, e seus olhos são assustadores. Devem lhe servir bem quando você estiver negociando a derrocada de nosso sistema de governo inteiro.

— Ele definitivamente vai leiloar qualquer tesouro familiar em que puser as mãos — avisou Zaynab. — Espero que você tenha escondido algum, Dhiru. Eu sei que eu escondi. Vou observar essa revolução do povo de fora.

Ali engoliu o resto da comida e se deitou, cobrindo os olhos contra o sol que entrava pelo dossel de folhas.

— Eu esperava que vocês dois pudessem se *juntar* à revolução do povo, e então eu poderia simplesmente pagar seus salários.

Zaynab já estava fazendo que não com a cabeça.

— Eu amo você, irmãozinho, e amo minha cidade, mas assim que as coisas se acalmarem, vou partir.

— Espere, o quê? — perguntou Ali, chocado. — Para onde você vai?

— Todos os lugares? — A irmã deu um sorriso incomumente tímido. — Eu nunca deixei Daevabad. Nunca achei que partiria, a não ser que fosse para o palácio de algum nobre estrangeiro, um marido com quem seria esperado que eu brincasse de política. — Zaynab brincou com a pulseira de ouro no pulso. — Por muito tempo, eu não tive problema com isso; acreditava que era a melhor forma de servir a minha família. Mas esse mundo acabou, e supervisionar a resistência em Daevabad foi... difícil. Mas também me ensinou muito. Me ensinou que eu quero mais.

Ali não conseguia esconder sua preocupação.

— Pelo menos me diga que não vai sozinha.

— Não, mas obrigada por achar que eu sou incapaz. Aqisa vai comigo. Nós iremos para Bir Nabat primeiro. Ela quer levar as cinzas de Lubayd para casa.

— É lá que ele deveria descansar — murmurou Ali, luto crescendo em seu peito à menção do amigo assassinado. — Mas eu vou sentir sua falta, ukhti. Terrivelmente.

Zaynab apertou a mão dele.

— Eu vou voltar, irmãozinho. Alguém responsável precisa se certificar de que você não vai estragar tudo.

Ali tinha deixado as armas para trás quando visitara Sobek, mas agora se sentou e pegou a zulfiqar.

— Leve isto.

Os olhos cinza dourados de Zaynab se arregalaram.

— Não posso levar sua zulfiqar!

— Não é minha. Pertence à nossa família, e eu nunca mais vou usá-la da forma como fiz um dia. Leve. Aprenda a conjurar as chamas e vá viver umas aventuras, Zaynab.

Os dedos dela se fecharam em torno do cabo.

— Você tem certeza?

— Tenho. Contanto que eu possa escrever e implorar por seu conselho quando eu inevitavelmente estragar tudo.

A irmã sorriu.

— Combinado.

Ali se virou para Muntadhir.

— Não me diga que *você* vai embora para viajar pelo desconhecido também?

Muntadhir estremeceu.

— Ah, de jeito nenhum. Você vai precisar arrancar cozinhas abastecidas, camas macias e roupas limpas das minhas mãos cobertas de joias. — Ele parou. — Mas não vou voltar para o palácio também.

— Não vai? — O irmão e o palácio de Daevabad estavam completamente entrelaçados na mente de Ali. — Mas você é o emir. Eu preciso da sua ajuda.

— Você vai ter minha ajuda — assegurou Muntadhir. — Mas não como emir. — Ele parecia tentar, sem sucesso, oferecer um sorriso brincalhão. — Quer dizer, você *está* planejando abolir a monarquia, e eu... — Muntadhir exalou, subitamente mais frágil. — Eu não posso voltar para lá, akhi, sinto muito. Não posso voltar para aquele lugar onde ela massacrou meus amigos e envenenou meu povo. Onde eles... — Um tremor abalou o corpo dele, e Muntadhir rapidamente limpou o olho direito. — Eu sei que isso é provavelmente covarde.

Mas Ali não achava que o irmão era covarde. Na verdade, depois de encontrar Muntadhir no calabouço, Ali tinha quase certeza de que o irmão era uma das pessoas mais corajosas que ele conhecia.

Ele tinha se dirigido ao calabouço assim que soubera que Nahri estava bem, cercada por amigos e com Subha a caminho. Não tinha ido sozinho – Jamshid tinha insistido em acompanhá-lo –, e conforme os dois desciam para o interior sombrio do palácio, passando por celas cheias dos inimigos pútridos de Manizheh, Ali jamais se sentiu tão grato por não estar sozinho. Era uma cena terrível – atestava a brutalidade de Manizheh tanto quanto os bairros pulverizados acima e o túmulo coletivo com os restos mortais de Geziri parcialmente queimados que eles tinham encontrado na arena.

Havia rostos familiares entre os prisioneiros, estudiosos, ministros e nobres que Ali conhecera quando novo, nomes para a crescente lista de mortos. E conforme ele e Jamshid se aventuraram mais profundamente, Ali começou a perder a compostura, implorando a Deus que não encontrasse os corpos do irmão e da irmã assassinados.

E não encontrou, uma misericórdia pela qual seria grato todos os dias de sua vida. Eles tinham encontrado Zaynab primeiro, trancada, mas ilesa – parte de Manizheh aparentemente ainda era pragmática o bastante para que ela mantivesse sua refém mais valiosa viva.

Zaynab tinha se atirado aos braços de Ali, agarrando-o tão forte que o machucou.

— Eu sabia que você voltaria — sussurrou ela. — Eu sabia.

Muntadhir tinha sido outra história.

Quando eles finalmente encontraram a cela do irmão e arrombaram a porta, Ali estava convencido de que Muntadhir estava morto. O cheiro de podridão e detritos corporais estava tão espesso no ar que ele mal conseguia respirar. E quando viu o homem macilento acorrentado e caído contra parede de pedra cinza, pareceu impossível que fosse seu charmoso e aparentemente intocável irmão mais velho. Hematomas, cicatrizes e feridas abertas cobriam a pele suja de Muntadhir, e um tecido manchado mal se agarrava ao quadril dele. O irmão tinha desabado o máximo que as algemas permitiam, seus braços presos acima da cabeça em um ângulo doloroso. O cabelo dele estava grande demais, os cachos pretos embaraçados e grudados no rosto.

Ao lado de Ali, Jamshid soltara um gemido baixo, e então se aventurara primeiro, tentando poupá-lo do máximo de dor possível. Muntadhir não reagiu quando Ali tocou seu pescoço, mas Ali ficou aliviado ao encontrar uma pulsação. E quando ele gentilmente chamou o nome do irmão, Muntadhir se agitou, suas correntes chacoalhando quando ele abriu seu único olho.

E então ele gritou. Às lágrimas, gritou que Ali estava morto e tinha sido substituído por um demônio, e também se encolheu do toque de Jamshid quando o amante correu para a cela. Muntadhir tinha começado a bater com a cabeça na parede, chorando e soluçando, alegando que os dois homens diante dele eram um "truque Nahid".

Ali ficou transtornado. Ele tinha desafiado Tiamat e viajado pelas correntes do mundo, mas ao ver o irmão mais velho desabar ele se sentiu tão pequeno. Tão inútil.

Então Jamshid interveio.

O Baga Nahid cuidadosamente segurou as mãos de Muntadhir, curando-o ao passar os dedos pela pele coberta de sujeira, e tirou o emir das algemas.

— Sou eu, emir-joon — ele o assegurou baixinho. — Apenas eu, sem truques. — Ele beijou a ponta dos dedos de Muntadhir. — Você me acordou assim depois que eu fui alvejado, lembra? Disse que tinha tanto medo de me ferir que não sabia onde mais tocar.

Com isso, Muntadhir parou de lutar. Em vez disso, pressionou o rosto contra o ombro de Jamshid e chorou ainda mais.

— Eu achei que você estivesse morto — ele disse, soluçando. — Achei que estivessem todos mortos.

E, tirando o tapa-olho elegante e o sorriso brincalhão, Ali ainda via aquele homem quando olhava para Muntadhir agora, por mais que ele claramente tentasse convencer os irmãos mais novos de que estava bem. Ali tinha aprendido do modo mais difícil como Muntadhir era habilidoso em esconder sua verdadeira personalidade, mesmo daqueles que amava.

Ali esticou o braço agora, segurando a mão do irmão.

— Não é covarde, Dhiru. Nem um pouco.

— Eu tenho dinheiro guardado — disse Zaynab baixinho. — O bastante para comprar uma casa para você no Quarteirão Geziri.

— Eu não vou me mudar para o Quarteirão Geziri — respondeu Muntadhir. — Jamshid... ele disse que eu poderia ficar com ele um pouco. Ele tem espaço, e nós sempre fomos próximos... — O irmão pareceu tropeçar nas palavras, na história que ele devia ter praticado.

Ah, akhi... Ali mordeu o lábio, ansiando por falar livremente. Mas ele não sabia se Jamshid tinha contado a Muntadhir que seu irmãozinho sabia sobre o relacionamento deles, e Ali sentiu que tinha perdido o direito de se intrometer. Em vez disso, ele trabalharia para conquistar a confiança de

Muntadhir e deixaria o irmão escolher quando e como compartilharia suas confidências.

Por enquanto, Ali apenas apertou a mão dele de novo.

— Isso parece uma ótima ideia. Acho que seria bom para vocês dois.

Muntadhir deu a ele um olhar levemente resguardado, mas havia um brilho de esperança ali.

— Obrigado, Zaydi. — Ele se inclinou para trás apoiado nos cotovelos, a luz do sol brincando sobre seu rosto ainda pálido, e piscou um olho, um indício de malícia entrando em sua expressão. — Embora você esteja sendo muito grosseiro em não me parabenizar por minha última realização pessoal.

— Que é?

— Divórcio. — Muntadhir suspirou, com um ar sonhador. — Ah, a doce sensação de liberdade e a pior parceria do mundo literalmente se acabando em chamas.

— Sim — disse Zaynab, sarcasticamente. — Porque seu casamento o restringiu *tanto*.

— Você e Nahri estão divorciados? — perguntou Ali. — É... oficial?

Muntadhir sorriu e olhou para Zaynab.

— Estou dizendo, pelo menos três vezes.

Zaynab balançou a cabeça.

— Só uma. Ele é definitivamente afobado o suficiente para ter feito, mas de maneira alguma não desabou imediatamente em pânico por ter cometido um pecado.

Ali realmente estava combatendo o pânico.

— Do que vocês dois estão falando?

Os olhos da irmã brilharam.

— De quantas vezes você beijou Nahri.

Ali ficou subitamente feliz por ter desistido da magia de fogo, dado que, caso contrário, ele teria entrado em combustão de vergonha.

— Eu... isso não é... — gaguejou ele. — Quer dizer, foi uma noite muito emotiva.

Zaynab e Muntadhir caíram na gargalhada.

— Uma vez — concordou Muntadhir, rindo tanto que precisou secar uma lágrima do olho. — Eu devo um dirham a você.

— Vocês *apostaram* se eu tinha ou não beijado sua esposa? — Ali estava chocado. — Qual é o problema com vocês? — Quando o irmão e a irmã apenas riram mais ainda, ele se empertigou. — Eu odeio você. Odeio vocês dois.

Zaynab apoiou a cabeça no ombro dele.

— Você ama a gente.

Ali precisou forçar um ruído de insatisfação. Porque ele amava mesmo os dois. E embora eles estivessem debochando dele e planejando futuros separados, ele subitamente sentiu uma fagulha de esperança pura ali, na quietude da floresta, com o irmão e a irmã, sentado entre o rio e a cidade – *seu* rio e *sua* cidade –, entre os mundos e as pessoas que ele uniria. Ali tinha mais trabalho nas mãos do que nunca: um novo governo para estabelecer e uma economia arruinada para consertar. Alianças para reatar e novos segredos de família para confidenciar a seus mais queridos parceiros. Uma mãe esperando uma carta *muito* longa e um pai por quem finalmente dizer as orações funerárias.

Mas naquele momento, apenas continuou sentado, aproveitando o sol no rosto, o ar fresco do lago e a companhia de sua família.

— Alhamdulillah — murmurou ele. *Deus seja louvado.*

Muntadhir levantou o olhar distraidamente de uma folha de grama que estava torcendo.

— Por que isso?

— Por nada. Tudo. — Ali sorriu. — Eu sou apenas muito grato.

48

NAHRI

Foi surpreendentemente rápido empacotar a vida que ela construíra no palácio. Das dúzias de vestidos de seda e chadores bordados com ouro, Nahri levou poucos. Eles eram lindos, mas ela não precisaria de vestidos elegantes e roupas chiques no novo caminho que tinha traçado. Quando se tratava de joias, no entanto, ela pegou tudo que conseguiu enfiar em um baú. Nahri jamais se livraria das lembranças da pobreza, e embora estivesse feliz por contribuir com alguns de seus pertences para o fundo destinado à reconstrução de Daevabad, não se deixaria sem dinheiro, principalmente quando seu hospital tinha as próprias necessidades.

Ela selecionou os livros com mais cuidado, temendo ter pouco tempo livre para ler no futuro próximo. Textos médicos foram empacotados em um baú especial. Então Nahri se esticou, olhando ao redor do quarto.

Uma fileira de pequenos objetos no peitoril da janela chamou sua atenção: os pequenos presentes que o velho cozinheiro egípcio lhe dera com suas refeições. Nahri pegou um, um barquinho vermelho, e limpou a poeira com o polegar.

Ela se perguntou se o idoso teria sobrevivido ao ataque ao palácio. Talvez, depois que terminasse de empacotar, fosse até a cozinha descobrir.

Eu deveria tentar falar com os outros shafits do Egito aqui. Agora que Nahri estava livre para assumir suas raízes, podia ser agradável passar um tempo com o resto de seus compatriotas exilados. Talvez alguém estivesse interessado em voltar para o Cairo e levar uma carta bem longa para um boticário bastante confuso.

Talvez alguém soubesse de uma jovem da comunidade deles que um dia tinha atraído o olhar de um Baga Nahid.

Mas, antes que Nahri partisse para qualquer lugar, havia mais uma coisa que ela precisava pegar. Ela voltou para a cama e se ajoelhou no chão.

Hesitou. Sabia que havia uma boa chance de não estar mais ali. Embora seu quarto no palácio parecesse empoeirado e intocado, Nahri suspeitava de que tivesse sido vasculhado depois da invasão de Manizheh.

Então, quando ela passou os dedos sob o estrado, foi com trepidação. Mas seu coração deu um salto quando a mão repousou na lâmina embrulhada em linho que ela havia colocado ali quase um ano antes.

A adaga de Dara.

Nahri pegou a faca incrustada de joias e a desembrulhou. O ferro polido brilhava à luz fraca que entrava pelas cortinas fechadas do quarto, as pedras de cornalina e lápis reluzindo. Ela encarou a adaga, lembrando-se do dia em que Dara a ensinara a arremessá-la, a gargalhada dele fazendo cócegas em sua orelha. Luto subiu por dentro dela, mas tinha um sabor diferente agora. Um pouco menos amargo.

Espero que você conquiste seu final feliz, Dara. De verdade. Embainhando a adaga de novo, Nahri a apoiou ao lado do barco de junco e das roupas que ela pretendia levar.

Houve uma batida fraca. Ela olhou para trás.

Ali esperava à porta aberta.

À luz do meio da manhã, ele parecia se destacar como um vazio silencioso e turbulento. Faixas de névoa brincavam aos pés dele e o amarelo em seus olhos brilhava levemente, como o olhar de um gato. O sol iluminou o que era visível das suas cicatrizes, o tom prateado deslumbrante contra sua pele preta.

Ele voltou diferente. As palavras de despedida de Fiza na praia de Shefala, logo antes de a capitã pirata sair correndo com Jamshid, voltaram a Nahri. Ela estivera preparada, ou pelo menos havia tentado estar, escondendo o choque o mais rápido possível quando acordou e viu Ali ao seu lado, o cinza suave dos olhos dele substituído pelo amarelo e preto reptiliano de Sobek. Mas as palavras hesitantes dele – pois os dois mal tinham se visto desde a batalha e ainda não tinham conseguido um momento sozinhos – só provocaram mais perguntas.

Eu devo ser um embaixador entre nossos povos. Eles me mudaram para que eu pudesse falar por eles.

E, de fato, parcialmente escondido nas sombras, Ali parecia apto a cumprir o papel. Um visitante das profundezas, enviado de um mundo misterioso e desconhecido no fundo do mar.

Ele falou baixo, cumprimentando Nahri do modo como ela havia ensinado.

— Sabah el hayr.

— Sabah el noor — respondeu Nahri, se levantando.

Ali cruzou e descruzou os braços, como se não soubesse o que fazer com eles.

— Espero que não se importe com minha intrusão. Eu ouvi que você estava aqui e achei que podia vir. Eu sei que faz uns dias desde que a gente se falou.

— Uma semana, na verdade — observou Nahri, tentando manter a emoção longe da voz. — Eu estava começando a achar que você tinha se esquecido de nós no hospital.

Ele manteve o olhar no chão, brincando com a ponta do turbante.

— Eu sabia que você estaria ocupada. Não queria incomodar, e achei... achei que deveria dar espaço a você.

Nahri inclinou a cabeça com ceticismo.

— "Dar espaço a mim"?

— Sim.

— Alizayd al Qahtani, de jeito nenhum essas palavras são suas.

— Foi sugestão de Zaynab. — A voz de Ali se embargou com vergonha. — Ela disse que eu posso ser sufocante.

E com isso, ele passou de embaixador marid misterioso para o Ali que ela conhecia. Um sorriso sincero se abriu no rosto de Nahri, e ela se juntou a ele na porta.

— Eu não preciso de espaço de você, meu amigo — disse ela, puxando-o para um abraço.

Ali a apertou com força.

— Por favor, nunca mais esfaqueie seu coração de novo — implorou ele, as palavras abafadas contra o alto da cabeça de Nahri.

— Eu espero que tenha sido um evento único na vida. — Nahri pressionou a testa contra o peito dele. Ali parecia mais frio do que o normal, embora não de um jeito desagradável. O cheiro de sal e sedimentos era forte em sua pele, como se ele tivesse mergulhado em um rio numa manhã fria. A batida do coração também estava diferente, mais lenta e prolongada.

Ele estava diferente. Mas era tão bom estar nos braços dele que Nahri não se importava. Eles tinham sobrevivido, e era tudo o que importava. Ela estremeceu, sentindo parte da tensão que vinha acumulando havia dias finalmente escapar.

— Você está bem? — murmurou Ali.

— Não — confessou ela. — Mas acho que tenho uma chance de ficar algum dia, então já é um progresso. — Nahri respirou fundo de novo, passando a mão pelo algodão macio que cobria as costas dele, e então se afastou. — Venha, fique um pouco comigo... ah, não olhe para a porta assim — disse ela, combatendo um rubor. Nahri *definitivamente* não tinha se esquecido do que acontecera da última vez que eles estavam atrás de portas fechadas. — Vou deixar aberta para que o diabo possa fugir, está bem?

Ali pareceu morto de vergonha, mas não protestou quando Nahri o puxou para dentro.

— Seus aposentos parecem ter sobrevivido à guerra intactos — disse ele, aparentemente só para dizer alguma coisa.

— Uma das poucas coisas. Não consigo nem entrar na enfermaria daqui. Não depois do que Manizheh fez lá. É como se ainda conseguisse sentir o cheiro dos corpos queimados dos meus ancestrais. — Ela suspirou. — Deus, Ali, isso tudo é demais. Tem tanta gente morta, tantas vidas destruídas. O que você disse no Cairo sobre levar uma vida para fazer a paz...

— Então vamos levar dez vidas. Faremos um bom alicerce, o melhor que pudermos.

Nahri revirou os olhos.

— Você sempre foi um otimista inconsequente.

Ali emitiu um estalo com a língua.

— Ah, não. Você nunca mais pode me chamar de inconsequente depois de ameaçar os *peris* ao perfurar seu próprio coração.

— Eles me irritaram. — Nahri falou casualmente, mas então um traço da antiga raiva voltou. — Eu não vou ser chamada de inferior ou menor de novo. Não deixarei que meu povo, *nenhum* deles, seja chamado assim. Muito menos por uns pombos empertigados e intrometidos.

— E você acha que os pombos empertigados podem voltar para fazer a gente se arrepender disso?

Você fez um inimigo hoje, avisara o peri.

— Eles não pareceram felizes — admitiu Nahri. — Mas espero que as próprias regras complicadas deles sobre interferência os mantenham longe até estarmos mais fortes.

— Pela vontade de Deus. — Hesitação tomou a voz dele. — Com relação a outro ser excessivamente poderoso, ouvi falar que tivemos uma fuga.

O estômago de Nahri se revirou.

— Algo assim.

Ali a encarou; apesar da nova aparência dele, ela conseguia ver dezenas de perguntas nos seus olhos.

— Há pessoas exigindo justiça, Nahri. Pessoas que querem mandar soldados atrás dele.

— Elas estariam perdendo tempo, e todos sabemos disso. Ninguém vai pegar Dara se ele não quiser ser pego. Eu sei que as pessoas querem justiça — disse ela. — E eu sei que vamos construir um novo governo, um novo mundo. Mas ele é uma coisa que precisava ser resolvida do jeito antigo, do jeito daeva. Deixe Dara passar o milênio dele recuperando as almas roubadas pelos ifrits. É mais útil do que definhar em um calabouço.

Ali não pareceu convencido.

— Ele poderia erguer um exército e voltar.

Ele não vai fazer isso. Nahri tinha visto a determinação na despedida de Dara – tinha sido apenas isso, a despedida de um homem que não esperava ver a mulher que ele amava novamente.

— Ali, você diz que confia em mim — disse ela, baixinho.

— Então confie em mim. Ele se foi.

Ele a encarou por mais um momento, mas então deu um leve aceno. Não foi muito, e Nahri sabia que os Geziri tinham direito de querer vingança. Mas a vingança deles seria o resultado de uma vingança anterior. E o problema era que eles não eram os únicos presos naquele ciclo.

Era, de fato, o motivo pelo qual a paz levaria vidas. E por que, por mais que doesse, Nahri sabia que Dara estava certo em partir. A presença dele teria sido divisora demais – muitos Daeva eram protetores em relação a ele, e muitos djinns e shafits ficariam furiosos, com razão, ao ver a arma de Manizheh vivendo livremente entre eles. Talvez chegasse um dia em que ele pudesse voltar – talvez uma geração distante estaria afastada o bastante da guerra para conhecer Dara como um herói, o Afshin que havia se dedicado a resgatar almas escravizadas, em vez de como o Flagelo.

Mas Nahri temia que esse dia estivesse muito distante no futuro.

Ali tinha esticado a mão para esfregar um ponto no ombro. O colarinho dele se afastou o bastante para que ela visse um trecho de couro escamoso cobrindo sua pele.

— O que é isso? — perguntou ela.

Ali abaixou a mão, parecendo envergonhado.

— Um dos filhos de Tiamat me ferroou.

— *Ferroou?*

— Você não quer saber dos detalhes, acredite em mim. Sobek me curou, mas ele deixou uma marca.

— Posso ver? — Quando Ali assentiu, Nahri afastou o colarinho e acompanhou o caminho estreito da cicatriz escamosa, uma faixa de pele alterada. Ela não deixou de notar a pulsação acelerada dele conforme o tocava, nem o efeito que passar os dedos por ele de novo tinha sobre *ela*, mas isso não era algo em que deviam se aprofundar agora. — É permanente, o que eles fizeram com você?

— Sim. Tiamat drenou o fogo do meu sangue. Ela queria se certificar de que eu não poderia dar as costas a eles. — Ali a encarou, os olhos brilhantes cheios de tristeza. — Eu não acho que vou ajudar você a conjurar mais chamas.

— Você voltou — disse ela, enfaticamente. — Isso é tudo o que importa. — Nahri alisou o colarinho dele, então levantou o braço, puxando a manga e revelando a cicatriz que Manizheh tinha queimado em seu pulso. Apesar da magia dela, não tinha cicatrizado. — Nós combinamos.

Isso levou um sorriso triste para o rosto dele.

— Acho que sim. — Ali olhou além do ombro dela. — Você está fazendo as malas?

— Estou.

— Isso quer dizer... — O rosto dele se fechou. — *Você* também vai deixar o palácio? — Ele pareceu arrasado, mas acrescentou: — Quer dizer, não que eu esperasse que você fosse ficar. Não tenho expectativas para você. Para nós.

Nahri pegou o braço dele para que ele parasse de gaguejar.

— Caminhe comigo. Eu preciso de ar fresco.

Ela o levou para a área da enfermaria, avançando pelo caminho coberto de vegetação alta. O jardim tinha sido negligenciado e ervas daninhas e grama engoliam suas plantas de cura, mas não era nada que não pudesse ser consertado. O laranjal estava exuberante como nunca, com flores brancas e frutas alegres cobrindo as árvores.

O laranjal do pai dela. A resiliência das plantas a tocou de um jeito novo, assim como o nome que ele dera a ela. Golbahar, uma flor da primavera. Não era o nome que Nahri tinha escolhido, mas ela ainda podia honrar o significado dele.

A promessa de uma nova vida, revelando-se depois de um inverno de violência.

— Eu encontrei uma casa no distrito shafit — começou ela. — Parece que estava abandonada até mesmo antes da invasão, mas tem uma estrutura boa e um pequeno pátio, e fica a uma caminhada curta do hospital. O dono estava disposto a me vender por quase nada, e eu acho… acho que seria bom para mim morar lá.

— Parece bom — disse Ali. — Mas eu gostaria que todo mundo que eu conheço não estivesse partindo. — Ele soava como se estivesse tentando fazer uma piada e fracassando. — Seremos eu, um palácio assombrado e um bando de oficiais do governo se bicando e delegados tentando não se matar.

— Como se esse não fosse seu sonho. — Nahri o puxou para o laranjal, sentando Ali ao lado dela no velho balanço. Ali olhou com cautela para as raízes que se estendiam no chão. — Relaxe. Você tem um convite dessa vez. E não vou deixar você. Vou ajudar, eu prometo. Mas também quero começar a construir uma coisa para mim mesma — disse ela, sentindo uma pontada de timidez atípica. — Minha própria casa, o hospital, o tipo de vida que eu quero.

— Então fico feliz por você — disse ele, com afeto. — De verdade. Vou sentir falta de vê-la todo dia, mas fico feliz por você.

Nahri abaixou o olhar.

— Na verdade eu estava esperando — ela torceu nervosamente a borda do chador — que você pudesse me visitar. Regularmente. Os livros de contabilidade do hospital... eu nunca fui boa com eles — acrescentou ela, combatendo o calor em suas bochechas.

— Os livros do hospital? — Ali franziu a testa e sacudiu a cabeça. — Eu posso encontrar um contador muito melhor para você, confie em mim. Tem tanto que você pode fazer com fundos de caridade, e se tiver um especialista de verdade...

— Não quero um especialista! — Criador, a ignorância daquele homem seria o fim dela. — Eu quero passar tempo com você. Tempo na minha casa como pessoas normais e não fugindo de monstros ou tramando revoluções. Quero ver como é.

— Ah. — A compreensão atrasada atravessou a expressão de Ali. — *Ah.*

O rosto dela estava queimando.

— Eu faria valer a pena para você. Você verifica meus livros, e eu ensino divasti a você.

— Você salvou minha vida várias vezes, Nahri. Definitivamente não me deveria nada por *verificar seus livros*.

Nahri se obrigou a olhar nos olhos dele, tentando reunir um tipo de coragem muito diferente daquele com que ela estava acostumada.

A coragem de ser vulnerável.

— Ali, eu achei que tivesse deixado claro que não pretendo liberar você da minha dívida.

Ela não disse mais nada. Não conseguia. Revelar até mesmo um pouco do seu coração era assustador, e Nahri sabia que não seria capaz de nada mais profundo, talvez por um longo tempo. Ela simplesmente tivera os sonhos destruídos vezes demais.

Mas criaria raízes para ver o que cresceria. Nahri roubaria sua felicidade, como havia prometido a Dara, mas faria isso em seus termos, na sua velocidade, e rezaria para que dessa vez o que ela construísse não fosse quebrado.

Ali a encarou de volta. E então sorriu, talvez o sorriso mais luminoso e feliz que ela já vira em seu rosto.

— Suponho que seria a coisa inteligente a se fazer... politicamente — admitiu ele. — Meu divasti é mesmo terrível.

— Abominável — concordou Nahri, rapidamente. Ela se calou, sentindo-se tanto desconfortável quanto excessivamente satisfeita. E muito ciente do quanto o laranjal era tranquilo e isolado, e de como os dois estavam escondidos em um nicho de vegetação.

Foi esse, é claro, o momento em que Ali escolheu falar de novo.

— Sabe como eu sou terrível em escolher a hora de dizer as coisas?

Nahri gemeu.

— Ali, por quê? O que foi agora?

— Eu não sei como dizer isso a você — confessou ele. — Achei que deveria esperar pelo momento certo ou deixar você lamentar primeiro. — Ali pegou a mão dela. — Mas eu sei que, se eu fosse você, iria querer tomar essa decisão sozinho. E nós prometemos que não haveria mentiras entre nós.

O coração de Nahri subiu até a garganta.

— O que foi?

— Eu encontrei Sobek esta manhã. — Ali a encarou com carinho. — Ele tem as memórias da sua mãe. Ele me mostrou como eu poderia compartilhar...

— Sim — interrompeu Nahri. — O que quer que sejam, sim.

Ali hesitou.

— Elas são pesadas, Nahri. E eu nunca fiz isso antes. Não quero sobrecarregar ou machucar você...

— Eu preciso saber. Por favor.

Ele respirou fundo.

— Tudo bem. Me deixe ver as suas mãos. — Nahri as estendeu e ele as segurou. — Essa parte pode arder um pouco. — Ele enterrou as unhas nas palmas dela.

Nahri arquejou – e o jardim sumiu.

As lembranças vieram tão rápido e tão pesadas que a princípio foi difícil separá-las; Nahri só viu lampejos antes de elas serem substituídas por outras. O cheiro de pão fresco e se aninhar contra o peito quente de uma mulher. Subir em uma árvore para olhar campos de cana-de-açúcar envolvendo o Nilo. Luto profundo, chorar enquanto um corpo coberto era descido até um túmulo.

Um nome. Duriya.

E então Nahri caiu profundamente.

Ela não era mais a Banu Nahida, sentada em um jardim mágico ao lado de um príncipe djinn. Era uma menininha chamada Duriya, que vivia sozinha com seu pai viúvo em uma aldeia no Nilo.

Duriya corria entre os campos de cana-de-açúcar, saltando sobre as valas de irrigação e cantando. Ela estava sozinha, como sempre – menininhas com ouro brilhando nos olhos, que faziam fogueiras de cozimento se inflamarem quando se irritavam, não tinham amigos –, então ela falava com os animais, contando a eles histórias e confidenciando seus segredos.

Um dia, um deles respondeu. O crocodilo mais velho que ela já vira, quase morto de fome na margem do rio. Seu olhar estranho brilhara com reconhecimento diante do ouro nos olhos dela e da oferta de salvação.

— Me traga sangue — implorara Sobek. — Eu estou com tanta fome.

Então Duriya obedeceu. Levou pombos e peixes que ela havia roubado de gaiolas e redes, determinada a manter o bicho de estimação escamoso vivo. Ambos eram solitários de formas diferentes: ela falava com ele e ele falava com ela. Em troca de sangue, Sobek ensinou a ela pequenos truques, mágicos e mortais. Como conjurar fogo e ordenar que o trigo nascesse. As melhores plantas para se fazer bálsamo e das quais tirar veneno.

Tais habilidades eram úteis em sua pequena aldeia. Duriya era esperta e era discreta. Podia ter construído uma vida feliz ali, se tivesse achado um marido tonto que a adorasse.

Mas havia aqueles que caçavam humanos que faziam magia, e, quando o Nilo estava mais baixo, Sobek longe demais para ouvir o grito dela por ajuda, um deles a encontrou.

O caçador de recompensas djinn fora impiedoso. Havia uma recompensa em dinheiro por devolver os shafits – a palavra que Duriya aprendeu que definiria o resto de sua vida – para alguma cidade mágica com um nome estrangeiro do outro lado do mundo. Os djinns tinham oferecido poupar o pai dela se Duriya fosse voluntariamente, deixando claro com os olhos tom de metal sobre o corpo dela o que "voluntariamente" queria dizer. Em lágrimas, ela concordou, mas ele havia mentido e capturou os dois, agarrando-a no escuro mesmo assim na mais longa jornada da vida dela.

E essa tinha sido a apresentação dela a seu novo mundo.

Daevabad. Um apartamento apinhado em uma seção em ruínas da cidade com outros shafits que falavam árabe, que receberam Duriya e o pai dela e os ajudaram a encontrar empregos no palácio. O próprio palácio, uma coisa saída de um conto de fadas, cheia de criaturas igualmente lindas e monstruosas. Um rei que aparentemente soltava criaturas cruéis sobre seus inimigos e uma dupla de irmãos de olhos pretos que quebravam ossos a uma sala de distância do alvo. Morta de medo, Duriya ficou aliviada ao se encontrar responsável apenas por servir à rainha – uma mulher gentil cujo amor evidente pelo filho pequeno fez Duriya pensar que havia alguma coisa possivelmente humana a respeito das criaturas que haviam destruído a vida dela.

Mas então a rainha morreu, e Duriya foi entregue aos Nahid.

Um homem de olhos pretos que cobria o rosto e rezava para um altar de fogo que ela não conseguia entender. Que jamais havia falado com ela até que surpreendeu Duriya no jardim e chamou de ervas daninhas as jutas que ela cultivava para fazer molokhia para seu pai saudoso de casa. O Baga Nahid tinha avançado para arrancar as plantas, e, enfurecida, Duriya bateu nele, descarregando toda a sua frustração em um dos homens mais perigosos de Daevabad.

Ele olhou para ela em choque, seu véu rasgado e o corte que ela fizera no lábio dele cicatrizando enquanto ela olhava.

Mas Rustam não exigiu a execução dela nem pediu à irmã dele – ainda mais assustadora – que fervesse o seu sangue. Em vez disso, ele ouviu enquanto Duriya, em lágrimas, explicou por que queria a juta, e então tocou a terra escura e fez uma dúzia de novos talos brotarem.

Ela se apaixonou. Era tolo e perigoso, e em sua aldeia Duriya jamais teria sido tão ousada. Mas ela estava desesperada por um pouco de felicidade, e um príncipe de olhos tristes caído em desgraça, que estava tão preso quanto ela, era um alvo irresistível. Até que a barriga dela começou a inchar e seus cortes também começaram a cicatrizar, a criança crescendo dentro dela cheia de magia.

Contar ao pai dela tinha sido ruim. Contar a Rustam tinha sido pior. Duriya não entendia a política da cidade na qual ela fora aprisionada. Eles eram todos djinns para ela, e ela não entendera as súplicas desesperadas de Rustam quando ele a levou para sua irmã.

— Me ajude, Manu — implorou ele, e Manizheh olhou uma vez para a barriga de Duriya com seus olhos indecifráveis e concordou. De novo, Duriya foi levada às escondidas, sem ousar contar ao pai, caso a intriga palaciana na qual ela se envolvera o alcançasse e o aprisionasse também.

A filha dela nascendo na estrada e piscando para Duriya com olhos pretos. Rustam a segurando, um olhar frágil e maravilhado quando ele beijou o alto da cabeça do bebê, tocando os cachos macios dela. Ela era uma mistura dos dois, djinn demais para se passar por humana, mas visivelmente shafit.

— Eu quero levá-la para casa — sussurrou ele, acariciando uma minúscula orelha pontuda. — De volta para Daevabad.

Duriya ficara chocada.

— Mas você disse que ninguém podia saber.

— *Deixe as pessoas saberem. Eu não me importo.* — *Rustam, que sempre falava com tanta suavidade, ficou subitamente destemido.* — *Eu quero ter uma família na cidade que meus ancestrais construíram e ensinar a minha filha as nossas tradições.*

Mas Manizheh tinha outras ideias.

A planície queimada cheia de corpos queimados. Rustam, confuso e morrendo depois de batalhar com uma magia que Duriya não sabia que existia, conforme ele lutava para ajudá-la a subir no último cavalo.

— *Volte para o mundo humano* — *implorara ele, engasgando no próprio sangue ao dar o último olhar angustiado para a filha deles.* — *Fuja o mais rápido que puder. Mas leve isto.*

O anel de esmeralda pelo qual ele e Manizheh tinham brigado. Tinha se unido ao dedo dele, e sangue brotara de sua mão quando Rustam finalmente o arrancou, como se o próprio anel estivesse drenando a vida dele.

— *Livre-se disso* — *murmurou ele, cinzas brotando em sua testa.*

— *Venha com a gente* — *implorou Duriya, ajeitando o bebê aos berros nos braços.* — *Por favor!*

Rustam sacudiu a cabeça.

— *Manizheh vai voltar. Eu vou segurá-la o máximo que conseguir. Vá!*

Uma corrida pela pradaria em chamas. Poderia – deveria – ter matado Duriya, o corpo dela ainda se recuperando do parto.

Mas magia se derramava da criança de olhos escuros pressionada contra seu peito, curando a mãe sobrenaturalmente rápido. Quando o anel de esmeralda começou a tremer, queimando sua pele, Duriya o atirou em um campo, odiando o que aquela gema horrível lhe custara.

Duriya estava farta de magia. Em vez disso, ela usou tudo mais que tinha para voltar para casa – sua inteligência e sua astúcia e seu corpo, quando não tinha outra escolha. Ela roubou e implorou e enganou até estar mais uma vez em solo egípcio.

Ela não voltou para a aldeia no sol. Em vez disso, lembrando-se do que as pessoas diziam sobre os djinns não gostarem de cidades humanas, ela encontrou uma cidade no limite do poderoso Cairo. Ainda no Nilo. Ainda perto o suficiente para que pudesse se ajoelhar na margem do rio, cortar o braço e observar o sangue e as lágrimas ondularem na água lamacenta.

— Velho amigo — chorara ela —, preciso de um favor.

Os anos se passaram como um borrão. Duriya encontrou trabalho como parteira e curandeira – combinando o que tinha visto na enfermaria e o que tinha aprendido com Sobek. A pequena Golbahar, pois ela havia mantido o nome que Rustam dera à filha deles, cresceu forte, a aparência djinn dela mascarada por Sobek. Duriya a amava intensamente, fazendo o possível para manter Gol segura e esconder o que conseguia da magia da filha. Quando elas se aninhavam juntas à noite, os joelhos da filha pressionados contra sua barriga, o pequeno peito dela subindo e descendo durante o sono, Duriya rezava para tudo o que ela conhecia.

Não bastara. Porque Rustam estava certo, e Manizheh enfim foi atrás delas.

A aldeia não teve chance, destruída em uma tempestade de fogo, seu povo gritando. Duriya mal teve tempo de agarrar Golbahar, correr para o rio e chamar seu senhor.

Sobek não foi encorajador.

— Eles são Nahid, e nosso pacto foi pago. O sangue que o seu pedido exigiria…

Duriya não hesitou. Ela sabia desde o dia em que elas haviam fugido da planície em chamas que não havia nada que ela pudesse fazer por sua filha.

— Eu vou conseguir seu sangue. — Então ela beijou a cabeça de Golbahar, disse a ela que a amava e empurrou a filha para as mãos escamosas de um monstro.

Quando Manizheh chegou, estava furiosa. Duriya jamais passara de uma sangue-sujo incômoda, um ser inferior que mal valia ser notado, exceto pela criança Nahid que ela carregara – e o anel que Manizheh acreditava que ela havia roubado. Não foi preciso muita provocação para fazê-la passar do limite.

Não foi preciso muito para garantir que Sobek conseguisse seu sangue.

A água estava morna quando Duriya por fim caiu, o Nilo a aninhando em um último abraço. Ela podia jurar que mãos com garras acariciaram seu cabelo, mas é claro que aquilo era impossível. Sobek jamais mostrara tanta afeição.

Mas ele sussurrou uma promessa conforme ela morria, tão reconfortante quanto qualquer oração.

— Vou protegê-la. Vou protegê-la sempre.

Nahri estava chorando antes que o toque do rio se dissipasse. As próprias memórias dela voltavam em fragmentos: agarrar o vestido da mãe enquanto Duriya brincava com clientes, refeições simples de feijão e pão, o feteer açucarado que o pai da mãe dela a ensinara a fazer.

As palavras que a mãe lhe dissera todas as noites, simples, mas que ninguém tinha dito a Nahri desde então, não na língua que ela ainda usava para conjurar chamas.

Eu amo você, pequenina. Eu amo tanto você.

Ali já estava se inclinando em direção a ela. Chorando demais para falar, Nahri se atirou nos braços dele, e ali, no jardim onde os pais dela haviam se conhecido, finalmente lamentou a morte deles.

Era noite quando Nahri foi até a cozinha do palácio. Ela sabia que parecia arrasada, seus olhos vermelhos e inchados de chorar. Também sabia que teria sido mais inteligente esperar até o dia seguinte, até que seu luto tivesse passado. Até mesmo Ali tentara gentilmente dissuadi-la, temendo a devastação que esperava caso ela estivesse errada. Tinha havido uma guerra, afinal de contas, e tantas pessoas haviam morrido – principalmente no palácio.

Nahri foi mesmo assim.

Os funcionários da cozinha eram escassos, reduzidos a um punhado de shafits. Mas Nahri soube assim que viu as costas curvadas dele, a galabiyya manchada de óleo. O velho do Egito que silenciosamente fazia refeições da terra natal comum deles e dava pequenos presentes a ela.

Ele tirou os olhos da massa que estava sovando – e era o rosto das memórias da mãe dela, só que mais velho.

Nahri caiu em lágrimas.

— Vô?

— Eu soube assim que vi você — sussurrou ele. — Você se parece tanto com ela, e quando sorriu para mim... — O avô dela limpou os olhos com a ponta do lenço. — Você tem o sorriso dela. Ela costumava sorrir tanto em casa.

O resto dos funcionários tinha saído, e o chá que ele havia insistido em fazer para ela estava intocado, a hortelã escurecida. Nahri não tinha apetite para nada além das palavras dele.

— Por que você não disse nada? — perguntou ela. — Todo esse tempo...

— Eu não ousei. Eles estavam tratando você como realeza; eu não podia tirar isso de você. — Ele sacudiu a cabeça. — Eu tinha passado uma geração nesta cidade. Sabia muito bem como eles tratavam os shafits, e não era uma vida que eu desejaria a um inimigo, muito menos a minha neta.

Nahri apertou a mão dele.

— Eu queria ter sabido. Queria ter tido a chance de fazer algo por você.

— Eu mereci todas as dificuldades. Duriya veio até mim falar sobre a gravidez e eu... — O avô fechou os olhos rapidamente, dor atravessando seu rosto. — Você cresceu em nosso país, sabe como são as coisas. Eu tive medo e fiquei chateado, mas não é desculpa. Eu disse coisas que nunca vou poder retirar, e então a perdi para sempre.

Nahri não sabia o que dizer. Seu coração doía ao saber o destino dos pais. Eles tinham lutado tanto para salvá-la e para construir uma vida juntos em um mundo impossível, apenas para serem mortos por Manizheh.

No entanto, ela também vira o suficiente para saber que eles sentiriam orgulho dela. Nahri sentiu uma proximidade íntima e saudosa da mãe, as vidas delas quase espelhadas. A menininha solitária isolada no mundo humano pela magia, que tinha sido esmagada em Daevabad. A mulher que tinha lutado com unhas e dentes para voltar para sua terra natal com uma criança ainda no peito. Nahri era uma sobrevivente, mas não achava que tinha tanta força quanto sua mãe.

Eu sou tanto Duriya quanto Rustam. Nahri tinha passado tanto tempo da vida concentrada em sua ascendência Nahid, mas era com sua mãe, a batalhadora shafit cheia de lábia que fora mais esperta do que Manizheh na morte para proteger sua filha, que ela tinha mais em comum.

Isso lhe deu mais paz do que teria imaginado ser possível.

— Nós temos um ao outro agora — disse Nahri, por fim, ainda segurando a mão do avô. — E vamos honrar a memória dela.

Pois Nahri ergueria um mundo no qual a mãe dela teria sido livre.

EPÍLOGO

Seis meses depois de tomar chá com o avô pela primeira vez, Nahri estava jogada no trono de shedu.

Ela suspirou, pressionando as costas contra o ouro trabalhado e passando os dedos pelas gemas inestimáveis que formavam as asas e o sol nascente. A almofada era surpreendentemente fofa, e Nahri se inclinou, aproveitando ao máximo o trono ridiculamente caro.

Ela jogou um damasco para Mishmish. O shedu, que parecia feliz por permanecer em Daevabad e segui-la por todo lado em vez de voltar para os peris, pegou a fruta com facilidade, engolindo-a de uma só vez antes de voltar para o ninho que havia feito rasgando o tapete.

As portas da sala do trono se abriram, revelando um homem tão carregado de pergaminhos que sua figura alta estava curvada quando ele entrou.

Nahri ergueu a palma.

— Curve-se diante de mim, plebeu djinn. Entregue seu ouro ou arrancarei sua língua.

Ali ofereceu seus pergaminhos.

— Você aceitaria anotações extremamente detalhadas sobre a condição do Tesouro em vez disso?

— Não, Ali. Ninguém aceitaria. Tudo a respeito disso parece infernal.

— Infelizmente. — Ele indicou o trono com a cabeça ao se aproximar. — Não me diga que se arrependeu.

— Se eu estivesse arrependida, teria expulsado você da minha casa ontem à noite e dormido direito em vez de deixar você tagarelar sobre impostos.

— Culpe o chá do seu avô — respondeu ele, apoiando seus pergaminhos e estendendo a mão para ajudá-la. Trabalhadores tinham passado a semana anterior começando a encaixotar o trono para ser levado ao Grande Templo, onde seria colocado em exposição. — É como beber relâmpago. Eu não consigo dormir por horas.

— Eu jamais o culparia por nada. É um velhinho doce que enche minha casa e o hospital com doces de confeitaria a todo momento. Tem um lugar reservado para ele no Paraíso.

— Sem dúvida. — Ali sorriu. — Você vai descer?

Nahri acariciou os braços incrustados de joias uma última vez.

— Sim. Eu só precisava me sentar aqui uma vez. — Ela pegou a mão dele, saltando por cima da caixa.

— Não poderia ir se sentar nele no Templo?

— Vai estar cercado de crianças dia e noite. Parece indigno brigar com elas por um lugar.

Ela se balançou para descer, deixando que Ali a pegasse. Nahri não precisava muito da ajuda, mas ele estava lindo com uma túnica prata escura esvoaçante, e ela se permitiu aproveitar o frio na barriga devido ao breve toque das mãos dele antes de contê-lo. Ela estava ficando melhor em fazer aquilo: permitir-se aproveitar os momentos de felicidade em vez de se preocupar que eles fossem ser arrancados dela. Chá com o avô enquanto ele contava histórias sobre a infância da mãe dela. Desabafar sobre pacientes difíceis com Subha e Jamshid e soltar piadas terrivelmente sombrias e inapropriadas. Jogar o viciante jogo de cartas humano que Fiza havia apresentado a ela e Razu – com o qual a ex-pirata estava constantemente enriquecendo às custas delas.

Ali a colocou no chão e pegou os pergaminhos.

— Nervosa?

— Um pouco — admitiu Nahri enquanto eles caminhavam. — Sou mais do tipo "enganar todos para que obedeçam" do que "fazer alianças e concessões genuínas".

— Bah, é como é negociar no bazar. Mas com consequências de vida ou morte de verdade. Contanto que sejamos diplomáticos e pacientes, vai ficar tudo bem, pela vontade de Deus. Afinal de contas, como é que se diz em divasti? — perguntou ele, recitando um verso todo bagunçado e bastante sujo na língua dela.

Nahri parou, escandalizada.

— O que você disse?

— "Uma voz agradável tira a cobra da toca" — repetiu Ali, dessa vez em djinnistani. — Jamshid me ensinou. — Nahri cobriu a boca, fracassando em conter uma gargalhada.

— Espere, *por quê?*

Ela tentou ser piedosa.

— Não é exatamente assim que dizemos essa frase. A palavra que ele disse a você foi "cobra". Tem outro significado mais comum. Para a parte do homem que, bem…

— Ah, não. — Ali pareceu horrorizado. — Nahri, eu andei dizendo isso para os delegados daeva. Eu disse aos *sacerdotes*.

— Considere uma forma criativa de quebrar o gelo? — Ali gemeu, e Nahri pegou o braço dele. — Da próxima vez, certifique-se de verificar comigo antes de repetir qualquer frase em divasti que Jamshid ensine a você. Embora eu tenha certeza de que ele e Muntadhir tenham se divertido muito com isso.

— Eu vou comandar que todo o líquido nos canos debaixo da casa deles suba.

— Deixe-me encontrar um encanador que nos daria uma parte dos custos de conserto e ajudo você.

Ali sorriu.

— Parceiros?

Eles estavam à porta da antiga Biblioteca Real.

— Até o fim — respondeu Nahri.

Eles entraram na biblioteca, mas não foram apenas livros que os receberam. Havia uma multidão de pessoas já se bicando. Djinns e shafits e Daeva. Representantes de todas as tribos, de dúzias de cidades e de todas as províncias. Do Grande Templo e do ulemá, das guildas de artesãos e do exército.

Dizer que eram um grupo variado seria um eufemismo. Sem querer interferir, Nahri e Ali tinham dado liberdade aos grupos para que escolhessem seus delegados, e parecia que isso já estava se voltando contra eles. Para começar, ninguém estava sentado. Em vez disso, as pessoas gritavam em uma dúzia de línguas diferentes por cima de almofadas que cercavam uma mesa enorme.

Ali lançou à multidão um olhar hesitante, parecendo um pouco atordoado.

— Um início auspicioso para um novo governo.

Mas Nahri gargalhou.

— Como negociar, você diz? — Ela observou a multidão com o ar experiente de uma profissional, sorrindo graciosamente conforme vários delegados briguentos olhavam na direção deles.

Nahri sempre sorria para seus alvos.

GLOSSÁRIO

SERES DE FOGO

DAEVA: O termo antigo para todos os elementais do fogo antes da rebelião djinn, assim como o nome da tribo que reside em Daevastana, da qual Dara e Nahri fazem parte. Um dia foram metamorfos que viveram durante milênios. Os daevas tiveram as habilidades mágicas profundamente reduzidas pelo Profeta Suleiman como punição por terem ferido a humanidade.

DJINN: Uma palavra humana para "daeva". Depois da rebelião de Zaydi al Qahtani, todos os seguidores dele e, por fim, todos os daevas começaram a usar esse termo para sua raça.

IFRIT: Nome dos daevas originais que desafiaram Suleiman e foram destituídos de suas habilidades. Inimigos declarados da família Nahid, os ifrits se vingam escravizando outros djinns para causar o caos entre a humanidade.

SIMURGH: Pássaro escamoso de fogo que os djinns gostam de fazer apostar corrida.

ZAHHAK: Uma imensa e alada besta cuspidora de fogo semelhante a um lagarto.

SERES DA ÁGUA

MARID: Nome dos elementais da água extremamente poderosos. Quase míticos para os djinns, os marids não são vistos há séculos, embora digam os boatos que o lago que cerca Daevabad tenha sido um dia deles.

SERES DO AR

PERI: Elementais do ar. Mais poderosos do que os djinns – e muito mais ocultos –, os peris se mantêm determinadamente reservados.

RUKH: Imenso pássaro de fogo predatório que os peris podem usar para caçar.

SHEDU: Leão alado místico, um emblema da família Nahid.

SERES DA TERRA

GHOUL: Cadáver reanimado e que se alimenta de humanos que fizeram acordos com ifrits.

ISHTA: Uma pequena criatura escamosa obcecada com organização e calçados.

KARKADANN: Uma besta mágica semelhante a um enorme rinoceronte com um chifre do tamanho de um homem.

LÍNGUAS

DIVASTI: A língua da tribo Daeva.

DJINNISTANI: A língua comum de Daevabad, um dialeto mercador que os djinns e os shafits usam para falar com aqueles fora da tribo deles.

GEZIRIYYA: A língua da tribo Geziri, que apenas membros dessa tribo podem falar e compreender.

Terminologia Geral

ABAYA: Um vestido largo, na altura do chão, de mangas compridas, usado por mulheres.

ADHAN: A chamada islâmica para a oração.

AFSHIN: O nome da família de guerreiros daeva que um dia serviu ao Conselho Nahid. Também usada como título.

AKHI: Em geziri, "meu irmão", um termo carinhoso.

BAGA NAHID: O título adequado para curandeiros do sexo masculino da família Nahid.

BANU NAHIDA: O título adequado para curandeiras do sexo feminino da família Nahid.

CHADOR: Um manto aberto feito de um corte semicircular de tecido, colocado sobre a cabeça e usado por mulheres daeva.

DIRHAM/DINAR: Um tipo de moeda usado no Egito.

DISHDASHA: Uma túnica masculina na altura do chão, popular entre os Geziri.

EMIR: O príncipe herdeiro, sucessor designado ao trono dos Qahtani.

FAJR: A oração do alvorecer/matutina.

GALABIYYA: Uma vestimenta tradicional egípcia, essencialmente uma túnica na altura do chão.

HAMMAM: Uma casa de banho.

INSÍGNIA DE SULEIMAN: O anel com insígnia que Suleiman um dia usou para controlar os djinns, dado aos Nahid e mais tarde roubado pelos Qahtani. O portador do anel de Suleiman pode anular qualquer magia.

ISHA: A oração do fim da tarde/vespertina.

KODIA: A mulher que lidera zars.

MAGHRIB: A oração do pôr do sol.

MIDAN: Uma praça urbana.

MIHRAB: Um nicho na parede indicando a direção da oração.

MUHTASIB: Um inspetor de mercado.

QAID: O chefe da Guarda Real, essencialmente o mais alto oficial militar no exército djinn.

RAKAT: Uma unidade de oração.

SHAFIT: Pessoa com sangue misto de djinn e humano.

SHEIK: Um educador/líder religioso.

TALWAR: Uma espada agnivanshi.

TANZEEM: Um grupo de raiz fundamentalista em Daevabad dedicado a lutar pelos direitos shafits e pela reforma religiosa.

ULEMÁ: Um corpo legal de acadêmicos religiosos.

VIZIR: Um ministro do governo.

ZAR: Uma cerimônia tradicional destinada a lidar com a possessão por djinn.

ZUHR: A oração do meio-dia.

ZULFIQAR: Lâmina de cobre bifurcada da tribo Geziri; quando inflamada, as pontas envenenadas destroem até mesmo a pele nahid, o que a torna uma das armas mais mortais desse mundo.

AS SEIS TRIBOS DE DJINNS

Os Geziri

Cercados por água e presos atrás da espessa faixa de humanos no Crescente Fértil, os djinns de Am Gezira despertaram da maldição de Suleiman em um mundo muito diferente do de seus primos com sangue de fogo. Retirando-se para as profundezas do Quarteirão Vazio, para as cidades moribundas de Nabateans e para as montanhas proibidas da Arábia Meridional, os Geziri por fim aprenderam a compartilhar as dificuldades da terra com seus vizinhos humanos, tornando-se fervorosos protetores dos shafits no processo. Desse país de poetas andarilhos e guerreiros portadores de zulfiqars veio Zaydi al Qahtani, o rebelde que se tornou rei e que tomaria Daevabad e a insígnia de Suleiman da família Nahid em uma guerra que transformou o mundo mágico.

Os Ayaanle

Aninhada entre as nascentes ágeis do rio Nilo e a costa salgada de Bet il Tiamat está Ta Ntry, a fabulosa terra natal da poderosa tribo Ayaanle. Ricos em ouro e sal – e longe o suficiente de Daevabad para que sua política mortal seja mais um jogo do que um risco –, os Ayaanle são um povo invejável. Mas, por trás das reluzentes mansões corais e dos sofisticados salões, espreita-se uma história que eles começaram a esquecer... uma que os une por sangue aos vizinhos Geziri.

OS DAEVA

Estendendo-se desde o mar de Pérolas sobre as planícies da Pérsia e as montanhas ricas em ouro de Bactria está a poderosa Daevastana – e logo além de seu rio Gozan está Daevabad, a cidade de bronze escondida. O antigo alicerce do Conselho Nahid (a famosa família de curandeiros que um dia governou o mundo mágico), Daevastana é uma terra cobiçada, sua civilização retirada das antigas cidades de Ur e Susa e dos cavaleiros nômades de Saka. Um povo orgulhoso, os Daeva clamam o nome original da raça dos djinns para si... um deslize que as demais tribos jamais esquecem.

OS SAHRAYN

Correndo desde as margens do Magrebe através do amplo interior do deserto do Saara está Qart Sahar — uma terra de fábulas e aventura até mesmo para os djinns. Um povo aventureiro que não gosta muito de ser governado por estrangeiros, os Sahrayn conhecem os mistérios de seu país melhor do que qualquer outro — os rios ainda exuberantes que fluem em cavernas bem abaixo das dunas de areia e as cidadelas antigas de civilizações humanas perdidas no tempo e tocadas por magia esquecida. Navegantes habilidosos, os Sahrayn viajam sobre navios de fumaça conjurada e corda costurada sobre areia e mar igualmente.

Os Agnivanshi
Estendendo-se desde os tijolos da antiga Harappa pelas planícies férteis de Deccan e os pântanos nebulosos de Sundarbans está Agnivansha. Abençoadamente exuberante em todos os recursos com que se pode sonhar – e separada dos vizinhos muito mais voláteis por rios amplos e montanhas altas –, Agnivansha é uma terra pacífica famosa por seus artesãos e suas joias... e sua competência para ficar longe da política tumultuada de Daevabad.

Os Tukharistani
A leste de Daevabad, entremeando-se entre os picos das montanhas Karakorum e pelas amplas areias do Gobi, está Tukharistan. O comércio é seu sangue vital e, nas ruínas dos reinos da esquecida Rota da Seda, os Tukharistani fazem seus lares. Eles viajam despercebidos em caravanas de fumaça e seda ao longo de corredores marcados por humanos há milênios, carregando consigo artefatos mitológicos: maçãs douradas que curam qualquer doença, chaves de jade que abrem mundos invisíveis e perfumes que têm cheiro de paraíso.

AGRADECIMENTOS

Ora. Isso foi uma viagem.

Se você chegou até aqui, eu gostaria de primeiro agradecer a você, caro leitor. Estamos vivendo em uma era gloriosa da ficção fantástica, e eu sei que a maioria de nós tem uma pilha imponente de livros que adoraríamos ler. Então, obrigada por escolher os meus e dar uma chance a uma nova autora, a um novo mundo, e a três livros cada vez maiores. Espero que você tenha gostado de sua viagem até Daevabad.

Uma enorme gratidão também é devida à comunidade dos livros. Aos críticos, aos blogueiros, aos Instagrammers, o pessoal do Discord, os twitteiros, os bibliotecários e todo mundo que divulgou, que compartilhou suas *fan arts*, suas teorias e seu amor pela série. Essa foi uma trilogia que se espalhou pelo boca a boca, e eu me sinto extremamente grata e honrada por todos os fãs que a mantiveram circulando. Vocês são incríveis, e espero que eu não tenha acabado de partir completamente o coração de vocês. Obrigada também a todos os escritores maravilhosos de quem eu fiquei amiga nos últimos anos, por seu apoio e por seus conselhos, principalmente aqueles que fizeram a gentileza de ler meus livros, divulgá-los e ajudar uma colega mais nova. Vocês me deram um exemplo a seguir. Para Cam, John, Cynthia, Fran, Roshani, Peter e Shveta – devo a vocês tantas guloseimas.

Jen e Ben da ALA, obrigada por me guiarem por alguns anos muito interessantes! A David Pomerico, Pam Jaffee, Angela Craft, Kayleigh Webb, Mireya Chiriboga, Natasha Bardon, Jack Renninson, Jaime Witcombe, Ronnie Kutys, Mumtaz Mustafa, Mary Ann Petyak, Paula Szafranski, Victoria Mathews, Shelby Peak, Nancy Inglis, Liate Stehlik, Jennifer Hart e todos na HarperCollins que participaram da produção desta trilogia, eu sou tão, tão grata e honrada por ter trabalhado com vocês. Vocês mudaram minha vida. Obrigada também a Alan Dingman por aquela espetacular capa final e a Priyanka Krishnan por tirar este projeto do chão.

Eu jamais teria sobrevivido aos últimos anos se não fosse pelo imenso apoio de minha família. Mamãe e papai, esse é para vocês, e espero que tenha deixado vocês orgulhosos. Shamik, obrigada por continuar a ser minha rocha e por ler aproximadamente noventa versões deste livro. Alia, meu amor e minha maior benção, eu jamais poderia ter escrito o último capítulo se você não estivesse em minha vida, e um dia espero que você saiba quanto todos os desenhinhos e os bilhetes que você deixou em minha escrivaninha me impulsionaram.

Finalmente, não é segredo algum que vivemos em um momento desafiador. Há dias em que parece tolo e egoísta passar meus dias criando histórias sobre monstros e magia. Mas ainda acredito, desesperadamente, no poder das histórias. Se você levar alguma mensagem desta trilogia, espero que seja escolher o certo mesmo quando a esperança parece perdida – principalmente quando parece perdida. Defenda a justiça, seja uma luz e lembre-se do que nos foi prometido por Aquele que sabe mais.

Com cada dificuldade vem a tranquilidade.

SOBRE A AUTORA

S. A. CHAKRABORTY É ESCRITORA E MORA COM O MARIDO E a filha em Nova York. Sua TRILOGIA DE DAEVABAD rapidamente se tornou um best-seller mundial, sendo traduzida para mais de uma dezena de línguas e aclamada por público e crítica, com indicações para os prêmios Hugo, Locus, World Fantasy, Crawford e Astounding. Além disso, é organizadora do Grupo de Escritores de Ficção Especulativa do Brooklyn. Quando não está mergulhada em narrativas sobre retratos do Império Mugal e história de Omã, Chakraborty gosta de fazer trilhas e cozinhar refeições desnecessariamente complicadas para sua família.

Esta obra foi composta em Caslon Pro e impressa em papel
Pólen Soft 70g com revestimento de capa em Couché
Fosco 150g pela Ipsis para Editora Morro Branco
em fevereiro de 2022